# 장광설과 후박나무 가족

홍 신 선

# 홍 신 선

1944년 경기도 화성에서 출생하였으며, 동국대학교 국어국문학과와 동 대학원을 졸업하였다. 서울예술대학과 안동대학교, 수원대학교 등을 거쳐 동국대학교 문예창작학과 교수를 역임하였다. 현재는 계간 『문학·선』의 발행인 겸 편집인 일을 하고 있으며, 시업에 전념하고 있다. 1965년 월간 『시문학』을 통해 시인으로 등단하였다. 시집으로 『서벽당집』『겨울섬』『삶, 거듭 살아도』(시선집)『우리 이웃 사람들』『다시 고향에서』『황사바람 속에서』『자화상을 위하여』『우연을 점 찍다』『홍신선 시 전집』『마음經』(연작시집)『삶의 옹이』 등이 있으며, 산문집으로 『실과 바늘의 악장』(공저)『품 안으로 날아드는 새는 잡지 않는다』『사랑이란 이름의 느티나무』『말의 결 삶의 결』 등이 있고, 저서로 『현실과 언어』『우리 문학의 논쟁사』『상상력과 현실』『한국근대문학 이론의 연구』『한국시의 논리』『한국시와 불교적 상상력』 등이 있다. 녹원문학상, 현대문학상, 한국시협상, 현대불교문학상, 김달진문학상 등을 수상했다.

ARETE총서 0001 **홍신선** 시론과 에세이 장광설과 후박나무 가족

**1판 1쇄 펴낸날** 2014년 6월 10일
**1판 2쇄 펴낸날** 2014년 12월 10일
**지은이** 홍신선
**펴낸이** 채상우
**디자인** 정선형
**펴낸곳** (주)천년의시작
**등록번호** 제301-2012-033호
**등록일자** 2006년 1월 10일
**주소** 100-380 서울시 중구 동호로27길 30, 413호(묵정동, 대학문화원)
**전화** 02-723-8668
**팩스** 02-723-8630
**홈페이지** www.poempoem.com
**이메일** poemsijak@hanmail.net

ⓒ홍신선, 2014, printed in Seoul, Korea

ISBN 978-89-6021-209-1 04810
     978-89-6021-208-4 04810(세트)

**값** 30,000원

# 장광설과 후박나무 가족

홍 신 선

천년의
시작

## 책을 엮으며

막바지 스퍼트인가 혹은 까닭 없는 조바심인가. 지난번 산문집 『말의 결 삶의 결』(2005) 이후의 글들을 모아 엮는다. 대략 십 년 만의 일이다. 그동안 계제가 있을 때마다, 비록 주문 생산인 경우가 대부분이었지만, 나는 마다하지 않고 글을 써 왔다. 이번에 그 글들을 묶으며 새삼 앞에 던진 물음 앞에 서야 했다. 곰곰 가늠컨대 앞으로 또 산문집을 엮으리란 자신도 그럴 기회도 없을 듯해서다. 나이 탓만은 아닌 것이 몇 해 전부터 나는 산문 쓰기를 접었다. 실제로 몇 군데선가 온 청탁도 거절했다. 그런 글쓰기에 필요한 집중력도 지구력도 현저히 떨어진 사실을 그 즈음 절감한 탓이다. 그러다 보니 지난 십여 년 치 글들을 가급적 빠트리지 않고 한자리에 묶고자 힘썼다. 결국 책의 허우대만 그만큼 커져 버리고 말았다. 나로서는 과연 막바지 스퍼트인가 혹은 까닭 없는 조바심인가.

그때그때 생산된 글답게 한자리에 묶고 보니 품새가 예사 허술한 게 아니다. 이따금 비슷한 소리가 중복되기도 하고 나름 투식화(套式化)한 어사도 많이 눈에 띈다. 할 수 있는 한 외과적 수술 내지 성형을 할까도 생각했다. 하지만 여러 고민 끝에 그대로 넘어가기로 작심했다. 집필 시 생각의 미숙함이나 당시 주어진 글의 여건들을 고려할 때 어설피 가감 않는 것이 되레 낫겠다는 생각에서다. 그게 내 생각의 변모한 궤적을 뒤좇아 확인하는 데도 더 좋겠다 싶었던 것이다. 반면 일부 글들은 독자를 지나치게 염두에 두었거나 지면(誌面) 특성에 맞춰 썼던 탓에 그 굴곡이 큰 점, 많이 미흡하고 많이 아쉽기만 하다.

왜 시는 불교와 만나는가. 지난 1990년대 초부터 연작시 「마음經」을 써 나가며 나는 줄곧 이 물음을 안고 씨름을 했다. 주로 선불교를 공부하며 내 시와의 미학적·인식론적 친연성을 도모하려 노력했던 것이다. 그리고 연작 시편들을 만드는 틈틈이 시와 불교에 관련한 몇 편의 산문들을 써 왔다. 이번 책에도 『한국시와 불교적 상상력』(2004) 이후 썼던 그 방면의 몇몇 글들을 묶었다. 그 글들을 묶으며 확인한 점은 내 공부의 무게중심은 어디까지나 불교보다는 시였다는 사실이었다. 그것이 시인으로서 또 우리 근현대시를 공부해 온 사람으로서의 당위이자 본래적인 한계였던 셈이다.

나는 짧지 않은 기간을 교직에 몸담았었다. 그 기간 함께 우리 근현대시를 공부한 학연으로 나는 여러 시인들을 만났다. 이들과의 학연이 꽤는 크고 엄중해서일까. 기회가 닿을 때마다 나는 이들의 시를 읽고 그 정신적 궤적을 부지런히 살펴 왔다. 이 책의 3부와 4부의 글 상당수는 나와 학연을 나눈 시인들의 작품에 관련한 것들이다. 나로서 다만 바라기는 이들 작품론들이 지난날 우리 시의 여러 쟁점이나 전개 양상과 함께 읽히기를 기대할 따름이다.

끝으로 인문이 황폐한 이 시절에 흔쾌히 책의 출간을 맡아 준 채상우 대표와 편집진 여러분께 삼가 감사드린다.

2014년 초여름
지은이

차례

## 제2부 현대시와 불교적 상상력

# 제3부 우리 시의 논리와 맥락 1

# 제4부 우리 시의 논리와 맥락 2

일러두기

이 책의 본문 중 인용한 시와 글의 띄어쓰기는 현행 맞춤법에 따라 고쳤음을 밝힌다.

# 제1부

# 사람이 '사람'에게로 가는 길

# 그때 우리는 잉크에도 취해 살았다
## —나의 문청 시절

### 1

여느 새벽녘처럼 방 아랫목은 매지근하게 식어 들고 있었다. 어제 초저녁에 군불을 많이 지폈음에도 방구들은 시간이 가면서부터 급속도로 식어 드는 거였다. 솜이불 밖으로 내놓은 얼굴의 코끝도 싸아하니 시려 왔다. 바깥 날씨가 꽤는 매섭게 추운 모양이었다. 외풍 센 방 안의 썰렁한 냉기를 헤치며 나는 옷을 주섬주섬 챙겨 입었다. 솜바지 저고리를 입고 대님까지 매고 나자 몸은 한결 따뜻해졌다. 다시 아랫목 자리 속으로 파고들어 간 나는 엎드린 채 머리맡의 종이와 볼펜을 찾았다. 그리고는 통랑해진 머릿속으로 떠오르기 시작한 생각들을 옮겨 적기 시작했다.

그리하여 나의 많은 것들은
부신 銀河의 푸름이 닿는
열두 궁기 그 허리 여섯 번 언저리를
물굽이여,
너의 和音으로 기어 돌아 흐르고 출렁이는가

늘 작품 초고를 어지럽게 적던 시험지 위에다 나는 이렇게 첫 부분부터 볼펜으로 흘려 써 나갔다. 왜 그랬을까. 막상 작품 쓰기를 시작하자 자기 자신도 놀랄 정도로 생각은 막힘없이 술술 풀려나왔다. 몇 차례 볼펜을 멈춘 채 써 내려간 내용들을 읽고 또 읽었다. 그 읽는 과정에서 낱말들이 다른 말들로 바뀌기도 하고 조사들이 거듭 생략되기도 했다. 그러나 그날만은 여느 때와 다르게 써 놓은 내용들이 흡족할 정도로 마음에 들고 있었다. 평소 내 작품 쓰기는 끝없는 고쳐쓰기의 되풀이였다. 종이를 달리해서 이미 써 놓은 작품을 다시 옮겨 적다 보면 어구나 낱말들이 바뀌거나 고쳐지고 새로운 내용들이 첨가되고는 하던 것이었다. 이러한 고쳐쓰기는 작품이 완결되었다는 내 자신의 내부 검열관 판정이 나오기까지는 쉴 새 없이 되풀이되었다. 그 되풀이 과정은 기간으로 따지자면 대개는 열흘에서 보름 정도 걸렸다. 이런 평소의 작품 쓰기와는 크게 다르게 이날의 시「희랍인의 피리」는 거의 단숨에 쓰이고 있었던 것이다. 볼펜 쥔 팔이 아파 오면 잠시 쓰기를 멈추었을 뿐, 그리고 숨을 고르듯 앞에 적은 내용을 입속으로 거듭 읽고는 했을 뿐, 작품은 막힘없이 쓰였다.

작품 쓰기는 그렇게 세 시간 남짓, 동향으로 난 문바라지에 아침 햇볕이 활짝 펴질 때쯤 끝났다. 조반을 먹으라는 어머니의 재촉을 받고서야 자리를 정리하고 일어났던 것이다. 작품이 끝나면 으레 그렇듯이 걷잡을 수 없는 성취감과 허전함이 동시에 밀려든다. 밥상을 물리고 난 나는 그 내부의 희열과 헛헛함 때문이었겠지만 휑뎅그렁한 한 겨울의 마을 앞 들녘을 서성였다.

왜 그랬을까. 무엇이 그렇게 작품을 단숨에 써 내릴 수 있게 만들었을까. 얼음이 버석거리는 들녘 길을 천천히 거닐며 나는 그런 의문에 사로잡혔다. 따지고 보면 겨울방학이어서 시골집으로 내려온 지 달포가 넘어가는 무렵이었다. 그동안 작품을 쓴답시고 나는 몇 시간이고 흙내가 매캐한 토방에 배 깔고 엎드린 채 뒹굴거렸었다. 그러나 막상 막힌 생각은 좀처럼 풀릴 것 같지도 않았고 어쩌다 몇 줄 끄적거린 시 구절은 영 성에

차지도 않았다. 아마 사흘 전쯤이었을 게다. 윗집 당숙이 보던『조선일
보』를 잠시 빌려 본 것은. 그 신문은 막 새해를 넘긴 며칠 뒤의 '구문'이
기도 했는데 거기서 나는 뜻하지 않게 누군가의 신춘문예 당선시를 읽었
다. 외진 궁벽한 고향 마을에서 모처럼 읽는 그 당선시는 바로 하나의 충
격이었다. 당시 시골 마을에서 도시 문물, 아니 세상과의 유일한 통로라
고는 며칠 만에 한 무더기씩 배달되는 신문밖에 없었다. 신문 속에는 고
스란히 내가 두고 온 서울이, 아니 세상 모두가 있었다. 그 서울과 함께
우연하게 읽은 신춘문예 시는 때마침 무슨 방망이처럼 내 정신을 가격했
던 것이다. 그 가격이 그동안 꽉 막혔던 내 생각을 뚫어 준 탓일까. 아
무튼 작품 「희랍인의 피리」는 예외적으로 거의 단숨에 씌어졌다. 1965
년 1월의 일이었다.

　　일반적으로 접신 상태거나 영감을 받아서 쓰는 경우가 아니면 시 쓰기
는, 내 경우에만 국한해서 말하자면, 고쳐쓰기의 되풀이였다. 이 고쳐쓰
기의 되풀이는 굳이 설명하자면 과거 낭만주의자들이 말하던 접신 상태
에서의, 혹은 영감에 의한 글쓰기의 철저한 해체라고 할 것이다. 영감이
부인되거나 해체된 자리에 남는 것은 장인으로서의 글쓰기일 뿐이었다.
이 장인으로서의 글쓰기야말로 완벽을 향한 끝없는 고쳐쓰기의 되풀이
인 것이다. 일의 이치 그대로 이 같은 고쳐쓰기의 되풀이는 문장이나 형
식미학의 완벽함만이 아닌 어떤 생각이나 사고의 오랜 숙성 과정이기도
하였다. 곧 시상을 오랫동안 종이 위에서 가다듬고 숙성시키는 일인 셈
이다. 그 같은 글쓰기, 곧 장인으로서의 텍스트 생산은 일찍이 시인 정
지용이 보여 준 바 있었다. 이를테면, 일 년 넘게 깎고 다듬어 낸 끝에 비
로소 작품 「백록담」을 세상에 발표한 일이 그 한 본보기인 것이다. 그는
언어의 세공(細工)에서부터 작품 구조의 견고함에 이르기까지 고심에 고
심을 누구보다도 거듭한 것이었다.

　　그러면 이 같은 장인으로서의 글쓰기와 달리 어느 한순간의 폭발 형식
으로 작품을 쓰는 경우는 또 어떻게 설명할 것인가. 그것은 즉흥일 수도

있고 긴 시간 시인의 내면에 온축된 사고에 심지를 내리고 일순 점화를
시도하는 직관의 형태일 수도 있다. 굳이 비유를 하자면 오랜 참선 끝에
선사들이 돈오의 새 경지를 여는 것과 같다고나 할까. 그런 의미에서 직
관을 통한 글쓰기는 존재의 '새로 낳음'에 견줄 수 있을 것이다.

나는 이 두 가지의 글쓰기 형식 가운데 지금까지 장인으로서의 글쓰기
에 일관해서 매달려 왔다. 그런 점에서 우리 시 동네에 처음 선보였던 작
품 「희랍인의 피리」는 내 작품들 가운데 매우 예외적인 창작 과정을 거친
별종(別種)인 셈이다. 지난 1965년 1월 흙내가 매캐한 고향 시골집 토방
에서 두어 시간의 집중된 작업 끝에 만들어 낸 그 정황도 왜 그랬을까 구
태여 내 나름으로 설명을 하자면 못 할 것이 없을 터이다. 시집을 비롯한
책 한 보따리와 원고 뭉치를 싸 들고 내려간 고향 시골집은 언제부터인
가 시간이 정지한 듯한 적막과 권태 속에 들어 있었다. 낮이면 빈 들에
수천 톤 규모로 쌓이는 햇볕과 밤이면 뒷산 비알을 쉴 새 없이 굴러 내리
는 바람 소리만이 유난스러울 뿐 무슨 별난 일이나 생활의 드라마가 있
을 수 없었던 것이다. 따라서 나는 군불을 지핀 토방에 하루 종일 틀어
박혀 책을 읽거나 작품 쓰기에 매달려 시간을 죽이는 것이 고작이었다.
이 무미한 생활 속에서 안으로만 축적된 갖가지 생각이나 욕망들은 아마
호시탐탐 그 출구들을 노리고 있었을 터이다. 프로이트 식으로 말하자
면, 내 무의식 층에는 이들 잠재된 욕망들이 의식 밖으로 뛰쳐나올 분출
의 때만 기다렸을 터이다. 그리고 그 욕망(생각)들은 어느 첫새벽에 터져
올라 종이 위에 작품으로 모습을 드러냈을 거였다. 시 「희랍인의 피리」를
쓰고 나서 나는 다시 다른 작품을 쓸 수 없는 막막한 상태에 빠져들었다.
그 앞에 썼던 작품들을 다듬거나 새롭게 다른 것을 쓴다고 해도 무엇인가
성에 차지 않는 그런 작품들만 끄적거리고 말았던 것이다.

그해 겨울 그렇고 그런 시간들 속에서 내가 또 한 가지 위안을 삼았던
일은 서울 친구들이 띄우는 엽서들을 받아 읽는 일이었다. 그 무렵의 엽
서는 특히 박제천이 누구보다 열심히 그리고 많은 친구들에게 써서 보

내고 있었다. 읽고 있는 시집이나 다른 책들에서 옮겨 온 구절이거나 자기 시 속의 몇 구절을 그럴 듯하게 변용한, 따라서 구체적인 사연은 별로 없는 그런 내용의 엽서를 그는 즐겨 써서 보내 주는 것이었다. 그러나 그 엽서의 미려한 어구나 돌올한 표현은, 그의 고백에 따르자면, 실은 작품을 만드는 밑그림이고 더 나아가 자신의 시적 상상력의 실머리(端緒)들이었다. 말하자면, 노트나 책갈피에 두툼하게 끼워 둔 엽서들을 그때그때 꺼내 즉흥적으로 떠오른 단상들이나 느낌들을 적어서 곧 바로 우체통에 집어넣는 그런 식의 편지글이었다. 그 편지글은 얼마 뒤 작품들 속에 다시 잘 다듬어져 삽입되는 것. 엽서를 그렇게 작품 쓰기에 활용한 또 한 친구는 서라벌예대에서 갓 편입 온 천기철이었다. 그는 두툼한 파일 북(file book) 속에 20여 매 이상의 엽서들을 늘 넣고 다녔다. 어쩌다 훔쳐본 그 엽서들 가운데는 몇 줄 쓰다가 만 것, 그림을 글과 함께 미려하게 여느 구성 작품처럼 꾸민 것들도 있었다. 그는 어떤 생각이나 느낌이 올 때면 수시로 그 엽서들을 꺼내어 적고는 했다. 학교 캠퍼스에서 이 같은 엽서 쓰기는 박, 천 두 친구 때문에 몇몇 문청들 사이의 유행으로 번지기도 했다.

겨울방학이어서 시골로 내려간 나에게는 그들이 보내 주는 저 현학적인 엽서를 읽는 것이 큰일이자 위안이었던 것이다.

3월 초 개학이 되면서 나는 다시 학교로 돌아왔다. 아직 교정의 바람은 스산했고 제대로 난방이 안 된 명진관 강의실은 꽤나 추웠다. 나는 교정이나 강의실을 기웃거리며 '다다' 동인 친구들을 찾아다녔다. 갓 시작된 강의나 수업보다도 그들을 만나는 일이 그 무렵엔 그 무엇보다도 즐거운 일이었기 때문이다. '이것이 우리의 다다'라는 순수 우리말을 동인의 명칭으로 삼은 '다다'의 구성원은 박제천, 정의홍, 천기철, 명기환, 조관보 등등의 면면이었다. 일찍이 취리히에서 T. 차라가 벌인 다다 운동과 의도적으로 구별하기 위하여 '이것이 다다'라고는 정했지만 이 '다다'라는 명칭은 우리의 기분에 그대로 잘 맞는 것이기도 했다. 기성의 문학이나 예술과는 다른 그 무엇을, 그러나 그것이 구체적으로 어떤 것인지는 막연하고 모호하기는 했지만, 그 무엇을 구성원들은 모두 은밀히 갈망하고 있었다. 이러한 우리 모두의 내적인 갈망을 당시 그 명칭은 어느 정도 넌지시 채워 주는 것이기도 하였다.

그리고 다다는 각자의 작품들을 들고 나와 일주일에 한 차례씩 합평을 하고, 그리고 3개월 간격으로 작품집을 묶어 내자는 것이 구성원들의 합의 사항이기도 하였다. 실제로 작품집은 우리의 합의대로 묶어져 나오지 못했다. 우리는 등사본으로 동인지 1집을 내놓았는데 그것도 초등학교에 있는 친구를 통하여 등사판을 빌고 또 일일이 손수 원지를 긁는 등의 쉽지 않은 수고 끝에 참으로 어렵게 내놓았던 것이었다.

개강 직후인 탓이었겠지만 교정에 동인들의 얼굴은 보이지 않았다. 학교 교정 다음으로 동인들이 즐겨 집결하는 박제천의 방산동 집으로 나는 어느덧 발걸음을 옮기고 있었다. 청계천 5가 방산시장 입구에 그의 집은 있었다. 큰 도로 옆 아래층으로는 여러 종류의 상점들이 꽉 들어찬 어느 상가 건물 2층이 그의 집이었다. 비좁은 계단을 성큼 올라가면, 곧바로 박제천의 방이 있었다. 그 방에서 우리는 학교에서의 문학 행사나 시 작품 이야기들을 끝없이 펼쳤고 드물게는 그가 자랑스럽게 내놓는 국산 양주를 홀짝이기도 하였다. 특히 끼니때가 되면 그의 어머니가 삶아 주는 국수를 우리는 아주 맛있게 마파람에 게 눈 감추듯 먹어 치우고는 했다. 그 어머니를 생각하면 지금도 나는 눈물이 나는데, 우리에게는 언제나 후덕하고 안온한 느낌을 주는 그런 풍채 좋은 초로의 마님이었다. 시도 때도 없이 들이닥치는 막내아들의 친구들을 그 어머니는 싫은 표정 한번 없이 따뜻하게 맞아 주었고 또 챙겨 주시던 것이었다. 꽤 오래전부터 박제천이 쓰고 있는 '방산재(芳山齋)'란 호는 그가 문청으로서 젊은 시절을 보낸 이 방산동 집으로부터 연유하는 것이다. 물론, 이 호는 고 김구용 선생이 당신의 글씨와 함께 내려 준 것이기도 했다.

때마침 박제천은 그의 집에 있었다. 자기 방에 누워서 무슨 책인가를

읽던 그는,

"어서 와라."

라며 반갑게 맞아 주었다. 두어 달 만에 만난 그와 나는 많은 이야기를 나누었고 방학 중에 썼던 작품도 꺼내 보여 주었다. 시「희랍인의 피리」를 읽은 그는,

"어, 니가 쓴 작품 가운데는 기중 났다. 『시문학』에라도 한번 보내 봐라."

라고 전에 없던 충동질까지 넣었다. 당시의 시 잡지 『시문학』은 청운출판사에서 문덕수 주간으로 갓 창간을 본 50쪽 남짓의 작은 잡지였다. 그 무렵 『시문학』과 앞서거니 뒤서거니 창간을 본 시 잡지로는 김광림이 주간을 맡았던 『현대시학』이 또한 있었다. 이 시 잡지 역시 50쪽 남짓의 부피 얇은 것이었다. 이미 알려진 대로 1960년대 전반기는 『60년대 사화집』 『시단』 『신춘시』 『신년대』 등등의 동인지 출간 붐이 일던 시절이었다. 이들 동인지 역시 50쪽 내외였던 사실을 생각해 보면, 당시 모든 여건이 열악했던 시 전문지 또한 그 비슷한 규모의 잡지일 수밖에 없었다. 현재 『현대시학』은 1968년 전봉건이 삼애사에서 150쪽 내외의 규모로 창간한 잡지로 그보다 3년 앞서 나온 『현대시학』과는 구별되어야 할 터이다. 마찬가지로 1973년 현대문학사에서 조연현이 창간한 『시문학』지와 1965년의 『시문학』지는 규모에서나 성격에서 많이는 서로 다른 잡지였다.

아무튼, 시「희랍인의 피리」는 『시문학』지에 보내졌고 다음 달에 활자화되어 세상에 얼굴을 내놓게 되었다. 일찍감치 그해 10월 군 입대 영장을 받아 쥐고 있던 나로서는 작품 활동의 조그만 발판을 그렇게나마 마련하기 시작했던 것이다. 그리고 역시 같은 해에 2, 3회 추천을 모두 그 잡지에서 나는 마쳤다. 그해 겨울 황막한 논산훈련소 30연대에서, 또 훈련병으로서 군 막사 안 침상에 엎드려 썼던 3회 마지막 내 추천 소감은 황황하고 두서없던 당시 나의 내면 풍경을 그대로 잘 담고 있어 지금

도 어쩌다 읽게 되면 계면쩍기 짝이 없다.


## 2

그 무렵 5.16 뒤 크게 달라진 일들 가운데 하나는 대학 입시 제도의 대대적인 변경이었다. 이른바 국가고시제도로 대학 입시가 크게 바뀌었던 것이다. 이 같은 제도는 이전까지 각 대학, 특히 사학들의 무질서한 학사 관리를 근본에서 뜯어고치고자 한 조치였다. 그동안 각 대학들이 자율적으로 관리하던 입시를 국가가 대신 관장하겠다고 나선 것이었다. 곧, 전국 대학 입시생을 학과별로 국가고시에 응시토록 하고 여기서 합격한 사람만 지망한 대학에 다시 지원 입학할 수 있도록 한 것. 아무튼 나는 이 국가고시제도의 1회 응시생이었고 합격생이었다. 내가 신입생으로 입학한 1962학년도 동국대학교 국문학과 1학년생은 고작 25명이었다. 예년 같으면 적어도 사오십 명을 상회할 입학생 수가 그렇게 법정 인원만으로 대폭 준 것이었다. 대개 이 무렵의 강의실은 언제나 대형 규모라고 할 칠팔십 명 단위의 학급들이었는데 그에 비하면 이 숫자는 그야말로 소수 인원이 아닐 수 없었다.

어쨌든 이 국가고시 1회생들인 우리는 입학 때부터 각별한 결속을 과시했다. 워낙 소수 인원이다 보니 신입생 환영회에서부터 각종 행사에 이르기까지 그만큼 우리는 잘 어울리고 잘 뭉쳐 다녔던 것이다. 이들 동기생들 가운데는 뒷날 신춘문예로 등단한 문효치, 강희근, 하덕조 등이 있었고, 소설 「태백산맥」의 작가 조정래가 있었다. 그런가 하면 서정주 선생께 재학 중 『현대문학』시 추천 1회를 받았던 임웅수, 얼마 전 『펜문학』으로 뒤늦게 등단한 유근택 등도 있었다. 나는 그 무렵 시를 쓴다던 평택 친구 문윤호와 실은 더 잘 어울렸었다. 기차 통학을 하던 그와 나는 수시로 어울렸는데 주로 통학 기차 안에서였다. 우리 둘은 차 안에 좌석을 잡고 앉게 되면 주로 문학 얘기로 침을 튀기곤 했었다. 기차가 군포 지나 부곡(釜谷, 지금의 의왕역)쯤 달릴 때면 서쪽 차창을 그득하게 채운 석양의 둥근 해는 그 문학 얘기와 함께 지금도 내게는 잊히지 않는 한 폭 정경이 아닐 수 없었다. 그러나 졸업 후 끝내 등단을 하지 않았던 그 친구는 영원한 문청으로 내 기억 속에 부조되어 있다. 내 동기들은 이들뿐만이 아니었다. 같은 대학 선생이란 동류의식으로, 또 한국문화연구소란 동국대학교 출신 교수 모임을 함께 오래하고 있는 문영오 서예가 겸 교수도 우리 동기에서 빼놓을 수 없으리라.

입학한 달포 뒤쯤부터 우리는 선배들의 안내에 따라 전공별 모임에 가입을 했다. 예컨대 시 전공자는 '용운문학회', 소설을 쓰고자 한 사람은 '창작문학회' 등에 입회를 하고 또 그 모임에 참석토록 한 게 그것이다. 그러나 나는 입학 후부터 과외 선생, 신문 배달, 학습지 과외 등등을 전전해야 했다. 이는 시골 집안의 경제 사정도 사정이었지만 갖가지 사회 경험에 대한 내 특유의 목마름 탓도 컸을 터였다. 그 목마름은 국가고시 준비에만 전념하며 가까운 친구나 그 당시 또래 문화와는 온전히 절연하며 살았던, 그 삭막한 고교 시절에 대한 내 나름의 보상 심리에서 비롯된 것이기도 했다. 게다가 나는 노트에 소설 습작품을 매일 일기처럼 적던 시절이어서 무엇보다도 그 작품에 써먹을 현실 체험들이 절실히 필요했었다.

그러나 이 소설용 체험의 무리한 스펙 쌓기는 결국 내 건강에 이상 적 신호를 몰고 왔다. 그 탓에 나는 이듬해 휴학을 하고 시골집으로 무작정 낙향했다. 그렇게 시골집에 한 해를 머물며 나는 농사일을 거드는 한편, 이웃 마을 매곡(梅谷) 선생께 나가 한학을 배웠다. 이른바 내가 어설픈 정도의 한문 문리(文理)를 틔우게 된 것은 전적으로 이때의 매곡 선생 덕분이었다.

막상 휴학을 끝내고 이듬해 다시 학교 교정에 섰을 때 나는 석조관 음습한 지하 강의실에서 고등학교 동창인 박제천을 만났다. 그는 일 년 재수를 하고 입학해 국문학과 2학년에 적을 두고 있었다. 그러면서 예의 좌충우돌식 험구를 당시 주변 문학 지망생들에게 자랑하고 있었다. 누구보다도 시에 일찍 눈을 뜬 그는 '자면서도 시를 쓴다'라고 호기를 부릴 정도로 시 쓰기 훈련에 나름 몰입하고 있었다. 박제천이 재적한 국문학과 2학년에는 그 말고도 뒷날 신춘문예에 소설로 등단한 신상성이 있었다. 또한 1학년에는 선원빈, 정의홍, 신용선, 김정웅 등등이 있어 우리와는 잘 어울렸다. 오래전 작고한 선원빈은 고등학교 동기이면서 입학이 늦었고 소설을 썼다. 반면 정의홍은 언필칭 고교 시절 방황 탓에 입학이 늦었다고 했는데 시를 쓰는 꽤는 호남형 문청이었다. 이들과는 뒤에 서라벌예대에서 편입한 천기철, 명기환, 조관보 등과 '다다'라는 동인을 만들었다. 동인 '다다'는 20세기 초 서유럽의 저 전위예술운동을 지칭하거나 답습한 것이 아닌 '우리는 이게 다다'라고 할 때의 그 다다였다. 굳이 더 말하자면 이 모든 것, 전부라는 뜻의 다다였던 것이었다. 그 시절 우리는 경쟁적으로 습작품들을 생산했고 그걸 두고 열심히 합평과 토론들을 해 댔다. 그리고 나는 이때부터 소설에서 시로 관심과 진로를 바꿔 나갔다. 시를 읽고 쓰고 합평을 하는 일—말 그대로 이 일이 이 무렵의 우리 삶의 전부였고 학업의 다다였다. 누구나 모두 글에 흠뻑 취해 살았다고나 할까. 아니다. 글에 취했을 뿐 아니라 술에도 너나없이 취해 살았다. 당시 우리는 유일한 스포츠이자 도락인 술추렴으로 여분의 시간들을 죽이곤 했던 것이다. 특히 휴강이나 공강 시간이면 삼삼오오 학교 뒷산인 남산 마루턱을 기어올랐다. 거기엔 이동식 주점이라고 불렸던 들병장수 아줌마들이 군데군데 진을 쳤었다. 호주머니에서 얼마씩 추렴을 해 안주 없는 막소주 아니면 탁주들을 그 이동식 주점에서 우리는 나눠 마셨다. 아무튼 모를 일이었다. 그때는 왜 그리 남산 기슭에서 보는 서울 사대문 안의 하늘이 유난히 맑고 푸르렀으며 또 선들바람들은 왜 그리 상쾌하게 불어 쌓는지를.

지난 1960년대 우리 문청들에게 전공별 분과 활동이나 동인 활동 못지않게 P. 부르디외 식의 커다란 문학의 장(場)을 제공한 것은 『동대신문』이었다. 당시 이 학교신문은 대판 4면이었다. 여느 일간지들이 똑같이 대판 4면이었던 점에 비춰 보면 규모 면에서 결코 작은 신문만은 아니었다. 다만 간기(刊期)가 일간 아닌 주간이었던 점이 달랐다면 달랐을 따름이었다. 이 학교신문의 4면은 고정 문화면이었는데 주로 학생들의 문학작품들이 실렸다. 매호 시 작품이 실렸고 또 소설이 연재되고 있었다. 그러면서 이들 작품에는 일정 액수의 원고료도 지급되었다. 그 무렵 우리 가난한 학생들 호주머니 사정에 비춰 보면 원고료는 결코 작은 액수가 아니었다. 작품이 발표되고 나면 우리는 으레 고료를 받아 술을 마셔댔다. 이 문화면의 재학생 문단은 당시 주간이던 송혁 시인의 각별한 방침에 의한 것. 그리고 담당 기자로는 소설을 쓴 한용환, 선원빈 등이 그 문화면을 꾸몄다. 이 재학생 문단은 시인 소설가를 지망하는 학생들에게는 커다란 자극제이자 우리 동국문학의 문학적 역량을 가늠하는 바로미터가 되기도 했다. 이는 당시 작품을 열심히 쓰는 대다수 학생들, 곧 문효치, 강희근, 임웅수, 조정래, 박제천, 정의홍, 선원빈 등등의 작품이 경쟁적으로 모두 여기 발표되었고 그만큼 우리 문학 지망생들의 공동의 발표 광장이었던 때문이다. 말하자면 지난 1960년대 동국문학의 스타일과 역량이 모두 여기 집약되었던 셈이다. 나 역시 이 지면에 어쭙잖은 산문 몇 편과 시들을 발표했다. 그랬다. 제 작품이 활자화되어 세상에 알려진다는 사실은 글쟁이 누구에게나 쉽게 뿌리칠 수 없는 대단한 매력이 아니었던가. 그런데 이 매력에 홀린 시간도 내게는 불과 2년 남짓, 다시 교정을 한동안 떠나야 했다. 입학한 지 4년여 만인 1965년 가을 나는 군 입대를 위해 논산 수용연대로 떠났던 것이다.

## 3

늦은 봄날 오후였다. 아마도 신학기가 시작되고 첫 시험 기간이었을 것이다. 좀 일찍 학교를 나선 나는 광화문행 버스에 올랐다. 광화문 국제신보 서울지사 사무실의 이형기 선생을 뵙자는 생각에서였다. 그동안 선생을 한번 뵙겠다는 생각만 했을 뿐 나는 그 생각을 쉽게 실행에 옮기지 못하던 터였다. 막상 광화문 네거리 버스 정류장에 내린 나는 잠시 거리에 선 채 주춤주춤 망설였다. 이 시간에 선생이 사무실에 과연 계실까 나는 확신이 없었다. 지난 몇 차례 사무실을 들른 적이 있지만 그때마다 선생은 부재중이었다. 논설위원실에는 당신의 큰 책상만 덩그렇게 비어 있기 일쑤였다. 사무실은 지금은 헐려 없어진 국제극장 뒤 한 건물에 있었다. 마침 그날따라 선생은 사무실에 앉아 계셨다.

"응, 홍 군 왔나. 그리 앉게."

사무실 문을 들어서며 인사를 드리자 선생은 이내 자리를 권했다. 이 날이 내가 선생님을 뵙는 세 번째였을 터였다. 한번은 시청 앞 대한일보사 사무실에서, 한번은 학교 무슨 행사에서 뵌 뒤라 통산 세 번째 만남이었던 것이다. 처음 내가 신문사로 선생을 찾아뵀던 때는 막 군에서 제대를 하고 난 직후였다. 시 작품 추천을 해 주신 데 대한 감사 인사를 드리기 위해서였다. 나는 군에서, 그것도 학과 출장 훈련을 끝내고 온 논산훈련소 30연대 내무반 침상에서 시 추천 완료 소감을 썼었다. 당시 시를 투고했던 월간 시지(詩誌) 『시문학』에서 작품이 3회 추천 완료가 됐으니 그 소감을 보내 달라는 연락을 받고서였다. 지금도 그 소감을 들춰 보노라면 훈련병 시절의 경황없고 두서없던 심사가 고스란히 드러나 있어 나는 한편 부끄럽고 한편 안쓰럽기만 하다.

아무튼 3회째 최종 작품 추천을 1965년 나는 이형기 선생으로부터 받았다. 역시 군 내무반에서 받아 든 그해 12월호 『시문학』지에 선생의 추천사와 함께 내 작품이 실려 있었다. 당시 나는 잡지를 받아 들고 잠깐 어리둥절했다. 왜냐하면 2회 추천을 김현승 선생이 해 주셨고 마지막 추천 역시 그러리라 생각했던 때문이었다. 그런 만큼 나로서는 이 선생의 추천이 다소 의외의 사태였던 셈이다.

그 추천에 대한 인사를, 앞서 말한 대로, 나는 제대 후에야 선생이 계시던 신문사에 찾아가서 비로소 했다. 제대 후 어렵사리 상경해 학교에 갓 복학을 한 직후였다. 나는 아무개라고 자신을 소개하고 부족한 작품인데 추천을 해 주셔서 고맙다는 말씀을 더듬거리며 드렸다. 당신 책상옆에 의자를 끌어다 나를 앉힌 뒤 선생은 잡지사의 부탁으로 그리 됐다란 말씀부터 했다. 말하자면 당신도 뜻하지 않은 추천을 한 셈이란 말씀이었다. 그리고는 젊은 신인들은 가급적 참신한 선배 시인들이 추천토록 한 잡지 편집자의 방침도 같이 전해 주셨다. 그날 선생에 대한 내 첫인상은 매사 대단히 합리적이고도 명료한 분이라는 것이었다. 오랜 기자 생활에서 오는 직업 특유의 체취라고나 할 그런 아우라가 당신에게 짙었던 것이다.

그날따라 이 선생은 예의 간단간단한 말씀들을 몇 마디 건네주고는 잠시 당신 일에 매달렸다. 나는 바쁘신 데 공연히 시간을 많이 보냈구나싶어 일어섰다.

"그만 가 보겠습니다. 선생님."

"응, 홍 군 바쁘나? 일 다 됐다. 오늘은 나랑 술 한잔하자."

그리곤 사무실의 내 또래 젊은 사내 한 사람을 더 대동하고 문을 나섰다. 선생이 앞장서 들른 집은 조선일보 쪽 뒷골목의 중국집이었다. 주된 말길은 다 기억에 없지만 지금도 기억에 남는 말씀은,

"직장에 충실해야 해. 공연히 시 쓰네 하면서 우쭐대며 티 내면 안 되네."

라는 것이었다. 영등포 학교에 갓 취직해 근무 중이라는 내 보고를 듣고 건넨 말씀이었다. 그 말씀은 이후 사십 년 가까운 학교생활 내내 내가 지켜 낸 것이기도 했다. 그런데 나는 이 말씀과 관련한 미당 선생의

또 다른 말씀도 오래 간직한 바 있다. 역시 갓 취직한 뒤 댁으로 찾아뵈었을 때, 미당 선생은

"그래 취직이란 건 호구지책이나 하자는 게지. 의당 시인한테 직장은 부업 같은 걸세. 시 쓰는 게 우선해야 할 마련인 걸."

하며 당부를 하시던 것이었다. 그러면서 미당 선생은 예의 느리고 나직한 말씀으로 당신은 지금까지 그렇게 살아왔노라고 했다. 이 상반된 말씀들을 두고 내내 헷갈리기도 했지만 나는 이형기 선생 말씀을 더 공감하고 따랐던 셈이다. 궁벽한 시골 출신인 내게 그 무렵의 직장이란 바로 하늘보다 더 귀중한 무엇이 아닐 수 없었기 때문이었다.

각설하고 그렇게 시작된 그날 술자리는 밤 열한 시 가까워서야 끝났다. 통금이 있던 시절이라 나는 광화문에서 하숙이 있던 약수동 산동네까지 뛰다시피 달려와야 했다. 그리곤 인사불성이 되어 쓰러졌다. 술이 지나치면 기억도 없어진다는, 이른바 술꾼들의 필름 끊김 현상을 나는 그때 처음 겪어야 했다. 막 취직을 한 처지여서 내 호주머니는 종종 무일푼 텅 빌 때가 많았는데 결국 그날도 선생께 인사를 차리겠다는 건 말치레로 끝난 셈이 됐다. 아마 그날 술값 계산은 틀림없이 선생께서 했을 터였다. 그 뒤로 나는 선생께 술대접 한번을 제대로 못해 드렸으니 지금까지 말 그대로 유구무언의 신세가 되고 말았다. 돌이켜 보면 지난 세기 1970년대 초였으니 벌써 사십 몇 년 전 일이다.

그 뒤로 나는 학교생활 내내 근현대문학을 공부하고 또 가르쳤다. 그때마다 나는 저 순수참여논쟁이나 전통 논의 등을 살피며 새삼 선생의 명쾌 직절한 글들을 깊이 읽을 수 있었다. 특히 나름의 분명하고 확고한 문학관을 바탕으로 한 선생의 논리는 한 점 흐트러짐이 없었다. 시인으로서보다는 오랜 기자 생활과 함께한 논객으로서의 면모가 그 글 속에 있었던 것이다. 고백하자면 나는 그런 선생의 면모에 매혹당하기 일쑤였다. 일찍이 해방 공간에서 김동리를 두고 좌파 논객 김동석은 '재사'란 말을 거리낌 없이 썼는데 그 일 그대로 이형기 선생께도 나는 재사란 말을

그대로 쓰고 싶다. 논지를 명료하게 세우고 그 논지를 빈틈없이 풀어 가는 데 있어서나, 그걸 뒷받침하는 간결 직절한 문장 구사에 있어서나 재사란 말은 우리 선생께도 딱 들어맞는 말인 듯싶던 것이었다.

지금은 많이 잊혀진 일이지만, 이형기 선생이 고등학교 시절 『문예』지 추천을 통해 등단한 일은 그 시절 많은 이들에게 회자된 사건 중의 하나였다. 이는 그의 진주농림고등학교 2학년 때 일이었다. 잘 알려진 대로 『문예』지는 모윤숙이 정부 수립 후 발행한 종합문예지였다. 처음에는 김동리가 편집을 맡았지만 곧 조연현이 뒤이어 주재했다. 해방 공간의 대표적인 우익 논객이었던 김동리, 조연현의 면면 그대로 이 잡지는 순수문학을 표방했었다. 6.25전쟁을 전후로 휴간, 속간 등의 적잖은 곡절을 겪기도 했지만 1954년까지 간행됐다. 그러고 보면 『문예』지는 뒷날 창간된 『현대문학』지의 전신이라고도 할 터였다.

어쨌든 유수한 종합문예지였던 이 잡지에 이형기 선생은 작품 「비 오는 날」 「코스모스」(서정주 추천), 「강가에서」(모윤숙 추천) 등으로 3회 추천을 완료했다. 미당이 응모한 작품을 막상 추천해 놓고 보니 그 주인공이 실은 고등학교 재학생이더란 얘기는 당시 문학 동네의 한 화제였다고 한다. 문단 사상 최연소 데뷔란 말도 나왔다. 이 최연소 등단이 함축한 의미는 여러 가지 풀이가 가능하겠지만 나는 저 '재사'란 말뜻 그대로라고 읽고 싶다. 그만큼 이형기 선생의 시적 재능이나 뒷날 이룩한 문학적 성취 모두가 재사다운 천분에 기인한 것이라고 나는 믿기 때문이다. 특히 오랜 언론 생활에서 체질화한 논객으로서의 면모는 당신에게 문학비평가란 관사를 하나 더 얹게 만들었다. 그리고 이 논객으로서의 풍모는 결코 시류에 영합하거나 당대 누구의 눈치도 보는 법 없이 당신의 문학관을 당당히 펼치도록 했던 것이다.

나는 습작 시절의 시 교과서였던 신구문화사판 『한국전후문제시집』에서 이형기 선생의 초기 작품들을 읽었다. 이 사화집에는 전후보다는 해방 후 등단한 시인들의 제1세대라고 할 33인의 시인들 시가 시작 노트와 함께 실려 있었다. 이 사화집(詞華集)은 그런 만큼 이들 세대의 다양한 시적 개성을 집대성한 두툼한 부피의 것. 여기에 실린 선생의 작품들은 서정성이 강한 것들로 아직도 내 기억에 새롭다. 이를테면, 『문예』지 추천 작품이기도 한 다음 작품을 보면 그럴 밖에 없지 않은가.

오늘
이 나라에 가을이 오나 보다.

노을도 갈앉은
저녁 하늘에
눈먼 寓話는 끝났다더라

한 色 보라로 칠을 하고
길 아닌 千里를
더듬어 가면……

푸른 꿈도 한나절 비를 맞으며
꽃잎 지거라
꽃잎 지거라

산 넘어 산 넘어서 네가 오듯
오늘
이 나라에 가을이 오나 보다.
　　　　　　　　　　　　　　　　　—「비 오는 날」 전문

이 작품은 군이 산문적 번역이 필요 없는 작품이라고 할 것이다. 일차적인 통독을 통해서도, 가을비 오는 정경과 그에서 환기되는 가슴 아린 정서를 누구나 쉽게 향유할 수 있기 때문이다. 일몰과 땅거미 사이 보랏빛 시간에 비는 가을을 재촉하듯 내린다. 영랑과 목월 시의 한 색조이기도 한 보랏빛은 흔히 애잔하면서도 견디기 힘든 분위기를 빚는 색깔로 일컬어진다. 그래서 신경 예민한 사람들을 못 견디게 만드는 색깔이라고도 한다. 그런 보랏빛 시간, "길 아닌 千里를/ 더듬어 가"다 보면 또 어디선가 꽃은 빗속에 분분히 질 마련이라는 것. 이 자연서정시를 읽다 보면 우리는 이형기 선생의 초기 시가 저 미당이나 청록파류의 시적 자장 안에 놓여 있음을 생각지 않을 수 없다. 해방 공간에서 마땅히 건설해야 할 민족문학의 내장품으로 김동리와 조연현, 서정주 등은 순수문학을 주창했었다. 언필칭 과학을 앞세운 유물론보다는 생의 구경을 말하고 그 의의를 탐구하는 것이 문학의 본령임을 이들은 소리 높여 강조했던 것이다. 그 같은 세계관적 기반을 내장한 청문협의 젊은 시인들의 작품이야말로 이즘 말로 하면 당대의 커다란 트렌드였고 또 감수성 예민한 그 무렵 문학 소년들에게는 자기 시의 교과서였을 터였다. 그렇다. 그 교과서를 공부한 재사형 문학 소년의 시적 정답 같은 것이 바로 이 작품이라고 한다면 나만의 지나친 가늠일까.

널리 알려진 대로 중후반기 이형기 선생의 시적 대상은 자연보다는 도시적인 것, 문명적인 것으로 변주된다. 그러면서 말 그대로 지적 언어들로 구축한 드라이하고 비정하기까지 한 작품 세계를 펼쳐 내었다. 때로 자연물을 시적 대상으로 선택한 경우에도, 이러한 작품적 특징은 마찬가지였다. 이를테면 폭포를,

그대 아는가
석탄기의 종말을
그때 하늘 높이 날으던
한 마리 장수잠자리의 추락을.

나의 자랑은 자멸이다
무수한 복안(複眼)들이
그 무수한 수정체가 한꺼번에
박살나는 맹목의 물보라.

—「폭포」 부분

라고 상상하는 마음의 움직임 같은 것이 그 한 본보기이다. 비산하는 폭포의 정경을 장수잠자리의 추락으로 설정하고 "나의 자랑은 자멸이다"라고 당당히 진술하는 시인의 정신적 자세는 저 보랏빛을 축으로 한 서정에서 얼마나 멀리 온 것인가. 특히 중후기 이형기 선생의 시들은 시적 수사나 상상을, 「폭포」에서 본 바와 같은, 기상(conceit)에 많이 기대고 있어 이채로운 개성을 우리 시사에 드리운 바가 됐다.

    내가 기억하는 이형기 선생은 댄디라고 할 만큼 그 시절 여느 문사답지 않게 세련되고 깔끔한 풍모의 소유자였다. 19세기 중엽 서유럽을 풍미한, 세련된 매너에 고도의 절제된 언행과 교양을 내면화한 바로 저 댄디들 말이다. 처음 신문사로 찾아뵈었을 때부터 이 같은 선생에 대한 내 인상은 뵙는 횟수를 더해 갈수록 확고해져 갔다. 이는 오랜 기자 생활을 통해 몸에 밴 깍듯한 매너와 세련된 언변, 교양인다운 풍모 탓이었다. 게다가 키가 훤칠했고 경상도 억양이 얼마간 남아 있긴 해도 우렁우렁한 말투와 호남형 외모 등이 더욱 그런 인상을 각인토록 했을 터이다. 특히 이형기 선생은 어느 자리에서건 말씀이 간결하면서도 명쾌했다. 미적거리거나 불분명한 언사란 거의 없었다. 그런데 실은 그런 선생 앞에서 나는 언제나 어눌하고 어설프기만 한 시골 학생이었다. 모처럼의 대화 중에,

    "홍 군, 그건 그런 기 아니다."
라는 말씀도 그랬고
    "봐라, 이건 이렇게 하는 게지."
라는 내 행동거지에 대한 선생의 훈수도 그랬다.

나는 등단 이후 술과 글쓰기와 뭇 친구들과 어울려 대략 십여 년을 영일 없이 살았다. 그리곤 이내 시골 학교 선생이 되어 지방을 전전하며 이십 몇 년을 뜨내기 아닌 뜨내기로 떠돌았다. 그런 탓에 선생을 자주 뵙는 일이란 생각할 수도 없었고 또 그럴 계제도 내겐 영 주어지지 않았다. 뿐만 아니라 이 무렵엔 선생께서도 오랜 언론인 생활을 접고 멀리 부산 산업대학 교수로 전직해 가 있었다. 그간 몸담고 있던 국제신보사가 제5공화국의 언론 통폐합 조치로 없어진 탓이었다. 지난 1980년대 초 마침 시집『우리 이웃 사람들』이 상자되어 나는 이 시집 한 권을 학교로 보내 드린 적이 있었다. 그러자 선생께서는 뜻밖에도 시집 잘 받았노라는 엽서 한 장을 띄워 주셨다. 지금도 기억에 남는 건 '홍 군 많이 외롭지'라는 그 엽서의 절절했던 한 구절이다. 서울이 아닌 먼 외지에서 지내고 있던 내 근황을 헤아리고 보내 주신 엽서긴 했지만 돌이켜 보면 당신의 그 무렵 내면 풍경을 그렇게 보여 주신 것은 아닐까 싶기도 하다. 오래 몸담던 직장이 하루아침에 없어진 현실에다 전직에 따른 당신의 고단함이 거기 함께 묻어 있었던 것으로 여겨지기 때문이다.

지금도 나는 이형기 선생을 언론인 시절의 모습으로만 떠올리곤 한다. 이는 그 깔끔하고 매사 당당하던 모습과 시인으로서보다는 논객으로서 우리 문학 동네에서 남달리 명쾌하고 간결 직절한 평필을 휘두른 당신의 풍모 때문일 터이다.

# 사람이 '사람'에게로 가는 길

"사람이 '사람'에게로 가는 긴 길이 있다.
내 시몸(詩身)은 그 길을 걸었다."

## 첫 시집 『서벽당집』(1973)과 주변의 일들

비록 자비 출판이긴 했지만 첫 시집 묶는 일은 힘들어도 힘든 줄 몰랐다. 인쇄소가 있는 중림동은, 지금은 재개발로 딴 동네가 됐지만, 그 무렵엔 서울 시내 여느 산동네들과 다름이 없었다. 인쇄소 건물은 그 동네에서는 제법 번듯한 2층 건물이었다. 충정로에서 오른쪽 얕으막한 산동네를 끼고 서부역 방향으로 내려가는 길목에 있었다. 그 무렵의 인쇄소라니. 건물 입구만 들어서도 훅 끼치는 인쇄소 특유의 납활자 냄새와 석유 냄새, 특히 석유 냄새는 일찍이 이상이 저 「산촌기행」에서 시골의 석유 끄름 냄새라고 말한 그 냄새로 지금도 나는 잊히지 않는다. 특유의 맵싸하고 알키한 그 기름 냄새는 철커덕거리는 인쇄기 소리와 함께 인쇄골목만의 영 잊히지 않는 정경 가운데 하나인 것이다. 교정실은 2층 한 구석에 있었다. 거기서 나는 교정지를 받아 들고 읽거나 여의치 않으면 집으로 싸 들고 왔다. 당시는 납활자들을 고르는 문선 과정에다 그걸 판형에 맞춰 짜는 조판, 그리고 교정과 지형 뜨기, 인쇄 제본 등등 그야말로 책 한 권 만드는 일이 너무 힘들었고 많은 과정들을 거쳐야 했다. 시집 교정이어서 각별하게 어려운 일도 아니었지만 나는 집에 와서 꽤는 열심히 교정을 봤다.

한얼문고란 출판사는 현대문화인쇄소란 자체 인쇄 시설을 가지고 있었다. 그 출판사는 당시 우리 '시법(詩法)' 동인을 함께한 이만근 시인으로부터 소개받았다. 마침 평론을 하는 임중빈이 그 출판사의 주간으로 있었고 나는 그를 이만근을 통해 소개받은 것이다. 시집 간행의 모든 경비는 내가 감당하는 것이었지만 출판사 명의는 어디선가 빌려야 했던 터였다. 그 명의를 나는 임중빈을 통해 한얼문고로부터 빌린 것이다. 임중빈은 꽤나 바쁜 터라 출판사에서는 좀처럼 만나기 힘들었다. 어쩌다 만나면 그는 김윤식의 『한국근대문예비평사연구』 교정지를 들고 있기 일쑤였다. 키가 껑충하니 마른 체수였던 그는 인상이 특이했다. 말이 빠른데다가 열기가 늘 느껴지는 사람이었다. 시집이 나왔을 때 모처럼 그와 마주 앉을 수 있었다. 그는 첫 시집 출간을 축하한다며 저녁 자리에 나와 주었다. 표지 장정에서 본문 디자인까지 모든 편집과 제책 일을 내가 직접 했지만 나는 그에게 고맙다는 인사로 저녁을 하자고 제안했던 것이다.

"홍 형, 축하합니다. 책을 하나 내는 일이 예삿일이 아닌데 잘하셨습니다. 김윤식 선생 책이 워낙 방대해 놔서 내가 별로 신경을 못 써 드려 미안합니다."

"막상 해 보니 만만치 않네요. 동인지나 그동안 몇 번 만들어 봤지 시집은 처음입니다."

그날 그 자리에서 우리는 책 만드는 일, 문단 이야기 등등을 나누었다. 특히 그는 비평사의 간행을 무척 자랑스러워했다. 한얼문고로서는 정말 뜻 깊은 책을 내게 됐다고도 했다. 그런 그가 당시 윤형두 선배가 내던 『다리』지에 내 시집의 서평을 써 준 것은 그 얼마 뒤의 일이었다. 굳이 따지자면 이 첫 시집은 등단 10년 만의 그렇게 힘겨운 난산이었다.

사실 그 무렵 나로서는 시집을 낸다는 건 엄두도 못 냈던 일이다. 갓 결혼한 뒤에다 대학원까지 다녔던 형편이라 경제적인 여건만 따지자면 무슨 여력이 있을 턱이 없었다. 동인 활동('시법' 동인)과 작품 발표에만 올인하는 형편이었다. 그런데 그 무렵 재직하고 있던 학교의 최수철 교감 선생이 어느 사석에선가,

"홍 선생, 시집 한번 묶어 보지 그래. 그럴 때 안 됐나?"

느닷없는 제안을 했다. 앞에서 말한 대로 이것저것 여건이 갖춰져 있지 않았던 터라 나는 그 제안에 우물쭈물 할 수밖에 없었다.

"뭘 우물거려. 뒤는 내 좀 밀어줄게. 한번 묶어 봐."

교감 선생의 이 같은 불도저식 제안에 용기를 얻은 나는 결국 시집 발간 준비를 시작했다. 그리고 한얼문고에서 자비지만 변형국판 크기의 시집을 낸 것이었다. 당시만 해도 오늘날과 달리 책 한 권 만들기가 여간 까다롭고 어렵지 않았다. 앞에서 말한 대로 편집에서 문선 조판, 인쇄 제본 등등 어느 것 하나 손쉬운 일이 없었기 때문이다. 더욱이 출판사에서 인세를 챙겨 가며 호기롭게 시집을 내는 일은 고작 몇몇 대가급 시인들에게나 가능하던 시절이었다. 500부 한정판이었던 그 시집은 주변의 가까운 지인들, 그리고 동인들과 친구들의 손에 우선 쥐어졌다. 글 동네에선 선배 시인들 몇 분에게 기증을 했다. 나머지는 그 무렵 재직 학교의 학생들이 고맙게 한 권씩 갈아 주는 바람에 그만 동이 나고 말았다. 이 학생들 덕에 나는 시집 제작비를 얼마간 충당할 수 있었다. 지금 생각하면 무모하고도 부끄러운 일이다. 특히 학생들에겐 작폐가 된 건 아닌지 모를 일이다.

그런데 그 첫 시집 출간에 따른 잊히지 않는 일들도 있다. 하나는 고 신석초 선생님의 반응이었다.

"젊은 친구가 너무 건방 떠는 거 아닌가."

그 당시 한국일보 논설 위원으로 재직하던 신 선생께서 그렇게 일갈하셨다고 한다. 작품 내용은 다음이고 우선 시집 제목을 보면서 한 말씀이라고 한다. 저 "서벽당집"이란 시집 제목이 당신께서 보기에는 영 황당했던 까닭이리라. 나이 든 세대의 감각에는 그 시집 제목이 조선조 선비

들의 사후 문집을 연상시켰을 것이다. 이런 혐의는 나로서도 받을 만했다. 일찍이 이백의 칠언절구 「산중문답」을 시골 서당에서 읽으며 그때부터 생각한 '서벽당'이란 말은 사실 너무 현실감이 부족한 터였다. 하지만 나는 그 시집에 남달리 시업에 열중하며 통과한 내 이십대를 여과 없이 모두 담았다고 생각한다. 뿐만인가. '서벽당'이란 말이 좋아 나는 지금도 두인(頭印)에 이 당호를 각자(刻字)해 쓰고 있다.

그 무렵 곧잘 들르곤 하던 현대문학사에는 김수명 선생이 있었다. 그는 내 부탁도 없었는데 『시문학』지 표4에 시집 광고를 내주었다. 너무 과분한 일에 고마워 어쩔 줄 모르는 내게 김 선생은,

"열심히 하는 젊은이, 공짜로 책 광고 좀 내줄 수 있지."

라며 예의 그 따뜻한 미소를 입 가득 물었다. 그때의 고마움은 지금도 쉽게 잊히지 않는다. 그런가 하면 같은 '시법' 동인이었던 시조 시인 서벌은 시집을 누구보다 열심히 팔아 주었다. 주로 주변의 후배 시인들에게 강매 아닌 강매를 한 게 아닌가 싶은데 그도 이미 고인이 됐으니 새삼 확인할 길은 없다. 그동안 내가 현대시를 쓰고 공부하는 한편으로 시조에 대한 관심을 놓지 않았던 것은 오로지 이 친구의 영향 탓이다. 현대시조, 그것도 사설시조에 남달리 강한 의욕을 보였던 그였지만 아직 사후의 전집 하나 없으니 더욱 황량한 마음일 뿐이다.

그런데 이 첫 시집이 재간되어 다시 세상에 얼굴을 보인 것은 '문학동네' 덕이다. 이천 년 어느 날 평론을 하는 후배 교수 황종연으로부터 나는 재간행의 제의를 받았다. 말이 제의이지 실은 부탁이라도 해야 했던 일인데 그는 친절하게도 재간행을 권해 온 것이다. 마침 '문학동네'에서 '2000 포에지' 시집 총서가 기획되고 있는데 거기에 『서벽당집』도 포함시켰으면 좋겠다는 것이었다. 나는 흔쾌히 동의했고 그 준비를 했다. 그 준비란 그동안 불만스럽던 작품들의 경우 한 번 더 개고하는 일이었다. 실제로 나는 재간을 계기로 작품들에 많은 손질을 했다. 그리고 이 손질은 지난 2004년의 전집 간행 때 한 번 더 이루어졌음도 적어야겠다. 아

마 한얼문고판 시집과 비교하면 큰 폭의 성형을 당한 작품들도 있을 터인데 글쎄 시의 결정본은 아무래도 전집을 따라야 할 터이다. 이 재간본이 초판과 달라진 것은 시집 뒤에 해설이 덧붙게 된 것과 내 젊은 날 사진이 앞표지에 실린 일이다. 사진은 육명심 선생이 찍어 준 삼십대 초반의 것을 썼다. 그는 얼마 전 『문인의 초상』『예술가의 초상』이란 크고 귀한 사진집을 낸 바 있다. 나는 이 귀한 사진집을 받고도 잘 받았다는 인사를 제대로도 못 했다. 남의 귀한 책들을 기증받고도 인사를 생략하는 악습은 언제부터 비롯된 일일까. 아마 이 악습 역시 첫 시집 출간 때부터가 아닐까.

그리고 해설은 우리 사당동패의 일원인 이숭원 교수가 맡아 주어서 더욱 의의가 크다. 그는 황동규 시인의 말을 빌자면 시 비평에 있어서는 일급의 비평가가 아닌가. 재간행되어 남다른 분복을 누리는 첫 시집—그에 관련한 일들도 따져 보면 벌써 삼십여 년 저쪽의 일이다. 그러고 보니 당시 한얼문고의 임중빈 선생도 이미 여러 해 전 작고를 했다.


## 시 동네 전입과 동인지 활동

일 년 간 휴학을 끝내고 복학했을 때 학교 캠퍼스는 많이 변해 있었다. 강의실이나 교정이 모습을 바꾼 게 아니라 학생들 분위기가 확 바뀌어 있었다. 그 무렵 내가 국가고시 1회(1962)로 입학한 국문학과 학생은 고작 25명이었다. 그러나 휴학 일 년 만에 돌아온 학과 강의실엔 많은 학생들로 넘쳤다. 복학생, 편입생들이라고 했지만 정원을 훨씬 초과한 인원이었다. 그 어수선한 분위기 속에서 다행히 나는 고등학교 동창인 박제천을 만났다. 그는 한 해 재수 끝에 역시 국문학과에 들어와 있었다. 강의실에서, 교정에서, 술집에서 그와 나는 이내 터놓고 시 쓰는 얘기에 빠져들었다. 그러면서 역시 시 공부하는 친구들인 문효치, 강희근, 정

036

의홍 같은 친구들과도 어울렸다. 하지만, 박제천과는 곧장 누구보다도 가까워졌다. 공강 시간이면 그의 방산시장 입구 2층집에 몰려가 어머니가 삶아 주신 국수로 점심을 때우는 일도 예사였다. 문청 시절이란 누구에게나 으레 그렇겠지만 술뿐만이 아니라 잉크에도 취해 살게 마련이다. 우리는 학교 수업보다는 시 쓰는 친구들과 어울려 작품 이야기, 문학 얘기로 모든 시간들을 죽였다. 그 열정은,

"자면서도 우리는 시를 쓴다."

라는 객기로 터져 나오기도 했다. 박제천은 시를 읽고 습작을 하는 데 꽤나 열심이었다. 나는 그 무렵 소설에서 시로 방향을 틀었다. 이 방향 전환은 박제천의 권유 탓이라고 할 만큼 그에게 많은 빚을 진 결정이었다.

당시 문학 동네는 순수/참여로 갈려 논쟁들을 벌였다. 주로 『현대문학』이나 『사상계』 『문학춘추』 등의 지면을 통해서였다. 전후 세대 젊은 비평가들인 김양수, 김우종, 원형갑, 이철범 등이 그 주된 논객들이었다. 그 논쟁을 두고 우리 역시 나름대로의 다툼을 곧잘 벌이기도 했다. 그런 분위기 속에서 나는 대학 3학년 겨울방학을 고향에서 지내며 작품 몇 편을 열심히 만들었다. 마침 문덕수 선생의 주재로 이듬해 4월에 시 전문지인 『시문학』지가 창간됐다. 그 잡지에 나는 작품들을 투고했다. 신춘문예에 고배를 마신 끝인데다가 그해 나는 입영 통지를 받아 두고 있었던 탓이었다. 무언가 문학에 끈을 댈 일이 급했다. 그만큼 군 입대는 나에게 부담이었고 말 그대로 쫓기는 심정이었다. 삼 년 가까운 군 생활의 정신적 공백이 결코 만만한 것만은 아닐 터였기 때문이다. 작품 「희랍인의 피리」는 그 부담감 속에 시 동네에 첫선을 보였다. 그리고 이어서 작품 「비유를 나무로 한 나의 노래는」 「이미지 연습」 등이 김현승, 이형기 선생의 추천으로 세상에 나왔다. 아마도 신생 잡지였기에 이 초고속의 추천은 가능했을 터였다. 왜냐하면 『현대문학』 같은 경우 3회 추천을 마치는 데에는 짧게는 2, 3년 길게는 5, 6년까지 걸렸기 때문이다. 물론 추천 위원의 성향에 따라 다소의 차이는 있었겠지만. 이 같은 통례

에 비춰 보면 나처럼 한 해 동안 3회 추천을 마친 경우는 드문 일이 아닐 수 없었다. 아무튼 그해 연말 나는 논산훈련소 30연대 내무반 침상에 엎드려 추천 완료 소감을 썼다. 벌써 반세기 전인 1965년도의 일이다.

그런데『시문학』은 내가 군 생활을 하는 동안 종간이 됐다. 두 해 가까이 발간되다 경영난 탓에 문을 닫은 것이다. 그 무렵 대개의 신생 잡지들은 그렇게 단명으로 끝나기 일쑤였다. 고작『현대문학』『사상계』등 유수한 몇 잡지만이 드물게 장수를 누려 나가던 시절이었다. 출신지가 단명으로 끝난 것을 알았을 때 나는 마치 친정집이 없어진 그런 막막함을 느껴야 했다. 제대 뒤(1968) 복학을 한 나는 문덕수 선생을 인사차 찾아뵈었다. 그 시절 선생은 서대문 미근동 성문각 사무실에서『세계문예대사전』일을 하고 있었다. 나는 거기서 문 선생을 통해 오래전 작고한 주성윤(朱成允) 시인도 만났다. 그리고 그가 편집을 맡아 하던 한국시학회의 회원이 되었다. 문 선생의 배려 덕이었다. 이『한국시』는 불과 25쪽 내외의 얄팍한 것이었지만 실은 한국시학회의 회지였다. 이 회지 2집에 나는 작품을 실었다. 그런데 이 회지는 곧 동인지 체제로 탈바꿈했다. 나처럼『시문학』을 통해 등단한 양채영, 오순택, 양왕용 등의 시인들과 박제천, 오규원, 정의홍, 유승우, 정민호, 노향림 등 젊은 시인들이 주축이 된 명실상부한 동인지로 이내 재편된 것이었다. 이 '한국시' 동인은 이후 3년 정도 동인지를 간행했다. 그 중심에는 당시 한림출판사에서 편집 일을 하고 있던 오규원이 있었다. 나는 이런저런 연락과 실무를 맡았다. 이때 익힌 편집 일은 학교에서는 교지를, 잡지사 근무 때는 호구(糊口)의 업이 되기도 했었다. 모르긴 해도 지금 계간『문학·선』일의 단초는 이미 그때 마련된 것인지 모르겠다.

## 시론과 산문

그 무렵(1970) 서대문 네거리 우체국 옆 구불대는 골목길을 올라가다
보면 인창고등학교 못 미쳐 현대시학사가 있었다. 낡고 오래된 이층 건
물이었다. 삐걱거리는 좁은 목조 계단을 올라가면 이내 2층 사무실이
었다. 실내는 비좁았다. 한쪽에는 과월호들이 천정까지 쌓여 있었고 다
른 한쪽으로는 책상 두 개가 마주 놓여 있었다. 전봉건 선생은 마주 놓
인 그 안쪽 책상에 늘 그린 듯이 앉아 있었다. 키는 훤칠했지만 당뇨 탓
에 얼마간 수척한 모습이었다. 그리곤 과묵하기 이를 데 없어 우리가 묻
는 말에 어쩌다 대답을 하시는 게 고작이었다. 대신 선생은 찾아오는 사
람들의 얘기를 주로 듣는 편이었다. 어느 날인가 사무실로 인사차 들렀
을 때였다. 선생은 차나 한잔하자며 네거리 근처의 다방까지 나를 데리
고 내려왔다.

"홍 형, 시에 관한 산문 한번 안 써 볼라우?"

차를 앞에 놓고 선생은 불쑥 그렇게 말문을 열었다. 그리곤 시인은 자
기 시론 하나쯤 가지고 있어야 한다는 얘기를 이어 나갔다. 이 무렵 시
론을 가져야 한다는 것은 시 동네의 일종의 유행 같은 것이기도 했다. 지
금 돌이켜 보면 자기 시에 관한 미학적 자의식을 명료하게 가져야 한다
는 말씀일 터였다. 선생은 그 같은 예로 '현대시' 동인들을 꼽았다. 이유
경, 이승훈 등이 특히 활발하게 시에 관한 글들을 발표하고 있었는데 그
경우를 보라고 했다. 그러면서 나에게도 자기 나름의 시에 관한 생각들
을 글로 써 보라고 했다.

"저도 그러고 싶긴 하지만 지면 얻기가 어디 수월하겠습니까."

고작 나는 선생의 말씀에 이런 숙맥 같은 대답이나 하고 말았다. 이날
선생은 『현대시학』지에 지면을 내줄 수 있다는 말씀과 산문 역시 만만치
않은 많은 훈련을 거쳐야 한다는 말씀을 건네주었다. 그런 연유로 『현대
시학』에서의 내 산문 쓰기는 시작되었다. 지금도 그 무렵 산문들을 읽으

시인의 '처음'에게로 가는 길

면 나는 모골이 송연하다. 시에 대한 생각이 산만한 것은 물론 때로는 문장마저 어설프기 짝이 없었던 때문이다. 그런 나의 글을 선생은 말없이 당신의 지면에서 지켜보기만 했다. 글이 잘 됐다 아니다라는 일체 언급이 없었다. 말 그대로 당신은 훈련을 쌓는 과정 정도로 너그럽게 내 미진한 글들을 지켜보기만 했던 것 같다.

시에 관한 생각들을 글로 쓰고 또 발표하는 일은 그처럼 시작되었다. 나는 『현대시학』 지면에 월평, 연평 등의 글들을 부지런히 썼다. 이 같은 현장 비평 형식의 산문 쓰기는 점차 본업처럼 되는 단계에까지 나갔다. 나는 시 쓰기와 달리 이 산문 쓰기를 통해서 내 나름의 현장 감각과 시에 관한 생각들을 정리해 나갈 수 있었다. 각종 지면에 발표된 작품들을 빼놓지 않고 읽었고 내 나름 시 동네의 지형도를 그리게 되었던 것이다. 특히 관심을 두고 읽었던 시인들의 경우 그의 작품 세계의 추이나 시적 변주 등을 두루 가늠하게 되었다. 그런가 하면 이 산문 쓰기를 통해 나는 우리 시에 관한 일련의 흐름과 전망들을 정리할 수 있었다.

그런데 이 산문 쓰기를 위해 나는 여러 가지 외서들을 읽어 보려 애를 써야 했다. 주로 영미의 비평서들, 그것도 신비평, 원형비평의 글들을 섭렵하고자 노력했다. 짧은 어학 실력이었음에도 불구하고 나는 그런 노력들을 혼자 감당해 냈다. 지금처럼 번역이 활발하게 이뤄지지도 않았고 시에 관한 이론서들조차 드문 당시로서는 어쩔 도리가 없는 일이었다. 주(註) 달린 글들을 계속 써야 했던 대학 선생 시절에는 이 같은 노력은 외레 강도를 더할 수밖에 없었다. 그런가 하면 현장 비평 형식의 짧은 산문들에서도 저들 외국 비평가나 그들의 이론이 문득문득 끼어들고는 했다. 글의 입론에 대한 논거를 댄다는 것이었지만, 그보다는 이들 비평가들을 들먹이는 게 왠지 멋스러워 보였다는 일종의 허세 탓도 있었다. 그렇게 해야 글의 품격이나 위세가 더해진다고 터무니없는 미신에 사로잡혀 있었다고나 할까. 이는 아무리 좋게 말해도 현학취밖에 안 된다는 게 정확한 얘기일 터. 그렇다. 지금 생각해도 이건 터무니없는 오산이자 미신이라고 해야 할 일이었다.

그러나 나는 이 미신을 머지않아 과감히 깨뜨릴 수 있었다. 그것은 황동규 선생 덕이었다.

"홍 선생, 시에 관한 지식들이나 비평가들에 압도당하면 안 돼요."

아마 늦저녁 남가좌동 포장마차에서 돼지갈비를 구워 놓고 소주를 마시던 자리였을 것이다. 시에 관한 얘기 끝에 황 선생은 예의 그 열에 뜬 음성으로 일갈을 놓았다. 그러면서 김수영의 산문을 예로 들었다. 그는 평생 번역을 해 생활했고 그만큼 누구보다도 많은 외국 이론들을 남 먼저 읽었을 터였다. 그러나 그의 글 어디에도 자신이 읽은 외국 이론이나 지식들은 얼굴을 섣불리 내밀지 않는다. 그는 늘 자기가 읽은 이론이나 지식을 자기 것으로 만들어 글을 썼다는 말씀이었다. 그 무렵 황 선생의 이 말씀은 나에게 할(喝)이자 바로 봉(棒)이었다. 나는 그날 필름이 끊길락 말락 흥겹게 취했을 것이다. 내 산문 쓰기의 터널 끝 둥근 출구가 때맞춰 환히 보였기 때문이었다. 그랬다. 너나없이 박래품의 설익은 지식이나 이론을 전가의 보도처럼 휘둘러 대거나 남 먼저 그걸 내걸어야 행세를 한다고 생각지는 않았던가. 더욱이 그게 무슨 면무식의 대접이 되던 당시 풍토라면 풍토였다. '새것 콤플렉스'란 김현의 말은 이런 함의에서도 생겨났을 터였다. 아무튼 나는 황 선생의 이 봉 한 방에 산문 스타일을 완전 바꾸었다. 얼마간 어설플지라도 나는 내 얘기들을 과감하게 써 나가고자 했던 것이다.

나의 산문 쓰기는 전봉건 선생의 낡고 비좁은 저 서대문 현대시학사에서 뜻하지 않게 시작된 것이지만 그 이후로 나는 기회가 주어지는 대로 마다하지 않고 썼다. 지면도 뭇 잡지와 신문 등으로 넓혀졌다. 대부분 주문 생산의 현장 비평들이었지만 그 생산량은 결코 적다고 할 것은 아니었다. 그러나 나는 육십령 고개를 넘고 나서는 산문 쓰기를 포기했다. 나이 탓밖에 더 달리 할 변명이 없지만 산문 쓰기의 필요조건인 지구력과 집중력에 문득 자신이 없어진 것이다. 돌이켜 보면 산문 쓰기는 나름대로 얼은 것도 적지 않았지만 잃은 것도 많은 작업이었다. 그 무엇보다 논리만을 좇다 보면 상상력의 위축이 더 컸었다는 생각을 지금도 지울 수 없다. 실제 시 작품을 만드는 데 어떤 도움을 받았던가. 주 달린 글도 현장 비평도 저 상상력의 산물보다는 그 생명력이 너무 짧기만 하지는 않았던가.

## 안동, 위수령, 우리 이웃 사람들

이른바 내 '주류계(酒柳界)' 생활 10년은 뜻하지 않게 끝났다. 1981년 신학기부터 신생 안동대학으로 직장을 옮겼기 때문이었다. 문학 동네에 전입 온 뒤 10년쯤 나는 시와 술에 꽤는 허기가 져 있었다. 직장 일이 끝나면 무슨 유목민처럼 술친구들을 찾아 많이 떠돌았다. 주로 대학 시절의 학교 친구들 아니면 또래의 글쟁이들이었다. 그런가 하면 한 술친구는 또 다른 술친구들과의 연결 끈이 되었다. 어느덧 술친구도 자못 그 범위가 넓어져 간 것이다. 그렇게 즐겨 술을 마시면서 우리는 시를 얘기하곤 했다. 통금이 있던 시절이어서 얘기가 미진하면 여관으로 옮겨 밤새워 다투기도 했다. 1970년대 초부터 안동으로 직장을 옮기기까지 10년을 나는 그런 식의 떠돌이로 살았다. 주가(酒街) 유항(柳巷)이었던가. 그 시간을 나는 언필칭 '주류계' 10년이라고 부른다. 가까운 친구들과의 후일담 자리나 학생들과의 사석에서 주로 한 소리였다. 그 생활은 안동으로 내려가면서 자연스럽게 끝장이 났다. 시골 학교 선생으로서의 향후 20여 년 생활이 시작됐던 것이다. 안동으로의 전직은 당시 안동대학 국문학과의 중진 교수였던 이정탁(李廷卓) 선생 덕이었다. 서울예전에서 한창 입시 업무에 바빴던, 신학기가 머지않은 2월 중순 어느 날, 아침 식전 전화가 왔다. 홍기삼 선생이었다. 안동대학에서 마침 시 창작을 하는 현대문학 선생을 찾고 있다는 전갈 말씀이었다. 그래서 나는 작고한 김기동 교수와 함께 이정탁 교수를 만났고 이내 이 교수로부터 임용 결정이 났다는 연락을 받았다. 낯선 외지일 뿐이던 안동으로의 전직은 이렇듯 전격으로 이루어졌다.

그때까지 안동과의 연이라면 여행길에 한 번 들렀던 일이 전부였다. 그 전전해에 나는 황동규 선생, 고 김현 선생, 김정웅 시인 등을 따라 도산서원과 하회에 잠시 들렀었다. 그것이 말하자면 그 무렵 안동에 대한 내 알음알이의 전부였던 것. 나는 새로 부임한 학교를 한 주일 간격으로 오르내렸다. 주말에 내려갔다가 다음 주말에 다시 올라오는 그런 생활이었다. 나는 일요일 오후면 청량리역에서 어김없이 기차를 탔다. 지금도 기억이 생생하다. 덕소쯤 차창 밖으로 건너다보던 미사리 백사장의 빽빽한 미루나무 밭과 거기 걸렸던 둥근 석양, 단선 철길로 다섯 시간 반 정도 숱한 터널을 통과하던 기차의 소음들, 그런가 하면 죽령을 지나 좌르르 펼쳐지던 영주 들녘과 시가지들, 마치 시간이 정지된, 일찍이 친근하게 몸담았던 것 같은 착각의, 아늑하고 푸근한 작은 역사(驛舍)들……. 그러나 정작 이 안동 시절의 기억에서 잊히지 않는 것은 이런 일이다.

영양 읍내 시외버스 정류장에서 나는 안동행 버스를 기다리고 있었다. 1983년 5월 한 날의 오후였다. 여느 시골 정류장 거개가 그렇듯, 보통이 든 아낙이 기웃거리는 매표창구 외엔 대합실은 한산했다. 한구석 매점에도 주인은 보이지 않았다. 그때 마침 내 귀에 번쩍 뜨이는 뉴스가 있었다. 대합실 한 귀퉁이 높직이 설치된 티브이가 긴급 뉴스를 전하고 있었다. 정부가 위수령 발동을 했다는 속보였다. 드디어 또……. 나는 역시 올 것이 오는가 싶었다. 5공 시절이던 당시 정국은 연일 어수선했던 탓이다. 그런데 웬일일까. 다음 순간 나는 몸에서 무언가가 쪽 빠져 내리는 걸 알았다. 이 외진 시골 텅 빈 대합실 정경과 그 급박한 위수령 발동은 너무 기괴한 대조를 이룬다는 생각이 덮쳐 왔다. 사람과 사람이 마치 그물망 같은 관계를 맺고 있다는, 그래서 끊임없이 대립과 갈등을 빚는다는 절박한 현실이 영 거기엔 없었다. 대신 오후 텅 빈 공간만 별세계처럼 덩그러니 놓여 있을 뿐. 팽팽한 긴장 혹은 피 튀기듯 격렬한 문제적 현실에 대한 분노나 적의도 없었다. 있다면 저 위수령이 발동된 현실과 는 동떨어진 오불관언의 시간과 공간, 사람들만 있었다. 말하자면 그들 나름의 곤핍한 일상과 삶밖에는 없었던 것이다. 그동안 나름대로 번민하 고 생각한 현실에서의 바람직한 세상과 삶이란 과연 무엇인가. 그런 물 음이 쓰디쓰게 온몸을 훑어 내렸다. 이 당혹과 무력감에서 오는 질문은 오래 나를 괴롭혔다. 과연 '주류계' 십 년 동안 내가 치열하게 사고하고 부딪힌 현실과 삶은 진정 무엇이었는가. 그리고 꿈꾸었던 세상은……. 또 그것은 과연 얼마나 제대로 현실을 살아 낸 삶이었는가. 이 물음들을 되물어야 했고 나는 거기서 정말 헐벗고 찌든 '바닥민중'의 삶이나 생각 을 있는 그대로 한번 따라가 봐야겠다고 작심했다. 그들의 있는 그대로 의 삶이 실은 우리 시대의 알파이고 오메가란 생각에 이른 것이다. 그 무 슨 고매한 이론과 담론을 통해 해석된 현실이 이 시대의 진정한 현실은 아니란 생각이었다. 아무리 심오한 이념을 덧바르고 그럴 듯한 이데올 로기로 분식(粉飾)해 본들 실상과 유리된 현실과 삶은 고작 허상이고 허 깨비일 뿐이지 않던가.

나는 안동이란 경북 오지의 소도시에서 이런 생각들을 만나야만 했다. 그리고 그 바닥 사람들의 삶을 시로 적어 갔다. 임동댁, 이주민 마을의 병철이, 나무쟁이 최 씨, 미스 이……. 그밖에도 내 고향의 숱한 장삼이 사들 등등. 그들은 시집 『우리 이웃 사람들』 속에 지금도 한 시대의 초개 (草芥)들로 살아 있다. 많은 사람들의 주목을 받고 각광을 받지는 못했지 만 내가 통과했던 암울한 시절의 상징 기표들처럼 말이다.


## 여행길의 시와 삶, 그리고 '사당동패'

막 방학이 시작되자마자 우리는 떠났다. 1980년 초의 겨울 한복판이 었다. 황동규 선생, 고 김현 선생, 김정웅 시인, 그리고 내가 일행의 전부였다. 경북 안동이 여행지였다. 그 무렵만 해도 중앙고속도로는 있지도 않아서 여행지 안동은 오지 가운데 오지였다. 우리는 첫날 영주를 지나 부석사와 소수서원을 들르기로 했다. 당시로는 드물었던 제미니 승용차가 일행의 유일한 역마(役馬)였다. 이 말의 말몰이꾼은 승용차 주인 김정웅 시인이었다.

황 선생과의 첫 여행길이기도 했던 이 길은 반포에서 출발해 원주를 거쳐 제천, 그리고 죽령을 넘는 노정이었다. 그날따라 싸락눈이라도 뿌릴 듯 낮게 깔린 흐린 하늘이 서울서부터 우릴 뒤따라왔다. 원주에서 그 하늘은 우리와 등 돌려 갈라섰다. 하늘 한쪽이 벗어지며 햇살들이 때때로 쏟아져 나오기 시작한 것이다. 소읍 같은 원주 시가지를 벗어난 차는 구불구불한 산복도로를 따라 치악산 마루턱을 올라갔다. 그리곤 간이 휴게소 하나가 숨듯 낮게 웅크리고 앉은 가리파고개에서 잠시 멈췄다. 발밑으로 멀리 그리고 야트막하게 펼쳐진 원주 시가지가 한 장 엽서 그림 같았다. 그런가 하면 고개 저 아래 남행길 제천 쪽은 하늘도 개여 있었고 햇살도 다사로웠다. 그 휴게소 근처 계곡 암반 앞에서 우리는 사진을 한 컷 눌렀다. 일행 가운데 언제나 팔팔한 김정웅이 찍사였다.

"물도 좀 많이 나오게……."

"없는 물을 어떻게 많이 나오게 합니까."

"그런 게 찍사의 능력이지. 김 선생."

김현 선생이 예의 걸쭉한 입담으로 농을 던졌고 우리는 누가 먼저랄 것도 없이 웃었다.

"김 선생, 뺄 때도 잘 빼야 돼."

이번엔 황 선생이 거들고 나서서 또 우리는 웃었다.

그 겨울 시국은 10.26사태 직후여서 어수선하기 짝이 없었다. 제3공화국의 오랜 정치적 억압이 끝나는가 싶었다. 비록 안개정국이었지만 뭔가 막연한 희망이 사람들을 들뜨게 만들었다. 예의 저 격의 없는 농담이 그래서 일행에게는 더 유쾌한지도 몰랐다. 그날 차 안에서의 화제도 시국에 대한 얘기부터 시에 관한 것들까지 다양했다. 그러나 죽령을 넘어서면서부터 우리는 김정웅이 가져온 테이프를 따라 노래를 부르기 시작했다.

막 유행하기 시작한 정윤선의 「엽서」란 노래였다. 지금도 "가까워지면 가까워질까 두려워서 말 못 하고"란 노랫말이 잊히지 않는 이 노래는 결국 여행길의 우리 주제가가 되었다. 노래 연습을 위해 카세트테이프 앞뒤로 꼬박 복사된 이 노래는 여행길을 심심찮게 만들었다. 특히 나는 김현 선생이 그 큰 체구에 어울리지 않게 가는 고음을 구사하는 데 놀랐다. 그는 가는 음색에다 꺾기를 여느 가수 못지않게 능숙하게 구사했다. 김정웅과 나는 뒷날까지 그런 김 선생의 노래 실력에 찬탄을 하곤 했다. 돌아오다 눈 내린 밤 이화령고개 굽이 많은 길에서 김정웅이 겁 없이 역마의 브레이크 실험을 한 일은 두고두고 잊히지 않는 이 여행길의 한 삽화로 남아 있다.

그랬었다. 이 여행길은 뒷날 삼십여 년 동안 황동규 선생의 여행단에 내가 줄곧 끼이는 계기가 됐고 지금 '사당동패'의 기틀이 된 게 아닌가 싶다. 이 첫 여행 이후로 황 선생과의 여행길은 부쩍 잦아졌다. 대개 여름방학 아니면 겨울방학을 이용한 여행이었다. 거개가 3박 4일 일정이었고 행선지나 행선지에 관련된 정보는 으레 황 선생 몫이었다. 차가 없는 나는 처음부터 총무 겸 조수 역할을 맡아 했다. 늘 편히 남의 차를 편승하는 미안함 탓이었다. 그렇게 여행에 맛을 들여 갈 때 김현 선생이 뜻하지 않게 발병을 했다. 지금도 잊히지 않는 것은 김 선생의 자신에 대한 예견(豫見) 같은 이야기 한 토막. 해남 미황사를 들러 진도로, 그리고 전주로 올라오던 여행길에서였다. 그의 작은 형님 묘소를 잠깐 들렀을 때,

"우리 집안은 대체로 단명이야, 오십을 넘기는 예가 드물어, 이 형님도 그랬고. 선천적으로 간(肝)에 문제가 많은 거 아닌지……."

라고 그는 덤덤하게 지나가는 말투로 남의 얘기처럼 말했다. 그 말의 동티였을까. 그만 덜커덕 발병하고 만 것이었다. 이 무렵 여행단의 김현 선

생의 때 이른 하세(下世)는, 그와의 짧은 인연만큼이나, 지금도 너무 가슴 아픈 일이 아닐 수 없다.

그 이후에도 이 여행단의 나들이 길은 계속 이어졌다. 일행들의 면면이 다소 바뀌기는 해도 연례행사 같은 여행만은 어김없이 계속돼 온 것이었다. 예나 지금이나 여행의 중심에는 늘 황 선생이 단장처럼 좌정하고 있었다. 사당동 한전 남부 사무소 앞에서 집결한 일행은 거기서 일상들을 미련 없이 털고 여행길에 오른다. 영남과 호남 지방을 주로 여행지로 삼았지만 대개는 차로 여러 곳을 두루 들러오는 복수의 여행지였다. 이를테면 다산초당이 있는 강진과 해남의 땅끝마을을 들러 완도, 진도 등지를 도는 식의 여정이었다. 이 여행단의 말석에 끼어 다니다 보니 어느덧 나는 이 나라의 상당수 경승지를 거의 돌아본 셈이 되고 말았다.

특히 김명인 시인의 고향을 우리는 많이 갔다. 1990년대 중반 무렵이었다. 동해안의 소도시 후포에서 바닷가 쪽으로 들어가다 나지막한 산기슭에 위치한 그의 집은 일행들이 묵기엔 안성맞춤이었다. 기도원 건물이기도 했던 그 집에는 방이 여럿이어서 숙소 걱정을 따로 할 필요가 없었다. 그 집에서 우리는 밤이 이슥토록 문학과 술을 데리고 부족함 없이 놀았다. 경우에 따라 다소의 유동은 있었지만 이 여행에는 황동규, 김명인, 김윤배, 이숭원, 하응백 등이 늘 단골 멤버로 참여했다. 그리고 입소문 탓이었지만 어느덧 문학 동네에서는 우리 일행을 '사당동패'로 명명해 부르곤 했다. 돌이켜 보면 황홀한 시간들이었지만 이 여행도 3박 4일에서 2박 3일로, 다시 이즘은 1박 2일로 단축되고 말았다. 결국 여행 기간도 술도 열정도 일행들 나이와는 반비례로 줄어든 것이었다. 누구도 시간을 거스르거나 이기는 힘은 없었던 셈이다.

여행은 일상을 벗어나 새로운 세계와 늘 마주한다는 데에 그 의미가 있다. 얼마간 과장을 하자면 이 세계의 숨겨진 의미나 모습을 탐색하는 일인 것이다. 마치 알려지지 않은 지중해 연안을 떠돌았던 오디세이의 항해처럼 미지의 세계를 기지의 세계로 만들기 위한 모험인 것이다. 그리고 그 모험은 언제나 새로운 것, 실재나 참에 대한 갈증에서 비롯된다. 나는 내 나름의 이 같은 갈증 탓에 기꺼이 사당동 여행단에 끼었을 것이다. 지난 30여 년, 여행 전날 밤의 어김없는 뒤설렘은 이 갈증의 다른 표현이었을 터이다. 그리고 이 같은 여행의 일련의 과정은 내가 지금까지 지속해 오는 시 쓰는 행위와 과연 어떤 차이가 있을 것인가. 황 선생을 비롯한 '사당동패' 여행 팀이 아니었다면 과연 내 시와 세계에 대한 모험이 가능키나 했을 것인가. 시와 술과 경승(景勝)이, 그리고 사당동패가 함께한 내 오랜 여행길은 "오, 아름다워라 청춘이여"의 그 어김없는 수많은 젊음의 페이지들일진저!

# 귀명창이 있어야 소리명창도 뜬다

　이즘 속된 말로 이동 수단이 BMW밖에 없는 나는 종종 지하철을 탄다. 운임이 무료인데다가 냉방이 빵빵해서 지하철은 그렇게 쾌적한 교통 수단일 수가 없다. 뿐만이 아니다. 나는 지하철 역사에서 분외의 분복으로 시들을 읽는다. 승강장 스크린 도어에는 어김없이, 언제부턴가 많은 시 작품들이 적혀 있다. 여느 때 이름을 익힌 시인들만이 아니라 생소한 이름의 낯선 시인들 작품도 많다. 나는 열차를 기다리는 시간 동안 그 시들을 읽는다. 그러나 읽고 나서의 내 생각은 달라진다. 일언이폐지 왈,

　"이건 아니지 않은가."

라는 아쉬움 섞인 불만이 강하게 터져 나오는 것이다. 그리고 그 불만은 이어서,

　"안 적어 놓는 게 더 나을 작품들이 너무 많네. 아무리 시에 문외한이라고 해도 이건 아니지 싶을 게다. 다수의 익명의 독자들 상대라도 그렇지. 그들도 좋은 시, 뛰어난 시를 읽고 감상할 권리란 건 있는 건데……."

　저 지하철 스크린 도어에 또는 승강장 벽에 적혔거나 걸린 그 많은 시들을 읽다 보면 이 같은 독백을 하는 건 나 같은 퇴물 문학 교수인 구닥다리뿐일까. 아무튼 미안한 말씀이지만, 그 시들 가운데는 한마디로 이건

아닌데 싶은 작품들이 훨씬 더 많다. 게다가 작품 전문이 모두 적혀 있는 경우도 드물어 이러한 느낌은 다음 순간 배가된다.

최근 몇 년 동안 우리 시 동네의 바람직하지 않은 풍조 가운데 하나는 '독자와의 소통'을 명분으로 지나치게 쉬운 시들을 지향하는 일이다. 정말 소통을 위해선지 아니면 시적 기량의 미숙인지는 정확하게 알 수 없지만. 그 쉬운 시들의 미덕은 보다 많은 독자들에게 소통된다는 점이다. 그러기 위해서는 과도한 난해성 내지 전문성을 가급적 완화해야 한다고 한다. 내친 김에 한소리하자. 우리가 언제 서구시의 고답파 뺨칠, 정치한 시 작품들이나마 생산하고 읽기는 했었던가. 흔히 근대시 100년을 말하지만 그동안 고도의 시적 전략으로 남다른 난해성 근처에라도 갔었던가. 그러고 보면 난해성 운운은 실제 이상의 엄살들 아닐까. 얼치기 소통론자들의 말을 들을 때마다 나는 이런 생각을 한다.

옛적에 귀명창이란 말이 있었다. 소리판에서 소리꾼의 소릴 누구보다도 정확하게 잘 알아듣는 이들을 일컫는 말이다. 그리고 이들 탓에 정말 훌륭한 소리가, 또 소리명창들이 만들어졌다. 시의 경우 역시 뛰어난 독자들이 있어야 뛰어난 작품들이 만들어지는 것 아닐까. 툭하면 한 나라를 들었다 놓는 축구 경기도 온전히 관람하기 위해서는 경기 룰을 환히 꿰뚫어야 한다. 마찬가지로 우리가 시를 읽고 즐기기 위해서는 시의 룰도 알건 제대로 알아야 한다. 그리고 그런 독자들 덕에 정작 뛰어난 작품들도 만들어지는 법이다. 이런 선순환은 생각지 않고 무조건 독자를 찾고 독자를 위해 시가 쉬워져야 한다는 것은 일종의 자해 행위는 아닐런지.

'대한광대공화국'이란 말 그대로 대중문화가 판치는 시대이긴 하지만 문화는 거친 것보다는 세련된 것을, 단순한 것보다는 복잡 다양한 것을 지향한다. 인류 문화는 지금까지 그렇게 발전해 왔다. 교양이 죽고 물신화(物神化)가 급격히 진행된 19세기 영국 사회를 '야만의 사회'라고 개탄한 M. 아놀드가 만약 한국에 살고 있다면 이즘 세태를 무어라고 할까.

말이 옆길로 빠졌지만, 시도 거칠고 조악한 것보다는 세련되고 복잡 다양한 구조를 지닌 것이라야 한다. 이 점에서 나는 지난 세기 미국의 신비평가들 입장에 적극 공감한다. 그들이 발견하고 일깨워 준 것들, 예컨대 시란 어떤 틀을 지니고 있는가, 더 나아가 굳이 왜 시를 읽어야 하는가 하는 담론은 지금도 유효한 것들이다. 여기서 그 담론들이 지난날 직간접으로 우리 시 현장, 특히 시 교육에 어떤 영향을 끼쳤는가는 새삼 들먹일 필요도 없다.

시란 다양한 경험을 조직하는 복합적 틀을 갖추고 있어야 하고 그런 좋은 시란 언제나 질 좋은 삶의 경험을 독자에게 제공한다. 달리 말하자면 시가 좀 더 세련된 틀과 세계 해석에 있어 남다른 면을 보여 주어야 함은 속된 말 그대로 당근이다. 그리고 그런 상품을 들고 나서야 작금의 각박한 난장에서 다소나마 장사가 될 것은 아닌가. 우리가 굳이 좋은 시들을 읽어야 할 이유는 무엇 때문인가. 나로서는 이렇게 말하고 싶다. 그것은 시가 우리에게 다양한 삶을 이해하고 깨닫게 하기 때문이라고. 범박하게 말해 좋은 시란 시적 대상에—그것이 사물이든 현실사든— 대해 그 당대 나름으로의 도저한 상상적 해석을 펼치고 보여 준다. 그게 아니라면 우리가 이 야만의 시대에 굳이 시 읽을 이유를 어디서 찾을 것인가.

출퇴근 바쁜 시간에 무더기로 타고 내리는 승객들은 문제의 그 스크린 도어의 시들을 보는 체도, 아니 아는 체도 하지 않는다. 적어도 내가 보기엔 그렇다. 러시아워가 지난 시간대에도 나는 승강장에서 시 읽는 사람을 별로 만나지 못했다. 철저한 외면일까, 아니면 무시일까. 승강장에 서서 나는 그때마다 참담함을 지우지 못한다. 시는, 아니 문학은 이렇게 영영 죽은 것일까.

지하철 승강장에 도배를 한 쉬운 시(?)들에 대한 나의 씁쓸한 생각은 종국엔 시의 죽음에까지 이어진다. 저들이 시의 소통 문제를 자주 들먹이는 것도 따지고 보면 시가 죽어 가고 있다는 위기의식 탓일 게다. 마찬가지로 어떻게든 시는 독자들을 만나야 한다는 강박관념도 그 근본 원인은 시의 죽음에 있을 터이다. 나는 혼자 곧잘 자문한다. 읽히지 않는 시가 과연 무슨 소용인가. 그렇다고 시를 읽히려고 씨알도 안 먹히는 소릴 해 대야 하는가라고.

정말 시는 죽었는가. 그렇다면,

"경향 각지 아파트 동마다 시인 몇 명씩은 산다."

라는 우스갯소리는 무엇인가. 그런데 이 말이 우스개만은 아닌 것이 어제오늘 일은 아니다. 그만큼 문학 동네, 특히 시 동네의 인구밀도는 대단히 높은 것이다. 독자가 없어도 생산자(시인)들은 넘친다. 시에 관한 한 공급과잉인 셈이다. 따라서 그 생산자들이 앞다투어 구매자(독자)를 찾아 나선다고 설친다. 스크린 도어에 시를 적는 것도 이 설침의 한 끝단 예일 뿐이다.

시는 현실에서 철저하게 쓸모가 없다. 직접적 효용성이란 눈 씻고도 찾을 수 없다. 그래서 시는 사람들을 어떤 이유나 명분으로도 억압하지 않는다. 억압하지 않기 때문에 사람들을 자유롭게 하고, 그리고 저를 필요로 하는 사람들의 삶과 정신을 살찌운다. 뿐만인가. 억압하지 않기 때문에 시는 앞으로도 긴긴 생명을 영위해 나갈 터이다. 내 얼치기 귀명창이라 치고 한 번 더 쓴소리를 하자.

"스크린 도어의 쉬운 시들은 넘 넘 쉽지 않은가."

# 계란꽃에 무슨 일이 일어났는가

　　칠월 지나 처서 무렵이 되면 산과 들의 나무나 풀들은 기색이 완연히 수상쩍어진다. 널리 알려진 대로 처서는 더위가 물러가기 시작하는 반환점이라고 한다. 그러나 나는 그보다는 푸나무들이 물 긷는 일을 막 접기 시작하는 절기로 생각한다. 봄부터 한여름 내내 푸나무들은 목숨을 영위하기 위해 수액을 밀어 올리는 일에 열중해 왔다. 그 수액들이 밀려 올라와 짙푸른 녹음을 빚었고 싱싱한 생의 열기를 대기 중에 마음껏 내뿜어 왔던 것이다. 특히 나무들은 이 무렵이면 어김없이 노란 신생의 작은 잎들을 우듬지에 내걸곤 한다. 그 잎 모양새를 유심히 보노라면 연록의 꽃과 혹사하다는 생각이 든다. 대부분 그들은 정생(頂生)을 하고 있어 더더욱 그런 느낌을 갖게 된다. 이 같은 모습과 빛깔을 짓기 위해 그동안 푸나무들은 얼마나 많은 자양과 물들을 길어 올렸을까.

　　그런데 이즘 나는 이러한 푸나무들이 자연 가운데 많은 원소나 기운들이 순환하는 배수관이나 통로라는 생각을 한다. 푸나무로서는 제 생명을 영위하는 일이겠으나 물, 공기, 햇볕 등이 흡수되고 또 그것들이 날숨처럼 다시 뱉어진다는 생각을 하면 이는 어김없는 자연계의 순환이 아닐 수 없는 것이다. 그리고 그 순환이 이뤄지고 있는 푸나무들은 영락없는 일종의 통로이고 배관들이 아닌가.

얼마 전 일본 후쿠시마의 원자력발전소가 강진에 이은 쓰나미 탓에 폐허로 변했다. 뿐만 아니라 녹아내린 원자로에서 방사능들이 바다로, 인근의 푸나무나 흙으로 숱하게 유출됐다고 한다. 세슘을 비롯한 일련의 방사선 물질들이 상당량 쏟아져 나온 것이다. 그 가운데 바다로 흘러든 방사성 물질은 해초나 어패류에 흡수되고 다시 그다음 포식자들에게 옮겨 들 것이다. 마찬가지로 흙으로 녹아든 방사성 물질 역시 풀이나 다른 미물들에게 흡수될 터이다. 그리고는 다음 단계의 포식자에게 또 옮겨 흡수될 것이다. 이 일련의 과정을 생각하다 보면 푸나무나 어패류들이 저들 방사성 물질의 통로이자 파이프라인 구실을 한다고 가늠되는 것이다. 그렇게 생각을 잇다 보면 생태계의 최종 포식자인 인간 역시 뭇 물질의 통로이자 파이프라인이란 추정에까지 이른다. 그러다 보니 결국 나는 이런 시도 만들게 된다. 지금도 한 주일에 두세 번을 기웃거리는 고향이야기도 겸해서 말이다.

불볕더위에 하의 실종된 몇몇 계란꽃 끌밋한 줄기와
그 위에 걸린 속팬티만 한 홑겹 그늘,
그 그늘 위에는 층고 두세 길로 낮게 뜬 구름장,
양생 끝난 시멘트 골조 외벽의 배관들처럼
이들 모두는 허공 벽면에 가설된 웬 파이프라인들인가
때때로 허공집 벽 속에서 벽 속으로 안 보이게 연결된
PVC배관 어디쯤서 들리는
여름날 물 빠지는 소리
후쿠시마 원전 고농도 세슘도 통과하는 소리

　　　　　　　　　　　　　　　　　　　—졸시 「자연」 부분

이즘 신도시로 환골탈태한 고향은 내게는 너무 낯설기만 하다. 마치 오래된 낡은 지도처럼 신도시 이전 고향의 산야들은 내 기억 속에나 깊숙이 각인되어 있을 뿐 어디에도 흔적이 없다. 어디가 어딘지 가늠이 서지 않는다. 그 산야에 남은 몇몇 무심한 계란꽃 무리들을 만났을 때 나는 위의 시를 생각해 봤다. 계란꽃이거나 구름장이거나 또 그걸 어리둥절 지켜보고 섰는 나이거나, 문득 따져 보니, 이들 모두는 순환하는 자연계의 한 통로일 뿐이지 싶었다. 이른바 살아가는 것, 변화하는 것들이란 너나없이 들숨날숨처럼, 아니 먹고 배설하는 행위들을 끊임없이 반복하는 과정의 배수관 같았던 것이다.

이 지구상의 뭇 것들이 단지 뭇 것들의 통로일 뿐이라는 생각을 짓다 보면 과연 우리네 삶이나 세계란 무엇인가란 물음에 당도한다. 이 해묵은 물음은 그런데 언제나 인간 편에서, 인간이란 입장에서 물어지는 질문이다. 지극히 주관적인 인간중심주의의 물음인 것이다. 나는 그래서 생각한다, 우리가 이 주관을 벗어나 있는 그대로의 객관을 견지할 수 있다면 얼마나 좋을까라고.

일찍이 선사들의 가르침대로라면 이는 '나'를 버려야 하는, 인간의 편을 버려야 하는 일인 것이다. 달리 말하자면 우리가 부지불식간에 붙잡고 있는 분별과 집착을 훌훌 털어 내야 하는 것이다. 그래야 '나'와 인간을 버리고 순수 객관이라는, 뭇 것들이 한 가솔인 마을에 다다를 것이다. 그리고 그 마을에 앉아 삶이나 세계를 새삼 들여다본다면, 그렇다, 이 경우 삶이나 세계 모두는 역시 순환하는 자연계의 한 통로가 아닐까. 그렇다면 나는 저 자연물의 통로 가운데 과연 어느 매듭점, 어느 단계의 속 빈 통로일까.

아파트 단지 수벽(樹壁) 밑에는 지리한 우기에 계란꽃들만 신바람을 낸다. 이따금 구름장들도 와 이들과 하늘땅에서 서로 어우러져 논다. 그러다 계란꽃들에게 무슨 일이 일어나는 것일까. 문득 내리는 빗줄기들

을 경주마처럼 타고 달려오는 방사능의 소리 없는 발소리라도 듣는 것일
까. 기상이변으로 무시로 비가 오락가락하는 여름날 이제나 저제나 내
생각은 하염없이 길어진다.

# 자원의 곳간, 혹은 머나먼 미지로의 길
## ―시에 나타난 바다의 두 얼굴

당진의 장고항은 서해의 작고 외진 포구였다. 이 포구의 선착장을 따라가다 긴 방파제 둑에 올라서 보면 그 앞바다에 작은 섬 둘이 가로 누워 있다. 누군가 소리쳐 부르면 이내 곧 대답이 돌아올 것 같은 그런 가까운 거리에 국화도는 자리하고 있다. 나는 얼마 전 이 섬을 우연한 기회에 들렀다. 말이 우연이지 실은 이 섬에서 유학 온 한 학생의 소개를 받아 들르게 된 것이었다. 처음 장고항에서 여객선을 탔을 때 나는 20여 분 남짓의 섬까지의 운항 시간이 너무 짧고 아쉽다는 생각을 했다. 모처럼 뱃머리에서 시원한 바람을 쐬며 바다란 역시 좋은 것이구나 싶을 때 배는 이미 섬 부두에 닿고 있었기 때문이다. 나는 부두에서 마을을 통과해 야트막한 산등성이를 넘어갔다. 섬 반대편 서쪽 해안에는 마치 안마당 같은, 활처럼 안쪽으로 휜 백사장이 바로 일행들 발밑에 펼쳐졌다. 나는 거기서 섬 주민들이 터앝처럼 일궈 놓은 툭 터진 서해 바다를 만났다.

장고항 앞바다에 웬 덩치 큰 어미 개가

게슴츠레 눈 감고 누웠다

뒷다리 사이 하복부에는 불어 터진 젖퉁을 치받으며 빠는

배냇눈 막 뜬 강아지만 한
잡목들 새새의 펜션 서너 동(棟)
때때로 어깻죽지를 들썩이고.

방파제 돌아 나와 국화도는 그렇게 제 품 안에 보듬었다
녹슨 철선으로 터앝 바다 몇 이랑씩 갈아엎어
우럭이나 꽃게 새끼 키우는
1리, 2리 섬 동네들.
(…중략…)

수수백 년 쟁인 생계를 됫박질로 밑바닥까지 퍼내 주는
바다는 평생 내 것이 없다.

— 졸시 「국화도행」 부분

　　장고항 배편으로 국화도를 몇 차례 드나든 뒤 나는 이 섬 얘기를 작품
으로 만들었다. 인용한 시는 그 작품의 한 대목이다. 내가 서쪽 앞바다
에 나가 돌아본 국화도는, 시의 내용 그대로, 그 웅크린 모습이 새끼들
에게 젖을 물린 어미 개와 흡사했다. 큰 섬 옆으로 삐끗 떨어진 작은 섬
도 섬이려니와 잡목들 새새로 보이는 민박집들은 꼭 어미 품에 안긴 강아
지들 꼴이 아닌가. 나는 국화도에 그런 어미 개의 영상을 겹쳐 놓고 시를
써 나갔다. 마치 자식처럼 사람들을 안고 기르는 국화도의 모습이란 어
김없는 어미 개의 형국을 닮았던 것이다. 그랬다. 서해 바다는, 여느 섬
도 그렇겠지만, 그렇게 국화도 섬사람들을 긴 세월 품어 키우고 있었다.
여기 이쯤서 나는 문득 어느 스님에게서 들은 얘기 한 토막을 떠올린다.
　　길고 오랜 세월을 외지로 떠돌던 아들이 돌아왔다. 그것도 세상 풍파
에 깎일 대로 깎인 중년이나 되어서였다. 사연인즉, 고향 집을 지키고
살던 늙은 아버지가 임종이 가깝단 연락을 받고서였다. 젊은 시절 가난

이 싫어 궁벽한 어촌을 뛰쳐나간 아들은, 으레 가출한 청년이 그렇듯, 외지로 외지로 떠돌며 그동안 온갖 간난과 신산한 역경을 견뎌 냈을 터이다. 그리곤 아비의 종신자식 노릇이나마 하기 위해 영락한 추레한 모습으로 옛집에 들이닥친 것.

"그래 왔구나. 지난 일은 말 안 해도 내 다 안다. 됐다, 애비 말이나 들어라. 내가 네게 물려줄 재산이란 별것이 없구나. 대신 평생 내가 일군 저 마을 앞 넓디넓은 난바다 하나를 물려주마. 돈으로 따지면 아마 수백만 냥짜리는 될 게다."

늙은 아버지는 가쁜 숨을 몰아쉬며 힘겨운 듯 유언 삼아 몇 마디 당부를 했다. 그리곤 오랜만에 만난 자식의 손을 더듬어 잡았다. 누구보다 마르고 야윈 아버지의 손보다 모처럼 잡은 아들의 손이 실은 더 거칠었다.

그렇게 수백만 냥짜리 넓은 바다를 뜻하지 않게 상속받게 된 아들은 머지않아 아버지의 깊은 뜻을 깨닫게 되었다. 생전의 아버지가 했던 그대로 자식 역시 배를 탔고 누구보다 열심히 고기를 잡았다. 그렇게 터앝 일구듯 바다에서 새로 일구기 시작한 생계는 객지에서의 그동안 고생을 벌충하고도 남음이 있었던 것이다.

늘 땀 흘려 일하는 사람들에게 바다는 아낌없이 자신을 퍼 준다. 말하자면 "수수백 년 쟁인 생계를 뒷박질로 밑바닥까지 퍼내 주는/ 바다는 평생 내 것이 없"었던 것이다. 마치 가진 자가 기근 심한 시절이면 어김없이 곳간 문을 열어 어려운 이웃들에게 쌀독 밑바닥까지 싹싹 긁어 양식을 퍼 주었듯 말이다. 바다는 그래서 평생 내 것이 없다. 오로지 끊임없이 베풀고 있는 것들을 남김없이 내어줄 뿐이다.

그런데 바다는 그런 거대한 모성과 자원의 곳간 노릇만 하는 게 아니다. 다음의 시를 읽어 보자.

애비를 잊어버려
에미를 잊어버려

형제와 친척과 동무를 잊어버려

마지막 네 계집을 잊어버려


알라스카로 가라 아니 아라비아로 가라 아니 아메리카로 가라

아니 아프리카로 가라 아니 침몰하라 침몰하라 침몰하라


오- 어지러운 심장의 무게 위에 풀잎처럼 흩날리는 머리칼을 달고

이리도 괴로운 나는 어찌 끝끝내 바다에 그득해야 하는가

눈떠라 사랑하는 눈을 떠라…… 청년아

—서정주, 「바다」 부분


    과연 인간에게 젊음이란 무엇일까. 그 홍역처럼 열에 뜬 채 통과하는 우리네 삶의 한때란, 비유하자면, 쉴 새 없이 들끓고 설레이며 뒤채는 저 바다와 같지 않던가. 위의 시 「바다」는 그런 젊음의 분방하고 다양한 속성들을 단적으로 우리에게 일러 준다. 누구나 젊은 날에는 새롭고 알 수 없는 미지의 세계를 동경하고 그것 때문에 끝 모를 방황을 한다. 그러기 위해서는 "애비"와 "에미"로 흔히 상징되는 기성의 가치, 굳어진 기존의 고정관념들을 파괴하고 그 속박에서 벗어나야 하는 것. 그렇게 '눈을 뜬 청년'들은 새로운 것, 미지의 세계를 지칠 줄 모르고 탐험한다. 그 탐험의 머나먼 길은 언제나 바다 위에 놓여 있게 마련이었다. 이 세계의 도처로 뻗은 유사 이래 인간이 그어 놓은 무수한 항로들이 바로 그 탐험 길이 아닌가.

    일찍이 프랑스 소설가 앙드레 지드는 "탈출하라, 너의 가정에서 너의 학교에서"라고 『지상의 양식』이란 책에 적은 바 있다. 그런가 하면 누구는 부모와 친척, 친구는 말할 것도 없고 한 걸음 더 나아가 '조사(祖師)를 만나면 조사를, 부처를 만나면 부처를 죽이라'고까지 가르친 바 있다. 이 역시 기존의 체계나 가치들을 과감하게 타파하고 자기 정체성을 굳건히

확립하라는 소리였다. 아마 그런 다음 자리에 서정주 시인이 말하는 '알래스카로, 아라비아로, 아메리카로, 아프리카로' 떠날 수 있는 도처의 열린 세계를 만날 수 있을 터이다. 그렇다. 우리 앞에 길은 항시 어디에로나 열려 있고 어디에로나 갈 수 있다. 동서남북 어디로나 길이 열려 있는 공간—그것이야말로 바로 바다가 아닐 것인가. 시인 서정주는 이 같은 바다의 속성을 누구보다도 일찌감치 깨달은 셈이다.

널리 알려진 대로 바다란 오늘날처럼 하늘길이 없던 고대로부터 낯선 미지의 세계로 나가는 통로였다. 그런가 하면 낯선 이국의 문물(文物)이 밀물인 듯 밀려들어 오는 관문이기도 했다. 지금도 지구촌의 다양한 문물과 숱한 사람들은 바닷길로 어김없이 들어오고 나간다. 이는 사람들에게 아낌없이 모든 것을 퍼 주는 모성과 곳간으로서의 바다와는 또 다른 바다의 모습이 아닐 수 없다.

# 단장 선비와 완화삼
―시인 조지훈을 말한다

## 1

　벌써 삼십여 년 저쪽 1965년경 일이다. 당시 국문학과 3, 4학년생이던 조정래, 박제천, 문효치 그리고 필자 등등 글쓰기에만 매달렸던 우리는 동국문학회란 동아리를 갓 출범시켰다. 그동안의 창작문학회, 용운문학회, 동대문학회, 다다 등등 전공별 동아리 모임들을 하나로 통합한 것이다. 그리고 그 통합을 기해 우리는 조지훈(1920-1968) 선생을 초빙해 특강을 듣기로 했다. 특강은 많은 학생들이 참여한 진지한 분위기 속에서 진행됐다. 그 무렵만 해도 문학은 인문학의 중심일 뿐 아니라 사람들 일상에도 깊숙하게 녹아 있었다. 교양이나 글 읽기의 다른 이름처럼 문학이 대접되던 때였다. 그런 시대 분위기 탓에 문학의 밤이나 문인의 특강 같은 행사는 곧잘 성황을 이루곤 했다. 지금과는 너무 다른 세태였던 셈이다. 특강 내용은 이제 정확히 기억할 수 없지만 그 무렵 처음 본, 시인 조지훈의 풍모는 아직도 내게 뚜렷하고 선명하게 떠오른다. 지훈 선생은 긴 머리를 가지런히 뒤로 빗어 넘긴 올백 스타일에다 후리후리한 큰 키에 단장을 짚은, 그러면서도 중후한 중년 신사의 모습이었다. 강연 뒤 뒤풀이 자리는 자연스레 술판으로 바뀌었다. 그 자리에서 누군가는, "선생님 모교로 오셔야 하는 것 아닙니까?" 하는 질문까지 던졌다. 그 질문에 선생은 빙그레 웃음을 머금었고 그럴 수 있다면 좋겠다는 뜻을 에둘러 말씀하기도 했다.

선생은 그 무렵 고려대에 재직 중이었다. 해방 후 잠시 모교인 동국대에 출강(1946)을 하다 고려대로 직장을 옮겨 가신 일을 두고 한 말이었다. 지훈 선생은 까마득한 후배 학생들의 응석에 가까운 그 물음을 어떻게 생각했을까. 지금 보면 선생은 그 무렵 한국학 연구에 더 잠심하고 있을 때였다. 재직 학교의 민족문화연구소 초대 소장을 맡아 『한국민족운동사』를 집필 중이었던 것이다, 널리 알려진 대로 지훈 선생은 이 무렵 시와는 일정 거리를 둔 채 한국학 연구에 더 몰두했다. 이 연구의 대강은 「한국문화사 서설」에서 밝힌 그대로 국어학, 고전문학, 민속학, 역사학 등등에 걸친 방대한 규모의 것이었다. 그러나 지훈 선생의 한국학 연구자로서의 면모는 이 글 성격 밖의 일이어서 아쉽지만 여기서 더 길게 말할 수는 없을 터이다.


## 2


지훈 선생의 고향인 경북 영양 주실에 가면 마을 앞동산에 작은 시비가 서 있다. 그 비석에는 작품 「완화삼(玩花衫)」이 음각돼 있다. 일제 말인 1942년 봄 경주로 내려가 초면의 박목월을 만나 건넨 작품이라는 이 시는 어쩌면 우리 근대시의 절창 가운데 하나일 것이다. 시인 지훈의 초기 작품인 이 시는 박목월의 「나그네」와 짝을 이룬다. 멀리서 오는, 그것도 일면식도 없는 초면의 시 벗을 '조지훈 환영'이란 깃발 하나 달랑 들고 경주 기차역에서 기다린 목월에게 지훈은 이 작품을 말없이 건넨다. 이때 목월이 건넨 작품은 「밭을 갈아 콩을 심고」였다. 흔히 「완화삼」의 화답시로 알려진 「나그네」는 이 만남 뒤 그 뒷날의 작품이다. 이 두 작품은 시적 발상이나 이미지가 너무 유사하다. 그런 탓에 사람들에게 널리 읽히며 함께 사랑받았을 터이다. 산수 그림과 관련된 옛말에 '와유지취(臥遊志趣)'란 말이 있다. 지난날 생각 속 이상 공간을 그린 그림을 감상하는 방법을 일컫는 말이다. 그림 앞에 눕거나 앉아 그 화폭의 산수를 구경하며 감상자는 웅숭깊은 그림의 뜻을 새긴다. 이때의 산수는 대개 관념산수화로 불리는 것들. 나는 시 「완화삼」이나 「나그네」의 공간 역시 관념산수화의 이상화된 공간임을 생각한다. 이들 작품의 강과 산이란 현실 어느 곳의 진경산수가 아닌 것이다. 오히려 이 같은 사실이 시를 읽는 이의 울림을 더욱 크게 하는 것은 아닌가. 해방 공간에서 1950년대에 이르기까지 대단한 반향을 불렀던 삼인 시집 『청록집』에 나타난 공간적 특성이란 대개 이런 것일 터이다. 그것이 진경산수가 아니기에 잘못됐다는 생각은 폭 좁은 것이리라.

아무튼 지훈 선생의 초기 시들은 「완화삼」의 예에서 보듯, 주로 고전적 문물을 시적 대상으로 취한다. 그러면 지훈 시의 고전적 문물은 구체적으로 어떤 것들인가. 예컨대 고궁 임금의 옥좌를 제재로 한 「봉황수」, 전통 옷을 다룬 「고풍의상」, 불교 의식의 춤을 그린 「승무」 등등이 모두 그것이다. 이는 해방 공간에서 동향인 청량산인 이원조(李源朝)로부터 봉건적·회고적 취향이라고 비판을 받기도 한다. 하지만 이들 일련의 작품들은 당시 『문장(文章)』지에서 모두 정지용의 고평을 들으며 추천된 작품들이기도 했다. 뒷날(1946) 청록집이 나온 후 발행인 조풍연이 마련한 술자리에서 정지용은,

"내가 얼마나 무서운 호랑이 새끼들을 길러 냈는가는 아무도 모를 거야. 추천을 해 줘도 고맙다는 인사 한마디 적어 보낸 자가 없었어. 흔한 연하장 하나 보낸 자도 없고. 지독한 놈들이야."

라고 이들 세 시인의 기개를 우스개 삼아 자랑했다고도 한다. 특히 지훈 선생은 유교적 가풍 그대로 올곧은 선비의 면모를 일생동안 보여 주

었다. 그가 '순수시'를 새롭게 건설할 민족문학의 한 축으로 해방 공간에 내세웠고 4.19혁명 후엔 「지조론」으로 지사적 풍모와 기개를 과시한 일 등이 그것이다. 시 세계 역시 한국전쟁을 통과하면서 강한 현실 의식을 드러냈다. 말하자면 시 세계의 획기적 전환을 한 것이다. 시가 현실에 대한 강한 비판으로 나아갔다면 이 무렵 전통에 관한 각별한 관심은 웅숭깊고 폭넓은 한국학 연구로 나간 것이다. 시비가 있는 영양 주실에는 아직도 그의 생가가 남아 있다. 전통적인 와가(瓦家)로 지훈 선생은이 집에서 1936년 첫 서울 나들이 때까지 조부 조인석에게 한학을 배웠다. 그런가 하면 시를 썼던 가형 세림(世林) 조동진과 소년회를 조직하고 동인지를 내기도 했다. 그러나 지금은 이 같은 자취가 낡아 가는 생가와 시비로만 이 고장에 남아 있을 뿐이다.


## 3

지훈 선생이 모교 혜화전문에 입학한 것은 1939년이었고 졸업은 1941년이었다. 그런데 이때 그는 이미 『문장』지에서 추천을 받기 시작한 당당한 학생 시인이었다. 재학 기간 중에 등단을 하는, 그래서 학생 문인으로 우뚝 서던 동국대학교의 전통에 지훈 선생 역시 한 축을 담당했던 것이다. 이 전통은 지난 1960년대에 시인공화국이란 말로 동국대학교가 불리게 된 밑거름이 되었다. 지훈 선생은 한국시의 큰 봉우리이자 동국대학교 시의 대간을 이루는 만해, 미당, 신석정 등을 잇는 지난 세기 중반의 대표적 시인이다. 특히 그의 선불교를 바탕으로 한 독특한 초기 시 세계는 동대 학풍을 빼놓고서는 말하기 어려운 바 있다.

# 가을과 여름의 거리

　일찍이 C. 보들레르가 기획한 미학적 근대성 가운데는 도시 일상의 발견이 큰 품목으로 자리 잡고 있다. 난숙한 자본 사회의 풍요를 구가하던 거대도시 파리의 거리나, 뒷골목에서 그는 일상의 잉여 정서인 권태와 우울, 고독 등을 발견했던 것이고 이들 정서의 극화를 누구보다 뚜렷하고 선명하게 이뤄 냈던 것이다. 그런가 하면 그는 뭇 사물이나 현상들이 내장하고 있는 양면성, 곧 아름다움 속에 도사린 추함이나 보기 싫은 형상 속의 아름다움 등을 발견하였다. 말하자면 사물이나 현상 등이 지니고 있는 상반된 모습이나 값을 살폈던 것이다. 굳이 따지자면 이 같은 세계 인식은 플라톤 이래의 서구 앎의 역사와 궤를 같이하는 것이기도 하다. 그리고 이 같은 인식은 아이러니나 역설 등의 표현 형식을 빌어 표현되고는 하였다. 특히 낭만적 아이러니는 이러한 방법론적 인식의 대표적인 예일 것이다. C. 보들레르 역시 이러한 세계 인식을 바탕에 깔고 아름다움 속의 추함이나 비속한 것 속의 성스러움 등을 표현하고자 하였다. 이 같은 세계 인식이나 표현의 기획이 결국 남다른 그의 미학을 탄생시킨 것이다.
　말머리를 서구 시인의 이야기로 에둘러 오긴 했으나 어떤 사물이나

현상이 내장한 양면성을 텍스트를 통하여 진술하는 일은 지금 여기에서
도 있을 수 있다. 그것은 어떤 사물이나 현상을 꼼꼼히 살피고 깊이 있
게 생각하는 시인이나 작품이라면 정도의 차이만 다를 뿐 쉽게 보여 주
거나 드러내고 있기 때문이다. 이를테면 다음의 작품이 그 본보기인데
인용해 보자.

웃음이 썩어 가는 가을
네 억지웃음 띤 오른뺨이 썩어 가는 가을
썩은 곳을 도려내고 사과하고 부르는 사과처럼
사람이라 불리는 사람의 뺨 한쪽이
썩어 가는 가을, 탄저병의 가을
검은 반점 썩어 가는 역병의 검은 반점이
파먹어 가는 가을
반점 속의 구더기가 공격하는 가을
웃음부터 공격당하는 겨울
참으려고 해도, 환부를 만지고 마는 가을
진물을 만지고야 마는 가을
이 구멍 뚫린 두상
이 구멍 뚫린 뺨
이것이 이 무름병이
네 존재의

가을이야?

—「지구의 가을」 부분

인용한 유홍준의 「지구의 가을」은, 여느 가을과는 다르게, 모든 것이
썩는 무름병의 '가을'을 보여 준다. 그 가을은 웃음이, 사람의 뺨이 썩기

도 하고 또 그 썩음 속의 구더기들에게 공격당하는 가을이다. 사람들이 통념으로 알고 있는 뭇 생명 있는 것들의 결실 내지 내면의 성숙을 이룩하는 가을과는 너무나 거리가 먼 것이다. 달리 말하자면 누구나 쉽게 알아보는 겉모습, 또는 일반적으로 알려진 계절의 뜻이나 값과는 꽤는 다른 가을인 셈이다.

그러면 대체 무름병에 걸린 가을이란 무엇인가. 작품의 겉문맥 가운데 그와 같은 병의 원인은 밝혀져 있지 않다. 다만 썩고 있는 사물들과 그로 말미암은 가을의 여러 현상과 속성만이 나열되어 있을 뿐이다. 특히 매 행의 말미가 "가을"로 일관되면서 그 가을의 여러 정황이 병치되고 있는 점은 이 작품에서 눈여겨볼 형식이다. 아마도 이 형식적 특성이 이 작품을 같은 지면의 다른 작품들, 예컨대 서술형의 짧은 문장으로 된 홑 연 형식의 작품들과는 다르게 읽도록 만들고 있을 터이다. 흔히 작품 속에 담긴 세계 인식이나 시인의 의식 세계만을 집중적으로 살피다 보면 그 형식적 특성에 대해서는 자칫 소홀해지기 쉽다. 잘 알려진 그대로 작품의 형식은 그 내용이 만들어 주는 것이면서 또한 내용과 어우러져 울림을 빚어내는 것. 우리가 이 범박한 사실에 근거해서 이 작품을 읽는다면 각 행의 끝마디가 "가을"로 된 까닭이나 그 효과를 알게 될 것이다. 다시 앞에서 읽어 오던 작품 읽기로 돌아가 보자.

가을은 왜 썩는가. 도식적인 풀이로만 하자면 그것은 쉽게 지구의 공해 탓이라고 할 것이다. "이것이 이 무름병이/ 네 존재의// 가을이야?"라는 대목에서 확인할 수 있듯이 무름병을 앓고 있는 것은 "네 존재"로 지칭된 지구이기 때문이다. 청자가 명시적으로 드러나 있지는 않되,「지구의 가을」이라는 제목에 빗장 걸어 보자면 "네"나 "네 존재"는 바로 지구임이 드러난다. 그러나 공해 때문에 지구의 가을이 온통 무름병에 걸렸다고 이해한다면 그것은 또 얼마나 식상한 풀이일 것인가. 무름병의 병인을 겉문맥 가운데 드러내 놓지 않은 시인의 의도를 존중한다면, 이 가을의 썩음썩음한 현상과 의미는 다르게 찾아야 할 것이다. 곧 뭇 생명들의 결실이나 성숙 속에 내장된 부패나 탄저 현상이라는 보다 일반화된 가을의 의미로 읽는 독법이 그것이다. 마치 C. 보들레르가 한 여인의 성숙한 아름다움 속에서 구더기와 해골을 발견했던 사실을 연상시킨다고나 할까.

역시 같은 지면에서 읽은 이 시인의 다른 작품 「그의 흉터」도 앞에서 길게 산문으로 풀이한 작품적 특성을 그대로 보여 준다. 다만, "흉터"라는 작품의 핵심 이미지가 이번에는 문장 앞머리에 와 반복되는 점이 드러난 차이라면 차이라고나 할까.

말을 잠시 바꾸어 보자. 지배적인 인상을 중심으로 대상의 꼴과 정황을 꼼꼼히 묘사하고 다시 그렇게 묘사된 대상을 매개로 삼아 시인이 새삼 성찰하거나 깨닫게 된 삶의 의미를 제시하는 정형화된 작품 틀이 시동네의 유행을 본 지 오래된 바 있다. 그리고 이러한 작품 틀이 대상을 내면화하고 더 나아가 시인에게는 자기 내면을 웅숭깊게 발견하는 계기를 만든 것도 사실이다. 그럼에도 불구하고 대다수 작품의 틀이 도식화되거나 상투형으로 흐른다고 하면 그것은 또 그 나름의 문젯거리가 아닐 수 없다. 작금에 이르러 이 같은 현상을 우려하고 비판하는 목소리들이 설득력을 얻고 있는 것도 따지고 보면 지나치게 현실을 도외시하거나 회피한다는 불만도 불만이지만 이 같은 상투화로 치닫고 있는 탓이 클 것이다. 뿐만인가. 과거 자유주의문학과 운동문학 간의 오랜 갈등 끝에 한 젊은 평론가가 '문학은 곧 현실'이라고 내뱉은 독백은 벌써 용도 폐기가 된 것일까. 아니면 우리 사회 특유의 건망증에 힘입어 까마득하게 잊어버린 것은 아닐까.

각설하고 다른 작품을 한 편만 더 읽어 보자.


누가 내다 버렸는지, 천지간에
가마솥 하나 덩그렇다

변덕 심한 염천이 초록을 삶아 내려고

거대한 솥뚜껑 닫고

　지열로 쪄 내는지 온통 후끈거리면서

　뿌옇게 수증기 절여 대는 한낮


　지금 한 치 앞도 흐릿해서

　세포 하나 움직일 기력조차 없는 나는

　내 안의 이 도취가 너무 무겁다

　불볕도 그늘도 적이 아니었으므로

　내 나태 함부로 찜 찌지 마라

—「쑥밭」 부분

　김명인의 「쑥밭」은 먼저 "천지간에/ 가마솥 하나 덩그렇다"라는 묘사가 돌올하다. 그 묘사는 은유지만 읽는 이에게는 튀는 은유이다. 시적 화자에게 뜨거운 여름날이면 지상과 하늘은 가마솥 같다. 지열 탓에 수증기들이 뿌옇게 오른 한낮의 공간이 그 상상의 단초이다. 이 단초에서 작동된 상상은 작품 가운데서 쑥밭이 화자 자신의 가슴이라고, 그리고 더 나아가 징검다리의 노둣돌 같다고 여기게 한다. 이 작품의 문맥을 간추려 산문으로 설명하자면 대략 이와 같을 것이다. 그러나 작품의 핵심은 화자의 시선이 외부 세계에서 문득 자신에게로 옮겨 온 3연에 있고 이 3연의 속문맥은 그만큼 꼼꼼하게 짚어 읽어야 할 대목이다. 읽어 보자. 화자는 지금 도취의 상태에 있다. 그 도취는 "한 치 앞도 흐"린 가운데 "세포 하나 움직일" 수 없는 상태에서 온 것이다. 말하자면 지금의 눈 감은 채, 굴신 한번 할 수 없는 느긋한 나태가, 그런 정황 자체를 즐기고 있는 것이 화자가 말하는 도취인 것이다.

　그리고 자신을 모두 방기한 듯한 이 같은 도취 상태를 묵묵히 누리다 보면 화자의 가슴은 웃자란 쑥밭 지경이 될 터이다. 뭇 생각이든 욕망이든 모두 어떤 억압 없이 제멋대로 자라 오른다는 것—그것은 자유의 또

다른 모습일 것이다. 뿐만 아니라, 이 같은 자유를 함의로 내장한 쑥밭
이야말로 늦은 저물녘, 아니 시인의 원숙한 정신이 딛고 돌아갈 징검다
리이기고 한 것이리라.

김명인의 「쑥밭」이 보여 주는 간결하게 정제된 문채와 형식은 굳이 따
지자면 압축과 생략을 큰 미덕으로 삼았던 우리 시의 고전적 미학에 닿
아 있다고 할 것이다. 일찍이 조지훈이 시 표현의 제일원리로 내세웠던
'생략'에 잇대어져 있는 것이다. 조지훈은 "생각은 긴데 글은 짧다는 것
은 압축된 언어란 말이요, 압축된 언어는 생략된 언어이며 이 압축과 생
략 속에 확대와 전체가 들어가는 것이다"라고 하였다. 그리고 이 같은
압축과 생략이 행간의 여백을 크게 만들어 독자로 하여금 자유로운 의
미 생산을 가능하게 만들어 준다는 것이었다. 절대로 새롭기를 기획하
는 모더니스트들에게는 별로 감동 없는 소리이겠지만, 앞에서 잠시 언
급한 바 있는 서술형 문장 중심의 홑 연 형식이 상투형 작품 틀이 횡횡
하는 작금의 시 동네에서 이 같은 고전적 미학이 오히려 읽는 이의 눈에
띄는 것은 왜일까.

이 계절에 읽은 유홍준의 '가을'과 김명인의 '여름'은 단순한 계절적 시
간의 거리일 뿐만 아니라, 두 시인의 시적 개성의 차이이기도 하다. 더
나아가 중견과 신진 시인의 정신적 주소를 보여 주는 일이라고 하면 지
나친 비약일 것인가.

# 놀미·근대화, 그리고 아파트촌
## —이문구의 『우리 동네』 산실을 찾아서

당초 큰 기대를 한 것은 아니었다. 그러나 막상 현장을 찾았을 때 세면 부락은 흔적도 찾기 힘들었다. 토네이도 큰 바람기둥처럼 눈앞을 가로막는 대규모 아파트촌이 거기 자리 잡고 있었기 때문이었다. 얼마 전부터 토지공사에서 아파트를 큰 단지로 조성하고 있는 거였다. 나는 차를 내려 그래도 혹시나 싶어 아파트 공사장 외곽을 둘러보았지만 옛날 흔적은 아무것도 남은 것이 없었다. 벌써 30년 전 일이 아닌가. 그 시절이 어느 때라고……. 수도권 신흥개발지구로 둘러보는 곳곳마다 아파트들이 한창 숲을 이룬 곳에서 한 세대 전 자취를 찾겠다는 내 심사가 오히려 잘못된 것인지도 몰랐다.

공식적인 행정 지명은 향남면 행정리 205-4번지. 작가 이문구가 내려와 그의 대표적인 작품 가운데 하나로 꼽히는 연작소설 「우리 동네」 집필에 몰두했던 낡은 집은 모두 헐려 버리고 만 것이었다. 나는 당시 이문구와 각별하게 지낸 것으로 알려진 마을 사람들을 수소문해 보기로 했다. 비록 네 해 남짓의 세월이지만 작가는 내려와 있는 동안 당시 부락의 젊은 사람들과 흉허물 없이 어울려 지냈다고 하지 않던가. 나는 메모해 가지고 간 대로 발안 우체국 옆 농약사를 찾았다. 아직도 1970년대 으늑한 분위기가 채 가시지 않은 이차선 골목길 끝에 농약사는 있었다. 당시 이장을 보았다는 김건기 씨는 지금도 행정리에 살고 있다며 유병부 씨를 소개해 주었다. 유병부 씨와는 쉽게 통화가 되었고 우리는 중앙병원 앞에서 만났다. 그리고는 발안 옛 버스 터미널 근처의 해물탕집에 자리를 잡고 앉았다.

"그때 이 선생은 한 200평 대지에 앉은 초가집을 사서 이사 왔지요. 집 안에는 우물도 있어서 잡아 온 고기를 거기서 손질해 매운탕을 끓이기두 하구. 그리군 우리와 술추렴을 했지요."

유병부 씨는 당시 일을 조군조군 기억이 닿는 대로 들려주었다. 이문구는 당시 늦결혼을 했다. 서른여섯 나이에 한 결혼이니 그 무렵으로서는 만혼인 셈이었다. 그러고 나서 이듬해 행정리로 솔가해 내려왔던 것이다. 물론 부인 임경애 여사도 함께였다. 그렇게 낯선 곳에 둥지를 튼 이문구는 집필에 열중하기 시작했다.

"이 선생이 마을 젊은 사람들과 등산도 가고 천렵도 하며 무간하게 어울리긴 했지만 우리가 무시로는 드나들지 않았지요. 안방 말고 글 쓰는 방이 따로 있어서 이 선생은 주로 그 방에 있었는데 함부로 찾아가게 안 되드라구."

유병부 씨의 말대로 이곳에서 이문구는 집필에 전념, 「관촌수필 8―으악새 우는 사연」 등의 작품 8편과 네 권의 소설집, 그리고 두 권의 산문집을 간행했다. 굳이 평가를 하자면 우리나라 문학사에서 농민소설의 백미로 쳐야 할 연작소설 「우리 동네」 아홉 편이 모두 이곳에서 보고 겪은 경험들을 원체험으로 소설화한 것이다. 그 소설들은 근대화의 도도한 물결 앞에서 우리 전통적인 농촌 사회가 어떻게 해체되고 있는가를 탁월하게 보여 준다. 관향리 일원 그것도 놀미 부락을 공간 배경으로 그곳의 황 씨, 이 씨. 김 씨, 최 씨, 정 씨, 류 씨 등 아홉 인물들을 내세워 붕괴된 우리네 전통적 삶의 가치와 근대화의 미명 아래 날로 피폐해져 가는 농촌 현실을 그려 내고 있는 것이다. 이를테면,

"계는 무슨 계를 또 벌린다. 있는 것두 징글징글헌디."

아내는 계 소리가 나오기 무섭게 펄쩍했다. 아내는 한마디로 일매지어 버리려고 말맥을 되짚었다.

"병시 엄니. 시방 우리 계에 계가 몇 개나 있는 중 알고나 그려? 우리만 해두 하루에 두 번 시 번 달력을 봐야 제 날짜를 안 넘기는 판인디…… 볼려? 여자덜찌리 허는 금반지계. 법랑세트계. 이불계, 즌자재봉틀계. 은수저계. 한복계. 세탁기계, 꽃놀이계, 이뿐이수술계…… 그 말구두 쎘을 겨 남자덜찌리 붓는 계는 또 얼마여. 전에는 상포계, 향도계밖이 읎었지만 시방은 내가 아는 것만두 쌀계, 생일계, 환갑계, 칠순계, 바캉스계, 효도 관광계, 단풍계, 경운기계, 카세트계, 예비군계, 민방위계, 양수기계, 자가수도계, 망년회계…… 이루 셀 수두 읎이 대추나무 연 걸리듯 헌 게 곈디. 한 달 육장에 메칠이나 비었간디 계를 새루 해서 에워? 있는 계만 따러가는디두 버렁 빠져 죽겄는디…… 개갈 안 나는 소리 웬만치 허구 일어슬 때 일어스더래두 편히나 앉으셔."

아내는 정말 넌더리가 나는 것처럼 매몰스럽게 말끝을 오그려붙였다. 병시 어매는 대수로이 여기지 않았다.

"개갈 안 나는 건 오타 엄니여. 오타네가 그 계를 다 들은 건 아니잖여. 설령 다 들었다 해두 그렇지. 내가 허자는 계는 그런 먹매 큰 계가 아니라구. 이건 일주일에 천 원 한 장으루 쎘다 벗어다 허구 남는 미니 계여."

병시 어매가 말마투리를 남기자 아내는 대번 귀가 솔깃하여 의논성 있게 말했다.

—「우리 동네 조씨」 중에서

와 같은 대목에서 보이는 계문화의 우스꽝스런 왜곡과 훼손도 그 한 예이다. 지난날 농경 사회의 대표적인 한 제도가 산업화에 따른 사회 변동 과정에서 그만 엄혹하게 일그러져 버린 것이다. 잘 알려진 바와 같이 계란 이웃 간의 상호부조를 축으로 미풍양속의 전형처럼 여겨져 왔다. 그런데 이 작품에서의 계는 아이들 계로 목돈을 만드는 게 목적이 아니다. 그보다는 계로 묶어 줌으로써 생활수준과 성향이 비슷한 아이들끼리 패거리를 만들어 주자는 것이다. 뿐만 아니라 학부모들도 패거리를 지어 학교 일에 가지가지로 간섭하고 실력 행사를 한다는 계인 것이다. 이처럼 연작소설 「우리 동네」는 지난 1970년대 말 우리 농촌 사회가 산업화에 밀려 얼마나 급격하게 또 어처구니없게 왜곡되고 일탈했는가를 보여주는 것이다. 농지 가격 상승에 따른 투기 문제, 보리 수매, 추곡 수매와 농촌의 달라진 소비 행태, 청소년들의 신분 이동에 따른 갖가지 웃지 못할 사연들이 모두 그것이다.

"이 선생은 『우리 동네』 소설집이 나왔을 때 우리한테도 한 권씩 주었어요. 다들 한 번씩은 읽어 봤지요."

"혹시 소설의 모델이 된 분은 없었나요?"

"누군가 자기 얘기를 쓴 거 같다고 하긴 했어두 그걸로 문제가 된 일은 없었지요."

유병부 씨는 내가 묻는 말에 가볍게 응수를 하곤 했다. 그때만 해도 농사철에 접어들면 너나없이 논밭으로 출근을 해야 했던 시절이었다. 막 기계화 영농이 시작되던 때여서 일에는 아직도 많은 품이 들었다. 이문구는 그럴 때마다 일터를 돌며 일꾼들과 얘기를 나누거나 일을 거들었다고 한다. 투박한 먹고무신을 신고 여느 때의 한갓진 옷차림 행색 그대로였다. 그는 농투산이 못지않게 소탈했다. 본디 충남 보령군 대천의 농가에서 출생하고 성장한 이문구로서는 당시 행정리에서의 시골 생활이 조금도 낯설지 않았을 터이다. 그는 그렇게 농촌 현장에서 사람들의 갖가지 형편과 사연들을 관찰했다. 그래서 「우리 동네」 연작소설 속의 다양한 서사들은 행정리에서의 그 같은 관찰과 체험을 통해 육화했던 내용들인 것이다. 일찍이 발자크가 말했던가. 작가는 자기 당대의 모든 걸 기록하는 다만 '서기'일 뿐이라고. 그리고 그렇게 기록된 풍속이나 현실은 어느 역사가의 역사책도 따라올 수 없는 당대의 가장 값진 기록이라고.

널리 알려진 대로 이문구 소설 미학은 이러한 서사의 핍진성에만 있는 것은 아니다. 그것은 서라벌예대 시절부터의 스승이자 평생 부모 맞잡이였던 김동리가 극구 칭찬해 마지않았던 소설 문장의 남다름에서도 비롯된 것이다, 충청도 순 토박이말을 감칠맛 있게 구사하면서도 마치 칡넝쿨처럼 뻗어 가는 만연체 문장이 그의 작가적 개성을 더욱 빛나게 했던 것이다.

이문구의 행정리에서의 생활이 평온하기만 한 것은 아니었다. 집필에만 전념한 생활 외형에서만 그럴 뿐 저항작가로서의 사연도 많았기 때문이다. 정치적 억압이 극심한 유신 말기였던 그 무렵 이문구에게는 담당 형사들이 늘 붙어 다녔다. 행정리에서도 그 형사는 예외 없이 무시로 마을 출입을 하며 이문구의 동태를 살폈다. 그리고 월문리에 와 칩거하고 있던 작가 송기원이 그 담당 형사에게 피체된 것은 뒷날 일이었다.

"한번은 이 선생이 우리와 어딜 갔다 오다 만취가 됐는데 평소와 다르게 요 앞 네거리에서 정부 욕을 되게 하십디다. 그것두 큰소리로."

그 당시엔 어마뜨거라 했을 터인데도 유병부 씨는 담담하게 말했다. 그리고 택시로 집까지 모신 탓에 그날 더 이상 문제는 없었다고 덧붙었다. 지금도 사모님 걱정을 한다면서 행정리에서 출생한 이문구의 성장한 아이들 걱정을 했다. 고인이 되기는 했지만 작가는 행정리에서 동네 애경사에 결코 빠지는 법 없던 마을 사람들의 각별한 이웃이기도 했다. 나는 옛 버스 정류장 근처 큰길에서 유병부 씨와 헤어졌다. 서울행 버스를 기다리는 내 눈앞에는 여전히 대형 토네이도 같은 아파트 숲만 어디라 할 것 없이 늘비했다.

# 자본과 토네이도

"이제 다아 끝났습니다."

막 서명을 하고 도장을 찍고 나자 담당자는 그렇게 말했다. 신도시 계획에서 빠져 있던 손바닥만 한 자투리땅마저 도로로 편입되고 그 매매 계약서에 나는 마지막 도장을 찍은 것이다. 한순간 시원한 느낌보다는 막막한 기분이 몰려들었다. 토지공사 화성지사 현관문을 나서며 나는 햇볕이 너무 투명하다고 생각했다. 고층 아파트들이 말 그대로 우후죽순처럼 늘어선 동탄 신도시의 거리를 천천히 걷기 시작했다. 태어나서 지금까지 60년 넘게 자라고 드나들었던 곳이지만 나는 완전히 낯선 어느 이방에 내팽개쳐진 기분이었다. 어디에도 과거를 기억할 수 있는 흔적은 보이지 않았다. 고공에 버티고 선 대형 골리앗 클레인들, 골조만 까마득하게 올라간 아파트군, 그런가 하면 방금 입주가 끝난 듯한 또 다른 아파트 단지, 그리고 팔차선, 십차선의 광폭도로 등등 어느 것 하나도 옛 기억을 떠올려 주는 것은 없었다. 대신 거기에는 자본의 거대한 토네이도가 불어 올라가고 있었다. 마치 우리가 영화 화면 속에서 보았듯 초대형 자본의 바람기둥들이 인근의 모든 것을 공중 높이 말아 올리고 있었다. 토네이도가 사납게 불고 있는 현장에 과연 과거의 뭇 잔해들이 남아 있기는 하는 걸까. 얼마를 걸은 뒤였다. 야트막한 경사의 도로 한 굽이를 돌아서자 갑자기 시야가 탁 트이면서 낯익은 풍경이 펼쳐졌다. 고향이 거기 있었다. 현량개와 앞개울, 그리고 주봉뫼가 한눈에 들어온 것이다. 비록 도로와 아치형 육교, 벌건 흙무더기들이 군데군데 들어선 살벌한 모습이긴 했지만 옛 윤곽만은 그대로 남아 있었다.

광풍이라고 해야 할 토네이도 현장에도 막상 찾아보니 옛 풍물들은 아주 드물게나마 남아 있었다. 그것도 외진 구석에 꼭꼭 숨듯이 남아 있었다. 개나리 마을에서 독자울로 건너가는 둑길이 우선 그것이었다. 골짜기 골아실 물이 도랑을 이루어 흐르던 바로 그 둑길이었다. 병점에서 돌모루까지 통학할 때 늘 걸어 다녔던 길이어서 나에게는 유별하게 낯이 익은 길이기도 했다. 그 길은 신도시 계획에서 용케 빠져나와 그렇게 옛 모습을 간직하고 있었고 나는 무슨 오랜 지기라도 만난 듯 반가웠다.

뿐만이 아니었다. 예전 기억을 더듬어 병점길로 조금 더 걸어 나왔을 때 나는 정말 깜짝 놀라고 말았다. 대단위 아파트 단지로 변한 그전 느치미 동네 한복판을 지나다가 우연처럼 발견한 정경—고색창연하게 그러면서 늠름하게 버티고 있는 단독주택 몇 채 때문이었다. 아파트 건물들 뒤켠에 옹송그리듯 그 집들은 남아 있었다. 다소 퇴락한 느낌이 들었지만 나무와 봄꽃들이 집 주변에 흩어져 있는 모습은 또 다른 감동을 나에게 안겨 주었다. 그렇다. 중고등학교 시절부터 얼마 전까지 병점역의 기차를 타기 위해, 또는 돌모루 고향 집으로 귀가하기 위해 늘 거쳐야 했던 느치미 마을이 거기 장엄한 낙일처럼 남아 있는 거였다. 현대식 상가와 아파트 뒤켠에 과거의 잔해처럼 남은 그 집들에서 나는 묘한 마음의 평온을 얻었다. 마치 M. 프루스트가 잃어버린 기억을 복원하면서 마들렌느 과자 맛을 느꼈듯이 나 역시 알 수 없는 푸근한 느낌에 젖었던 것이다.

앞으로도 어디든 한동안 거대한 자본의 토네이도는 불리라. 고향 일체를 고공으로 사정없이 불어 올리는 이 신도시 현장에서 나는 퍼즐 조각들처럼 지난날 흔적들을 그렇게 맞춰 나갔다. 그러면서 가끔 TV에서

나 보았던 댐 수몰 지역 사람들의 향수와 상실감이 무엇인지를 알 것도 같았다. 머지않아 신도시가 완성되고 나와는 상관도 없는 낯선 대규모 도시 공간이 하나 덩그러니 멸실된 고향 대신 이 지역에 놓이리라. 역사라든지 문명이란 늘 이렇게 사람들의 삶을 참혹하게 삼켜 왔던 것인가.

# 그래도 생강은 묵을수록 맵다

## '자발적 소외'와 초등생

꼭 정년을 한 해 앞두고 나는 학교생활을 접었다. 아내가 꽤는 완강하게 반대했지만 나는 여러 가지 이유들을 들어 말을 듣지 않았다. 제일 큰 이유는, 나이 탓이겠지만, 직장 생활이 버겁다는 것이었다. 그리곤 홀가분한 가운데 나름대로의 일을 하고 싶었다. 그렇다. 퇴직을 하며 새삼 일이라니? 뜨악해 하는 그런 주변 사람들에게 나는 이른바 전업시인의 길을 내걸었다. 언제부턴가 우리 문학 동네에는 자기 생계를 글쓰기와 그 원고료에만 전적으로 의존하는 일이 관행처럼 돼 가고 있다. 지난날 같았으면 어림없는 일이다. 소설 쪽 사정은 달랐지만 시의 경우는 으레껏 부업 아닌 본업을 가져야 호구할 수가 있었다. 시 쓰기를 작정한 인사가 본업인 시만 가지고 호구한다는 것은 애시당초 불가능했던 탓이다. 그래 대부분 본말이 전도된 형국으로 현실 생활에선 시업보다는 직장이 본업이었던 것이다. 그 관행이 그런데 젊은 시인들 중심으로 언제부턴가 무너지기 시작한 것이다. 이른바 '자발적 가난과 소외'라고 불린 작금의 현상들이 그것이다. 그들은 자신이 선택한 시업에 전념하기 위해 다니던 직장도 이 보란 듯 손쉽게 포기했다. 그러나 결과는 너무나 자명한 것이었다. 쥐꼬리 수준의 고료로 생활한다는 것은 아예 불가능한 일이었고 결국 그는 혹심한 궁핍에 시달릴 수밖에 없었던 것이다. 이를 두고 사람들은 '자발적 가난'이라고 불렀다.

내가 가겠다는 전업시인의 길은 바로 그런 것이었다. 그런데 막상 인사 담당자에게 사직원을 내밀고 돌아섰을 때 나는,

> 웬일, 땅 멀미하듯 몸이 일순 휘청했다
> 이 현훈도 무위도식에 대한 무슨 포상인가
> 평생 듀오백 의자처럼 기대어 온 등받이가 없어진 거기
> 행정실 광막한 허전함에
> 폐품 직전 누더기 등짝 하나 붕 떠 있었지
>
> —졸시 「포상, 빛나는」 부분

라는 말 그대로 현훈을 일순 경험해야 했다. 그 현기증을 나는 곧 몇 십 년 짐 졌던 직장 생활을 벗어 버린 홀가분함이라고 해석했으나 반드시 그렇지만은 않았다. 그것은 오래 등을 받치고 기대어 온 내 사회적 정체성이 없어진 자리의 어지럼증이었다. 아무튼 퇴직 후 마음의 변화는 여러 가지였지만 대표적인 것은 내가 다시 초등학생으로 되돌아갔다는 생각이었다. 우선 직장에 있어야 할 낮 시간 동안 동네 여기저기를 홀가분하게 헤매 다니며 그동안 제 사는 동네도 얼마나 내가 몰랐던가 하는 걸 새삼 확인한 것이다. 그것은 새롭게 맞닥뜨린 주변과 일들에 대한 낯가림이기도 했다. 그러고 보면 대체 나는 살아오는 동안 몇 번이나 이 낯가림을 경험했던가. 직장을 옮겼을 때, 혹은 더 거슬러 올라가 유소년 시절 상급 학교로 진학했을 때 이런 심한 낯가림을 겪지 않았던가. 그러나 이번은 달랐다. 명실상부하게 직장 생활로부터의 은퇴였기 때문이었다. 이제 더 이상 직장이란 조직 사회에는 발붙일 수 없는 형편이 된 것이다.

생물학적인 나이와 건강, 그리고 무엇보다 몸의 기능 저하 탓에 직장 생활을 더 이상 꾸려 갈 수 없게 된 것이다. 아무튼 퇴직 후 나에게는 주변 모든 일이 새롭고도 신선한 충격으로 다가왔다. 하다못해

"우리 동네에도 이런 곳이 있었나?"

"여긴 처음 와 보는 골목이네."

하는 식의 새로운 풍물 발견이 그런 것이었다. 그런데 더 놀라운 일은, 고백컨대, 아내에 대한 새로운 발견이었다. 말 그대로 집 안에서 함께하는 시간이 많아지면서 나는

"허허, 저 친구 이런 면도 있었네."

하는 그녀에 대한 감탄 아닌 감탄을 더러 하게 된 것이다. 그것이 시장 보기든 아니면 무슨 집안일에 관한 것이든 지난 직장 생활 동안에는 전혀 알지 못했던 모습들을 신대륙이나 되는 듯 발견한 것이다.

이런 식의 매사에 대한 새로운 발견과 낯가림은 결국 내가 실제 하나하나 모든 것을 새로 배우지 않으면 안 되겠다는 자각을 하게 만들었다. 더욱이 평생을 책상물림으로 살아온 주제에 무엇을 안다는 것이 가당찮은 터수인데…… 퇴직 얼마 후 한 선배에게 이런 일들을 얘기하자 그 선배는 거 참 딱하다는 표정으로

"암, 물론. 백수도 한 이, 삼 년 지나야 적응이 될걸."

하는 것이었다. 그랬다. 그동안 지난날의 모든 것을 망각 속에 묻고 백지로 돌려야 하는 처지에 내가 할 수 있는 일이란 새롭게 배우고 새롭게 시작하는 일밖에 달리 무엇이 있겠는가. 그것도 미리 주어지고 정해진 일을 따라 하는 것이 아닌 하나에서 열까지 뭇 일을 자율로 해야 하는 것이다. 말 그대로 초등생이 어디 또 달리 있겠는가. 그러고 보면 학교라고 하는 직장이 지난날 내게는 얼마나 듀오백 의자 같은 튼실한 등받이였던가. 또 얼마나 따뜻한 온실이었던가.

## 길표와 명품

　임어당(林語堂)은 일찍이 중국인들의 우아한 노경을 기렸다. 조·부·손 삼대가 함께 사는 대가족제도 하에서 할아버지 세대가 누리는 삶의 안락과 여유를 서양인들과 비교하며 찬탄하고 자랑한 것이 그것이다. 아들과 손자 세대들이 물심양면에 걸쳐 공경하고 떠받들어 주는 삶이란 당연히 넉넉하고 우아한 것이리라. 그러나 그 이야기는 이미 한 세기 전 옛말이 되었다. 중국뿐만 아니라 그 사정은 우리나라도 크게 다르지 않았었다. 할아버지들은 가장으로서 한 집안의 크고 작은 일을 통할하였고 또 그에 따른 공경을 누렸다. 그러나 이 같은 일은 이제 어디에서도 찾아보기 어렵다. 박물관은커녕 하다못해 인사동 뒷골목 좌판 골동가게에서도 찾을 수 없게 된 것이다. 널리 말하듯 대가족주의의 해체는 물론 핵가족마저도 심각한 와해 단계에 접어든 것이 현실인 것이다. 그나마 핵가족도 맞벌이와 결손가정의 보편화에 따라 그 구성원들이 '신유목민'으로 곳곳을 떠돌고 있는 것이다. 거기 어느 자리에서 할아버지들의 우아한 노경을 운운할 수 있겠는가. 이제 '우아한 노경'이란 한낱 빛바랜 신화이고 공염불이 된 것이다. 사람들 누구나 노년 역시 스스로 책임지고 꾸려 가지 않으면 안 될 형편에 이른 것이다.

　두말 필요 없이 직장에서의 퇴직이란 사회생활의 정리이자 경제활동의 종언이다. 나 역시 연금 이외의 수입이란 바랄 수 없는 처지가 됐다. 이제는 말 그대로 씀씀이를 줄이고 소비를 억제하는 것이 바로 돈 벌고 저축하는 일이 돼 버린 것이다. 그런데 이런 내 형편과 작심에 딱 맞는 용품들이 있다. 이른바 '길표'라고 불리는 이제 많이 애용해야 할 생필품들이 그것이다. 몇 해 전 여행길에서였다. 지방도로를 달리는데 옆에 있던 한 선배가 일러 줬다.

　"저 길 옆에 벌여 놓은 물건들 보이지? 그 물건들 상표가 뭘 꺼 같나? 왈 길표라는 거지. 길표가 써 보니 어떤 명품보다 난 좋더만."

그 선배 말에 일행들은 잠깐 웃었다. 그리고 명품족이나 짝퉁에 관한 말들을 나눴다. 그 일이 있고 난 뒤부터 나는 길표에 대해 유심히 살폈다. 값이 뜻밖으로 싸다는 것뿐 실제 이용하고 써먹는 데에는 별반 큰 차이가 없다는 사실도 알았다. 길가 노점에서 팔리고 있는 그 물건들의 소종래는 알 길 없으되 나 같은 사람에게는 제격이었다. 단돈 만 원 안팎의 그 물건들은 사는 데에 큰 부담이 없을 뿐 더러 또 얼마 사용하다 폐기하더라도 아까운 생각이 전혀 없었다. 오히려 만 원 안팎의 그 물건에 과도한 기대를 두는 내가 도둑의 심보가 아닌가 싶은 거였다. 명품이라니? 나로서는 값이 헐하고 쓰임새가 좋은 그 길표가 명품 브랜드였다. 현학적인 말로 값비싼 명품이란 무슨 신분의 표지 역할이든가 아니면 허황한 이미지의 소비에 지나지 않아 보일 뿐인 것이다.

그런가 하면 퇴직 뒤부터 나는 일체 밖에서 매식을 하지 않고 있다. 아마 일체라기보다는 가급적이란 표현이 더 정확할 터이다. 요식업 하는 이들에게 틀림없이 매타작 당할 소리지만 나 같은 실버들에게는 매식비를 줄이는 일만큼 좋은 돈 절약 방법은 없을 터이다. 실제 따져 보아도 술값, 밥값 지출이 없다 보면 한 달 간 용돈 들 일이 크게 없다. 또래 친구들과 어쩌다 만나 봐도

"내 말이 그 말일세. 우리 나이에 그거 빼면 돈 들 일이 뭐가 있어. 큰돈 들어 봐야 경조사비 아니면 병원비밖에 더 있겠나?"

"건강관리 잘해 병원 출입 않는 것도 따지고 보면 큰 돈벌이야."
라는 얘기에는 너나없이 한결같이 의견이 같게 마련이었다. 물론 그렇게 절약하고 인색을 떨어 뭘할 거냐고 묻는 친구들도 있다.

"그래 너 죽어서도 돈 들고 가냐? 옛부터 인심은 광에서 난다고 했다. 있으면 퍽퍽 써라."

"누가 아니랬나. 맞는 말씀이네."

"요즘은 손자 놈들에게 용돈이라도 나눠 주어야 대접받는 세상인데 두말해 뭣해."

어찌 손자들뿐만이겠는가. 할 수 있다면 사람은 누구에게나 베풀어야 한다는 생각을 한다. 그것은 등록금 탓에 학업을 걱정하는 학생이든 또는 뜻하지 않은 일로 힘들어 하는 주위 사람이든 아무래도 상관없다. 또 그 도움도 반드시 물질적인 것일 필요는 없다. 사람은 자기가 이 세상으로부터 누리고 받은 만큼은 꼭 되돌려야 하는 것이다. 그래, 늙음의 반열에 올라 해야 할 일은 첫째도 둘째도 이것이 아닐까. 어쩌다 고맙다는 인사를 하는 학생에게 나는 종종 말하곤 했다.

"고마워 할 것 없네. 나도 앞사람한테서 받은 거 되갚는 것뿐이지. 너도 훨씬 뒷날 힘들고 어려운 젊은이가 있으면 내 생각하고 도와주면 될 일이네."


## 몸이 시키는 대로 하라

벌써 여러 해 전 일이다. 글 동네 행사에 참석했을 때 한 시인이 강연 중에 짐짓 우스개 삼아 말했었다.

"공자가 일찍이 육십이 넘으면 이순(耳順)이라고 했는데 이제 그 말뜻이 뭔지 알겠습니다. 나이를 먹다 보니 요즘은 귀가 자꾸 말소리들을 놓칩니다, 그래 제대로 알아듣지도 못하고는 적당히 고개를 끄덕이게 됩니다. 가는 귀 먹어서 못 들었다고 하기에는 너무 쪽 팔리니까 그냥 그럴 뿐이지요. 이순이 별게 아니고 바로 이런 걸 두고 하는 말이구나 싶습니다."

좌중에 그 말을 들은 사람들은 모두 한차례 웃었다. 그러나 실제로 이목구비가 하나같이 망가져 가고 있던 나는 별로 웃지를 못하고 말았다. 그 시인의 말 속에는 사실 웃어넘기기 어려운 아픔이 묻어 있었기 때문이다. 늙음의 대표적인 사실이란 다름 아닌 이목구비의 부실화였다. 치과 출입이 잦아지면서 발치하는 횟수가 늘고 돋보기를 막무가내로 써야 하며 귀가 갈수록 어두워지던 것이 그것이다. 이 불가항력에 가까운 사태 앞에서 그동안 나는, 고백컨대, 몇 번이고 절망에 가까운 좌절감을 맛본 바 있다. 퇴직 전 학교에 있을 때는 그 좌절감 탓에 뒷산을 자주 찾아 걷고는 했다. 대략 하루에 4, 50분 정도 북측 순환로인 남산 산복도로를 걷곤 했던 것이다. 골프는 물론 그 흔한 등산도 평소 생의를 못 내고 지내던 나로서는 이 무일푼의 걷기가 유일한 운동이었다. 실제로 이 걷기 운동은 숲길에다 등줄기에 땀을 축축하게 흘릴 수 있어 좋기도 했지만 무엇보다도 그 걷는 시간만큼은 오로지 날 생각할 수 있어서 좋았다. 말하자면 으늑한 그늘길을 제 자신과 오롯이 말을 나누며 걸을 수 있었던 것이다. 그런데 이 걷는 일은 툭하면 건너뛰기가 일쑤였다. 이런 일 저런 일을 앞세우다 보면 하루가 그냥 지나가 버리곤 했다. 생각 끝에 나는 모든 일과에서 이 걷기를 최우선 순위에다 두어야 했다. 그것이 하루도 거르지 않고 매일 걸을 수 있게 만든 비결이었다. 실제 이 관행은 지금에도 변함이 없다.

근대 기획 가운데 획기적인 사실은 인간이 제 몸을 스스로 관리할 수 있게 되었다는 점이다. 질병 관리에서부터 갖가지 성형술에 이르기까지 의학의 발달은 몸을 인간의 의도대로 기획하고 뜯어 고칠 수 있게 된 것이다. 물론 몸에 대한 기획 관리는 아직 그 한계가 많다. 이를테면 불치병이나 죽음의 극복 같은 일이 그것이다. 주어진 인간의 운명이라고 해야 할 이 일은 아직도 그 해결책을 찾기가 요원하다. 그러나 노화를 일정 정도 지연시키거나 건강을 관리하며 편안을 누리는 일은 누구에게나 얼마든지 가능해졌다. 제 하기에 따라서는 '홍안백발'이 누구에게나 가능해진 것이다.

가끔 아내가 건강보조식품이나 웰빙 식단을 노래 부를 때 그때마다 나는

"너무 건강식 좋아하지 마슈. 입이 시키는 대로 먹고 마시면 돼."

라고 퉁을 놓는다. 그 퉁 속에는 내 나름의 까닭이 있을 수밖에. 그렇지

않은가. 인간의 몸은 의외로 정교해서 자기가 필요한 것은 언제나 두말 없이 요구한다. 그것이 식욕이든 수면욕이든, 혹은 배설에 관한 욕구이든 필요하면 언제나 몸은 그 욕구를 신호화해서 우리에게 보내는 것이다. 손쉽게 말하자면 필요한 영양분이 있을 때 몸은 그 나름으로 무엇이 먹고 싶다는 신호를 구체화해서 보낸다. 다만 어리석은 인간이 미처 그걸 알아차리지 못할 뿐이다. 이 점에서 나는 몸과 건강에 관한 한 자연주의를 신봉한다고 해야 하리라. 오히려 몸과 건강에 대한 지나친 관심이 이따금 화를 자초하는 걸 본다. 그 관심이 일종의 스트레스처럼 우리를 대책 없이 찍어 누르고 억압하기 때문이다. 스트레스를 뭇 병의 근원이라고 하면서도 우리는 밤낮없이 제 스스로 스트레스를 생산하고 있는 건 아닌지.

옛날 조주(趙州) 선사는 한 납자(衲子)가 멀리서 찾아와 인사를 하자 앞뒤 없이

"그만 내려놓게."

라고 일갈했다. 영문을 모른 그 납자가 어리둥절,

"스님 빈손인데 무얼 내려놓습니까?"

라고 물었다. 조주가 이번에는

"그럼 그냥 들고 있게."

라고 했다.

사람은 언제나 제 손에 온갖 탐욕을 쥐고 산다. 그리고 그 탐욕 때문에 고통스러워 할 뿐 아니라 스트레스에 푹 파묻히기도 한다. 하지만 늙음에 때맞춰 이런저런 욕심을 내려놓다 보면 한결 몸과 마음의 건강을 잘 누릴 수 있다. 아직 나는 몸이 시키는 그대로 충실하게 따를 뿐이다. 그것이 이즈음의 내 깨달음인데 나이 들수록 사람은 마치 생강이 묵을수록 매워지듯 그렇게 의뭉스러워지나 보다.

# 목불(木佛)을 태우고 사리를 찾네

얼마 전까지만 해도 시 이야기를 할 때 나는 종종 단하(丹霞) 천연(天然) 선사의 일화를 먼저 학생들에게 들려주곤 했다. 우리가 상식이라고 안주하는 것, 또는 통념이라고 생각한 것을 과감히 깨라는 뜻에서다. 시만큼 창의적 생각이 중요한 귀물이 또 있을까. 그러면 단하 선사는 일찍이 무슨 행각을 펼쳤던 것인가.

혹심한 한파가 기습한 겨울날이었다. 그것도 해가 뉘엿뉘엿 지는 해거름 녘이었다. 혜림사라는 조그만 절에 운수행각의 객승이 한 사람 찾아들었다. 그는 하루저녁 쥔을 붙이자고 원주(院主)에게 부탁을 했다. 막 저무는 산중의 저녁나절이라 별수 없이 원주는 승낙했다. 그날 밤 자정께는 되어서였다. 원주는 잠결에 무슨 소리를 듣고 깨었다. 어라, 이게 뭔일인가. 객승이 제 방에 군불을 때고 있었다. 그것도 법당에 모신 부처님을 들어다 때고 있었다. 대경실색을 한 원주는 펄펄 뛰며 고함을 질렀다.

"이 무슨 해괴한 짓인가?"

그러나 객승은 들은 척도 하지 않았다. 대신 아궁이 속 불만 이리저리 헤집었다.

"아니 지금은 또 뭣 하는 거요?"

"예 부처님을 태웠으니 사리를 찾고 있소."

원주는 더 기가 막혀 소리를 꽥 질렀다.

"목불인데 무슨 놈의 사리가 나온단 거요."

"어, 나무부처였구먼. 그럼 법당의 나머지 부처도 땝시다."

같은 대상이라고 할지라도 그걸 어느 관점에서 접근하고 바라보느냐에 따라 그 의미나 값은 영 달라진다. 나는 시를 읽는 즐거움 가운데 먼저 하나를 들라면 이 같은 점을 든다. 통념과 다른 시각에 의해 시인이 발견한 대상의 새로운 모습 내지 의미 읽기를 즐기는 것이다. 그것은 내가 몰랐던 것을 아는 즐거움이자 만족인 것이다. 내가 즐겨 하는 담론 가운데 이런 것도 있다. 너무 잘 알려진 말이어서 사람들은 정신줄이 확 풀릴지도 모르겠다. 흔히 우리가 물 반 컵을 앞에 두고 나누는 얘기가 그것이다. 곧, 물 반 컵을 두고 어느 누구는,

"허, 고작 반 컵밖에 안 남았네."

하고 어느 누구는,

"아이고 아직도 반 컵이나 남았네."

라고 탄성을 발한다. 이처럼 사람들의 반응은 같은 물 반 컵을 두고도 영 딴판인 것이다. 여기서 새삼 '고작'과 '아직도'의 거리가 얼마나 큰 것인가를 설명함은 부질없다. 물 반 컵 대신 그것을 삶이나 세상이란 말로 바꿔 놓고 보면 그 차이가 너무 자명해지기 때문이다.

뒷날 어느 스님이 단하 선사의 이 소불(燒佛) 건을 진각(眞覺) 대사에게 전하며 물었다.

"펄펄 뛴 그 절 원주는 그렇다 치고 단하는 목불을 태웠으니 허물이 크지 않았습니까?"

이에 진각 대사가 대답했다.

"단하는 나무토막만을 태웠고 원주는 부처님만을 보았던 게지."

그렇다. 그동안 우리도 생활 속에서 과연 무엇을 태우고 보았는지 한번 곰곰 생각할 일이다.

# 잃어버린 시절과 절밥

　칠칠일 결복재를 올리는 날이었다. 재를 올리는 내내 지장전(地藏殿)엔 한기와 찬 외풍이 돌고 있었다. 이 결복재를 끝으로 이제 고인은 중유를 벗어나 아마도 서방 10만억 국토 밖 정토에나 나돌 것이다. 그리고 새로운 인연 따라 전생(轉生)을 펼칠 터이다. 우리 상제들은 그렇게 고인을 보내며 영결이 어떤 무엇인가를 마음에 새삼 느꺼워 했다. 스님의 독송이 끝나고 이번엔 영전에 잔을 올렸다. 실내의 찬바람 탓이기도 했지만 우리 상인(喪人)들은 몸과 마음이 모두 시렸다. 노자를 놓고 헌작을 끝낸 뒤 우리는 전각 밖으로 나섰다. 때마침 대웅전 앞 탑 주위로는 옹기종기 고인 겨울 햇볕들이 유난히 투명했다. 그 햇볕들을 헤치고 탑돌이를 한 뒤 경내 한구석에 있는 소각장으로 상인들은 걸어 올랐다. 거기서 싸 들고 온 고인의 유품들과 상복을 한 가지씩 차례로 태우기 시작했다. 굴뚝에서 나온 연기들이 허공으로 올라가며 아득한 먼 하늘가에서 느릿느릿 흩어졌다. 그것으로 재는 모두 끝났다.

　비록 십 년 안쪽 일이지만 돌아가신 아버님의 사십구재(四十九齋)는 아직도 내게 생생한 화폭으로 기억 속에 걸려 있다. 한겨울 혹한 속에 지낸 그 재가 그렇게 생생한 것은 고인의 각별히 신산했던 말년 때문일 수도 있다. 고인은 십 년 넘게 노환, 특히 치매로 고생하다 돌아가셨다. 마지막에는 우리 자식들조차 몰라 봤다. 어느 작품에선가 황동규 시인은 "추억이란 불수의근(不隨意筋)"이라고 썼다. 나는 이 시구의 뜻을, 아버님을 10만억 국토 밖으로 보내 드리고 나서야 절절히 몸으로 체감했다. 자신의 뜻이나 의지와는 상관없이 시도 때도 없이 불쑥불쑥 솟구치는 고인에 대한 기억과 그리움―굳이 비유하자면 이 현상은 몸의 불수의근 같은 것이 아닐 수 없었다.

이 같은 강렬한 회억 때문일까. 나는 칠칠재 내내 제사 끝난 뒤의 절음식을 잊지 못한다. 재가 끝나고 절집 식당으로 내려오면 거기엔 늘 뷔페식으로 국과 갖가지 반찬, 그리고 이밥이 때맞춰 준비되어 있었다. 식판을 앞에 하고 앉으면 예외 없이 헛헛하게 올라온 허기가 그때까지 내 입안에 가득하던 슬픔과 먹먹함을 몰아냈다. 그리고 절집 아니면 맛볼 수 없는 저 깊고도 담백한 특유의 미각의 세계에 한참 빠져들어 갔다. 그동안 인공 조미료에 절었던 내 미각이 이 절 음식들을 통해 과거 어느 한 시점을 되찾던 것이었다. 지난날 시골 농가였던 우리 집에서 늘 대하던 밥상, 특히 볶은 콩에 양념간장을 살짝 간한 콩장이나 부침두부, 들기름만으로 조물조물 무쳐 낸 푸성귀들, 그도 아니면 묵은 장만으로 간을 낸 미역국 등등의 그 맛이 거기 있었던 것이다. 아니 그 시골 밥상보다 더 구수하면서 담백한 맛의 세계가 펼쳐져 있었다. 말하자면 이른바 비린 맛을 비롯한 육것들의 일체 잡맛들이 전혀 없는, 슴슴하면서도 으늑한 담담한 맛이 그 음식들에는 들어 있었던 것이다.

19세기 프랑스 소설가 M. 프루스트는 잃어버린 시간의 기억을 마들렌 과자 맛에서 되찾았다. 그는 어린 시절 기억을 복원해 내면서 거기서 이 과자의 맛을 환기하고 되살려 냈던 것이다. 이른바 혀끝의 감각이란 그만큼 인간에겐 원초적인 감각일 것이다. 미각은 인간이 태어나자마자 곧바로 작동한다. 그래서 유년에 경험한 맛들이란 너무 강렬한 탓에 인간들의 전의식 가운데 일종의 본능처럼 깊이 잠재된다. 그렇게 잠재된 입맛이란 가장 오래 그리고 강렬한 원초의 기억으로 남는다. 이 기억들이 회상을 통하여 지금 현재에 불려 나오는 것—그것은 우리의 잃어버린 시간들을 복원하는 주요한 통로 가운데 하나일 터이다.

굳이 따지자면 내 기억 속의 절밥이 어찌 칠칠재일의 저 제사 음식이라고 할 그 겨울날의 뜨끈한 국밥뿐이었겠는가. 내게는 별로 내세울 것 없고 또 거칠 것도 없던 문청 시절 호남 지방을 잠시 떠돌던 때가 있었다. 지금과는 달리 그 무렵 나는 무일푼인 채로 곧잘 여행을 하며 떠돌았던 것이다. 지금도 기억이 새롭다. 무더운 여름날 나는 절 구경 삼아 고창의 한 사찰을 들렀다. 무슨 불사가 있었던가. 절집은 나들이옷 차림의 인근 사람들로 북적거리고 있었다. 나는 어찌어찌 요사채를 돌아 구석진 절 뒷마당으로 들어섰다. 거기엔 많은 사람들이 줄을 서 있었다. 아궁이가 아닌 노지에 큼직한 가마솥을 내다 걸고 국수를 삶아 배식 중이었다. 마침 아침 끼니도 제대로 잇지 못했던 나로서는 이 무슨 홍복인가 싶었다. 절집에서 때 아닌 국수 공양이라니. 나는 거기서, 좀 과장을 섞자면, 이 세상에서 제일 맛있는 국수 한 그릇을 맛볼 수 있었다. 시인 백석의 국수보다 더 슴슴하고 구수한, 그러면서도 잡맛이 없는 담백한 국수—시장한 탓이기도 했지만 나는 그때 흡입하듯 면발들을 먹어 치웠다.

모르기는 해도 절집에서의 별식들이란 대체로 그런 것 아닐까. 이를테면 동짓날 팥죽도 절집에서는 절집 나름만의 방식으로 쑤어 남다른 맛을 낸다. 내가 사십여 년 저쪽의 기억 속에 지금도 고스란히 간직하고 있는 국수 공양의 독특한 맛처럼 말이다. 그러나 무어니무어니 해도 내게는 선친을 여읜 경황 속에서 먹어야 했던 절밥이 가장 강렬한 맛으로 남아 있다. 무슨 강하고 톡 쏘는 듯 남달리 색다른 음식 맛이 거기 있어서가 아니다. 그 소박하기 짝이 없던 몇 종류 나물류 반찬과 이밥을 목에 넘기고 있다 보면 나도 모르게 마음이 으늑해지며 서서히 남모를 평온을 되찾게 해 주던 맛의 힘 때문일 것이다. 그랬다. 마치 긴 울음 뒤에 찾아오는 안온함 같은 무엇이 거기 있었던 것이다. 그러면 그 밥맛 속에는 과연 무엇이 들어 있었던 것일까. 나는 지금도 그 맛의 비밀을 모르고 있다. 혹 잊고 있었던 내 어린 시절 선친과 겸상을 했던 여느 끼니때 밥맛을 거기서 잃어버린 시절처럼 다시 불러냈던 때문은 아닐는지.

# 씨름판, 문학판

시는 쉬워야 하는가, 난해해야 하는가. 해묵은 문제지만 아직도 시 동네에서 심심치 않게 묻고 듣는 물음이다. 쉬운 시를 말하는 입장에서 언필칭 내세우는 말은 소통론이다. 시도 독자와의 소통을 전제하지 않는다면 그 존립 기반이 없다는 것이다. 독자들이 읽고 공감하지 않는 시란 의미가 없다고도 한다. 그러기 때문에 시는 누구나 알 수 있도록 쉬워야 한다는 것. 반면 시란 태생적으로 어려울 수밖에 없다고도 말한다. 일찍이 삶이 어려운데 시가 쉬울 수 있겠는가라는 한 시인의 탄식이 있었다. 그의 말대로 시는 근본이 난해할 수밖에 없는 것인가.

결론부터 말하자면 시는 쉽기만 해서도 또 난해하기만 해서도 안 된다. 나는 소통론자들을 굳이 탓할 생각이 없지만 그들이 간과하고 있는 시의 아마추어리즘화 또는 하향 평준화에는 단호히 반대한다. 시가 쉽다고 설익은 생각의 토설이나 거친 표현이 용납되는 건 아니다. 시가 예술의 하나라든가 삶의 한 지남(指南)이라는 고전적 생각을 새삼 들먹일 생각은 없다. 시도 거친 것보다는 세련미가 있어야 한다. 흔히 문명화란 단순한 것에서 복잡한 것으로, 그리고 거친 것에서 우아하고 세련된 것으로 나감을 뜻한다. 시가 새삼 거칠어져서 어쩌자는 것인가. 또 설

익어서 어쩌자는 것인가. 시도 예술인 한 고도의 세련과 완성도를 갖춰야 한다. 그것이 삶의 지남을 제시하고 읽는 이의 정신적 키를 드높이는 길이다. 쉬운 시, 난해한 시가 아니라 사실은 완성도 높은 좋은 시들이 있어야 한다.

그런 의미에서 시 동네에서의 왕은 좋은 작품, 좋은 시 많이 쓴 시인이다. 노래판에서 노래 잘하는 사람이, 씨름판에서는 씨름 잘하는 이가 일의 이치에 따라 왕인 것과 똑같은 이유에서다. 그래서 글쟁이는 작품만으로 말할 뿐이다. 시 역시 사회적 산물이어서 현실 사회와 일정 정도 관련을 맺지만 궁극에는 작품이 알파요 오메가인 것이다. 우리는 좋은 시를 위해서 싸워야 한다.

# 꿈, 내 안의 휘황한 불꽃

북해의 한 외딴 섬에는 독일인들이 수용되어 있었다. 제1차 세계대전이 막 일어났을 때였다. 그 무렵 영국에 머물던 독일인들은 적성국 사람인 탓에 그렇게 수용소에 갇혀 지내야 했다. 그 섬에는 북해 특유의 짙은 안개가 자주 일었고 찬 바닷바람이 거세게 휘몰아치곤 했다. 이 황량한 섬에서의 생활은 전시답게 궁핍하기 짝이 없는 것이기도 했다. 임시의 허름한 가건물에서 그들 독일 사람들은 수용소 생활이 으레 그렇듯 별로 하는 일 없이 지내야 했다. 당시 장미의 품종개량을 위해 영국에 건너왔던 코르데스도 가외 없이 이 수용소에 갇혀 지내야 했다. 그는 수용소 생활 중에도 자신의 연구 과제인 장미 생각을 놓친 적이 없었다.

그날도 코르데스는 가까운 친구와 함께 을씨년스런 짙은 해무를 보며 바닷가 바위에 앉아 있었다.

"이봐. 며칠씩 안개 속에서 지내다 보면 묘한 생각이 들어. 언젠가 전쟁이 끝나면 난 이 안개 빛깔의 장미를 한번 만들어 내고 싶네."

"안개 빛 장미라고? 잿빛 장미라니, 말도 안 돼. 사람들이 장미 축에도 쳐주지 않을 걸세."

"아냐, 이 깊은 안개도 잘 보면 아침에는 라벤더 빛깔이다가 해 질 무렵엔 너무나 붉은 색이 되지. 마치 단테의 「신곡」 지옥 편에 나오는 연옥의 불꽃처럼 말야."

옆에 앉은 친구는 놀란 듯 코르데스의 헙수룩한 옆얼굴만 지켜보았다. 이 북해 외진 섬 생활에서 만난 안개의 해거름 녘 진홍빛은 그렇게 코르데스의 마음속에 깊이 인화되어 갔다.

마침내 전쟁이 끝났다. 영국 북해의 황량한 섬에 수용됐던 독일 사람들은 고국으로 돌아갔다. 코르데스도 자기의 고향인 포른슈타인으로 돌아왔다. 그는 그때부터 새로운 장미 품종을 만드는 데 골몰하기 시작했다. 친구에게 말한 대로, 한번 휘덮게 되면 걷힐 줄 모르는 북해의 섬 안개 빛깔의 장미를 개발하기에 몰두한 것이다. 그로부터 십삼 년 뒤 코르데스는 마침내 노을이란 이름의 흑홍색 장미를 만들어 세상에 내놓았다. 유럽 사람들은 이 신품종 장미에 놀라움을 금치 못했고 찬사를 아끼지 않았다. 북해의 저 수용소 생활에서, 또 패전한 조국 독일의 궁핍한 생활 속에서도 코르데스가 한시도 신품종 개발을 게을리 하지 않은 결과였다. 그의 마음에는 언제나 신비한 검붉은 빛깔의 북해 섬 안개가 꺼질 줄 모르는 불꽃으로 타올랐던 것이다. 그 불꽃은 그의 열망이자 꿈이었다. 이제까지 없던 새로운 장미를 만들어 내겠다는 꿈—이는 그가 세계적인 장미 연구가로 우뚝 설 수 있게 한 동력이 아닐 수 없다.


드넓고 황량한 들녘에 외줄기 길이 떨어져 있다. 지평선까지 아득하게 뻗은 길. 그 길을 남루한 행색의 한 사내가 터벅터벅 걷는다. 얼마쯤 걸었을까. 그는 이 광야에서 문득 법복을 입은 일단의 사람들과 마주친다. 이 형무소에 오기 전 그에게 형을 선고한 재판관들이다.

"재판관님, 저는 정말 죄가 없습니다."

"왜 죄가 없다고 생각하나?"

"저는 절대로 사기를 친 일도, 절도를 한 일도 없습니다."

"그래? 그러나 당신은 이미 인생을 낭비한 용서받지 못할 큰 죄를 저

질렀어."

거의 필사적으로 무죄를 주장하는 사내에게 재판관은 이번에도 날카롭고 냉랭하게 대꾸한다. 이 삽화는 영화 「빠삐용」의 한 장면을 재구성한 것이다. 탈출에 실패한 뒤 영화의 주인공은 빛도 없는 독방에 갇혀 뭇 환각에 시달린다. 그 환각 가운데의 한 장면이 위의 삽화다. 나에게는 지금도 생생하게 기억 깊이 인화된 그 영화의 한 장면이다.

누군가는 말했다. "꿈이란 우리로 하여금 유쾌한 길을 지나서 삶의 종착역까지 달리게 하는 열차"라고. 그때까지 없었던 새 장미를 만들어 내겠다는 코르데스에게 꿈은 그런 것이었다. 그는 자신의 일생을 장미 만들기에 모두 투입했고 그 꿈은 마치 그의 내부에서 꺼질 줄 모르는 불꽃처럼 타올랐다. 그리고 그 불꽃은 그를 삶의 종착역까지 달리게 한 열정으로, 기관 동력으로 작용했을 것이다. 반면 비록 영화 속 한 삽화이긴 하지만 자기 삶을 낭비한 사내란 얼마나 초라하고 공허한 존재인가. 모르긴 해도 그에겐 코르데스의 저 내면에 휘황하게 타올랐던 불길이란 정녕 없었을 터이다. 있었다면 무슨 텅 빈 공허 같은 게 있었지 않았을까.
그렇다. 꿈이 없는 사람에게 세계란 한낱 텅 빈 공간일 뿐이다. 거기에는 우리를 즐겁게, 그리고 행복하게 만드는 아무런 무엇이 없다. 그래서 꿈이 없는 것은 절망보다도 못하다고 한다. 절망 역시 꿈꾸는 인간만이 겪는 귀중한 삶의 시련이기 때문이다. 그러나 타오르는 꿈이 없는 인생의 텅 빈 공간에서는 공허와 허무만이 있을 뿐이다. 그리고 영화 「빠삐용」의 주인공이 저질렀다는 저 생을 낭비한 구원할 길 없는 죄업에나 예외 없이 함몰되고 말 터이다.
이즘 오월의 나무들은 날로 싱그럽게 잔잎들을 펼친다. 그리고 그 작은 잎들을 스쳐 오는 바람은 또 얼마나 부드러운가. 이 무렵의 바람과 나무, 그리고 햇볕들을 쫓아 나는 산책을 나선다. 비록 매연이 있고 소음이 넘치는 거리긴 하지만 이때만큼 걷기 좋은 때도 없다. 흔히 산책은 일정한 목적지 없이 배회하듯 걷는 걸음이라고 한다. 나는 내가 사는 동네의 골목과 재래시장통을 기웃대며 걷는다. 정해진 목적지가 없는 만큼 걷는 동안 무엇에 쫓길 일도 없다. 걸어가며 둘레의 여러 풍경들을 대신 깊이 있게 완상할 수 있어 한결 좋다. 그렇게 산책을 하며 나는 이 산책이 종착역 가까이 달려온 나의 싱그럽고 찬란한 또 다른 꿈임을 생각한다.

# 삶이 꿈 아니던가

　동살이 퍼지려면 한참은 더 있어야 했다. 겨우 주위 사물의 윤곽만 분간이 될 박명(薄明)이 집 안팎에 꽉 차 있었다. 그나마 불빛이라곤 새벽밥 지었던 부엌에서나 새어 나오는 게 고작이었다. 사위(四圍)도 벽촌 마을답게 괴괴했다. 그날따라 이른 새벽밥을 지어 상을 차렸지만 잠이 덜 깬 내 깔깔한 입맛에 음식이 넘어갈 리 없었다. 물에 만 밥을 뜨는 둥 만 둥 상을 물리자 나는 서둘러 아버지 뒤를 따라나섰다. 어머니가 마당가 터앝 머리까지 따라 나왔다.

　"다녀올게요."

　희부윰한 새벽어둠 속에서 나는 꾸벅 인사를 했다.

　"그래, 가거든 꼭 성공해 오너라."

　이내 어머니의 말씀이 등 뒤에 떨어졌다. 하지만 나는 저만큼 앞서 가는 아버지를 따라가기에 바빴다. 동구를 지나 산모퉁이를 돌 때 나는 힐끗 뒤를 한번 돌아봤다. 아직 거기 터앝 머리엔 무명 옷차림의 어머니가 한 폭 실루엣처럼 지켜 서 있었다. 이제 동녘 하늘은 보랏빛을 지나 붉은 색으로 막 물들어 가는 중이었다.

　나는 그렇게 나이 열세 살 되던 해 이른 봄 새벽에 고향을 떠났다. 서울로의 유학길에 오른 것이었다. 초등학교를 졸업하자 이른바 청운의 꿈을 안고 곧바로 서울의 학교로 진학을 했기 때문이다. 그로부터 쉰다섯 해, 지금도 여전 나는 서울을 떠돌고 있지 않은가. 그나마 이제는 돌아갈 고향도 없어지고 말았다. 정부의 알량한 신도시 개발에 밀려 고향은 벌써 한참 전 오간 데 없이 사라져 버린 탓이었다.

지금도 그 새벽녘 어머니의 목소리가 귓가를 쟁쟁 울릴 때가 이따금 있다. 어머니가 말한 성공이란 뭘까. 아니 청운의 내 꿈이란 무엇이었을까. 서울행 기차를 타기 위해 역으로 향하던 그 이른 새벽길에서 과연 내가 그리고 꿈꾼 것은 무엇이었는가. 흔히 말하는 입신출세란 걸까. 허나지금껏 돈 많이 번 사업가도, 아니 고관의 권좌에도 나는 앉아 보지 못했다. 단지 우울하고 몽롱한 언어를 매만져 깎고 다듬는 시인이 됐을 뿐이다. 그것도 오십 년 가까운 외길을 걸어오면서 한시도 언어의 곁을 떠나 본 적이 없지 않은가.

그렇다고 그 외진 한길을 걸어오면서 후회를 한 것도 아니었다. 나는되레 이 길을 걷지 않았다면 그나마 무엇을 했을까 고개를 갸웃거릴 때마저 있다. 비록 범속한 재능밖에 타고 나지 못했어도 나는 나름 최선을다한 것이 아닐까, 그렇게 스스로 위안을 던진 적도 많았다. 막스 베버는 일을 통하여 자기의 사명과 본분을 다하는 게 직업이라고 했다. 그동안 나도 따지고 보면 언어의 우울한 조종을 통하여 내 주어진 사명을 다해 온 것이리라.


오래전 중국 당나라 시절의 일이다. 한 스님이 이름 높은 큰스님을 찾아갔다. 방 안에 들어서며 인사를 올리자 큰스님은 불문곡직하고 한소리 외쳤다.

"내려놓게."

"예? 뭘 제가 들고 있나요?"

인사를 올리던 스님이 당황해 물었다.

"그래, 그럼 들고 있게."

큰스님은 또 그렇게 천연스레 말했다.

잘 알려진 유명 짜한 어느 선승의 일화지만 나는 이즘 이 이야기에 깊이 빠져 있다. 덧없이 나도 들고 있는 일체를 내려놓을 나이가 됐기 때문이다. 그게 마음속 욕심이든, 알량한 금액의 돈이든, 아니면 감투 아닌 감투 시인 노릇도 내려놓아야 할 계제가 된 것이다. 홀가분한 정신의 해방을 누리며 살아도 좋은 시절을 맞이했다고나 할까. 그러기 위해 나는 그걸 한동안 「마음經」이란 시를 통해 열심히 꿈꾸고 노력해 왔다. 이즘의 잠언 "꿈은 이루어진다"대로 하자면 나도 머지않아 저 무소유의 즐거움과 홀가분함을 누리게 될 터이다.

신새벽 낯선 세계로의 첫 유학길을 떠난 소년에게 붉게 퍼지던 하늘의 동살만큼 황홀한 것이 또 있었을까. 성큼대는 아버지 발걸음을 뒤따르며 결국 내가 그린 청운의 꿈은 저 동살 같은 이 땅의 시인이 되는 것이었는지 모른다. 이제사 돌이켜 보면 그 꿈은 역시 내가 피할 수 없던 운명처럼 정해진 필연이었다는 생각이 든다. 그렇다. 자기 천분대로 사람들은 누구나 꿈을 꾼다. 서로의 다른 얼굴만큼이나 서로 다른 꿈들을 가꾸고 이룩하며 산다. 내려놓는다는 꿈 아닌 꿈도 이 늘그막에 이루게 되면 무엇을 나는 더 꿈꿀 것인가. 옛사람들 수사대로 어즈버, 우리네 삶 자체가 꿈이 아니던가.

# 뜸부기와 농아
## —이근삼 선생의 한 초상

　늦여름 해거름 녘이면 어김없이 빈 들녘을 아득아득 울리는 소리가 있다. 뜸부기 우는 소리가 그것이다.

　"뜨음북 뜸북 뜨음…… ."

　그 울음소리는 아득히 먼 곳에서 그것도 진공의 깊은 공명함에서 울려 나오는 듯 그윽하고도 깊다. 원근법이 지워진 듯 거리를 가늠할 수 없게 무논 한가운데서 구성지게 그 소리는 울려 나온다. 어느 소리보다도 뜸부기 우는 소리는 여름 해 질 녘의 정취와 어우러져 듣는 이들을 그렇게 아득아득하게 만든다. 이 나라의 대표적인 여름 철새이기도 한 뜸부기는 낮에는 논과 부근의 풀덤불 속에 숨어 지낸다. 누구에겐가 들킬까 싶어 숨을 죽이듯 그놈들은 대개 불볕이 쏟아지는 한낮이면 활동을 멈추는 것이다. 더러 벌거벗은 하동들이 논둑을 따라 개구리를 잡거나 동네 개들이라도 뛰놀게 되면 이놈들은 숨어 있던 곳에서 나와 황급히 도망을 한다. 긴 잎들이 다 올라와 우거진 벼논 속으로 감쪽같이 잠적하는 것이다. 그 이동하는 몸놀림이 마치 전광석화 같아서 아이들이나 개들은 추적하기가 쉽지 않다.

　"어어…… ."

"컹, 컹, 컹."

그렇게 놀란 쇠된 소리를 토하는 사이 뜸부기는 이미 벼논 속 깊이 종적이 묘연해져 버린다. 마을 앞 들녘으로 뒷산 그늘이 내려 덮기 시작하는 무렵이면 그래서 보랏빛으로 저녁 공기들이 물들면 이 새는 예의 그 구슬프나 아름다운 울음을 운다. 어딘가 쉰 듯하지만 그윽하고 구성진 소리로 자신을 드러내는 것이다.

그날 회원들에게 점심을 내는 이근삼 선생은 여느 때보다 조금 일찍 좌정해 있었다. 남포면옥집이었다. 세월의 때가 앉은 오래된 점포답게 건물은 구식 한옥이었지만 내부는 생각 밖으로 넓었다. 홀을 지나 깊숙한 뒷방에 이미 상을 봐 두고 있었고 일행들은 늘 그렇듯이 오는 순서대로 자리를 잡고 앉았다. 신입 회원에 막내뻘인 나는 상 끝자리에 앉았다. 음식이 들어오고 소주가 몇 순배 돌자 좌석은 이윽고 흥성거리기 시작했다. 이근삼 선생의 이북 사투리 지워진 말소리가 커져 가고 호주가인 강민 선배의 웃음소리가 섞여 갔다. 점심을 겸한 낮모임이긴 하지만 실은 술좌석이었다. 최재복, 박진섭, 방원석, 천성우 선배들만 거의 술을 하지 않을 뿐 다른 선배들은 아직도 두주불사라고 할 만했다. 좌석의 말머리는 그때 그 시절인 모교 학창 시절로 접어들고 있었다. 우리 인동회 (仁東會)의 홍일점격인 박정희 선배는

"선생님, 그때는 저희 여학생들에게 우상이셨어요."

"야, 그땐 내 막 미국에서 돌아온 무렵이라우."

전쟁의 생채기가 선연하던 시절 남 먼저 미국 유학을 다녀온 선생은 모교에서 막 교편을 잡고 있었다. 박정희 선배는 그런 청년 교수 이근삼 선생의 아끼는 제자이기도 했다. 하지만 이제는 그 사제가 인동회의 같은 회원이었다. 시간은 그만큼 인동회에 모인 모든 이들에게 잔혹하리만큼 빠른 격류로 흘러가 버리고 만 것.

"야, 홍 군 그리고 천성우, 자네 둘은 농아학교 출신이나? 도통 말이 없나."

좌석의 맨 끝에 앉아 있던 천 선배와 나에게 느닷없이 호통이 날아왔다. 옆 사람들이 권하는 술잔을 마다하는 법 없이 비우며 좌중의 화제를 이끌던 이 선생이 언제 또 우리 두 사람을 챙겨 보고 있었던 것일까. 신참답게 제 말 하기보다는 남의 말 듣기에 바쁜 나를 이근삼 선생은 그렇게 눈여겨보고 있었던 것이다. 농아라? 농아라니. 지금쯤 이 선생이 살아 계시다면 그래서 우리 모임 자리에서 또 농아 아니냐고 하신다면 나는 서슴없이,

"저 농아 아닙니다. 여름철 벼논 깊숙이 숨어 우는 뜸부기라면 몰라도."

이렇게 항변(?) 아닌 항변을 할 것 같다. 대낮일수록 수줍어 잘 숨는, 그러다가 때 되면 구성지나 그윽한 제 울음을 목 놓아 우는 뜸부기라고 자처하고 싶은 것이다.

항암 치료를 받으며 고통스럽게 투병 생활을 하던 이 선생은 끝내 회생하시지 못했다. 인동회 총무 일을 맡은 김병만 선배로부터 나는 2003년 어느 가을날 부음을 전해 들었다. 빈소는 서울대 부속병원 영안실이었다. 수업 탓에 일행을 놓친 나는 저녁 무렵에야 혼자서 병원을 찾을 수 있었다. 빈소에는 화환과 조문객들이 넘쳐 나고 있었다. 잠시 고인의 영정 앞에서

"농아가 아닌 뜸부기가 오늘 또 울게 생겼습니다."

라고 나는 이번에는 분명한 말씀 대신 암울한 마음만을 건네 드릴 수밖에 없었다. 나는 음료수 한 잔을 앞에 놓고 접객실에 앉아서 주위를 둘러보았다. 혹 알 만한 사람이 있을까 싶어서였다. 서른 나이를 갓 넘었을 때 잠시 기웃거렸던 연극 동네인데 거기 알 만한 사람이 있을 턱이 없었다. 그냥 한동안 음료수나 홀짝이다 가는 수밖에. 그런데 뜻밖에도 나는 W 교수를 만났다.

"홍 선생, 혼자 오셨습니까?"

"예, 수업 마치고 오다 보니 혼자가 됐습니다."

우리 두 사람은 반갑게 인사를 나누었다. 그는 우리 학교에 잠시 있다가 지금은 자기 모교인 S대학으로 옮겨 간 이었다. 다소 뜻밖이었다 싶었던 그는 알고 보니 생전의 이근삼 선생이 아끼던 제자 가운데 한 사람이었다.

"제가 미국에서 공부할 때 선생님은 미국 오시면 꼭 저희 집에 들르셨습니다. 유학 올 때도 도움을 주셨지만 언제나 친자식처럼 아껴 주시고 거둬 주셨지요."

소주잔이 몇 번 오고가자 그의 목소리가 축축하게 젖어 들어가기 시작했다. 그날 나는 그를 통해서 이근삼 선생이 아드님을 어떻게 앞세웠는지 대학의 교수로서 학생들을 어떻게 지도하고 가르쳤는지 등등을 들었다. 그렇게 해서 나는 인동회 모임을 통하여 잠시 뵈었던 선생의 면모를, 그 감추어진 모습을 확인할 수 있었다. 알고 보면 당신의 뼈아픈 사연은 조금치도 내색하는 법 없이 늘 의연하게 웃고 사신 셈이었다. 젊은 후배들 못지않게 술을 즐겼고 또 언제나 낙천적인 모습을 잃지 않았던 것이다. 극작가로서, 또는 영문학자로서의 이근삼 선생을 말하는 것은 그 분야의 전문가들의 몫일 터이다. 우리 동국대학교의 대선배이신, 또 오랫동안 교수로서 후학을 키워 오신, 그런 분으로 평소 가까이 뵈올 수 없었던 이 선생을 나로서는 망외의 일로 근년 인동회 모임에서 뵈었다. 그것도 말년의 두 해 남짓을 아주 가까이서 뵙게 되었던 것이다. 그러고 보니 농아학교 출신답지 않게 이 자리에서 나는 말을 꽤는 많이 한 셈이다.

# 한민족의 젖줄, 또는 문화의 현장

## 왜 한강인가

한강은 한반도의 중간 허리 부분을 띠처럼 두르고 흐른다. 반도의 중심부를 동쪽에서 서쪽으로 흐르며 옥색 허리띠 모양을 하고 걸려 있는 것이다. 일찍이 대수(帶水)라고 불리던 이름 그대로의 형국인 셈이다. 이 대수 모양의 한강은 '오대산 우통수'를 발원지로 하여(현재는 강원도 태백시 창죽동 금대산 북쪽 계곡으로 잡고 있다) 김포군 하성면 시암리 하구에 이르기까지 많은 지류를 두고 있다. 그리고 그 지류 유역의 크고 작은 취락들과 경승(景勝)들은 숱한 역사적 사연과 문물들을 내장한 채 오늘을 맞고 있다. 조선조 초기에 편찬한 『동국여지승람』에는 한강이 다음과 같이 간결하게 설명돼 있다.

한강은 도성 남쪽 10리 지점 곧, 목멱산 남쪽에 있어 옛날에는 한산하(漢山河)라고 불렀다. 신라 때에 북독(北瀆), 고려조에서는 사평도(沙平渡)라고 하였는데 민간에서는 사리진이라고 이름하였다. 그 근원이 강릉부의 오대산 우통에서 시작하는데 충주 서북쪽에 이르러 달천과 합한다.

원주 서쪽에 이르러 안창수와 합류하고 양근군에 이르러 용진과 합한다. 광주 지경에 와서는 도미진이 되고 광진이 되고 삼전도가 되며 경성 남쪽에 이르러 한강도(漢江渡)가 된다. 여기서 서쪽으로 흘러서는 노량이 되고 용산강이 되며 다시 서쪽으로 흘러 서강이 된다. 시흥현 북쪽에 이르러서 양화도가 되고 양천현 북쪽에서 공암진을 이루며 교하군 서쪽에 이르러 임진강과 합하고 통진 북쪽에서 조강이 되어 바다로 들어간다.

조선왕조의 관찬(官撰) 지리서답게 이 기록은 한강의 지리적 형상과 이름들을 꽤 간결하게 서술하고 있다. 순수한 우리말로는 '큰 가람'을 뜻하는 한강이 특히 놓인 그 지리적 공간에 따라서 어떤 이름들로 불리고 있는가를 잘 보여 주고 있는 것이다.

한반도의 허리를 감아 흐르고 있는 한강은 그 숱한 지명 못지않게 우리 역사와 함께 흐르며 갖가지 문물과 문화를 꽃피워 왔다. 특히 수도를 지금의 서울로 정한 조선왕조에서부터 한강은 경강(京江)이라고도 불리며 팔도 조운(漕運)의 중심지 노릇을 하였고 또한 각종 용수(用水)로 활용되었다. 또 근대 이후로는 민족의 젖줄이란 말에 걸맞게 산업과 문화를 융성하게 꽃피우는 데 밑자리 노릇을 해 왔다. 따라서 한강은 단순한 지리적 차원의 강하가 아니라 우리 근대 문화와 역사의 상징이자 기호로 자리 잡은 것이다. 이를테면 서정주의 다음 시는 그 같은 이 강하의 역할과 사정을 보여 주는 한 본보기라고 할 것이다.

江물이 풀리다니
江물은 무엇하러 또 풀리는가
우리들의 무슨 서름 무슨 기쁨 때문에
江물은 또 풀리는가

기럭이같이

서리 묻은 섣달의 기럭이같이
하늘의 어름짱 가슴으로 깨치며
내 한평생을 울고 가려 했더니

무어라 江물은 다시 풀리어
이 햇빛 이 물결을 내게 주는가

저 민둘레나 쑥니풀 같은 것들
또 한번 고개 숙여 보라 함인가

黃土 언덕
꽃 喪輿
떼 寡婦의 무리들
여기 서서 또 한번 더 바래 보래 함인가

江물이 풀리다니
江물은 무엇하러 또 풀리는가
우리들의 무슨 서름 무슨 기쁨 때문에
江물은 또 풀리는가
　　　　　―서정주, 「풀리는 漢江가에서」(『서정주시선』, 정음사, 1956)


　　대략 해방 직후인 1948년에 쓴 것으로 알려진 이 작품은 우리 한국인
들에게 한강이 과연 어떤 의미를 지닌 존재인가를 잘 알려 준다. 봄날의
풀리는 한강을 보면서 시인은 그것이 단순한 계절적인 자연현상 탓이 아
닌 사람들의 설움이나 기쁨과 맞대응된 인문적 현상으로 이해한다. 그
리고 그 인문적인 내용 가운데는 '떼과부'나 '꽃상여'로 기호화한 죽음과
삶의 비통함 또는 신산함 등이 들어 있는 것이다. 좀 더 확대해석하자면

인간의 갖은 풍상과 곡절들을 함축하는 것이다. 시인은 풀리는 한강가에서 그 풀리는 자연의 순환 내지 소생 못지않게 거듭 인간의 삶의 애환들을 바라보고 또 살아 내야 함을 호소력 있게 진술한다. 서정주 시의 이같은 함축된 의미 그대로 한강은 숱한 한국인들의 기억 속에 곡절 많은 삶과 역사의 원초적 심상으로 깊이 각인되어 있다.

## 한강의 뱃길과 물화(物貨)의 집산

한강은 수량이 풍부하고 지류가 발달되어 있어 그 유역과 하구는 사람들의 거주지로써 적합하다. 일찍이 신석기시대부터 그 유역은 사람들의 더없이 알맞은 생활 무대이자 삶의 근거지였다. 서울의 암사동, 응봉동 일대에서 발견된 신석기시대 유적들은 이 같은 사실들을 너무도 잘 확인시켜 준다. 삼국시대에는 한강 유역을 지배하는 국가가 그 세력을 크게 떨치는바 되어 나라의 운세가 이 강의 지배 여부와 함께 부침을 했다.

곧 고구려, 백제, 신라 등이 한반도에서 솥발의 형국을 이루어 서로 세력을 다투며 한강 유역을 뺏고 빼앗긴 역사가 바로 그것이다. 백제 초기의 근거지이자 지배 권역이었던 한강은 이후 고구려와 신라가 서로 세력을 다투며 지배하였고 이 지역을 빼앗긴 나라는 대체로 쇠락의 길을 걸었다. 이처럼 한 나라의 국운을 좌우할 만큼 한강은 지리적 여건과 생리(生利), 복지(卜地) 등의 환경을 잘 갖추고 있었다. 고려를 거쳐 조선이 건국되자 한강은 수도 서울을 안고 흐르는 민족의 젖줄 노릇을 톡톡히 해내게 되었다. 특히 전국 팔도의 세곡이나 포백 등의 물화가 한강의 수로를 이용하여 장안으로 모여들었다. 이 같은 조운은 조선조의 국가 기본법인『경국대전』을 통하여 제도화되고 또 운용되었다. 지금의 팔당댐 부근인 도미진으로부터 두뭇개와 노들강을 거쳐 서강까지는 흔히 경강(京江)이라고 부르며 이 같은 조운의 중심축을 이루었다. 전국의 주요한 물화가 모여들다 보니 경강 주변은 많은 상인들이 집결하여 하나의 경제권을 형성하기도 하였다.

 강변에는 안개가 자욱하여 해가 솟은 지 오래였건만 새벽처럼 여겨졌다. 서강은 흉년을 타서 그런지 예년의 가을보다는 한산하여 배도 몇 척 떠 있지 않았고 문을 닫아 버린 객주집이 많았다. 모신이네 주막도 아예 술 팔기를 폐해 버리고 쌀을 가지고 찾아오는 화주들을 숙박시킬 뿐이었다. 모신이는 검계에서 털어 낸 재물들을 한양에서 먹이지 않고 삼남으로 오르내리는 주상들에게 내주었으므로 창고에는 피륙과 곡물이 그득하였다. 흉년에 재물 마련하는 방법은 곡물과 피륙으로 헐값이 되어 버린 옥토를 사들였다가 나중에 풍년이 들 적에 비싸게 되팔거나 직접 영농하여 늘리는 것이었다. 모신이는 겉으로만 초라한 주막 주인이되 속으로는 삼남에서 북관까지 가장 수완 있고 신용 있는 장사치로 알려져 있었던 것이다.
　　　　　　　　　　　　　　　　　　　　　　　　—황석영,『장길산』7권

조선 후기 숙종조를 배경으로 한 대하소설『장길산』에는 인용한 대목
에서 보듯 장안의 피지배 천민들의 결사체인 검계(劍契) 이야기가 나온
다. 이 검계와 서로 공생 관계를 유지하며 서강 일대의 상권을 쥔 모신
이는 당시의 뛰어난 장사치라고 할 것이다. 널리 알려진 대로 임란 이후
무너지기 시작한 조선의 제도적 상권은 신해통공(辛亥通共) 이후 난전이
나 사상(私商)들에게로 그 주도권이 넘어갔다. 이 같은 사회변동은 경강
주변의 독특한 상업 문화를 형성토록 만들었다. 저 소설 작품 속 검계의
장물 와주인 모신이는 바로 그 같은 당시의 상업 문화를 단적으로 상징
하는 인물일 터이다.

그리고 이 경강에는 조정에서 진(鎭)을 설치하고 운영하였는데 그 가
운데 송파진, 한강진, 양화진 등이 널리 알려져 있었다. 뿐만 아니라 경
강 요소요소에는 나루들이 있어서 나룻배들로 행인과 물화를 운반하고
건네 주기도 하였다. 각 나루에는 교통 거점으로서의 역할 같은 단순 기
능 외에도 작별과 상봉이란 사람살이의 애환 또한 켜켜로 덧쌓이며 묻어
있다. 일찍이 정다산(丁茶山)이 그의 형 약전과 함께 남도로 가는 귀양 길
에 올라 하룻밤을 묵었던 곳도 저 동작나루에서였다.

동작나루 서쪽 하늘 달은 갈구리로 휘어 있는데
한 쌍 놀란 기러기는 모래강 건너는구나
오늘밤은 갈대숲 눈 속에서 같이 잠드나
내일은 다시 헤어져 각기 머리 돌리리


銅雀津西月似鉤
一雙驚雁渡沙洲
今宵共宿蘆中雪
明日分頭各轉頭

다산은 이때의 절절한 심정과 정황을 겨울 하늘 기러기를 매개로 눈에
보이듯 그려 내고 있다. 아마도 그 무렵 동작나루는 갈숲이 우거지고 황
량한 모랫벌이 펼쳐진 을씨년스러운 곳이었으리라. 더욱이 동짓달 겨울
이어서 그 정경은 한결 더 삭막한 실경산수를 연출했을 터이다. 한 사람
은 흑산도로 다른 한 사람은 강진으로 각기 내려가야 하는 남도 길의 첫
길목이었던 동작나루를 인용한 시는 그림같이 보여 주고 있는 것이다.

## 경강의 빼어난 풍경과 잃어버린 섬

경강의 곳곳에는 빼어난 경승(景勝)들이 자리 잡고 있었다. 도성 안의
북악산과 목멱산, 그리고 멀리 관악산 등의 산줄기들이 유려한 산세를
보이는 가운데 도심을 껴안고 흐르는 한강은 곳곳에 빼어난 경치들을 숨
기고 있는 것이다. 그래서 서울을 등지고 외직으로 나가는 벼슬아치들
이나 한양 구경을 온 지방 선비들은,
"언제 어느 곳에서 이 같은 아름다운 경승을 볼 것인가."
라고 못내 아쉬워하거나 심미의 찬탄들을 아끼지 않았다. 우리 회화사
에서 진경산수를 개척한 겸재 정선은 이 같은 수도 한양의 빼어난 경물
들을 화폭에 담아 놓았다. 특히 한강과 관련해서 지금까지 남아 있는 대
표적인 그림으로는 광진과 송파진 일대를 그린 작품, 그리고 압구정도
등을 꼽을 수 있다. 겸재는 마치 높은 허공에서 부감하듯 경강 연안의
풍경들을 전통적인 기법으로 생생하게 재현해 놓았던 것. 예컨대 송파
진 일대를 그린 그림에서는 언덕 아래 길게 뻗은 백사장과 돛폭을 내린
배 몇 척, 그리고 근경에다 백사장 옆 물속에서 배를 미는 사공 등을 배
치하여 당시의 나루터 정취를 누구보다 사실적으로 생생하게 그려 낸 화
폭이 그것이다.
경강은 압구정, 동작진을 거쳐 삼개에 이르러 밤섬을 에둘러 흐른다.

예로부터 마포 팔경의 하나인 '율도명사(栗島明沙)'로 잘 알려진 밤섬은 특히 넓게 펼쳐진 흰 모래밭으로 유명하였다. 그리고 뽕나무와 우거진 버드나무들이 또한 섬 풍광을 한결 그윽하게 돋우어 주기도 하였다. 일찍이 『명종실록』의 기사에 의하자면 '밤섬에서는 친척끼리도 당사자들이 마음만 있으면 서로 혼인을 한다. 4,5촌의 근친이라도 구애받지 않는다. 홀아비나 과부 역시 따로 혼처를 구하지 않고 동거하는데 조금도 부끄러워하지 않는다'라고 이 섬의 도성문 안과는 꽤나 다른 생활 풍속이 소개되고 있다. 주민들의 생활은 비교적 부유한 편이었으며 조정에서 관리하는 뽕밭과 약초밭이 섬 가운데 자리 잡고 있었다고 한다.

여의도가 1968년부터 개발되면서 밤섬은 비운의 종말을 보게 된다. 곧 한강의 물 흐름을 용이하게 한다는 명분으로 인공 폭파되어 사라지게 된 것이다. 당시 섬의 폭파로 생활 근거지를 잃게 된 섬 주민 약 443명은 지금의 여의도 건너편 서강의 와우산 기슭에 집단 이주하여 살았다.

배 부리던 이수만 씨는 순대국집을 하고 호락질로 땅콩밭 매던 순돌네는 어데다 그 새끼전구알만 한 노란 꽃들을 묻어 주는지, 꽃은 묻혀서 굵은 폭약으로 아는지, 흐린 눈으로 이수만 씨는 자숫물 그릇에서 노를 삐걱거리기도 하고 사진틀에 끼워 둔 밤섬의 날이 푸른 갈대밭을 베어 내기도 한다. 베어 내고 본다, 뿌리째 폭파되어 이수만 씨의 살과 피 속으로 가라앉은 섬이, 함께 따라서 가라앉았던 모모가 몇 십 년 만에 슬그머니 떠오르는 것을. 서강 동네에서 한낮에 만나는 얼굴 알아보기 어려운 6.25때 행방불명된 큰아들이나 썩은 진흙 뒤집어쓴 우물풀들이거나 입 동여맨 채 침묵 흘리는 함지박들이 말하라 말해 주먹 흔들고 소리치는 물결로 자질자질 떠오르는 것을. 그 물결들 옆구리에 매단 채 이수만 씨는 섬이 되어 떠 있다. 府君堂 금줄 밖으로 성급한 세월들이 스크럼 짜고 몰려 올라가고 금줄 안 꾸부정한 등으로 돌아선 고목이 태연하다. 금줄 안 가슴 떠는 풀들이 X-Ray에 생각 통째로 찍힌 풀들이 그 기둥에 기대어 태연하게 널부러지고.

제자리에서 고스란히 자신을 지킨

삶이 환히 저무는 날

— 홍신선, 「밤섬이 된 이수만 씨」

서강변 광흥창이 있던 터에는 지금도 늙은 고목 두세 그루가 장엄하게 버티고 서 있다. 그 고목 옆에는 무속의 최영 장군을 모신 부군당이 옛 빛으로 창연하게 주저앉아 있다. 와우산 기슭의 서강 동네는 특히 이들 고목과 부군당으로도 유명하지만 가파른 계단을 기어오른 산 중턱의 연립주택으로도 널리 알려져 있다. 이 연립주택 단지에는 밤섬에서 집단 이주한 사람들이 그들만의 끈끈한 결속과 독특한 생활공동체를 이루며 살고 있는 것. 고기잡이나 도선 등으로 생계를 꾸리던 섬 주민들은 그렇게 와우산 중턱에서 마음속에서나마 고기를 잡고 배를 저어 지나간 세월을 건네주고 있는 것. 생계를 위해 순댓국집을 열거나 손쉬운 좌판 장사를 차려 생업에 나서기는 했지만 그들에게는 영 낯설기만 한 일들이 아닐 수 없었을 터이다.

경강은 마포나루와 밤섬을 지나면서부터 물길의 폭을 넓혀 간다. 강의 하류에 다가서기 때문이다. 강폭이 넓어진 양천 고을에서 행주로 건너가는 길목에는 예부터 공암나루가 있었다. 강 가운데 구멍이 뚫려 있어 구멍바위라는 쌍둥이 공암이 서 있었던 탓에 붙여진 나루 이름이다. 지금은 한강 제방 밖에 추레하게 서 있는 공암에는 유명한 '형제 투금' 설화가 얽혀 있다.

고려 공민왕 때의 일이었다. 마침 이 부근을 지나던 형제가 있었는데 아우가 뜻밖에 금 두 덩이를 주웠다. 아우는 곧바로 한 덩이를 형에게 나눠 주었다. 그런데 나루에서 막상 배를 타고 강 복판에 이르렀을 때 아우는 가졌던 금덩이를 강물 속으로 던졌다. 옆에 섰던 형이 놀라서 그 까닭을 물었다. 아우가 대답했다.

"형님! 저는 평소 형님을 존경하고 아꼈는데 지금 금덩이를 나누어 가지고 보니 갑자기 시기하는 마음이 생겼습니다. 그게 금덩이 탓이니 지금 강물에다 버린 것입니다."

그 말을 들은 형 역시

"그래, 네 말이 옳구나."

라고 하면서 금덩이를 역시 강물 속에 던졌다.

『동국여지승람』에 실려 전하는 이 설화는 형제애를 강조하고 헛된 탐욕을 경계하는 이야기로 오늘에도 널리 알려져 전한다. 양천의 공암나루는 이 이야기 때문에 한결 널리 알려지고 유서 있는 공간이 되었다고 해도 과언이 아니다. 공암진을 거치면 경강은 이제 그 융융한 흐름의 발걸음이 한결 재게재게 빨라진다. 김포 하구를 빠져 바로 서해로 들어가기 때문이다.

## 한강 지류와 역사의 숨결

강원도 태백시 창죽동 금대산 북쪽 계곡에서 발원한 한강은 일천이백여 리(497.5km)를 흘러 강화만에 이른다. 이 본류는 행정구역으로는 강원과 경기 두 도에 띠(帶) 모양으로 걸쳐 있다. 그러나 지류는 발원지로부터 흐르는 본류 곳곳으로 흘러드는 작은 물줄기들이다. 한강에도 역시 숱한 지류들이 가닥 많은 복잡한 물길을 열며 합수하여 흐른다. 그 지류들은 한강의 큰 두 물줄기인 북한강과 남한강을 중심으로 실핏줄처럼 얽혀 있다고 해도 좋을 터이다. 먼저 북한강은 서화천과 소양강, 홍천강 등의 지류를 두고 있으며 남한강은 오대천과 평창강, 주천강과 달천 등의 크고 작은 많은 지류를 보듬어 흐른다. 특히 남한강은 발원지로부터

굽이굽이 흘러나오며 곳곳에 명승지들과 거기에 얽힌 갖가지 구비 전승의 설화들을 숨겨 놓고 있다. 이를테면 영월의 낙화암이나 동강의 어라연 같은 비경들이 그 본보기일 것이다. 이 가운데 낙화암은 서기 1457년 단종이 사사(賜死) 당하자 그를 따르던 시녀 6명이 투신하여 절개를 지켰다는 깎아지른 석벽이다. 반면 어라연은 동강의 상류에 있는 비경으로 강의 양안이 크고 작은 뼁대들로 이루어져 있다. 물빛 또한 옥빛으로 푸르러 그 양안의 절벽들이 물밑 깊이 말없이 잠겨 있다고 한다. 뿐만 아니라 단종의 애끓는 사연들을 골골이 묻어 놓은 영월읍 한켠으로는 유명한 청령포가 자리 잡고 있다.

三面이 강물이고 뒤에는 六六峰 험준한 봉우리
그사이에 웅크리고 앉아 있는 松林 五千坪
"東西 三百尺 南北 四百九十尺
이 밖으로는 절대 나갈 수 없음"
늦겨울 햇빛 눈부신 눈이불 속에
松林이 따스하다

금표비 곁에 조그만 움집을 하나 짓는다면
힘든 계절 하나를 예서 나고 싶다
먹을 것 한 짐 싸지고 들어가
눈을 쓸고
종아리까지 빠지는 삭정이와 솔잎 걷어
밝고 가벼운 불 지피고
아침 저녁 西江물로 씻어 내면
정신의 군더더기는 며칠 내 절로 빠지겠지
꿈속에서마저 살이 마른 며칠 후
새로 구멍 뚫어 허리 조인 혁대를 매고 강가에 나가

불러도 건너오지 않는 사공을 기다릴 것인가?

혹은 아무 생각 없이 자갈밭을 거닐다

저녁이 오면 흔쾌히 움막으로 되돌아갈 것인가?

아니다 이건 비밀이다

신발과 양말 벗고 몸이 더 가벼워져

흐르는 얼음장 피하며 물을 살짝살짝 밟고

유유히 걸어 강을 건너 볼 것인가?

― 황동규, 「淸泠浦」 중 〈금표비〉


이 시에서 보듯 서강이 동, 남, 북쪽을 에워싸고 서쪽으로는 육육봉이 돌병풍들을 둘러쳐 놓은 육지 속의 외딴섬이 청령포이다. 이 섬에는 단종이 유배 온 후 사방에 금표비를 세워 외부와의 접촉을 일체 금했던 자취들이 널려 있다. 이 같은 옛일을 매개로 삼아 현대의 일상을 사는 시인은 문득 청령포에서 정신적 다이어트를 실행하고 끝내는 그 가벼움으로 물 위를 걸어 나오고 싶어 한다. 청령포는 지금도 그만큼 역설적이게도 빼어난 승경을 자랑하는 공간인 셈이다.

그런데 조선왕조 비극의 한 현장이었던 영월 청령포와 함께 남한강 유역의 문물을 대표하는 두 가지를 들라면 하나는 단양팔경이며 다른 하나는 정선 아리랑을 꼽을 수 있다.

단양팔경은 소백산맥을 꿰뚫고 흐르는 남한강 상류 12km 인근에 띄엄띄엄 흩어져 있는 여덟 경물들이다. 이들 바위 절벽과 계곡은 예로부터 제2의 외금강이라고 불릴 만큼 빼어난 모습을 자랑해 오고 있다. 더욱이 지난 1980년대 초 충주 다목적댐이 완공되면서 이 일대는 호반의 관광지로 바뀌어 또 다른 풍치와 정서를 자랑해 오고 있다.


눈이 올라나 비가 올라나

억수장마가 질라나

만수산 검은 구름이 막 모여든다

명사십리가 아니라며는 해당화는 왜 피며

모춘 삼월이 아니라며는 두견새는 왜 우나

아리랑 아리랑 아라리요

아리랑 고개 고개를 날 넘겨주게

정선의 두문동은 일찍이 고려조 유신 7명이 망국의 한을 가슴에 담고 들어온 곳이었다. 이 깊고 외진 산골에서 그들은 고려왕조에 대한 변함없는 충절을 거듭 가다듬었다. 그리고 개경 멀리 두고 온 가족들을 그리는 마음을 한시로 적었다. 이 한시가 위에 인용한 정선 아리랑 노랫말의 밑그림이 되었다고 하는데 지금은 지방문화재 1호로도 지정되어 사람들 마음속에 맥맥한 가락으로 흐르고 있다.

## 오늘의 한강, 근대화의 다른 얼굴

'한강의 기적'으로도 불리는 지난 20세기 후반의 산업화는 옛날 경강을 혹심하게 변화시켜 놓았다. 남북 양안의 고속화도로, 그리고 수중보 설치에 따른 한강의 호수화 등은 그 옛날 경강으로 불리던 강 모습을 어디에서도 쉽게 찾을 수 없게 만들어 놓은 것이다. 광진이나 송파진은 고층 아파트군을 비롯한 현대식 대형 건물들의 숲으로 변모하였다. 또한 궁중에서 탕약의 약수나 차 달이는 물로 길어다 썼다고도 하는 한남동 앞 강심의 우통수는 그 시절 빛과 맛이 간 곳 없는 오염된 물로 바뀌고 말았다. 한강의 수원인 오대산 우통수는 서쪽으로 몇 백 리를 흘러와서도 그 물빛과 무거운 맛을 잃지 않았고 도성 안 사람들이 그 물을 두레박으로 길어다 먹었다고 하는데 지금은 한낱 신화 같은 빛바랜 이야기로 남아 있을 뿐이다.

지난 1900년 우리나라 최초의 근대식 철교인 한강철교가 놓인 이래 현재 서울에는 20여 개의 큰 다리(大橋)들이 남북의 서울 시가지를 잇고 있다. 그런가 하면 여의도와 부리도가 아파트촌과 88올림픽 경기장으로 개발되면서 연륙화(連陸化)한 사실도 한강의 변화 가운데서 빼놓을 수 없는 큰 변모일 터이다.

인간이 도구적 이성의 지배 아래 놓이면서 산업화나 근대화의 미명으로 자연을 훼손한 것은 어제오늘의 일만이 아니다. 이 같은 자연의 훼손 내지 개발은 서구와 동양을 구분할 것 없이 보편화되었고 전 지구적인 현실이 되었다. 그와 같은 추세 속에서도 지난날의 인문 문화가 아직도 살아 숨 쉬고 명맥을 보존하는 것은 무엇 때문인가. 그것은 자연을 타자로, 그리고 정복의 대상으로 생각하는 태도의 반성 탓만은 아닐 것이다. 인간의 삶의 핵심이 실은 그 인문 문화 속에 깊숙하게 녹아 있기 때문일 것이다. 한반도의 허리에 위치하면서 경향 곳곳의 숱한 사연과 애환을 싣고 흐르는 한강은 그런 의미에서도 우리 겨레의 혼의 보고이자 그 현장인 것이며 미래의 인문 문화를 꽃피우는 젖줄일 터이다.

제2부

# 현대시와 불교적 상상력

# '장광설'과 후박나무 '가족'
## —현대 불교시의 과제와 전망

## 1.

널리 잘 알려진 대로 서정주의 작품 「국화 옆에서」나 「재채기」는 존재물들이 개별 독립된 존재가 아니라 상호 연쇄되어 있음을 적절히 보여 준다. 가을날 소슬하게 핀 국화에게서 중년 여인 특유의 인품에 깃든 아름다움을 발견하고 그 아름다움이 어디서 어떻게 비롯했는가를 말하는 가운데 이러한 존재론은 표명된다. 그런가 하면 가을날 오후 선선한 기온 탓에 쏟아지는 재채기를 단순한 몸의 생리적 현상이 아닌 이런저런 존재들의 전언 형식의 하나로 가늠하는 일 역시 마찬가지다. 물론 이 전언의 밑그림에는 우리의 전통적인 속설이 깔려 있다. 흔히 귀가 가려우면 누군가 내 말을 한다는 속신(俗信)/속설이 그것이다. 이 속신도, 조금만 우리가 꼼꼼히 들여다보면, 역시 거기엔 뭇 사물들이나 현상이 단순한 개별 존재거나 현상들이 아니란 생각이 들어 있다. 흔히 현상계라고 지칭되는 세계는 이처럼 모든 사물이나 현상들이 서로서로 맞물려 있다는, 달리 말하자면 인과 연으로 얽혀 있다는 것이 불교의 세계관이다. 이 세계관대로 하자면 모든 존재하는 것은 인과 연에 의해 상호 그물망을 형성한다. 인드라망이 그것이다. 그런가 하면 이 모든 것은 끝없이 순환 반복한다고 한다. 이른바 육도(六度)를 끝없이 윤회한다는 가르침이 그것이다. 다음 시를 읽어 보자.

내가
돌이 되면

돌은
연꽃이 되고

연꽃은
호수가 되고

내가
호수가 되면

호수는
연꽃이 되고

연꽃은
돌이 되고
　　　　　　　—서정주, 「내가 돌이 되면」 전문(『서정주 전집』 1권, pp.75-76)

이 작품은 겉문맥 그대로 인간→돌→연꽃→호수의 순환을 보여 준다. '나'를 중심으로 한 작품 전반부의 이 순환은 후반 4연부터는 그 역으로 진행된다. 그것은 인과 연을 따라 이뤄지는 종착 없는 순환인 것이다. 물론 이 순환을 인식하는 시적 주체는 불교의 윤회설에 기대어 상상을 펼친다. 인간의 몸을 구성한 뼈 등속의 고체는 돌로, 그리고 그 돌은 흙으로 되었다가 다시 연꽃으로 환생한다. 꽃은 다시 함장(含藏)한 그 수분 탓에 물로 변형되고 이어서 호수로 탈바꿈한다. 마치 G. 바슐라르의 물질적 상상력의 한 틀을 보는 것 같은데 이 상상적 해석은 두말할 나위 없이 불교의 윤회설에 기댄 시인의 남다른 세계관에 따른 것이다. 이 윤회설에 따르자면 일체 자연물이나 유정물 어느 것도 소멸하거나 무화되는 것이란 없다. 이를테면 만해 선사의 시에 제시된 언술 그대로 "타고 남은 재가 다시 기름이 되는" 그런 세계이고 윤회인 것이다. 이 불교적 인식을 기반으로 삼아 서정주는 신라 정신과 영원주의를 우리네 삶의 바람직한 한 비전으로 제시한 바 있다. 이러한 의미선상에서 보자면 일체 삶은 몸이 아닌 마음을 축으로 영위되는 것이다. 범박하게 말해 육신은 소멸해도 정신은 윤회를 통하여 영생을 사는 것이다.

그런데 상호 그물망을 형성한 사물이나 현상들은 그 그물망 속에서 상호 의존만을 고집하는 게 아니다. 말하자면 상호 의존하되 각각이 독자적 개별성 또한 견지한다. 그래서 해체론식으로 말하자면 상호 의존하면서도 서로의 차이성을 지니고 존재하는 것이다. 여기서 차이성만을 강조하고 인식하다 보면 개별적인 존재로 뭇 존재물을 잘못 인식할 수도 있다. 그러나 불교적 세계관으로 보면 모든 존재자는 서로가 서로의 인과 연이란 관계 속에 상호 의존하며 존재한다. 결국 이 같은 상호 의존성은 '온 존재'로 이 세계 전체를 이해하게 만든다. 이러한 세계 인식은 가령 서정주의 위에 인용한 시들에서 보듯 우리 현대시에 한 인식론적 기반으로 작용해 왔다. 특히 자연물을 시적 대상으로 삼거나 상상적 해석을 하는 경우가 그래 왔다. 일반적으로 인간이 자연을 대하는 태도는 다음 세 가지로 나눠 볼 수 있다. 곧 두려움 탓에 숭배의 대상이 되거나, 질료의 획득을 위한 정복의 대상, 마지막으로는 상호 의존하며 그물망을 형성하는 텍스트로서의 대상이 그것이다. 이 세 가지 자연을 대하는 태도 가운데 불교의 경우는 이미 앞서 살핀 대로 세 번째에 해당한다. 곧 자연물은 모든 것이 상호 의존하며 그물망 형식으로 존재한다는 것이다.

이들 뭇 자연물은 그러나 통시적인 관점에서 보자면 예외 없이 윤회하는 가운데 성주괴공(成住壞空)의 과정을 밟아야 하는 존재들이다. 모든 것이 예외 없이 생성과 성장, 그리고 끝내는 무너져 공(空)으로 돌아가는 것이다. 이러한 모든 존재들이 근본에는 공으로 돌아간다는 생각은 유정물이든 무정물이든 한결같다고 본다. 이 점에서 자연의 일체 존재는 평등하다. 그런가 하면 근본이 공하다는 생각은 자연물 모두가 그 내재적 가치로 불성을 지닌다는 사유로도 귀결된다. 그 불성은, 특히 선불교에 의하면, 동식물과 무생물 그 어느 것을 가리지 않고 내면에 편재한 것으로 보았다.

육(肉)것 좋아하는 제 어미에게

공양키 위해

무논의 개구리들 잡아 올 굵은 꿰미에 꿰어 두었습니다

그것도 펄쩍펄쩍 뛰는 손바닥만 한 참개구리만 잡아서

논다랭이 으슥한 곳에

감춰 두었다가

그만 무슨 건망증에선가 깜빡 잊었습니다

이듬해 이른 저녁 어스름께

다랭이 무논에 다시 갔더니

소낙비처럼 쏟아지던 개구리 울음소리 대신

적막만이 잔등 번들거리는 은회색 논물로 일렁거렸습니다

아뿔싸

멱 꿴 개구리들이 그때까지 먹먹한 적막을 뻐끔뻐끔 내뱉고 있었고

그 사냥꾼은

그 자리에서 마음에다 부처님 새기는 길로 나섰습니다

오늘도 그 절 뒷산의

대소의 오리나무와 상수리나무들이 제가

마음에다 새기고 깎은 부처님들을

만불전처럼 모셔 내놓고 있습니다

감출 것 없이 있는 그대로

이내빛 부처들을 내놓습니다

무량의 기쁨들을 오월의 햇볕들을

다포계 지붕 위에 수수천 장씩 기왓장들로 쌓아 놓고 섰는

그 절 뒷산에……

　　─홍신선, 「불사를 하는 절에 가서」 전문(『홍신선 시전집』, pp.42-43)

　인용한 이 시는 이러한 선불교적 인식을 단적으로 보여 준다. 작품의 첫 연은 한 편의 설화를 간결하게 요약하고 있다. 곧 사냥으로 생활하던 한 인간의 출가담을 서사 형식으로 제시한다. 이 서사는 "마음에다 부처님 새기는" 일, 곧 마음에서 무명을 걷어 내고 '참 나'를 발견코자 하는 일련의 노력이 바로 수행임을 암시한다. 다음 2연은 그렇게 '참 나'를 발견하고 나면 우리 둘레의 뭇 나무들이 다 부처임을 문득 깨닫게 된다. 그래서 자연은 만불전(萬佛殿)과 다름이 없다라고 화자는 진술한다. 이는 모든 자연물이 부처의 화신이란 생각에 연결된 것이다.

　이 같은 생각은 일찍이 무정물이 그대로 설법을 한다는 옛 선사들의 가르침에 이어진다. 중국의 시인 소동파는 한 스님과의 문답 끝에 다음과 같은 유명한 시구를 남겼다.

시냇물 소리가 바로 길고 웅숭깊은 말씀이니

산 빛은 어찌 맑은 법신이 아니겠는가

밤새도록 들은 팔만사천 게송들을

뒷날 사람들에게 어떻게 흡사히 말할 것인가

溪聲便是長廣舌 山色豈非淸淨身 夜來八萬四千偈 他日如何擧似人

소동파는 임지(任地)로 가는 길에 여산 동림사의 상총 선사를 만나 밤새워 이야기를 나누었다. 그리고는 담소 끝에 깨달은 바를 오도송처럼 읊어 남겼다. 인용한 시가 바로 그것이다. 이 시구에서 소동파는 깨달고 보니 밤 시냇물 소리가 단순 시냇물 소리 아닌 부처의 설법이자 게송임을 알았다고 진술한다. 그 설법과 게송을 듣고 소동파는 깨달음을 얻지만 그것을 어떻게 말로 설명할까 하는 문제를 앞에 놓고는 길게 탄식한다. 우리가 이 작품에서 읽는 것은 여기까지이다. 그런가 하면 이처럼 자연물이나 현상, 곧 무정물 역시 법신 그 자체이며 설법을 한다는 선불교적 인식은 현대에 와 생태학적 사유와도 맞물린다. 자연과 인간, 그리고 동식물이 모두 불성을 내장하고 있으며 그로 말미암아 동일 차원의 평등한 존재들이란 생각은 널리 알려진 대로 인간중심주의, 혹은 도구적 이성주의인 서구의 수직적 세계관과는 판이하게 다른 것이다.

2.

우편함에 손을 넣어 내용물을 더듬고 엘리베이터에 갇혔다 풀려나
자물쇠에 내장된 번호들을 누르고
집에 들어왔어
식구 아무도 아직 돌아오지 않았지.
웃옷 벗어 걸고 들고 올라온 편지를 뜯었어.
불을 켰는데도 어두워 손등으로 눈을 문지르면
형광등 자리에 형광등 켜 있고 달력과 그림들 제자리에 걸려 있는
그저 그런 저녁,
형광등 수명이 다 돼 그런가, 새것으로 갈아야?

의자를 옮기려다 생각한다.

혹시 시력 낮춘 건

졸아드는 에너지 아껴 쓰려는 몸의 지혜가 아닐까?

— 황동규, 「이 저녁에」 부분(『사는 기쁨』, p.72)

인용한 시의 화자는 한순간의 자기 깨달음을 명징하게 보여 준다. 외출에서 돌아와 배달된 편지를 뜯어 읽으려던 화자는 눈이 침침해 제대로 읽어 내지를 못한다. 그래 다음 순간 눈도 새삼 부벼 보지만 별무효과이다. 혹시 형광등이 다 돼 그런 것 아닌가 생각한 화자는 이번엔 등을 갈려고 한다. 그러는 순간 그는 "혹시 시력 낮춘 건// 졸아드는 에너지 아껴 쓰려는 몸의 지혜"가 아닌가 하고 돌려 생각한다. 어찌 눈뿐이겠는가. 나이로 치자면 늙음의 한복판에 이른 이 시인은 눈과 귀 모두가 부실할 터이다. 이 같은 육체적인 노쇠 현상을 시인은 단순 생리적 현상이 아닌 자기 몸의 지혜이자 처분임을 깨닫고 이내 수용한다.

여기서 우리는 선불교의 가르침 그대로 모든 것은 마음에서 비롯된다는 사실을 목도하게 된다. 곧 동일한 대상일지라도 어떤 마음자리에서 어떻게 인식하느냐에 따라 그 의미나 본질이 달라짐을 보게 되는 것이다. 이는 대상의 인식에는 정해진 절대치가 있는 게 아니라 언제나 상대적이고 주관적인 소견에 의해 좌우된다는 사실을 보여 주는 것이기도 하다. 흔히 하는 일체유심조(一切唯心造)란 말 그대로 마음먹기에 따라 세계의 모든 것은 서로 달리 인식되고 존재한다. 이렇듯 자연물을 대할 때도 우리가 어떠한 마음자리에서 그것을 보느냐에 따라 인식 내용은 크게 달라진다. 널리 잘 알려진 원효의 오도 과정을 예로 봐도 이 점은 자명하다.

일찍이 원효는 의상과 더불어 당나라 유학길에 올랐다. 중도에 폭우를 만나 한 토굴에 들어가 비도 피할 겸 등걸잠을 잤다. 이튿날 보니 자신이 잠을 잔 곳은 토굴이 아닌 사람 해골이 흩어진 무덤 속이었다. 비가 그치질 않자 원효는 하룻밤을 거기서 더 쥔을 붙여야 했다. 헌데 전날과 달리 이날 밤엔 귀신들이 때때로 나타나 원효를 괴롭혔다. 그 자리서 원효는 "알겠구나. 마음이 일어나면 갖가지 것들이 생겨나고 마음이 사라지면 토굴과 고분이 둘이 아닌 것을. 또한 삼계는 오직 마음이요, 마음이 오직 인식임을. 마음 밖에 법이 없으니 어찌 따로 구하랴. 나는 당나라에 가지 않겠소" 하고 크게 깨달았다.

이처럼 일체 모든 것은 마음먹기에 달렸다는 것이 불교의 가르침이자 세계 해석인 것. 이런 예들은 우리 일상 속에서도 흔하게 발견된다. 같은 대상이나 일을 두고도 각기 다르게 의미 해석을 꾀하는 일이 바로 그 경우들이다. 이를테면 '물 반 컵'을 놓고도 우리는 "겨우 반 컵밖에 안 남았다"거나 "아직도 반 컵이나 남았다"라는 상이한 인식 내지 해석을 한다. 이 상이한 해석을 우리는 두송백(杜松柏)의 말 그대로 '반상합도(反常合道)'라고 불러도 좋을 터이다. 이 말은 일반 통념과는 상반되지만 바로 '참'에 부합하는 일이나 경우를 일컫기 때문이다. 이처럼 고정관념을 깰 때 우리는 은폐됐던 새/참 의미를 발견하는 경우가 많다. 예컨대는 시적 대상에서 일련의 도구적 의미나 사용가치를 탈각시켜 순수 오브제로 환원했던 일을 생각해도 좋을 것이다. 또 지난 20세기 초 초현실주의 시작법도 한 예일 터이다. 이 문제는 뒤에 다시 더 살펴보자.

아무튼 고정관념이든 도구적 의미든 통상적 의미를 깨고 새로운 참 의미를 발견하려는 일체의 노력은 그대로 선불교의 인식 방법에 연결된다. 잘 알려진 대로 선불교는 분별과 집착을 버리도록 우리에게 가르친다. 여기서 분별이란 너와 나, 중심과 변두리, 정신과 물질, 삶과 죽음 등등 서구 형이상학에서 말하는 이항 대립이나 짝패들을 뜻한다. 선불교는 이러한 분별을 지양하고 통합적 직관적 인식을 하도록 가르친다. 그런가 하면 어느 일변을 취하지 말고 중관(中觀)을 지향하도록 일러 주기도 한다. 곧 모든 사물을 어느 한쪽/변으로 치우쳐 해석해서는 안 된다는 것이다. 이는 뭇 사물이 절대적이며 고정적인 의미/존재일 수 없음을 강조한 것이기도 하다. 이러한 중관적 사유는 결국 모든 것이 서로 상관관계로 얽혀 있으면서 가변적인 존재임을 인식토록 한다. 한쪽이 다른 쪽과 상즉상자(相則相資)하는 의타적 관계 속에 있다는 말도 바로 이 같은 사실을 의미한다. 그리고 상즉상자하는 의타적 관계에서 더 나아가면 개별 존재자들이 불성이란 내재적 가치를 지닌 두루 평등한 존재임을 인식하게 된다.

반면 집착을 버려야 한다는 말은 욕망에 지나치게 함몰되지 말라는 가르침이다. 일반적으로 욕망은 소유론적 욕망과 존재론적 욕망으로 크게 나눌 수 있다. 우리가 부와 명예를 비롯한 세속적 가치들을 누리려는 것은 소유론적 욕망이라고 할 터이다. 그런가 하면 살고자 음식을 취하고 잠을 자는 등등의 식욕이나 수면욕이란 존재를 유지하기 위한 욕망, 곧 존재론적 욕망이 된다. 이 두 가지 욕망 가운데서 사람을 끝없는 다툼과 경쟁으로 내모는 것은 주로 소유론적 욕망일 터이다. 그리고 소유론적 욕망이든 존재론적 욕망이든 이들 욕망을 내려놓는 일은 우리의 정신적 해방을 성취하는 일이 될 것이다. 예컨대 속도와 같은 효율성 일변도를 벗어나 느림을 구가하는 일, 죽음을 자연현상의 하나로 담담하게 받아들이는 일, 자기 존재의 가벼움 등등을 지향하는 일련의 일들 모두가 이들 욕망을 벗어난 자리에서 얻는 정신적 자유일 터이다.

그러면 이상에서 말한 분별과 집착을 버린 마음의 상태에서는 사물이나 세계를 어떻게 인식하는가. 우선 분별을 하지 않고 사물을 대하는 경우 주체/객체 같은 이분법적 사고를 벗어난다. 그리하여 모든 것이 차이를 함장하면서도 평등하고 서로 회통하는 존재임을 깨닫게 된다. 말하자면 개별적이며 협소한 내가 아닌 일체 삼라만상이 하나로 인식되는 큰 나를 실현한다. 뿐만 아니라 집착을 버릴 때 비로소 사물은 사물 자체대로 보일 터이다. 자기 욕망에 따른 자의적 왜곡이나 변형 같은 오류가 지양되기 때문이다. 이는 달리 말하자면 '물질이 의식을 결정한다'는 유물론적 명제를 역으로 전도시키는 일이기도 할 것이다. 아무튼 사물에게

131

서 인간의 욕망들을 탈각시키고 보면 사물은 사물 그 자체로 인식된다. 이같이 큰 나/자아를 실현시켜 사물을 사물 자체로 인식하는 일―여기 와서 비로소 신행과 시는 서로 방향을 달리한다. 왜냐하면 불교적 신행 은 깨달은 큰 자아를 세속에서 끊임없이 현실화/실천화 해 나가야 하지 만 시는 그 나름의 구체적 형상화 과정을 거쳐 문학성을 성취해야 하기 때문이다. 시는 대상에 대한 불교시 특유의 상상적 해석을 하되 그에 따 른 남다른 심미성을 확보할 수 있어야 한다.


3.

이상에서 살핀 불교적 세계 해석 내지 인식에 기반(基盤)한 시들은 어 떤 미학을 구현하고 있는가. 이제 말머리를 돌려 이 같은 문제를 살펴보 자. 그에 앞서 나는 먼저 현대 불교시를 두 가지 유형으로 나눠 보고자 한다. 하나는 근본 불교시로 앞에서 누누이 살펴본 불교 특유의 세계 인 식을 시적 상상력의 축으로 삼는 작품들이다. 이들 작품은 굳이 불교적 이미지나 시어들이 텍스트의 겉문맥에 동원되는 바도 없을 터이다. 다 른 하나는 단순 불교시로 이와는 달리 불교적 시어나 이미지들이 작품 겉문맥에 직접 등장하는 시들이다. 이 작품들의 경우도 물론 불교적 인 식 방법을 상상의 축으로 삼는다. 그러나 대부분은 불교적 시어나 이미 지의 단순 차용에 머물고 있다. 따라서 이들 시어나 이미지는 묘사적 기 능에 머무는 경우가 대부분일 것이다. 잘 알려진 대로 묘사를 축으로 한 시 작품은 주로 대상의 재현이나 그에 대한 정서적 반응을 제시한다. 마 찬가지로 단순 불교시의 경우도 묘사는 일정한 정경(情景)의 환기나 분위 기 제시에 무게중심을 두고 있다. 이는 사찰이나 불교적 언사들이 오랫 동안 우리 토착 정서의 심층에 뿌리박고 있는 사실과도 무관치 않을 터 이다. 왜냐하면 이들 시어나 이미지는 그 오랜 친숙함 탓에 일련의 정경 묘사나 분위기 제시에 꽤는 효과적이기 때문이다.

그런데 이들 불교시에서—근본 불교시든 단순 불교시의 경우든— 일차적으로 우리가 주목하는 사실은 이미지의 생산과 그 연결 형식이다. 이미 널리 알려진 대로 불교시 속에서 비유나 환유 등의 이미지 연결 내지 생산 형식은 독특한 형태를 취한다. 곧 일련의 유사성 없는 동떨어진 시어나 이미지들이 폭력적으로 연결되는 경우가 그것이다. 이는 서구 신비평의 텐션 이론이나 영시의 기상(奇想, conceit)과도 범주를 달리하는 것. 마찬가지로 초현실주의의 오브제 이론이나 절연의 원리와도 다르다. 왜냐하면 불교시의 비유, 특히 은유란 윤회설과 인연설에 근거를 두고 성립한 것들이기 때문이다. 두 개의 사물 혹은 이미지가 일체의 유사성 없이 상호 폭력적으로 연결될 때 이 연결은 인과 연에 따라, 또 시공을 달리한 윤회의 내적 맥락에 따라 이뤄지는 것이다. 이에서 더 나아가면 사람이나 동식물이 육도를 윤회하는 과정 속에서는 모두 한 가족이란 인식도 원용된다.(『입능가경』 참조) 여기서 우리는 "초저녁부터/ 金剛山 厚朴꽃 나무가 하나 찾아와/ 내 家族의 房에/ 하이얗게 피어 앉아 있다"(서정주, 「어느 날 밤」)와 같은 특이한 시적 상상력을 만나게 되는 것이다. 그런가 하면 이 같은 상상력을 주축으로 한 다음과 같은 작품을 읽어 볼 수도 있다.

> 이 비인 금가락지 구멍에
> 끼었던 손가락은
> 이 구멍에다가 그녀 바다를 조여 끼어 두었지만
> 그것은 구름 되어 하늘로 날아가고……
>
> 이 비인 금가락지 구멍에
> 끼었던 손가락은
> 한 하늘의 구름을 조여서 끼었었지만

그것은 또 우는 비 되어 땅으로 뿌려지고……

(…중략…)

누구냐
그 허리에 찬 주머니 속의 그녀 어질머리로
梧桐꽃 내음새 나는 피리 소리를
연거푸 연거푸 이 구멍으로 불어넣어 보내고만 있는 너는?
　　　　—서정주, 「비인 금가락지 구멍」 부분(『서정주 전집』 1권, pp.63-64)

　　인용한 위 시는 발표 당시 김종길의 적절한 지적처럼 시적 언술에서
'이성적 구조'를 찾기 어렵게 되어 있다. 그만큼 이미지 간의 연결이 폭력
적이면서도 가독성을 잃고 있는 것이다. 여느 독자들은 우선 '그녀'의 손
가락이 끼었던 금가락지 구멍에 과연 바다와 하늘을 조여 끼워 넣는다는
일이 가당키나 할 것인가 당황할 것이다. 아무리 상상 속의 일이지만 그
같은 이미지 연결이란 사실 터무니없어 보이는 것이다. 여기서 우리는
"하나의 털구멍 속에 수없이 많은 세계와 바다가 있고 거기에는 하나같
이 여래가 보살들과 함께 앉아 있다"란 화엄경전의 한 대목을 떠올려 보
면 좋을 것이다. 이 경전의 한 대목이 보여 주는 상상력에 비추어 보면
위 시의 언술이 그리 과격한 상상에 기댄 것이라고 하기 어려울 터이다.
실제로 이 시의 작자는 일찍이 불교 경전에는 파천황의 비유들이 가득
차 있다라고 말한 바 있다. 뿐만 아니라 초현실주의시의 '절연의 원리'란
이들 비유에 견주면 극히 소박한 것이란 지적까지 덧붙였다. 이는 이미
지 연결과 생산에서 합리성을 철저히 해체하고 무의식의 우연성에 따른
초현실주의시의 전위성을 능가할 것이란 지적인 것이다.
　　그러면 이제 인용한 작품을 이해하기 쉽게 일단의 산문적 번역을 해
보자. 화자의 앞에는 금가락지 하나가 놓여 있다. 이 가락지를 끼었던

'그녀'(손가락)는 아마 죽고 없는 정황일 터이다. 그 죽음은 "구름 되어 하늘로 날아가고"란 화자의 진술로 확인 가능하기 때문이다. 왜 구름이 된 것일까. 그것은 바다가 수증기로 기화해 하늘의 구름으로 탈바꿈했기 때문이다. 이 경우 가락지 구멍에 있던 바다란 그러면 무엇인가. 그것은 인간의 몸을 구성하고 있는 '피' 등속과 같은 물(수분들)을 뜻한다. 그 물은 시적 수사답게 바다란 이미지로 과장된다. 이 바다는 다시 구름을 만들고 이어 비로 쏟아져 내린다. 2연의 진술이 그것이다. 잠시 여기서 우리가 주목할 것은 "이 비인 금가락지 구멍에/ 끼었던 손가락은" 하는 동일 어구의 반복이다. 그 반복은 앞에서 설명한 이미지의 점층적 변주를 위한 도식적인 시적 의장(意匠)이라고 해야 할 것이다.

아무튼 이러한 윤회와 전생(轉生)은 "어지러운 머릿골치" 곧 무명(번뇌)을 거둔 다음 누군가의 주머니 속에 들어가 일단 멈춘다. 그래서 화자는 여기까지의 전생 과정을 알겠다고 말한다. 그런데 시의 마지막 연은 "그 허리에 찬 주머니" 속에서 누군가 또 피리 소리를 낸다고 한다. 그것도 여느 피리 소리가 아닌 오동꽃 냄새가 나는 피리 소리를 낸다는 것이다. 그 피리 소리는 후각과 청각의 공감각적 심미성을 지닌 것이되, "그녀의 어질머리"를 다시 누군가 되풀이하는 데서 나는 소리다. 그러면 "어지러운 머릿골치" 내지 어질머리란 과연 무엇인가. 이는 시의 겉문맥에 명시적으로 드러나 있지 않다. 다만 우리는 금가락지와 연결 지어 그 어질머리를 읽을 때 사랑의 번뇌 정도로 가늠만 할 수 있을 터이다. 그래 지금 여기 빈 금가락지를 끼려는 또 다른 주체의(아마 그의 허리엔 금가락지를 넣은 주머니가 채워져 있을 터다) 번뇌야말로 현세에서 사랑을 앓는 어질머리인 셈이다. 말 그대로 사랑의 번뇌란 실상 얼마나 아름다운 것인가. 이쯤에서 우리는 이 시가 결국은 불교적 득도와는 일정하게 다른 지향을 보여 주는 것을 알 수 있다. 왜냐하면 불교는 궁극적으로 우리가 본래적 자아인 불성을 깨달아 윤회로부터 벗어날 것을 가르치기 때문이다. 반면 이 시는 그 같은 윤회로부터의 해탈을 지향하기보다는 그녀의 어질머리를 또

않는 누군가의 지금 이곳의 사랑의 번뇌를 제시할 따름인 것이다. 그것
도 "梧桐꽃 내음새 나는 피리 소리"란 매우 아름다운 이미지를 통해 제
시한다. 그뿐 아니라 그 사랑의 '어질머리'야말로 바로 삶의 아름다움임
을 넌즛 시사하기도 한다.

범박하게 말해 비유는 우리 현대시의 중요한 시적 장치의 하나이다.
이 같은 비유가 불교적 사유와 만났을 때는 이상에서 살펴본 그대로 매
우 독특한 형태를 취한다. 일반의 통념과는 동떨어진 이미지 연결과 그
생산을 탁월하게 보여 주고 있는 것이다. 시어나 이미지 연결 양상이,
서정주의 지적처럼, 20세기의 전위적 실험시보다 더 과격하고 폭력적
인 형태로 나타나는 것이다. 그런가 하면 단순 불교시에서는 불교 관련
시어나 이미지가 묘사적 기능을 통해 대상의 재현이나 분위기, 정서 등
의 울림 깊은 환기를 보여 준다.


## 4.

그런데 이번 불교시 논의에서는 전제되어야 할 몇 가지 문제가 있다.
첫째는 지금까지 살펴본 우리 현대 불교시는 전통적 불교시로 그동안
일컬어 온 경전의 게송이나 선불교의 오도시/송과는 상당한 거리를 지
닌다는 점이다. 거리를 지닐 뿐만 아니라 범주를 달리한다고 보아야 한
다. 곧 게송과 오도시/송들은 모두 불교의 가르침을 위한 시가들이란 점
에서 종교문학의 영역에 머문다고 할 것이다. 그러나 현대시로서의 불
교시는, 앞에서 누누이 살핀 그대로, 불교 사상을 시적 대상의 해석 내
지 인식 방법으로 원용한다. 그만큼 불교 사상의 웅숭깊은 사유 체계는
우리 현대시의 시적 상상력의 대단히 중요한 자양이고 광맥이었던 셈이
다. 따라서 우리 현대시와 불교 사상의 접맥은 결과적으로 근현대시 세
계를 보다 심화시키면서 동시에 새로운 시 미학의 영역을 개척해 왔다고

할 것이다. 이는 만해 한용운으로부터 지난 1990년대의 이른바 정신주의시 등등에 이르기까지 그 시적 성취를 돌아보면 너무나 자명한 사실임이 밝혀질 것이다.

둘째는 불교시가 인식 기반으로 삼는 불교적 사유, 곧 신행(信行)이 뒷받침되지 않은 '알음알이(知解)'의 성격을 어떻게 규정할 것인가 하는 문제이다. 잘 알려진 대로 신행이 없는 단순한 알음알이는 수행의 차원에서는 별반 가치 없는 일로 폄하된다. 이는 단순 지식을 통한 불교 이해에 지나지 않기 때문이다. 게다가 구경적(究竟的) 삶으로서의 신행은 자기 내면의 불성을 크게 깨달음과 아울러 중생 제도에 목적을 두는 종교적 행위이다. 이러한 목적에 비춰 볼 때 단순 지식이나 불교 일반의 알음알이란 실천궁행이 뒷받침 되지 않는 한 대수롭지 않은 일일 터이다. 그렇다면 우리 현대 불교시의 경우, 앞에서 누누이 살펴본 불교적 인식 방법 내지 불교 사상의 이해는 어떻게 가능돼야 하는 것일까. 말할 것도 없이 그 인식 방법 내지 불교 사상의 이해는 알음알이이긴 하되 시적 형상화라는 심미화 과정을 더 거쳐야 한다. 곧 시로서의 문학성을 획득하지 않으면 안 되는 것이다. 더 나아가 시적 형상화는 그 알음알이를 자신 것으로 내면화/육화한 뒤에 비로소 가능하다고 할 것이다. 그렇게 내면화된 불교적 사유를 통하여 시적 대상들에 대한 자기 나름의 상상적 해석이 이뤄져야 할 일인 것이다. 만일 그렇지 않다면 시가 생경한 알음알이의 제시나 겉핥기식 불교 이해의 단순 담론에 함몰되고 말 것이다. 우리는 여기서 바람직한 불교시란 불교적 인식 방법을 웅숭깊이 체득한 자리에서 생산돼야 한다는 당위론을 거듭 확인케 된다.

마지막으로 우리가 더 살펴야 할 문제는 다음과 같은 것이다. 과연 우리가 현대 불교시를 통해 기대할 수 있는 것은 어떤 무엇인가란 점이다. 그 기대치를 우선 나는 두 가지로 제시하고 싶다. 첫째, 서구식 인간중심주의가 아닌 모든 존재자들의 평등주의란 세계 인식을 들고 싶다. 이는 그동안 도구적 이성중심주의의 대안으로 불교 사상을 적극 주목하고 있는 일련의 생태학적 태도와도 궤를 같이한다. 이들 세계 인식은 주체와 객체의 대립적 분별을 지양할 뿐 아니라 사물을 사물 그 자체로 인식하게 만든다. 그 결과 우리는 일상에서 속도보다는 느림을, 경쟁과 정복보다는 상생과 화합을, 탐욕보다는 나눔을 바람직한 가치로 지향하게 될 터이다. 둘째는 개인이든 사회든 뭇 욕망을 줄이거나 내려놓음으로해서 정신적 가벼움, 혹은 해방을 기할 수 있다는 점이다. 특히 일체 소유론적 욕망으로 기표되는 무한 탐욕들로부터의 해방이 될 것이다. 지금 우리가 시장경제의 틀 속에서 영위하는 삶이란 끊임없는 물질적 욕망에 터 잡은 것이다. 이들 욕망에서 벗어나 불필요한 모든 것을 내려놓음으로써 우리는 커다란 마음의 자유 내지 혼의 가벼움을 누릴 수 있다. 한 걸음 더 나아가 우리 불교는 이들 물질적 욕망만이 아닌 몸을 지닌 존재로서의 갖가지 존재론적 욕망마저 줄일 것을 가르친다. 이는 불교시가 궁극적으로 대자유인으로서의 정신적인 자유과 그 해방을 노래할 것을 기대하는 것이다.

지금까지 나는 우리 현대시와 불교적 상상력의 접맥에 관한 일반론을 펼쳐 왔다. 그것도 내 나름의 창작 경험에 바탕한 논의를 길게 펼쳐 왔다. 그러다 보니 내 나름의 논리와 논리를 연결하면서 그 사실 근거들을 제시하는 데는 상대적으로 소홀할 수밖에 없었다. 이는 앞으로 구체적인 작품들을 모아 분석하는 작업을 통해 크게 보완돼야 마땅한 일일 터이다. 특히 시 작업에 불교적 상상력을 훌륭하게 접맥한 여러 많은 시인들을 알면서도 결과적으로 이들에 대한 언급이 소홀했음을 안타깝게 여기지 않을 수 없다. 안타까운 그만큼 다른 기회를 더 기약할 수밖에 없을 터이다.

# 한국시의 불교적 상상력

## 1. 문제 제기

이 논문은 한국시, 그것도 근·현대시에 나타난 불교적 세계 인식이나 상상력의 작동 양상을 살펴보고자 씌어진다. 불교는 4세기경 한반도에 전래된 이후 장기간의 토착화 과정을 거치면서 우리의 사회·문화·종교 등 다방면에 걸쳐 막대한 영향을 끼쳤다. 왕조에 따라서는 국가의 공식 이데올로기로 삼기도 하였다. 그런가 하면 여느 사람들에게는 세계와 삶을 해석하는 준거와 틀을 마련해 주면서 일상의 생활 규범이나 사유 체계 등으로 깊숙이 자리 잡았다. 이처럼 불교는 외래의 종교이면서도 장기간의 토착화·내면화 과정을 거치며 우리의 몸에 체화(體化)되었던 것이다.

이 같은 사실은 우리 문학작품들의 경우에도 예외가 아니어서 향가를 비롯한 고전 시가 작품이나 서사체 등에 폭넓게 불교적인 세계 인식이나 상상력 등이 자리 잡고 있는 것이다. 뿐만 아니라 우리 근·현대시의 경우에도 그동안 높은 시적 성취를 보인 시인들의 작품들을 보면 거기에는 일정 부분 불교적 세계 인식이나 상상력이 내장되어 있다. 말하자면 한국 시문학의 정신사 뒤에는 불교가 상당 부분 세계관적 기반으로 작용해 온 것이다. 따라서 현대시 가운데 나타나 불교적 세계 인식이나 그 상상력을 깊이 있게 살피는 일은 이제 우리 현대시의 보다 깊이 있는 이해를 위해서도 꼭 필요한 일이 된 것이다.

그러나 그동안 현대시 연구에서 불교적 세계 인식 내지 상상력의 문제는 주변적인 관심사에 머물렀거나 또 연구가 있었다고 해도 소수자의 연구 인력에 국한된 매우 영성한 것이었다. 대표적인 불교 시인이라고 할 한용운, 서정주, 조지훈의 시인론이나 작품 연구에 있어서도 이 점은 크게 다르지 않은 형편이다. 그것은 이들 기존의 선행 연구들이 불교적 상상력이나 세계 인식의 측면에 특히 주목, 이를 체계적이며 종합적으로 검토한 경우가 드물기 때문이다. 이 같은 현실적인 연구 상황을 감안하면서 이 글은 우리 현대시에 나타난 불교적 상상력의 양상을 심도 있게 검토하고자 한다. 특히 서정주, 조지훈, 황동규 등의 작품과 시론들을 집중적이면서도 내재적인 분석 방법으로 살펴보고자 하는 것이다. 그리고 이와 같은 분석과 검토에서 얻은 결과들이 특정 작품이나 시인들에게만 국한된 사실로 자리매김 되기보다는 불교시의 일반론으로 연결되기를 기대한다.

일단 연구의 성격과 범위를 이같이 정하고, 이 글은 다음과 같은 문제들을 살펴보고자 한다. 곧 첫째, 우리 현대시 작품에서의 이미지 생산이나 연결에 있어 불교적 상상력은 어떤 작동을 남다르게 하고 있는가. 둘째, 시적 대상이나 삶에 대한 불교적 해석은 어떤 내용으로 나타나고 있는가. 셋째, 지난 1990년대 우리 시의 주요 양상 가운데 하나인 정신주의시들이 보여 준 선의 원리나 선취는 어떤 내용과 의의를 갖는가 등이 그것이다. 이 가운데 특히 첫째, 둘째 문제의 검토는 불교시의 독특한 형식미학을 해명하는 데에도 일정 부분 유효할 것으로 기대한다. 또한 이 같은 검토 과정에서 간결하지만 탈근대의 대안 사상으로서의 불교적 상상력이나 세계 인식 등을 살펴보고자 한다.

## 2. 본론

### (1) 절연의 효과와 불교적 상상력

시 작품 속에서 이미지가 어떤 역할을 하는가 하는 문제는 이미 그 답이 널리 알려져 있다.[1] 관념을 감각적인 내용으로 재구성한다든가, 정서의 환기, 상상력의 작동 동인(動因)이란 설명 등이 그것이다. 특히 상상력이 움직이는 일정한 계기나 원인을 제공한다는 사실은 그동안 많은 이론가들에 의해 설명되었다. G. 바슐라르는 이미지 여가 작용(與價作用)이 어떻게 전개되고 또 그 과정에서 다른 이미지를 어떻게 생산 내지 변용시키는가를 밝혀 준 바 있다. 그에 의하면, 작품 속의 각종 이미지는 대상에 대한 상상력의 여가 작용을 통하여 다양하게 제멋대로 만들어진다고 한다.[2] 말하자면 특정 이미지는 상상력을 통하여 형태적이고 물질적인 한계를 벗어나 자유롭게 변용 생성되어 다른 이미지에 연결되고 그 생산을 가능케 하는 것이다.

이처럼 작품 속에서 이미지는 일정하게 상상력이 작동하는 계기나 발판 노릇을 해 주고 있다. 이 점은 현대 불교시의 경우에도 크게 다를 수 없다. 그리고 여기에서의 세계와 삶을 해석하는 방법이나 그 해석 내용을 바탕으로 한 여가 작용을 불교적 상상력이라고 부를 수 있을 것이다. 앞에서도 말한 바와 같이 전래 이후 불교는 오랫동안의 토착화 과정을 거치면서 세계와 삶에 대한 나름대로의 해석을 일관되게 제공해 왔다.[3] 이 같은 해석 방법이나 내용은 그동안 우리의 몸에 깊숙하게 체화되어 각종

---

**1** A. Preminger (ed.), *Princeton Encyclopedia of Poety and Poetics*, Princeton Uni. press, 1965 또는 김준오, 『시론』, 삼지원, 2003, pp.157-173 참조. 이미지의 개념, 기능, 유형 등은 이미 사전적인 의미로 입론되어 일반화되었다.

**2** 곽광수·김현 공저, 『바슐라르 硏究』, 민음사, 1976, pp.50-61. 이 단계는 이미지의 여가 작용 3단계로 역동적 상상력의 단계이다. 형태적·물질적 상상력을 뛰어넘는 단계이다.

**3** 인권환, 「韓國人의 精神에 투영된 佛敎的 思考」, 『韓國佛敎文學硏究』, 고려대 출판부, 1999, pp.40-48.

상상력의 작동에 있어 일정한 세계관적 기반으로 작용하고 있는 것이다.

그러면 먼저 우리 현대시 작품에서의 이미지 생산이나 연결에 있어 불교적 상상력은 어떤 작동을 남다르게 하는가 하는 문제를 살펴보자. 이 문제에 대해서는 일찍이 서정주가 한 글에서 그 논의의 실마리를 풀어 놓은 바 있다.

> 쉬르레알리스트가 인간의 잠재의식의 층을 침잠하여 뒤지다가 상상의 신개지(新開地)들을 개척하고 거기 맞춰 전무한 은유의 새 풍토를 빚어낸 사실을 우리는 지금도 여전히 찬양하지 않을 수 없다. 그러나 내 생각 같아서는 쉬르레알리즘이 보여 온 그런 새 풍토들도 불교의 경전 속에 매장되어 온 파천황의 상상들과 그 은유들의 질량에 비긴다면 무색한 일이다.[4]

옮겨 온 글 그대로, 불교의 경전 속에서 우리가 확인하고 살필 수 있는 상상력은 매우 다양하고 진기한 것들일 터이다. 그러나 미당이 초현실주의와 관련지은 문맥 그대로 불교적 상상에 의해서 생산된 은유나 은유적 이미지들이란 범박하게 말하자면 절연(絶緣)의 원리에 의한 것들이다. 곧, 기존의 의미나 값을 탈각시킨 사물, 이른바 오브제화한 이미지를 상호 연결시킨 은유들인 것이다.

그런데 불교적 상상에 의하여 생산된 이미지와 절연의 원리에 의한 이미지들은 그 결합의 방식에 있어 차이를 노정한다.[5] 이를테면, 초현실주의 시인들이 보여 준 절연의 원리란 무의식 속에서 우연이거나 아니면 일정한 인위적 조작에 의하여 찾아진 것들이다. 이를테면, 환상(혹은 백일몽)이나 약물 복용과 같은 비합리적인 방식을 통하여, 또는 찰나적인 우연에 의하여 이성의 통제를 해체한 자리에서 얻어 낸 것들인 것이다.

---

**4** 서정주, 「佛敎的 想像과 隱喩」, 『서정주 문학전집』 2권, 일지사, 1972, p.266. 『서정주 문학전집』은 앞으로 『전집』으로 줄여서 밝힌다.

**5** Y. 디플레시 저, 조환경 역, 『초현실주의』, 탐구당, 1983, pp.31-35.

그러나 불교적 상상에 의한 것들은 주로 연기설이나 윤회 사상을 밑바탕에 깔고서 생산해 낸 것들이다. 아마도 다음과 같은 시에 나타난 상상력과 이미지 연결 양상이 그 단적인 한 예일 것이다.

> 오늘밤은 딴 내객은 없고
> 초저녁부터
> 금강산 후박꽃 나무 하나가 찾아와
> 내 가족의 방에
> 하이얗게 피어 앉아 있다.
> 이 꽃은 내게 몇 촌뻘이 되는지
> 집을 떠난 것은 언제 적인지
> 하필에 왜 이 밤을 골라 찾아왔는지
> 그런 건 아무리 해도 생각이 안 나
> 오랜만에 돌아온 식구의 얼굴로
> 초저녁부터
> 내 가족의 방에 끼여 들어와 앉아 있다.
> ─「어느 날 밤」 전문[6]

통념에 따라 이 작품을 읽자면, 시의 화자는 어느 날 초저녁 어스름 속에 유난히 하얗게 핀 정원 안의 후박꽃 나무를, 그것도 방 안에 앉아 유리 창문을 통하여 보았을 것이다. 이와 같은 정황 속에서 화자는 어둠 속에 희끄므레한 후박꽃의 모습을 오래전 잊은 식구의 모습(얼굴)으로 한순간 착각(시)했을 터이다. 대강의 이러한 통념에 맞춘 시 해석은 그러나 이 작품의 중간 대목의 시 문맥까지를 포괄해서 풀어내는 데에는 역부족이다. 그보다는 불교의 인연설과 윤회설을 빌어 풀이할 때 "몇 촌뻘"이라

---

**6** 서정주, 『전집』 1권, p.79.

든지 '집을 언제 떠났다'든지 하는 문제가 훨씬 자연스럽게 풀릴 것이다.

주지하다시피 불교의 연기설·윤회설에 기대어 보자면, 공시(共時)의 일체 생명 있는 것들은 내적으로 모두 일정한 상호 관련을 갖고 있다. 곧 외형적으로는 독자적인 개별 생명들로서의 사람, 동물, 식물이지만 내적으로는 인과 연에 의하여 모두 관련을 맺고 있는 것이다. 뿐만 아니라, 통시적인 차원에서 보자면 윤회전생에 따라 사람, 동물, 식물이 서로 그 형상과 자리를 바꾸어 태어나 살기도 한다. 따라서 위 시의 후박꽃 나무는 화자의 과거 먼 친척이 사후에 윤회전생을 거쳐 자기 정원에 와서 그렇게 한 그루 후박나무로 서 있는 것으로 상상 내지 해석할 수 있는 것이다.

이상에서 살펴본 바와 같이 십이연기설과 윤회 사상을 축으로 한 세계와 삶에 대한 독특한 인식은 서정주로 하여금 그것을 작품으로 구조화할 새로운 미학의 원리들을 모색하게 만들었다. 그 미학의 원리는 앞의 작품 「어느 날 밤」 분석에서 살펴본 대로 인연과 윤회전생의 틀을 바탕으로 마련된 것이었다. 서정주는 자신의 미학 원리를 「佛敎的 想像과 隱喩」나 「새로운 詩 美學의 摸索을 위한 斷想」 등의 글을 통하여 설명한 바 있다.[7]

여기서는 이들 글과 실제 작품의 분석을 통하여 서정주가 새롭게 모색한 시 미학의 원리들을 살펴보자. 우선 그 미학은 초현실주의 시인들이 보인 것보다 더 '파천황'인 은유의 원리에 기반한 것이라고 할 것이다. 그러면 이와 같은 초현실주의의 이미지 생산 원리보다 좀 더 파천황의 것으로 제시된 불교적 은유의 양상은 어떤 것인가. 우선 이 은유의 양상은 작품 전체의 틀을 통하여 확인되는 경우와 작품 일부분의 비유적 이미지로 국한된 경우로 나눠 볼 수 있다.

---

**7** 이 두 글은 『전집』 2권에 수록되어 있다. 「불교적 상상과 은유」는 pp.266-267, 「새로운 詩 美學의 摸索을 위한 斷想」은 pp.307-309. 이밖에도 서정주의 불교에 관한 동일 성격의 글로 같은 책의 「佛敎文學의 어제와 오늘」 「한국적 전통성의 근원」 등을 들 수 있다.

① 애인이여

　　너를 만날 약속을 인젠 그만 어기고

　　도중에서

　　한눈이나 좀 팔고 놀다 가기로 한다.

　　너 대신

　　무슨 풀잎사귀나 하나

　　가벼이 생각하면서,

　　너와 나 사이

　　절간을 짓더라도

　　가벼이 한눈파는

　　풀잎사귀 절이나 하나 지어 놓고 가려 한다[8]


② 어느 날 언덕길을 喪輿로 나가신 이가

　　그래도 안 잊히어 마을로 돌아다니며

　　낯모를 사람들의 마음속을 헤매다가

　　날씨 좋은 날

　　날씨 좋은 날 휘영청하여

　　일찍이 마련했던 이 別邸에 들러 계셔[9]


　　인용한 작품은 모두 서정주의 시로 ①은 「가벼이」의 전문이고 ②는 「구름다리」의 일부이다. 이 두 작품 가운데 ①은 작품 전체가 은유를 이루고 있는 경우이며 ②는 인용된 대목만이 비유적 이미지로 독해되는 경우이다. 우선 ①의 경우부터 검토하여 보자. 이 작품의 화자는 애인과의 엄중한 약속을 그만 어기기(파기하기)로 다짐한다. 그 대신 도중에서 한눈

---

**8** 서정주, 『전집』 1권, p.90.
**9** 서정주, 『전집』 1권, pp.137-138.

도 팔고 놀기로 작심한다. 그런데 여기서 한눈파는 일이란, 겉문맥만을 따라 읽자면, "무슨 풀잎사귀나 하나/ 가벼이 생각하"고 또 보는 일이다. 왜냐하면 풀잎사귀는 애인 대신 바라보는 대상이기 때문에 결국 화자의 한눈을 파는 일이 되는 것이다. 그러면 화자가 "가벼이" 생각하고 또 한눈도 파는 풀잎사귀는 어떤 무엇인가. 그것은 지저깨비와 마찬가지로 하찮고 비속한 것의 다른 이름일 터이다. 이 작품 속에서 무게중심이 들어 있는 것으로 읽히는 "가벼이"는 그래서 하찮고 가볍게 대한다는 의미로 외연을 넓히게 된다.

문제는 그와 같이 가벼운 풀잎사귀가 "절"이라는 어사와 연결되고 있다는 점이다. 일반적으로 사원이나 절은 세속적인 일체의 것과 절연된 초월적이면서도 신성한 공간을 의미한다. 따라서 절이란 불교적인 의미에서 풀이하자면 불법이나 '참'의 다른 이름이기도 한 것이다. 이와 같은 의미의 절이 이 작품에서는 가벼이 한눈이나 파는 풀잎사귀와 과감히 연결되어 은유를 만들고 있는 것이다. 그 은유는 '가벼이 한눈파는/ 풀잎사귀 같은 절'로 번역된다. 이 번역대로라면 풀잎사귀 절은 '서로 거리가 먼 예기치 않은 현실의 접근'보다 그 힘의 긴장이 더 크다고 할 것이다. 엄중한 애인과의 약속도 파기하고 도중에서 하는 놀이, 곧 '풀잎사귀 절'이나 짓는 일은 무엇인가.

작품의 겉문맥 어디에도 이 절 짓는 놀이의 의미를 암시한 대목이란 없다. 굳이 설명하자면, 암호처럼 오래 응시하면서 해독해야 되는 '혼의 어떤 상태'를 상징하는 것일 터이다. S. 말라르메가 말하듯 우리가 오래 응시함으로 해서 그 영혼의 상태를 환기하는 하나의 상징물인 것이다.[10]

아니라면 선불교에서 말하듯 '한 줄기 풀이 그대로 부처'인 경우라고 해야 할 것이다. 곧, '풀잎사귀로 지은 절'이란 부처가 사는 공간이자 '견성'을 상징하는 구체적 이미지일 터이다.

---

10 C. 채드위크 저, 박희진 역, 『상징주의』, 서울대 출판부, 1979, pp.39-43 참조.

작품 ②는 산에 걸린 구름이 사람 사는 별저(다락)와 같은 형상을 하고 있는 것을 보고 거기에 죽은 어느 누군가가 들러 살고 있다는 상상을 보여 주고 있다. 이 같은 상상은 구름다리=별저라는 은유를 만들면서 그 연결 과정에 불교의 윤회전생과 인연을 개입시키고 있는 것이다. 말하자면, 불교적인 상상력을 작동시키고 있는 것이다.

이상에서 살펴본 바와 같이, 이미지의 연결이나 생산에 있어서 불교적 상상력은 독특한 작동을 하고 있다. 그것은 주로 십이연기설이나 윤회 사상을 기저로 움직이기 때문이다. 그러면 이 같은 불교적 상상력에 의한 이미지 생산이나 연결은 20세기 초 서구 초현실주의 시인들이 보여 준 것들과 어떻게 다른가. 주지하는 바와 같이, 초현실주의 시인들이 보여 준 절연의 원리는 이미지 연결을 무의식 가운데의 우연에 좇아서거나 그도 아니면 여러 가지 인위적 조작에 의하여 만드는 것이었다. 이를테면 백일몽이나 환상, 그도 아니면 메스칼린 같은 약물 복용에 의한 비합리적 방법을 통하여 이미지 생산이나 연결을 시도했던 일 등이 그것이다.

이 같은 방법들은 모두 이성의 통제를 해체한 자리에서의 찰나적인 우연에 의한 것들이라고 할 것이다. 그러나 불교적 상상력에 의하여 생산되는 이미지 내지 시적 정황은 주로 연기설이나 윤회 사상을 세계관적 기반으로 삼고 있는 것이다. 불교의 이와 같은 통·공시적 차원의 상상 내지 세계 인식은 매우 독특한 것으로 시 작품의 이미지 생산이나 이미지 결합에도 남다른 원리로 작용하고 있다.

## (2) 영원주의와 통합적 인식

이미 널리 알려진 그대로 세계와 삶에 대한 불교적 인식은 인연설과 윤회 사상으로 대표된다. 그것은 인연설과 윤회 사상이 불교 경전의 철학적이고 사전적인 의미보다는 보다 세속화되어 일반인들에게 몸 깊숙이 체화되어 있기 때문이다. 말하자면 이들 사상은 일반인들의 의식 가

운데 가장 널리 그리고 깊이 침윤되어 있는 것이다. 근현대 시인들에게
있어서도 이 점은 마찬가지이다. 그들의 상상력 역시 이 같은 불교의 인
연설이나 윤회 사상과 쉽게 결합되어 작동되어 오고 있는 것이다. 특히
이 글에서 주목하고 있는 서정주의 중기 시 작품들에는 인연과 윤회전생
을 축으로 작동된 상상력을 보여 주는 것들이 많다. 또한 이들 상상력은
신라 정신으로 명명한 특정한 삶의 자세와 결합되고 있다.

결국 서정주 중기 시의 상상력은 지금 이곳에서의 삶을 지향하기보다
는 시간과 공간을 모두 초월한 우주인·영원인으로서의 인격을 지향하면
서 그 기반을 인연설과 윤회시상에 두었던 것이다. 그러면 그가 말하는
신라 정신 또는 우주인·영원인이란 무엇인가. 우선 먼저 서정주 자신의
설명을 살펴보도록 하자.

① 사람의 생명이란 것을 現生에만 국한해서 생각하는 것이 아니라 영
원한 것으로 생각하고 또 아울러서 사람의 가치를 현실적 人間社會
的 존재로서만 치중해서 생각하는 것이 아니라 자연의 존재로서 많
이 치중해 생각해 오는 습관을 가진 것은 신라에서는 最上代로부터
있어 온 일이었다.[11]

② 영생하는 생명은 무엇으로 경영했느냐 하면, 물론 그것은 동양의 上
代 큰 문명 제국에 있어 다 그랬던 것과 마찬가지로 그「靈魂」이란 것
바로 그것에 의해서였다. 육체는 죽어 땅에 떨어지지만 영혼은 하
늘에 올라가 영원히 사는 것이란 철저한 신앙을 그들은 가지고 있었
다.[12]

---

**11** 서정주, 『전집』 2권, p.315.
**12** 서정주, 『전집』 2권, p.316.

옮겨 온 두 글은 모두 「新羅의 永遠人」에서 임의로 뽑은 것들이다. 먼저 ①은 사람의 삶이 현세나 현세 중심으로만 인식되는 것이 아님을 설명해 주고 있다. 곧 모든 생명 있는 것들은 죽음이라는 생물학적인 소멸로 그 목숨 내지 삶을 상실하지 않는다는 것이다. 그러면 인간의 생명이 현세의 죽음으로 끝나는 것이 아니라면 어떻게 영생 내지 영통을 이룩할 수 있는가.

인용한 글 ②는 이 문제에 대한 간결하고도 소박한 해답을 제시하고 있다. 곧 사람은 육체적·생물학적인 삶이 끝나도 영혼만으로 영위되는 길고도 오랜 삶을 누릴 수 있다는 설명이 그것이다. 서정주의 이 같은 설명에 따르자면 사람의 육체는 잠시 현세에 빌려 입은 의복과 같은 것에 지나지 않는다. 오히려 인간의 삶에 있어서 영혼만이 시공을 뛰어넘어 길고 오랜 삶을 영위한다. 주지하다시피 이 같은 영혼불멸설은 서양의 경우에도 소크라테스 이래 일관된 신비주의 사상으로 흘러오는 것이었다.[13] 뿐만 아니라, 대부분의 종교에서도 이 같은 영혼 중심의 영생에 대한 관념은 한결같이 확인되고 있는 것이기도 하다.

서정주는 이처럼 사람이 영혼을 통하여 길고 오래 누리는 영생의 본보기들을 신라 사람들의 삶에서 발견하고 있다. 그것도 정독해서 읽었다는 『삼국유사』『삼국사기』 등의 사승들을 통하여 발견한 신라인들의 이야기가 그것이다. 예컨대 『삼국사기』에 나오는 검군(劍君) 열전이나 『삼국유사』의 김대성의 사찰연기설화 등이 그것이다.[14] 그런데 서정주의 이러한 영생주의는 내세의 영혼이 누리는 삶으로 설명되는 한편으로 끊임없는 종의 계통발생으로도 설명되고 있다. 사람의 삶은 자기 혼자서만의 것으로 끝나는 것이 아니라 아들과 손자 등 후대를 잇는 세대 전승에 의해서도 가능하다는 설명이 그것이다. 작품 「나그네의 꽃다발」「山골 속

---

**13** 김윤섭, 『독일 신비주의 사상사』, 한남대 출판부, 1995, pp.30-33.
**14** 이밖에도 서정주는 혁거세의 어머니 사소, 월명이나 융천사, 여승 지혜(知惠) 등등의 예를 들고 있으며 이들 대부분은 시 작품으로 쓰여진 바 있다.

햇빛」 등은 모두 이 같은 세대 전승의 영통주의를 시화(詩化)한 예가 될 것이다. 이상에서 살핀 바 사람살이의 영통 내지 영생주의는 서정주가 불교를 세계관적 기반으로 독특하게 제시한 비전일 것이다.

그런데 서정주 중기 시의 이 같은 영생주의의 다른 한편으로 살필 수 있는 것이 통합적 세계관이다. 곧 존재하는 일체의 모든 것들이 유기적 연관체를 이루고 있다는 세계 인식이 그것이다. 서정주는 일찍이 존재 일체를 유기적 연관체로 인식하고 바라보는 통합적 세계관을 다음과 같이 간결하게 설명하였다.

宇宙 全體一즉 天地 全體를 不活의 등급이 따로 없는 한 유기적 연관체의 현실로서 자각해 살던 우주관이 그것이고 또 하나는 宋學 이후의 사관이 아무래도 당대 위주가 되었던 데 반해 역시 등급 없는 영원을 그 역사의 시간으로 삼았던 데 있다.[15]

인용한 글은 송학(유학)과 불교의 세계 해석이 서로 어떻게 다른가를 비교 설명하고 있다. 이 글에서 서정주는 유학을 지상 현실 중심의 그리고 당대 위주의 세계관을 지닌 것으로 보고 있으며 반면 불교는 영통주의와 미래 중심의 세계관을 보여 주는 것은 물론 존재 모두를 평등한 수평 관계로 인식하는 것으로 설명하였다. 황동규의 표현대로 하자면 '자연이 인간사에 참여하고 인간사에 자연이 적극 가담'하는 형식의 세계 해석인 것이다.[16] 이 같은 세계 해석은 작품 「국화 옆에서」에서 확연하게 드러나고 있지만, 여기서는 시집 『동천』에 실린 「재채기」를 통하여 다시

---

**15** 서정주, 「신라문화의 근본정신」, 『전집』 2권, p.303. 이 같은 내용은 시 작품 「韓國星史略」에서도 그대로 반복되고 있다. "千五百年 乃至 一千年 前에는/ 金剛山에 오르는 젊은 이들을 위해/ 별은, 그 발밑에 내려와서 길을 쓸고 있었다./ 그러나 宋學 以後, 그것은 다시 올라가서/ 치켜든 손보다 더 높은 데 자리하더니,/ 開化 日本人들이 와서 이 손과 별 사이를 虛無로 塗壁해 놓았다 (⋯후략⋯)".

**16** 황동규, 「탈의 완성과 해체」, 『미당연구』, 민음사, 1994, pp.134-144.

한번 살펴보도록 하자.

어디서
누가
내 말을 하나?

가을 푸른 날
미닫이에 와 닿는 바람에
날씨 보러 뜰에 내리다 쏟히는 재채기

어디서
누가
내 말을 하나?

어디서 누가 내 말을 하여
어느 꽃이 알아듣고 전해 보냈나?

문득 우러른 西山 허리엔
구름 개어 놋낱으로 쪼이는 양지
옛 사랑 물결 짓던
그네의 흔적.

어디서
누가
내 말을 하나?

어디서 누가 내 말을 하여

어느 소가 알아듣고 전해 보냈나?

—「재채기」[17]

옮겨 온 이 작품은 작품의 겉문맥 그대로 '누군가 내 이야기를 하면 재채기가 난다', '귀가 가렵다'라는 민간 속설을 그대로 진술하고 있다. 이 같은 진술은 그만큼 우리의 보편 정서에 호소하는 내용이어서 읽는 이들의 울림을 크게 만들어 준다.

작품 속의 화자는 가을날 날씨 보러 마당에 내려서다가 갑자기 재채기를 만난다. 그리고 그 재채기는 민간 속설 그대로 누군가가 내 말을 하는 탓이라고 여긴다. 뿐만 아니라, 꽃이나 소 또한 그 말을 듣고 전해 준다고 한다. 이는 간단히 말하자면 화자와 '어디의 누군가' '꽃' '소' 등등이 서로 내밀하게 유기적으로 관계를 맺고 있음을 알아차린다는 것. 특히 이 같은 사실은 석 줄짜리 연(聯)인 "어디서/ 누가/ 내 말을 하나?"가 작품 전체에 걸쳐 3번 반복되는 형식을 통하여 거듭 강조되고 확인된다. 화자와 꽃, 소 등등 독자적인 존재들이 병치되는 그 간격을 석 줄짜리 연이 매개항 노릇을 하며 메워 주는 형식인 것이다.

아무튼 이와 같은 통합적 세계 인식은 김열규의 지적대로 서정주 시 나름의 아니마·문디의 전형을 보여 주는 것이기도 하다.[18] 또한 작품 5연에서 화자는 구름 개인 서산 기슭의 양지를 바라보며 옛날 사랑의 기억을 떠올린다. 그 사랑은, 일찍이 춘향의 사랑을 그린 시 「추천사」에 나온 바 있는, 현세의 고통과 그 초극 의지 사이의 갈등 많았던 사랑이다.[19] 그러나 이 작품에서는 「추천사」의 경우와 달리 이미 옛사랑으로서, '그네'로 상징되던 갈등과 고통이 모두 사상된, 그리하여 "옛 사랑 물결 짓

**17** 서정주, 『전집』 1권, pp.56-57.
**18** 김열규, 『국문학사』, 탐구당, 1983, pp.304-316 참조.
**19** 시 「추천사」에 대한 작품 구조 분석은 김종길의 「의미와 음악」과 졸고 「오늘의 시와 담화 틀」을 참조할 것.

던" 흔적만으로 담담하게 남아 있다. 아마도 소가 알아듣고 전해 주는 "내 말" 역시 굳이 따지자면 이 같은 사랑에 관련된 내용의 말일 터이다.

그런데 이 작품 속에서 그네로 표상되는 사랑의 흔적 역시 동식물이나 대기와 마찬가지로 통합적이고 유기적 연관체로서의 기능을 하고 있다. 곧 꽃, 소 등등의 공시적인 상호 연관체에 옛날이라는 통시적인 시간의 깊이를 덧보태 주는 역할을 하고 있는 것이다. 더욱이 그것은 '뜰에 내리는' 하강과 '문득 우러르는' 상승의 절묘한 행동 배치 속에 화자의 심리적 정황을 암시해 주고 있다. 이는 더 나아가 상승에 따른 수직적인 정신의 높이를 드러내 주는 구실도 함께하고 있다.

그러면 다음으로 시적 대상이나 세계에 대한 불교적 인식은 어떤 내용으로 나타나는가. 이미 불교적 상상력의 작동을 설명하는 가운데 지적한 그대로 불교적 인식은 세계 내의 일체 생명이나 사물들을 통·공시적 차원에 있어 상호 유기적 관계 속의 통합적 존재로, 그리고 동등의 존재들로 파악하고 있다. 모든 사물들이나 낱생명들을 개별자의 단절 관계로나 또는 이성중심주의에 의한 수직 관계로만 파악 인식하지 않는다는 것이다. 모든 것은 장회익의 표현대로 하자면, 우주라는 시공 속에서 '온 생명'을 구현하고 있는 것이다.[20]

뿐만 아니라, 온생명을 구현한 낱생명들이란 지금 이곳의 현세 중심주의에서도 벗어나 전생과 내생이란 시공을 함께 사는 사멸이 없는 존재들로 인식하도록 만드는 것이다. 더 나아가 이 같은 인식은 생물학적 차원의 육체적 삶만을 자신의 유일한 삶으로 여기지 않고 사후(死後)나 내세의 영혼이나 무형의 목숨까지를 삶으로 이해하도록 만들고 있다. 결국 이와 같은 삶에 대한 인식은 죽음마저 형식을 달리한 삶의 일환으로 이해하도록 만드는 것이다. 앞에서 살펴본 바와 같이 서정주가 작품적 실천과 함께 주장한 신라 정신은 자아와 세계에 대한 이 같은 불교적 인식

---

**20** 장회익, 『삶과 온생명』, 솔, 1998, pp.167-197 참조.

을 보여 준 한 본보기라고 할 것이다.

### (3) 선취(禪趣)와 반상합도(反常合道)의 시적 구조

우리 시문학에서 불교시의 하위 갈래들을 살피자면 경전 가운데 들어 있는 기야와 가타로부터 선시에 이르기까지 다양하게 살필 수 있다. 이 가운데 선시는 엄창랑(嚴滄浪)이 시선일규(詩禪一揆)를 주장한 이래로 한시 문학을 논하는 경우에도 깊이 있게 다루어져 왔다.[21] 비록 고전 시가의 경우이긴 하였지만 이 같은 논의들은 묘오(妙悟)나 반상합도(反常合道) 같은 시 이론 내지 개념들을 생산해 내었고 이들 이론들은 현대시의 입장 에서도 재해석 내지 재검토되고 있다.

아마도 우리 현대시에서 시와 선의 관계를 각별히 주목한 사람으로는 조지훈을 먼저 꼽아야 할 것이다. 일찍이 조지훈은 "내가 여기서 선의 방법, 선의 미학이라 부른 것은 현대시가 섭취한 것이 선의 사상 자체보다는 선의 방법의 적용이기 때문에 선의 미학이라 이름 지은 것"[22]이라고 설명하며 현대시와 선의 맞물린 양상을 주로 방법론에서 살핀 바 있었다. 여기서, 그 방법론이란 선의 비논리성, 비약, 정중동이나 동중정의 미학을 현대시의 기법으로 생각한 것이리라. 그의 선취(혹은 선미) 시들을 지금에서도 꼼꼼히 읽어 보면 오히려 기법보다는 대상 인식의 틀에서 선의 인식론, 혹은 선미가 두드러지고 돋보인다고 하겠다. 이처럼 선은 고전 시학에서 뿐만 아니라 현대시에서도 그 유용성을 그대로 확인받고 있는 것이다.[23]

시의 방법론적 차원과는 다르게 또한 선은 삶이나 세계를 인식하고 해

---

**21** 차주환, 『中國詩論』, 서울대 출판부, 1989, pp.166-190. 이병한, 『중국 고전 시학의 이해』, 문학과지성사, 1993, pp.64-73.

**22** 조지훈, 「현대시와 선의 미학」, 『조지훈 전집』 3권, 일지사, 1973, p.116.

**23** 지난 1990년대 정신주의시의 유행이 좋은 예이다. 정신주의시는 욕망으로부터 정신의 해방을 표방하였다. 이들 작품은 주로 선리나 선취를 작품 속에 드러내었다. 범박하게 말하자면 선을 세계 인식의 한 방편으로 원용한 것이었다.

석하는 일정한 태도와 방법으로도 각별한 주목을 받고 있다. 실제로, '선불교는 서양의 현대사상 어느 범주에도 속하지 않는 인생관'이라는 헨리 로스먼의 소박한 생각이나 황동규의 다음과 같은 설명 등이 그것이다.

  선은 삶을 가지고 만들 수 있는 가장 매력적인 틀 가운데 하나라고 생각한다. 틀이 거부감을 일으킨다면 생관(生觀)이라고 해도 상관없을 것이다.[24]

  인용한 이 글은, 오늘날 선이 과연 우리에게 무엇인가를 생각하게 만들어 준다. 잘 알려진 바와 같이, 선은 중국화한 불교의 대표적인 한 갈래이다. 중국의 토착 사상인 노장사상과 융섭하면서 선은 철저하게 인간 내면의 각성을 추구하였다. 그리고 이 같은 선의 꽤나 독특한 특성은 시간과 공간을 달리하면서 여러 가지 다른 방향으로 이해되어 왔다.
  말하자면, 선의 독특한 인식 방법론이나 세계(삶) 이해는 이제 기존의 불교적인 맥락이나 종교적 구도 차원을 벗어나, 앞에서 옮겨 적은 글들이 보여 주듯, 현대적인 세계관 내지 생관으로 수용되고 있는 것이다. 선은 이미 불교의 한 종파로 성립되었으면서도 각기 다른 숱한 수행 방법과 깨달음들을 그 나름으로 축적해 오고 있다. 선은 이 같은 열린 사유 체계 내지 수행 방법론 그대로, 사람들의 필요에 따라서는, 서로 다른 내용과 성격으로 받아들여도 좋게 된 것이다.
  앞에 옮겨 적은 로스먼이나 황동규의 말은 이와 같은 사실의 단적인 본보기로 보인다. 좀 더 극단적으로 말하자면 선불교에서의 오도 내지 견성은 종교적인 신비 체험이나 초월의 한 양상으로 이는 어디까지나 선불교의 종교적인 몫으로 넘겨주고 시인은 그 자신에게 필요한 생에 관한 해석 방법이나 세계상만을 취해 올 수 있는 것이다.

---

**24** 황동규, 『詩가 태어나는 자리』, 문학동네, 2001, p.231.

따라서 선은 종교적인 맥락에서 벗어나, 생이나 세계에 대한 하나의 인식 체계로 자리 잡고 있으며 선시는 이와 같은 인식 체계들을 구조화한 담론으로 규정할 수 있다. 문제는 그렇다면 여느 시와 선취시가 어떻게 다를 수 있는가 하는 점이다. 이 문제에 대하여 우리가 제시할 수 있는 해답은, 선취시는 반상합도라는 선의 인식 방법이나 체계를 일정 수준에서 시 작품 속으로 이동해 놓은 시들이란 것이다.[25] 일반적으로 선취시라고 불리는 작품들은 정도의 차이가 있을 뿐 바로 이와 같은 선적인 인식 방법을 일정 정도 내장한 것들이다. 그러면 우리 현대시에서 선취는 어떤 양상으로 드러나고 있는가. 먼저 현대시와 선의 문제를 남 먼저 의식했다고 말해지는 조지훈의 작품을 꼼꼼히 읽어 보면서 이 문제를 좀 더 구체적으로 살펴보도록 하자.

목어를 두드리다
졸음에 겨워

고오운 상좌 아이도
잠이 들었다.

부처님은 말이 없이
웃으시는데

서역 만 리 길
눈부신 노을 아래
모란이 진다                                —「고사 1」 전문[26]

---

**25** 두백송 저, 박완식·손대각 공역, 『선과 시』, 민족사, 2000, pp.397-427.
**26** 조지훈, 『조지훈 전집』 1권, pp.31-32.

일반적으로 조지훈의 선취가 가장 잘 드러나 있다고 알려진 이 작품은 선의 일상화라는 주장에 그대로 닿아 있다. 곧, 낮에 배고프면 밥을 먹고 저녁에 졸리면 잠을 잔다는 선담론을 그대로 작품 속에 옮긴 것으로 읽을 수 있는 것이다. 앙산 혜적 선사가 '피곤하거나 졸리면 잠을 잔다(困來即眠)'라고 말한 선문답은 도(道)란 없는 곳이 없다라는 뜻으로도 읽힌다.[27] 그러면서 피곤하면 잔다라는, 자연의 이법을 그대로 따른다는 것이야말로 '참 나'의 모습이고 행위 자체로서도 지극히 자연스러운 일인 것이다. 또한 작용으로서의 자연스러움 가운데는 일체의 인위적인 집착과 욕망이 깃들 수 없을 것이다. 이와 같은 의미에서 보자면 축생들을 일깨우고자 목어를 친다는 일도 어쩌면 부질없는 인위일 것이다. 더욱이 그와 같은 깨달음 탓에 상좌 아이는 졸리면 잔다는 선리(禪理)를 그대로 실천할 뿐인 것이다.

그리고 저 유명한 염화미소를 그대로 작품 가운데 끌어들인 듯한 말없이 웃는 부처님의 웃음이란 그 뜻풀이에 굳이 설명을 더 덧보탤 것이 없을 터이다. 바로 염화미소란, 전법의 남다른 한 방식인 탓에 이심전심이나 교외별전, 불립문자의 선적 전통이 마련된 사실을 상기한다면, 웃는 부처님이나 '곤래즉면'이란 실천으로 잠자는 상좌나 모두 깨달음을 공유하고 있기는 마찬가지인 것이다.

다만, "서역 만 리 길"의 해석이, 지금까지는 몇 가닥으로 얽혀 있지만, 조지훈이 고향 선배이자 시원(詩苑)사를 경영한 오일도 시인의 조시로 쓴 작품 「송행(送行)」의 "임 호올로 가시는 길/ 서역 만 리 길" "노을 타고 가시는 길/ 서역 만 리 길"[28]이란 또 다른 시적 조사를 참고한다면 이

---

**27** 앙산 혜적의 곤래즉면(困來即眠) 화두는 스승인 위산 영우 선사와의 문답 가운데 나온다. 위앙종(潙仰宗)의 종지에 관하여는 동천 저, 김진무 역, 『조사선』, 민족사, 2000, pp.453-456과 오경웅 저, 류시화 역, 『禪의 황금시대』, 경서원, 1998, pp.189-202를 참조.

**28** 조지훈, 『조지훈 전집』 1권, pp.85-86.

구절 또한 어렵지 않게 풀릴 것이다. 곧, "서역 만 리 길"은, 또 다른 이 같은 시적 조사를 참고한다면, 정토 내지 큰 깨달음의 도정으로 간단히 해석할 수 있는 것이다. 이와 같은 깨달음 위에서 노을이 눈부신 가운데 모란꽃이 진다는 언술 또한 도의 현현으로, 큰 깨달음의 세계에 관한 담론으로 읽히는 것이다. 더욱이 눈부신 노을이 있기에 모란이 지는 사실을 깨닫는 일은 얼마나 자연 이법에 대한 투철한 인식인가. 하늘(노을)과 지상(모란) 모두에서 소멸하는 것들이 서로 마지막 순간에서의 빛 밝음으로 호응을 이루고 있다는 이 대목이야말로 실로 만상의 실체가 공임을 환하게 보여 주고 있는 것이다.

이상에서 살핀 바와 같이 선적 인식 방법론을 바탕에 깔고 읽을 때 작품 「고사 1」은 단순한 묘사 위주의 서경이 아닌, 그 서경이 배면에 거느린 함축적인 깊은 의미를 지닌 시 작품으로 해독할 수 있는 것이다.

이 같은 설명에서 드러나듯, 모든 것이 그 실상인 자연 이법으로—그이법이 작용으로서의 자연이든 공이든—돌아간다는 것, 그리고 한갓된 분별과 경계를 지운다는 이것이야말로 바로 조사선의 핵심인 것이다. 이러한 선적인 인식 체계를 바탕에 깔면서도 작품 「고사 1」에는 상좌, 부처, 서역 등 불교적인 이미지들이 드러나고 있어 일종의 선전(禪典)시 유형에 든다고 할 터이다.

다음에 우리는 선적인 인식 방법을 내장한 작품 한 편을 더 읽어 보도록 하자.

쓸쓸한 길 화령길
어려운 길 석천길
반야사는 초행길
황간 지나 막눈길

돌다리 위에 뜬 어리숙한 달

(그 달?)

등지고 난간 위에 눈을 조금 쓸고

목숨 내려놓고


부처를 만나면 부처를 죽이고

루카치를 만나면 루카칠

바슐라르 만나면 바슐라를

놀부 만나면 흥부를……


이번엔 달을 내려놓고[29]


옮겨 온 이 작품의 첫 연은 충북 영동의 황간에서 여행 목적지인 반야
사에 이르는 길목의 세부를 노래 부르듯 드러낸다. 곧, 2음보 연첩의 율
격은 반복의 효과와 어울려 길 가기의 흥취를 썩 잘 재현하고 있는 것이
다. 흥취는 상당 부분 초행으로 낯선 반야사를 찾는 기대와 호기심에서
오는 것일 터이다. 실제로 길 가기는 외롭고 험난한 것이지만 작품 속에
서 그 고통은 민요 형식의 흥취 있는 노래로 바뀌어 진술되고 있다. 따라
서 이 작품의 울림은 길 가기의 지루함과 고통을 하나의 흥취로 바꿀 수
있는 화자의 마음을 확인하는 데서 시작된다.

작품 2연부터의 설명은 작자 자신의 친절한 설명을 듣는 것이 더 뜻
이 있을 것이다.


겨울날 달이 있으며 더 적막하였다. 너무 적막해서 목숨 자체가 어깨에
메고 다니다 어디에고 내려놓을 수 있는 짐으로 보이기도 했다. 목숨을 일
단 자신에게 떼어 내 내려놓게 되면, 깨달음에 방해가 될 때는 부처를 만나

---

**29** 황동규, 「풍장 4」, 『풍장』, 문학과지성사, 1995, p.16.

면 부처를 죽이라고 가르친 저 중국 당나라 선승 임제까지 필요하다면 죽일 계기가 마련되는 것이다. (…중략…) 루카치는 1980년대 우리 문학을 지배한 이데올로기 가운데 하나이고 그가 좌파를 지배한 것처럼 바슐라르는 그 당시 우파를 지배했다. 그들이야말로 진정한 자신의 문학을 위해서는 우선 죽여야 할 정신들인 것이다. 그러나, 그렇다, 그러나 이런 말 자체가 분별에서 나온 말이다. 분별이야말로 우리가 자아의 좁은 틀에서 벗어나려면 마저 찢고 나와야 할 껍질인 것이다. '놀부를 만나면 (놀부가 아니고) 흥부를 [죽이고]……'는 분별에서 벗어나야 한다는 사실을 단적으로 보여 주고 있다고 생각한다. 그 경지에 도달하는 순간 하늘의 달을 다리 위에 내려놓을 수 있는 레토릭이 탄생하는 것이다.[30]

인용한 그대로 이 작품의 핵심은 3연에 있다. 그것은 이 시의 화자가 1연, 2연에서 반야사를 찾기까지의 도정을 드러내고 있다면 3연에서는 분별과 집착을 깨뜨려 버린 내적 각성의 과정을 진술하고 있기 때문이다. 곧 선승들이 가르친 대로 분별과 집착을 버리는 내면의 각성하는 과정이 작품 전반부에서 제시된 외계의 도정과 맞대응되면서 작품 구조의 견고함을 절묘하게 획득하고 있는 것이다.

뿐만인가. 이 작품에서 길 가기의 목적지인 반야사는, 아니 반야는 깨달음의 큰 지혜인 것이다. 이 작품 역시 비록 여행의 정황 속에서이긴 하지만 분별과 경계를 지우는 깨달음을 잘 구조화하여 보여 준다고 할 것이다. 물론, 선리와 선적인 말이나 이미지가 적절하게 작품 표층에 떠 있다는 점에서는 선전시에 가깝다고 할 수 있으리라.

이상의 두 작품 읽기에서 본 바와 같이, 선이라는 인식 체계나 방법은 옛 절의 공간이든 적막한 여행 공간이든 두루 통용되고 있는 것이다. 선의 일상화라는 문제에 그만큼 근접한 본보기를 보여 주는 것이다.

---

**30** 황동규, 『詩가 태어나는 자리』, pp.232-233.

## 3. 결론

오늘날에도 불교는 우리 몸에 상당 부분 체화되어 있다. 삼국시대에 대륙으로부터 전래된 이후로 불교는 국가 공식 이데올로기로서 또는 일상의 생활 규범이나 일정한 사고방식 등으로 우리와 아주 긴밀하게 밀착되어 온 것이다. 특히 세계와 삶의 해석에 있어서 일정한 체계 내지 기반을 제공하여 왔다. 이 점은 현대시를 논하는 경우에도 마찬가지여서 불교 사상 내지 불교적 상상력은 작품 속 이미지의 생산이나 연결, 그리고 세계나 삶의 해석 등에 독특한 작동 내지 그 틀을 제공하여 온 것이다. 지금까지 논의된 사항을 요약 마무리하자면 다음과 같다.

첫째, 현대시에서 불교적 상상력은 절연의 원리 못지않게 이미지 생산이나 연결에 큰 힘의 긴장을 제공하고 있다. 이는 인연설이나 윤회전생을 축으로 삼아 상상력이 작동된 결과로서 서구 초현실주의의 시적 기법과는 또 다른 차원의 미학을 구현해 주는 것이다.

둘째, 불교적 상상을 통한 세계나 삶의 해석은 통·공시적으로 일체의 사상(事象)들이 서로 피차 관계를 지닌 동등의 통합적 유기체로서 존재한다는 것이다. 이는 주체와 객체, 자아와 세계, 인간과 자연을 엄격하게 구분하는 서구의 근대적 이분법과는 근본적으로 발상을 달리하는 것이다. 이 같은 불교적 상상의 세계 인식은 그동안의 이성중심주의에 의하여 심각하게 불거진 생태 파괴의 세계관을 상당 부분 수정, 보완할 수 있는 탈근대의 대안 사상으로서의 불교의 역할을 기대하게 하는 것이다. 더 나아가, 현세에만 중심을 두지 않고 전세와 내세를 격절된 시공이 아닌 연속적 시공 내지 세계로 인식하는 영생주의적 태도 또한 미래를 위하여 현재의 욕망이나 이윤을 유보해야 한다는 생태학의 당위론과 서로 맞물린다.

셋째, 선취 내지 반상합도로 일컬어지는 선·불교 나름의 세계 인식 역시 현대시에서 독특하게 원용되고 있다. 이는 다시 방법론적 차원과 세계 인식에 있어서의 독특한 태도 등으로 나누어 살필 수 있는 것이다. 특히 자아의 구원과 깨달음이 일체 욕망과 집착을 버리고 분별 내지 차별을 지우는 데서 얻어진다는 선의 원리는 탈근대에 대한 가능성을 나름대로 보여 주는 것으로 평가할 수 있다.

이상과 같이 불교적 상상력이 보여 주는 이미지 생산 원리는 우리 현대시에 있어 독특한 작품적 실천과 미학을 구축해 주고 있다. 그리고 탈근대를 위한 대안 사상으로서의 의의까지를 보여 주고 있다는 데에서 앞으로도 계속 우리의 주목에 값한다고 할 것이다. 이 같은 불교적 상상의 의의에 대한 보다 깊이 있는 논의는 다음의 과제로 미루어 둔다.

# 계속 질문하는 존재, 또는 위험하게 살기
—황동규의 삶과 시

    대학 4학년 시절 김종길 선생의 청마에 관한 글을 읽은 적이 있다. 글 서두의 대가를 논한 대목이 지금껏 내게는 잊히지 않는다, "대가(大家)라는 것은 대체로 시력(詩歷)이 길고 작품의 양도 많은 법이다"라고 한 그 대목은, 이어서 "작품의 수준"과 "그 지속" 그리고 "시의 풍격(風格)"을 꼽고 있다(김종길, 「비정의 철학」, 『시론』). 혈기밖에 없었던 그 문청 시절에 읽은 이 짧은 글이 잊히지 않는 것은 무엇 때문일까. 읽기에 따라서는 지나치게 소략한 대가론이었는데 그 핵심에 따른 내가 깊이 공감했기 때문이 아닐까.

    이번 편집자로부터 인간적인 면모를 축으로 한 황동규론을 써 보라는 청탁을 받고 나는 바로 저 '대가론'을 떠올렸다. 그리고 그 대가론에 딱 맞아떨어지는 사람이 곧 황동규 선생이란 생각을 했다. 그러면 왜 황동규 선생이 이제는 대가인가. 이 글은 이 물음에 대한 우회적인 조그만 답을 위해 쓰인다. 지난해 여름까지만 해도 황동규 선생은 사실 대가란 말에 펄쩍 뛰고 있다(지금도 틀림없이 그럴 테지만!). 그는 평론가 이숭원과의 대담에서 다음과 같은 이야기를 들려준다. "언젠가 대산재단에서 10주년 기념으로 소위 대가들에게 종이 한 장에 보관할 만한 어록 비슷한 글을 부탁한 적이 있었어요. 나도 명단에 들어 있었는지 나에게도 청탁이 왔는데 거절했습니다. 내가 거절한 이유는 단 하나뿐입니다, 그런 글을 쓰면 내가 시하고 대화한다든가 긴장을 유지하는 데 방해가 될 것 같아서지요. 계속 질문하는 존재로 남고 싶었던 것입니다." 이 이야기 가운데 "계속 질문하는 존재"란 말을 나는 대가의 조건에 하나 더 추가하고 싶다. 그 "계속 질문하는 존재"란 다른 말로 하면 시인의 바람직한 자세가 어떤 것인가를 일러 준 말이기 때문이다. 이제 황동규는 시력 50여 년에 전집 2권, 시집 14권, 산문집 4권을 상자했다. 작품의 양과 수준에서도 대단한 시적 성취지만 그동안 그의 지칠 줄 모르는 시적 탐구와 진지한 변모는 대가의 풍격 그대로이다.


## 1. 극서정시, 여행, 사당동패

봉화를 지나 수비에서 구주령(九珠嶺)을 넘는 산복도로는 한적하다 못해 적막하기까지 했다. 좌우의 완만한 산 능선에는 잎갈이 관목들이 투명한 햇볕 속에 잿빛 제복의 장정들처럼 줄지어 서 있다. 그것은 산비알도 마찬가지였다. 엷은 회색의 관목들이 일색을 이룬 가운데 드물게 푸른 적송들이 섞였을 뿐 보기에 따라서는 무슨 게들이 바글대는 형국이었다. 그렇다. 지금 동해의 게를 먹기 위해 우리는 김명인 시인의 고향, 울진을 가고 있는 도중이다. 일행들 사이 말소리가 많이 뜸해졌다. 그동안 우리는 많은 이야기를 나눴다. 사당동 한국전력 남부지사 앞에서 정확하게 9시 정각에 출발한 이후 상당한 시간 많은 화제들을 차 안에서 데리고 놀았던 것이다. 이번 여행은 지난 연말부터 벼른 것이었다. 설 명절 뒤 떠나기로 했으나 차편 문제로 한 차례 연기가 됐다. 그것은 사당동패 6인이 한 차에 함께 탄 완벽한 여행을 하기 위해서였다. 이는 사당동패의 영원한 단장 황동규 선생의 지론이기도 했다. 일행이 차를 달

리한 여행은 그만큼 불편하기도 했지만 담소를 나누며 시간을 함께 즐길
수 없다. 여행은 그만큼 의의가 반감된다는 것이다.

　그러면 사당동패란 무엇일까. 최근 황 선생의 시집 『겨울밤 0시 5분』
에는 다음과 같은 작품이 실려 있다.


　　달에 한 번쯤 금요일이나 토요일 저녁 여섯 시 반
　　사당역 부근 남원집이나 봉화집에 모여
　　각자 비장했다 들고 나온 술 나눠 마시거나
　　유사 폭탄주를 제조해 돌려 마실 때
　　나하고 나이 높이 차 얼마 안 되나
　　선도(鮮度), 시화호 묵은 물과 출렁이는 망양정 물결만큼
　　벌어진 존재들

　　　　　　　　　　　　　　　　　　　　　—황동규 「사당동패」 부분


　더도 덜도 말고 정확하게 모임의 정황을 그린 이 시에 따르면 사당동
패는 "달에 한 번" 사당동역 근처의 추어탕집 아니면 한우 고깃집에서 만
나 술과 저녁을 먹는다. 이 시에는 빠졌지만 으레 그런 다음 행차는 수
입맥줏집 '와바'이다. 거기서 각자 기호에 따라 맥주를 한두 병씩 골라
입가심을 하고 모임을 파한다. 그러나 엄격하게 말하자면 술은 웃기 같
은 것이고 실은 문학 이야기가 주된 메뉴다. 젊은 시절부터 황동규 선
생은 모임 자리에서 문학 얘기 나누기를 좋아했다. 그의 글에 의하면 당
시 선배들은 술자리에서 "어려운 얘기 말고 술이나 마셔"였고 황 선생
은 그게 몹시 싫었다. 생전의 김구용 선생이나 김수영 선생과 각별한 교
분을 나눈 것도 실은 이분들과 진지한 문학담을 나눌 수 있었기 때문이
다. 사당동패 모임도 각자의 안부를 비롯한 자잘한 일상담보다는 문학
이야기가 주를 이뤘다. 황 선생은 으레 약속 시간 10분쯤 앞서 모임 장
소에 나타난다. 그리고는 컴퓨터에서 갓 출력해 온 당신의 작품을 윤독

하도록 하고 우리의 의견을 들었다. 그러나 완성도에 철두철미하게 고심한 황 선생 시에서 무엇을 더 꼬집을 수 있으랴. 당신은 입버릇처럼 "아, 이젠 나이 탓이겠지만 작품을 써 놓고 한 삼 개월 정도는 묵혀야 해"라고 말한다. 그의 이 같은 작품에 대한 철저한 집념이나 치열성에는 달리 더 덧붙일 말이 없다. 지금도 그는 작품을 위해 시시때때로 전화 확인을 하고 메모한다!

　이번 여행에서도 우리는 출발에 앞서 차 안에서 황 선생의 막 탈고했다는 신작들을 윤독했다. 화제는 당연히 신작에 대한 의견을 나누는 데서 문학 동네의 일로 넘어갔고 "모 씨의 글은 여기 자르고 저기 자르며 읽어야겠지, 하면/ 그대들은 왜 말을 가위처럼? 하는 얼굴들을"(「사당동 패」) 우리는 했다. 하응백의 차는 커브 심한 산복도로를 박진감 있게 탔다. 막다른 골목 같던 산굽이도 돌면 놀랍게 새로운 시야가 트였다. 그리고 또 앞이 막힌 듯 차는 덜컹하며 굽이를 돌았다. 골짜기에는 적송들의 군락들이 보였다가 다시 떼를 지은 잎갈이 나무들이 나타나곤 했다. 나는 문득 '극서정시(drama lyric)'를 생각했다. 지난 1980년대 초 5공 시절부터 황동규 선생은 극서정시 이론을 가다듬었다. 그 이론은 그때까지의 실제 작품 빚기 체험을 통해서 만들어진 독특한 것이다. 극서정시는 단적으로 말해 거듭남의 시학이다. 곧 시적 자아가 텍스트 속에서 거듭나는 얼개를 갖는다는, 아니 가져야 한다는 시론이다. 여기서 거듭남이란 성서적인 의미의 거듭남이기도 하고 선불교의 깨달음 같은 것이기도 하다. 말하자면 과거를 깨트리고 획득한 정신의 자유 내지 해방을 의미하는 것이다. 기존의 것과 일체 과거를 해체하고 끊임없이 새롭게 창조되는 변화 그 자체인 것이다. 황동규 선생은 이 극서정시를 서구의 상징주의 시인들이나 엘리엇 같은 모더니스트 시인들이 남겨 놓은 '빈터'의 발견이라고 자리매김한다. 아무튼 시적 자아가 작품 속에서 변화와 반전을 통해 질적인 변모를 이룩하는 극서정시론은 황동규 중후기의 시를 관통하는 시적 얼개이고 이론이다. 특히 선불교에 심취한 최근 20여 년

간의 그의 시들은 큰 예외 없이 그렇다. 사실 황동규 선생에게 변화란 바로 진보이고 삶의 구체적인 알맹이다. 두루 잘 알려진 그의 여행벽도 이러한 변화의 추구인 것이다. 황동규 선생의 여행은 고등학교 시절부터이다. 그의 여행 이야기로는 동학사로 김구용 선생을 찾아 문학을 이야기하고 술의 맛을 막 익힌 데서 시작됐다고 한다. 물론 그 이전 무전여행급의 여행도 있었으리라. 역마란 말에 걸맞게 황 선생은 반생 동안 지칠 줄 모르는 여행을 감행해 오고 있다. 곧 거듭남이란 뚜렷한 의도와 목적을 가진 여행을 반세기 넘게 해 오고 있는 것이다. 내가 황동규 선생의 여행을 따라다닌 것은 1979년 겨울방학부터다. 고 김현, 김정웅 등과 일행이 된 여행 팀에 끼이면서부터인 것이다. 여행은 흔히 '일탈—복귀'의 얼개를 갖는다. 일상으로부터 일탈을 감행하고 다시 돌아오는 복귀의 구조 말이다. 하지만 그 구조에서 바로 혼의 거듭남이 이뤄진다. 그렇지 않다면 그 여행은 그저 관광이고 놀이일 뿐인 것이다. 지난 일제강점기에 민족혼을 탐색하던 민족주의 문학인들의 여행을 한층 더 강화한 형식인 것이다. 극서정시는 바로 이런 여행 구조를 내장하고 있다. 여행과 극서정시 모두 변화와 거듭남이란 틀을 공유하고 있기 때문이다. 산복도로에서 막다른 골목처럼 막힌 —내가 수비에서 구주령 고갯마루 턱까지 가며 만나고 있는— 산굽이를 돌아갔을 때 문득 새로운 시야를 만나는 경이가 거기 있는 것이다.

봉화를 지나며 잠시 우리는 저 보신탕 맛으로서는 전국 최고라고 쳐준 '만찬식당'을 화제에 올렸었다. 값이 싼 것도 그렇지만 토종 황구를 식재료로 쓴다든가, 고기 냄새를 특유의 비법으로 없앤 담백한 맛은 단연 일품이었던 집이었다. 그러나 그 집은 벌써 여러 해 전에 없어졌다.

"이럴 때 들렸으면 좋을 텐데 아쉽네요."

"서울서 살다 왔다는 젊은 여주인으로 바뀌고 식당이 그렇게 될 줄은."

그 여주인이 말 못 할 일 때문에 결국 자살을 했고 그리고는 식당의 주인도 영업 품목도 모두 바뀐 사실을 우리는 잘 알고 있었다. 전국 최고의 보신탕 대신 김명인이 안내하는 바닷가 횟집에서 우리는 대게와 자연산 회를 원 없이 먹게 되리라. 이번 여행은 오랜만에 '사당동패'의 모든 멤버들이 함께하고 있었다. 황동규 선생, 김윤배 시인, 김명인 시인, 이숭원 비평가, 하응백 비평가 그리고 필자가 일행이다. 다만 달라진 것은 그동안 일정이 3박에서 2박, 드디어는 1박으로 줄어든 일이다. 거기에 무슨 이유가 달리 있겠는가. 황 선생을 비롯한 우리 모두가 벌써 나이를 먹을 만큼 먹은 것이다.


## 2. 실물대의 사랑, 술과 춤

사람을 있는 그대로 사랑하는 법을 배우는 데는 오랜 시간이 걸린다. 자기 주위에 있는 사람들을 자기 비슷하게 만들려고 애쓰는 버릇이 깊이 뿌리박혀 있기 때문이다. 상대방을 자기 비슷하게 만들려고 하는 노력을 사람들은 흔히 사랑 또는 애정이라고 착각한다. 그리고 대상에 대한 애착의 도가 높으면 높을수록 그 착각의 도도 높아진다. 그 노력이 실패로 돌아가게 되면 "애정을 쏟았으나 상대방이 몰라주었다"고 한탄하는 것이다. 우정이든 성정이든 진정한 애정은 상대방을 있는 그대로 사랑하는 데서 비롯된다.

—「있는 그대로 사랑하기」(1976) 부분


황동규 선생 초기 시의 핵심적 주제는 사랑이다. 그 사랑은 널리 애송되는 시 「즐거운 편지」 계열의 연애시들처럼 남녀 간 사랑이기도 하고 다르게는 대상이 더 확대된 사람 일반에 대한 사랑이기도 하다. 일찍이 내가 놀람과 함께 읽었던 윗 글에 따르자면 황동규 선생 시의 사랑은 '실물대의 사랑'이라고 불러야 할 것이다. 사람을 있는 그대로 실물대로 사랑하기—고 김현 선생이 지적한 대로 그 사랑은 성서적 의미의 사랑이다. 옆 사람의 상처를 발견하고 그것을 적극적으로 감싸 안는 사랑이며 '왼뺨마저 더 들이대 주는' 사랑이기 때문인 것이다. 황 선생 초기 시에서 끊임없이 호명되는 친구들은 모두 억압 속의 상처받은 인간들이다. 한 인간으로 "낮은 곳으로 내려와"(「시월」) 현실에서 만난 사람들은 너나없이 모두 상처를 안고 고통받는 존재들이었다. 그러면서 자신과 그들의 상처를 확인하고 또 그들을 향해 "아아, 우리는 열려 있다"(「사랑의 뿌리」)라고 말한다. 타자 속에 내재된 자아를 발견하고 더 나아가 그 타자를 받아들이는 것이다. 거기에서 그는 시적 자아의 확대를 꾀하고 그 확대된 변모 속에 공동체의 윤리를 발견한다. 이는 달리 말하자면 친구들을 있는 그대로 감싸고 적극 받아들이는 '옆으로의 초월'인 것이다. 거듭 말하자면 이웃으로서의 서로를 확인하고 고통을 함께 나누는 사랑인 것이다. 그러나 여기에도 약점은 있다. 곧 인간이란 모든 것을 있는 그대로 보지 않고 자기 욕망에 따라 '이상적'으로 아니 '자기식'으로 왜곡한다는 사실이 그것이다. 앞의 인용에서 보듯 상대방을 자기 비슷하게 만들려 하고 그것을 사랑이라고 착각하는 것이다. 그 착각을 깨고 상대를 있는 그대로 사랑하는 일—이 실물대의 사랑은 불교와 만나면서 인간 하나하나가 다 부처라는 생각으로 다듬어진다. 말하자면 인간은 하나의 수단이 아닌 그 자체가 목적인 '목적론적인 존재'들인 것이다. 그리고 거듭남을 통해 끊임없이 자아를 확대하는 존재들이다. 거듭되는 말이지만 이 변화와 거듭남이 극서정시의 핵심이고 또 그가 반평생 떠돌이로 감행한 숱한 여행의 진정한 의미이다. 여기서 한 가지 덧붙일 것은 정열이다. 사람을 사랑하는 일, 평생 쉴 틈 없이 거듭남에는 정열이 받쳐 주어야 한다. 정열은 뭇 정신적 작업을 추동하는 진정한 힘이기 때문이다. 그래서 이런 정열이 없는 예술 또는 삶을 황 선생은 별로 신뢰하지 않는다.

이제 이쯤서 우리는 황동규 선생의 '춤'으로 말머리를 돌려도 좋을 것 같다. 우선 그의 춤에 관한 언급부터 읽어 보자. "며칠 전에는 책을 던져 버리고 나갔습니다. 폭풍경보가 내린 북해를 바라보며 이것저것 생각하는 동안에 진눈깨비가 내리기 시작하더군요. 갑자기 춤을 추고 싶은 묘한 감정을 느꼈습니다. 목마름에서 나오는 춤, 친구를 만나고 싶은 춤, 더 살고 싶은 춤. 밤늦게 혼자 생각해 보면 지난 얼마 동안에 상당히 사람이 변하지 않았나 하는 생각이 듭니다." 김현 선생에게 보낸 1967년 1월 27일 자의 이 편지에 따르면 황동규 선생은 순간순간 춤을 추고 싶은 충동에 사로잡힌다. 그 충동은 간절한 욕망의 다른 기표이다. 친구를 보고 싶은 욕망, 더 살고 싶은 욕망, 갈증을 풀고 싶은 욕망. 젊은 날의 황 선생은 그 욕망을 춤이란 형식으로 표출하고 싶어 한다. 아니, 진눈깨비 날리는 북해 바닷가에서 실제로 독무를 추었을 것이다.

내가 황동규 선생의 춤을 본 것은 1980년대 중반쯤이었을 것이다. 당시 현대문학사에 근무하던 감태준 시인과 노명석 소설가가 어울린 술자리에서였다. 우면산 골짜기에 있는 한 보신탕집에서 우리는 점심을 겸한 걸판진 술판을 벌였다. 전골냄비를 가운데 놓고 둘러앉은 우리는 소주를 각자 질리도록 마셨다. 문학 이야기, 정치판 얘기, 그리고 같은 글쟁이 동업자들의 이러저러한 신변담을 화제로 삼아서였다. 일행 중 누군가 노래를 불렀던가. 어느 순간 자리를 박차고 일어선 황 선생은 덩실덩실 춤을 추기 시작했다.

"허걱!"

좌중에서 짧게 탄성이 터졌고 잠시 우리는 침묵 속에 그 춤을 지켜보았다. 막춤에 가까운, 그러나 덩실덩실 춤사위가 큰 춤이었다. 그렇게 한바탕 춤이 끝나자 황 선생은 다시 소주를 마시기 시작했다. 그날 술판은 사람 좋고 술과 안주 좋은, 그런 모처럼 삼박자가 잘 갖춰진 자리였다. 지금도 황 선생은 사람, 술, 안주가 좋이 어울린 술판을 최고로 꼽는다. 그날 우리의 술자리가 그런 삼박자를 갖추고 있었고 문학담 역시 부족함이 없었다. 아마 이런 정신적 충일감 내지 흥취가 결국 춤으로 나

타났을 것이다. 그러면 춤이란 무엇일까? 최근 이숭원 교수와의 대담을
따라가 보자.

　춤은 우리가 몸으로 자기의 생각을 표출할 수 있는 한 방법이죠. 슬픔
이나 기쁨을 언어가 아닌 동작으로 나타내는 것, 춤은 갑갑한 것에서 벗어
나서 생명을 분출하고 역동적으로 나타내는, 그런 내면 표출의 한 방법이
라고 생각합니다.
　　　　　　　　　　　　　　　—대담 「삶의 뇌관을 터트리는 상상력」

　춤은 "내면 표출의 한 방법"이되 가장 원초적이고 직접적인 방법일 것
이다. 뭇 예술들이 원시무용에서 비롯됐다는 교과서적인 말이 아니더라
도 춤은 몸을 매재로 격렬한 동작을 취하기 때문이다. 그리고 답답한 것
을 벗어나 생명력을 힘껏 분출한다는 데서 엑스터시를 경험한다. '신이
난' 혹은 '신명이 지핀' 상황을 겪는 것이다. 나는 여기서 신경림의 「농
무」를 잠깐 떠올린다. 그 시에서의 춤은 울분과 고통을 푸는, 그래서 거
듭남의 의식으로 읽힌다. 말하자면 '신명이 지핀' 춤이란 엑스터시의 과
정을 거쳐 자신의 분노나 고통을 극복하는 것이다. 황동규 선생의 경우
도 낯선 외지인 북해에서 만난 갈증과 외로움을 춤으로 풀고자 한 것은
아닐까? 작품 「사랑의 뿌리」에서 말하는 "고향도 얼굴도 모두 벗어 버리
고/ 몸에 춤만 남은" 바로 그 정황이었기 때문이다. 초기 시의 춤은 후
기 시에 오면 이숭원 교수의 적절한 지적처럼 '홀로움'과 '몸저림'으로 바
뀐다. 여기서 '홀로움'은 외로움과 황홀함을 함께 내장한 것으로 황 선생
이 만든 말이다. 그는 버클리 대학에 방문교수로 갔을 때 '초강도의 외로
움'을 경험한다. 그 폐소공포증을 몰고 올 정도의 외로움이 어느 순간 환
한 황홀경으로 바뀌는 것을 체감한 것이다. 이는 마치 죽음에 몰린 극단
의 상황에서 외려 황홀경을 겪는다는 비극적 황홀 같다고나 할까. 초강
도의 외로움이 홀로움으로 거듭나고 또 황홀이 몸저림으로 거듭나는 그

정황은 바로 도취이다.

술 역시 범박하게 말하자면 도취이다. 일상적 자아가 알코올에 의해 해체되면서 거대 자아로 거듭나는 형식의 도취인 것이다. 특히 일상적 자아의 해체는 정신적 해방의 한 형태이다. 비록 외부 자극을 통해서지만 술은 정신적 자유나 해방을 제공한다. 거기에는 감각의 황홀경도 수반한다. 물론 그 해방은 한시적이고 불완전한 것이다. 그러나 사람들은 그 한시적인 자유와 해방을 위해 술을 마신다. 황동규 선생의 술은 아는 사람들은 이미 다 잘 알고 있다. 얼마 전에 나온 네 번째 산문집 『삶의 향기 몇 점』에도 술 이야기가 몇 꼭지 실려 있다. 그는 누구 못지않은 술꾼이었다고 스스로 말할 정도의 술 실력과 주력(酒歷)을 가졌다. 여기서는 내가 아는 한 토막 이야기만 하고 가자.

황순원 선생님이 돌아가신 뒤의 첫 여행이었다. 우리 사당동패는 몇 차례의 논의 끝에 백령도를 찾기로 했다. 인천 연안 부두에서 아침 이른 시간 쾌속선을 탔다. 친상(親喪)을 겪고 난 뒤이긴 했지만 황동규 선생도 모처럼 홀가분한 표정이었다. 우리는 선실에서 영화를 보기도 하고 갑판에서 선미에 따라붙는 갈매기들을 구경하며 항해 시간을 즐겼다. 섬에 도착해 잠시 점심 요기를 한 뒤 우리는 곧바로 낚싯배에 올랐다. 이번 여행은 우럭 철에 맞춰 바다낚시를 한다는 목적도 있었다. 프로급 조사는 사당동패 가운데 김명인 시인과 하응백 평론가 두 사람뿐이다. 한 시간 넘게 배로 달려간 곳은 대청도 근해쯤 배의 선장이 찜해 둔 우럭 밭이었다. 그런데 이게 웬 일? 초짜든 프로든 낚시를 던지자 우럭들이 줄줄이 올라왔다. 어떤 때는 두세 마리씩 동시에 물기도 했다. 누구랄 것 없이 모두가 낚시에 신명이 잡혔다. 출항 때부터 뱃멀미에 얼굴이 노랗게 뜬 나를 제외하곤 연신 고기들을 낚아 올렸다. 특히 황 선생이 신이 났다. 초심자의 조과(釣果)치곤 믿기 어려운 삼십 마리 가까운 조과도 놀라웠지만 선상에서의 자연산 회와 술은 백미였던 것이다. 첫 낚시라는 황 선생의 조과가 그 정도였으니 김명인과 하응백 두 프로들의 어획량은 따져 무엇하랴. 김윤배 시인과 이숭원 평론가도 황 선생의 조과 못지않았다. 우리는 숙소에 돌아와 잡아 온 우럭을 염장하느라 바빴다. 이날 황 선생은 전에 없이 대취했다. 그의 취기는 계단에서 정강이를 다친 일로도 가늠할 수 있었다. 이날 나는 비로소 황 선생의 시 한 구절 '추억은 불수의 근'이란 말뜻을 깨달았다.(시 「추억의 힘줄은 불수의근이니」나 「홀로움은 환해진 외로움이니」를 참고하시라.) 선친을 여읜 숱한 마음의 복합체가 그 시구에 들어 있었음을. 그동안 그는 그걸 누구에게도 표출하지 않았을 뿐이란 것도.

이튿날 늘 우리 여행길에서 그랬듯 황 선생은 누구보다도 일찍 일어났다. 어제는 기억이 잘 안 날 정도로 많이 마셨다는 말뿐 그는 덤덤한 평소의 그로 돌아와 있었다. 지난 1970년대 중엽부터 지금까지 숱한 술자리를 함께했지만 나는 황 선생이 단 한 차례 자세를 흐트린 것을 본 적이 없다. 술꾼 황 선생은 그런 분이다. 이지음 술자리에선 가끔,

"아 이젠 많이 줄었지. 젊은 사람들이 나보단 몇 잔 더 하라구."

하며 병권(?)을 강압적으로 행사한다. 재직 학교의 신문사 주간 시절 학생 기자들과의 MT 술자리에서의 일이다. 그는 밤새워 마신 소주병들로 숙소 주변을 한 바퀴 에두른 적도 있었다. 산청 문학 강연 뒤에 만난 그의 제자로부터 전해들은 이야기다. 그만큼 황 선생의 술은 단연 양과 질 두 측면에서 남의 추종을 불허한다.


## 3. 선과 니체, 그리고 '위험하게' 살기

황동규 선생의 시정신을 떠받친 두 기둥은 선불교와 니체이다. 이 두 기둥 가운데 먼저 선 기둥은 니체이다. 대학 1학년 때 충격과 함께 만난 것이 니체였다. 그의 술회에 따르자면 영어로 번역된 『차라투스트라는 이렇게 말했다』와 『이 사람을 보라』 등을 읽게 된 것이 첫 만남이었다. 그 만남의 충격은 '위험하게 살아라'라는 경구로 상징된다. 기존 가치 체

계나 도덕을 해체한 자리에서의 창조적 삶을 권고하는 이 경구는 황동규 선생의 정신에 깊이 각인된다. 선불교는 니체보다 한참 후, 그러니까 1980년대 중반경에 조우한다. 그가 재직하고 있던 대학에 갓 미국 유학을 마치고 돌아온 심재룡 교수를 만나면서부터라고 한다. 영역된 선 관계 서적들을 심 교수를 통해 빌려 읽은 것이 그 시작이었다. 황 선생은 이때부터 『벽암록』이나 『무문관』, 그리고 여러 조사록(祖師錄)들을 두루 통독하며 선불교에 깊이 침잠한다. 그의 후기 시들 가운데 상당수 작품들은 선불교가 밑그림으로 놓여 있다. 특히 연작시 「풍장」 계열의 작품들을 나는 그렇게 읽고 있다. 「풍장」은 황동규 선생의 선불교에 대한 관심과 시간적 궤를 같이하기 때문이다. 그런데 이 선불교에서 가장 중요한 핵심은 위대한 조사들이 보여 준 용맹정진의 실천이고 수행이다. 선은 단순한 알음알이가 아닌 '깨침'의 실천이고 수행이라야 하는 것이다. 아니 수행과 깨침이 지해(知解)에 선행한다. 이는 황 선생이 숱한 조사록들을 통독하고 내린 결론이기도 하다. 그러나 고된 참구와 참선을 통해 깨친 그 밑자리에 교학 또한 웅숭깊게 터 잡고 있어야 할 터이다. 황 선생의 경우 선에서 용맹정진의 중요함을 강조하는 데에는 그 나름의 이유가 있다. 그것은 바로 깨침을 자기 것으로 육화하지 않는 자들에 대한 경고이다. 아무리 분별과 집착을 벗고 '참 나'를 발견해도 그것이 육화되지 않은 한갓 수사 차원의 것이라면 별 의미가 없다는 것이다. 이는 선불교에만 국한된 일이 아니다. 시에서도 이 육화의 문제, 일찍이 김현이 '체험의 시학'이라고도 부른 그 구체성의 시관은 황동규 작품 전반을 관통하는 일관된 원리라고 할 것이다. 황 선생은 구체성이 결여된 작품은 어느 시인의 것이든 일체 평가하지 않는다. 이는 거의 생리적 수준의 문제라고 할 만큼 철저하다. 거기에는 대부분 삶이 깊게 묻어 있지 않기 때문이다. 그는 이런 시를 마치 묘사 덜 된 삼류 소설처럼 공허하다고 본다. 무릇 시뿐이겠는가. 육화를 통한 자기 것 만들기는 황 선생의 겨우 선과 산문, 그의 삶 전체가 그래 왔다.

그러나 지난 1990년대 우리 시인들 관심의 한복판에 자리 잡았던 선은 대부분 지해의 수준이었다. 우선 선적인 인식 방법을 글감 해석에 원용한 것이 그렇다. 일반 상식이나 통념에는 반(反)하지만 그 모순을 뛰어넘어 시적 대상에서 참에 부합되는 의미를 발견한다는 '반상합도(反常合道)'식의 발상이 그것이다. 그런가 하면 이미지 간의 폭력적 연결이란 시적 기교의 구사도 그렇다. 이 기법 구사의 원조는 범박하게 말해 서정주 선생이다. 그는 이미지 간의 연결에 인연설과 윤회를 통시적 해석이 아닌 공시적인 틀로 양식화했다. 우리 시가 선 내지 불교에 빚진 이 같은 한 무렵의 시적 양상은 한편에서 많은 비판을 받았다. 선취시 혹은 정신주의시가 현실 도피 정도를 넘어 과도한 관념에 함몰됐다는 지적이 그것이다. 여기서 내 간단한 의견을 하나 덧붙여도 좋다면 이렇다. 달마를 개조로 한 선불교는 6조 혜능에 이르러 일상 불교화 내지 현실 불교로 탈바꿈한다. 그는 교학의 일체유심조(一切有心造)나 공(空)이 일상과 동떨어진 추상적인 보편 공간에 있는 무슨 신줏단지가 아니라 우리 개개인의 마음속에 있다고 했다. 말하자면 일대 발상 전환을 내놓은 것이다. 그래서 결국 선을 농사짓는 일상 가운데, 또는 물 긷고 빨래하는 장삼이사의 구체적 현실 속으로 끌어들였다. 이는 선불교가 당시 중국의 정치사회적 현실에 대응해 살아남고자 한 노력의 결과였다. 그 탓에 혜능 이후 선은 숱한 재가선지식들을 배출했다. 아무튼 이 같은 선의 세속화는 현실 도피가 아닌 현실 개선의 지표 내지 도구가 된다. 그리고 관념에의 함몰이 아닌 정신의 해방과 자유를 성취한다. 말하자면 인간이 인간답게 사는 삶이 어떤 것인가를 제시하게 된 것이다.

황동규 선생은 선불교에 침잠하며 다시 젊은 날 심취했던 니체를 만난다. 그것은 선과 니체와의 정신적 키 높이를 대보는 일이기도 하고 서로 어떻게 다른 얼굴인가를 확인하는 일이었다. 예컨대, 니체가 '신은 죽었다'라며 신의 사형선고를 내린 일이나 임제 선사가 부처와 조사를 죽이라고 일갈한 것은 모두 같은 얼굴들인 것이다. 곧, 일체의 도그마들을 탈피하고 창조적인 삶을 살아야 한다는 그 가르침은 한집안 한통속인 셈이다. 황 선생은 선과 니체를 함께 아우르면서 결국 쉼 없는 변화가 진보이며 거듭나는 삶임을 확인한다. 그리고 실물대의 사랑과 극서정시 이론으로 그것을 작품들 속에 현실화하고 구체화했다. 이 글 모두에서 말한 "계속 질문하는 존재"로 남겠다는 대가 기피론도 결국 여기에서 멀지 않은 그의 시인적 자세이다.

끝 마당에 한 가지만 더 말하기로 하자. 그것은 황 선생의 음악과 미술에 대한, 또 문학과 맞물린 뭇 영역에 대한 폭넓은 교양에 관한 것.(아마 여기서 교양이란 말은 부적절할 것이다. 다만 19세기 중엽 유럽의 댄디즘을 말하기 위한 방편일 뿐이다.) 특히 고교 시절 황 선생이 음악의 길로 나가려고 한 사실은 이제 널리 알려져 있다. 그러나 복수 전공의 과목처럼 음악은 지금까지 그의 삶에 깊이 뿌리내린 바 있다. 미술이나 종교, 또는 문사철에 관한 쉼 없는 질문 역시 마찬가지이다. 그것들은 모두 그에게서 육화된 시의 원천으로, 삶의 자양으로 제공되었다. 나는 황 선생의 이런 면모를 접할 때마다 '댄디'의 초상을 떠올린다. 날로 물신화 내지 타락된 세계로 가고 있던 근대 유럽 사회에서 댄디들은 폭넓은 교양을 바탕으로 정신적 엄격성을 지켜 냈다. 그래 무슨 일에서나 천박함이 없는 고도의 멋과 세련을 보였다. 나는 종종 이런 댄디의 풍모를 인간 황동규에게서 발견한다. 이는 글쎄? 나뿐만의 생각일까.

인간적인 면모를 축으로 한 시인론을 써 달라는 편집자의 부탁대로 이 글은 작품 분석이나 깊이 있는 시정신의 검토에까지는 나아가지 못한 혐의가 짙다. 특히 선과 니체를 두 기둥으로 한 후기 시에서 예수와 불타의 대화를 보여 준 작품을 읽지 못한 것이 가장 아쉽다. 나는 글을 마무리하는 이 순간까지 예수와 불타를 니체와 선의 동명이인쯤으로 읽어도 되지 않을까 생각 중이다.

# 박한영 스님의 인물과 사상[1]

## 1. 시대적 배경과 생애

석전(石顚) 박한영(朴漢永) 스님은 1870년 전북 완주의 중농 가정에서 태어났다. 어려서부터 총명이 뛰어나 17세에는 마을 서당에서 훈장까지 하였다고 한다. 아마도 청소년기의 이 같은 유학적 소양은 석전을 육당(六堂) 최남선(崔南善)과 위당(爲堂) 정인보(鄭寅普)로 더불어 평생 교유한 박람강기의 대 학승(學僧)으로 손꼽히게 하는 원인(遠因)이 되기도 하였을 것이다. 정인보의 「석전 소전(小傳)」에 의하면 스님은 19세 때 위봉사(威鳳寺)에서 법문을 듣고 흔연히 감명을 받아 금산(錦山) 화상에게 귀의하였다 한다. 그러나 서로 도기(道機)가 상통하지 못하여 여러 선지식을 두루 찾아다녀야 했다. 호남 백양사의 함명(涵溟)을 비롯하여 경붕(景鵬), 경운(擎雲) 등 여러 노스님을 찾은 것이 바로 그것이다. 석전 스님은 이들 고

**1** 이 글은 1988-89년 『법보신문』 지상에(11월 29일, 12월 6일, 12월 13일, 1월 10일, 1월 17일) 5회에 걸쳐 게재했던 것이다. 게재 당시는 작고하신 서정주 선생님과의 대담 형식을 취했으나 글은 필자의 전적인 책임 하에 집필된 것이었다. 집필 시 여러 가지 자문에 응해 주신 서정주 선생님께 이 자리를 빌어 감사드린다.

승들에게 법을 받아 비로소 혜안이 활짝 열렸다고 한다. 석전 스님의 출생부터 입산 수도기까지는 대체로 조선왕조 말기에 해당하는 시기이다.

건국 초부터 일이통지(一以統之)하던 주자주의 이념이 그 한계를 노정한 것은 오래전 일이고, 대원군의 현실 개혁 정치 역시 그 한계를 드러내고 있던 무렵이었다. 특히 이때는 안으로는 삼정(三政)의 문란과 갖가지 모순 갈등이 분출하고 대외적으로는 서구 제국주의 세력의 위협이 날로 거세어 가고 있었다. 말하자면, 늙은 왕조는 안과 밖으로부터 감당하기 어려운 갖가지 도전에 봉착하고 있던 시기였다. 그런데, 이 당시의 불교계는 조선 건국 초 이래의 배불 정책 속에서도 얼마간의 숨통이 트이고 있었다. 그것은 남인(南人) 시파(時派) 학자들 또는 계층적으로 억압받던 중인이나 상민(常民)들 사이에 전파되던 천주교가 기존의 신분적 질서와 권위를 말살하는 '사교(邪敎)'로서 혹심한 탄압을 받는 데 비하여 불교는 몇 가지 긍정적인 제도적 개선이 이루어지고 있었던 것이다.

천주교의 선교는 그 반동으로 조선 말기 조정으로 하여금 재래 종교로서의 불교에 대한 인식을 바꾸어 놓고 있었던 것이다. 그래서 거듭되는 천주교의 박해 사건과 달리 불교에 대해서는 불법적인 주구박탈(誅求剝奪)을 금하게 하고, 더 나아가 공명첩(空名帖)의 사급(賜給)을 베풀기도 하였던 것이다. 곧, 1851년 법주사에 400장의 공명첩이 하사되고 1854년에는 유점사에 150장이 사급된 일이 그것이다. 이 공명첩은 매첩 되어 당시 이 두 사찰의 수리와 운영비에 쓰인 것으로 알려져 있다. 뿐만 아니라, 석전 스님 유년시인 1879년에도 귀주사(歸州寺)에 500장의 공명첩이 사급되기도 하였다. 물론, 이 같은 공명첩의 사급이 당시 사찰과 승려의 국가적 지위를 근본적으로 향상시켜 주는 일이 될 수는 없었다. 그러나 당시 조정의 불교에 대한 인식을 엿볼 수 있는 단서로서는 넉넉한 것이다.

어쨌든, 이 무렵 내외의 심각한 도전에 직면한 조선왕조는 임오군란, 갑신정변, 동학혁명, 갑오개혁 등 숱한 정치적 격변을 겪어야 했다. 또

한 강화도조약을 비롯하여 구미 열강 등과의 불평등 통상조약들을 연이어 맺어 나가야 했다. 이 같은 시대적 위기는 사상적 응전으로서 개화사상과 위정척사 사상을 맥락 지어 대두케 하였으며 특히 시무(時務)의 실학사상을 계승한 개화사상은 당시 위기를 극복하기 위한 진보적인 사상으로 그 값을 높이 매길 수 있을 것이다.

1853년 무렵부터 개화사상의 선구인 오경석이 중국에서 구입한 각종 신서(新書), 세계지도, 신문물 등은 유대치(劉大致)와 이동인(李東仁) 등에 전해져 개화 인맥을 형성해 나갔다. 이 가운데 이동인은 승려로서 나름대로 당시의 위기를 극복하려 했던 선각자로 꼽아도 좋을 터이다. 시대를 앞서서 이끌고 그 어려움을 이겨 내고자 했던 불교계의 노력은 개화 제1세대 가운데에도 그 자취를 남기고 있었던 것이다.

그런데, 앞서 말한 격변의 와중에서도 1895년은 불교계에 의미 있는 해이기도 하였다. 곧, 1623년에 있었던 승려의 도성 입성 금지령과 시정(市井) 내의 승마 금지령이 철폐된 것이다. 조선 건국 이래 많은 억압적 조치에 시달려 온 불교가 이로써 산간으로부터 대중사회로 합법적으로 들어가게 된 것이었다. 이는 달리 말하자면 포교의 자유를 얻고 본디 교화의 기능을 다할 수 있게 된 것이었다. 또한, 이와 아울러 1902년에도 칙령을 발하여 불교 정책을 관장하는 관리서(管理署)를 두게 하였으며 대법산(大法山)과 중본산(中本山)을 지정하도록 했다.

조선왕조의 뒤늦은 조치이기는 하였으나 이상과 같은 조치들은 교단 자체 내에서 당연히 새로운 불교를 세우려는 노력이 일게 하였다. 그 첫 움직임은 1906년 홍월초(洪月初), 이회광(李晦光), 이보담(李寶潭) 등이 주축이 되어 결성된 '불교연구회(佛敎硏究會)'란 단체일 터이다.

이 단체는 결성 초기부터 일본 불교 교단의 여러 가지 제도를 본뜨더니, 급기야 1910년 국망(國亡) 이후에는 친일의 성격을 노골화하였다. 1910년 이후부터는 곧 이회광이 중심이 되어 한국 불교는 일본 조동종에 의지할 수밖에 없다는 그릇된 판단 아래 한일 불교 연합 맹약을 추진

해 나갔던 것이다. 이회광은 이때 국내 72개처 사원의 위임장을 지니고 조선 불교 원종(圓宗) 종무원 종정(宗正)의 자격으로 도일하여 조동종 관장 (管長)인 홍진설삼(弘津說三)과 7개항에 달하는 연합 맹약을 맺었다. 이 맹약은 즉시 뜻있는 승려들의 강한 반발을 불러왔다. 진진응(陳震應), 박한영(朴漢永), 김종래(金鍾來), 오성월(吳惺月), 한용운(韓龍雲) 등이 이러한 일본 조동종과의 연합은 개종역조(改宗易祖)이며 매종적(賣宗的)인 처사라고 통렬히 반박 비판하였던 것이다. 그리고 이들은 1911년 1월 15일에 원종(圓宗)과는 별도로 임제종(臨濟宗)을 세우고 종무원을 송광사에, 종무를 한용운이 맡아 보게 하였다.

박한영 스님은 이때 나이 41세로서 이미 사교(四敎)와 대교(大敎)를 수업한 뒤에 대흥사, 백양사, 법주사, 화엄사, 석왕사, 범어사 등지로 다니며 불법을 강론하던 끝이었다. 스님은 당시 국망(國亡)뿐만이 아닌 한국 불교의 위기를 절감하였고 이에 서울로 올라와 유신 운동에 적극 나서고 있었다. 이 무렵은 조선 불교계 역시 심각한 내외의 도전에 직면하고 있었다. 곧, 대외적으로는 당시 전국적인 포교망을 설치하여 조선 불교계를 잠식해 들어오는 일본 불교 각 종파의 도전이 그것이며 대내적으로는 조선조 내내 산간 불교로만 위축되었던 교계를 어떻게 하면 시대와 사회 속에 뿌리내리게 하는가라는 개혁의 시급함이 그것이었다. 이같은 시대적인 상황 속에서 박한영 스님을 비롯한 만해, 퇴경당 권상로(權相老) 등은 조선 불교의 유신 운동에 각기 몰두하였다. 당시의 유신 운동은 그 외형적인 갈래로 정리한다면 두 가지로 가를 수 있을 것이다. 하나는 잡지 발간으로 표출된 문화 운동이며 다른 하나는 교육 운동이었다.

먼저 잡지 발간으로 집약되는 문화 운동은 1910년 망국 이전의 애국계몽운동기에 사회 전반으로 보편화되었던 신문 잡지 발간 운동에 맥을 잇대는 것이었다. 애국계몽기의 문화 운동은 활자 매체를 통하여 개화 지식이나 애국 독립 사상 등을 고취하고 나아가 국수(國粹) 내지 국민성의 개조에까지 이르려고 했던 운동이다. 당시 불교계에서도 이 같은 운동의 필요성을 절감하여 잡지 발간을 통한 지상 법문, 교리 강화, 대중 포교 등을 기하려 했다. 이때 발간된 잡지로는『원종수지(圓宗粹誌)』『조선불교월보(朝鮮佛敎月報)』『해동불보(海東佛報)』『불교진흥회월보(佛敎振興會月報)』『조선불교계(朝鮮佛敎界)』『조선불교총보(朝鮮佛敎叢報)』『유심(惟心)』『불교(佛敎)』등 십여 종을 헤아리고 있다.

박한영 스님은『조선불교월보』사장으로서 이 잡지와『해동불보』『조선불교총보』등에 많은 논설을 발표하였다. 이들 논설들은 박한영 스님의 해박한 지식과 투철한 역사의식을 엿볼 수 있는 글들로서 오늘날 우리에게 스님의 당시 불교계에서의 자리가 어떤 것인가를 짐작하게 해 준다.

조선 불교의 진정한 발전과 그 발전을 감당할 인재 양성은 당시로서도 초미의 급선무였다. 일찍이 이회광 등의 불교연구회가 설립한 명진학교(明進學校)와 1912년 30본산 주지들이 제1차 총회에서 설립을 결정하여 1915년 개교한 중앙학림(中央學林)은 이상과 같은 불교 중흥과 그 인재 양성이란 역사적 당위에 따른 성과일 것이다. 특히 중앙학림은 당시 30본산이 중심이 되어 마련한 정재(淨財) 4,092원을 가지고 설립된 학교로서 바로 오늘날 동국대학교의 전신이기도 하다.

박한영 스님은 1908년 39세의 나이로 서울에 상경한 후 이 중앙학림과 불교전문학교, 대원암 강원 등에서 후진 양성에 심혈을 기울였다. 일제 식민 체제가 더욱 강고해지는 암울한 시기에 스님은 나름대로 먼 미래를 위한 자신의 소임을 교육 운동으로 펼쳐 간 것이었다. 해방 직후 스님은 조선불교중앙총무원 총회에서 제1대 교정(敎正)에 취임하였고 1948년 전북 정읍 내장사에서 입적하시었다. 때에 법랍 61년, 세속의 나이로는 79세였다.

## 2. 근대사상과 불교개혁론

박한영 스님은 평생 지계엄정(持戒嚴正)으로 일관하시었다. 이는 지행
합일(知行合一)을 주장한 스님의 한 실천적 면모로 이해해도 좋을 것이다.
흔히 깨달은 지식과 그 행동이 하나로 일치됨을 뜻하는 이 사상은 명나라
의 왕양명(王陽明)으로부터 비롯한 것이다. 일찍이 박한영 스님은 "明朝의
王陽明은 號爲達士라 與主講儒에 恒庸禪宗으로 詮之하고 逢僧談禪에 恒
用儒典으로 曉之하여 佛法과 世法이 不二의 義門을 顯示하였다"고 적은
바 있다.(「지행합일(知行合一)의 실학(實學)」) 유학에 대한 소양이 남달랐던 박
한영 스님으로서는 양명학(陽明學)에도 깊은 이해를 가지고 있었으며, 스
님을 만나 선을 말함에 유전(儒典)을 가지고 깨우쳤다는 왕양명 당년의
일을 당신도 스스로 행하였던 셈이다. 조선조 사상사에서 양명학을 줄
기로 한 강화학파(江華學派)의 일원이었던 정인보와 평생 교유하였던 스
님의 전기적 사실도 이 같은 사실을 이해하는 데 한 단서가 될 터이다.

양명학의 지행합일 사상을 빌어 원융적 실천의 불교를 역설한 스님은
그 실천의 하나로 평생 계율을 어기지 않았다. 특히 스님은 계율을 엄격
하게 지키지 않으면 자기 자신은 물론 교단까지도 행화를 입게 된다고
하였다. 그 단적인 예로 박한영 스님은 견성하면 곧바로 무애행으로 나
갈 수 있다는 그릇된 교계의 풍조를 여러 차례 들었다. 현재 스님의 저
술인 『석림수필(石林隨筆)』에는 이 같은 그릇된 풍조를 염려하고 개탄한
글들이 많이 남아 있다. 박한영 스님은 수도인에게 그 구경처, 곧 깨달
음의 경지도 중요할 뿐 아니라 깨달은 다음의 수행도 매우 중요한 것으
로 여긴 것이다. 이처럼 박한영 스님은 깨달음이 곧 계율의 지킴이며 계
율의 지킴이 깨달음이란 생각을 강조하여 후일 수도인의 귀감을 남겼다
고 할 것이다.

그리고, 박한영 스님은 아무리 어리석은 사람일지라도 그에게는 천부
의 영각성(靈覺性)이 있다고 보았으며, 그 영각성을 일깨우는 교화를 누구

보다도 강조하였다. 『논어』 중의 "교이불권(敎而不倦)"을 들어서, 어린 범부(凡夫)들의 이 같은 교화행을 주장한 것이다. 이는 개물화민(開物化民)을 소리 높이 외치며 새로운 문명과 지식이 마구 흘러넘치던 스님 당대의 현실에서 더욱 절실한 주장이었다. 곧, 새롭게 도래하고 있는 시대에 불교 역시 새롭게 태어나야 할 필연성을 절감하고 중생 교화를 역설한 것이었다. 스님 당대에 우리 불교가 새롭게 태어나기 위해서는 교계 인재의 양성과 중생의 교화가 급선무였다. 이 교화의 급선무를 해결하기 위해서는 "가르치기에 게으르지 않아야 한다(敎而不倦)"는 자세가 불교인들에게 요구되지 않을 수 없었다. 사실, 이 점이 불교 교육의 선구자로 꼽히고 있는 스님의 남다른 혜안이기도 할 것이다.

『해동불보』에 실린 「佛敎의 興廢所以를 深究할 今日」이란 글에서 박한영 스님은 조선 불교의 전개 과정을 배태, 장성, 노후, 부활의 네 단계로 살피고 있다. 곧 삼국시대의 불교를 배태의 시대로, 신라와 고려시대를 장성 시대로, 조선 전기는 노후의 시대로 보고 당시를 부활의 시대로 규정한 것이다. 이 같은 불교 전개의 시대 구분은 흡사히 유기체의 생성 성장의 과정에 견준 감이 없지 않다. 실제로, 스님은 불교의 이 같은 과정에는 단순한 '운수' 소관이 아닌, 구체적인 내인(內因)과 외연(外緣)이 있게 마련이라고 보았다. 이는 마치 유기체가 그 선천적인 요인과 후천적 환경에 의하여 성장 쇠퇴한다는 생각과 근사한 것이다. 이처럼 만사 만법의 흥성함과 쇠퇴함을 단순히 운수로 보지 않고 내인과 외연으로 나누어 본 것은 일종의 근대적 결정론적 사고가 아닐 수 없다.

또한 이 같은 사고는 당대의 선구적 지식인들, 곧 박은식(朴殷植), 신채호(申采浩)와 같은 이들에게 널리 인식된 사회진화론의 일단을 엿보게 하는 것이기도 하다. 특히 사회 발전을 진화론에 입각하여 설명한 H. 스펜서류의 사상은 서구 열강의 침략과 국망(國亡)으로 이어지는 당시의 역사적 전개를 해석하는 데 널리 원용되고 있었다. 국가 간의 침략과 피침(被侵)은 우승열패(優勝劣敗)의 현상이며, 나아가 열패에서 우승으로 전환하는 데에는 힘의 축척밖에 없다고 인식한 것이다. 이 힘의 축척 내지 역량의 증대는 곧 국민의 깨우침, '교육'밖에 없다는 것이 당시 애국계몽의 사상이기도 하였다. 박한영 스님이 조선 불교의 전개 과정을 네 단계로 가르고 당시를 부활의 시대로 규정하면서 미래 속에 불광원편(佛光圓編)을 당관(當觀)한 것도 크게는 당시의 이 같은 사회사상에 잇닿는 것이었다.

흔히 박한영 스님이 박람강기의 대표적 학승으로 평가되는 것은 단순히 경전의 돈독한 섭렵 때문만이 아닌 이 같은 서구의 신지식 내지 사회사상의 이해와 유교, 도교, 기독교 등 동서의 종교 사상에도 막힘이 없었기 때문이다. 실제 이러한 스님의 면모는 『조선불교월보』의 「佛光圓編은 未來에 當觀」이란 글 속에서 넉넉히 엿볼 수 있을 것이다. 어쨌든, 조선 불교의 시대적 전개를 네 단계로 가르고 당시를 부활의 시대로 규정하면서 교화 사업과 육영 사업, 심지어는 불전(佛典) 간행의 필요성까지 역설한 스님의 유신 사상은 오늘에도 그 의의가 새롭게 새겨져야 할 것이다. 그리고 이와 아울러서 주목해야 할 사실은 스님의 자주적 사상이다. 이 사상은 조선 불교가 지나(支那)나 일본 불교와 달리 독자적인 교사(敎史)와 선승(禪僧)을 가진 것으로 이해한 데에서 엿볼 수 있다.

특히, "靑丘民族 全體가 自家文獻은 無視하고 支那下風만 崇拜하는 故로 佛敎界도 風氣에 전염하여 소위 漢唐宋元明淸 이외에 禪燈과 法系가 無有하고 本邦에 所在禪敎는 一派附庸으로 有若無하게 看破"하고 있다는 부용적 생각을 통렬히 비판한 데서 그러하다. 지난날 조선 자체를 중국의 예속 내지 조공국으로 규정한 것은 일제 부용 사관의 소행이지만, 스님은 이 같은 생각을 비판하고 조선 불교의 자주성을 역설한 것이다. 따져 볼 때, 조선의 자주성을 인식하고 그것을 이론화시켜 나간 것은 주자주의를 내재적으로 비판한 실학계 인사들로부터 그 연원을 잡을 수 있다. 이들은 어문불일치(語文不一致)의 인식에서 조선어가 곧 자국어임을 역설하기도 하였고 실사구시(實事求是)를 통하여 조선의 현실을 실사(實事)로서 주체적으로 바라보고 그 개혁 방안을 연구하기도 하였다.

특히 19세기 말에 이르러서는 화이론적(華夷論的)인 세계관을 청산하면서 그 바탕을 이루고 있던 천원지방설(天圓地方說)을 일축하였다. 뿐만 아니라, 국문 운동을 통하여 자주적 사고를 고창하고 조선이 곧 독립국가임을 강력하게 내세웠다. 당시의 이 같은 자주화 운동은 외침에 대한 사상적 응전이기도 하였으며 이 같은 맥락의 일환으로 박한영 스님은 불교계에서 조선 불교의 자주성을 역설하고 나섰던 것이다. 아마도 스님의 이 조선 불교 자주 사상이 당시 일본 불교를 발전된 불교로 보고 그 모방 추수를 주장하며 또 그에 대한 예속까지를 획책한 일부 승려들의 망동을 제지할 수 있었을 터였다.

그러면, 박한영 스님이 본 당시 불교의 병인은 어떤 것인가. 스님은 「佛敎講師와 頂門金針」(『조선불교월보』 9권, 1912.10)이란 글에서 그 병인을 다섯 가지로 지적하였다. 첫째는 공고(貢高)이니 당시 승려들이 새로운 문명에 대한 지식 쌓기를 등한히 하고 스스로 자족에 빠져 있음을 들었다. 이는 스님 자신이 서구 사상 섭렵에 몰두하고, 나아가 당시 시대사상에도 선구적 위치를 누리고 있는 사실과도 무관하지 않을 것이다. 둘째는 나산(懶散)이니, 나태한 습관에 물들고 산만한 일에 흥미를 두는 병을 들었다. 이는 당시 수도자들이 적극적인 구도 정신과 교화의 사상이 있어야 함에도 용맹정진을 하지 않고 무사안일에 빠져 있음을 질책한 것이다. 셋째는 망아이생(忘我利生)을 모르는 자아중심주의이니, 독단과 편견에 잘못 빠져드는 것을 경계하였다. 특히 당시의 포교당 건조, 보통학교 설립 등이 망아(亡我)보다는 이기(利己)에 치우쳐 세속적 타락으로 흐르는 것을 스님은 개탄하였다. 넷째는 간인(慳忍)이니, 수도자의 실천이 없는 체득의 허구성을 비판하였다. 말은 그럴듯하게 꾸며 대고 있으나 본디 속마음은 욕심과 탐욕으로 그득 찬 잘못을 지적한 것이다. 여기에서 지계엄정(持戒嚴正)이 무슨 의미이며, 지행합일(知行合一)이 무슨 뜻인가가 짐작되기도 한다. 다섯째는 장졸(藏拙)이니 이는 자기 단점을 숨기고 장점만 내세우는 병이다. 스님은 불교계가 "內外列强의 某敎 某學"을

박한영 스님의 인물과 사상

가리지 않고 문호를 개방하여 논리 법식과 조예 오묘함을 갖출 것을 이렇게 역설하였다.

박한영 스님은 이상의 다섯 가지 병인을 극복하고 불교의 새롭게 태어남을 일생을 통하여 실천으로 모색하였다. 이 점에서, 스님은 부처를 현상에 내재하여 중생을 구제하는 활불(活佛)로 보며, 이 현실과 역사를 원융적 화엄을 실현할 도량으로 인식한 화엄 사상의 근대적 실현자임을 알게 한다. 비록, 양명학의 문자이긴 하나 일찍이 지행합일을 내세워 자신에게는 평생 동안 지계엄정으로 일관하며 구도(求道)하고, 시대에 대해서는 그 병폐를 치유코자 하였으며 중생에게는 아무리 어리석은 자라 할지라도 그의 영각성(靈覺性)을 깨우쳐 교화했던 스님은 자신의 말 그대로 불법과 세법이 둘이 아니라 하나임을 보여 준 것이다.

## 3. 시문(詩文)의 세계

"상승의 경지에 이르면, 시와 선(禪)은 하나다"(及到上乘詩禪一揆)라고, 박한영 스님은 말했다. 이 말은 일찍이 당의 엄우(嚴羽)가 『창랑시화(滄浪詩話)』에서 지적한 것이나, 스님은 이 말을 적극적인 논리로 거듭 밀고 나갔다. 특히 삼당(三唐)만을 기준으로 한 엄우의 단견을 비판하면서, 왕유(王維), 맹호연(孟浩然), 위응물(韋應物), 유종원(柳宗元) 등의 시 또한 시선일규(詩禪一揆)의 경지에 들었음을 갈파하였다. 왕유, 맹호연 등의 시는 "자연의 가락에 맞는" 천뢰(天籟)의 시들이어서 비록 이 시인들이 의식하지 않았어도 저절로 선에 부합하는 시라는 것이다. 이종찬(李鍾燦) 교수의 지적대로 박한영 스님의 이 같은 시론은 '천뢰시론(天籟詩論)'이라고 해야 마땅할 것이다. 그러면, 천뢰시론은 어떤 것인가. 스님은 '천뢰'를 이렇게 설명한다.

천뢰란, 그 신비스런 운율이 순전히 천연적으로 흘러넘치어, 마치 천상의 묘화(妙花)처럼 잡을 수 없어, 물속에 잠긴 달과 거울에 비치는 형상과 같은 것이며 인뢰란 그 정밀함과 공교함을 사람의 힘으로 다하여, 마치 높은 산에 오르는 것처럼 한 걸음 한 걸음 정상에 오르다 보면 수많은 작은 산들이 한눈에 훤히 비치는 것과 같은 것이다.

또한 스님은 "시란 우주 간의 청숙(淸淑)한 하나의 기운이 흘러넘쳐서" 되는 것이라고 설명한다. 여기서 이상의 스님의 설명을 요약 정리하면 다음과 같을 것이다.

① 천뢰는 자연의 가락으로서 그 가락은 묘화처럼 잡기 어려운 것이다. 또한 이 가락은 우주의 청숙한 기운의 하나라고도 설명할 수 있는 것이다. ② 천뢰는 비유하자면, 물속의 달이나 거울에 비친 형상과 같다. ③ 천뢰에 대응되는 인뢰란 정밀하며 공교한 것인데, 사람의 노력에 의하여 얻는 것이다.

이 내용 가운데서 특히 주목되는 것은 ①과 ②이다. ①에서 말하는 천뢰란 장자(莊子)의 글에서 빌어 온 것으로 구체적인 실체가 있는 것이 아니다. 말하자면, 초절성(超絕性)을 띤 그 무엇인 것이다. 뿐만 아니라, 천뢰는 맑은 기운의 형태로 존재하면서 개별 시인을 통하여 그 모습을 드러낸다. 이 경우의 기운, 혹은 기(氣)란 맹자의 호연지기(浩然之氣)와 같은 '기(氣)'라고 이해해도 좋을 것이다. ②의 내용은 이와 같은 천뢰가 물이나 거울 같은 중간 매체를 통하여 그 모습을 사람에게 보인다는 것인데, 물과 거울은 바로 시인이라고 해도 좋을 것이다. 바꿔 말하자면, 시인은 천뢰를 드러내는 매체이며 우리는 이 시인들을 통하여 천뢰를 인식하고 들을 수 있는 것이다. 박한영 스님의 이와 같은 생각은 서구 상징주의의 초절적 생각을 훨씬 앞선 것으로 우리가 평가해도 좋을 것이다.

작품과 시인을 통하여 천뢰를 듣고 깨닫는 일은 현상을 넘어서 본연(本然)을 깨닫는 일과 대응된다. 이 경우의 본연은 '청숙일기(淸淑一氣)'이며 이 기(氣)가 흘러넘치는 것이 시란 생각은 표현론의 우뚝한 한 이론이

아닐 수 없다. 아울러, 박한영 스님의 천뢰시관(天籟詩觀)은 불교를 세계
관적 기초로 한 뛰어난 전통적 시론으로 우리 문학사에서 평가될 수 있
을 것이다.

그런데, 박한영 스님은 시에서 이 같은 천뢰(本然)만을 중시할 때 그
말폐(末弊)로서 오는 공소(空疏)함을 또한 경계하여 '기리(肌理)'를 강조하
기도 하였다. 여기서 '기리'란 시에서 사실을 들어 증험하는 것을 의미한
다. 물론, 시가 사실만을 증험할 때 (또는 사실적인 흐름으로 치우칠 때)
그에서 비롯되는 폐단도 적지 않을 것이다. 그래서 스님은 이 '기리' 또한
시인의 정법일 수 없다고 하였다.

> 엉킨 푸르름이 구슬처럼 한데 이어 수렴을 짜냈으니
> 물안개 흩인 곳에 실비가 부슬부슬
> 한가한 구름 걷히자 나무 끝이 일렁이니
> 어여쁜 낙수의 신이 달을 떠받치고 있는 듯

> 凝翠連瓊織水簾 浪花散落雨絲纖
> 閒雲繾捲林稍動 婉若洛神擎玉蟾
> ──「水簾洞口拈(수렴동에서)」(서정주 역)

칠언절구 한자시(스님의 『석전시초(石顚詩鈔)』는 모두 한자시이다)인 이 작품은
수렴동의 지배적 인상을 허실(虛實)로 잘 짝하면서 그려 내고 있다. 특히,
구슬, 실비, 숲, 옥섬 등 이 시의 중심적 심상(心象)들은 수렴동의 풍경을
간결한 가운데에서 회화적으로 부조(浮彫)해 낸다. 여기서 우리는 이들
회화적 심상들이 현상계의 감각적 차별상이며, 그 현상계 너머 존재하는
자연의 소리 또는 천뢰의 무차별상은 아니란 점을 주목해야 할 터이다.

앞에서 이미 설명한 스님의 시관(詩觀)을 따라 이 작품을 이해하자면,
바로 이 감각적 차별상은 시인의 마음 또는 내면의 거울에 비춰진 현상

에 지나지 않는다. 우리는 이 같은 형상을 통해서 천뢰에 접근할 수 있어야 한다. 과연 이 작품에서의 천뢰는 무엇인가. 작품의 화자에 따르면 수렴동의 폭포는 푸른 구슬의 주렴이며 튕겨져 내리는 가는 실비이다. 곧, 폭포→푸른 구슬의 물발→실비인 것이다. 한편, 청명한 하늘 아래 폭포의 웅덩이에 잠긴 숲은 낙신(洛神, 물의 신)이 받든 옥두꺼비이다. 이 두 가닥의 마음의 움직임(인식 혹은 상상)에 의하면 수렴동은 단순한 폭포가 아니라 낙신과 같은 비형상의 존재가 빚어낸 구슬발이며 옥두꺼비이다. 그러나 이 구슬발이나 옥두꺼비도 우리 인간의 감각이 잠시 홀린 허화(虛華)가 아니겠는가. 곧, 이들은 찰나에 피었다 스러지는 형상에 불과한 것이다. 아마도 수렴동의 이 차별적 형상계는 천뢰를 그 나름대로 우리 눈에 어리게 하고 귀로 듣게 하는 무엇일 뿐이다. 문제는, 무차별상의 천뢰를 이 같은 감각적 차별상에 근거하지 않고는 깨닫지도 접근할 수도 없다는 사실이다. 이 점이 초절성의 시학이 근본적으로 내포하고 있는 모순 구조일 터이다.

박한영 스님의 한자시 대부분은 기행시들이다. 제주도의 서귀포, 영암 월출산, 금강산, 그리고 한라와 백두산 천지에 이르기까지 그 기행의 영역은 한반도 곳곳에 닿아 있다. 주지하는 바와 같이 기행시는 우리 옛 시의 두드러진 갈래의 하나였다. 안축의 「관동별곡(關東別曲)」에서 비롯하여 백광홍의 「관서별곡(關西別曲)」, 김인겸의 「일동장유가(日東壯遊歌)」 등의 기행시류는 물론이고, 서정주, 황동규 등의 현대 시인의 시에 이르기까지 이 시의 갈래는 시공을 넘어 폭넓게 수용되어 있는 것이다. 기행시(혹은 여행시)에는 대체로 세계의 새로운 인식이란 뜻과 억압적인 상황이나 일상적 틀을 벗어난다는 의미가 함께 담겨 있다. 따라서 기행은 낯선 세계로의 모험과 일탈의 틀을 내장하고 있다.

기행의 이러한 이중적 의미가 작품 속에 구체적으로 어떻게 발현되는가는 시인 나름의 개인적 편차를 노정할 것이다. 그러나 기행시의 보편적 의미는 크게 달라지지 않는다. 박한영 스님의 기행시 역시 이 같은 의미에서 크게 벗어나지 않는다. 다만, 그의 시관(詩觀)에 따른 변주만이 이루어져 있다. 곧, 그 변주란 스님의 기행이 바로 구도 내지 영각(靈覺)의 과정이란 점이다. 앞에서 산문적 풀이를 가한 「수렴동구점(水簾洞口拈)」도 그 한 예이거니와 다음의 「서성헐만배(棲惺歇晚排)」도 같은 테두리에 든다. 즉,

> 첩첩이 쌓인 산은 병든 몸 비웃는데,
> 꽃 같은 단풍 길에 좋은 친구 잃었네
> 마주 웃고 어깨 치며 잠시 쉬느라고
> 까마득히 옛집을 망각했었군.

> 疊巘爭嘲病來骨 勝伴失携楓以花
> 相笑摩肩少須歇 飄搖忘卻舊家家
> ──「서성헐만배(棲惺歇晚排)」(박완수 역)

의 "마주 웃고 어깨 치며 잠시 쉬는"(현상계의 감각성에 홀린) 동안 "옛집"(本然)을 잊었다는 진술 역시 구도(求道)의 한 편린이기 때문이다.

기행시는 그 일반적 구조에 있어 서사(敍事)와 논정(論情)이 근간을 이루고 있다. 이는 낯선 경물(景物)이나 세계를 찾는 여행의 과정이 서사이며 경물과 세계에 대한 정서적 대응이 논정이기 때문이다. 그런데 박한영 스님의 기행시들은 이 같은 기본 구조 외에 선리(禪理)라고 할 수 있는 한 틀이 더 갖추어져 있다. 이는 시선일규(詩禪一揆)란 스님의 한결같은 생각이 밑바탕을 이루고 있기 때문이다.

그리고, 이 같은 스님의 기행시들은 5언과 7언의 절구, 고시(古詩), 배율(排律) 등 다양한 형식들을 취하고 있다. 한자시의 이들 정형은 모두 완결의 미학을 지향하는 것들이나, 정형이 정형에서 그칠 때 스님이 말한 천뢰는 이미 천뢰로서의 값을 그 속에서 억압받을지 모른다.

실제로 정형을 취하면서도 그 정형을 벗어나는 데에, 스님의 한자시가 취한 이상의 다양한 시 형식의 의미가 들어 있다. 박한영 스님은 이들 한자시에서 통운(通韻)이 없이 한운(限韻)만 주장한다든가, 함련(頷聯)이나 경련(頸聯)을 먼저 지어 놓고 기구(起句), 결구(結句)를 생각하는 일 등을 크게 꺼렸다. 한 편의 시에서 이렇게 할 때 그 전체적 조응(照應)이 부족하다는 이유뿐만 아니라 천뢰의 유로(流露)가 막힌다는 판단 때문이었다.

결론적으로 말해서 박한영 스님의 시문학은 중국과 조선의 한자시를 두루 달통한 가운데 이루어진 것이고, 나아가 시선일규의 불교문학이 우리 시문학사에서 어느 위치에 자리해야 할 것인가를 내다보는 가운데에서 성취한 것이기도 하다. 박한영 스님은 한말 사가(四家)의 일인인 강위(姜瑋)에게서 시를 사숙(私淑)하였다고 스스로 밝힌 바 있거니와 그의 시사상(詩史上)의 위상(位相)도 하루 빨리 재정립되어야 할 것이다.


## 4. 일화(逸話)를 통해 본 석전

최남선의 「심춘순례(尋春巡禮)」를 보면 "이 작은 글을 영호당(映湖堂) 석전(石顚) 대사께 드리나이다"란 헌사가 있다. 이 여행기는 1925년 3월부터 5월까지 호남 지방을 두루 돌아 지리산을 탐승한 기록이다. 이때 박한영 스님은 육당과 작반(作伴)하여 함께 옛 백제 지방을 돌았다. 실제 최남선의 이 여행기에도 단편적이기는 하나 박한영 스님의 행로와 언행이 나타난다. 더구나, 이 여행이 산천의 탐승에 국한한 것이 아닌, 불도량(佛道場) 역참(歷參)을 비롯한 '조선정신(朝鮮精神)' 탐구 여행의 일환이었던 사실 때문에 박한영 스님은 그의 선지식을 유감없이 발휘했었던 모양이다(스님의 기행은 육당의 「백두산 근참기」, 이광수의 「금강산유기」 등에도 두루 나타난다). 전주 일원의 행정(行程)에서 특히 그러했고 선암사(仙巖寺)의 경운(擎雲) 스님과의 해후에서 그러했다. 경운 스님은 누구인가. 일찍이 박한영 스님에게 법을 주어 그 혜안을 열게 한 스님이 아닌가.

육당의 이 여행기에 의하면, 경운 스님은 남의 눈을 위하여 율기(律己)하는 이 많은 세상에 그는 진실로 자기의 마음을 위하여 섭신(攝身)하는 드문 어른이다. 얽매여서 하는 지계(持戒)가 아니라, 좋아하는 정행(淨行)이다. 히히히하고 식식식하여 풀솜 같은 듯한 그의 속에는 50여 년 굳히고 몽글린 금강불괴(金剛不壞)의 알맹이가 들어 있는 그런 노사(老師)로 그려져 있다. 생각하기에 따라서는, 지계(持戒)하는 이에게 너무 당연한 일 같지마는 스님은 생평에 단 한 번의 여범(女犯)도 없었다 한다. 그 스승에 그 제자란 말 그대로 이 점은 박한영 스님 역시 마찬가지였다고 한다. 지계가 엄정하되, 그 지계는 얽매여서 하는 것이 아니라 좋아서 행한 정행(淨行)이었고, 일생 동정(童貞)으로 자신을 섭신(攝身)하였던 것이다.

또한 경운 스님의 "히히히하고 식식식하는" 방달불구(放達不拘)의 어태(語態)와 웃음을 박한영 스님도 그대로 닮았던 듯하다. 서정주의 「내가 만난 사람들」에 보면, "아하하하 하하하하 하하하하…… 그는 내 대답의 어디가 그리도 우스웠던 것인지, 꼭 인제 금시 이빨을 새로 갈기 시작한 나이 또래의 아기가 무엇에 많이 우스워 터뜨리는 것과 조금도 다를 것이 없는 너털웃음을 터뜨리며 좋아라 했다. 이런 웃음엔 아무리 찡찡보라도 덩달아 같이 웃지 않고 있을 수가 없는 것이다"라고 스님의 웃음을 매우 인상적인 것으로 기술하고 있다.

방달불구(放達不拘) 혹은 천의무봉(天衣無縫)에서 비롯된 이 웃음은 그야말로 50여 년 굳히고 몽글린 그 울력의 한 표현이기도 할 것이다. 스님의 방달불구한 행적 가운데는 이런 이야기도 들어 있다. 위당 정인보와 함께 금강산을 두루 돌 때의 이야기이다. 이때 스님은 낡은 갈포(葛布) 옷에 행장을 걸머진 차림이어서 얼른 눈에 띠는 행색이 아니었다. 스님을 모르는 이들은 이런 행색 탓에 얕보기도 하고 대접을 소홀히 하기도 하였다. 그러다가 마침 박한영 스님을 아는 사람이 있어, "이분이 교정(敎正) 스님이시다" "이분이 불교전문학교 교장이시다"라고 하자 온 절의 대중이 사과하고 그 대접을 다르게 하였다고 한다. 이는, 이 같은 이야기를 전한 정인보의 지적처럼 스님이 스스로 교정인 것도 망각하고 교장인 것조차 망각한 무애의 한 행각일 터이다.

또 스님은 뒷간에 곶감을 가지고 가서 먹고 그 바닥에 곶감 씨를 수두룩이 흩어 놓기도 하여 문하(門下)에 있는 사람들의 입방아에 오르내리기도 하였다. 뿐만 아니라, 뒷간에 가며 휴지를 잊기가 일쑤여서 "엉덩이를 까 내놓은 채 엉금엉금 앉아서 걸어 뒷간 옆 개울물에 와서 거길 씻고 있다가" 문하생에게 들키기도 하였다 한다. 동심(童心) 그대로의 신바람 속에 이처럼 천의무봉(天衣無縫)으로 스님은 살았던 것이다. 이지(李贄)가 일찍이 말한 동심 곧 천심 내지 도심의 한 예일 터이다.

박한영 스님은 비 오는 날에도 우장을 제대로 갖추지 않았던 모양이었다. 비가 추적추적 내리는 날이면 길가 남의 집 추녀 밑에 들어서 그 비를 긋기가 일쑤였다 한다. 더러는 비긋는 중에 중년 아주머니가 번철에 부친 빈대떡 같은 것을 맛있게 사 자시기도 하였다고 한다. 물론, 그때의 떡은 동물성 기름을 두르지 않고 부친, 특별히 주문한 빈대떡이었을 것이다. 허름한 행색의 노스님이 비를 피해 들어와서는 까탈스럽게 빈대떡을 주문했지만, 아마도 주인아주머니는 별로 귀찮은 생각 없이 정성을 다해 부쳐 주었을 터이다.

"아나, 아나, 증주(廷柱)."

오히려 발견한 이쪽에서 미안해하는 판에 스님은 자시든 떡을 손에 든 채 서정주를 이렇게 불러 세우기도 하였다. 그리고 당신이 자시려든 떡을 들고 권하였을 것이다.

누렇게 바랜 한 장의 흑백사진 같은 이런 정경이 스님의 인간다운 면모를 가장 잘 일러 줄 것이다. 역시 음식에 관한 일화 하나.

서정주가 스님의 문하에서 능엄경을 배우기 시작한 지 오래지 않은 겨울 어느 날 아침이었다. 스님은 아침 공양을 문하생들과 함께 자시고 있었다.

"인호야."

스님이 문득 동석해서 밥을 먹고 있던 젊은 한 스님을 불렀다.

"너, 거, 오늘 아침은 두붓국을 맛있게 끓였구나."

그때, 함께 공양 중이던 대중들 가운데 몇 사람이 소리를 나직이 짓누르며 킥킥거렸다. 스님의 음식 상찬은 웃을 까닭이 하나도 없는 말씀이었는데, 동석 중의 사람들은 웃고 있었던 것이다.

서정주는 공양 후에 인호 스님한테 그 까닭을 물었다. 인호 스님은

"오늘 아침 두붓국이 왜 맛있었는지도 모르는 걸 보니 당신도 꼭 우리 조실 스님 같소."

하고 나서, 그 두붓국은 어란(魚卵) 삶아 낸 물에다 끓인 것이었다고 설명했다. 아마도 박한영 스님이 이 사실을 알았다면 웃으시기보다는 큰 호령을 내렸을 것이다. 역시 정인보의 기록대로, 스님의 성격이 다정다감한 것만은 아니었기 때문이다. 스님은 남의 마음을 거슬리는 일은 되도록 피했으나, 때로는 불쑥 화를 내기도 하고 사소한 일로 따르던 후배 문사(文士)들과 실랑이를 벌이기도 했다고 한다.

그러나, 스님은 대체로 그 특이한 웃음소리 속에 있었고 또 실랑이 벌인 일은 그때뿐, 돌아서시면 "허공에 구름과 연기가 사라지듯" 흔적이 없었다. 짐작건대, 스님이 후배 학자 문인들과 벌인 실랑이도 대개는 선지식(善知識)에 관한 것이 아닐까 싶다. 스님은 근대에 있어 어느 누구보다도 박람강기하였고, 그 때문에 육당, 위당, 춘원 등이 잘 따랐다. 이들 문사들은 스님과 대략 20여 년의 나이차에도 불구하고 때로는 스승으로 때로는 친구처럼 어울리며 정신적 교유를 튼 것이다. 이들과는 백두산, 금강산, 지리산 등지를 작반하여 순유(巡游)하였고, 그때마다 산천, 풍토, 인물로부터 농, 상, 공업 심지어는 노래와 소설에 이르기까지 두루 그 지역에 관한 일들을 꿰어서 작반한 다른 사람이 말문을 열 수 없었다고 한다. 주지하듯 이 같은 국토 여행은 '조선심' 혹은 민족적 자아를 찾고자 한 운동의 일환이기도 했다. 1920년대 민족주의 문학의 전개와 함

께 이들 문사들은 민족의 혼이 과연 무엇인가를 탐구하고자 했다. 그 탐구는 주로 우리의 신화, 전설, 민속, 역사 등 과거 우리 것들을 통해 이뤄졌다. 국토에 대한 순례 역시 이 같은 노력의 일환인 것. 여기에는 국망에 대한 응전의 성격도 있었다. 곧 몸인 국가가 없어진 터에 그 영혼(정신)만이라도 온전히 지켜 내야 한다는 이른바 신채호, 박은식류의 민족주의 사학의 논리와도 궤를 같이했기 때문이었다. 이 같은 정신사적 기반을 깔고 있던 국토 순례는 근대 기행수필이란 우리 문학의 한 갈래를 낳게 만들었다. 육당의 「백두산근참기」, 춘원의 「금강산유기」 등은 이 무렵 기행수필의 정점들이라 할 터이다.

스님은 그 만년에 내장사(內藏寺)에 우거하시었다. 이때에는 건강이 별로 좋지 않았던 듯싶다. 특히 한쪽 눈은 "무슨 종기를 등한히 한" 관계로 실명한 상태였다고 한다. 마침 서정주가 고향에 들렀다가 스님을 찾아뵈었다.

스님은 이때 많은 말씀들을 하시며 걱정했다고 한다.

"육당하고 춘원이 친일파로 손가락질을 받는다니 그게 정말인가. 증주 자네가 나서서 좋게 만들어 보소."

"재주는 범보(凡父)만 한 재주도 드무느니…… 어디서 시방은 무얼 하는고?"

말씀의 대개는 이와 같은 그가 가까이했던 학인(學人) 문사들에 관한 것이었다고 한다.

스님의 이런 면모는 임종의 자리에서도 한가지였었다. 스님은 이 자리에서 한 폭의 족자를 꺼내 전하면서 다음과 같이 말씀했다고 한다.

"이건 내가 어려서 출가할 때 가지고 와서 줄곧 책상머리에 걸어 놓고 지낸 것이다. 그만큼 소중한 것이지만, 너희들이 운수행각(雲水行脚)하자면 되레 짐만 될 것이다. 이 글씨 임자의 후손을 찾아서 간직할 만한 이에게 맡기는 것이 나을 것 같다. 꼭 간직할 만한 후손을 찾아서 맡겨라."

후일, 그 자리에 있었던 스님들은 유지(遺旨)를 따라 그대로 실행했다고 한다.

오늘날 석전 스님은 선지식이 대단했던 학승(學僧)으로만 널리 알려져 있다. 그러나 한 기록에 의하면 참선도 남달랐던 것으로 나타나 있다. 금강산 마하연에서 묵을 때였다. 한밤중, 위당(爲堂)이 깨어 보니 자리에 스님이 없었다. 찾아보니 스님은 대청에서 고개를 떨군 채 앉아 있었다.

"왜 혼자 나와 계십니까?"

"……."

그 이튿날 밤에도 스님은 그처럼 앉아 있었다. 위당이 물었다.

"스님! 참선하십니까?"

"아니……."

추사 김정희가 지었다는 호 석전(石顚)을 반세기 좀 지나서야 받은 박한영 스님의 남몰래 하신 참선도 역시 이와 같았다.


## 5. 제언과 마무리

통시적인 국면에서 한 인물의 위치가 어디쯤인가를 살피기 위해서는 그의 생전의 성취와 그 성취가 다음 세대에 드리운 영향이 무엇인가를 살펴야 할 것이다. 그러기 위해서는 정확한 역사 감각이 있어야 할 것이고, 그 감각에 따른 자리매김이 있어야 할 터이다. 여기서의 역사 감각은 저 T. S. 엘리엇류의 전통이란 의미에 보다 가까운 것이 될 터이다.

박한영 스님은 지금까지 살펴본 바와 같이 세 가지 측면에서 그 위상을 정립할 수 있을 것이다. 하나는 불교 유신 운동가로서의 면모, 특히 근대 불교 개혁을 위해 잡지 발행과 경전의 간행에 남달리 힘썼던 일면이며 다른 하나는 불교 교육의 선구자로서의 면모이며 마지막으로 불교 문학, 그 가운데서도 시인으로서의 면모이다.

물론, 구도자로서의 그의 법통과 사상을 규명하고 그 사상이 불교 사상사의 어디에 자리하는가를 따져야 할 것이나, 이는 필자의 힘에 넘치는 일이며 보다 깊이 식견을 갖춘 인사에게 돌려야 할 것이다. 이 글은 박한영 스님의 면모를 이상과 같은 세 가지로 테두리 지우고 그의 후대에 드리운 영향을 살펴보는 데서 머물고자 한다.

먼저 불교 유신 운동가로서 박한영 스님이 이룩한 업적 내지 끼친 영향은 근대 민족 불교의 정통성을 확립했다는 점이다. 조선조 후기 도성 출입 금지령에 의하여 산간 불교로 위축되었던 불교가 그 금지령의 해제와 더불어 맞게 된 대중화, 세간화는 뜻있는 이들의 분발을 촉구하였다. 그 결과 시대적 욕구에 부응한 불교의 근대성을 획득하기 위한 자체 내의 정신적 자각과 제도적 유신 등이 필요하게 되었으며 또한 일제의 일본 불교에 맞서기 위한 정통성 확립 역시 급선무로 대두되었다.

박한영 스님은 이러한 시대적 배경 속에서 누구보다도 앞장서 불교 유신에 헌신하였다. 특히 조선 불교의 자주성 확립에 남다른 생각을 나타냈다. 그리하여 조선 불교가 과거 "일파부용(一派附庸)으로" 지나(支那)의 하풍(下風)만 숭배하는 그릇된 편견에 빠졌음을 통렬히 비판하였다. 뿐만 아니라 일부 승려의 일본 조동종과의 합종 운동에 대하여는 임제종 운동으로 맞서, 그 부당성을 비판하고 민족 불교의 정통성을 적극 옹호하였다. 이 같은 민족 불교의 정통성 수호는 그의 "未來 法輪은 非常히 發展하며 蒸蒸日上의 光線을 隨하여 無邊世界海를 佛花로 莊嚴하며 佛果로 回向"(「讀敎史論」, 『조선불교월보』 13권, p.152)하리라는 투철한 역사적 예단에 의한 것으로 이 정신은 오늘의 한국 불교에 그대로 맥맥히 살아 있다 할 것이다.

또한 "고경중신(古經重新)"을 주창하여 사원에 깊이 사장된 경전들을 인간(印刊)하도록 하였다. 이는 박한영 스님이 "新語新文胡不悉聽"을 역설한 진보적 면모의 다른 표현이기도 할 것이다. 일찍이, 스님은 당시를 "學理的 競爭과 宗敎的 競爭" 시대로 규정하고 조선 불교의 전통과 자주성을 역설하며 그 자주성이 고식적 안주의 틀로 작용할 것을 염려하였다. 이 같은 염려는 새로운 시대의 도래와 변천에 대응한 자기 변혁을 주장하게 하였으며 그 자기 변혁의 한 방편으로 근대적 서구 학리(學理)의 수용을 역설한 것이다. 실제로, 박한영 스님은 삼장(三藏) 이외에 유학의 경사자집(經史子集)에도 통달하였고 나아가 노장(老莊) 또한 두루 섭렵하였다. 그러면서 자신의 주장대로 근대적 서구 학문에도 남다른 온축을 기하였던 것이다. 말하자면, 시대정신, 시대의 사상에도 선구적 경지를 구축하였던 것이다.

박한영 스님은 고찰(古刹)에 사장되어 있는 경전의 인간(印刊)·번역 사업은 물론『조선불교월보』『해동불보』『조선불교총보』등을 발행하여 대중 계몽과 포교에 힘을 기울였다. 경전의 번역과 잡지의 발행은 근대적 제지, 인쇄술의 발달과 함께 오늘날까지 쉬지 않고 지속되어 오는 한국 불교의 중요한 대중화 사업이라고 할 것이다.

김영축(金映逐)의 「영호화상행적(映湖和尙行跡)」에 따르자면, 박한영 스님은 근대 고승 강백(講伯)들 가운데 가장 뛰어난 인물로 묘사되고 있다. 곧 "지금부터 약 60년 전에 우리 태고 선종 내에서 종설(宗說)을 같이 통달한 거물 강백 세 사람이 나타났다. 선암사의 금봉(錦峰) 화상과 화엄사의 진응(震應) 화상, 그리고 영호 박한영 스님이 그들이다. 그러나 금봉 화상은 한시에 조예가 깊었으나 계(戒) 율(律) 논(論)의 강설에는 오히려 범연한 편이요, 진응 화상은 계 율 논의 강설에는 능통하였으나 시문은 유의하지 않았다. 오직 영호 박한영 스님만이 계 율 논의 강설뿐만 아니라 유학과 노장(老莊)의 학설에도 두루 섭렵 정통한 바가 있었다"라고 한 것이 그것이다. 이 같은 박한영 스님의 선지식은 강설뿐만 아니라 육당 최남선, 위당 정인보, 춘원 이광수 등 당시의 후배 학자 문인들에게도 큰 영향을 끼쳤다. 박한영 스님의 또 다른 한 면모인 불교 교육의 선구됨도 바로 이 같은 선지식을 그 바탕으로 한 것이다. 잘 알려진 바와 같이, 박한영 스님은 1908년 이래 사십 여 년 간 서울에 체류하면서 중앙학림, 불교전문학교, 대원암 강원 등의 발전에 남다른 열정을 쏟았다.

이는 조선 불교의 미래가 청년 교육, 곧 인재 양성에 좌우될 것임을 간파한 소치였다. 서기 1883년 음력 8월 28일 개항장 원산에 최초의 근대 학교가 설립된 이래, 조선의 독립을 지키고 자주적 근대화를 달성하기 위한 근대 교육기관들이 우후죽순 격으로 전국에 설치되었다. 이들 교육기관은 서구의 신지식을 주로 교육하면서 우리 근대화에 중추적 역할을 담당하여 중요한 역사적 의미를 갖는다. 또한 교육의 형식도 서당식 도제 교육을 탈피한 체계적이고 합리적인 대중 교육 형식을 취하였다. 박한영 스님이 불교 교사(佛敎敎師)로 몸담기 시작한 중앙학림(中央學林)은 명진학교(明進學校)와 불교고등강숙(佛敎高等講熟)을 이어 1916년에 개교한 학교로서 오늘날 동국대학교의 전신이 되는 학교이다. 이 학교는 수신(修身), 종승(宗乘), 여승(餘乘), 종교학, 철학, 포교법, 국어, 한문, 보조과(補助科) 등의 교과과정을 두었으며 또 이들 과정을 교사들이 그 특장에 따라 나누어 맞는 명실공히 근대적 제도를 갖추고 있었다.

그러나, 이 학림은 재학생들이 3.1운동을 비롯하여 여러 가지로 독립운동에 앞장섰기 때문에 1922년 폐교되었다. 이후 교단의 노력에 의하여, 불교전수학교가 1930년 중앙불교전문학교로 승격 개편되었고 박한영 스님은 이 학교의 교장으로 취임하였다. 이 학교는 고등학교 고등과와 대학 예과 동등 이상의 자격을 정식으로 총독부 문부성으로부터 받은 학교였다. 스님은 이 학교의 교장으로 재직하며 학교 발전에 심혈을 기울었고 이로써 이 나라 근대 불교 교육에 스님은 그 초석을 놓았다고 평가할 것이다.

마지막으로, 불교문학, 특히 시선일여(詩禪一如)를 강조하며 불교시의 이론적 기틀을 마련한 스님의 면모를 살펴보자. 스님의 문학적 관심이 남달랐음은 그가 당시의 여러 문인들과 교유함이 깊었던 사실과도 무관하지 않다.

더 나아가, 스님의 문하에서 배출한 문인들, 곧 조종현(趙宗玄), 신석정(辛夕汀), 서정주 등이 모두 이 나라 시사에서 독특한 자리를 차지하고 있는 사실도 결코 우연에 의한 것만은 아닐 터이다. 스님은 한국문학사에서 한말 사가(四家)로 꼽히는 강위(姜瑋), 이건창(李建昌) 등에 상당한 문학적 빚을 지고 있다. 강위는 추사의 제자로 백파 대사의 호를 쓴 박한영 스님과는 그 정신적 인연이 돈독했었던 듯싶다. 이건창은 소위 강화학파의 중심인물이며 정인보가 이 학파의 학통을 잇고 있는 사실로 보아 박한영 스님과는 사상적으로 무관할 수만은 없었다. 곧, 박한영 스님을 가까이 따랐던 정인보이고 보면, 그를 통해서 이건창에게 간접적인 연을 대고 있었던 것이다. 실제로, 박한영 스님은 조선조 강화학(江華學, 혹은 양명학)의 지행합일(知行合一)의 실학을 설명하면서 부처와 중생과의 관계, 지(知)와 행(行)의 일치를 강조하였다.

이는 깨달음과 깨우침이 둘이 아니고 하나임을 강조한 스님의 선각적 실천 논리이기도 할 것이다. 스님의 이 같은 일면은 천뢰시론을 통하여 사실성을 강조한 독특한 시론을 펼치게 만들었다. 아마도 이 시론은 앞으로 우리 시문학의 시론사(詩論史)에서 매우 중요한 이론으로 평가될 것이다.

앞에서 언급한 바, 스님의 문하에서 일찍이 조종현, 신석정, 서정주 등이 배출되었다. 더구나 이들 시인들이 한결같이 불교적 세계관을 바탕으로 한 높은 미학을 성취하고 있다는 점은 박한영 스님의 훈습을 새삼 돋보이게 한다. 조종현은 시조를 썼으며, 자연의 관조를 높은 경지에서 시화하였다. 신석정은 반세속적인 경향 속에 자연과의 친화, 이상적 공간에 대한 동경을 꾸준히 추구하였다. 그리고 서정주는 연기와 윤회적인 상상에 의거, 고도의 상징 미학을 성취하였다. 특히 신라를 원형적인 공간으로 설정하여 삶의 근원적인 모습을 묘사해 낸 사실은 우리 시에 있어서 좀처럼 만나기 어려운 높은 성취의 하나가 될 것이다.

한국 근대 불교사에 있어, 유신 운동가로, 교육의 선구자로, 또 탁월한 불교 시인으로 이처럼 뚜렷한 자취를 남긴 석전(石顚) 박한영(朴漢永), 그의 그림자는 오늘도 우리 불교와 대중 속에 짙게 드리워져 살아 있다고 할 것이다.

# '밥값'과 내 안의 '부처'

## 내 안의 부처를 찾다

꽤 오래된 기억 속에서 삽화 한 편만 꺼내 보자. 퇴근 무렵이 가까운 수업 없는 한가한 시간이었다. 대략 하던 일을 주섬주섬 마무리하던 참이었다. 책상 위의 전화기 벨이 울렸다.

"선생님 저 아무갭니다. 연구실에 계셨네요."

수화기 너머로 들리는 목소리는 생소하지만 굵었다. 그 목소리의 주인공은 반가움이 그득 깔린 말투로 꼭 한번 뵙고 싶다고 했다. 내가 한때 지도 학생으로 담당했던 이재복 군이었다.

해거름 녘의 도심 다방을 향해 걸으며 나는 만나자고 하는 그 학생에 관한 기억을 더듬었다. 그랬다. 입학 후 얼마 지나지 않았을 때였다. 그때도 그는 퇴근 무렵의 나를 붙잡고 몇 가지 상담을 해 왔다. 시골 학생 특유의 검은 얼굴빛에 눈썹이 유난히 짙은 그는 어렵사리 이러저런 얘기를 털어놓았다. 특히 기억나는 것은 학교에 입학한 것이 못내 후회된 다는 뜻밖의 말이었다. 홀어머니의 간곡한 권유로 마지못해 입학했다는 것, 자기는 학교 공부보다는 출가를 하고 싶다고도 얘기했었다. 그랬던 그가 오늘 예기치 못한 전화를 걸어 온 것이다.

채 인구 10만을 넘지 못하는 중소 규모 도시의 다방은 대체로 한산했다.

"선생님 여깁니다."

어둑시근한 구석 자리에서 그가 나를 불렀다. 모습은 몇 해 전에 비해 얼마간 달라져 있었다. 얼굴이 보다 날카로워졌고 행색도 볼품이 적었다. 나는 홍차를 시켜 마시며 그의 얘기를 들었다. 그는 그동안 군에를 다녀왔다고 했다. 그리고 며칠 뒤면 입산을 할 예정이라고 했다.

"군에서 제대한 뒤, 취직 시험 준비도 하고 여러 가지 일도 해 봤지만 영 되지를 않았습니다. 공부한답시고 책상에 앉으면 책상이 나인지 내가 책상인지 혼자 끙끙거리니 무슨 공부가 온전히 됩니까? 그래 제가 누구인지, 나를 찾는 온전한 마음공부나 하기로 작정했습니다."

그의 이야기를 들으며 나는 학교를 그만두겠다고 하던 때의 얘기를 같이 떠올렸다. 그때도 그는 해인사를 찾아갔다고 했고 거기서 삼천 배를 하면 큰스님을 뵐 수 있었는데 자기는 결국 오백 배밖에 못해 못내 아쉽고 후회가 된다고 했었다. 그러면서 삼백 배쯤 했을 때 온몸이 땀범벅이 됐고 드디어는 팔다리가 풀리며 감각이 없어지더라고도 했다. 그도 그걸 기억한 걸까.

"선생님, 제대하고 나선 해인사에 가 죽기 살기로 삼천 배도 했습니다. 큰스님을 뵈었지만 잠시였습니다. 제 얘기만 들으실 뿐 별 말씀을 안 해 주셨습니다. 이번 입산은 어머니께 허락도 받았습니다."

잠자코 나는 그의 말을 듣기만 했다. 지난번 학교를 그만두겠다고 할 때 나는 그를 갖가지 얘기로 만류했었다. 주로 그의 홀어머니를 들어 만류했고 어차피 입학한 학교니 졸업은 해야 한다는 등의 이유를 들어서였다. 굳이 출가를 할 경우 졸업한 뒤라도 늦지 않다는 말도 했다. 그런데 이번엔 그럴 여지가 전혀 없어 보였다. 나는 그의 얘기에서 그 나름의 결연한 뜻을 감지했기 때문이었다.

이제 삼십 몇 년이 흐른 지금도 나는 그때 그의 나지막하나 열에 뜬 얘기와 눈빛을 잊지 못한다. 다방을 나서면서 나는 먹먹한 마음에 저녁을 같이 먹자고 제의했다. 그러나 고맙다는 인사만을 던지고 그는 이내 어둠 속으로 총총히 사라졌다. 왜 그랬을까. 그때 나는 왠지 그에게 중국집 자장면이라도 한 그릇 먹여 보내지 않으면 안 될 것 같았다. 그와의 만남은 그것이 전부였다. 이 글을 쓰는 지금도 나는 그가 자신의 말 그대로 어느 절집에선가 각별한 수행 정진을 하고 있지 않을까 막연한 짐작만을 할 뿐이다.

## 가을날의 어떤 가야산

그 무렵 지방 대학의 한갓 풋내기 교수였던 나는 그를 곧 기억 깊이 감췄다. 그러나 그가 말한 큰스님이 성철 스님이었고 한번 뵈었다는 절집 역시 해인사의 백련암인 걸 안 것은 한참 뒤였다. 널리 알려진 성철 스님 친견의 삼천 배도 실은 단순한 통과의례만이 아닌 것을 안 것은 더더욱 뒷날의 일이다. 부처님 앞의 삼천 배란 결국 내 안의 부처께 드리는 참배였던 것이다. 곧, 참회하며 일체 무명을 그렇게 씻어 내고 내 안의 부처를 깨닫는 일이었던 것.

아무튼 그와의 먹먹한 작별을 잊을 만할 때 나는 우연찮게 해인사를 찾았다. 학교의 교직원 친목 모임을 따라가서였다.

시월 중순
쉬임 없이 등 밟힌 질경이들
관광객들에게
예사롭게 부서진 등 내보이며 웃는다.
장경각(藏經閣) 판목(板木)의 경(經)은 보이지 않고

삭아서 시간이 되어
뚜껑 없는 천 칸 공간을
이곳에
비워 놓았다.


소낙비처럼 날리는 느릅나뭇잎들이 덮고 있다.
혼자서 살아왔던 일
출근부 작은 칸을 해진 살 기워 가며
비집고 다니던 일
그 일들이
오르고 내려가며
새삼 다시 만나서
손잡고 어깨 안고
이 절 밖에
더러는 지는 잎들의 뒷모습으로 앉아 있기도
더러는
마음 위에 예리한 발소리 그으며
덮고 다니기도…….


가슴 안에 가득히 울린다.
한 획 한 획 새겨 놓은 축소된 일생이
나이 들어 큰 손 속에 덮어 둔
꿈들이
보이지 않고 읽혀지지 않을 때
눈 비벼 바라보리라,
기댈 것 없는 누가
시력 안 좋은 누가

무료하게 글자 없는 공간을 더듬어 읽던

더듬대던 소리가

더 힘 있게 청명한 날씨로

그쳐 있는 것을.


어느 길은 사람들로 하여금 자기에 닿게 하고 아직 자기에

이르지 못한 것들로 하여금 우왕좌왕 몸 놀려 숨게 하고

어느 길은 피해 가서 등성이로만 올라가 섰고

그 위의 잔광들, 체격 좋은 장정들은

둘러서서 메고 있다.

이 공간에

쉬임 없이 침묵으로 와서 부서지고

뒹구는 죽음을

죽음 아닌 더운 삶을.


어떤 가야산.

— 홍신선, 「어떤 가야산」 전문


    비록 학교 행사를 따라간 것이었지만 가을 해인사의 풍광은 이 시의 묘사 그대로 각별했다. 절 입구 아름드리 교목들에서 작달비처럼 쏟아지는 낙엽은 장관이었다. 그런가 하면 땅갗에 퍼질러 앉은 질경이들은 마르기 시작한 주변 풀들 틈에서 유난히 싯푸르렀다. 이 가을날의 정경은 무엇인가. 꼭 의도했던 것도 아니었지만 나는 일행들에 휩싸이지 못한 채 거기서 문득 나를 돌아봤다. 크낙한 절집 앞 장관을 이룬 숲 속에서 그렇게 나는 나를 만난 것이었다. 그동안 나는 직장을 쫓아 식솔들의 호구도 꾸려야 했고 어쭙잖은 시인 노릇도 해야 했었다. 뿐만인가. 주가유항(酒家柳巷), 말 그대로 술꾼 노릇도 해야 하지 않았던가. 말하자면 "우

왕좌왕 몸 놀려" 이길 저길 떠돌기만 했던 것이다. 한 뼘 연고도 없는 외지 학교에 와 주말 나그네가 된 당시 행색 역시 저 무명 속 떠돌음의 단적인 표징이 아닌가. 이른바 "자기에 닿게 하"려는 길은 언제 떠나 볼 참인가. 중도 학업을 폐업하고 출가한 그 학생의 길은 마치 하늘 끝 일처럼 얼마나 아득한 길이던가.

길은 어디에나 있고 어디에서나 만난다고 한다. 돌이켜 생각하면 출가한 한 학생의 행적이 결국은 나를 해인사로 이끌었고 그 이끌림이 이 작품의 밑그림 역할을 한 셈이었다. 굳이 말하라면 그는 내 아뢰야식을 웅숭깊이 휘저었던 무엇이었다. 과연 나는 내 안의 '참 나'를 만나기는 했는가. 모를 일일 따름이되, 내가 꽤 오래된 기억 속에서 삽화 한 토막을 꺼내 든 진정한 이유도 아마 여기 있을 터이다.

## 시, 불교를 만나다

내가 선불교에 관심을 두기 시작한 것은 대략 이십 몇 년 저쪽의 일이다. 소련과 동구권이 붕괴되면서 우리 문학 동네도 그 자장(磁場) 속에 현실주의 문학의 퇴조를 맞았다. 그리고 다양한 시의 길이 모색됐다. 그 모색 가운데 하나는 불교적 상상력, 특히 선불교의 상상력을 축으로 하는 것이 있었다. 범박하게 정신주의시라고도 불린 그 시의 길엔 많은 시인들이 들어섰다. 이는 소위 거대 담론이 일상의 미세 담론으로 대체된 시적 공간에 나타난 자연스런 흐름이었다. 나는 그 흐름의 끄트머리에 섰다. 그리고 그쯤부터 선불교의 입문서를 접하고 읽게 됐다. 우선 오경웅의 『선학의 황금시대』가 그것이었다. 오래 마음 깊이 따른 황동규 시인의 소개와 추천이었다. 중국 당송 시대 800여 년 동안 흥성한 선의 역사와 대표적인 조사들의 유명한 화두들이 거기 신천지처럼 펼쳐져 있었다. 그것도 나 같은 초보자에게 맞춤한, 길잡이로서의 설명이 꽤는 잘 돼 있었다. 특히 선불교가 토착화하는 과정에서 중국의 전통 사상, 곧 노장사상과 어떻게 습합했는가를 밝힌 저자의 의도를 나는 남달리 눈여겨보았다. 하지만 선불교가 어찌 노장 철학과의 습합뿐이겠는가. 주자학과도 일정 정도 통섭이 있지 않았던가.

아무튼 나는 이 책을 통해서 선사들과의 만남을 이뤘다. 솔직히 나는 그때까지 교학불교든 선불교든 모두 백지 상태와 같았다. 일관된 관심 속에 체계적으로 공부를 한 적이 없었던 것이다. 할 수 있었던 일은 현대시를 쓰고 그 이론들을 공부한 것이 고작이었다. 그런데 문득 우리 시가 불교와 만나며 상당량의 작품들을 양산하기 시작한 것이다. 그것도 주로 중장년 세대의 어슷비슷한 내 연배의 시인들이 주축을 이루고 있지 않은가. 그 흐름은 또 한편에서 자본주의와 폭넓게 접맥된 욕망 이론을 끌어왔다. 그리고는 끝없이 확대 재생산되는 자본주의사회의 소유론적 욕망을 탈피하려는 정신 경영과도 곧바로 연결됐다. 이는 생태계 위기를 극복하기 위한 대안 사상으로서 불교 철학이 환경생태학과 접맥된 일과 흡사했다. 여기서 시는 욕망으로부터의 해방이란 또 하나의 노릇을 내장케 됐다. 나는 그걸 범박하게 '정신의 해방'이라고 불렀다. 그런가 하면 불교적 상상력에 의한 시적 대상의 해석은 어떤 양상과 내용으로 나타나는가도 살피기 시작했다. 곧, 불교적 인식 방법을 통해 어떻게 우리 삶과 세계를 인식하고 형상화할 것인가를 주목한 것이다. 이를테면 분별과 집착을 버린 뒤의 시적 대상은 어떻게 드러나고 또 무슨 의미를 띨 것인가 하는 문제를 생각하게 된 것이었다.

널리 알려진바 선불교의 선사들은 분별과 집착을 끊을 것을 가르쳤다. 그런가 하면 유/무, 생/사, 주체/객체 등등을 차별하지 않되 중관/중도를 견지해야 함을 역설한다. 그것은 이항 대립식의 분별에서 어느 한쪽을 취하는 것은 또 다른 미망에 떨어지는 일임을 강조한 것이다. 그래 분별과 집착을 끊고 중도(中道)를 취할 때 우리는 본디 면목을 깨닫게 된다. 이 본디 면목은 우리의 자성이자 불성일 터이다. 이 불성(佛性)은 거리를 메우고 걷는 장삼이사의 아무개든, 수행자든, 아니 한갓 자연의 무정물이든 모두가 갖추고 있다. 다만 그 불성을 무명 탓에 바로 알고 바로 깨닫지 못할 따름이다. 그래서 실은 누구나 자신 안에 부처를 모시고 산다. 그 내 안의 부처에게 성철 큰스님은 일찍이 삼천 배 할 것을 가르치지 않았는가.

나는 이 같은 선불교의 가르침을 접하면서 이 가르침을 시 쓰는 이론과 어떻게 접맥할 것인가, 더 나아가 그것을 어떻게 시론으로 재구성할 것인가를 생각하게 되었다.

그런데 이처럼 시를 따라가며 마주친 알음알이(知解)는 우리의 불교 공부 가운데 어디쯤 자리매김이 될까. 이쯤에서 나는 또 성철 큰스님의 남대문 법문을 떠올리곤 한다. 어느 시절에나 서울 구경 한번 제대로 못 한 사람일수록 말이 많은 법이다. 그리고 그 서울 얘기 대부분은 실체와는 판연히 다른 허튼 말들이기 십상이다. 그러나 실제 남대문을 열고 들어가 중앙청과 종로를 본 사람만은 참다운 서울 얘기를 할 수 있다고 큰스님은 법문 중에 한 말씀하셨다고 한다.

"돈오돈수란 남대문을 썩 들어가서 중앙청과 종로 거리를 본 사람의 서울 얘기지."

스님의 이 말씀을 글로 접하고 나는 대단찮은 내 알음알이란 게 과연 어떤 것인가 확연해졌다. 수행하는 도인들의 깨침과는 당초 다를 수밖에, 번지수로도 한참 더 멀 수밖에 없는 것. 그래 따지고 보면 내 알음알이란 한갓 서울 구경 못 한 시골아치의 허튼소리인 셈이다.


## 밥값, 그리고 겁외(劫外)의 지남(指南)

성철 스님은 우리 시대에 당신의 비유 그대로 남대문을 썩 들어가서 진짜 서울의 본모습을 보신 큰 부처였다. 그가 본 서울의 본모습은 생전의 숱한 법어와 행적으로 지금도 고스란히 우리 앞에 남아 있다. 그간 장좌불와로 널리 알려진 고된 수행, 위리안치식의 10년 동구불출, 평생 산승으로 일관한 엄격한 몸가짐 등등도 그 한 예일 터이다. 그런가 하면 여러 서책으로 남아 전하는 사자후가 또한 스님의 본모습을 유루(有漏) 없이 보여 주고 있다.

> 중도(中道)는 선과 교를 통한 근본 입장입니다. 선은 중도의 실제 체험 법문이고 교는 중도의 이론입니다. 이론은 실천을 하기 위한 것이지 실천을 떠난 이론은 안 됩니다. 그래서 이론에 밝은 아난도 가섭에 쫓겨난 후 깨쳐서 결집에 참여하였습니다. 이것이 선이라는 별전의 시발점입니다.
> —『백일법문 하』에서

나는 스님의 법어집을 읽으며 새삼 눈을 크게 떴다. 근기 박약한 나에게조차 스님의 법어는 무슨 할처럼 터져 들어왔던 것이다. 그만큼 스님의 법어는 무릇 교선 양문(兩門)의 정곡을, 그것도 간결한 설명으로 꿰뚫어 주고 있었다. 예컨대는 위 글처럼 선교(禪敎) 두 문(門)의 관계를 단적으로 설명한 글을, 과문 탓이거니와, 나는 아직 접해 본 적이 없다.

무릇 어느 담론의 세계에서든 사물이나 문제의 핵심을 짚고 꿴 사람일수록 말은 간명하면서도 적실하게 마련이다. 이는 그간의 현대시 공부에서 내 나름으로 터득한 경험에 비춰 볼 때 그랬다. 1967년 해인총림의 방장으로 주석하면서 행한 법문을 모은 『백일법문』은 나에게는 또 다른 『선학의 황금시대』였다. 특히 교학에 관한 해박한 이론은 스님이 과연 선승일까 싶기도 했다.

그러나 당신은 그런 해박한 이론이 결국은 뗏목에 불과할 뿐 진정한 불문(佛門)의 일이란 저 남대문을 썩 들어서서 참 서울을 보는 돈오(頓悟)에 있음을 가르친다. 나 같은 시인에게도 굳이 말하라면 당신은 선과 교 두 문을 아우른 걸출한 당대의 지남(指南)이자 큰 선지식이었던 것이다.

아니다. 온 생애를 통해 온몸으로 이 나라 불교를 깨우치고 보여 준 크낙한 대기(大機)의 봉우리였던 터였다.

작가 정찬주의 『산은 산 물은 물』을 읽다 보면 이런 대목이 몇 군데 나온다.

"니 밥값은 내놓아야 한데이. 밥값."

스님은 학인들에게 끊임없이 밥값을 내놓으라고 다그쳤다고 한다. 그러면서 공부의 진경을 또 그렇게 엄밀히 점검하곤 했다고 한다. 한번 뜻을 세우면 어떤 사단(事端)이 있어도 그대로 실천한 스님의 강고한 면모는 이 밥값 청구에서도 여실했다. 그야말로 당신 스스로 그랬듯 다른 학인들 또한 용맹정진할 것을 끝없이 독려한 것이다. 그래 공부가 나태한 수좌들에게는 거침없이 "밥도둑놈들"이라고 호통을 했다고도 한다. 이 밥값이란 바로 스님의 봉이자 할 그것이 아니었겠는가.

그런데 나는 그동안 무슨 밥값을 했는가. 세상은 고사하고 주변들에게 이게 내 밥값이라고 과연 내놓을 만한 게 무엇인지. 저 30여 년 전 자기 안의 '참 나'를 찾아 입산한다는 학생에게도 나는 저녁밥 한 끼를 사지 못했다. 그때 자장면 한 그릇도 사지 못한 마음의 밥값까지 친다면 나는 얼마나 큰 지불 못 한 밥값을 지고 사는가. 오늘도 스님의 '밥값 봉'을 얻어맞는 내 속내 한구석은 암연히 수수로울 뿐.

# '당신이야말로 달마이다'
## ─최동호 시집 『공놀이 하는 달마』

중국의 선사 의현(義玄)의 어록인 『임제록(臨濟錄)』에는 다음과 같은 구절이 있다. 곧,

> 너는 조불(祖佛)을 알고자 원하는가?
> (你欲得識祖佛麽)
> 나의 눈앞에서 설법을 듣고 있는 너야말로 바로 조불이다.
> (祇你面前聽法底是)

라는 말이 그것이다. 잘 알려진 바와 같이, 임제 의현은 9세기 사람으로 제자들에게 봉(捧)으로 깨달음을 얻도록 한 인물이다. 이 같은 가르침의 특이한 방법도 그를 돋보이게 하였지만, 그보다는 '사람의 사상'으로 일컬어지는 그의 부처관이라고 할 것이다. 임제는 앞의 인용구에서 보듯 사람들의 현재 살아 있는 몸뚱이 그대로를 부처라고 보았다. 그는 수행하는 뭇사람들을 바로 부처라고 볼 뿐, 그밖의 어떤 초월자나 절대자를 조불이라고 별도로 생각한 적이 없는 것이다. 말하자면, 외재적이든 내재적이든 참부처를 따로 전제하거나 설정하지 않고 있는 것이다. 만일

참부처를 별도로 설정하거나 전제하게 되면, 뭇사람들과는 다른 또 다른 가치 주체를 인정하는 것이 된다. 그렇게 된다면 이 가치 주체가 사람들 마음속에 내재하여 그 움직임을 밖으로 드러내는 형식이 되든지 외재하여 작용하는 형식이 될 것이다. 그렇다면, 참부처의 깨침은 저 사람 중심이 아닌 어떤 별도의 초월자나 가치 주체 중심으로 이루어지는 것이 될 것이다. 임제는 이 같은 생각 자체를 인정하지 않고 사람들의 살아 있는 몸뚱이 그대로가 아무런 부족함이 없는 부처라고 가르친 것이다.

각설하고, 우리는 최동호의 시집『공놀이 하는 달마』를 읽기 위하여 퍽은 에둘러 왔지만 그러나 달마를 알기 위해서는 반드시 쓸모없는 일만은 아니리라. 실제로 이 시집에 수록된 70여 편의 작품에는 "달마는 왜 동쪽으로 왔는가"라는 부제(副題)가 한결같이 달려 있다. 이 부제는 아마도 이 시집의 작품들이 함축하고 있는 시적 의도 내지 주제들을 곧바로 암시하는 것일 터이다. 두말할 필요 없이, "달마는 왜 동쪽으로 왔는가"라는 물음은 화두의 하나이고 그 화두에 정해진 답이란 없다. 굳이 있다고 한다면, 만법이 귀일하듯 참부처를 깨닫는 일이 그 답이 될 터이다. 시집『공놀이 하는 달마』의 경우에도 이 화두를 부제로 달고 있는 모든 작품들이 실은 그 화두에 대한 대답이라고 할 수 있을 것이다. 과연 그러한가.

저물녘까지 공을 가지고 놀이하던 아이들이
다 집으로 돌아가고, 공터가 자기만의
공터가 되었을 때
버려져 있던 공을 물고
개 한 마리가 어슬렁거리며
걸어 나와 놀고 있다.

처음에는 두리번거리는 듯하더니
아무것도 돌아보지 않고 혼자

213

공터의 주인처럼 공놀이하고 있다
전생에 공을 가지고 놀아 본 아이처럼
어둠이 짙어져 가는 공터에서 개가
땀에 젖은 먼지를 일으키며 놀고 있다

—「공놀이 하는 달마」 부분

　시집 제목으로도 삼은 이 작품의 화자에 의하면, 낮 동안 아이들이 놀
던 공터에 이제는 웬 개 한 마리가 나와 놀고 있다. 그것도 아이들이 놀
다가 버린 가죽공 하나를 가지고 골똘하게 노는 것이다. 때로는 인용된
대목에서 보듯 땀에 젖어 놀기도 하고 때로는 뜻대로 공이 굴러가지 않아
으르렁거리기도 한다. 이렇듯 이 작품은 개 한 마리가 공을 가지고 노는
정경을 생동감 있게 묘사하고 있다. 그런데 이 같은 겉문맥을 따라 읽어
가다 보면 읽는 이는 '공'이 단순한 '공'이 아니며 개 또한 여느 개가 아님
을 곧 알게 된다. 곧, '공'은 공놀이용의 단순한 완구가 아닌 달마가 데리
고 놀던 것, 바로 마음이었음을 알게 되는 것이다. 개 또한 전생에 공을
가지고 놀아 본 적이 있는 아이이고 '소가죽 공이 함께 놀아 주기'를 기다
리는 존재로서 여느 개와는 다른 것. 말하자면, '공'이나 '개'는 겉문맥의
사전적인 뜻을 넘어서 함축적인 의미를 지닌 이미지로 변주되고 있는 것
이다. 일찍이 조주 선사는,
　"개한테도 불성이 있습니까?"
라고 제자가 물었을 때 딱 부러지게
　"없다."
라고 대답했다. 그러나 다른 기회에 똑같은 질문을 받았을 때는 그 반
대로 간단히
　"있다."
라고 대꾸했다. 그 이유인즉
　"전생에 잘난 체했기에 개로 태어난 때문."

214

이라고 까닭을 덧붙여 설명하기도 했다. 작품 「공놀이 하는 달마」의 '개'도 전생에 잘난 체하다가 개로 전생한 것은 아닐까. 하지만, 엄밀하게 말하자면 아이거나 개거나 모두 불성이 있고 또 그렇기 때문에 마음을 골똘히 가지고 노는 것이다. 이 글의 모두에 적은 임제의 표현대로 하자면 골똘히 공놀이(修行)하는 개야말로 달마이고 조불인 것이다. 뿐만이 아니다. 최동호 시인의 달마는 일요일 오후 함께 산에 오른 어린아이이기도 하고(「어린 달마와 산을 오르다」) 무명(無名)의 어느 누구이기도 하다. 이를테면,

> 은은한 산자락
> 내려앉은 그림자 드리우고
> 평생 한구석을 지키며
>
> 이름 짓지 않는 사람이 실문 닫고
> 한 칸 어둠 속에서 내다보는 세상살이
> 은자의 꽃
>
> —「은자의 꽃」 부분

과 같은, 세속에서 비켜나 한평생 한 칸 어둠 속에서 이름 짓지 않고 사는 사람이 달마이기도 한 것이다. 여기서, 이름 짓지 않고 사는 일이란 이미 이 작품의 각주에 나와 있는 그대로 노장(老莊)의 핵심 생각 가운데 하나이다. 이름에 얽매이고 갇히는 일이야말로 자유 아닌 집착과 분별에의 다름 아닌 일이며 더 나아가 근본에 매여 사는 일인 것이다. 선(禪)에서 근본을 깨닫고도 그 근본에 머물지 말 것을 가르치는 일은 그래서 시작되었다. 흔히 무위(無位)나 무의(無依)의 참사람이란 개념이 그것이다. 이름 짓지 않아 어떤 근본이나 명분에 떨어지지 않은 사람이나 어떤 계급, 어떤 패러다임에도 속하지 않는 무위의 사람이나 그 정신적 주

소는 모두 같은 한 번지인 셈이다. 또 이름 짓지 않고 사는 무명의 사람은 어떤 것에도 의지하지 않는 즉 완전한 독립과 독보의 인물이기도 한 것이다. 따라서 그는 산그늘 속에서도 평생 홀로 그대로 살 수 있는 은자로 남을 수 있는 것이다. 달마는 또는 조불은 이상에서 살펴보았듯이 어떤 절대 주체로 특정 공간에 존재하는 것이 아니다. 범박하게 말하자면, 일상의 여기저기에서 그러나 그 일상에 안주하거나 함몰하는 일 없이 자기 마음을 다스리는 비일상인들인 것이다.

썰렁한 그림자 등에 지고
어스름 가을 저녁 생선 굽는 냄새 뽀얗게 새어 나오는
낡은 집들 사이의 골목길을 지나면서
삐걱거리는 문 안의

정겨운 말소리들 고향 집처럼 그리워 불빛 들여다보면
낡아 가는 문틀에
뼈 바른 생선의 눈알같이 빠꼼이 박힌
녹슨 못 자국

흐린 못물 자국 같은 생의 멍울이 간간하다
―「생선 굽는 가을」 전문

이 시의 화자는 가을 어스름 저녁에 대도시의 뒷골목을 가고 있다. 그 골목에는 마침 저녁 반찬으로 올릴 생선 굽는 냄새들이 진동한다. 화자는 이 정황에서 문득 고향의 그리운 풍물과 정서를 떠올리고 무심히 한 집안을 넘겨다본다. 그리고는 넘겨다보는 문틀에서 숱한 못 자국을 발견한다. 녹슨 못 자국이라니! 몇 십 번 문짝을 떼어 내고 또 박았을 그 못 자국에는 어떤 신산한 삶의 이력이 그대로 집약되어 있는 것. 화자는 그

못 자국에서 생선 굽는 냄새를 매개로 이번에는 간간한 미각을 환기하기
도 한다. 여러 작품들 가운데 꽤는 생동감 있게 읽히는 이 작품은 화자가
일상 속에서 삶의 멍울이 무엇인가를 깨닫는 성찰이 잘 드러나 있다. 이
경우의 깨달음은 우리가 앞에서 읽어 온 작품들과는 다르다. 왜냐하면,
시적 화자가 일상 가운데서 남다른 깨달음의 기미(機微)를 보여 주고 있기
때문이다. 지금까지 짐짓 "달마는 왜 동쪽으로 왔는가"라는 화두를 중심
으로 한 일련의 작품들에서 우리는 달마란 누구이며 어떤 함의(含意)를 지
니고 있는가를 살폈다. 곧, 일반화된 선리(禪理)를 빌어서 이 시집의 시적
주제와 의미를 필자 나름으로 읽어 온 것이다. 그러면 달마가 마음을 살
피고 다듬는 모든 이들임을 알고 난 뒤에 과연 마음을 살피고 깨닫는 그
내용은 어떤 것인가. 이 같은 물음에 대한 대답의 일단을 앞의 작품은 보
여 주고 있는 것이다. 굳이 따지자면 그 내용은 삶과 세계에 대한 성찰을
드러내는 여느 시들과 크게 다르지 않은 것이다. 그러나 일반적으로 선
적인 인식 방법을 밑그림으로 깔고 있는 시들은 '반상합도(反常合道)'의 틀
을 유지하고 그로써 독특한 미학을 이룩하게 마련인 것이다. 일반적인
통념이나 상식에 반하면서도 '참(道)'에 부합한다는 이 선적인 세계 인식
은 특이한 만큼 그에 걸맞은 표현 기법을 요하는 것이다. 지난 1990년
대 이후의 정신주의시들이 보인 일련의 독특한 시적 스타일은 모두 그와
같은 세계 인식의 소산이라고 보아도 좋을 것이다. 앞에서 읽은 작품「생
선 굽는 가을」역시 이 같은 선적인 세계 인식을 그 나름대로 일상 속에서
발견하고 있는 것이다. 뿐만이 아니다. 최동호는 구정 연휴 첫날 연구실
에 앉아서(「딱따구리는 어디에 숨어 있는가」) 또는 빙어 튀김을 먹으면서도(「은
빛 빙어가 프라이팬을 후려칠 때」) 선적인 사유를 통하여 남다른 세계 해석들을
보여 주고 있는 것이다. 다음 작품은 어떠한가.

　　가을 햇살에 바짝 마른 창호지 위를
　　말벌이 걷는다

창호지 속살 톱날처럼 하얗게 찢고 있는
말벌의 긴 갈퀴 소리가


아랫목 때 절은 방 한켠에 어두운 햇살의
잠든 귓구녕을 가을 운동장보다 환하게 열어 준다
                              —「어두운 햇살의 잠든 귓구녕」 전문


　이 작품의 화자는 한옥 집 방 안에 혼자 앉아 있다. 때마침 들었다 물러가는 햇살이 방 한구석에 남아 있고 문창호지 위에는 말벌이 기고 있다. 이 같은 정황은 실은 얼마나 고즈넉한 오후 녘의 정황인가. 그 고즈넉함을 화자는 말벌 기는 소리로 한층 강조하고 있다. 일종의 반츤법인 셈이다. 말하자면, 소리 하나가 주변 정황의 적막을 역으로 더욱 일깨우고 강조하는 것이다. 그래서 화자는 "귓구녕을 가을 운동장보다" 더 환하게 열 수밖에 없는 것. 읽는 이는 이 작품과 어법이 유사한 「얼음의 숨구녕」을 찾아 읽어도 좋을 것이다.
　이상에서 살펴본 대로 최동호의 시적 관심은 특히 이 시집에서 그러하지만 정신적인 탈속에 있다고 할 것이다. 정신적인 탈속이 부적절한 말이라면 달마를, 즉 '참다운 자기'를 찾는 일이 될 터이다. 날로 깊어 가는 천박한 물신주의와 정신적 황폐 속에서 그는 '참 나'를 만나기 위해서 "달마는 왜 동쪽으로 왔는가"라는 선적 사유 방식을 집중적으로 파 들어가고 있는 것이다. 아마도 이 같은 사유 방식은 우리 현대시의 지평을 또 다르게 열어 주는 일이 되기도 할 터이다.

# 이야기의 재미와 삶의 낌새
―이시영 시집 『은빛 호각』을 읽고

시가, 구송의 형태이든 독서의 형식이든, 기록의 한 유형임을 모르는 사람들은 없다. 다만 기록의 한 유형이라는 사실을 잠시 잊거나 젖혀 놓았을 뿐이다. 일의 이치가 지극히 당연하다 보면 그만 깜박해 버리고 마는 것이 통상적인 예인 것이다. 우리는 그런 건망증 탓에 시가 기록물로서 일정한 몫을 한다는 것을 잘 의식하지 못한다. 시를 입으로 구송하는 경우도 그 일차적인 목적은 어떤 일이나 사물을 잊지 않고 기억하기 위한 데에 있다. 집단의 일이든 개인이 겪은 사적인 체험이든 기억으로 보존할 가치, 혹은 까닭이 있게 되면 그 일은 시의 형태로 음송되는 것이다. 멀리 그리스 때의 예를 들 것도 없이 우리의 구비 전승인 서사무가들만 보아도 그렇다. 그 무가들은 기억·보전해야 될 일들을 입으로 풀어서 읊도록 되어 있다. 그리고 보면 입으로 구송되는 노래들이 이렇듯 기억 또는 기록과 관련되어 있는 터에 문자로 기록된 시가들은 더 설명할 나위가 없을 것이다. 시들이 기억 보존 장치로써 하는 역할은 예나 이제나 크게 다르지 않다. 다만 그 기능이 부가된 다른 몫이나 역할 탓에 깜박 잊거나 뒤로 밀려나 있을 뿐인 것이다.

각설하고 이시영의 시집 『은빛 호각』을 읽으며 시의 저 잊혀진 몫―기억 보존 장치로서의 몫을 떠올린 것은 나 혼자만이였을까. 우선 시집 『은빛 호각』에는 시인의 유년 시절부터 최근년에 이르기까지 보고 겪었던 여러 일과 인물들 이야기가 들어 있다. 그것도 산문 형식으로 들어 있다. 다우다 이불 장사 일만이 형 이야기에서부터 『혼불』의 작가 최명희의 아프지만 숨겨진 사연, 또 정치적 억압의 시대인 1980년대 민주화운동의 뒷얘기들까지 시인이 반생에 걸쳐 경험한 이야기들이 두루 망라되어 있는 것이다. 특히 민주화운동의 뒷얘기들은 특정한 사람들의 특정한 기록으로 남을 만한 것들이다. 그러나 그 이야기들을 시인은 그와 같은 역사의 기록으로 대접하거나 읽혀지도록 하지 않는다. 그보다는 그 이야기들이 보다 인간의 보편적인 면모나 삶의 낌새들이 담긴 이야기들로 읽히기를 원한다. 왜냐하면 역사적 순간의 특정 사건들에 얽힌 이야기지만 그 서사들이 별도 취급되기보다는 일만이 형이나 순천역 앞 로터리의 교통순경 이야기들과 동격으로 묶이면서 함께 읽히기를 바라고 있기 때문이다. 잘 알려진 바와 같이 역사와 문학이 갈라지는 지점이란 어느 사건이 특정의 일회적인 것인가 아니면 언제나 거듭 일어날 수 있는 개연성 있는 일인가 하는 대목이다. 역사의 기록이 문학으로 읽힐 수 있는 지점도 바로 이것이며 문학이 역사보다 좀 더 보편성을 담보한다는 논의도 실은 이 대목인 것이다. 『은빛 호각』 1부와 2부에 실린 이야기들이 시로 대접받고 읽히는 것도 이 해묵은 원론이 일러 주는 개연성 있는 삶의 낌새(기미)들 때문이다. 삶의 낌새들이라? 말이 쉬워 삶의 낌새이지 실은 온갖 사람살이들 속에 내장된 삶의 진정성 내지 낌새를 알아차리는 일은 얼마나 지난한 일인가. 이 같은 생각 때문에 『은빛 호각』을 읽으며 새삼 이시영 시인의 연륜과 시적 역려를 떠올린다. 나이 오십대 중반에 시단 경력 삼십 몇 년. 그렇게 축적된 시간의 창고에서 이시영은 갖가지 이야기들을 꺼내 오고 또 거기 내장된 삶의 낌새들을 들려준다고 할 것이다.

그런데 왜 하필 이야기시이고 서사 구조인가? 이시영이 풀어 엮은 이야기의 시간 배경이기도 한 1980년대에 창작 방법론의 하나로서 이야기시의 문제가 논의된 적이 있었다. 서사의 틀을 시 속에 들여오는 문제와 그 장단점을 따지는 논의였다. 그 논의에서 잊히지 않는 것은 왜 하필 이야기나 서사 구조를 굳이 시 속에 넣어야 하느냐, 꼭 그렇게 해야 될 필요가 있다면 소설을 쓰면 되지 않느냐라는 것이었다. 굳이 시의 순수성을 생각해서 한 말이라기보다는 서사 구조를 두고 벌이는 갑론을박이 딱해 보여서 한 소리라고 나는 이해하고 있지만 시집『은빛 호각』은 이른바 이야기시를 거듭 되돌아보게 만들고 있다. 그것도 문장 가운데 리듬의 생산이 전혀 없는 줄글(산문) 형식으로 된 이야기시란 무엇인가를 생각하게 되는 것이다. 우선 시 문장의 산문화는 시집의 대부분 작품에서 이루어지고 있다. 물론 의도적인 행갈이를 하고 있는 몇몇 작품이 없는 것은 아니지만 대다수의 작품들은 길이의 길고 짧음만 다를 뿐 모든 문장이 말 그대로 산문인 것이다. 그러면 산문으로 된 시란 무엇인가. 시 혹은 운문이란 리듬이 실현된 문장으로 된 것이며 이 사실이 산문과 운문의 경계표지라는 해묵은, 여느 사람들의 오해를 깨는 일이기도 할 터인데 산문만으로 만들어진 시, 곧 산문시도 있는 법이다. 나는 그 시들이 비록 산문으로 씌어지지만 앞에서 말한 삶의 낌새들을 얼마만큼 솜씨 좋게 포착하느냐 하는 대목에서 시로서의 성패 여부가 갈린다고 생각한다. 뿐만 아니라 그 낌새의 유무가 실제 여느 산문과 산문시가 갈라서는 경계표지라고 여기는 것이다.

그러면 삶의 낌새 또는 진정성이란 무엇인가. 그것은 거듭되는 소리지만 사람살이 일반에 내장된 진정성이고 낌새일 것이다. 흔히 우리네 삶의 원형이라고 부를 만한 그 무엇인 것이다. 그러한 사람살이 일반의 원형들을 이시영은 이번 시집의 산문시들을 통하여 솜씨 있게 들려준다. 작품 길이의 길고 짧음이 다르긴 하여도 산문시로서의 핵심인 그 삶의 기미들을 한결같이 일러 주고 있는 것이다. 시의 길이가 다른 것은 서사 구조에 화소(話素) 몇 개가 덧붙느냐 아니냐 하는 차이일 뿐 긴 형식의 시들이 짧은 시들보다 한결 심각하고 많은 기미들을 함축한다고는 할 수 없다. 아마도 짧은 시들은 보다 더 압축과 생략을 통한 고밀도의 이야기들을 담고 있다고 해야 할 터이다. 오랫동안 사람살이의 누적된 경험과 그 경험을 통해 터득한 삶의 기미는 짧은 길이의 작품 속에서 더 선명한 빛을 내기 때문이다.

> 지금도 눈감으면 환히 살아난다. 적막한 여름 들판에 천둥 벽력처럼 울려 퍼지던 간동 양반의 판소리 쑥대머리 구신 형용(아마 임방울의 것이렷다!) 그 소리가 들리자마자 바로 옆에서 쏘내기를 맞은 듯 논일꾼들의 손이 빨라지고 매미 소리가 다시 들리기 시작하고 봇도랑에서 게를 낚던 형원이 아재의 한쪽 어깨가 더욱 조심스러워지고 무엇보다 아득한 곳에 엎드려 목화밭 매던 아낙들의 흰 수건이 눈부신 햇빛 속에 펄럭이던 것을.
> 지금도 눈감으면 생각난다. 여름 한낮의 잠자던 모든 것들을 깨워 놓고 그 자신은 아무 일 없었다는 듯 다시 엎드려 묵묵히 논매던 간동 양반의 그 싱긋 웃던 한쪽 볼의 웃음이.
>
> ──「노래」

여기쯤에서 이제 우리는 앞에 인용한 작품 「노래」를 읽어 볼 수 있을 것이다. 이 작품에서 주목되는 것은 간동 양반의 판소리 한 대목을 매개로 논 일꾼, 매미, 형원이 아재, 목화밭 매는 아낙들이 모두 새삼 신명을 돋운다는 사실이다. 이는 그만큼 간동 양반의 판소리가 사람이나 미물들의 삶의 활력을 일깨우는 뛰어난 것이란 뜻이기도 하지만 실은 사람과 사람 더 나아가 뭇 생명 있는 것들이 '온생명'을 이루고 있음을 암시한다고 하겠다. 이시영 시에서 이 같은 상상력을 읽어 낸 것은 나의 독법이 아니다. 그보다는 몇 해 전 이재무가 쓴 「이시영론」에서 한 수 배운 덕일 것이다. 결론 삼아 말하자면 최근 이시영이 산문시 형식을 선택한 이유가 무엇인가를 이번 시집 『은빛 호각』이 잘 보여 준다고 하겠다. 그것은 기억 보존 장치로서의 시의 몫과 더불어 사람살이의 진정한 기미들을 드러내기 위한 선택이라고 할 것이다. 그 위에다 민담 같은 이야기들이 흔하게 지닌 속성, 깔끔한 입담의 재미까지 덧씌우기 위한 게 아닐까 싶다.

# 왜 수필인가

## 1.

퍽 오래전 수필에 관해 다음과 같은 글을 쓴 적이 있다. 「수필과 잡문」이란 제목의 글인데, 거기에는 시인 장서언(張瑞彥) 선생에 관한 내용이 들어 있다.

일찍이 30년대 중반부터 시작 활동을 했던 그분께 시를 쓰는 선배 (고 이창대 시인: 인용자)와 나는 독특한 그분의 과작에 대해서 여쭈었다. 시집이 없는 데다, 지면에서도 아주 드물게 작품을 보여 주시는 데 대하여 여쭈어 본 것이었다. 선생은 잠시 말을 끊고 있다가 얼버무리는 듯한 어투로,

"작품을 모아 놓은 건 꽤 되지요. 그러나 그냥 가지고 있어요."

하실 뿐이었다. 우리 사이에 무거운 침묵이 깃드는 듯싶었을 때 선생은 다시 이렇게 덧붙이셨다.

"양하는 수필 한 편을 발표하는 데에도 몇 년씩 걸렸어요. 한 편을 써 가지고는 발표할 때까지 고치고 또 고치고는 했지요. 수필도 그렇게 발표하는데, 시는 더 발표하기가 힘든 것 같아요."

덤덤한, 거기다 다소 무뚝뚝하기까지 한 그분의 말씀을 들으며 당시 젊은 열정에만 들떠 있던 나는 뒤통수를 한 대 맞는 듯했었다. 작고한 이양하 선생과 남매간이었던 그분은 이어서, 매제가 어떻게 수필을 쓰고 발표했는가를 특유의 어조로 천천히 설명하셨다.

그날 다방을 나와 헤어지면서 문득 쳐다보았던 그분의 은회색 머리는 햇빛 탓이었을까 너무 눈부셨었다. 그리고 그 뒷녘의 하늘은 왜 그리 푸르렀는지 모를 일이었다.

— 산문집『품 안으로 날아드는 새는 잡지 않는다』(1990)


인용 글에서 보듯, 시인 장서언과 이창대, 그리고 나는 마침 한 직장이어서 가을 학기가 막 시작된 어느 날 점심을 함께했었다. 벌써 30년 저쪽의 일이다. 시간의 폭력을 누가 당할 수 있겠는가. 이미 선배 두 시인은 이 세상 분들이 아니다.

구태여 옛이야기 한 토막을 여기 꺼내는 것은 수필의 자족적 실체성과 미학성을 짚어 보고 싶어서다. 수필은 갈래로만 보자면 서정, 서사, 극의 다음 자리에 놓이는 제4의 갈래에 해당한다. 그러나 그동안 전통적인 3분법에 치여서 수필 갈래는 독자적인 영역을 보장받지 못했다. 고대로부터 서한과 대화록을 비롯한 숱한 수필 작품들이 제자리를 잃고 떠도는 신세였던 것이다. 수필은 그 외연이 대단히 광범한 만큼 숱한 작품들이 자기 갈래와 소속을 뚜렷하게 정하지 못했던 것이다.

그런데 수필이 독자 갈래로 설정되면서 그 자율성과 미학성이 새삼 문젯거리가 되었다. 앞의 이야기에서 보듯 이양하는 누구보다도 수필 작품에 자기 혼을 쏟았다. 잘해 보았자 원고지 불과 15매 내외의 글을 쓰면서 그는 누구보다도 각고의 노력을 쏟으며 글의 완결성을 높였다. 그것은 마치 도공이 완벽한 도자기 한 점을 얻기 위해 수많은 가품들을 깨버리는 일에 견줄 만하다. 뿐만 아니라 이는 세공의 마감질을 쉴 새 없이 하는 공장인(工匠人)에 견주어도 좋을 일이다. 한 편의 글을 두고 끊임없이 마감질을 한다는 것은 무슨 뜻인가. 그것은 글의 완벽성을 높이는 일이다. 그 완벽성은 부분과 부분, 부분과 전체 간의 유기적 구조에서 온다. 쉽게 말하자면 문장 스타일의 완전성과 문맥의 통일성, 어구의 빈 틈 없는 호응 등에서 온다. 그것을 위해 이양하는 고심에 고심을 거듭했다.

여기서 우리는 완벽성을 자율성으로 바꿔 불러도 좋을 터이다. 텍스트에서 모든 부분들이 전체를 이루는 이 완벽성은 자기 구조의 충족성이다. 말하자면 이는 다른 외적인 요소의 틈입을 허용하지 않는 일이며 그만큼 독자적 존재성을 확보하는 것이다. 이 자족적 실체성이야말로 모든 존재를 존재로 있게 하는 요소이다. 우리 수필 작품이 독자적으로 그 자율성과 문학성을 담보하는 일은 여기에서 가능해진다.

이양하의 남다른 장인 의식은 결국 그가 수필 작품의 자족적 실체성과 문학성을 누구보다도 철저하게 자각했음을 보여 준다. 말하자면 수필이 변두리 갈래로서 잡문에 지나지 않는다는 세간의 편견을 몸으로 깨트리고자 한 것이다. 그것은 수필 역시 시나 소설과 같은 당당한 문학 갈래의 하나로서 높은 문학성을 담보하고 있고 또 그것을 실제 작품으로 실천해 보여 준 것이다. 글쟁이에게 있어 갈래의 선택은 그 갈래를 통하여 세계를 인식하고 그것을 구조화하는 일이다. 이는 더 나아가 수필의 격조와 위의에 관한 일이기도 하다.

## 2.

일찍이 H. 자이들러나 W. 러트보스키는 수필을 제4갈래로 보았다. 이는 기존의 삼분법을 거부하고 수필을 독자적인 한 갈래로 설정한 것이다. 그들은 갈래명을 수필이 아닌 교훈이란 명칭으로 불렀다. 그러면서 이 갈래의 특징으로 관조와 그 제시 방법인 보여 주기를 거론한다. 특히 러트보스키는 수필이 작가와 독자가 직접 연결되는 '나–너'의 관계임을 주장한다. 그리하여 수필은 설복을 주된 특징으로 한다는 것이다. 이는 소설이 플롯의 필연성 때문에 그 중간에 허구적 인물의 존재를 개입시킴에 반해 수필은 작가가 곧장 독자에게 호소, 설명함을 뜻한다. 그래서 독자가 자기 자신의 신분을 잊은 채 등장인물(화자)의 시점에 동화하는 일은 없는 것이다.

한편, 조동일 교수는 수필에 대해 교술 갈래라는 용어를 쓰고 있다. 그 역시 종래의 3분법을 지양하고 4분법을 채택한 것이다. 한국문학 특히 고전문학에서의 숱한 작품들, 이를테면 시나 소설로 손쉽게 갈래 규명이 어려운 일체의 작품들을 모두 교술 갈래에 포괄시켜야 한다고 했다. 이 교술 갈래는 '자아의 세계화'이며 '비전환 표현'을 특징으로 한다. 문학이 자아와 세계의 대결을 제시하는 장치라면 그 대결을 어떻게 보여 주는가에 따라 갈래가 달라진다. 시가 이 대결을 '세계의 자아화'로 제시한다면 소설은 대결 과정을 과정 그대로 보여 준다. 이에 반해 교술은 시와 달리 세계를 전면에 내보이는 가운데 자아가 그 세계에 흡수된다는 것이다. 더 범박하게 말하자면 외부에서 개입한 세계만이 작품에 드러난다고 했다. 따라서 비전환 표현이 되지만 거기에는 선택과 집중 같은 주관성도 일정 정도 관여한다는 것이다.

이러한 수필의 갈래론들은 다른 갈래와의 변별성을 주로 그 제시 방법에서 구하고 있다. 문학에서의 갈래들은 한 무더기 작품군들이 공유하고 있는 법칙이나 특성들을 뜻한다. 그리고 그 법칙이나 특성은 주로 인식 체계나 그걸 형상화하는 방법에서 찾아진다고 할 것이다. 흔히 작가가 어떤 갈래를 선택한다는 것은 그 갈래를 통해서 세계를 인식하고 제시한다는 것을 말한다. 갈래 이론에서 4분법을 주장하는 위의 논의들도 모두 이 같은 사실을 설명하고 있다. '관조'를 들먹이고 그것을 '보여 주기'의 방식으로 제시한다거나, 자아가 세계화된다는 것이거나 범박하게 말하자면 모두 수필의 갈래적 특성을 일컫는 것이다. 이들은 왜 수필인가에 대한 대답이라고 할 것이다. 글감(객관세계)들을 주관적 요소의 개입 없이, 또는 최소한의 개입으로 미적 대상으로 관찰하고 제시하는 것—이것이 수필의 본질인 것이다. 여기서 주관적 요소란 미적 거리를 확보하는 데 장애가 되는 현실적 이해관계나 개인적 도그마 등을 뜻한다. 자아가 세계 속에 흡수 동화되는 경우도 이 원칙은 변할 수 없다. 아무튼 수필 역시 자족적 실체이자 독자적 갈래로 시, 소설, 희곡과 상대적 독립성을 견지한다.

여느 갈래들이 모두 그렇듯, 수필에도 기본형이 있는가 하면 변(種)형들이 있다. 앞서 말한 조동일 교수가 일찍이 이러한 변형들을 문제 삼은 바 있다. 그는 한국문학의 시, 소설, 희곡을 제외한 다양한 작품군들을 살피고 검토하기 위해 교술 갈래를 설정했다. 한국문학을 보다 더 잘 체계화하고 연구하기 위해 갈래론을 펼쳐야 하고 펼칠 수밖에 없다는 언급이 그것이다. 그러면 교술 갈래에 함장되는 한국문학의 다양한 작품군들은 구체적으로 어떤 것인가. 그것은 서한, 대화록, 일기, 전기, 기행문 등등을 비롯한 다양한 기록물들을 일컫는다. 모르긴 해도 수필만큼 하위 변종들이 다양한 갈래도 없을 터이다. 그만큼 수필은 역사가 길고 폭이 넓다고 할 것이다. 또 이는 수필이 다른 갈래처럼 명확한 갈래 영역을 유지하지 못하는 까닭이기도 하다. 다양한 변종 갈래들이 뒤섞이다 보면 그만큼 갈래 나름의 보편 원리를 유지하기가 힘들기 마련이다. 수필이 쉽게 독자적 갈래를 형성하지 못한 데에는 이 같은 이유도 있다. J. 뷔케는 이러한 이유 탓에 수필을 잡종 형식이라고 부르기도 했다.

일찍이 남송의 홍매(洪邁)가 "내가 습성이 게을러 글을 많이 읽지도 못하면서 생각이 가는 대로 기록을 해 왔다. 따라서 기록의 선후 관계나 차례가 있을 수 없어 이를 수필이라고 한다"고 한 이래 수필이란 용어가 널리 쓰였다. 또 프랑스의 몽테뉴가 '에세'라는 책명을 쓴 이래 이는 수필의 갈래 명칭이 되었다. 에세는 어원 그대로 시론(試論)을 뜻하는 말이다. 몽테뉴는 "나는 자신을 쓰려고 한다. 오, 독자여. 그러기에 나 자신이 내 책의 소재인 것이다"라는 말 그대로 '에세'를 자기 자신에 대한 시론으로 삼았다. 이는 일상에서 탐구 사색한 내용을 당시 저술 규범을 무시한 단편 형식으로 제시한 데서 비롯한 것이다. 오늘날 우리가 '명상록'이란 제명 아래 읽게 되는 몽테뉴의 글들이 곧 그것이다. 독일 역시 수필이란 비학문적인 방법으로 논의되는 '시론'을 의미하는 말로 사용하고 있다.

## 3.

지난 18,9세기 프랑스의 살롱 문화는 매우 독특한 사교 문화라고 할 것이다. 도시 부르주아 계층들이 모이는 살롱은 유한마담들이 주로 운영했다. 이 살롱에 출입하는 이들은 모두 세련되고 교양 있는 인간들이었다. 그들은 여기에 모여 모든 문제를 논하고 또 제출된 견해들을 동등하게 취급하였다. 연극, 문학, 음악, 그림과 같은 예술은 물론 사회나 정치에 관한 문제들까지 각각의 의견을 말하고 논의하였다. 살롱 비평은 그래서 생겨났다. 우리식으로 치자면 화롯가에 모여 정담을 나누는 일에 다름 아니다. 얼마 전 간송미술관 전시회에 갔을 때였다. 거기엔 추사나 신윤복 등의 국보급 글씨와 그림들이 출품되고 있었다. 그런데 이게 웬일인가. 관람객들이 마치 인산인해처럼 몰려 있었다. 입구에 줄을 길게 서 있는 것은 물론 전시회장 안에도 사람들이 떠밀려 다니고 있었다. 나는 그만 그 사람들 탓에 관람을 포기했다. 저 북새통에서 무엇을 보고 무엇을 감상한다는 말인가.

미술 애호가의 마음가짐을 R. M. 메이어즈는 이렇게 말한 바 있다.

"아무런 강박관념 없이 완연한 해방감으로 전시장을 돌아다니며 그림에 대한 이런저런 이야기를 나누어야 한다는 것"이 그것이다. 작품과 일정한 미적 거리를 유지하며 텍스트 속에 깊이 침잠하는 것이 바람직한 감상 태도라는 설명이다. 그렇게 할 때 비로소 작품은 자기 내부를 열어 보인다. 이 미술 감상은 수필의 특성을 빗대어 설명한 것으로 읽어도 좋다. 그런가 하면 달리는 산책에다 비유하기도 한다. 정해진 목적지나 별도의 특정한 의도 없이 이런저런 주변을 둘러보며 걷는 일—이 같은 산책이야말로 수필의 내용적 특성인 것이다. 산책길에서 우리는 이러저러한 가능성을 열어 두고 우회로로 접어들기도 하고 지름길을 찾아 나서기도 한다. 수필의 이러한 특성은 우리 삶과 세계의 다양성에 그대로 대응되는 것이다. 이미 수필의 갈래를 선택할 때 작가는 그 구조를 통하여 이들 다양성을 발견하고 인식하게 되는 것이다.

우리가 애완용 동물을 키울 때를 생각해 보자. 일상에서 그 동물은 놀이의 대상 정도로 인식된다. 그래서 거의 모든 일을 주인의 입장에서 생각하고 판단하게 마련이다. 간혹 심심하고 무료할 때 그 동물과 어울려 노는 경우도 마찬가지다. 그는 자신의 무료를 달래기 위해 동물을 데리고 논다고 생각한다. 그러나 막상 놀이의 정황을 살펴보면 오히려 신이 나고 즐거운 것은 그 동물인 경우도 있다. 그런 경우 동물이 주인을 데리고 논다고 생각하면 안 될까? 주인과 애완동물 중 누가 심심풀이를 하는 걸까? 적절한 비유인지 모르지만, 이 얘기에서 보듯 우리의 인식이 과연 완전한 것이며 또 그것이 실제로 가능하기는 한 것인가.

인간에게 완전한 인식이란 불가능하다는 것이 지금까지 인식론자들의 통념이다. 이 같은 통념을 뒷받침하는 사례는 얼마든지 들 수 있다. 다만 여기서 우리는 완전한 인식이란 존재하지 않는 것임을 주목하면 된다. 수필에서는 이 같은 우리의 불완전한 인식을 가감 없이 드러낸다. 또 그것을 해결하거나 조정하지도 않는다. 있는 그대로를 보여 주거나 제시한다. 수필은 세계의 다양한 모습이나 삶의 모든 가능성과 사상에 문호를 개방한다. 이것은 어떤 글감이든 이렇게도 저렇게도 해석되고 상상될 수 있음을 극명하게 보여 준다. 아마도 이는 수필의 개방성이라고 해야 할 것이다. 그리고 이 같은 개방성은 다양한 수필의 구조를 가능케 한다. 단순한 서술 구조에서부터 대립 구조나 대화 구조, 병렬식 구조에 이르기까지의 여러 구조가 그것이다.

작품 한 편을 두고 몇 달씩 퇴고를 하며 고심했던 이양하의 예에서 우리가 생각할 수 있는 것은 무엇인가. 그것은 간단히 말해서 작품의 완결성이다. 하나의 작품이 자족적 실체로서 존립할 수 있는 근거는 그 완결성이다. 작가는 누구나 이 완결성을 위해 고심한다. 앞에서 잠시 언급한 대로 이 완결성 때문에 작가는 장인일 수 있고 자기 전문성을 담보할 수 있다. 그런가 하면 작품은 작가와 상관없이 존재한다. 흔한 말 그대로 작가의 손을 떠나는 순간 작품은 독자적 실체이자 독자의 것이 된다. 이양하는 누구보다도 이러한 사실을 잘 깨달았을 것이다. 수필이 여느 갈래들보다 아무리 개방성을 강조한다 해도 그것은 세계 인식에서의 문제일 뿐이다. 개별 작품에서는 어느 경우보다도 그 완결성을 요구한다. 이것이 수필의 품격이고 위의이다.

위트나 역설, 아이러니 등은 수사법의 차원에서 흔히 논의된다. 그러나 따지고 보면 세계 인식의 차원에서 이들을 논하는 것이 일의 이치로 보아 온당할 것이다. 위트는 대상(세계)이 내장한 상반되는 요소나 모순율을 순간적으로 통찰하는 데서 온다. 그러기에 위트는 인간의 남다른 지적 능력 중 하나이다. 그런가 하면 역설, 아이러니 또한 세계의 이질적인 요소를 인식하는 데서 시작된다. 몸과 정신, 우연과 필연, 순간과 영원 등…… 세계가 또는 대상이 내장한 상호 모순되고 이질적인 요소들은 이처럼 끝이 없다. 이것들을 인식하고 또 드러내기 위한 방법이 역설과 아이러니이다. 수필은 그 갈래의 특성상 이들 역설이나 아이러니, 위트와 같은 것들을 곧잘 내장한다. 말하자면 삶의 다양성을 드러내는 데에 이들 지적 표현법들이 두루 동원되는 것이다. 그래서 수필에는 역설이나 아이러니, 위트 등이 무늬처럼 수놓인다.

다시 졸고 「수필과 잡문」으로 돌아가자. 그 글의 후반부이다.

나는 뜻하지 않은 인연으로 학생들과 한 학기 동안 수필을 공부할 기회가 있었다. 학생들 앞에서, 수필에 대한 이러저러한 이야기를 하면서 나는 불현듯 장서언 선생의 그때 그 이야기를 떠올렸다. 일부 학생들은 수필이란 그저 누구나 주문 생산에 의해 쓴 잡문에 지나지 않는다는 생각을 가지고 있었다. 특히 시나 소설과 같은 문학의 중심 갈래를 공부하는 학생들일수록 이 같은 태도는 더 완강했었다. 그 학생들에게 나는 장 선생의 이야기를 들려주면서, 참으로 좋은 수필이 어째서 좋은 문학인가를 설명했다.

분명히 그들 학생들만의 편견이 아닌, 수필 곧 보잘것없는 잡문이란 생각은 우리 문학 동네에서도 쉽게 고쳐지지 않을 것이다. 뛰어난 정신을 가진 에세이스트가 출현하지 않는 한.

벌써 30년의 시간이 흘렀지만 위에서 이야기한 내용이 얼마나 개선되고 달라졌는지 나는 아직 잘 모른다. 사정은 크게 변하지 않았을 것이다. 그리고 뛰어난 수필 작품 역시 만나기가 우리 주변에서 쉽지만은 않을 것이다. 시간 탓이 크겠지만 그럴수록 주변이 황량한 것은 나쁜만인가.

# 누가 시의 얼굴을 보았는가

## 현실, 방법론적 긴장, 이야기시

A: 안녕하십니까. 참 오래간만입니다. 경북 어느 지방으로 내려간 뒤 처음 만나는 것이니 이십 몇 년 만인 것 같습니다.

B: 오랜만입니다. 그 무렵 실은 현실이란 것이 너무 실체 없는 허깨비 같다는 느낌 때문에 헤어졌었지요. 일의 이치 그대로 현실이 일종의 관계망, 그러니까 구성 인자들이 마치 그물코처럼 얽혀 있으면서 서로 끊임없이 유동하는 관계를 유지하는 것이란 사실을 알고는 있었는데, 막상 적막하다 싶을 정도의, 그것도 진공에 가까운 공간에 홀쩍 내던져지다 보니 완전히 충격을 먹었습니다. 내가 그동안 큰 실체나 지닌 것으로 알고 있었던 현실이 그곳에서 보니 현실감 없는 일종의 허깨비 같은 것으로 느껴진 것이지요. 그때의 충격이랄까, 심리적 공황은 결코 만만한 게 아니었습니다.

또 이데올로기라는 것도 실체 없기는 마찬가지란 생각이 들었습니다. 일정한 논점과 논점, 논리와 논리를 사슬처럼 연결하여 묶어 놓은 것이 이데올로기나 이데라는 건 알고 있었는데, 그것 역시 허방

같다는 생각이 든 것입니다. 필요한 논리와 논리만을 꿰다 보면 구
체적인 현실 내지 디테일의 세부 실체들은 모두 그 논리 밖으로 술술
새어 버린다는 것이지요.

어쨌든 그런 경험을, 그것도 절실한 실감으로 갖다 보니 서울에서 그
렇게 온몸으로 맞부딪쳤다고, 누구보다도 열심히 탐구하고 알아야
겠다고 몸부림친 현실 내지 이데라는 것에 속은 느낌도 들었습니다.

A: 예, 그런 심리적 공황이 꽤는 우묵하고 깊었던 것 같습니다. 그동
안 별로 이렇다저렇다 말이 없었던 걸 보면요. 하지만, 현실이란 것
이 중층적이면서도 실체를 이것이다라고 꼭 짚어 말할 수 없긴 하지
만 특정하게 있는 것은 부인할 수 없는 사실 아닌가요? 그 현실과 그
속에서 영위하는 삶 역시 그렇게 허깨비 같거나 추상의 텅 빈 무엇
은 아닌 것 아닌가요? 문제는 그것을 얼마나 자기 것으로 내면화하
고 또 실체가 없다면 없는 만큼 그걸 붙잡아 표현할 방법을 모색해
야 할 것 같은데요.

B: 좋은 말씀입니다. 그 방법을 찾고 만드는 일이 문학의 몫이기도 하겠
지요. 내가 말하는 현실이나 이데가 허깨비 같았다는 얘기는 그 정도
로 현실이나 이데를 이해할 수밖에 없었던 자신의 한계를 말하자는
것이지요. 막상 논리를 비롯한 어떤 문화적 인식 체계를 통하여 안
다고 생각했던 막연한 현실이 구체적이면서 특정한 모습으로 확인될
때의 충격이기도 한 것이구요. 아무튼, 나는 그곳에서 심리적 공황
을 극복하는 한편으로 이 구체적인 특정 현실을 어떻게 드러내고 제
시할 수 있을까 하는 방법을 모색하기 시작했습니다. 좀 현학적인 말
로 하자면 방법론적인 긴장을 하기 시작한 것이지요.

그 결과 나름대로 만들어 낸 틀이 '이야기시(narrative poem)'라는 것
이었습니다. 물론 '이야기시'란 시 형식은 유럽이든 우리나라든 벌써
오래전부터 있었던 것이구요. 그때 나는 서사 구조 또는 이야기식의
줄거리를 통하여 특정 현실의 세부들을, 우리 얘기 가운데 앞에서 말

한 대로라면, 구체적인 사상(事象)들을 제시하는 데 딱 맞춤하다고 생각했던 셈입니다. 흔히 현실주의다 모더니즘이다 문학의 태도나 성격에 따라서 크게 양분을 하는 것이 지금까지의 문학판 관행이지만 조금만 범박하게 보면 결국 현실을 어떻게 바라보고 드러내는가 하는 방법론적인 차이를 그렇게 나눠 말하는 것 아닌가요. 물론 세계나 삶을 해석하는 인식론상의 낙차는 크겠지만.

일반적으로 방법론으로서의 리얼리즘이 결정론을 바탕으로 한 시간적인 순차 관계나 원근법 등을 축으로 삼는다면 모더니즘은 바로 이같은 인과론적인 시간 양상이나 원근법을 그 밑바탕에서부터 파괴하고 해체하는 전술을 쓰고 있는 것이지요. 지난 20세기 초 서유럽의 전위예술이 크게 보면 이 같은 모더니즘적 특성을 가장 잘 드러낸 본보기들이었던 셈이지요. 지난 1950년대까지 우리 모더니즘의 정신적 대부 같았던 T. S. 엘리엇이나 그의 작품 「황무지」 같은 경우를 돌아보면 좋을 듯합니다.

A: 현실을 드러내는 방법으로 이야기시가 선택되었다면 결국 리얼리즘에 가깝게 가 있었던 것 아닌가요?

B: 그렇다고는 쉽게 이야기할 수 없을 것 같습니다. 서사 구조를 갖추려고 하면서도 실은 병치나 콜라주 등에 관심이 더 많이 가 있었지요. 게다가 영화로 치면 클로즈업이나 연결 고리 없는 숏(shot) 같은 것들을 병치시키기도 했으니까요.

화제 좀 바꿀까요. 너무 두 사람만의 이야기로 흘러가는 것 같으니까.

## 문학성, 거대 담론, 일상적 삶

A: 잘 알려진 그대로 현실주의 문학이, 그것도 운동시가 급작스럽게 위

축되기 시작한 것은 현실사회주의권의 붕괴와 궤를 한다고 하겠습니다. 또 다르게는 지난 10여 년 간의 국내 상황인 정치적인 억압 체제 해체와도 맞물리고요. 어쨌든, 현실주의 상상력은 이 같은 문학 밖의 현실 변동과 일정한 상동 관계를 보이며 탄력을 잃어 온 감이 있지요. 그러나 사실은, 엄격하게 말하자면, 과연 문제적인 현실이 근본적으로 해결됐거나 달라진 것이 있는가 하는 점인데, 입장에 따라서는, 현실 자체가 크게 변화되고 달라진 것이 없는데 너무 성급하게 문학만이 달라진 것은 아닌가 생각할 수도 있겠습니다.

B: 그 점은 동감입니다. 정말 현실은 크게 변한 것이 없는데 문학만 달라졌다면, 그동안의 현실주의 문학 내부에 실은 심각한 취약점이나 문제가 있었던 게 아닐까요. 내 나름의 피상적인 단견인지 모르겠습니다만, 그 문제 가운데 하나는 문학이 정치 논리에 압도당한 나머지 문학 논리랄까 문학성을 심화시키거나 다듬는 데 지나치게 소홀했던 것 아니냐는 생각입니다. 물론 그렇게 되기까지에는 피할 수 없는 현장의 상황 논리들이 있었겠지요. 운동성이 그 어떤 문학성보다 우선한다는 논의가 단적인 예일 것입니다. 다른 하나는 현실에 대한 과학적 인식이란 미명 하에 사회학적 상상력이랄까, 사회학 이론 틀에 현실 해석을 맞추는 일들이 성행했던 점입니다. 상당수의 시들이 그와 같은 세계관적 기반을 밑바닥에 깔고 있었고 그만큼 시 작품들은 자기 목소리라고 할 수 있는 유니크한 개성 대신 일률적인 목소리들만을 앞다퉈 들려주고 있었지요. 말하자면, 앞에서 누차 말한 현실 또는 이데라고 하는 것들이 필연적으로 내장한 실체 없는 허상만을 좇았던 셈이지요. 구체적인 사실, 특정 현상들이 모두 빠져 버린 논리의 앙상한 뼈대들만 본 것은 아닌지 모르겠습니다. 흔히 말하는 거대 담론만이 작품 속에 있었던 것이고 그럴수록 실제 현실을 이루고 있는 특정 세부 사실이나 구체적인 삶의 양상들이 지워져 있었던 겁니다. 실은 이 같은 구체적 삶의 모습이나 현실의 디테일들이 육화되

고 내면화되면서 작품 속에 들어가 있어야 시가 힘을 쓸 수 있고 또 그 나름의 내구성을 가질 수 있는 것 아닌가요? 그 점에서 보면 거대 담론 위주로 만들어진 시들이 운동성이나 즉물성은 뛰어났을지 모르나 원천적으로는 그 내부에 문학의 힘이 결여되어 있었다고 봐야 할 거 같습니다. 게다가 현실사회주의권의 붕괴뿐만 아니라 대내적으로도 급격한 정치사회적인 변동이 도래하자 이 갑작스러운 사태에 대한 응전력마저 잃고만 셈이구요. 마치 허공을 팽팽한 연줄에 의지해 날던 연(鳶)이 그 줄이 끊어지는 순간 급작스럽게 곤두박질치는 형국과 같았다고나 할까요.

A: 거대 담론이 사라진 자리에서 어떤 현상들이 벌어졌는가는 그동안 여러 논자들이 많은 이야기들을 한 바 있습니다. 그 이야기를 굳이 여기서 다시 반복할 필요는 없겠지요. 문학이 언제나 삶의 구체성으로부터 출발해야 한다는 말씀에 굳이 이의를 달고 싶은 생각도 없습니다. 그러나 그 구체성만을 고집하다 보면 결국 일상 현실의 이러저러한 쇄말주의에 떨어지는 건 아닐지요? 또 실제로 그런 징후들도 많이 드러나고 있습니다.

B: 예. 그동안 현실주의 상상력이 탄력을 잃었다라든지, 그에 따라 좋은 작품들이 나타나지 않고 있다는 등등의 우려들이 실은 지금 말씀하신 그 문제와도 무관한 일이 아닌 것 같습니다. 결국 시에서 계몽적인 성격이, 종전의 용어대로라면, 운동성이나 목적성이 사라진 자리에 이제는 일상이 들어오게 되었다는 말인데 이 점은 앞으로도 세심하게 지켜봐야 할 것 같습니다. 그러니까 현실주의시들이 어떤 양상의 변모들을 겪고 있는가. 또 어떤 새로운 응전을 시도하고 있는가는 시간을 두고 천천히 깊이 있게 지켜보자는 것이지요. 더욱이 우리 현실이 근본에서는 달라진 것이 없다고 한다면 그 현실에 대한 응전 내지 방법론만을 달리한다는 이야기인데 그 점도 아직은 어떤 뚜렷한 것이 없습니다. 흔히 말하듯 존재론적인 탐구나 더 낡은 말로 하자면 인생

론적인 작품들로 방향을 트는 경우도 심심치 않게 볼 수 있습니다. 다음의 시는 최근에 읽은 작품인데 과거 현실주의시의 상상력이 어떻게 자아의 미시 담론으로 바뀌었는가를 단적으로 보여 주고 있습니다.

지나고 나면
봄날은 다 눈부시었다
그리고 지상의 크고 작은
나무들 곁에는
그들을 지켜 주시는
신성한 우물이 있다는 것을
지천명을 몇 해 더 넘기고서야
나 겨우 알았다
나 정말 너무 늦게 알았다
오늘 관악산 오르다가 힘에 부쳐
붉게 진 영산홍 꽃무덤에 앉아
지난날 회한이 사무쳐 오는
저녁 한때.
지나간 모든 실패가
옳은 길이라고 믿었던 젊은 날
내 삶의 고단한 도정에도
간절한 우물터 하나쯤 있었는지 몰라
옛 유년의 숲 찾아가다
거기서 마지막으로 크게 길 잃어
나 홀로 고립되고 싶다
나 이제 잊혀져 사라지고 싶다

—홍일선, 「길을 잃고 싶은 저녁」 전문

우선, 이 작품의 내용부터 산문으로 간결하게 번역하자면 이렇게 될 것입니다. 화자는 관악산 산행을 나섰다가 지친 몸을 쉬고 있습니다. 그것도 꽃 진 영산홍 나무 곁에 앉아 쉬는 거죠. 화자는 그렇게 쉬며 지난날에 대한 회한에 휩싸이는데 그 회한은 화자의 수사법 그대로 하자면 "지상의 크고 작은/ 나무들 곁에는/ 그들을 지켜 주시는/ 신성한 우물이 있다"는 사실을 간과한 데에서 비롯된 것입니다. 이른바 "신성한 우물"에 대한 화자의 뒤늦은 깨달음은 곧이어 사람 살이의 도정에도 그 우물이 있었을 것이란 생각에 이어지고 유년의 숲 어디선가 마지막으로 "크게 길 잃어" 고립되고 또 잠적하고 싶다라고 말합니다.

이 작품은 두말할 것 없이 현실에 대한 특정한 전망이나 열정—그 열정은 낭만적 열정일 수도 있겠는데—이 사라진 자리에서의 미련과 회한의 정서를 말하고 있습니다. 소설로 치자면 후일담 형식의 소설에 해당되는 것이지요. 현실주의시가 어떻게 변모하고 있는가 하는 한 본보기를 보여 준다는 점에서 흥미 있게 읽히고 있습니다.


## 형태주의시, 미학적 자의식, 존재론

A: 그렇게 보자면, 현실주의시들뿐이겠습니까. 범박하게 형태주의시라고도 하고 또는 해체시라고도 불린 전위적 실험성을 축으로 삼던 경향도 탄력 내지 활기를 잃기는 마찬가지 아닌가요?

B: 그 의견에는 동감입니다. 지난 1980년대 해체시들이 보였던 생기와 탄력을 기억하는 사람 입장에서 보자면 최근 우리 시에는 그 방면에서도 침체를 못 벗어나고 있다고 할 수 있습니다. 특히 지난 1980년대 중반 해체시가 리얼리즘과는 또 다르게 현실을 제시하고 드러내는 양식으로 사람들에게 다가왔을 때의 신선한 충격은 지금도 생

생한 바가 있지요. 기성품들을 비롯해서 파편화된 현실을 드러내는 특이한 방법론이 돋보였지요. 아마도 이는 나뿐만 아니라 리얼리즘 이란 방법론에 식상했던 대다수 사람들의 공통된 반응이 아니었던가 싶습니다. 그 이후로 숱한 화제를 뿌리며 갖가지 특이한 시적 형태들 이 등장했습니다. 텍스트의 각주(脚註) 형식, 호적등본 양식, 장르의 혼합 내지 차용 등등 한때의 시적 형태의 경연을 방불케 하기도 했습 니다. 그러나 상당수의 경우는 방법론에 대한 자의식이나 뚜렷한 이 론적 성찰 없이 유행을 뒤쫓는 수준에 머물고 만 경우들이었습니다. 예술치고 어느 예술이 새로워지고자 하지 않겠는가마는, 그 새로움 이란 것이 새로움을 위한 새로움, 신기한 것만의 단순 추구라면 큰 의미가 없는 일 아닙니까. 현실이나 삶에 대한 해석이 달라지고 그 에 따른 변화된 표현 형식의 하나라고 해야 형태주의는 그 나름의 참 의미를 갖는 것이라고 하겠지요. 멀리서 예를 구할 필요 없이 1980 년대 해체시가 단순히 형태(형식)의 새로움만을 보였다면 과연 그렇 게 강렬한 반향을 불러올 수 있었겠습니까. 복잡하면서 중층적인 현 실을 리얼리즘과는 다르게 독특한 형식으로 제시하고자 한 나름대로 의 고민이 안받침되었기에 강한 호소력을 지닐 수 있었던 것이지요.

A: 언제나 이런 자리에서 느끼는 일입니다만 말이란 언제나 하기 쉽죠. 또 원론이나 당위를 몰라서라기보다는 실제로 그것의 작품적 실천이 어렵다는 데 늘 문제가 있는 것 아닙니까.

B: 한 방 먹었습니다. (웃음) 대체로 지금 우리의 이야기는 현실주의거 나 그 대립각이라고 하는 모더니즘이거나 간에 모두 생기와 탄력을 잃고 있기는 마찬가지란 겁니다. 그 두 가지 큰 문학적 방법론이 왜 그렇게 되었는가, 왜 침체와 타성을 못 벗어나고 있는가 등등의 문 제는 아무리 이야기를 해도 결론이 쉽게 날 것 같지 않습니다. 이 자 리보다는 다른 자리에서 좀 더 깊이 있게 살펴보는 일이 좋을 것 같 습니다.

A: 예, 그렇게 되도록 노력하겠습니다. 그러면 지금 우리 시 동네에서 두드러지는 시적 취향은 어떤 것일까요?

B: 짧게 줄여서 말하자면 세계나 삶에 대한 의미를 시로 일깨워 주려는 그래서 달관주의 내지 존재론적 각성을 주요 품목으로 하는 시들이 범람하고 있습니다. 물론 이들 시가 왜 나쁘냐, 우리 시가 언제 한번 제대로 된 달관의 경지나 심도 있는 존재의 탐구 등을 보여라도 준 적이 있었느냐 한다면 반론하기도 힘든 것이 사실이지요. 그러나 이제는 이 같은 시적 틀이 일종의 도식이나 공식처럼 굳어져 간다는 데 문제의 심각성이 있습니다. 값싼 유행어 그대로 문학에서 비슷한 것은 언제나 가짜일 수가 있으니까요. 말하자면, 같은 존재론의 시들이라도 개성만은 유지하고 있어야 하는데 그렇지 못한 것이지요. 비슷비슷한 것들이 너무 많다는 생각입니다. 차라리 지난 시절 시적 개성이나 방법론을 놓고 치열하게 다투었던 시절이 한국시라는 큰 틀 안에서 보면 더 바람직한 단계에 있지 않았나 하는 생각마저 듭니다. 현실을 가운데 두고 서로 다른 방법론으로 드러내고자 각기 다투고 보완하고 해 온 일이 큰 시야에서 보면 보다 나았지 않은가 하는 거죠. 물론 현장에서는 첨예하게 대립도 하고 섹트를 구성하기도 했겠지만 (최근에는 좀 고상한 말로 해석적 공동체라고도 합니다만) 한국시라는 전체적인 조망 하에서 보면 그만큼 활기도 넘칠 뿐 더러 서로가 추동하는 역할도 톡톡히 했던 것입니다.

A: 일리 있는 말씀입니다. 편집자는 향후 우리 시의 나아갈 지표나 방향도 한번 제시해 보라는 주문이었는데 어떻습니까?

B: 일의 이치대로 하자면, 문제를 짚었으니 해결책이나 대안까지 내놓는 것이 당연하겠지요. 그러나 솔직하게 해결책 내지 대안 제시까지는 능력 밖이라는 생각입니다. 물론 사안에 따라서는 여러 가지 얘기도 가능하지만 자칫 원칙론만 강조해 보아야 하나마나한 소리가 되거나 계몽성 짙은 내용이 되기 십상이죠. 무책이 상책이라는 말 그대

로 시나 시인들에게 맡겨 두는 일밖에 더 있겠습니까. 지금 시 동네의 분위기대로라면 뭔가 달라지기는 져야겠는데 그것이 무엇일까 하는 일종의 탐색기에 접어들어 있기도 하고…….
끝으로 다음의 시 한 편 더 읽는 것으로 얘기 마무리를 하죠.

남자가 여자의 왼쪽 옆구리를 뜯어내 주유기를 걸쳐 놓고 한 손으로는 여자의 목을 또 한 손으로는 여자의 머리를 쓰다듬고 있다

여자가 남자의 배를 뜯어내고 밀어 놓은 주유기를 두 손을 잡은 채 설 새 없이 깔깔거리고 있다

남자가 남자의 등을 뜯어내고 그리고는 담배에 불을 붙이고 있다 주유기는 뼈 사이에 걸려 있다.

세상의 모든 차들은 휘발되는 불빛을 믿고 길을 만들고

의외로 간단한 조합인 남자와 남자 또는 여자와 남자 또는 여자와 여자는 몸만 바꾸고
                                                    ─이원, 「주유소의 밤」

이른바 디지털 시대, 자동화 시대에 사는 인간＝기계라는 등식이 가능한 삶의 풍경이 어떤 것인가를 잘 보여 주고 있는 시이죠. 천편일률적으로 특정한 상상력만이 판치는 시 동네 현실에서 조금만 비켜설 때 그 남다른 일탈이나 파격의 상상력이 어떤 울림을 안겨 주는지를 보여 주고 있죠. 구체적 대안이나 실질적인 문제 해결은 못 되지만 이 같은 작품들이 어떤 시사를 던져 주는 건 아닐까 싶군요. 주어진 시간보다 많이 경과한 것 같습니다. 일단 마무리합시다.

A: 그럽시다. 그럼 또 가까운 시일에 만나서 미진한 이야기는 마저 해
   보도록 하겠습니다. 말씀 고맙습니다.

# 후일담 형식과 일상의 미시 담론

　지난 세기의 1930년대 말에 이론적 골격을 갖춘 순수문학론은, 때에 따라 말도 많고 탈도 많았지만, 그 나름으로 긍정적인 의의를 지니고 있다. 하나는 문학의 자율성을 외재적인 여러 담론들로부터 확보해 왔다는 점이고 다른 하나는 작품의 미학적 완성도를 높이는 계기로서의 역할을 한 사실이 그것이다. 이 두 가지 의의는 동전의 양면처럼 편의에 따라 가른 것일 뿐 실은 문학성이란 한마디 속에 두루 수렴될 수 있는 것들이다.

　문학 이외의 일체의 것들로부터 벗어나 '문학 정신만을 옹호하려는 의연한 태도'를 견지하고자 했던 이 문학론은 일제강점기 말의 열악한 현실 속에서 당시 신세대들이 선택할 수 있었던 거의 유일한 이데올로기였다. 특히 해방 공간에 이르러서는 정치 제일주의의 현실 속에 함몰되는 일 없이 상당수의 시인 작가들로 하여금 문학성을 견지하며 작품 생산에 임할 수 있게 만들기도 하였다. 그러나 한편으로는 현실을 지나치게 도외시한 결과 탈역사성에 빠져들었다. 여기서 그 탈역사성이 결과적으로 어떤 폐단을 우리 문학에 끼치게 되었는가는 더 장황하게 설명할 필요가 없을 것이다. 왜냐하면 결과론이기는 하지만 지난 세기 후반 우리 문학의 전개 과정이 그 폐단을 실증적으로 보여 주고 있기 때문이다.

말이 난 끝에 한 가지만 더 덧붙이자면, 정치 제일주의에 함몰된 문학 또한 순수문학론 못지않은 파탄과 일탈을 그동안 보여 주었다는 점이다. 극단의 한 예이겠지만 인민성과 당성에 복무한 사회주의권 문학의 전락이나 최근 현실 상황의 틀 변화에 따라 탄력을 잃고 있는 현실주의 문학 등이 그 단적인 본보기들이라고 할 것이다. 결국 현실과 문학의 정합이 얼마나 어려운 문제였던가 하는 사실을 우리는 이들 예에서 새삼 읽어 내는 것이다. 앞에서 투박하게 살핀 순수문학론도 비록 역방향에서이긴 하지만 이 점에는 결코 예외가 아니라고 할 것이다.

각설하고, 이 달에는 홍일선의 「길을 잃고 싶은 저녁」부터 읽어 보자.

지나고 나면
봄날은 다 눈부시었다
그리고 지상의 크고 작은
나무들 곁에는
그들을 지켜 주시는
신성한 우물이 있다는 것을
지천명을 몇 해 더 넘기고서야
나 겨우 알았다
나 정말 너무 늦게 알았다
오늘 관악산 오르다가 힘에 부쳐
붉게 진 영산홍 꽃무덤에 앉아
지난날 회한이 사무쳐 오는
저녁 한때.
지나간 모든 실패가
옳은 길이라고 믿었던 젊은 날
내 삶의 고단한 도정에도
간절한 우물터 하나쯤 있었는지 몰라

옛 유년의 숲 찾아가다

거기서 마지막으로 크게 길 잃어

나 홀로 고립되고 싶다

나 이제 잊혀져 사라지고 싶다

　　　　　　　　　　　—홍일선, 「길을 잃고 싶은 저녁」 전문

　우선, 이 작품의 내용부터 산문으로 간결하게 번역하자면 이렇게 될
것이다. 화자는 관악산 산행을 나섰다가 지친 몸을 쉬고 있다. 그것도
꽃 진 영산홍 나무 곁에 앉아 쉬는 것. 화자는 그렇게 쉬며 지난날에 대
한 회한에 휩싸인다. 그 회한은 화자의 수사법 그대로 하자면 "지상의 크
고 작은/ 나무들 곁에는/ 그들을 지켜 주시는/ 신성한 우물이 있다"는 사
실을 간과한 데에서 비롯된 것이다. 이른바 "신성한 우물"에 대한 화자
의 뒤늦은 깨달음은 곧이어 사람살이의 도정에도 그 우물이 있었을 것이
란 생각에 이어진다. 그리고는 유년의 숲 어디선가 마지막으로 "크게 길
잃어" 고립되고 또 잠적하고 싶다라고 말한다.

　대체로 이렇게 옮겨 적을 수 있는 이 작품은 몇 가지 점에서 주목할 대
목들이 있다. 첫째는 화자의 시선이 일관되게 내면으로 향하고 있다는
사실이다. 회한이란 정서가 이미 자아를 대상화하고 꼼꼼히 되짚어 살
피는 데서 비롯된다는 점으로 봐도 이 내면 지향은 자명해진다. 그러면
시선이 내면으로 지향한다는 사실은 무엇인가. 그것은 범박하게 말해서
화자가 일단은 외부 현실을 괄호 속에 묶고 있다는 뜻이리라. 바꿔 말하
자면 현실이 화자의 의식 밖으로 모두 밀려나 있다는 것이다. 따라서 작
품 속에 나타난 현실이나 현실적인 내용들은 기억이나 예기의 형식을 통
하여 모두 가공된 것들이다.

　두 번째는 화자가 말하는 '회한'과 관련된 내용들이다. 여기서 회한은
젊은 날 옳은 것이라고 믿었던 내용과 관련이 깊다. 곧 지난날 모든 실패
한 것들로 대표되는 옳은 것, 옳다고 믿었던 사실들이 실은 이룰 수 없

246

는 것임을 깨닫는 데서 오는 정서인 것이다. 일반적으로 고매한 도덕적인 것 내지 도덕률이란 현실원리와 마주칠 때 흔히 실패하게 마련이다. 그것은 현실원리와 너무 동떨어진 꿈이거나 이룰 수 없는 유토피아에 다름 아니기 때문이다. 홍일선에게만 국한해서 보자면 그 유토피아는 "지난날 많이 살던 착한 사람들" 또는 그들이 살던 "聖所 같은 그 집"(「수원에 어진 사람이 많이 살 때 군청집이 있었다」)으로 상징되는 어떤 시공간일 터이다. 그 시공간은 특히 "멀리 굽이쳐 에돌아가는" 과거이거나 "옛 유년의 숲" 어디엔가 있다. 뿐만이 아니다. 세속의 현실원리와 어긋나 있기에 그 도덕원리는 신성한 것, 성스러운 것과 등가의 것으로도 인식된다. 그런 의미에서 지난날 유토피아적인 것을 찾는 고단한 삶의 도정을 걸었던 사람들 상당수가 구도자의 또 다른 유형을 이루고 있는 것인지도 모른다.

이쯤에서 우리는 지난 정치적 억압의 시대에 있었던 여러 가지 운동들을 기억해도 좋을 것이다. 범박한 차원의 정치적 자유를 위한 민주화 운동이든 민족·계급 모순의 해결을 외치던 이념 운동이든 그 운동에 몸담았던 사람들의 현실적 삶은 이 작품의 화자가 말하듯 "고단한 도정" 그 자체였다. 특히 문학은 현실주의를 창작 방법으로 변혁의 무기임을 자임하였었다. 그러나 현실사회주의에 기반한 유토피아가 해체되면서 이들 이념문학은 급속하게 탄력을 잃어 갔다. 그리고 서사문학에서는 저간의 사정을 이른바 후일담 형식의 소설로 담아내기도 하였다.

그런가 하면 담론 영역에서는 거대 담론이 사라진 대신 갖가지 미시 담론들이 우후죽순처럼 등장하였다. 그러면 우리 시에서는 어떠하였는가. 그것은 이 작품의 화자의 독백 그대로 "지나고 나면/ 봄날은 다 눈부시었다"와 같은 광휘에 찬 시공간으로 언술되기도 하고 때로는 회한으로 물든 어떤 무엇으로 얘기되기도 하는 것이다. 지금 우리가 작품 「길을 잃고 싶은 저녁」을 읽는 속뜻도 실은 후일담 소설에 대응되는 이 같은 시적 형식과 양상을 확인해 보자는 것에 다름 아니다. 그동안 시집 『농토의 역사』 『한 알의 종자가 조국을 바꾸리라』 등을 통하여 현실에 대한 비판적 목소리를 누구보다도 높여 왔던 이 시인에게 있어 작품 「길을 잃고 싶은 저녁」은 저 '눈부신 봄날'이 지난 뒤의 그 나름의 새로운 시적 대응에 해당되기 때문이다. 그 대응은 이제 미래에 대한 전망들이 부재한 가운데 홀로 고립되거나 잠적하는 형식을 취하는 것. 그리고 그것은 밀도 높은 정서와 함께 자기 성찰의 독백으로 드러나고 있다.

그러면 마지막으로 화자를 통한에 이르게 한 "신성한 우물"이란 무엇인가. 작품의 겉문맥 어디에도 그 물음에 대한 해답은 제시되어 있지 않다. 다만 범박하게 그동안 신화적 상상력들이 보여 준 우물이나 물에 대한 해석을 원용하고 따를 수 있을 터이다. 널리 알려진 대로 우물은 자궁처럼 생명이 태어나는 공간이면서 동시에 풍요와 정화력을 상징한다. 이 같은 신화적 해석을 배경 문맥으로 두고 읽을 때 나무들 곁에서 나무를 지켜 주는 우물이나 이에서 유추되고 있는 "내 삶의 고단한 도정"에도 있었을 것이란 우물의 의미가 드러난다. 곧, 우물은 목마름 또는 갈증을(그것은 유토피아에 대한 것일 수도, 생의 구경에서 오는 것일 수도 있다) 풀어 주는 생명소이면서 삶의 위안이기도 한 모성의 다른 이름이었던 것이다.

이제 삶에서 모성을 뒤늦게 거듭 발견하는 일—그리고 그 세계에서 마지막으로 크게 길 잃어 잠적하고 싶은 일은 현실주의 문학을 해 온 이 시인에게 있어 또 다른 도정의 시작은 아닐까.

박수현의 「새벽 동대문시장」 역시 색색의 꽃들로 제시되는, 홍일선의 경우와는 또 다른, 여성성을 제시하고 있다. 그 여성성은 이 작품에서 고물 경운기같이 노동에 삭은 늙은 지게꾼마저 결코 삭지 않은 존재로 그려 내도록 만든다.

오늘처럼 꽃무늬 천 져 나르는 날은
고향 봄 들판 가로질러 달리는 듯
고물 경운기 같은 사내
덜덜대는 기어 변속도 조금쯤 가볍다

곤한 그이 입김 물고 어느 먼 곳으로 전송된 꽃봉오리들

지금은 어떤 여자들 몸에서

색색의 꽃 터트리고 있을까.

— 박수현, 「새벽 동대문시장」 부분

    화자는 새벽시장의 번잡한 일상을 지게꾼을 매개로 해서 그려 내고 있다. 그것도 새벽녘 옷감 시장에서 거래된 포목들을 져 나르는 지게꾼의 노동을 묘사한다. 그런데 그 노동은 대다수 노동시들의 경우처럼 착취나 소외의 시각에서 인식되고 묘사되는 것이 아니다. 그보다는 마치 꽃들을 솜씨 있게 피우는 무슨 권능자처럼 신바람과 즐거움에 좇아 하는 놀이 수준의 노동으로 그려 내고 있는 것이다. 그런가 하면 시장에서의 상거래 역시 교환이나 자본의 이동과 같은 관습적 시각에서 언술되기보다는 '꽃과 나비'의 관계로 그려진다.

    이를테면 거래되는 옷감들의 꽃무늬가 지천의 분홍꽃으로 상상되는가 하면 몰려든 고객들조차 배추흰나비 떼로 연상되는 것이다. 물론 이 같은 시적 수사는 비유의 근본비교에 해당하는 것이어서 이 작품만의 독특한 기법이라고는 할 수 없다. 그러나 이미 앞에서 설명한 바이지만 특정 시장의 상거래라는 일상 현실이 미시적 시각에서 드물게 촘촘히 그려지고 있는 것이다.

    지금 특정의 거대 담론들이 소멸한 자리에는 이 같은 일상의 재현뿐만 아니라 삶의 의미를 보다 깊이 있게 성찰하려는 일련의 존재론적 시들이 넘쳐 나고 있다. 과연 이 같은 시 동네의 두드러진 현상은 어떻게 자리매김될 수 있는 것일까. 이는 박수현의 시를 읽는 다른 한편에서 생각하게 되는 물음이기도 하다.

# 1990년대 여성시의 몸 담론 양상

　　지난 1990년대에 있었던 현실사회주의권의 붕괴와 국내 민주화의 추세는 우리 시에서도 이른바 거대 담론을 걷어 내는 결과를 가져왔다. 분단 극복이나 식민 체제의 배격 같은 거대한 담론들이, 비록 실제 현실에 있어서는 가시적인 아무런 결과를 가져온 바 없었지만, 급격하게 문학권 내에서 힘을 잃어 갔던 것이다. 시에서 이러한 거대 담론 내지 현실 이데올로기의 퇴조는 두 가지의 두드러진 현상을 가져오게 만들었다. 하나는 1980년대 내내 시적 거대 담론들의 주변부로 밀려나 있었던 일상성에 대한 새삼스런 관심과 탐구였고 다른 하나는 신서정의 추구였다. 이들 추세는 시를 현실 변혁의 무기라고까지 생각했던 과거 문학의 운동성이 퇴각한 빈자리에 문학의 문학성이 자연스럽게 회복되는 결과를 가져오기도 한 것이었다.

　　그러면 시에서의 일상성 회복은 어떤 양상으로 나타났는가. 우선 일상에 함몰되었던 개인 자아의 진정성을 성찰하게 만들었다. '나는 누구인가'라는 시적 물음이 진지하게 제기된 것이다. 그런가 하면 일상 현실 가운데 들어 있는 허위 욕망의 문제 내지 자본의 폭력성을 들춰내는 일도 진지하게 전개되었다. 특히 대중문화의 갖가지 현상들이 우리의 일상적 삶의 구석구석을 어떻게 파고들어 와 왜곡했는가를 시로 탐색하기도 하였다.

일부 비평가들은 이런 시적 경향을 문화주의의 시라고 지칭하였다. 말할 것도 없이, 주지하는 대로 대중문화의 급속한 팽창과 확산은 문화산업이라는 말을 자연스럽게 등장시켰다. 문화적인 제반 현상에까지도 경제적인 효율성을 따지게 만든 문화산업은 일찍이 T. W. 아도르노를 비롯한 서구의 비판적 지식인이 즐겨 썼던 용어였다. 그들은 서구 자본주의가 빚어낸 일련의 속악한 대중문화들을 설명하면서 '부정성'의 개념을 만들어 내기도 하였다.

그런데 시에서 일상성을 문제 삼는 경우, 이와 같은 문화산업이란 용어에 이미 함축되어 있듯이, 상업성 문제를 함께 초래하였다. 시에서도 잘 팔리는 베스트셀러 시집 문제가 제기되었고 또한 이에 따라 대두된 시의 키치화 현상에 대한 우려도 다각도로 나타나게 되었다. 그런가 하면, 이미 소비사회화로 급격하게 달라진 우리 삶의 일상성을 표현하기 위한 형태(형식)적 실험이 젊은 시인들에 의하여 폭넓게 그리고 다양하게 시도되기도 하였다.

그러는 한편, 시에서 서정적 진실의 회복을 표방하며 나타난 신서정 운동 역시 많은 시적 개성의 차이를 보이면서도 두 가지 양상을 보였다. 하나는 소비사회 속의 갖가지 욕망에서 자유로워지고 싶어 하면서 이른바 선적(禪的) 인식의 틀을 시에 차용하려는 정신주의시이고, 다른 하나는 비록 오염되고 훼손된 자연이지만 그 자연 속에서 정신적 위안을 찾으려는 시적 경향이 그것이다.

이상에서 필자는 1990년대 우리 시의 전체적인 지형도를 매우 개괄적이지만 살펴보았다. 그러면 이와 같은 1990년대 시의 전체적인 구도 가운데 우리 여성시의 위상이나 주요한 시적 특성은 무엇인가. 우선 필자는 페미니즘의 등장과 여성 몸에 대한 각별한 관심을 들고자 한다. 이 가운데 페미니즘의 등장은 단순한 문학권 내에 국한된 문제만은 아니었다. 이미 지난 1970년대 일부 여자대학에서이긴 하지만 '여성학'이 등장하였고 그 이후 관심 있는 여성운동의 선각자들에 의하여 꾸준한 담론 생산이 이루어져 온 결과에 따른 것이었다. 거기다가, 고도의 자본 사회에 진입하면서 우리 사회 내의 급격한 가족 구조의 재편과 해체, 그리고 여성의 사회적 역할의 증대 같은 사회적 큰 변화가 페미니즘의 본격적인 등장을 가속화시켰던 것이다.

이 현상은 또 우리 문화계에 포스트모더니즘, 포스트구조주의 등등 같은 서구의 포스트 패러다임이 지적 유행으로 확산된 사실과도 깊은 관련이 있다. 말하자면, 데카르트 이래 서구의 전통적인 인식 패러다임인 이성중심주의가 심각한 위기와 폐해를 오늘의 사회에 가져왔다는 전제 아래 근대의 해체, 구조의 해체를 주장하는 담론이 유행하고 이에 따른 남근 중심의 일원론에 대한 해체 역시 페미니즘 논자들에 의하여 시도된 것이었다. 서구의 근대가 이성중심주의의 산물이라면 이 근대 속의 남근 중심 일원론 역시 이성중심주의에 의하여 주장되고 지탱되어 왔던 것이다. 따라서, 이성중심주의에 대한 전략적 해체 담론인 탈근대성 논의는 페미니스트들에게 남근 중심의 일원론에 대한 해체를 시도하도록 만들었다. 그것도 S. 보봐르와 같은 성 문화(Gender Culture)에 있어서의 남녀 평등론 차원을 한 단계 높여서 남녀의 차이를 인정하면서 동시에 그 상호 보완 내지 상호 주체성을 주장하는 L. 이리가레이류의 페미니즘을 등장시킨 것이었다.

이 글의 중심 주제인 여성의 몸 담론은 성 문화의 상호 주체성을 내세운 신체 페미니즘에 의하여 집중적으로 거론되었다. 사실 그동안 사람의 몸에 관한 관심이나 담론은 서양철학에서도 주변적인 인식이나 부차적인 논의에 머물러 왔다. 그러나 20세기에 들어오면서 몸에 대한 해석은 탈근대성 논의와 더불어 활발하게 전개되기 시작하였다. 이 논의는 근대성의 이성중심주의, 남근 중심성, 논리중심주의 태도를 벗어나 탈근대의 새로운 인식을 통하여 지난날의 근대성이 결과한 위기를 극복하고자 하는 것이었다.

우리 인간의 몸은 그러면 어떤 해석이 가능한 존재인가. 몸에 대한 관심이 대두되면서 몸에 대한 해석은 크게 두 가지로 나타나고 있다. 하나는 몸이란 자연적으로 주어진 조건 혹은 토대란 설명이 그것이고 다른 하나는 사회·문화적인 여러 성격이나 의미가 각인된 대상이란 해석이 그것이다. 특히 두 번째의 해석은 신체 페미니즘의 중요한 담론을 이루고 있는 것으로서 여성의 몸은 인위적인 여러 제도나 문화에 의하여 만들어진다는 생각으로 대표된다. 그러나 이 두 가지 몸에 대한 해석은 선택할 문제가 아니라 조정 내지 종합되어야 할 것들이다.

1990년대 여성시에 나타난 몸 담론들 역시 두 가지 가운데 어느 한쪽 해석을 선택하고 있기보다는 종합적인 의미 부여 쪽으로 나타나고 있다. 특히 1990년대 여성시의 대표적 시인인 김혜순, 김정란, 최승자 등의 작품을 분석해 보면 이들 시 세계에는 앞에서 말한 두 가지 해석의 몸 담론이 다양하게 나타나고 있음을 발견할 수 있다. 그러나 논의의 편의를 위하여 여기서는 여성시의 몸 담론을 두 가지 몸에 대한 해석으로 나누어 살펴보도록 하겠다. 물론, 이와 같은 논의의 전개 이전에 따져 보아야 할 문제는 한국 여성시에는 과연 몸 담론이라고 해야 할 만한 내용이 없었는가 하는 점이다. 이미 알려진 바와 같이, 우리의 여성시는 한때 인형 의식에 사로잡혀 있었던 것이 사실이다. 주로 과거의 가부장제적 문화 속에서 여성의 모성성을 중심으로 한 시 작품들과 남성과의 이별을, 그것도 남성에 의한 수동적 사랑의 시혜를 바람 하는 애정시 작품들이 곧 그것이다. 그리고 이들 시 작품들 속에도 자세하게 검토해 보면 몸 담론의 성격을 지닌 것들이 꽤 있다고 할 것이다.

그러나 이 같은 작품들은 시인이 분명한 몸에 대한 인식을 가지고 그것을 형상화한 것으로 보기 어렵기 때문에 이 글에서는 제외하고자 한다. 따라서 이 논의는 탈근대성 논의와 함께 관심이 고조되었던 페미니즘에 대한 분명한 인식을 바탕으로 시를 쓴 여성 시인과 작품들에 국한

될 것이다.

그러면, 먼저 여성의 몸이 자연적 토대이자 조건임을 시로 다루고 있는 경우는 무엇인가. 이 경우 여성의 몸은 주로 그 자연성을 훼손당한 것으로 그려지거나 보여진다. 이른바 생태 페미니즘과 관련된 시적 인식을 보여 주는 것이다. 일반적으로 생태 페미니즘에서는 여성과 남성의 차이를 근본적인 것으로 인식하고 모성으로서의 여성성을 적극 긍정한다. 자연, 그 가운데서도 대지를 생산의 모태로 보면서 그 대지의 신들을 여성과 동일시하는 것이다.

그러나 이와 같은 대지 내지 자연은 현재에 와서 환경오염과 훼손에 의하여 극도로 황폐화되어 있다. 따라서 이와 같은 황폐화된 자연을 치유하고 본래의 생산성을 회복하는 것이 여성성의 회복이자 건강한 몸의 복원이 되는 것이다. 예컨대, 여성시 가운데 자궁을 오염되고 폐수가 흐르는 하수구로 표현하는 경우가 이와 같은 예에 해당될 것이다. 이들 시에서 여성의 자궁은 생명을 잉태하는 공간이 아니라 오염 물질을 쏟아내는 기관으로 전락한다. 그리고 이와 같은 자궁은 때로는 자동차나 돈을 낳는 자본주의사회의 기계로서의 의미까지 띠게 된다. 아무튼 이와 같이 훼손되고 오염된 몸에 대한 인식은 지금 이곳의 지구가 모두 총체적 위기에 처해 있음을 암시하는 것이다. 그리고 이와 같은 위기 극복을 위해서는 여성 시인들은 자연과 조화를 이룬 건강한 여성 몸에 대한 갈구를 하게 마련이다. 그러나 당위적인 이러한 결론 이전에 여성 시인들은 조각난 몸, 불모의 몸 등을 아주 적극적으로 시화(詩化)하고 있다고 해야 할 것이다.

다음, 두 번째 사회문화적 의미들이 각인된 장(場)으로서의 몸은 어떠한 양상을 띠고 있는가를 살펴보자. 우선, 몸은 과거 이성중심주의에서 말하듯 이성이나 정신에 종속된 부차적인 것일 수 없다는 인식이 나타나고 있다. 이제 몸은 이성과 함께 존재하는 것이다. 바꾸어 말하자면, 몸의 욕망을 이성이 일방적으로 억압하기보다는 적극적으로 표출하도록 하고 더 나아가 욕망의 충족을 기획하는 것이다. 몸의 욕망의 충족 가운데 가장 대표적인 것은 성적인 접촉을 통한 전신적 기쁨이다. 이 전신적 기쁨은 이성중심주의의 다른 이름으로도 통하는 시각적 중심주의를 전복하는 것이기도 하다. 명석한 관찰과 사유를 제1의 미덕으로 삼는 이성중심주의는 시각을 통한 바라보기이다. 이와 같은 시각 중심의 바라보기는 도취인 전신적 기쁨에 의하여 뒤집혀지는 것이다. 그리고 더 나아가 전신적 기쁨을 강조한 L. 이리가레이에 의하면 이 기쁨이야말로 여성적인 힘이라고까지 명명되고 있다. 그리고 이 전신적 기쁨은 몸의 풍요와 다산성의 의미까지를 함축하고 있다. 하지만, 이 기쁨은 다르게는 포르노그라피와 같은 몸의 시각적인 기호로의 전락이나 상품화라는 왜곡으로 나타나기도 한다. 신체의 소통을 축으로 한 이와 같은 몸 담론 역시 우리 여성시에서 많이 나타나고 있는데 그것은 매음이나 성적인 도취의 형태 등등의 다양한 것으로 나와 있다.

그러나 여성시의 몸 담론 가운데 가장 두드러진 것은 '분열된 자아'라고 할 것이다. 이는 여성이 자신의 진정성을 찾고 확인하는 과정에서 주로 나타나고 있다. 즉 '나는 누구인가'를 성찰하고 확인하면서 남근 중심의 사회적 제 모순을 바라보게 될 때 만나는 문제인 것이다. 우리 여성시의 상당 부분은 가부장제 속에서 왜곡되고 분열된 자아의 모습을 끊임없이 발견해 내고 있다. 그리고 이 같은 발견은 당연하게 분열된 자아의 극복을 추구하도록 만든다. 이는 진정 여성성이 무엇인가를 확인하는 작업이기도 하다. 따라서 이와 같은 의미에서 여성적 자아의 진정성은 끊임없이 기획되고 또 새롭게 추구되어야 할 것이다.

21세기에 들어선 지금의 시점에서도 이와 같은 기획은 의미 깊은 일이며 우리의 여성시가 보다 발전된 의미에서 몸 담론을 보여 주어야 할 필연성도 바로 여기에 있다고 해야 할 것이다.

# 현대시조의 서정성과 회화성

## 1.

현대시조가 노래하는 시에서 읽는 시로 변환되었다든가, 그동안 읽는 시로서 시조의 표현 전략이 어떠해야 한다든가 하는 논의는 이제 새로울 것도 새삼스러울 것도 없는 해묵은 얘기가 되었다. 다만 고시조가 음악의 악곡에 얹혀서 불리웠던 그리고 그 같은 형식이 구체적으로 시조의 형식미학에서 어떤 기능을 했는가 하는 문제만이 궁금한 문제로 몇몇 뜻있는 이들에게 인식되어 왔을 뿐이다. 이는 시조가 노랫말로서의 정형을 갖춘 일 못지않게 악곡 구조를 갖춘 사실 또한 주목의 대상임을 고려해야 한다는 문제의식이기도 했다. 왜냐하면 정형시로서 시조가 갖춘 형식미학의 두 측면을 온전하게 인식하고 이해하는 일이야말로 시조의 장르적인 힘이나 정체성을 밝히는 데 핵심적 사안이라고 판단되었기 때문이다. 또 이 같은 핵심적 사안이 밝혀지고 해명되어야만 시조가 어떻게 그 수용층에게 수용되고 향유되었는가 하는 일도 쉽게 풀리는 것이리라. 뿐만 아니라, 시조가 정형의 고전 시가로서 내장하고 있는 여러 특성들이 곁딸려서 해명되기도 할 것이다.

말하기에 따라서는 이미 읽는 시로서 자유시와 함께 100년 동안 지속적으로 생산·유통·소비되어 온 현대시조가 그 같은 문제에 새삼 관심을 기울이는 일이 일의 이치로 보아 합당하기나 할 것인가 할 수도 있을 것이다. 말하자면, 현대시조는 현대시조대로 그 장르적 특성이나 표현 전략 등을 나름대로 가다듬고 발전시켜 왔고 그 같은 문제들을 풀고 점검하는 일만으로도 이제는 충분하다는 논의가 그것이다. 이는 한 부분 타당한 이야기임도 사실이지만 그러나 시조의 역사적 전통이나 장르의 정체성 확립을 위해서는 앞에서 설명한 고시조의 형식미학 해명 작업도 반드시 필요한 일인 것이다. 이 문제와 관련하여서는 몇 해 전 읽은 김학성 교수의 글 「시조의 정체성과 그 현대적 변환 문제」(『2001년 만해축전』)가 매우 인상 깊은 글로 남아 있다. 이 글은 고시조가 노래하는 시로 악곡에 얹혀 구송되는 그 형식미학을 심도 있게 논의하고 있다. 시조의 향유에 있어 악곡의 심미적 기능을 심도 있게 살핌으로써 역으로 읽는 시로서의 현대시조가 악곡에 대체해야 할 형식미학적 요소가 무엇인가를 이 글은 생각하게 하였다. 더 나아가 시조의 정체성을 오늘에 어떻게 정립할 것인가를 생각하게도 만들었다.

이미 잘 알려진 그대로, 현대시조는 읽는 시로서 서경적 회화성이나 심도 있는 서정성을 확보해 오고 있다. 우선 서경적 회화성은 시각적 이미저리 중심으로 대상의 감각적 해석을 특출하게 제시한 데서 온다. 곧 시적 대상의 세부를 선택과 배제의 원리에 따라 묘사하는 표현 전략으로 서경에 충실한 것이 그것이다. 그리고 심도 있는 서정성은 고시조가 시심 곧 도심이라는 시가관(詩歌觀)을 표방하였던 데 반하여 시적 자아의 주관적 서정성을 압축과 생략의 표현 원리에 따라 드러냄을 의미한다. 이 경우의 서정성은 그것이 아무리 주관적 정서라 할지라도 격조 있게 다듬어지고 세련된 것이어야 한다. 일상 가운데 희로애락 등의 감정이 발동된다 하여도 거기에는 일정한 이(理)를 대동한 절제를 가하도록 만드는 것이다. 더 나아가 이 같은 감정은 오랜 기간의 관조와 결합되면서 일정한 깨달음과 연결되거나 세계나 삶의 새로운 모습을 발견하는 데까지 나아가야 하는 것이다. 아마 바로 이 지점에까지 서정이 이르러야 통상 말하는 질척거리는 감정 과잉이나 덧없는 정감의 차원을 벗어나게 될 터이다.

반면, 현대시조는 고시조와의 변별성을 마련하고 자유시와의 경쟁을 펴 나가기 위해 꾸준히 형태를 풀어 나왔다. 지난 1990년대 한 유행이기도 했던 자유시에서의 형태주의에 비견될 만한 이 같은 현대시조의 형태 파괴는 급기야 시조의 정체성을 회의하는 단계에까지 이르렀다. 사설시조의 맥을 잇고 더 나아가 평시조 형식을 적극 실험한다는 취지 아래 이루어진 이 현상은 자유시와 현대시조의 변별을 심각하게 묻는 지경에까지 이르렀기 때문이다. 게다가 시조의 율격 이론이 자수율에서 음보율로 바뀐 것은 정형의 형식을 다시 한번 뒤흔드는 결과에 이르렀다. 곧, 엄격하게 지켜지던 자수율이 음보율로 대체됨에 따라 음보당 자수가 임의롭게 늘거나 줄어들 수 있게 된 것이다. 그리고 삼 장 석 줄 형식도 석 줄이 아닌 자유시 형태로 행갈이를 멋대로 하여 그 변용된 형태는 현재 일일이 열거하기 어려운 정도에 이르렀다. 따라서 텍스트의 외재적 형식만으로 보자면 실험이라는 미명 아래 시조 아닌 시조들이 자못 횡행하였고 급기야는 시조인가 아닌가를 따져야 하는 현실에 직면한 것이다.


## 2.

이 글은 계간 『시조세계』의 백이운 주간이 시조에 관한 글을 역량껏 (?) 써 보라는 부탁에 의하여 씌어지지만, 말이 역량껏이지 솔직하게 말하자면 나는 시조 동네의 문외한 가운데 한 사람일 뿐이다. 다만 현대시를 공부하는 한 사람으로서 경우에 따라 시조에 관한 글을 읽기도 하고 썼을 뿐인데 실은 느닷없다 싶게 과제를 떠맡은 셈이 되었다.

특히 그 과제를 해 나가며 자유시단의 원로인 성춘복 시인이 시조를 쓰고 있었다는 사실을 뒤늦게 알게 된 것은 뜻밖이라면 뜻밖이었다. 그동안 고 박재삼 시인이 자유시와 시조, 두 장르를 함께 아우르며, 많은 시작 활동을 했다든가 이근배 시인이 자유시와 시조를 쓰면서 뚜렷한 시적 성과를 거둔 예들이 없는 것은 아니었다. 물론 필자의 과문 탓이겠지만, 성춘복 시인은 자유시를 그것도 서정성 높은 작품들을 쓰는 것으로 알았을 뿐, 시조를 쓰는 일은 알지 못했던 것이다. 성급한 예단이겠지만, 자유시에 주력하는 시인의 경우 시조의 정형에 대한 자의식이 좀 더 뚜렷한 것은 아닐 것인가. 그것은 장르에 대한 의식이 여느 시조 시인보다 훨씬 예각화될 수 있겠기 때문이다. 범박하게 말해서 자유시인은 자유시와 시조가 달라야 한다는 생각, 시조의 정형성이 주는 일련의 억압에 대해 보다 민감해지는 것이 보통인 것이다. 먼저 작품을 읽어 보자.

긴한 말 아니하고
눈치로
지내오며

꿈으로 널 얻어
선잠을
덧들이는

속몸살
열로 뜬 가슴
가래질은 왠 말이냐

—「가슴앓이」 전문

이 작품은 3장 형식의 평시조이지만 행갈이를 여러 형태로 시도하고

259

있다. 초·중장의 경우 2음보, 1음보, 1음보로 각각 행을 나누었다면 종장은 1음보, 1음보, 2음보로 그 역의 형태를 취하고 있는 사실이 그것이다. 이 같은 형태는 2음보와 1음보를 등가의 형태로 놓자는 의도로 읽힌다. 그러면 이 등가의 형태가 의미하는 것은 무엇인가. 아마도 2음보와 1음보가 등장성(等長性)을 유지한다면 한 줄 1음보는 2음보에 해당하는 무게를 갖게 되는 것이고 또 그만큼 의미가 강조되는 효과를 가져올 터이다. 그렇다면 한 줄 1음보인 "눈치로/ 지내오며"(초장) "선잠을/ 덧들이는"(중장) "속몸살/ 열로 뜬 가슴"(종장)은 모두 2음보에 해당하는 무게를 두고 읽어야 한다. 이 같은 독법은 결국 화자의 가슴앓이가 어떤 속성과 정황을 지닌 것인가를 시조의 외적 형태를 통해서도 넌지시 알도록 하는 기법이다. 곧 눈치나 살피고 잠도 설게 자는 등 호되게 앓고 있는 속몸살이 바로 가슴앓이의 속성이자 정황임을 제시하고 있는 것이다. 이 시조는 읽는 시이긴 하지만 회화성을 축으로 삼기보다는 독백적 진술을 위주로 이루어져 있다. 그런 의미에서 가청적(可聽的)·독백적·주관적 성향을 짙게 드러내며 이른바 심화된 서정을 드러내는 것이다. 이번에 읽은 성춘복의 다른 시조 작품 역시 형태적인 변이들을 보여 준다. 「향일암」이나 「분청 사기그릇茶」와 같은 연시조 작품들을 제외하고는 모두 평시조 형식에 행갈이 변화를 일정 정도에서 보여 주는 일이 그것이다.

일찍이 사설시조의 부흥과 시조 혁신에 앞장서 온 서벌의 「별추(別秋)」외 4편은 그의 시조 혁신 이력에 걸맞게 형태의 새로움을 제시한다. 우선 다음 작품을 읽어 보자.

별안간 뚝 떨어지는

둘

데

없

는

한 알 능금.

떨어져 나뒹구는
갈
길
막
힌
타는 능금

생장작 도끼 받는 소리
능
금
쩍
갈라진다

─「별추」 전문

　서구의 입체파시나 구체시 등이 활자의 크기를 달리하거나 활자 그림
을 만들어 보여 준 일은 이제 새삼스러울 것 없는 고전이 되었다. 우리
자유시의 경우에도 1930년대의 모더니즘시나 1990년대 형태주의 시
들 역시 이 같은 실험 기법을 다양하게 구사해 온 바 있다. 인용한 작품
「별추」는 각 장(章)의 세 번째 음보를 모두 한 글자씩 세로 세우는 독특
한 형태를 보여 준다. 그 형태는 무거운 사물들이 추락하는 인상을 환기
한다고 할 수도 있고 하늘과 지상 사이 텅 빈 공간을 연상하게도 만든다
고 할 것이다. 구체시나 시각시들이 그렇듯 형태가 무엇을 환기하고 뜻
하는가는 읽는 이들의 몫일 터이니 여기 이 자리에서 그것을 구태여 길
게 논의할 일은 아니다. 그리고 작품의 겉문맥도 능금의 낙하와 갈길 막
힌 채 나뒹구는 정황, 그리고 화자가 생나무 쪼개는 도끼 소리를 환청으

로 듣는 가운데 갈라지는 능금의 모습 등으로 집약되어 있다. 단순하다
면 단순한 이 같은 작품의 문맥은 무슨 또 다른 의미를 함축하고 있는가,
그도 아니면 일종의 상징으로 읽어야만 될 것인가 하는 의문이 남는다.
그러면 다음의 작품은 어떤가.

땅 위엔 솜사탕 뜨고
구름사탕
띄운 하늘

하여튼 애 터지는
뻐꾹 소리
가닿는다

먹어도
줄잖는 욕언미토(欲言未吐)
목만 타는 뻐꾹 소리

— 「저녁노을」 전문

이 작품의 정황을 굳이 산문으로 번역하자면, 다음과 같을 것이다.
화자가 바라보는 정경은 해 넘어가는 무렵의 것. 산골짜기와 골짜기에
는 옅은 저녁연기가 솜사탕처럼 피워 일고 하늘에는 그에 호응하듯 구름
이 노을로 떠 있다. 그렇게 저무는 산속에는 뻐꾸기마저 울고 있다. 그
것도 애 터지게 울고 있는 것. 화자는 사탕에 비유된 구름과 저녁연기
(혹은 이내)를 그런 뻐꾸기가 먹는다고 상상하지만 그것들은 먹는다고 여
기는 만큼 쉽게 줄지 않는다. 마치 말하고 싶어도 마저 다 토설하지 못
하는(欲言未吐) 그런 정황과도 흡사하게 그 '사탕'들은 아무리 먹어도 줄
지 않는 것이다. 따라서 뻐꾸기는 목이 타듯 지속적으로 저녁의 산속에

서 울 수밖에 없다.

대략 이렇게 풀어 설명하고 보면 작품의 큰 정황은 드러난 셈이다. 그러나 통상적인 독법대로 이 같은 정황을 매개로 과연 화자가 일깨워 주고자 하는 내용은 무엇인가. 시조가 반드시 세계나 삶에 대한 어떤 특정한 발견이나 의미를 제시해야 하는 것은 아니지만 정황의 제시에만 그친다는 것은 시에서 주제 찾기에 익숙한 통상 독법으로는 얼른 납득하기어려운 것도 사실이다. 그러나 서벌은 정황의 제시만으로 그치면서 그정황을 어떻게 연역하고 해석할 것인가 하는 문제는 모두 독자들에게 맡겨 놓는다. 땅 위에 떨어지고 쪼개지는 능금이나 뻐꾸기 우는 저녁 서경은 엄밀하게 말하자면 그냥 정경일 뿐이다. 그 정경이 환기하는 정서나의미는 읽는 이들이 각각 자기 임의대로 떠올려야 하는 일이다. 마치 한폭의 그림을 암호 해독하듯 오래 들여다보면서 거기서 일정한 정서와 의미를 이끌어 내도록 하는 경우와 같다고나 할까.

시조 읽기가 그런 만큼 서벌의 작품은 회화성이 두드러진다. 이를테면

그래도
가끔씩 따라붙는
바람 허리 보입니다.

—「가을 물」부분

과 같은 대목에서 보듯 '바람의 허리'를 그려 내거나 '동짓달 찬 달'을 보여 주는 예 등이 그것이다. 서벌은 이번 작품에서 이렇듯 정중경이나 경중정(景中情)을 이야기하던 옛 시학의 일면을 나름대로 보여 준다.

이번 호에 작품 12편으로 소시집을 묶는 김영재의 시조들은 이미 앞에서 말한 형태의 변용 등이 두드러진다. 그 변용은 시조라는 장르 명칭이 얹혀 있지 않다면 모두 자유시라고 읽어도 될 만한 것들이다. 장(章)별 구분이나 행갈이가 그만큼 자재롭고 다양한 셈이다. 다음 작품을 읽

어 보자.

눈보라 말 달리고

기차는 어둠 가른다

서서 잠든 검은 나무가

수음하듯 소릴 지른다

차창에

음각으로 박힌 치사량의 먼 기억

—「겨울 태백행 밤 기차」 전문

이 시조 작품은 형태만으로 보자면 자유시와 크게 다를 바가 없다. 그만큼 시조의 정형이라고 해야 할 장별 석 줄 형식이나 행갈이 등이 작품 표층에서는 거의 드러나지 않고 있는 것이다. 또한 작품의 내용도 서경 중심의 마치 한 폭의 음울한 수채화 같은 회화성을 보여 준다. 화자는 작품 제목 그대로 한겨울 밤 기차를 타고 태백으로 가고 있다. 그 도정의 정경은 특히 초·중장에서 선명하게 묘사된다. 눈보라를 뚫고 달리는 기차와 기적에 몸을 떠는 나무들, 그리고 캄캄한 어둠 속 차창에 투영되는 갖가지 화자의 기억들이 모두 그것이다. 이 같은 서경 가운데 읽는 이들의 독서 라인을 일탈하도록 만드는 대목들은 "수음하듯" "치사량" 등의 돌올한 느낌을 주는 어휘들이다. 그런데 밤 기차의 유장하나 우렁찬 기적 소리는 눈을 맞고 선 나무들을 깨우고 또 그 나무들을 진동하도록 만든다. 화자는 그 진동, 곧 몸 떨림을 수음 행위의 절정과 유사한 것으로 인식한다. 그런가 하면, 수음 행위 등에서 곧바로 떠올릴 수 있는 젊은 시절의 고뇌와 방황 등을 연상하고 있다. 그것도 "치사량"이란 말이 함축한 그 뉘앙스대로 그 시절 극단까지 내몰렸던 신산한 일들을 떠올리는 것. 화자는 그렇게 캄캄한 차창 밖을 내다보며—실은 차장 밖이란 어둠일 뿐 아무것도 보이지 않을 터인데—기억 속으로 빠져들고 있는 것이다.

이 작품뿐만 아니라 김영재는 다른 작품들에서도 대관령, 지리산, 겨울산 등의 여행 체험을 다양하게 극화하고 있다. 그것은 여행시라는 자유시의 한 시적 경향과도 맞물린다. 일반적으로 여행은 세계의 새로움을 체험을 통하여 만나고 깨닫는 행위이고 또 그런 의미에서 자아의 정체성을 구하기 위한 내면으로의 도정과도 일치한다. 그런 뜻에서 여행이란 틀은 어느 일면 시인들의 시작 과정과도 상통한다고 할 것이다. 여행을 빌어 세계에 대한 새로운 인식을 말하는 시들이 실상 그동안 우리 시 동네에는 얼마나 많았는가. 김영재의 경우도 예외는 아니어서 예컨대 다음과 같은,

시작도 안 해 보고 하산 길로 돌아서나
그것도 삶이라면 삶의 한 길이겠지
조여 맨 등산화 풀며
헛발질을 해 본다

— 「지리산 매표소 앞에서」 부분

과 같은 연시조 가운데 한 수는 여행길에서의 발견(깨달음)을 유감없이 보여 준다.

이미 구체적인 지명을 작품 속에 도입하고 있는 데에서 짐작이 가듯 그의 시조 작품들은 매우 사실적이면서 또한 현실적이다. 일찍이 한국화에서 관념산수와 진경산수가 나뉘었듯이 그동안 우리의 자연서정시는 상당수의 작품들이 관념적이었던 것이 사실이다. 마치 관념산수처럼 이상화한 자연 정경들만을 그렸던 것인데 이는 대상의 구체적 세부를 지우거나 공간을 지나치게 추상화한 결과일 터이다. 그러나 시적 대상의 세부가 살아나고 공간이 실제 현실 공간으로 설정되면서 이 같은 문제들은 많이 해결이 되었다고 할 것이다.

과거 고시조와 달리 현대시조가 서경을, 그것도 진경산수의 화폭을

보여 주기 시작한 것을 우리는 한번 주목해도 좋을 일이다. 이를 그동안 현대시조가 자유시와 경쟁하면서 형태를 변용하고 표현 전략을 세련시킨 결과라고 한다면 필자만의 꿈보다는 해몽이 좋다 할 논리일까. 아무튼 이번에 김영재의 시조들이 보여 주는 형식미학과 그 진경산수들은 다시 현대시조의 문제들을 거듭 되짚게 만든다. 그런 뜻에서도 필자는 이번 세 사람의 시조 신작들을 눈여겨보지 않을 수 없었다.

# 제3부

# 우리 시의 논리와 맥락 1

# 불같은 또는 묵혀서 향기로운
## —김여정 시의 몇 가지 코드

어림잡아 사십여 년의 시력(詩歷)을 통과해 온 김여정 시인의 시선집 『흐르는 섬』에는 그 사십여 년 동안의 작품들 가운데 92편이 가려져 수록되어 있다. 우리 시 동네에서 사십 여 년의 시력은 결코 짧다고만 할 수 없는 시의 역정이고 시간이다. 미당 서정주나 김춘수 시인 등의 5-60년 시력에 견주자면 시력 사십 여 년이 결코 많은 부피의 시간 축적이라고는 할 수 없을 것이나 불과 얼마 전까지 시인들의 조로 현상을 염려하고 개탄하던 입장에서 보자면 반드시 그렇다고만 할 수 없을 터이다. 지난 1968년 『현대문학』지를 통하여 등단한 이래 김여정 시인은 꾸준한 작품 활동을 펴 왔고 시집도 10여 권 이상을 상자해 왔다. 작품의 생산량도 이 정도의 시집 권수로 치자면 어림잡아 5백 편 이상일 터여서 결코 적은 양이라고 할 수 없다. 더욱이, 그 작품들이 큰 기복 없이 고르게 일정 수준의 시적 성취를 보여 주고 있다면 그 시력과 함께 자기 나름의 시 세계와 개성을 갖춘 중진의 반열에 든다고 해야 할 것이다. 그것은 누구를 특정해서 두둔하려는 것이 아니라 지금까지의 우리 시단의 관행을 따라서 해야 할 소리이고 대접일 것이다.

각설하고 이 글은 김여정 시인의 그 같은 시 세계와 개성을 본격적으

로 짚어 보기보다는 그의 작품들을 읽어 가는 데 필요한 길 안내를 위해
서 씌어진다. 그것도 시선집의 수록 작품들을 대상으로 삼아 몇 가지의
코드들을 제시해 보고자 하는 것이다. 그러면 우선 이러한 코드들을 제
시하는 데 단서가 될 만한 작품부터 읽어 보자.

어머니
당신은 나를
찬물에 씻어 낸 아이가 아닌
어찌하여 하나의 위태로운
성냥개비로 낳으셨습니까
설핏한 바람결에도
금시 불붙어 버리는

거듭하는 나이만큼
찬물에 씻겨지는 것이 아니라
찬물에조차도 불붙어 버리는
나이만큼 차곡차곡 쌓이는
성냥개비로
꽃이 피면 피는 순간에
잎이 지면 지는 순간에
불붙는 감성의 불길에 쌓여
가눌 수 없는 순수의
비지땀을 흘리게 되는

어머니 새벽마다 찬물에 머리 감아 빗으시고
간구하시던
당신의 기원과는 너무나 동떨어진

그때 어머니의 나이만큼 된

내가 아직도 철없고 위태한

성냥개비라는 것을

어찌 말씀케 하십니까

—「성냥개비」 전문

이 작품의 화자는 성냥개비를 매개로 자신의 두드러진 속성을 진술하고 있다. 그 속성은 "설핏한 바람결에도/ 금시 불붙어 버리는" 가랑잎 같은 성격이다. 심지어는 나이 들수록 가라앉고 진중해지는 것이 아니라 찬물에도 불붙을 정도로 더욱 우심해지는 속성인 것이다. 잘 알려진 대로 원형상징으로서 불은 생생력(生生力)을 뜻하기도 하고 모든 것을 파괴하고 소진시키는 폭력을 의미하기도 한다. 대목과 발화봉이 마찰하여 만들어지는 생성 형식에서 불은 성의 상징이 되기도 하고 생생력의 의미를 띠기도 한다. 그러나 이 같은 의미는 불의 많은 함의 가운데 극히 일부분일 뿐이다. 이 작품에서의 불은 아마도 내면에 감춰진 폭발력이나 열정을 뜻한다고 보아야 할 것이다. 그것은 성냥개비라는 고정된 사물 속에 감추어진 불이기 때문이기도 하고 또 외부로부터 주어지는 자극, 곧 바람결이나 꽃, 잎새 등에 의하여 금방 불붙는 폭발의 형식을 취하기 때문이기도 하다. 화자는 불의 이 같은 속성 탓에 자신이 언제나 철없고 위태한 존재라는 것을 의식한다. 그리고 이 같은 의식 가운데는 불이 실은 자신의 삶을 추동하는 근원적인 힘이고 또 욕망 그 자체라는 의미도 들어 있다. 불로 표상되는 이 근원적인 욕망은 범박하게 말하자면 그동안 김여정 시인의 만만치 않은 삶과 시력을 끌고 온 힘인 셈이다.

김여정은 자신의 내면에 감추어진 불이 때로는 일상의 여러 규범으로부터 자신을 일탈하게 만들기도 하고 또 마리아 릴케로 일컬어지는 노래의 세계, 곧 시 속에 몰입하도록 만드는 것임을 알고 있다. 비록 성냥개비라는 형태를 취하고 있지만 그 물질적 속성이 다름 아닌 불이라는 마음의 움직임은 자신의 주체할 수 없는 내면이, 그 감추어진 원망이 무엇인가를 깨닫고 있는 것이다. 그 원망은 "한 석 달쯤 죽음 같은 병을 앓게 하십시오"(「원(願)」)라는 진술로 나타나기도 하고 하루 열두 번씩의 간음과 피 흘림을 기구하는 형식을 취하기도 한다.

하루에 열두 번 간음하게 하소서
하루에 열두 번 피 흘리게 하소서
하루에 열두 번 눈멀게 하소서
하루에 열두 번 옷 벗게 하소서

—「12원가」부분

새삼스러울 것 없는 일이지만, 우리의 삶이나 세계는 상호 대립적이거나 이율배반적인 여러 요소들을 내장하고 있다. 더러는 사리에 걸맞지 않은 모순투성이의 정황이나 일들로 가득 차 있는 것이 우리네 삶의 실상인 것이다. 일반적으로 그와 같은 삶이나 세계에 대한 인식은 그 수사적 장치로써 아이러니나 역설을 흔히 취하고는 한다. 인용한 작품 「12원가」는 비록 기구(祈求)의 형식을 취하고는 있으나 하루라는 일상의 우리 삶이 지닌 모순투성이의 정황들을 여러 가지로 보여 주고 있다. 그 정황은 간음, 피 흘림, 눈멂, 옷 벗음, 침 뱉음, 혀 깨묾, 지랄, 병신, 빈손, 비어 있음, 칼 갊, 물구나무 섬 등등으로 작품의 제목 그대로 12가지이다. 이처럼 하루에도 열두 번씩 되풀이되는 서로 모순되고 뒤엉킨 행동거지나 정황은 비록 작품의 겉문맥 속에 구체적인 내용으로 제시되어 있지는 않지만 화자에게 삶이나 현실이 그만큼 고통스럽고 힘겹다는 것을 암시해 주고 있다. 그러나 고통스럽고 힘겨운 현실의 정황은 고통스럽고 힘겨운 것 그대로 받아들여지는 것이 아니라 "이런 재미, 아아"라는 객관적 놀이의 차원으로 받아들여진다. 우리가 어떤 정황을 놀이처럼 받아들이기 위해서는 그 정황으로부터 일정한 심리적 거리를 확보해야 한

272

다. 곧 어떤 정황을 객관화시킬 수 있는 마음으로부터의 거리나 여유가 확보되어야 하는 것이다. 이 작품에서 고통스러운 현실의 정황을 오히려 "재미"있는 것으로 바라보는 화자의 마음의 움직임은 결국 반어적인 태도를 취하게 만들고 있다. 그 태도는 김여정 시인의 후기의 작품이라고 읽히는 「첫 고백성사」에서도 확인된다. 곧,

> 천주님을 알고부터 유난히 낙엽 소리 우수수수 뼛속을
> 울리는 이 가을에
> 감히 두렵게도 저는
> 천주십계 중 여섯 번째인
> 「간음하지 말라」는 그 계율만은
> 영 지킬 수가 없습니다 아니
> 영 지키기가 싫습니다
> 신부님, 제 일생일대 딱 한 번만 간음하고 싶습니다
> 천주님, 제 일생일대 딱 한 번만 간음하고 싶습니다
>
> —「첫 고백성사」 부분

라는 진술이 그것이다. 각별한 시적인 장치 없이 줄글처럼 쉽게 읽히는 이 작품은 인용한 그대로 '간음'하고 싶다라는 내면의 욕구를 거침없이 드러내고 있다. 근엄한 종교의식인 고백성사에서 그것도 금기로 지켜져야 할 계율을 굳이 어기겠다는 화자의 욕구는 그러면 어떤 심리 상황에서 오는 것일까. 우선은 이미 우리가 앞에서 읽은 바 있듯이 불붙는 성냥개비의 함의(含意) 그대로 규범을 깨고 싶은 욕망에서 비롯된 것으로 읽어야 할 것이다. 기존의 가치 체계나 기성의 규범을 그대로 따르고 지킨다는 것은 "참으로 아프게 무릎 꿇어/ 단 한 번의 발성에/ 목숨 걸어 보게 된"(「원(願)」)다는 화자에게는 일종의 죽음 같은 것이기 때문이다. 흔히 말하듯 언제나 기존의 미학에 맞서 새로운 모험을 꿈꾸고 시의 경계표지판을

옮겨야 하는 시인에게 있어 기성의 주어진 시적 규범 안에 안주한다는 것은 정신적 죽음 이외에 다른 어떤 것도 아닌 것이다. 이 같은 의미에서 화자가 간음하고 싶다는 욕구는 뭇 기성의 규범에서 일탈하고 싶다는 수사에 다름 아님을 알게 되는 것이다. 둘째, 간음이란 낱말 역시 사람들 모듬살이의 규범을 벗어난 성애라는 뜻만으로 읽기보다는 나와 타자 사이의 은밀한 넘나듦이라고 해독해야 될 터이다. 일찍이 C. 보들레르가 말한 그대로 예술(시)이란 작자와 독자 사이의 은밀한 정신적 넘나듦이며 서로 비밀스럽게 공유해야 하는 공감의 세계인 것이다.

이와 같은 독법을 취하고 보면 우리는 화자가 왜 굳이 '간음하게 해 달라'는 파격적인 기구를 작품 속에서 그것도 빈번하게 구사하고 있는가를 가늠하게 된다. 실제로 이번 시선집의 작품들 가운데는 김여정의 시에 대한 또는 자신의 예술적 성취에 대한 강한 욕구를 형상화한 작품이 적잖이 확인되고 있는 것이다.

그러면 '불붙는 성냥개비'로서 김여정 시인이 작품들을 통하여 우리에게 보여 주는 현실이나 삶은 어떤 것인가. 우선 그가 보여 주는 현실이나 삶은 고통스럽고 힘겨운 것들이다. 헌데 여느 리얼리스트들처럼 현실과 삶이 왜 고통스럽고 힘겨운 것인가에 대해서는 구체적으로 탐구되어 있지 않다. 이를테면 사회학적 상상력을 동원한 첨예한 구조적 모순으로서의 현실 인식이나 그 해결 방식은 제시되어 있지 않은 것이다. 그보다는 일상으로서의 현실이나 이러저러한 생활의 세목들이 들어가 있는 삶의 모습을 보여 주는 것이다. 범박하게 말하자면 일상성으로서의 현실들이 작품 속에 집중적으로 드러나 있는 셈이다. 심지어는 고통스럽고 힘겨운 현실이면서 또한 그 속에 재미들을 함께 간직한 아이러니한 일상의 삶이기까지 한 것이다. 흔히 고통스러우면서도 조리가 없는 현실이란 일찍이 송욱의 예에서 보듯 시인으로 하여금 풍자나 야유의 길로 나서도록 만드는 법. 그러나 김여정 시인의 경우는 그와는 다르게 서정성의 세계로 깊숙이 접어들고 있다.

나이 사십에

내 돈 내고

그 못생기고 못생긴

남도 모과를 샀지


인생 사십의

그 떫고 신맛

이제야 정이 붙을 것 같아

회한도 번뇌도

슬픔도 분노도

묵히고 묵혀서 향기론

술이 되는

세월의

그 떫고 신맛

이제야 한도 삭을 것 같아

—「모과주」 전문


　이 작품은 가을 어느 날 남도 모과를 산 뒤 그것으로 술을 담그는 이야기를 압축적으로 보여 준다. 굳이 더 설명하자면 모과술이 익는 과정을 통하여 화자가 새삼 깨닫게 된 삶의 이치를 들려주는 형식을 취한다. 그리고 1연의 "못생기고 못생긴" 모과라는 표현이 겸양의 뜻을 넘어서 화자의 타고난 실제 모습이나 정황을 넌지시 암시한다라든가, 그런 정황임에도 불구하고 뭇 감정이나 욕망들을 오래 묵히고 삭이다 보면 어느 날 향기를 내뱉게 된다는 각성 등은 이 작품의 울림을 높여 주는 결정적인 의미소들일 것이다. 이 작품을 통하여서도 알 수 있듯이 우리 시에서 서정의 틀이란 단순히 세계나 대상에 대한 정서적 반응만을 진술하는 것은 아니다. 그와 같은 정서적 반응보다는 오히려 오랜 관조를 통하여 삶이나 세계에 감춰진 새로운 의미나 이치 등을 발견하고 그것을 진술하는 형식을 취하게 마련인 것이다. 이번 시선집의 작품들 가운데에서도 우리는 「모과주」뿐만이 아니라 다른 작품들에서도 그 같은 서정시 특유의 양상을 확인할 수 있다. 김장용 배추 한 포기를 갈라놓고서 노오란 속잎들을 들여다보며 "내 고통의 어여쁜 새끼들"을 그동안 품 안 깊숙하게 안고 살아온 사연과 자신의 남달랐던 모성을 새삼스럽게 발견하는 짧은 시 「배추포기」의 경우도 그 한 본보기이다. 특히 김여정 시에 나타나는 모성은 고통스러운 현실 속의 생활도 문득 안온하고 조화로운 것으로 바꿔놓은 동력이 된다. 예컨대,

자꾸 자꾸
먼지 앉은 생활을 비벼 대는
내 곁에서
아이들은 들꽃처럼
하늘에 볼을 댄다

—「빨래」 부분


와 같은 하나의 시적 정황을 갑자기 평화로운 분위기로 전환시키는 경우나

부산 태종대에서
청옥빛 파도를 타고
파도가 되던
둘째 놈 셋째 놈이
해변에 밀려와선
청옥의 돌이 되어 반짝이고 있었다

—「돌」 부분

276

와 같이, 아이를 화사한 돌 이미지로 그려 내고 있는 것 등이 그 예들이다.

아무튼 이번 시선집의 작품들을 통독하다 보면 우리는 김여정이 생활 속의 크고 작은 정황이나 일들을 얼마나 격조 있는 서정의 틀 속에서 보여 주고 있는가를 금세 확인하게 된다. 물론 작품들을 그렇게 가리고 고른 의도 탓도 있겠지만 대부분의 작품들이 「아침의 새」「엽서」「등꽃」「소양호」 등등의 제목에서 보듯이 한결같이 일상 속의 대상들이거나 세목들인 점도 그와 같은 사실을 뒷받침한다. 우리가 이미 읽어 본 그대로, 김여정 시인은 고통스럽고 힘겨운 현실이지만 그 현실의 이러저러한 일들을 오히려 고통을 통해서 더 깊이 있게 들여다보며 관조하는 것이다. 나아가 이와 같은 관조가 일상의 서정이라고 부를 그의 시 세계를 듬직하게 안받침하고 있는 것이다.

지난 세기 60년대 우리의 모더니즘시들은 그 방법적 기법의 하나로 사물의 오브제화를 추구한 바 있다. 하나의 대상 또는 사물을 기존의 쓰임새나 윤리적 명분을 통하여 바라보고 인식하는 것이 아니라 이들 쓰임새와 명분들을 온전히 탈각시키고 대신 사물을 사물 그 자체로 새롭게 인식하고자 한 시의 기법이 그것이다. 이는 기존의 관념이나 도구성이 사라진 자리의 대상이 그만큼 순수한 사물이나 이미지로 환원되어 새로운 심미성을 얻게 되는 효과를 적극 이용한 것. 1960년대 후반에 공식적인 시작 활동을 시작한 김여정 시의 일정 부분에도 이 같은 당시 모더니즘적 기법들은 폭넓게 침윤되어 있다. 그 기법들은 오브제화된 사물을 그리거나 말과 말의 돌발적인 결합에 따른 힘의 긴장을 추구하는 시적 조사(措辭) 등에서 확인된다. 우선 다음의 작품을 읽어 보도록 하자.

새벽 세 시 반
몰래 샤갈의 방문을 연다
그때

벽에 걸린 램프를 잡는

바람의 흰 손이

반쯤 내 눈을 가리고

반쯤 내 눈을 가린 손가락 사이로

보이는 고양이의

한쪽 눈 속에 기울어지는 수평선

일렁이는 등대의 불빛

기울어지는 술병 속에

떨어져 내리는 암보라의 꽃잎

—「레몬 1」부분


통상적인 시 읽기의 방법만을 따르자면 인용한 이 작품은 우리에게 과
연 무슨 내용을 말하고 있는지 쉽게 이해되지 않는다. 그것은 먼저 제목
과 본문의 문맥적 상호 연결이 느슨하고 희박한 데에서, 그다음으로는
본문의 문맥들 역시 서로 자연스럽게 연결되지 않는 데에서 오는 현상인
것이다. 일반적으로 시의 제목은 작품의 중심 글감을 내세워 달거나 그
도 아니면 주제를 내걸어 삼게 마련이다. 그러나 「레몬 1」이란 제목은
그 어느 경우에도 맞지 않는다. 굳이 중심 글감을 제목으로 내세웠다고
친다면 작품 후반의 "한 알의 레몬을 건져 내는"이란 한 행에 나오는 그
레몬을 주목할 수밖에 없을 것이다. 그러나 레몬은 이 작품 전체를 통해
서 보자면 극히 작은 소도구나 소품 정도의 이미지에 지나지 않는다. 이
런 식의 제목과 본문 사이의 문맥적 연결이란, 거듭되는 말이지만, 통상
적인 시 읽기에서는 생각하기 어려운 것. 따라서 우리는 앞에서 말한 모
더니즘시의 기법들을 염두에 두고 이 작품을 읽어 나가게 된다. 곧 이 작
품의 경우 '레몬'은 통상적 관념이나 의미를 거느린 이미지가 아니라 오
브제화된 어떤 사물 자체로 해독해야 될 터이다. 좀 더 부연하자면 레몬
은 향이 많은 어떤 과일이 아니라 오브제화된 사물, 또는 그 전체를 뜻하

278

는 이미지이자 기호라고 해야 하는 것이다.

그런데 작품의 본문 또한 통상적인 의미를 따라가면 읽기 어려운 대목들이 대부분이다. '새벽녘 샤갈의 방문을 열고 들어갔다'는 도입 단계의 진술부터가 실제로는 있을 수 없는, 곧 현실의 리얼리티를 결여한 내용인 것이다. 그것은 상상 속의 한 정황이거나 행동에 불과한 것이다. 비록 상상 속의(1960년대 당시의 용어로 하자면 '내면 의식'이 될 터이다) 한 정황이지만 화자는 샤갈의 방 안에서 램프와 고양이, 그리고 고양이 눈 속에 비춰진 등대 불빛 등을 발견한다. 아니 고양이 눈 속에 기울어지는 수평선과 기울어지는 술병 속에 떨어지는 꽃잎 등을 발견한다. 그러면 고양이 눈 속의 수평선과 등대, 술병과 꽃잎 등은 또 무엇인가. 여기서 우리는 수평선과 등대가 비록 고양이 눈 속에 있는 또는 반사된 것으로 그려지고 있으나 실은 방 안의 어둠 전부를 바다로 상상하고 있는 화자의 내면 의식임을 알게 된다. 실제로 이 상상은 작품 후반의 "어둔 바다"란 말에 의하여서도 확인된다. 이쯤에서 우리는 바다가 내면 의식 내지는 무의식의 한 상징이었던 1960년대의 시적 관습을 상기해도 좋을 터이다. 그 다음, 등대는 외형적인 유사성에 의해서이지만 술병으로, 불빛은 암보라색 꽃잎으로 연상되고 있음을 발견한다. 이처럼 읽고 나면, 이 작품은 화자의 내면 의식 세계를, 그것도 연상되는 이미지들을 축으로 그려 내고 있음을 알 수 있다. 그리고 이런 경우, 연상되는 각각의 이미지들 사이에는 어떤 논리적 문맥보다는 돌발적인 충돌이나 결합에 의한 힘의 긴장이 통상 흐르게 됨을 알게 된다. 이 힘의 긴장은 작품 속 이미지군의 심미성이나 어떤 정황이 환기하는 분위기를 강화하는 역할을 하는 것이다.

이상에서 살펴본 모더니즘적 시의 기법은 이 시선집 2부에 실린 작품들에서 두드러지고 있다. 특히 연작시 「레몬」의 여러 편들이 그 좋은 예라고 해야 할 것이다. 그밖의 작품들에서도 이러한 시적 기법은 정도의 차이는 있지만 자주 발견되고 있다. 이는 김여정 시인뿐만 아니라 지난 1960년대에 시의 태반을 묻었던 상당수 시인들에게도 그대로 발견되는 현상일 것이다.

　이상으로 필자는 나름대로 몇 가지 특징적인 항목을 중심으로 김여정 시인의 작품 세계를 살펴보았다. 그러나 앞에서 이미 고백한 대로 시력 사십 여 년을 헤아리는 만만치 않은 작품 양과 그 시적 성취를 이 짧은 글로써 돌아보는 데에는 너무 많은 무리와 제약이 따르고 있음을 되풀이 말하지 않을 수 없다. 다만 독자들에게 한 시인의 시 세계를 길 안내한다는 그만 정도의 자임이나 작품 독해의 코드들을 제시하였다면 그나마 불행 가운데 한 다행이라고 해야 할 터이다.

## 부패의 상상력과 일상의 시학
—김화순 시집 『사랑은 바닥을 쳤다』

## 1.

왜 썩는 것이 아름다운가. 일반적으로 썩는 것, 또는 부패하는 것들은 역겨운 냄새를 풍기고 자기를 해체한다. 그 해체는 틀과 구성 요소들을 화학변화에 걸맞을 정도로 완벽하게 바꾼다. 그래서 썩는 것들은 대체로 혐오나 기피의 대상이 된다. 그럼에도 이 같은 썩는 것, 부패하는 것들에서 아름다움을 발견하는 것은 왜일까? 김화순의 일련의 작품들을 읽다 보면 이 같은 물음이 떠오른다. 곧 이번 시집의 시들 가운데 상당수가 썩는 것, 또는 무너지는 일, 그도 아니면 병듦에 관한 언술들을 보여 주는데, 그 썩는 것들은 한결같이 심미적 대상으로 그려져 있기 때문이다. 굳이 말을 만들자면 부패의 상상력이라고나 해야 할 이 같은 상상력에 따르자면 썩는 것들은 자신을 질적으로 변화 내지 새로운 무엇으로 탈바꿈하는 일이 된다. 말하자면 그렇게 변화시킴으로써 새로운 무엇, 또 다른 의미를 함축하도록 만든다. 다음의 시를 읽어 보자.

쓰레기통 열자

음식 찌꺼기들 엇섞여

뻘뻘 땀 흘리며 썩고 있는 중이다

아, 그런데 놀라워라

좌불한 스님처럼 그 속에 천연덕스레 앉아

싹 틔우고 있는 감자알들

통 속이 일순 광배 두른 듯 환해지네

저 푸른 꽃

캄캄한 악취에도

육탈하는 것들 따뜻하게 천도하는

저것이 바로 생불

— 「푸른 경전」 전문

인용한 이 작품은 썩는 것이 왜 아름다운가를 단적으로 보여 준다. 그
것을 산문으로 풀어서 설명하자면 이렇다. 곧, 음식물을 버리는 쓰레기
통에서 화자는 문득 싹을 틔우고 있는 감자알들을 발견한다. 그 감자알
들은 썩어서 모든 것이 해체되는 와중에서도 푸른 싹들을 틔우고 있다.
아니, 싹들을 틔우기 위해 감자는 자신을 썩도록 만든다. 화자의 상상
은 여기에서 그 같은 감자알들이 바로 생불에 다름 아님을 발견한다. 그
것은 부패하는 것, 혹은 죽음들 틈바구니에서 새로운 생명을 '천도하고'
있기 때문이다.

잘 알려진 대로, 불교적 사유에 따르자면 세속이란 '음식물이 엇섞여'
썩고 있는 쓰레기통(塵土) 같은 곳이다. 그 같은 공간에서 모든 존재들
은 존재의 질적인 변화인 깨달음을 추구한다. 자아가 깨달음이나 불성
을 발견하는 일은 부패 곧 생성이란 이른바 반상합도(反常合道)의 인식과
같은 형식을 통해서이다.

작품 「푸른 경전」은 부패가 생성의 다른 모습임을 간결한 어법을 통해
서 잘 보여 주고 있다. 화자는 이 같은 모습 때문에 문득 썩고 있는 감자

가 생불이란 생각을 한다. 아무튼 부패나 썩는 것들에 대한 김화순의 상상력은 음식 만들기나 병듦에 대한 것에까지 넓혀진다. 예컨대,

> 벌어진 어금니 틈에 낀 찌꺼기들
> 시큰시큰 썩어 가고 있다.
>
> —「균열」부분

와 같은 진술이나

> 그 절 동백림은 종합병원 암병동입니다. 늙은 나무들 커다란 혹덩이 서너 개씩 달고 투병 중입니다. 시간의 병소 부여잡고 신음 소리 꾹꾹 누르고 있는 동백나무들 울컥울컥 핏덩이 토해 냅니다.
>
> —「붉은 말씀들」부분

와 같은, 동백꽃의 개화가 다름 아닌 암세포와의 투병이라는 상상이 그것이다. 작품 「균열」에서 화자는 "어금니 틈에 낀 찌꺼기들"의 썩음으로부터 결국 "마음 내키는 곳"만 골라서 걸어온 지금까지의 자기 삶을 반성하고 있다. 이는 어금니의 균열과 썩음이 결과적으로 "좋아하는 것만 바라보고/ 불편한 것에는 그동안 슬쩍슬쩍 고개 돌린" 화자의 생활의 실금을 발견토록 만들었음을 보여 주는 것이다.

반면, 작품 「붉은 말씀들」은 늙어 고목이 된 동백나무들의 병듦을 보여 준다. 화자는 아마도 선운사 동백림을 보았음직한데, 그 숲을 이룬 나무들의 옹이 지고 뒤틀린 모습을 암세포와 투병하는 정황으로 상상하는 것이다. 상식 수준의 병리학 지식으로 보자면 암은 이상 세포의 증식에 의한 질병이다. 그러나 이 같은 이상 세포의 증식은, 지금까지의 설명대로 하자면, 썩음이나 부패의 또 다른 양상이라고 해야 할 것이다. 그래서 "신음 소리"를 누르기도 하고 "핏덩이"를 토해 내기도 한다.

김화순에게 있어 썩음 내지 부패는 이처럼 다양한 양상을 띠고 있다. 특히 '몸에서의 썩음'은 병듦, 이를테면 암이나 변비, 골화증 등으로 나타나고 있는 것. 여기서 우리는 썩음에 대한 상상력이 작동하고 있는 또 다른 시를 읽어 보자.

> 홍역 앓듯 살아온,
> 사는 동안 질병 떠나지 않은 팔순의 다 늙은 몸
> 누룩 같은, 노란 꽃 피어 어지럽다
> 텅 빈 고목 한 그루로 남아 있는
> 구절양장의 생애 썩어 거름이 될까
> 타오르는 정염 거듭 죽이고 살아온 세월
> 원통하고 폭폭했던 것일까
> 검푸른 몸에 핀 꽃들
> 그렁그렁 눈물 담겨 있다
> 이제 곧 퀴퀴한 죽음의 향이 나비를
> 불러 모을 것이다
>
> —「몸꽃」부분

이 작품에 따르자면 사람 몸에도 꽃이 핀다. 그 꽃은 "누룩"처럼 퀴퀴한 냄새를 흘리기도 하고 때로는 눈물로 그렁그렁 담겨 있다. 말하자면 이미 "누룩"이란 말이 암시하듯 발효나 썩음, 그것도 "구절양장의 생애"가 썩은 끝에 핀 꽃인 것이다. 오죽하면 '고름꽃'들이라고도 불리겠는가. 그러면 썩어서 피는, 아니 썩음 자체를 꽃으로 바라보는 화자의 마음의 움직임은 어떤 것일까. 썩음이나 부패란 이미 앞에서 설명한 대로 대상의 질적인 변화를 가져오고 그에 따른 존재론적 초월도 때로는 가능한 화학작용이다. 따라서 썩음에서 비롯되는 일련의 현상들, 이를테면 역한 냄새나 대상의 해체 같은 부정적인 국면들을 바라보기보다는 시인은 부패에 좀 더 적극적인 의미를 부여한다. 그 의미들이 썩음을 '생불', 또는 '꽃'으로 바라보도록 하는 것이다. 경우에 따라서는 '간장 게장'을 담그고 그것의 발효(부패)된 결과를 "니르바나의 맛"이라고 부르기도 한다(「法味如來」).

일찍이, 최승자가 '토악질'이나 '변기'의 상상력을 통해서 자동화된 삶을 전복시켰듯이 김화순은 썩음이나 부패를 통하여 대상이나 세계를 새롭게 번역해 낸다. 이미 자동화되었거나 고정화된 대상들이 그 나름으로 변화하는 길이란 깊이 그리고 완벽하게 썩는 일이다. 내부에서 비롯되었든 외부로부터 시작되었든 썩음은 대상을 화학변화답게 철저히 변질 내지 탈바꿈시킨다. 그 변화된 양상은 때로는 "꽃"(「몸꽃」 「붉은 말씀들」)으로 때로는 "생불"(「푸른 경전」)로, 혹은 "법미"(「法味如來」)들로 나타나고 있는 것이다.


## 2.


여기서 다소 말머리를 에둘러 보자. 후기 구조주의 몇몇 이론 분자들이 '중심'이나 '본질'의 해체를 적극 시도한 다음부터 사람들의 인식의 지형도에도 많은 변모를 가져왔다. 그 변모 가운데 하나는 본질이나 중심을 축으로 삼던 큰 담론들이 뒤로 물러앉고 이른바 미시 담론들이 뭇 담론들의 전면에 자리 잡게 된 일이다. 멀리 갈 것도 없이 우리 시 동네에서만 보더라도 역사나 현실 같은 큰 시적 대상들보다는 자질구레한 일상의 뭇 사상(事象)들이 시적 담론의 주된 품목들로 자리 잡고 있는 것이다. 달리 말하자면 나날의 일이나 삶의 이런저런 세부(detail)들이 시적 담론의 대다수로 자리 잡게 된 것이다. 어쩌다 지난 세기에 맹렬한 위세를 떨쳤던 사회역사적 상상력을 떠올리고 그것의 복원을 말하는 경우도 그 실은 지난날에 대한 향수의 차원을 크게 못 벗어나고 있지 않은가.

이번 시집에서 김화순이 집중적으로 보여 주는 시적 대상이나 담론도 실은 이 같은 일상의 세목들이다. 물론 그녀는 '세태시'라고―이 같은 용어의 적절성 여부는 논외로 밀어 두고― 불릴 만한 작품들을 역시 이 시집 속에서 보여 주고 있다. 그러나 상당수의 작품들은 일상의 세부, 그것도 극히 미시적인 것들을 밀도 있게 그려 내고 있다. 예컨대, 생활운동기구인 스피드러닝머신이나 좌변기, 공기청정기 등등에서부터 찜질방, 대파 썰기 등에 이르기까지 일상의 뭇 세목들을 다루고 있는 것이 곧 그것이다. 그런가 하면 조기(石首魚)나 개미, 거미 같은 곤충류들 또한 김화순에게는 시적 대상이면서 상상을 자극하는 이미저리이다. 그러면 과연 이 같은 일상의 세목들이 시적 대상으로 유효한 까닭은 무엇인가. 해체론자들의 설명을 굳이 빌리지 않더라도, 일상의 자질구레한 세목들을 주목하는 것은 그 세목들이 실은 삶의 전부이거나 삶 그 자체라고 인식하기 때문인 것이다. 말하자면, 삶이란 일상과 동떨어진 형이상의 관념이나 신비 속에 별도로 있는 것이 아니라 일상의 세목들을 통해서 구현되는 그 무엇인 셈이다. 또 우리가 '도'라고 이해하는 통념상의 어떤 질서나 원리도 실은 이 같은 세목들 속에 내장된 무엇에 지나지 않는다. 우선 작품부터 읽어 보도록 하자.

　　시장 바닥에 묶여 있는 흑염소의 침울한 눈 본 적 있다 울컥 목울대로 치밀어 오르는 뜨거운 것, 염소에 대한 연민과 동정만은 아니었을 것이다 내 안에 묶여 사는 짐승 나도 모르게 그렇게 울음 토해 낸 것일 게다

　　터미널은 오가는 사람들로 분주하다 그러나 난 저들의 목숨이 터미널에 묶여 있다는 걸 안다 우리는 모두 자기만의 터미널에 묶여 있는 한 마리 흑염소가 아닌가 남모르게 껌벅이는 저 불안한 평화의 눈빛들을 보라 저들은 늘 떠나지만 제자리로 돌아온다 묶인 목사리를 풀고 나는 언제쯤 낯선 곳으로 튈 수 있을까?
　　　　　　　　　　　　　　　　　　　　　　　　―「環狀彷徨」 전문

이 작품은 우리네 삶이, 고리 형상의 맴돌기라는 제목이 암시하듯, '늘 떠나지만 제자리로 돌아오는' 반복의 연속임을 일러 준다. 흔히 일상은 똑같은 일의 끊임없는 되풀이라고 말해진다. 곧 일정한 변화 없는 반복과 규칙적인 되풀이들로 정의되는 것이다. 인용한 작품의 화자는 시장 바닥에 묶여 있는 염소를 매개로 이 같은 자신의 일상성을 깨닫는다. 염소를 통하여 같은 자리를 끊임없이 맴도는 일이 인간의 일상이고 삶임을 새삼스러운 듯 발견하고 있는 것이다. 이처럼 시적 대상을 매개로 자신의 감춰졌던 모습이나 의미를 새롭게 발견하는 일은 서정을 축으로 한 우리 시들의 오래된 관행이기도 하다. 뿐만 아니라, 이들 시는 대상을 핍진하게 묘사하고 거기에서 일정한 정서나 의미(주로 삶의 진실인데)를 이끌어 내어 제시하기도 한다. 이는 과거 한시의 '이개칠합(二開七闔)'이란 시상 전개 방식에서부터 오늘의 시까지 이어지는 오래된 시적 관습인 것.

아무튼, 시적 대상인 염소에게서 새삼스럽게 자신의 모습을 발견한 화자는 일상으로부터의 탈출을 꿈꾼다. 그 탈출이란 굳이 말하자면 일상에서의 일탈로 실현 가능성이 없는 것은 아니다. 아마도 흔히 말하는 여행이 그 한 방법일 터이다. 이번 시집의 여행 시편들은 그래서 화자가 말하는 '낯선 곳으로 튐' 기록들로 읽힌다. 태백시의 추전역에서부터 강진만, 그리고 캄보디아, 앙코르와트 등에 이르기까지 떠돈 일련의 작품들이 그것이다. 이들 여행은 일상과는 절연된 낯선 공간으로의 여행이며 그만큼 미지의 세계들과 조우를 경험하게 된다. 이를테면 '무한대의 폐허'일 뿐인 앙코르와트 사원을 둘러보며

수미산 오르는 길이 이러할까
몸과 마음 기꺼이 낮추고
오체투지 기어오르는 그들이 바로
未來佛

—「앙코르와트」 부분

과 같은, 불개미 한 마리의 등정이란 지배적 세부를 통하여 대상을 재
해석하거나

　　개구리색 군용 트럭 쫓으며 '기브 미 껌' 절박하게 외쳐 대던 기계충 자
　국 선명하던 나이 어린 삼촌들……
　　　　　　　　　　　　　　　　　　　　　　　—「캄보디아 통신」부분

과 같은, 자신의 힘들었던 유년 기억들을 여행지 소년들을 통하여 환기
하는 일 등이 그것이다. 이상에서 보듯 여행을 통하여 미지의 세계와 조
우하지만 시인의 시선은 흔히 대상의 겉모습들을 관찰하는 데에서 더 나
아가 그 내부를 더듬거나 재구성하게 마련이다. 여기서 대상의 내부를
더듬는 일은 주로 상상력을 통하여 그 의미나 값을 깊이 있게 발견하는
형태로 나타나고 있다. 반면, 대상의 재구성은 은유를 축으로 하여 그것
의 모습이나 형태를 새롭게 인식하는 경우이다. 말은 둘로 나누어서 이
야기 하지만 실제 작품에서 이 두 가지 경우는 동시에 이루어지고 있다.
전형적인 예라고 하기는 어렵지만, 작품 「낙하산 확, 펴질 때」도 그 같
은 범주에 든다. 민들레는 어떻게 피는가. 화자에 따르자면, 봄날 떠도
는 민들레 홀씨를 먹고 그것이 "내 안의 자궁"에 착상하여 언젠가 "숨은
낙하산"을 펴듯 민들레는 피어난다. 그것도 내 몸에서 피어난다. 이 작
품은 민들레 곧 낙하산이라는 은유와 외부로부터 내부로 이동하는 화자
의 시선이 어떻게 그 몫을 다하는지를 잘 보여 주고 있다. 그런데 이 같
은 대상의 내부를 살피고 더듬는 일은, 미지의 낯선 세계를 찾는 어느 여
행에 견주자면, 화자의 내 안으로의 또 다른 여행이라고 할 만하다. 이
는 곧 자신을 대상화하여 되살펴 보기도 하고 나란 무엇인가 하는 자아의
정체성을 확인하는 일련의 마음의 움직임을 보여 주기 때문이다. 그래서
"대강 그린 약도를 들고 나를 찾아 헤맨 나날들, 수없는 나를 반복적으
로 빙빙 돌리다 보면 회교 사원 뜰의 둥근 경전처럼 손발 사라진 명징한

나"를 만나기도 한다(「로타리 토르소」). 거듭되는 소리지만, 대상의 내부를 발견하는 일은 다음 작품에서 보듯 곧바로 자신의 성찰로 이어진다.

> 내 안의 작부 충동질한다
> 저 개펄 초입에 유곽 차려 놓고
> 홍등을 내걸란다
> 상심한 사내들 치마폭으로 다독여 보라고
> 내 안의 여자 부채질한다
> 밤새워 홍등의 불이 타고
> 그 불로 꼬여 드는 하루살이 떼의 더운 가슴
> 어루만져 주란다
> 갯내음 물씬 풍기며 뛰쳐나오는
> 가리비 속살 같은 내 안의 여자
> 거친 물살 위 부표 되어 하얗게 웃는다
> 낙지발처럼 와서 쩍쩍 달라붙는 근육질의 사내
> 그 거친 숨소리에 갇히고 싶다
> 바다 가득 내리는 찬비
> 우우, 거세게 밀려오는 밀물의 사내들
> 화끈하게 받아 내는 개펄 되어 보라고
> 내 안의 바다 충동질한다
>
> ─「내 안의 개펄」 전문

이 작품은 화자가 밀물 드는 개펄을 매개로 여느 때에는 그 존재를 잘 모르고 있던 "내 안의 작부"를 새삼스럽게 발견하는 정황을 보여 주고 있다. 굳이 산문으로 번역하자면, 찬비가 내리는 개펄과 거기 밀어 들어오는 물살을 보면서 화자는 자신의 내부에 있는 작부 기질 또는 모성을 새삼 발견하고 일깨워 내고 있는 것이다. 특히 겉문맥 가운데 작부, 유곽,

홍등 같은 외설스런 이미지들을 돋을새김으로 배치하고 있는 점도 인상적이다. 그러나 작품 속문맥에는 상심한 사내들을 다독이고 어루만진다는 여성 일반의 모성이 짙게 깔려 있다.

그러면 이처럼 대상의 내부를 통하여 자신을 새삼 발견하는 작품들은 무슨 효용이 있는가. 그것은 아마도 읽는 이들로 하여금 일종의 대리 만족 혹은 추체험을 하도록 하는 일일 터이다. 말하자면, 독자들이 자동화된 일상 속에서 잊혀졌던 자신을 새롭게 발견하는 일종의 정신적 즐거움을 향유하는 일인 것이다. 최근 시 동네에서 서정시가 독자들에게 널리 호응을 얻는 데는 이 같은 대리 만족을 통한 정신적 쾌감의 제공도 한 원인일 터이다.


## 3.

최근 우리 사회의 격심한 변동 가운데 하나는 다민족·다문화 사회로의 재편이다. 잘 알려진 그대로 지난 세기 말부터 중국 교포들과 동남아인들의 한국 진출이 본격화되었다. 이들은 그동안 단순 노무직이나 서비스 업종 등등 우리 사회의 주변부로 진출하기 시작하면서 서서히 자신들의 자리를 잡아 나갔다. 곧, 특정 지역이나 공간을 중심으로 저들만의 집단을 이루면서 생활의 터전을 잡고 문화를 선보여 오고 있는 것이다. 이 같은 과정을 거치며 그들은 우리 사회 가운데 마이너리티 사회를 이루어 가고 있다. 일의 이치로 보아 이들의 등장은 마땅히 한국 사회와 문화에 한 변이소로 기능하기 시작했다. 그것은 이들의 여러 문화를 단순하게 지체된 문화로 우리가 무시 내지 기피해야 할 대상만이 아님을 뜻한다. 궂든 좋든, 이들의 문화는 우리 문화의 테두리 안으로 들어오면서 나름대로 상호 변이를 결과하고 있는 것이다. 따라서 우리 사회에서 지난 세기 초부터 강조된 단일 민족, 단일 문화의 이념은 더 이상 통용되기 어렵게 되어 가고 있다. 더욱이, 민족이 근대의 시작과 함께 서구에서부터 기획되고 조작된 한갓 이데올로기에 지나지 않는 것으로 해석되고 있는 작금에 있어서랴.

각설하고, 다음의 시를 한번 읽어 보자.

> 그녀가 처음 한국 땅 밟았을 때
> 그녀의 발걸음은 풍선처럼 가벼웠다
> 그러나 희망의 발디딤은 이 년 만에 중단되었다
> 그녀는 이제 더 이상 걸을 수 없고
> 다른 사람의 도움 없이 화장실도 갈 수 없다
> 또래의 한국 처녀들 부모 사랑 받으며
> 룰루랄라 데이트 신날 때도 그녀는 부럽지 않았다
> 가족들의 환한 웃음 떠올리면 절로 어깨 으쓱해졌다
> 그러나 그녀가 애써 가꾼 보랏빛 꿈나무는
> 땅속 깊이 뿌리도 내리기 전 시들고 말았다
> 공장에서 LCD 제품 세척 작업 중
> 유기용제 노말핵산에 중독된 것이다
> 다발성 신경장애로 하체 마비된 그녀
> 앉은뱅이가 되어 태국으로 돌아갔다
>
> ─「앉은뱅이 꽃」 부분

군이 산문으로 풀어 설명하지 않아도 이 작품은 쉽게 그리고 단숨에 읽힌다. 이른바 코리안 드림을 좇아 한국에 온 태국 처녀가 어떻게 좌절하고 장애를 입게 되었는가를 아주 간결하게 서술하고 있기 때문이다. 이 작품과 유사한 내용의 작품으로 방글라데시 소녀의 고단한 사연을 서술한 「샨타의 설」을 들 수가 있다. 그녀는 열두 살 소녀로 엄마와 함께 한국에서 생활하고 있다. 처음 입국은 한 가족 모두가 함께했지만 어느 날 아빠는 강제추방을 당했던 것이다. 범박하게 말해서 '이야기시'라고 해야 할 이들 작품은 사실을 사실대로 서술할 뿐 화자 나름의 정서적 반응이나 비판 같은 주관적 진술은 거의 보여 주지 않는다. 말하자면, 서사적 거리를 일관되게 확보한 채 사실의 서술에만 충실한 것이다. 이러한 작품적 특성은 조기 유학의 세태를 그린 「기러기 아빠」의 경우도 예외가 아니다. 이 작품 또한 특별한 시적 장치 없이 사실의 제시로 일관한다.

그러면 지난 몇 년 사이 우리 사회의 단면들을 여과 없이 보여 주고 있는 이들 작품의 의의는 무엇인가. 그것은 일종의 노마드 같은 사람들을 통하여 일그러진 현실이나 뿌리 없는 삶이 무엇인가를 생각하게 만드는 것이다. 일찍이 임화의 어법대로 하자면 '세태시'라고나 해야 할까. 화자 나름의 비판이나 주관적 판단을 유보한 채 사실의 재현이나 정황 제시에만 치중하고 있기 때문이다.

그런가 하면 일련의 작품들, 예컨대 「거리는 bang의 천국이다」 「광고는 스토커다」 「사진은 기억을 가진 거울이다」 「쇼핑하는 여자」 등등은 후기 자본주의사회의 세태나 풍속이라고 할 수 있는 '거리와 골목에 넘쳐 나는 뭇 방'의 문제나 이미지만을 좇고 이미지들을 소비하며 사는 사람들, 또는 소비 중독으로 삶을 황폐화시키는 여성들을 그려 주고 있다. 이들 일련의 작품들은 부패의 상상력이나 일상의 세부들, 특히 사소한 대상들과 뭇 일들을 다룬 작품들과 다르게 읽히는 것이 사실이다. 이는 시인이 시적 개성을 어떻게 만드느냐라는 문제에서 보자면 김화순의 다양한 시적 전략으로 보인다.

이 시인이 앞으로 어떻게 보다 유니크한 스타일의 작품 세계를 여는가를 지켜보는 일은 우리 모두의 몫이 될 터이다. 말을 타고 산을 둘러보는 식의 작품 길 안내는 이쯤에서 끝내기로 하자.

# '상류'와 '길'의 상상력
—민병도 시조집 『슬픔의 상류』

일찍이, 1932년 가람 이병기는 우리 현대시조의 혁신론을 피력한 바 있다. 이른바 읊는 시조에서 읽는 시조로 유통 형태가 달라지는데 따른 문제들, 특히 실감 실정의 표현, 취재의 범위 확장, 격조(格調) 변화 등을 제안한 일이 그것이다. 옛 시조가 다양한 악곡과 함께 그 미학성의 완결을 꾀한 것은 이미 잘 알려진 일이다. 시조의 형식미학을 결정하는 데 있어 중요 요소의 하나였던 악곡의 소실은 그에 따른 다른 시적 요소의 도입을 고려하게 만들었다. 가람은 이 같은 사실에 주목하고 그 대안적 요소로서 실정 실감의 표현, 격조의 변화 등 여러 사항을 제안하였던 것이다. 결국 가람의 이 같은 제안은 시조 혁신의 한 이포크가 되었던 것이 사실이고 그 이후 우리 현대시조는 그의 제안대로 여러 가지 변모와 변화의 길을 걸어왔다. 그 변모 가운데는 시조의 형태 실험도 두드러진 현상의 하나일 것이다.

그러면 현대시조가 읽는 시조로서의 격조 변화를 꾀해 온 것과 함께 지적되는 형태 실험은 무엇인가. 그것은 평시조의 정격을 음보율의 확장과 행 배열의 변화를 통해서 일관되게 변모 내지 해체하여 온 사실을 뜻한다. 시조 작품의 각 장(章)을 2-3행으로 배열하거나 음보 수의 확장으로 인한 줄글 형태를 취하는 일 등이 바로 그것이다. 이 같은 시조 정형의 해체 현상은 가람의 혁신론 이후 지금까지 일관되게 지속되어 온 현상 가운데 하나이다. 따라서 시조 혁신론은 그 나름의 당위성과 필요성을 담보하고 있으면서도 달리는 그 형식 해체의 과격성으로 말미암아 '정체성'의 위기를 초래하였다. 그 위기는 왜 시조인가, 시조와 자유시의 변별성은 과연 무엇인가와 같은 물음들을 끊임없이 되묻게 하고 있다. 뿐만 아니라, 오늘날 현대시조가 보이는 이 같은 혼류 현상은 어찌 보면 너무 일반화되어 있어서 문제를 문제로 인식하지 못하는 단계에까지 이르른 감이 있다.

그런데, 이번 민병도 시인의 시조집 『슬픔의 상류』는 위에서 적은 그 문제들이 어떤 방향에서 어떻게 해결되고 풀릴 수 있는가를 잘 보여 주고 있다. 기존의 시집들과 함께 읽은 시집 원고들은, 적어도 필자에게는, 이 시인의 그러한 문제에 대한 고민과 실제 작품들을 통한 진지한 해결 방안 모색 등을 보여 주고 있었다. 때로는 행 배열의 남다른 형태 실험을 통하여 현대시조로서의 변화된 격조를 보이고 있는가 하면, 때로는 연시조나 평시조 모두 시조 시형의 정격(正格)을 굳게 지키고 있는 일 등이 그것이다. 우선 다음의 작품들을 읽어 보자.

① 새벽 두 시,
　취한 내 영혼을 부축해 와서

　초인종을 눌러 주고는
　돌아가지 못한
　길
　하나

　밤새워 비를 맞으며 기다리고 있구나　　　　　　　―「길」 전문

② 달빛 만 섬 퍼다가 곡간을 가득 채운다

　채워도 채워 넣어도 줄지 않는 그리움!

　하르르 벚꽃이 지면 그 달빛 도로 쏟는다.

―「그리움」 전문

옮겨 적은 작품 ①과 ②는 모두 단수(單首) 형식의 시조들이다. 그러나 ①은 행 배열에서 형태 실험의 변격형을, ②는 반대로 정격형 고수를 보여 준다. 곧 ①의 초장 4음보는 두 줄 배열로, 중장 4음보는 넉 줄 형식을 취하고 있는 것이다. 똑같은 4음보를 두 줄과 넉 줄로 배열하는 형태상의 변화는 과연 무슨 의미를 띤 것일까. 한편 ②의 경우는, 3장 4음보가 석 줄 형식의 정격형으로 정연한 배열을 보여 주고 있다.

이 두 작품에서 확인되는 형태상의 차이는 과연 무엇을 뜻하는 것일까. 우리는 그 차이점을 먼저 각 작품의 내용상의 특성에서 찾을 수 있을 것이다. 이를테면 ①은 묘사를 축으로 한 정경의 제시를 하고 있다면 ②는 진술을 주로 한 '그리움'이란 정서의 제시를 하고 있다는 사실이 그것이다. 거듭 말하자면 ①은 화자가 새벽 두 시께에 밤비 내리는 골목길을 새삼스럽게 발견하는 내용이다. 그것도 술과 잠에서 막 깨어, 지난밤의 귀가와 그 어지럽던 정황을 길을 매개로 되돌이켜 보는 담론인 것이다. ②는 벚꽃 핀 달밤에 환기되는 '그리움'이란―그 그리움의 대상은 텍스트상에는 명시되어 있지 않다― 정서를 진술한다. 이는 우리의 옛 시론에서 말하는 경물(景物)과 그에서 빚어진 정서를 모범적으로 융합시킨 본보기라고 해도 좋을 터이다. 특히 뭉글뭉글 화사하게 핀 벚꽃들을 '만 섬들이' 곡간으로 상상하고 있는 비유는 꽤 인상적인 것이라고 아니할 수 없다.

이상에서 보듯, ①은 작품에서 그 회화성이 돋보이고 ②는 정경(情景)이 하나되는 가운데서도 정서 표출이 두드러지는 것이다. 따라서 이러한 두 작품의 차이성이 결국은 형태상에 있어서도 변격형과 정격형으로

서로 달라진 원인이라고 해야 할 것이다. 달리 말하자면, ①에서는 묘사 중심의 회화성을 의식한 탓에 행 배열이 두 줄, 넉 줄 형식으로 짐짓 자유시처럼 다양하게 이루어진 반면 ②에서는 정경 합일적인 내용에 걸맞게 시조 형식 본래의 정격형이 고수되고 있는 것이다. 여기서 우리는 그동안 민병도 시인이 실은 그림 그리기를 겸업으로 하고 있다는 사실을 떠올려도 좋을 것이다. 무슨 말인가 하면, 오랫동안의 화업(畵業)을 통해서 가다듬은 회화적 감각이 작품의 형태 구성에도 그대로 이어지고 있다는 설명인 것이다. 물론, 모더니즘 계열의 시들이 그 형태 구성에서 도형이나 활자 크기의 변화, 더 나아가서는 기성품들의 텍스트 내부로의 이동 등과 같은 여러 가지 방법들을 구사하고 있는 사실은 벌써 널리 알려진 바 있다. 따라서 이 같은 형태 실험을 특정화시켜 화업에까지 연결짓는 일이 부질없어 보일지도 모른다. 그러나 통상적인 시 형식의 형태 실험 차원을 벗어난, 굳이 부르자면 구체시(concrete poem)에 가까워 보이는 작품들, 곧 「방패연」 「냉이꽃」 「밤길」 「소쩍새」 등은 민병도 시인의 회화적 감각의 소산이라고 해도 좋을 일이다.

이왕 나온 말끝에 더 덧붙이자면, 이번 시조집 『슬픔의 상류』에도 다양한 시조 형식들이 확인되고 있다. 앞에서 언급한 평시조 말고도 연시조 형식이나 엇시조 등이 보이고 있고 또 이들 시조의 행 배열도 정격을 고스란히 지키는 경우가 있는가 하면 형태상의 변화를 여러 가지로 다르게 시도하고 있는 것 등이 그것이다. 사실, 이들 형태상의 변화를 추구하고 있는 작품들은 그 변화가 단순한 호사(好事) 취향이나 그냥 한번 해 보는 정도의 것으로 보이지 않는다. 거기에는 시인 나름의 분명한 의도와 꽤 까다롭게 다듬은 수공(手工)의 노력이 거듭 확인되고 있는 것이다. 곧, 시조 갈래의 정체성을 손상시키지 않으면서도 다양한 형태들을 가다듬어 현대적인 모습으로 펼쳐 보고자 하는 진지성이 깃들여 있는 것이다.

그대,

그대 모습을

한 번도

본 적이 없는데


이미 나를 스쳐 간

50년 간의

샤넬 향수……


그물에

걸리지 않는

햇살 같은,

바람

같

은,

—「시간」 전문


　과연 사람들에게 시간이란 무엇인가. 흔히 시간이란 객관적으로 계량
할 수 있는 것이 있는가 하면 경험하는 이의 주관적 인식 가운데 존재하
는 것으로도 알려져 있다. 특히, 후자의 주관적 시간은 경험하는 이의
심리적 정황과 긴밀하게 결부되는 것. 일반적으로 작품 속에 언술된 시
간은 주관적 시간으로 경험하는 이에 의하여 재구성된다. 인용한 작품
「시간」 속의 시간 역시 경험하는 이에 의하여 주관적으로 그리고 일방적
으로 해석된 양상을 띠고 있다. 화자에 따르자면, 시간은 어떤 구체적이
며 객관적인 모습으로 인식되기보다는 한갓 "샤넬 향수"로서 지각된다.
그 향수는 햇살이나 바람처럼 휘발하며 스쳐 간다. 이는 화자가 경험한
시간이 코끝의 후각이나 자극하는 덧없음의 속성만을 지닌 것이었음을
암시하는 것이기도 하다. 일찍이 C. 보들레르는 후각적 이미지들을 남다

르게 매혹과 도취의 상징으로 사용한 적이 있다. 작품 「시간」의 샤넬 향수도 실은 매혹과 도취의 다른 이름은 아니었을까. 그러나 그 50년의 세월 가운데는, 화자에 따르자면, 매혹이나 도취의 어떤 사상(事象)도 정황도 들어 있는 것 같지 않다. 오히려 "오십 년,/ 아직도 나는/ 꽃잎 실은 빈 종이배"(「종이배」)라는 체념 반 긍지 반의 탄식만이 있을 뿐이다. 굳이 우리가 찾자면, 이 시집의 다른 일련의 작품들에서 확인되는 '뉘우침'과 '그리움' 같은 정서를 환기하는 삶의 내력들이 그 속에 담겨 있는 것이다. 혹은 "한 그릇에 부추가 열 단, 당신은 차마 못 먹고/ 때늦은 점심을 핑계로 울며 먹던 장국밥"(「장국밥」)의 사연이 있고 혹은 "은밀한 무단가출"(「소나기」)이, 혹은 "주사"(「빈집」)를 부리던 "사십 년을/ 떠나 살아도/ 아직도/ 날 깨우시는"(「아버지」) 아버지의 아픈 내력들이 들어 있는 것이다. 대체로 지난 삶의 내력이고 사연이라고 할 이 같은 크고 작은 일들은 샤넬 향기로 허망하게 휘발한 시간 가운데서 시인으로 하여금 '그리움'이나 '뉘우침'을 맛보고 겪게 만든다. 물론, 이들 정서는 작품들 가운데서 어떤 대상이나 사단(事端)으로부터 비롯되는 것인가는 뚜렷하게 언급되지 않고 있다. 그만큼 '그리움'을 말하고 '뉘우침'을 보인 시편들 어디에도 그 대상들이 명시적으로 드러나 있지 않은 것이다.

그리움을 그리려고 종일 먹을 갈았습니다.

풀잎이다가
나룻배이다가
태양이다가
우주이다가

차라리 하얀 화선지, 붓을 도로 놓았습니다.

—「絶筆」 전문

얼마쯤 한용운의 '서투른 화가'를 연상시키기도 하는 이 작품은 과연 시인에게 '그리움'이란 어떤 것인가를 비교적 분명하게 언술하고 있다. 꽤는 "그리움을 건너기"가 힘들다는 「목련」이나 샛강 위에 "한 번쯤 숨기고 싶던 그리움"을 쏟아 놓는다는 「노을」 등의 작품과 견주어 볼 때 이 인용 작품은 그만큼 그리움을 직접적으로 드러내 놓고 진술하기 때문이다. 그러면 그리움의 대상은 무엇이며 또 어떤 모습인가. 이 작품에 의하면 그리움은 '풀잎, 나룻배, 태양, 우주'의 모습을 취하고 있는 것으로 나타난다. 이는 매우 추상적인 정서의 '꼴(모습)'을 구체적인 사물의 모습으로 시각화하여 보여 주고 있는 것. 풀잎의 나룻배의 태양의 우주의 꼴을 한 그리움이라니! 일의 이치로 보자면, 이 같은 다양한 그리움의 꼴이란 결국 그리움의 대상이나 모습에 있어 일체 구체성이 없다는 뜻이 될 것이다. 다만 여기서 우리는 그리움이 '지금 이곳'에 결손된 그 무엇에 대한 정서라고 한다면, 그 무엇은 이 시집의 표제이기도 한 '상류' 어디쯤에 있는 것이 아닐까, 미루어 짐작할 수 있을 뿐이다. 게다가 작품 「목련」에는 "그리움을 건너기란/ 왜 그리 힘이 들던지"와 같은 진술이 있는 것으로 미루어 보아 그리움은 '물 건너기'와 같은 것이 아닌가. 그렇다면 우리 옛 시조의 무릉도원에 비길 수도 있는 그 '상류'는 도대체 어디쯤에 있는 공간일까. 이를테면,

① 몸부림치면 칠수록 오, 상류는 멀어라

② 슬픔의 상류에 와서 별 하나를 만났습니다.

③ 지키기 힘든 약속은 상류에나 남겨 둬야지

와 같은 시구(詩句)들에 등장하는 상류가 곧 그 상류라고 해야 할 것인가. 인용한 대목 ①은 작품 「돌」에서, ②는 「슬픔」에서, ③은 「끝없는

강」에서 가져온 것들인데, 이들 시구들에 따르자면 상류는 멀고, 또 그렇기 때문에 지키기 힘든 약속이 남겨진 공간이다. 특히 ②에 따르자면 상류는 "은빛 그리움으로 가슴 깊이 정좌하는/ 별 하나"를 만날 수 있는 곳이기도 한 것이다.

이 같은 검토에서 알 수 있듯, 상류는 시간으로 치자면 "그 시절 참 좋았던 시절"(「달빛 한 사발」)이며 공간상으로는 이곳에서 더욱 먼 장소인 것이다. 그리고 그 상류는 흘러온 물의 입장에서 볼 때 지난 시절이며 또 거쳐 온 공간일 수밖에 없다.

이쯤에서 우리는 민병도 시인의 마음의 움직임이 두 가지 방향으로 움직여 가고 있음을 확인하게 된다. 하나는 상류로 향하는 움직임이 그것이고 다른 하나는 그리움과 뉘우침의 정황이긴 하지만 지금 이곳의 사상(事象)들을 꼼꼼하게 살피는 움직임이 그것이다. 이 가운데 지금 이곳의 사상들을 살피는 마음의 움직임은, 조금 현학적으로 말하자면, 존재론적 각성이라고 해야 할 것들이다. 우리 일상의 세목을 이루고 있는 크고 작은 일들과 대상을 통하여 세계나 삶의 의미를 깨닫는 일이 곧 그것이다. 이를테면 아침 이슬을 매개로 삼아

실상(實像)은 애당초 없는 것

　　　　　　　　　　　　　　　　　　—「아침 이슬」 부분

이라는, 세계의 본질을 꿰뚫어 보는 경우라든가,

뽑아도 뽑아도 끝내 다가서지 못할
무구한 풀을 뽑다가 문득 생각느니
나 또한 저 풀이 아닐지
그 뉘의 손에 뽑혀 나갈

　　　　　　　　　　　　　　　　　　—「잡초 뽑기」 부분

과 같은, 잡초 뽑기를 통하여 자기 삶의 조건을 새삼 깨닫는 일 등이 그 것이다. 둘레의 갖가지 사상들을 통하여 세계와 삶의 해석을 유추하는 이 같은 일이란 한 시인의 연치(年齒)를 새삼 생각게 하는 일이기도 하다. 연보에 따르자면 민병도 시인 또한 '지천명(知天命)'의 연치를 넘어서고 있다. 그 나이듦은 단순한 계량적 시간의 누적이 아니라 한 예술가에게는 시와 삶에 있어서 원숙의 경지로 넘어섰음을 뜻하는 것이 아닐 수 없다. 비록 작품 「시간」 속에서는 '샤넬 향수'로 겸허하게 견주어 놓고 있긴 하지만······.

생략과 압축이란 표현 원리는 일반적으로 자연서정시의 주요한 규범 중의 하나로 꼽힌다. 특히 압축이나 생략에 따른 널찍널찍한 행간의 확보는 시적 여운(울림)을 크게 한다. 짧고 간결한 서정시 작품일수록 읽는 이로 하여금 행간의 생략된 의미들을 크고도 많게 복원해서 읽도록 만드는 것은 이 때문이다. 완벽의 미학을 추구하면서 정제된 형식을 지켜야 하는 시조의 경우에도 이 같은 원리는 그대로 적용된다. 곧, 3장 4음보의 형식을 지키면서 기승전결의 시상을 펼쳐야 하는 정형의 제약에 따르다 보면 생략과 압축은 필연적인 것. 이번 시집에서 읽은 몇몇 작품들은 시조의 이 같은 특성들을 모범적으로 보여 주고 있다. 예컨대 다음과 같은 작품을 읽어 보자.


잠시 낮달을 불러
산차 한 잔 나눠 마신다

마실수록 더해 가는
저
순수에의
갈증······

—

희

미

한

오솔길 하나

잔 속에서

풀린다

　　　　　　　　　　　　　—「山茶」 전문

　화자는 적막한 낮 시간 차 한 잔을 마신다. 그 차는 목마름을 해소하기 위한 것일 수도 있고 삶의 무료를 달래는 기호품일 수도 있을 것이다. 어느 경우이든 화자는 몸의 목마름과 함께 이번에는 마음의 갈증을 느낀다. 그리고 그 갈증을 해결하는 길 하나를 찻잔 속에서 깨닫고 발견한다. 이렇게 산문으로 풀어 읽을 수 있는 이 작품은 시인 자신의 고졸한 풍격(風格)을 보여 주는 것이기도 하다. 말하자면, 자신의 마음속에서 상류를 찾아 올라가거나 일상의 세목들을 되살피는 길에서 잠시 발길을 멈추고 누리는 아취일 수 있는 것이다. 실제로 이번 시집에서도 길에 관한 상상력은 여러 작품, 예컨대 「빈 길」 「끝없는 길」 「밤길」 등에서 빈번하게 확인할 수 있다. 그 길은 구체적인 현실 공간들을 잇는 것이면서도 또한 화자의 마음이 움직여 나가는 궤적이기도 하다.

　아마도 이와 같은 길은 시인 민병도에게 있어 삶의 상류에서 먼 하류까지 계속 이어지는 것이기도 하리라. 우리가 이번 시집뿐만이 아니라 이 시인의 다음의 시적 작업과 성취를 기대하는 것도 이 같은 끝없는 길의 역려(逆旅) 때문일 터이다.

# 길과 집, 자기 안으로 가는 길
—박순덕 시집 『자전거 안장을 누가 뽑아 갔나』

## 1.

묘시(卯時), 누구나 일터로 나가는 시각에 태어난
나는 늘상 바쁘고 길은 더디게 터지곤 했다
내 앞을 빡빡하게 가로막고 있는 차들로
청신호를 빤히 보고도 건너가지 못하는 경우도 많았다
되돌아갈래야 돌아갈 길도 없었다
집을 나선 시각부터 길을 타고 가는 내내
네 발 달린 몸뚱이 속에 내장되어 있는
길의 프로그램을 벗어날 수는 없는 일이었다

동생을 배웅하고 돌아오는 길의 시간대는
막 묘시가 될 것이다
내가 혼자 돌아오게 될 그 길은
　　　　　　　　　　　　　　　—「길의 프로그램」 부분

사람들에게 길이란 무엇인가. 일정한 목적지를 향해 걸어가는 정해진 통로이기도 하고 더러는 사람이 좇고 따라야 할 주어진 규범 체계이기도 할 것이다. 조금 더 그런 의미를 추상화하자면 길은 우주 자연의 모든 것이 움직이는 합목적적인 도리거나 참일 터이다. 그만큼 길의 외연은 따져 보자면 넓고 다양하다고 할 것이다. 길은 객관적 지시 대상으로만 치면 어디서 어디까지라고 할 때의 공간에 불과하다. 그러나 이 같은 의미로부터 유추가 시작되면서 길은 사람이 마땅히 좇고 따라야 하는 도덕적 규범이나 어떤 보편적 '참'이 되는 것이다. 그 보편적 참의 세계를 향해 모든 사물들이 길을 간다! 심지어는 콩나물도 "곁뿌리 없는 한 생각에 담구어" 하얗게 제 길들을 밝혀 놓는다(「콩나물시루」). 그러기에 길은 시작과 끝을 함축한 과정을 뜻하기도 하고 그 정해진 방향성을 의미하기도 한다. 길의 이러한 다양한 외연적 의미는 시인에게 오면 그 상상력의 발동을 통하여 더욱 다양해지거나 확대된다.

위의 인용한 시 역시 그러하다. 직접 인용이 된 부분은 작품의 후반부이면서 길에 대한 시인의 상상을 잘 보여 준다. 먼저 이 작품의 앞부분을 읽어 보자. 화자는 이른 새벽 공항으로 나가는 동생을 차에 태우고 달린다. 그 길은 신호등 "푸른 불이 팡팡 터지는" 훤히 뚫린 그런 길이다. 이 길에서 화자는 이런 길의 의미를 해석한다. 곧, "네 앞날에 좋은 일"만 있을 것이라고. 말하자면 하고자 하는 일들이 순탄하게 풀릴 것이란 덕담을 동생에게 건네는 것이다. 그러나 이 운명론에 가까운 우연을 들려주는 누이에게 동생은 자기 나름의 합리적인 설명을 곁들인다. 그것은 사람들이 별로 안 다니는 시간대의 신호 프로그램 자체가 그렇게 짜여 있기 때문이라고. 위에 인용한 부분은 이 대목 다음부터 화자가 자신에게 던지는 독백이다. 길에 대한 오누이 간의 대화는 결국 화자 자신의 인생 역정을 되돌아보는 데로 발전한 것이다. 그 인생 역정은 이렇다. 누구나 일터로 나가는 시간대에 태어난 화자는 그동안 늘 바쁘면서도 쉽게 뭇 일들이 풀리지 않는다. 군이 따져 말하자면 길의 프로그램이 잘못 입력된 것이고 그 프로그램을 자신은 결코 벗어나지 못한 채 살아온 셈이다. 길의 프로그램―그것을 우리는 다른 말로 운명이라고 불러도 좋은 것일까.

말머리가 길어졌지만 박순덕의 이번 시집의 핵심적인 기둥은 '길'과 '불' 그리고 '집'의 상상력이다. 우선 길은 시집의 1부와 4부의 작품들에 집중적으로 나타나고 있다. 그 길에 대한 몽상, 혹은 상상은 아마도 이번 박순덕 시 세계를 해독하는 지남(指南)일지도 모른다. 반면, 불은 3부에 집중적으로 보이고 있는데 그것은 때로는 피는 꽃이기도 하고 타오르는 집이기도 하다. 불은 이처럼 다양한 변주로 이미지화한다. 특히 집으로서의 불은 몸 이미지로 변주를 겪기도 한다. 그리고 그 몸에는 이른바 앞의 인용 작품에서 읽었던 길의 프로그램도 입력되어 있다. 그 길의 프로그램은, 화자의 말에 의하자면, "태어난 시각부터 내내" 벗어날 수가 없다. 그래서 우리는 그것을 운명의 다른 명칭이라고 범박하게 부를 수가 있는 것이다.

왜 운명이고 프로그램인가. 일반적으로 운명을 말하는 이의 심성에는 인간의 자유의지나 힘에 대한 불신이 들어 있다. 신화적 상상에 의하면, 운명은 클로토나 라케시스 같은 여신들이 인간의 일생을 직조(織組)하듯 짜 놓은 데서 비롯한다. 그래서 그 초월적인 피륙에 인간들의 삶은 휩싸인 채 굴러간다. 그런가 하면 그리스 운명비극은 인간에게 운명이란 언제 어디서나 한 치의 오차도 없이 실현되는 것임을 보여 주었다. 지금까지도 널리 알려진 비극적 운명의 본보기를 보여 준 오이디푸스 극의 서사가 그것이다. 신들에 의해 주어진 운명은 그에게 정확하게 또 어김없이 실현된다. 이는 인간이 제 아무리 자유의지나 힘을 통하여 어떤 선택을 한다 해도 그 자체가 운명의 실현에 지나지 않음을 뜻한다. 그리고 그 같은 운명을 깨닫고 투시하지 못하는 인간의 어리석음에 대한 보상은 스스로 눈을 찌르는 행위뿐이었음을 보여 준다. 따라서 운명에는 어설픈 인과론 내지 결정론이 발붙이지 못한다.

말이 많이 에두르기는 했지만, 운명처럼 길의 프로그램을 벗어날 수 없다는 박순덕의 시에는 그러나 비극의 냄새가 없다. 거기에는 비극성 대신 낙천적인 체관(諦觀)이 번득이고 있다. 그것은 아마도 그 프로그램을 적극적으로 받아들이고 순응하는 마음의 자세에서 비롯되는 것일 터이다. 그리고 한 가지 더 그 낙천성은 그의 시가 넋두리나 감정 과잉에 떨어지는 것을 '운명적'으로 막아 준다. 지난 세기의 모더니즘이 아마 우리 시에 보태 준 것이 있다면 단연 절제의 미학을 꼽아야 할 것이다. 그 절제는 감정의 절제와 언어의 절제 둘로 다시 나눌 수 있다. 감정의 절제라니? 그렇다. 사물에 감촉되어 촉발된 일정한 정서를 뭇 시의 주요 품목으로 삼던 낭만적 시관은 이 모더니즘에 와서 해체된 것이다. 그 결과 작품에 질펀이던 감정들을 걷어 내고 대신 선명하고 간결한 언어적 표현들을 도입한다. 따라서 작품들은 대부분 이지적 독해의 대상이 되었다. 이번에 우리가 읽는 박순덕의 시들이 '운명적'으로 넋두리나 감정 과잉에 떨어지지 않는 것 역시 많게는 이 같은 시관의 자장 안에 있기 때문일 터이다. 하지만 나는 그보다는, 거듭된 지적이지만, 운명 앞에 쉽게 포기하고 체념하는 소극적 자세가 아닌 적극적 수용을 보여 주는 마음의 자세 탓으로 읽는다. 그러면 낙천적인 체관으로 받아들이는 그의 운명은 어떤 것인가. 이제 우리는 그 길의 프로그램을 따라가 보도록 하자.

① 나를 내쳐 버린 길은 감쪽같이 사라지고
　　그 위에
　　낯선 길들이 내 허리벨트에 두툼하게 감기고 있다
　　건강한 물고기가 흐르는 물을 잘 거스르듯
　　계속 풀려나가는 길을 사람들은 잘도 거스르며
　　제 길을 짜고 있는데
　　흘러가는 길을 제대로 거스르며 제대로 뛰지 못하는 나는
　　넘어지고 내쳐지기 벌써 몇 번째인가
　　누가 볼세라 주위를 두리번거리면서

또다시 주섬주섬 흩어져 있는 나를 챙겨

길 위에 올려놓는다


② 나는 하릴없이 주저앉아 페달을 돌려 본다

체인만 돌 뿐 바퀴는 그 큰 눈만 멍하니 뜨고 멈춰 서 있다

안장이 뽑힌 자전거의 목에서는 녹슨 피가 엉긴 듯 흐르고 있다

참수형을 당한 듯한

이 안장 없는 자전거를 나는 또다시

어찌해야 한단 말인가 집에까지 끌고 갈 것인가

새 안장을 씌워 또 한 번 삶의 길을 둥글게 감아 볼 것인가

아예 이번 기회에 그를 버려 버리고

맨발로 혼자 걸어가 볼 것인가


　위 시 ①은 「길을 풀어 길을 짠다」에서, ②는 「자전거의 안장을 누가 뽑아 가 버렸나」에서 이끌어 쓴 것들이다. 먼저 「길을 풀어 길을 짠다」부터 읽어 보자. 화자는 지금 헬스클럽에서 러닝머신을 타고 있다. 그는 익숙하지 않은 몸동작 탓에 자꾸 기계에서 떨어진다. 다시 길 위에 자신을 올려놓는다. 이 같은 행동을 반복하며 화자는 자기 속내를 보여 준다. 인용한 대목은 기계에서 떨어졌다가 다시 올라가는 과정을 아주 리얼하게 제시한다. 그러면서 화자는 건강한 물고기를 매개로 실은 자신이 건강하지 못함을 암시한다. 아니 길의 정당함에 엇박자 진 걸음걸이로 자신이 넘어진다는 사실을 발견하고 깨닫는다. 이는 길의 프로그램이 무엇인가를 깨달으며 그 길에 순응하려는 마음의 움직임이다. 달리 말하자면 화자는 주어진 운명/길을 발견하고 적극 거기에 적응하는 것이다. 그런가 하면 「자전거의 안장을 누가 뽑아 가 버렸나」역시 길을 벗어난 운명이 어떤 것인가를 제시한다. 화자의 말머리는 안장이 뽑힌 자전거에서부터 시작한다. 그 자전거는 평소 "내 길을 둥글고 보드랍게"

감아 주던 길패였다. 그런 자전거의 안장을 도둑맞게 된 충격을 화자는 "출근해 보니 책상 치워져 있던" 그 당혹감 같다고 말한다. 이 시에서 "안장이 뽑힌" "참수형을 당한"이란 어구는 모두 직장에서 목 잘린 정황에 대응하고 있다. 왜냐하면 안장 뽑힌 자전거를 매개로 '책상이 치워지고' '대기발령장을 받아든' 자신의 한때 정황을 떠올리고 있기 때문이다. 그리고 그때마다 길/삶을 포기할 것인지 아니면 다시 재정비해 시작할 것인지의 선택을 강요받는다.

지금까지 나는 꽤 거칠게 인용한 작품을 산문으로 번역해 읽었다. 이들 작품에서 길이란 삶의 도정이다. 그 도정에서 화자는 뜻하지 않은 이탈을 겪기도 하고 때로는 타자로부터 위해를 받기도 한다. 뿐만 아니라 "참소리" 하며 상위 관리직에 앉고 싶어 했던 세속적 욕망을 포기하기도 한다(「은둔 시인」). 이 같은 일탈과 위해, 또는 좌절 등이 실은 길의 프로그램이며 삶의 운명일 것이다. 그리고 거듭된 말이지만 그 운명은 단순하게 주어진 것만이 아닌 선택하고 노력하는 모든 인간적 의지나 힘 자체를 뛰어넘는 무엇이다. 곧, 어설픈 인과론이나 자유의지를 초월한 저 윗자리에 이미 정해진 길인 셈이다. 우리식의 윤색을 더하자면 개인의 개별성을 뛰어넘은 보편적인 천명(天命)이거나 천도(天道)로서의 길이라고 할 것이다.


2.


범박하게 말하여 집이란 무엇인가. 그것은 우리가 몸담고 사는 일정한 공간이자 자기 존재의 근거이다. 그리고 집은 안정감과 안락함을 제공한다. 또 이러한 정서를 촉발시킴으로써 어머니의 자궁이나 모태와 같은 이미지와도 겹친다. 더러는 우리가 기대고 거처하는 정신적 공간이자 그런 영혼이 깃들어 사는 몸이기도 하다. 바슐라르의 공간 해석 이후 집에 대한 우리의 상상력은 그 폭을 다양하게 넓혀 왔다. 이미 앞에서 말한 그대로 박순덕의 시에서는 집에 관련한 다양한 상상력들이 확인되고 있다. 이를테면 그의 집들은 평범한 도시나 취락 속에 있는가 하면 불이나 물속에, 또는 항아리에도 있다는 사실들이 그것이다. 심지어는 발뒤꿈치에도 물집으로 집이 남아 있다! 그러면 이들 다양한 종류의 집들이 지닌 의미는 무엇인가. 먼저 불 속에 지어진 집을 읽어 보자.

> 나무 보일러의 아궁이 속에
> 누군가 집을 짓는다
> 화목들이 불의 집을 짓는다
> 기둥이 세워지고 서까래가 올라간다
> 대들보가 푸른 불꽃을 막 감아쥔다
>
> 아궁이 속의 저 집 한 채,
> 불의 상량식을 올리자 말자
> 다시 제 한 몸을 불태우기 시작한다
>
> 저들은 아마 웃음을 품어 내고 슬픔을 안아 내는 나무들,
> 물로 흐르고 불로 타오르는 생나무들
> 이글거리는 태양빛에도 불붙지 않을
> 큰 우물을 온몸에 가득 품은 나무들
> 그런 나무가 되고 싶었던 걸까
>
> ―「불의 집」 부분

이 시의 화자에 따르자면 불도 집을 짓는다. 그 집은 보일러 아궁이 속에 있다. 화목들이 얼기설기 포개져 있고 그 나무들에 불이 옮겨붙어 타면 그 집은 완성된다. 이 작품의 기본 설정은 바로 이것이다. 그 설정에

따라 화자는 불붙은 아궁이 속을 보며 집을 상상한다. 특히 그 집을 짓고 있는 나무들을 온몸에 큰 우물이 내장된 존재로 상상한다. 이 상상에 따르자면 나무는 물을 모으고 흘리는 수직 하강의 존재인가 하면 다르게는 불길로 위로위로 타오르는 존재이기도 한 것이다. 이는 마치 저 V. 반 고흐가 찬연한 불기둥으로 화폭에 담았던 그런 나무들과 같다. 불타오름으로써 나무는 제 속에 감춰진 상승과 하강의 성향을 내보인다. 생나무 시절의 자신을 그렇게 유감없이 드러낸다.

이 작품 3연의 진술이 모두 그것이다. 곧, 나무들은 '물로 흐르고 불로 타오르며', 그것도 이글거리는 태양빛에도 '불붙지 않는 큰 우물을 몸 안에' 품고 있다. 그 우물은 굳이 범성주의자 S. 프로이트의 해석을 빌 것도 없이 자궁이다. 이를테면 "물 바닥을 후비어 집을 짓고 알을 낳는"다는 그런 집이자 수족관/우물로서의 자궁인 것이다(「진입 금지」). 그렇다. 자궁을 몸에 지니고 웃음과 슬픔을 함께하는 나무―그 나무는 어쩌면 여성 일반의 다른 기표일 것이다. 실제로 화자는 작품 후반부에서 "불의 집"을 짓는다. 바로 나무들이 아궁이 속에서 집을 지었듯이. 그러면 여기서 "불의 집"이란 무엇일까. 불이 흔히 원형적 상상력에서 생생력으로 읽힌다는 사실을 기억하게 되면 그 집의 정체는 자명해진다. 그 집은 여성성, 특히 모성 자체를 상징한다. 그 모성이 이제는 '죽은 집'이지만, '녹슨 못' 몇 개를 아직도 간직한, 불붙어 타는 '따듯한 집'으로 이미지화한 것이다.

여기서 우리는 이번 박순덕 시집에 나타난 각별한 불들을 읽고 넘어가야 할 것이다. 그의 시에는 불들이 빈번하게 등장한다. 말하자면 연꽃으로 핀 저 밥 짓는 잉걸불이나, 떡시루를 잘 쪄 낸 가을 산의 불, 그런가 하면 제 몸속에 돌돌 붙이는 옻불 등등으로 다양하게 나타난다.

꽃 피는 일이 결국 밥 짓는 일인 것을
밥 짓는 잉걸불인 것을

나는 오늘 연밥 먹으러 연꽃마을에 가서 알았네

제 몸 활활 태워 한 그릇 밥을 끓이는 일이

저 연꽃의 일생이라는 것도 알았네

—「연지에서」 부분

왜 시인에게 있어 연꽃 피는 일은 밥 짓는 일인가. 화자는 그 연유를 작품 속에서 함축적으로 제시한다. 위 시의 겉문맥 그대로 화자는 연꽃 마을에 가서 연밥을 먹는다. 그 밥은 여느 밥이 아닌 연꽃이 진 자리에 여물어 익은 열매, 곧 연자(蓮子)인 것이다. 꽃 대궁에 밥그릇 모양을 한 연자를 보며 화자는 연꽃―밥―잉걸불 등으로 상상을 전개해 나간다. 그리고 깨닫는다. 저 감탕에서 솟은 연잎과 대궁, 그리고 꽃이 결국은 "제 몸 활활 태워 한 그릇 밥을 끓이는 일"이고 그 일이 여러해살이 연의 삶이라는 것을 발견하는 것이다. 이 깨달음은 곧이어 화자 자신의 과거사로 향한다. 지난 한 시절 꽃다운 그때에 화자는 밥을 짓지 않았다. "토장국에 다순 밥 한 그릇을 원한" 사람이 있었음에도 그는 끝내 밥을 하지 않았던 것이다. 그리고 그 시절이 실은 "자신의 허기지고 추웠던" 삶의 한때임을 마치 불에 "데인 듯" 깨닫는다. 뒤늦은 이 각성은 각성에 따른 뉘우침으로 이어진다. 뉘우침이란 이 경우 굳이 신화적 상상력을 빌 것도 없이 새로운 태어남이고 거듭남이다. 따라서 연꽃은 밥 짓는 잉걸불일 뿐만 아니라 화자의 속죄와 정신적 거듭남의 '불'이 된다.

이 거듭남의 불은 "잘 쪄진 낙엽시루떡" 모양을 한 가을 산에도 있다. 곧,

서리 맞은 나의 뒷동산, 뜸이 잘든 가을 산이네

불꽃잎이 바람박수를 치며 날아가네

다시 태어나고 싶은 오늘은

내 생일인가?                          —「산, 뜸이 들다」 부분

와 같은, 낙엽 켜켜이 쌓인 산을 떡시루 생일 차림 상으로 유추해 읽는 마음의 불이 그것이다. 그런가 하면 "속속들이 모든 것을 태우는" 옻불이거나(「면식범」) 하나의 "춤이 되는" 불도 있다. 예컨대. 춤추는 학을 만들기 위해 방구들을 뜨겁게 달구어 가두던 전설 속의 불이 그것이다(「학춤을 보았다」). 그 춤은 "뜨거워 견디지 못하는 날갯짓과 발짓에" 곧 고통에 가락을 얹은 것이다. 뿐만이 아니다. 이러한 겉보기와 달리 "사는 게 뜨겁지 않고야/ 온몸을 흔들며 춤출 수 있겠는가"라는 진술 그대로 춤은 안으로부터 격렬하게 뿜어져 나오는 '불'이자 몸짓인 것이다. 일반적으로 불은 뭇 것들을 녹이고 또 태운다. 그리고 그 과정에서 분출하는 열과 빛은 뭇 것들을 변화시키고 밝혀 낸다. 이 불의 속성은 그래서 생생력이나 정화를 상징한다. 삶의 신산한 뭇 사연이나 고통들도 불을 만나면 춤으로 변환한다. 위의 시는 그러한 사실을 학춤 공연을 지켜보며 깨닫고 발견하고 있다.

이 같은 불의 상상력을 따라가다 보면 앞에서 읽은 "불의 집"이 더욱 선명해진다. 그것은 화자에게 생생력의 큰 집인 것이다. 그 집에는 죽음을 통하여 새롭게 거듭난 엄마가 살기도 한다(「아. 나는 엄마를 너무 태워 버렸나 봐」). 새집증후군을 앓으면서도 몇 줌의 골편으로 죽음이란 새 삶을 사는 엄마의 항아리집이 곧 그것이다. 한편 이번 시집에는 불의 집만이 아닌 물의 집도 있다. 그 물의 집은 화자에 따르면 섬진강 압록이란 데 있다.

> 그 집 돌지붕 아래
> 방방마다 풀어 기르기 좋은 쉬리 새끼 버들치 새끼들이
> 숭숭숭 드나들고 있었네
> 나도 그 지붕 아래 달세방 하나 얻어 들어
> 잠망경 쓴 모래무지 되어 살고 싶었네
>
> —「물속의 돌집」 부분

화자는 맑은 물빛에 끌려 강심으로 들어갔다가 돌집을 발견한다. 그 돌집은 "큰 자갈 아래 작은 자갈이, 또 작은 자갈 아래 큰 자갈이 서로 괴어 받친" 얼개이다. 말하자면 집의 튼실함을 위해 큰 자갈과 작은 자갈이 서로 완벽한 조화의 구조를 이루고 있는 것이다. 이 같은 집의 완벽한 구조 탓에 화자는 거기 살고 싶다는 충동을 일으킨다. 그리고 자신 역시, 마치 집의 완벽한 조화처럼, 주변 세계와 완벽한 조화를 이룬 삶을 희구한다. 이를테면 "가슴팍을 차르차르 훑어 지나는 다슬기"와도 갈등 없는 삶을 구현코자 하는 일이 그것이다.

이 물속의 돌집은 화자에게 있어 단순한 집 이상의 어떤 이상적 공간인 것이다. 불의 집이 '죽어 가는' 집이라면 이 물의 집은 하나의 살고 싶은 낙원이다. 박순덕에게 있어 그 낙원은 현실 세계 어디에서도 쉽게 찾아지지 않는다. 오히려 현실에서 그는 집을 찾으려 다니다가 또 다른 고통스런 물집만을 만난다(「물집에는 문이 없어요」). "매사에 딱딱 맞아떨어지지 않는 생활" 탓에 "헐렁하게 겉돌던 나"를 조이려 하지만 결과는 "혼자 아파야 할 물집"만을 짓는 것이다. 물론 이 물집은 낙원으로 가기 위한 또 다른 중간 참의 공간일 터이지만 현실은 늘 그렇게 팍팍하기만 한 것이다. 과연 집이란 무엇인가. 그것은 누구에게나 자신이 세계로부터 보호받고 안락을 누릴 수 있는 자궁 같은 공간이다. 그래서 집은 우리의 내면에 있다. 아니 박순덕에 의하면 타오르는 불 속에 있거나 물속에 아름답게 지어져 있다.


## 3.

이제 시인에게 시론은 과연 무엇인가 하는 물음을 던질 때가 됐다. 또 시론은 시인에게 꼭 필요한 것인가도 묻기로 하자. 지난 세기 초 T. S. 엘리엇은 시인이 20세를 넘어서까지 시를 쓰고자 한다면 자신의 내부에 비평가 한 사람 정도는 내장하고 있어야 한다고 썼다. 그 글의 요지는 이렇다. 시인이 단순히 취미 활동이 아닌, 전문적인 예술가로서 본격적인 활동을 하려면 시에 관한 식견을 갖추어야 한다는 것이다. 이 경우 식견이란 시에 관한 체계적이면서도 논리적인 생각을 뜻한다. 그것은 자기 시에 관한 명료한 자의식이라고 해도 좋다. 이러한 식견을 엘리엇은 함축성 있게 비평가라고 싸잡아 지칭한 것이다. 나는 이러한 식견을 시론이라고 말하고 싶다. 말하자면, 시론이란 시에 관한 단순 지식도 아니며 그동안 뭇 이론가들의 이러저러한 논의들을 지칭하지도 않는다. 시론은 시인이 오랜 시작을 통하여 나름대로 정립한 저 자신의 식견인 것이다. 이것이 이른바 창조적인 진정한 의미의 시론일 터이다.

그런데 이 식견들은 체계적인 줄글로 피력되기도 하지만 시 작품으로도 나타난다. 그것을 우리는 메타시라고 유형화하여 별도로 읽는다. 이를테면 아취볼드 맥클리쉬의 「시법」에서부터 서정주의 일련의 자기 시에 관한 작품들에 이르기까지의 숱한 시 작품들이 그것이다. 이번 박순덕의 시집에도 이 같은 메타시들이 여러 편 보이고 있다. 이들 작품들을 읽어 가며 박순덕 시의 특장들을 한 번 더 살펴보자.

> 그러자 벌떡
> 내 몸속에 둘둘 말려 있던 붓대가 꼿꼿해지는 거야
> 나는 붓대를 두 손 주먹으로 꽉 붙잡았어
> 순간, 소리를 듬뿍 묻힌 붓이 혀를 내두르며
> 청중석의 검은 허공에 대고 글씨를 쓰기 시작했어
> 이윽고 붓통에서
> 소리는 길고 짧게 굵고 가늘게 끊임없이 딸려 나왔고
> 소리를 먹은
> 입속의 글자들이 힘을 얻어 허공으로 튀어 나갔어
> 혓바닥으로 글씨를 쓸 수 있는 내가

한 자루 붓이라는 걸 미처 몰랐지

—「붓의 혀」 부분

　어느 시 낭송회에서의 경험을 진술하고 있는 이 시는 시인의 시작에 관한 생각들을 보여 준 작품으로 달리 읽어도 좋을 것이다. 이 작품은 처음 무대 위에서 "입에서 막혔던" 말문이 어떻게 터지는가를 중후반부쯤에서 보여 준다. 인용한 대목은 작품의 그 중후반부이다. 굳이 산문적인 번역이 필요 없을 정도로 화자는 직설적 언술로 자기의 낭송 자세와 시를 말한다. 곧, 자기 온몸을 붓대로 삼는다는 것, 그리고 그 붓에 자기 혼신을 싣는다는 것 등등이 그것이다. 비록 서예를 비유로 한 것이지만 우리는 시 창작의 경우로 읽어도 좋을 터이다. 누군들 작품에 혼신을 싣지 않는 경우가 있을까마는 화자는 특히 그 사실을 강조한다.

　이는 필력(筆力)이라고 할 서예의 미적 규준인데 그 힘/열정의 중요성은 시의 경우도 마찬가지다. 그 힘 때문에 화자는 허공에 비로소 대자보를 쓴다. 허공에 쓴 글씨—이는 무에다 새로운 무엇을 창조해 냈음을 뜻한다. 박순덕의 시작은, 김수영의 온몸의 시학처럼, 혼신을 그렇게 시에다 싣는다. 이 같은 시라야 18k 소리 바늘을 얻었을 때 비로소 참소리를 뱉어 낼 수 있을 터이다(「은둔 시인」). 우리는 여기서 참소리가 과연 무엇일까 하는 물음을 던질 수도 있다. 그러나 참소리는 이른바 시적 진실이라고 일반론의 의미 그대로 읽어도 될 터이다.

　시인의 자세와 관련한 다른 작품을 잠시 더 읽어 보자. 그것은,

속이 좋아야 겉이 예쁘다는데
능숙한 사람은 보이지 않는 뒷 무늬도 생각한다는데
뜨개질이 서툰 나는 보이는 꽃무늬 짜기에만 정신이 팔려
미처 뒤를 돌아보지 못하였다

—「해바라기 자화상」 부분

와 같은, 아직 능숙한 솜씨에 이르지 못한 자기 성찰을 담은 작품이다. 비록 해바라기 자수를 빗댄 진술이지만 이 작품은 화자로서 하고 싶은 말을 거침없이 토로한다. 속이 좋아야 겉이 예쁘다는 말은 시적 인식이 웅숭깊어야 울림이 큰 작품을 낳는다고 바꿔 읽어야 할 터이다. 그 말은 겉문맥보다는 속문맥을 더 생각해야 능숙한 솜씨의 시인이 된다는 다음 행의 의미로 바로 이어지지 않는가. 그렇다. 박순덕의 이러한 일련의 시론시들은 그의 시력(詩歷)이 높아 가면서 더욱 정채를 발할 것이다.

이제 내 길 안내도 마무리를 시작하자. 박순덕의 시들은 대체로 모범답안 같은 틀을 보여 준다. 그 틀은 두 가지의 물목(物目)을 내장하고 있다. 하나는 범박한 소리지만 우리 일상의 사소한 그러면서 인공적인 사물들을 글감으로 삼는다는 것이다. 다른 하나는 시적 대상을 깊이 있게 파고들어 그 의미들을 적실하게 드러낸다는 점이다. 이들 물목들은, 아니 틀을 받치고 있는 두 기둥은, 그의 시를 '모범 답안'처럼 만든다. 그러면 이들 두 기둥은 구체적으로 어떤 기둥인가.

먼저 글감의 인공적인 이미지들을 살펴보자. 그 이미지들은 개인 컴퓨터, 또는 에어 북, 디지털 기기, 관상용 물고기나 렌즈, 말굽자석 등등으로 나타난다. 말하자면 이즘의 각종 IT 계열의 사물이거나 그가 몸담은 일터의 여러 기기(器機)들인 것이다. 그 같은 성향 탓에 작품 제목들 역시 우리말보다는 영문의 전문 기기 명(名)들이 자주 보인다. 이는 누구라 할 것 없이 이들 기기들이 우리 삶 깊숙이 이미 자리 잡았다는 것을 뜻한다. 젊은 이원 시인의 기계적 상상력처럼 이런 현상 역시 우리 여성시의 유니크한 한 개성일 터이다.

그런데 나는 여기서 지난 1930년대 우리 시의 한 사례를 상기한다. 이른바 도시의 아들들이라고 불린 일군의 시인들이 보여 준 도시적 감성이 그것이다. 이를테면 이상(李箱)이 「산촌여정」에서 석유 그을음 내를 신문지 인쇄 기름내에, 베짱이 소리를 도시 여차장들의 차표 찍는 소리에 빗대어 자연 심상을 제시한 것 등등이 그 본보기이다. 이상에게 도시 풍물을 매개로 하지 않은 자연 이해란 그만큼 불가능했던 것 아닐까. 이 연장선상에 박순덕의 자연물 이해 방식이 자리한다. 그는 가을 산이든 해바라기든 자연물들을 인위적인 심상들에 꼭 집어 빗대어 제시한다. 예 컨대 가을 산을 떡시루에, 연꽃을 잉걸불에 빗댄 일련의 자연 이해 방식 이 그것이다. 이는 단순히 비유라는 표현 수사의 차원으로만 읽을 사안 이 아니다. 그것은 말을 통해 실제 사물을 익혀 나간 J. P. 사르트르의 경우처럼 세계 해석 내지 그 이해의 문제인 것이다. 더 나아가 이는 문학 적 감성의 인식론적 단절로 나갈 수도 있을 것이다. 영상 이미지의 홍수 속에 감성을 익힌 이즈음 청소년 세대들을 생각하면 이 문제는 더 자명 해진다. 아무튼 박순덕의 자연은 이처럼 인위적인 이미지들로 많이 해석 되고 있다. 이는 그가 시적 대상들을 주로 IT 계열의 사물 내지 각종 기 물에서 가져오고 있는 점과도 무관하지 않다. 그리고 그는 이들 글감에 서 그 내부 깊숙하게 숨겨진 의미들을 탁월하게 발견하고 끌어내 온다. 대상을 구체적으로 묘사 제시한 끝에 그 대상 내부의 값이나 의미를 날 카롭게 찾아 들려주는 것이다. 이는 지금 우리 시의 한 틀을 이룬 현상이 기도 하지만 박순덕은 그 같은 틀을 모범적으로 보여 주고 있는 것이다.

일련의 박순덕의 시는 아주 경쾌하게 읽힌다. 그것은 입말의 말투를 주로 취하면서도 압축과 생략이 적은 묘사와 진술을 남다른 언어 감각 으로 수행하기 때문이다. 이 같은 작품/화자의 말투는 앞서 지적한 글감 들, 일상생활 속의 자잘한 제재들과 함께 잘 어울린다. 그러면서 내가 이 글 앞에서 낙천적인 체관이라고 부른 그 태도 그대로 천진스럽기조차 하 다. 이는 과거 우리 고시조에 나타난 도심(道心)의 발로라고 할 여지는 없 을 것인지. 이 물음에 대한 답은 모든 독자들의 몫일 터이다.

# 떠도는, 혹은 정들 세상이 없는
―박영민 시집 『해피버스데이투미』

## 1.

왜 갑각류인가. 박영민의 시를 읽어 가다 보면 갑각류를 시적 대상으로 한 작품들을 여러 편 발견하게 된다. 꽃게를 비롯한 조개, 조가비, 홍게 등등에 관련한 시편들이 그것이다. 잘 알려진 대로 갑각류는 모두 두꺼운 외피로 몸을 감싸고 있다. 그 딱딱한 갑각은 내부의 근육과 내장들을 감싸는 보호막 내지 갑옷 역할을 한다. 그래서 이들은 한 상상력 이론가에 의하면 외부로부터의 공격에 방어하는 방어기제의 상징들로 읽힌다. 더욱이 이들 갑각이 둥근 형태를 취하는 경우 그것은 여성성의 기표가 된다. 일찍이 로트레아몽의 『말도로르의 노래』를 분석하면서 G. 바슐라르는 갑각류의 상징적 의미를 탐색했다. 그는 『말도로르의 노래』에 나타난 동물 이미지들을 집중 조사하고 그것을 공격 무기와 그 형태에 따라 분류했다. 이를테면, 이빨, 뿔, 발톱과 같은 물체를 찢고 자르는 공격 무기와 주둥이나 흡반처럼 피를 빠는 무기로 동물 이미지들을 분류한 것이 그것이다. 이 가운데 상대를 찌르고 자르는 공격 무기는 순수의지의 상징이자 남성적 잔인성을 상징한다. 반면, 상대에 붙어 빨고 헤집는 동물 이미지는 여성적 잔인성을 표상한다. 그러나 둥근 형태를 띤 갑각류나 그와 유사한 이미지들은 모두 여성의 방어 본능을 상징한다. 그렇다. 둥글고 딱딱한 갑각으로 자신을 보호 내지 방어하는 뭇 생물들이란 여성성의 상징인 것이다. 이는 갑각이 외향적이기보다는 안으로 감싸드는 내향적 성향을 띤다는 점에서 그만큼 소극적이면서 보호 위주의 모성과 닮았음을 뜻한다. 그러면서 그는 갑각류의 동물들이 단순한 갑각 속에 숨어 방어만을 하는 것이 아니라 때로는 집게 같은 잔인한 공격 무기를 사용하는 것으로도 보았다. 말하자면 방어와 공격의 양면성을 함께 갖춘 것으로 파악한 것이다. 이 양면성이야말로 여성성의 진정한 실체이기도 할 것이다.

말머리를 많이 에두르기는 했지만, 그러면 우리가 박영민의 시에서 읽게 되는 게나 조개 같은 동물 이미지들은 어떤 무엇의 상징인가. 우선 그의 시 가운데 깔끔하게 읽히는 다음 작품을 검토해 보자.


정박한 곳은 내 컴퓨터 책상 위. 비린 갯내가 어쩌다 예까지 휩쓸려 왔을까. 말해 봐. 어금니부터 앙다문 그녀 마음에 송곳 같은 의문 찔러 넣고 다그쳤지요. 천만 발 혀 가졌을지언정 모른다, 묵비권 행사하는 것에게 더 조사할 것 남았다는 고문 기술자처럼 그녀 아가리를 집요하게 파고들었더니, 먼저 두 손발 들 지경으로 그녀는 끝끝내 거품만 물고 있더군요.


　　너희들 인간 세상을 향해
　　보지도 열지도 않는 것은
　　내가 돌아가는 길 찾지 못해 출항 포기하는 일 아니라
　　당최 세상 같은 건 더러워서 목숨 내린 것뿐이니
　　나의 주검에 함부로 닻 내리지 마라
　　　　　　　　　　　　　　—「혀 깨물고 죽은 조개의 말」 부분

이 작품은 줄글과 행갈이 형식의 병치가 먼저 눈에 띈다. 그 형식은 복수 화자를 구분하기 위한 의도적 장치일 것이다. 곧 줄글 형식이 '나'라는 화자를, 그리고 행갈이 부분은 조개를 화자로 삼고 있다. 이들 복수의 두 화자가 하는 이야기를 일차 산문으로 번역하면 다음과 같다. 우선 화자 '나'는 작품 전반의 정황을 제시한다. 그 정황은 책상 위에 올라온 조개와 그 입을 열려는 화자의 "고문 기술자" 같은 억지스런 행동이다. 그리고 이 같은 정황에서 조개는 자신의 생각을 개진한다. 작품 후반 행갈이 부분의 진술(말)이 그것이다. 여기서 조개의 생각은 '세상 같은 건 더럽다'는 백석의 시구를 패러디한 부분에 잘 함축되어 있다. 왜 세상은 더러운가. 이러한 물음에 대한 대답은 이 작품 어디에도 없다.

아마 이 대답을 찾는 것이 이 시집을 읽는 우리의 한 독법이 될 수도 있다. 작품 「데스노트」에 따르자면, 자기 집안을 빈곤의 구렁에 빠뜨린 모리배나 사기꾼, 까닭 모를 일단의 인물들 곧, C, J, P 등등의 해코지로 대표되는 갖가지 세속적 악이 그 더러움의 실체일 것이다. 아무튼 '세계가 더럽다'는 인식은 조개로 하여금 목숨을 "닻 내리"듯 내려놓게 만든다. 그 같은 행동은 "너희"에게 보이고 싶지 않고 말하고 싶지 않은 그 무엇을 보호하기 위한 것이다. 말하자면 세속의 악으로부터 보호하고 방어할 어떤 것, 이를테면 자기 이상 세계나 순정한 무엇을 지키기 위한 또 다른 저항인 것이다. 여기서 그 이상 세계란 시인이 가꾸고 지켜 온 순수의 어떤 공간일 수도 있을 터이다.

그런데 이 같은 내면에 내장한 자기 이상 세계가 과연 어떤 것인가는 작품 「홍게」에도 나타나 있지 않다. 범박하게 말해 「홍게」는 갑각류 계열의 작품이다. 이 작품엔 화자가 월미도 수산 시장에서 만난 홍게가 중심 이미지로 등장한다. 그 꽃게는 "단단한 갑옷"을 입고 있다. 동시에 살아온 날들을 "가위 손으로 뭉텅뭉텅" 자른다. 곧 그 나름의 공격성과 방어기제를 함께 갖추고 있는 존재인 것이다. 그러나 이 시에는 바슐라르가 말한 잔인한 집게손의 공격성에 방점이 찍혀 있지 않다. 그보다는 갑옷 위에 아름답게 상감이 된, "파도"와 "시장 터 아우성"에 방점이 주어져 있다. 말하자면, 외부 세계와 전심전력 싸운 사연과 내력에 무게중심이 놓여 있는 것이다. 그래서 그 상감이 된 "파도"나 "아우성"을 화자는 "갑골문자"라고 말한다. 일부는 해독 가능한, 그러나 일부는 해독이 안 되는 기호들인 것이다. 이처럼 갑각 속에 내장한, 그래서 외부로부터 방어해야 할 무엇은 이 작품에서 역시 잘 드러나지 않는다.

하지만 그 무엇의 일부가 이상의 두 작품들과는 달리 「간장 게장」에 비로소 드러난다. 다음 한 대목이 그것이다.

> 수은등 불빛에 현기증으로 시달릴 때면
> 나, 내장 속속이 들어내고
> 갑각만 남은 꽃게처럼
> 움켜진 아랫배 긋고 싶었다.
> 도처, 햇살 생생하게 파닥거리는
> 물컹해진 생, 창자 터진
> 순천만 해안도로가
> 4톤 트럭에 실려 가고 있다.
>
> ―「간장 게장」 부분

이 작품에 대한 다소 산문적인 번역을 먼저 하자면 이렇다. 화자는 순천만에서 몇 박을 하고 돌아오는 길, 식당에 들러 간장 게장을 곁들인 식사를 한다. 그리고 속을 다 파먹힌 꽃게를 보면서 그 갑각만 남은 '게'가 문득 자신과 너무 흡사하다고 생각한다. 그리고 꽃게처럼 자기 "아랫배"를 그어서라도 자신의 감췄던 내부를 온통 드러내고 싶어 한다. 비록 "속내 훤한 내"가 싫어도 한편으로는 이처럼 드러내고 싶은 욕망을 내장하고 있는 것이다. 말하자면 이 작품 1에서 화자는 속이 속속들이 빈 자신 곧 박제된 자아를 혐오하면서도 곧이어 2에서는 자신의 일부를 드러내고 싶어 한다. 우리는 이쯤서 화자의 순천만으로의 여행이 단순한 여행이 아닌 자신을 비워 내고 "아랫배"를 열고 싶은 욕망의 소행이었음을 주목한다. 그러면 이 시인이 드러내고 싶은, 그렇지만 갑각에 감싸 방어하고 지키고자 한 것은 무엇인가.

물론 이 감싸고 지키고자 한 것은 어쩌면 이 시인 나름의 삶의 순정한 세계나 지고의 어떤 가치 같은 것일 터이다. 그러나 그것은 이 시집에서 아직 전면적으로 드러나지 않는다. 그것은 마치 호주머니 속 물건을 꺼내 보이듯 시인 박영민이 쉽게 단기간에 보여 줄 수 있는 것은 아니기 때문이다.


## 2.

박영민 시에는 슬픔이 자주 불쑥불쑥 등장한다. 그 슬픔은 "쥐어짜지 않아도 쏟아지고"(「젖은 두루마리 화장지」) 때로는 막장 드라마 대사 한마디에도 "눈물이 쏙 빠"지기도 한다(「막장 드라마」). 뿐만 아니라 "늘어선 빈 병들"처럼 창대한 규모를 자랑하기도 하고(「옆구리」) "잃을 게 없는 슬픔은 질기다"와 같이 질긴 속성을 내장하고 있기도 하다(「깡」). 그런데 이들 슬픔은 "영양 만점"에다(「통째로 먹는 생선」) 왜 그런지 힘이 세다. 그 힘은 다음의 시에서 보듯 막강하기조차 하다.

슬픔의 힘으로

태양을 밀어 올린다

세탁기 돌아간다

양파가 썰린다

—「슬픔의 힘으로」 부분

　이 작품은 아버지의 상(喪)을 당한 '그'를 통해 과연 슬픔이 무엇인가를, 특히 그 힘이 어떤 것인가를 보여 준다. 한 인간의 죽음은 그 존재의 완벽한 무화(無化)이자 종결이다. 더욱이 그것이 육친의 죽음일 때 남은 사람들에게는 감당하기 어려운 정서적 반응을 불러온다. 그 반응은 지극한 슬픔일 터인데 그 슬픔 속에서도 사람들은 밥을 먹고 웃고 떠든다. 그러면서, "더 크게 시작하자고" 서로가 각자 나름의 다짐을 둔다. 그 다짐은 화자에 의하면 "슬픔의 힘"이다. 그뿐만이 아니라 위 대목에서 보듯, 그 힘으로 태양이 뜨고 세탁기가 돌아간다. 말하자면 일상이 돌아가는 것 역시 이런 슬픔의 힘에 의해서 이루어지는 것이다. 과연 그것은 "슬픔의 힘"에 의해서인가. 이는 김수영 식의 역설일 터이다. 화자가 슬픔의 와중에서 새삼 모든 것이 "슬픔의 힘"으로 이뤄지는 것인 양 짐짓 바라보기 때문이다.

　다소 원론적인 얘기로 가자면 인간의 정서란 세계와의 교섭 창구이다. 세계와―그것이 사물이든 현실이든―맞부딪치며 인간은 살아간다. 그러면서 그 맞부딪침(교섭)에 의해 정을 유발하고 정을 통해 세계를 이해한다. 일반적으로 박영민의 슬픔 역시 위의 열거에서 보듯 세계와의 교섭에서 오는 정서인데 그 정서는 "정들 세상이 없"는 데서, 아니 그 사실을 비극적으로 인식한 결과에서 비롯된 것이다. 작품 「아르곤, 질소, 가스란 가스를 다 싣고, 자살특공대처럼」에 따르자면, 화자는 이 세상 속에서 단지 "수백 통 위험물로 취급"받는다. 고작 위험물로 취급되는 세상에서 시인은 그 세상과 정들기를 애초에 포기하거나 아니면 그로 말미암아 깊이 좌절한다. 달리 말하자면 "세상 같은 건 더러워서" 책상 위에 놓인 조개처럼 목숨의 닻조차 내려놓는 것이다(「혀 깨물고 죽은 조개의 말」). 거듭된 소리지만 슬픔은 이처럼 세상과 정들 수 없는 자의 근원적인 정서적 반응인 것이다.

그러면 세상과 정들 수 없는 자가 선택한 길은 무엇인가. 그것은 떠돌이처럼 세계 속을 방황하고 일탈을 꿈꾸는 일이 아닐 수 없다. 이를테면,

> 당신도 없는데 마셨습니다. 가르치신 맥주 맛도 이젠 제법 압니다. 한
> 강대로를 음주 운전으로 달리다가 여의도로 빠졌습니다. 너무 멀리 왔다고
> 설득 마세요. 그 위태로운 일탈에 여기까지 살아 냈으니까요.
>
> —「밤 편지」 부분

와 같이, 화자가 일탈을 "여기까지 살아" 내는 힘으로 인식하는 일인 것이다. 이미 정해진 길에, 그러면서 길들여진 세상을 편안하게 답습하는 일이란 실상 우리에게 얼마나 쉬운가. 그래서 그동안 많은 사람들은 일탈과 기성 세계로부터의 탈출을 부추기고 가르쳐 왔다. 지난 세기 '너의 가정과 학교로부터 탈출하라'고 일갈한 앙드레 지드나 니체, 혹은 선불교의 조사들에 이르기까지 그 가르침의 예는 너무 많았던 것이다. 이 같은 일탈 탓에 세상이나 삶은 새로워지고 더 나아가 끊임없이 숱한 앎의 경계표지판들도 옮겨 세울 수 있었던 것이다.

박영민 역시 이 시집 여러 곳에서 그의 젊은 나이답게 일탈을 여러 형태로 기획하고 말한다. 예컨대 "들어가지 마시오, 금지 구역 앞/ 팻말 뽑아 던지고/ 사각사각 사과처럼/ 너를 베어 물고 싶"(「판도라 상자, 혹은 금지된 연애」)다거나 "홍대 앞보다 물 좋은 기념 페스티벌"을 열고 있는 대형 마트에 "부나비"처럼 날아드는(「웰컴 투 클럽」) 등의 충동적 행동들이 그것이다. 이러한 일탈은 그것이 형이상의 것이든 세속적 행동이든 모두 모험의 형식을 취하게 마련이고 그에 따른 용기를 필요로 한다. 모험이란 무엇인가. 사전적 의미 그대로 모험이란 위험을 무릅쓰는 일이다. 그리고 그 모험은 오늘날에 들어와 일반적으로 여행의 형식을 취한다. 주지하듯, 여행이란 일상에서 벗어나 낯선 세계와 맞부닥뜨리고 또 그 세계

의 의미를 발견하는 나그네 길이다. 그런데 이 여행은 현대에 와서 과거와는 많은 면에서 달라졌다. 그것은 교통수단의 발달이나 유효한 정보의 습득에 따라 과거 전쟁에 버금가던 위험 요소나 모험적 성격이 크게 감소됐기 때문이다. 그렇기는 해도 여행이 일상에서의 일탈과 새로운 세계의 탐색이란 함축적이고 보편적 의미는 달라지지 않았다. 오히려 여행은 오늘날에 와 보다 보편화된 일탈의 양식으로 자리 잡았다고 해야 할 것이다. 이번 시집에서 읽는 박영민의 여행 또한 가까이로는 순천만에서 멀리는 아테네에 이르기까지 거리와 시간을 다채롭게 또 다양하게 보여 준다. 순천만 여행에서는 이미 앞에서 검토한 대로 "내장 속속이 드러"낸 꽃게를 매개로 자신을 열어 보이고 싶은 욕망을 드러낸다(「간장 게장」). 그런가 하면 "가만있으면 탈날 것 같아/ 억지 도주"처럼 일탈해 간 아테네 여행에서는 서울로 기표된 자신에서 결코 일탈하지 못했다는 자기 확인만을 만난다(「아테네 편지」). 이는 몸은 낯선 아테네에 와 있지만 정신은 아직도 서울에 정체해 있다는 역설적인 상황임을 의미한다.

그런데 이러한 여행 못지않게 일상에서의 떠돌음도 박영민은 이번 시집의 여러 작품들에서 보여 준다. 그 떠돌음은 범박하게 말하자면 방황일 터인데, 박영민은 그 방황을 '갈 데까지 가 보고 싶은' 욕망의 표현으로 얘기한다. 그래서 이 욕망은 달리 말하자면 이미 앞에서 살핀 일탈의 다른 욕구이고 표현이라고 해야 할 것이다. 이 방황에서 그녀는 때로는 술을 "교주"처럼(「옆구리」), 때로는 주민등록 동거인처럼 가을과(「애인은 방배 2동에 산다」) 함께하기도 한다. 이쯤서 우리는 이 시인의 '정들 세상이 없다'는 비극적 세계 인식을 다시 떠올려 봐도 좋을 것이다. 그것은 이른바 현실에서는 없는 "정들 세상"을 찾아 떠도는 마음속 방황이기 때문이다. 이는 한 실존주의자의 표현을 빌자면 잉여의 존재가 필연적으로 맞닥뜨리는 행동 양식이기도 하다. 곧, 자아의 정체성이 모호한, 아니 자기 본질이 규정되기 이전 어쩔 수 없이 겪는 실존의 고뇌인 것이다. 그 같은 실존은 다음 단계에서 자기 본질을 만들기 위한 선

택으로 나간다. 그리고 그 실존적 선택은 불안과 외로움 같은 정서들을
불가피하게 동반한다. 박영민 식으로 말하자면 정들 세상이 없는 떠돌
이 행각에서 누군가에게 권유받듯 불안과 외로움들을 어쩔 수 없이 만
나야 하는 것이다.

> 약발 안 서는 날엔 더 독한 안정제 신신당부해 보지만 만성 우울증 완치
> 되기란 희박하다며 약사는 수시로 불안 권한다.

> 자꾸 주방 가위가 귀에 들어가 기억의 소리 함부로 오려 내는데, 오래 앓
> 으면 외로움도 항체 생기는 걸까.
> ─「사거리엔 대형 약국이 있다」 부분

인용한 시의 화자는 만성 우울증을 앓는다. 그 우울증은 키에르케고
르 식으로 말하자면 사람들이 신을 믿으려 하면서도 믿지 못할 때, 마음
에 깔리는 먹구름이다. 박영민의 우울 역시 자신의 정체성이 불투명해
서 앓는 마음의 질환이다. 말하자면 자신의 존재감이나 의미가 불분명할
때 찾아오는 근심 걱정인 것이다. 그러면 이 같은 우울증을 완화할 처방
은 무엇인가. 사거리 약국의 약사는, 화자에 의하면, 수시로 불안을 권
한다. 일상적 차원에서 보자면 엉터리 약사에 틀림없지만 이 시 속에서
그는 불안을 복용해 항체를 키우는 식의 치료를 권하는 것이다. 과연 이
같은 치료는 가능한 것일까. 화자는 작품 후반부에서 "약사의 빽으로 하
느님과 맞장 뜰 수"도 있고 행복을 맛볼 수도 있다고 천명한다. 곧 불안
과 외로움 속에서도 그러한 불안과 외로움의 극복을 위한 그 나름의 노
력을 기울여 나가는 것이다.

그 노력은 다른 작품들에서는 자기 발견 내지 자기 존재의 재확인으로
구체화되기도 한다. 나이에 걸맞지 않긴 하지만, 작품 「치매」에는 박영
민 식의 자기 찾기 내지 발견이 어떤 것인가가 잘 드러나 있다. 곧, 다음

과 같은 화자의 절절한 진술이 그것이다.

>나는 말짱한 내 넋을
>어느 옛날에 처박아 두고
>혼자서 꼭꼭 숨바꼭질인가
>내가 나를 아무리 찾아도
>비밀의 감옥에 밀폐되었는지 나는
>나로 돌아가는 출구를 포기해야 하는가
>
>　　　　　　　　　　　　　　—「치매」 부분

　비록 치매란 병적 정황을 매개로 삼고 있지만 이 작품에서 화자는 자신을 발견하고 더 나아가 정체성 확인을 하려는 강렬한 내적 욕구를 보여 준다. 과연 나는 누구인가. "어느 옛날에 처박아" 둔 나란 누구인가. 이제 이 물음에 대한 우리 나름의 해답을 천천히 한번 찾아가 보자.
　우선 "아들 귀한 외가의 내력" 탓으로, 한 작품의 화자는, "또 가시내"로 태어난 자기 출생담부터 들려준다(「조개미역국」). 흔히 말하듯 사람의 출생이란 그냥 운명에 해당되는 것. 누가 있어 제 운명을 선택할 수 있을 것인가. 그러나 출생담을 빌린 이러한 자기 확인은 지극히 기본적인 차원의 자기 확인일 뿐이다. 왜냐하면 다음과 같은 작품에서는 화자가 자신을 통렬한 자기 풍자의 대상으로까지 삼는 고차원의 심급을 보여 주고 있기 때문이다.

>동네 정육점 A등급으로 도장 박힌
>한우의 마지막 문장이 갈고리에 걸려 있다
>손가락 하나 까닥 못 할 저항으로
>황홀한 피만 떨구고 있다
>거꾸로 나이 먹어 가는지

누구의 관심도 거들떠보지 않는

쫄딱 늙어 볼품없이 하락할 내가 걸려 있다

　　ー「맞선, 스테이크, 정육점 그리고 죽었다 깨어나도 엄마처럼」 부분

　이 작품의 화자는 자신을 똑 소리 나는 일등급으로 내세우고 싶어 하는 엄마의 권유에 떠밀려 맞선 장소에 나간다. 그 맞선이 끝나고 돌아오는 길, 그녀는 정육점에 진열된 정육을 매개로 문득 자신의 일그러진 처지를 발견한다. 그 처지란 이제 나이 들어 뭇 사람들의 관심 밖으로 내쳐질 자신의 모습이다. 화자는 이처럼 엄마의, 아니 우리의 결혼 문화에 거품처럼 낀 허위의식을 드러내고 싶어 하면서 동시에 자기 존재를 새삼 살피고 확인하게 되는 것이다. 그녀가 확인하는 내용은 "엄마처럼 살지 않겠다"는, 그러면서도 자신도 모르게 엄마를 닮아 가고 있다는 사실이다. 다소 확대해석하자면, 화자는 가부장제 사회에서 여성으로 살고 여성으로서의 역할에 충실한 엄마 세대를 마뜩찮아 하며 거부한다. 그녀에게 엄마 세대의 삶이란 고작 여성으로 길들여진, 그러면서 기성 세계에 익숙하고 관습화된 삶일 뿐인 것이다.

　그런데 엄마로 대표되는 이러한 삶을 반복하고 싶지 않은 화자의 마음의 움직임은 아마 저 '일탈을 통해 여기까지 살아 냈다'는 진술의 또 다른 한 변형으로 봐도 좋을 터이다. 그러나 결국 이 같은 일탈의 욕구는 욕구일 뿐, 어느덧 화자는 자신도 모르는 사이 엄마를 닮아 간다. 그것은 인간의 삶이 일정 정도의 개별성을 유지하면서도 크게는 별반 다를 게 없다는 보편성 원리에 기인한다. 이는 인간 존재의 근원적 한계일지도 모른다.

　한편 작품 「호모핸드폰스, 집 나간 지 사흘째」나 「조강지처」에서는, 통상의 IT 기기가 어느덧 '나' 자신이거나 '내 여자'가 된 일상을 보여 준다. 이 두 작품의 화자는 이들 기기에 내가, 나의 삶이 얼마나 복속되었는가를 발견한다. 예컨대, "너보다 월경주기 잘 아는 애인은 여태 없었

다"라든가(「호모핸드폰스, 집 나간 지 사흘째」), "굶어 죽도록 되는 일 하나 없는
나, / 잔고 많은 백수 인생이라도/ 그 외로움을 실패라 탓하지 않던" 조강
지처라는(「조강지처」) 진술 등등이 모두 그것이다. 이처럼 IT 기기들은 결
국 화자의 또 다른 분신이자 '나'일 수밖에 없다. 그런데 이들 기기는 모
두 망실 상태에 있거나 "전원이 나가고/ 액정[이] 깨진" 불구 상태에 있다
(「조강지처」). 이 같은 상황은 "내장 속속이 드러"낸(「간장 게장」) 갑각만 남
은 상황이나, 공중을 박차 오르되, "속 이미 다 내"준 새우깡 봉지의 정황
(「깡」)을 연상시킨다. 말하자면 박제된 자아의 이미지에 연결되고 있은 것
이다. 왜 박제인가. 그것은 아마도 정들 세상이 없어 떠도는 자아의 혹심
한 좌절이나 박탈감 탓일 터이다. 박영민은 이 혹심한 좌절이나 박탈감
을 어떻게 극복하는가. 마치 눌릴수록 더 높이 튀어 오르는 용수철처럼
그녀는 일련의 작품들에서 남다른 마음의 자세를 가다듬는다. 이를테면,
"덤벼라, 세상 소문 따위/ 어설픈 신경 끈 지 오래다/ 오로지 꿈에 도취
하려는 근성뿐으로" 자신을 채찍질하는 일 등등이 모두 그것이다(「모기」).


3.

    매일 두드러기 앓던 열 살,
    그 악몽에서 도망쳐 잘 지내 왔는데
    철저히 숨겨 놓은 말 못 할
    과거라도, 딸아이 하나라도 있었다는 건지
    오늘 밤 덥석 내게 찾아와
    엄마라며 죽자 살자 젖가슴에 안겨 있는데
    미안하구나, 아직 어린 너 하나 돌볼
    물정을 나는 모른다, 대책 없이 살아왔구나

                         —「응급실」 부분

이 작품은 이번 시집에서 자전적 기록으로는 유일하게 읽히고 있다. 그 기록을 위한 정황 설정은 "서른의 내가 열 살의 나를 업고" 병원 응급실을 찾는 것으로 되어 있다. 특히 응급실을 찾으면서도 화자는 어떻게 대처할 것인가를 몰라 당황해한다. "서른의 내가 열 살의 나를 업고" 그것도, 말이야 두드러지지만, 아픔의 근원도 모른 채 위급한 상황에서 우왕좌왕하기만 하는 것이다. 화자의 말 그대로 이는 어린 시절 병명도 모르는 고통을 겪고 살아온 경험의 고백일 것이다. 그리고 우리는 저러한 고통이 이 시인이 말하는 "삶의 형틀"임을 어렵지 않게 알게 된다. 그러면 왜 "삶의 형틀"인가. 그것은 매사에 때를 놓쳐 "두세 겹씩" 후회의 연속을 만들며 살아야 했기 때문이다. 말하자면 연속된 후회가 마치 무슨 치죄처럼 화자에게 고통만을 안겨 주었고 이 일련의 과정이 바로 "삶의 형틀"을 빼닮았다는 것이다. 그러나 죽은 줄 알았던 반얀나무처럼 화자는 그 형틀에서 혹독한 치죄를 당한 끝에 삶의 이파리들을 휘어지도록 푸르게 피워 낸다.(이상 「죽은 줄 알았던 반얀나무는」.) 일의 이치 그대로, 고통이 일종의 통과의례처럼 되는 삶이란 그 고통만큼 결과는 언제나 풍요로운 법인 것이다.

이상에서 살핀 것들은 앞에서 말한 자기 존재의 재확인 내지 정체성 찾기의 일환이기도 하다. 그런데 이처럼 시인은 때로 박제된 정황이라고 할 만큼 자기 내부를 속속이 비워 내 보여 준다. 그 비워 냄은 범박하게 말하자면 정들 세상이 없는 자의 내면 풍경일 것이다. 곧 피폐해진, 혹은 폐허화한 시적 자아의 초상인 것이다.

이쯤서 다시 갑각류의 상상력을 빌자면, 한편으로 이 피폐한 자아와 대면하면서도 시인은 다른 한편에서는 무엇인가를 감싸고 보호하고 싶은 욕망을 번득인다. 과연 조개나 꽃게처럼 둥글고 단단한 갑각 안에 내장하고 보호하고 싶은 것은 무엇인가. 그것은 이제까지 살핀 바 피폐한 자아가 아닌 순정한 세계, 혹은 자신이 정들고 싶어 하는 세상이라고 말할 수 있을 터이다. 그것을 위해 조개는 "고문 기술자" 앞에서도 입을 다물고 또 파도에 맞서 상감을 새기지 않았는가. 마치 모성의 전형처럼 보호하고 감싼 그 지고의 가치, 혹은 순정한 세계는 그러면 어떤 것들인가. 다음의 시는 우리에게 이 순정한 세계의 일단이 무엇인가를 가늠케 한다.

유행 타지 않기 때문이다

단벌인데 그녀가 입으면

늘 새 옷같이 폼 난다

맞춤 정장 같기도 하고

우아하기는 이브닝드레스 같기도 한

아니다, 오래될수록 더 편해진

스판 청바지 같은

세탁도 다림질도 필요 없이

긴 꽁지 뒤태까지 늘 스타일리쉬한

패션의 절대지존,

까치는
　　　　　　　　　　　　　　 ―「옷이 아름다운 이유는」 전문

쉽게 그러면서 단숨에 잘 읽히는 이 작품은 까치의 외모가 왜 아름다운가를 일러 준다. 곧, 그 아름다움의 비밀은 바로 까치의 타고난 천연, 일체의 가공이 없는 외모 그 자체에 있다는 것이다. "단벌"이면서도 "유행 타지 않"는 그 나름의 개성이 까치의 아름다움의 실체인 것이다. 달리 말하자면 이 작품은 패션 담론이라고도 할 수 있는데, 화자가 일러 주는 요지는 천연이 곧 최고의 패션이란 언술일 것이다. 그 천연에는 일체의 인공적인 것들, 예컨대 맞춤 정장, 스판 청바지처럼 세탁이나 다림질이 필요 없다.

이 같은 태도는 개망초꽃을 그린 작품 「후라이꽃」에서도 그대로 찾아볼 수 있다. 일명 계란꽃으로 통칭되는 개망초꽃의 자잘한 모습에서 화자는 "그래, 다 익은 것보다/ 이 정도만 익어/ 그대 도시락 밥 위에/ 무릎 꿇어 바쳐지고 싶은 소신공양"의 모습과 뜻을 발견한다. 이는 개망초꽃의 계란 반숙 같은 외모에서 남을 위한 소신공양의 아름다움을 웅숭깊게 발견해 낸 것이다. 그리고 이 같은 발견의 근저에는 저 천연 그대로가 바로 최상의 아름다움이란 생각이 역시 안받침돼 있다.

이번 시집에서는 드물게 읽히는 이 같은 생각이야말로 욕망의 정글인 세상에서 방어하고 보호하고 싶은 박영민 나름의 순정한 세계, 그것일 터이다. 이 세계를 위해 박영민의 마음의 움직임은 갑각류들이 저 단단한 외피를 쓰듯 자신을 방어한다. 뿐만 아니라 거기 둥근 갑각들에 상감된 갑골문자들을 해독하려고 끊임없이 노력하는 것이리라. 이는 우리가 이 시인의 앞날의 시편들을 기대하는 또 다른 한 까닭이기도 할 터이다.

# 꽃과 가을, 관조의 길
—양채영의 시 세계

## 1.

일여(一如) 양채영 시인의 근년 시들은 대체로 '비워 내고' '가벼우며' 또 '날기'도 한다. 그리고 그 비워 내는 자의 정서인 쓸쓸함과 적막이 깃들어 있다. 시인의 말마따나 "황혼녘의 할 얘기들을" 넋두리를 피해 모두 작품에 담아 내고 있는 탓이다. 황혼녘 이야기들이란 으레 그런 정서들을 담기 마련 아닌가? 이미 시력(詩歷) 사십 여 년을 넘긴 그에게 나름대로 할 얘기가 왜 없겠는가마는 그 얘기란 게 실은 부질없는 것 또한 잘 알고 있는 것이다.

양채영은 지난 세기 중반인 1966년 김춘수의 추천으로 우리 시 동네에 전입해 왔다. 당시 갓 출범한 시 전문 월간지 『시문학』을 통해서였다. 그 이전에 그는 『문학춘추』에 초회 추천을 받기도 했지만 그 잡지의 단명으로 시 동네 전입 수속에 다소 차질이 빚어진 것이었다. 그런 등단 과정을 거쳐 오늘에 이르기까지 그는 아호에 걸맞게 한결같은 신실한 시적 태도를 견지해 오고 있다. 이번 시집까지 9권의 시집을 상자한 그의 문학적 체적은 다른 일군의 시인들에 견주어 결코 크고 많은 것이라고는 할 수 없으나 그동안 간단없이 한결같은 시업을 영위해 온 것이다. 그 지속적이며 한결같은 시업은 그의 사람됨이나 문학에 대한 열정이 어떤 것인가를 단적으로 보여 준다. 나로서는 이런 자리에서 하기 부끄러운 고백이지만 양채영 시인에게 지고 있는 마음의 빚 하나가 있다. 그것은 신년 새해면 어김없이 오는 연하장에 관한 것이다. 그는 내 답신이 있건 없건 한결같게 연하장을 보내왔고 나는 그때마다, "아이쿠 우리 양 선생"하며 송구스러워하곤 했다. 내가 아는 일여 양채영 시인은 그런 사람이다. 이 간단한 사실 하나로도 그동안 나는 이 시인의 시와 인물됨을 가늠하고 또 선망하고는 했다.

말이 다소 에둘러지긴 했지만 그런 양채영 시인의 근년 시 작품들을 읽으며 나는 나름대로 쓸쓸함을 감출 수 없었다. 그 쓸쓸함은 서두에서 말한 그대로 작품에 짙게 묻어 있는 황혼기의 고적감과 페이소스에서 오는 것. 일반적으로 황혼기의 고적감은 현실로부터의 격절감이나 주변인들로부터의 소외에서 온다. 이는 일단 현실의 중심부 내지 당대의 현장에서 자신이 벗어나 있다는 사실에 대한 정서적인 반응인 것이다. 그러나 이 같은 일반적인 경우보다는 그의 정신이 고차원의 것이어서 주변인들의 이해를 얻지 못하는 경우가 보다 근원적이고 심원한 고적감이리라. 양채영의 경우는 이 후자에 해당한다. 이는 달리 말하자면 그가 시력 사십여 년을 넘기면서 보여 준 정신 경영이 현실 속에서 웅숭깊은 지인들을 많이 만나지 못한 나머지 겪는 일이라고 할 것이다. 이러한 고적감은 특히 이번 시집에서 집중적으로 드러난다. 그것도 자연의 이법을 순명으로 받아들이는 데서 오는 것. 여기에다 그는 특유의 '비워 내고' '나는' 상상력을 대동한다. 다음의 작품을 보자.

꽃망울 부풀면 걱정된다
꽃 피면 며칠 있지 않아
꽃이 질 텐데

그래도 꽃이 피고

세상은 환하게 꽃 속에 파묻힌다

—「개화 1」부분

　이번 시집에서 1부를 이루고 있는 꽃 시들 가운데 한 작품이다. 화자
는 꽃이 피면 이어서 진다는 사실을 잘 안다. 피면 진다는 평범한 이 사
리(事理)는 경험을 통해서 누구나 잘 알고 있는 일이다. 또 그것이 자연의
이법이고 아무도 어떻게 변경할 수 없는 절대적인 사실임 역시 잘 안다.
이 같은 경험칙을 알고 있는 화자로서는 꽃망울을 보며 기뻐하거나 놀라
워하기보다 걱정부터 앞세운다. 그러나 막상 그 걱정이란 얼마나 부질
없는 것인가. 범박하게 말하자면, 피면 진다는 것을 알면서도 끝끝내 피
는 것이 꽃이고 자연인 것이다. 그래서 "세상은 환하게 꽃 속에 파묻"히
게 마련이다. 그것이 비록 허무한 짧은 순간에 지나지 않는다 해도 그렇
게 파묻힌다. 피면 진다는 것을 알지만 그래도 피는 것―이는 자연이 우
리에게 보여 주는 하나의 아이러니라고나 할까. 아무튼 이 같은 일련의
현상들은, 거듭되는 소리지만, 자연의 움직일 수 없는 이법이다. 그리
고 이러한 꽃의 이법에서 유추한 우리 삶 또한 예외일 수 없다. 사람 역
시 죽는 줄 알고 있으면서도 태어나 살게 마련이다. 또 그렇게 살다 죽는
다. 사람살이의 원리도 결국 자연의 이법에서 결코 한 치를 벗어나지 않
는 것이다. 어찌 보면 평범한 이런 이법들을 실감을 통해 발견하는 것이
황혼기에 흔히 말하는 삶의 관조이고 달관일 터이다.
　굳이 꽃 피는 일뿐이겠는가. 양채영은 자서에서 말하듯 "하늘 새 바다
강물 가을" 등등 삼라만상 모든 것이 바로 이러한 자연 이법의 표상임을
깨닫는다. 그러나 달관의 정서는, 필자에게도 동병상련의 것이겠지만,
쓸쓸함과 페이소스에 젖게 만든다. 하지만 이런 정서적 반응을 넘어선
데에서 그의 관조는 시작된다. 다음의 시를 읽어 보자.

가을 산비탈에 서 있는 낙엽송

비탈에 서 있어 더 커 보이는 나무

무언가 쏟아질 듯 두근거린다

수척한 나뭇가지 사이로 넓어지는

하늘이 더욱 허전한 할 말이 많다

아직 살갗 냄새가 덜 사그라진

저 무욕의 빈 전답 위 한차례 바람

골똘히 한차례 어디론가 걷고 있는 길

모두 모두 손을 놓아 버린 것들이

빈 것들이 가득히 괴어 있는

이 적막한 산야의 향기와 빛

서로 잊어버린 것들 사이에 가로놓인

이 거대한 빛과 바람의 실루엣

—「가을의 빛과 바람」 전문

인용한 작품에서 화자는 가을날 낙엽송과 빈 전답을 매개로 무욕의 세계가 어떤 것인가를 문득 발견한다. 그 무욕의 세계는 "모두 모두 손을 놓아 버"리는 데서 눈앞에 펼쳐진다. 우선 잎을 털고 선 낙엽송이 그렇고 추수가 끝난 전답이 그렇다. 이들은 소중한 잎이나 자신이 키운 작물들을 집착이나 미련 없이 버린다. 그렇게 자신의 일부나 소유물을 버림으로써 무욕의 정황이 어떤 것인가를 보여 주는 것이다. 물론 가을이 조락의 때이며 동시에 결실의 시기임을 생각하면 이 같은 화자의 발견은 어쩜 당연한 것인지도 모른다. 그러나 그 무욕의 세계를 '거대한 향기와 빛' 자체로 성찰하는 데서 화자는 그 당연함을 뛰어넘는다. 말하자면 범상한 대상에서 범상하지 않은 초월적 의미를 발견하는 것이다.

왜 무욕의 세계는 거대한 향기와 빛인가. 이 작품의 겉문맥에 그 자세한 사연은 나와 있지 않다. 다만 "빈 것들이 가득히 괴어 있"다는 어구에서 우리는 나름대로의 가늠을 할 뿐이다. 특히 '괴어 있다'란 시어가 그 같은 가늠을 가능케 하는 단서이다. 사전적인 풀이로 하면 '괴다'는 ① 우묵한 곳에 액체가 모여 있다, ② 발효하다 등등의 뜻을 갖는다. 작품 해석에는 어느 의미로 풀이해도 전체 문맥을 읽는 데 별반 문제되지 않는다. 다만 '향기'라는 후각적 이미지를 고려한다면 '발효하다'가 보다 함축적 의미로 읽힐 것이다. 그렇다. 가득히 고인 빈 것들이 발효하면서 진동시키는 가을날의 향기라니! 그래서 가을날 빈 것들의 무욕한 세계는 빛으로 환한 위에 향기마저 더하고 있지 아니한가. 아마도 이것이 화자가 우리에게 보여 주고 싶은 진정한 가을날의 정경이리라.

일찍이 조주 선사는 '방하착(放下着)' 하라고 대중에게 일렀다. 집착과 미련을 버리고 손에 든 욕망을 내려놓으라는 소리인 것이다. 욕망에서 벗어난 것이 해방이고 자유이다. 그리고 이 같은 정신적 해방과 자유야 말로 인간이 지향해야 할 최종의 목표일 터이다. 하지만 말이 쉽지 우리가 욕망을 비운다는 일이란 얼마나 지난한 일인가. 하기 좋은 말로 지난하기에 더욱 값지고 바람직한 일은 아닌가. 그런데 사람이 가을처럼 자신을 '비우는' 일은 결국 가벼워지는 일이면서 동시에 '나는' 일이기도 하다. 양채영은 그런 마음의 틀을 다음처럼 제시한다.

이 가을 친구와의 약속에서 바람맞고 나와
올려다보는 가을 하늘은 어찌 그리 더 높고 휑하니 비어 있는지
앞산 중턱에 갈참나무숲들도 누르스름
중천을 날아오르려는 듯 몸무게를 줄이지만
그래도 하늘은 너무 아득하게 비어 있다
지상의 모든 것들은 바람맞아 모두
허공중으로 떠오를 준비에 텅텅 속내를
비우려 한다
비어 있는 곳의 저 아리고 아린 바람처럼

누가 저 바람의 빛깔이나 몸체를 짐작이나 하려나

―「가을 바람」 부분

　이 작품 역시 가을을 매개로 '비워 냄'과 '날아오름'을 제시한다. 다만 그 계기가 인간에게 배신당하는 '바람맞기'에 있을 뿐 가을의 일반적 정황에서 비워 냄과 날아오름을 상상하는 일은 같다. 그런 점에서 이 작품은 인간/자연의 짝패를 내장하고 있다. 특히 깨진 약속을 아파하는 화자의 마음의 공허는 그대로 높게 그리고 휑하니 빈 가을 하늘에 대응된다. 그러는 한편으로 가을 하늘처럼 되기 위해서는 갈참나무가 몸무게를 줄이듯 자신의 집착과 미련을 떨쳐야 함을 깨닫는다. 말하자면 갈참나무를 통해서 에둘러 그런 화자의 마음의 작정 내지 당위를 우리에게 넌지시 제시하고 있는 것이다. 그러나 그런 '방하착'이 쉽고 편안하게 이뤄지는 건 아니다. 거기에는 겉으로 드러나지 않는 "아리고 아린" 마음의 극(劇)이 펼쳐지고 있는 탓이다. 그 극은 워낙 내면의 것이다 보니 "누가 저 바람의 빛깔이나 몸체를 짐작이나 하려"는가라는 탄식마저 동반한다.

　이상에서 우리는 양채영의 이즘 정신적 주소가 어디인가를 더듬어 보았다. 그것도 일상의 이러저러한 집착과 미련을 벗어나 정신의 해방과 자유를 누리고 싶어 하는 저간의 연유를 살펴본 셈이다. 이는 주로 이번 시집 2부의 시편들, 그것도 가을에 관한 작품들을 웅숭깊게 읽을 때 드러난다. 그리고 가을의 시편들 대부분이 '비워 냄'과 '가벼워짐', 더 나아가 '나는 일'에 그 상상력이 닿아 있음을 알 수 있다.


## 2.

　이번 시집에도 꽃들에 관한 시편들이 어김없이 많은 것을 나는 주목한다. 주로 1부로 묶인 작품들이 꽃 시편들인데 양채영의 꽃에 대한 시적 관심은 시집 『은사시나무 잎 흔들리는』(1984) 이후부터라고 할 것이다. 이들 시편들은 연작의 형태를 빌린 것도 아니면서 꾸준히 씌어져 오고 있다. 한 대상에 대한 지속적인 관심은 시인 누구에게서나 정도의 차이는 있지만 쉽게 발견되는 현상이다. 그리고 이 관심은 시인의 시 세계를 들여다보는 데 다른 무엇보다도 유익한 단서를 제공한다. 널리 알려진 대로 서정주의 신라나, 김춘수의 처용 등이 그들 시 세계의 중심에 놓여 있다는 사실이 그 한 예이다. 양채영의 경우도 크게 다르지 않다. 꽃에 대한 시적 관심 내지 상상력 역시 양채영 시 세계의 중심에 놓여 있는 것이다.

물론 「섬」이나 「선·그 눈」 등 연작의 형태를 띤 일련의 작품들이 있지만 우리가 읽기에는 꽃 시편들이 훨씬 더 지속적이면서 다채로운 색깔을 보여 준다. 벌써 이십 년 전에 핀 꽃 하나를 만나 보자.

늦여름 장마는 하염없이 떠나고
눈에 익은 野山들은
앞정갱이가 벗어지고
가을께로 들어설까 말까,
무릎은 쓰라려
기댈 곳도 없이 망설이는 때
또 한 번 뒤돌아보면
아, 네 혼자 손짓하는
碧紫色 하늘 속속들이
軍靴와 총소리와……

—「도라지꽃」 전문

후미진 야산 기슭에 핀 늦여름 야생 도라지꽃을 글감으로 한 이 작품은 생략과 압축이 돋보인다. 우선 작품 후반의 말줄임표로 대표되는 생략이 인상적이다. 지난 전쟁의 기억을 화자는 이 꽃의 색깔을 통해서 떠올리지만 그 전쟁은 명시적으로 진술되지 않는다. 대신 말줄임표로 간단히 생략된다. 이미 많은 읽는 이들이 공유하는 기억이기 때문이다. 화자는 전쟁의 참상을 벽자색 선명한 꽃 색깔을 보며 떠올린다. 곧, 당시 모든 산야에 얼룩졌던 초연과 핏빛 등을 꽃의 벽자색을 통해 연상하는 것이다. 아니 범박하게 말해 도라지꽃을 보면 그 옛날 전쟁의 기억이 아슴하게 떠오르는 것이다. 여기서 우리는 도라지꽃이 단순한 심미의 대상이 아니라 역사적 차원의 존재로 읽히고 있음을 알게 된다.

한편 이 작품의 앞부분은 기억의 전유를 위해 시간과 공간을 절묘하게 의인화한다. 곧 늦여름 장마가 끝난 "가을께로 들어설까 말까"라는 시점이나 앞 기슭에 수목이 없는("앞정갱이가 벗어"진) 야산의 정경 묘사 등이 그것이다. 잘 알려진 대로 시의 표현 원리로서의 생략과 압축은 읽는 이들에게 일정한 상상 공간을 확보해 준다. 왜냐하면 그 생략과 압축 부분을 읽는 이들이 자신의 상상력을 통해 복원 내지 풀어 읽어야 하기 때문이다. 이 같은 표현 원리는 따져 올라가자면 양채영의 초기 시에서 더욱 정채를 발휘한다. 그의 시적 출발은 아는 이들은 다 아는 사실이지만 지난 1950년대 모더니즘의 자장 안에서 시작된다. 당시 김춘수 시인의 추천을 받으며 시작 활동을 한 그는 드라이하면서도 간경한 시 스타일을 보여 주었다. 그 무렵 서정시들이 보여 주던 질척대는 감정을 걷어 낸 대신 기상(conceit)에 가까운 이미지 연결을 여러 작품에서 선보인 것이다. 이를테면,

그
南港의
뱃고동은 가볍고
親近해 오는
그 바람기에

조금씩

뜨는

뱃전에

하얀 뱃전에

해감내가

무성해 오는

三月의

열리는 바다,


그 가시내의

한 아름

쪽빛 머릿단에

내 한 마리 生鮮은 튀고

까칠한

혓바닥에

質 고운 白沙場을

묻히는

滿潮.

　　　　　　　　　　　　　—「三月·바다」부분


와 같은 작품이 내보이고 있던 시적 특장들이 그것이다. 서술적 이미지들을 축으로 봄 바닷가 내항의 정경을 선명하게 그린 이 작품은 어떤 관념이나 정서의 직접적 진술을 전혀 보여 주지 않는다. 다만 세부를 날카롭게 포착한 서술적 이미지들을 중심으로 내항의 정경을 마치 한 폭의 그림처럼 그려 낼 뿐이다. 이 같은 시법은 일찍이 정지용 후기 시가 선보이기도 했던 것이다. 굳이 따지자면 정서의 도피를 미덕으로 여긴 영국 모더니즘의 주지적 시작 태도라고 할 것이다. 그리고 이 같은 태도 위에다 개념상 거리가 먼 이미지들을 폭력적으로 결합하는 기법이 활용된 것이다. 잘 알려진 대로 이 같은 작품들은 일차적으로 정서나 분위기의 환기에 치중하게 마련이다.

인용한 작품 역시 내항에 정박한 배들이 가벼운 봄바람에 일렁이는 모습과 해감내, 튀는 생선 등을 통하여 봄날 바다의 정취를 환기시켜 준다. 그러나 주의 깊은 독자라면 이러한 산문적인 번역보다는 머릿단과 생선, 혓바닥과 백사장 등의 상호 거리가 먼 이미지 간의 돌올한 연결, 또 시적 주체의 외계/내부 조응이 빚어내는 효과에 보다 더 주목할 것이다. 뿐만 아니라 이미지의 돌올한 연결 사이의 생략과 압축을 풀고 복원하느라 고심할 것이다. 지난 1960년대의 시적 유행인 절연의 미학 내지 쉬르적 기법은 정도의 차이는 있을지언정 당시 젊은 시인들에게 일정한 영향을 드리웠다. 양채영의 경우도 이에서 자유롭지 않았다. 그의 시의 압축과 생략 역시 툭툭 끊어진 어구들의 연결 내지 병치의 형식을 취한다. 그것은 우리가 간경하다는 말로 지칭해도 크게 잘못된 표현이 아닐 터이다. 한편 이 간경한 시적 문체에서 함께 지적해야 할 사실은 그의 남달리 탁월한 언어 감각이다. 그 감각은 말의 오랜 조탁을 통해서 얻어진 감각일 터인데 마치 일물일어설처럼 우리의 의표를 찌르는 가운데 적확한 언어 구사를 보여 주는 것이다.

그런데 이 같은 그의 초기 시 문채(文彩)는 이번 시집에서는 많은 변모를 보인다. 이미 이 글의 모두에서 읽은 「개화 1」의 경우처럼 훨씬 완만하고 편안해진 것이다. 그것은 양채영의 살아온 시간 탓일 수밖에 없다. 그도 이제 시력 사십여 년을 헤일 만큼 나이가 든 것이고 자신의 표현대로 삶의 '황혼'을 맞이하고 있다, 이 연륜을 살아 내며 그는 나름의 시적 변모를 이룩한 것이다. 곧, 정신의 해방을 위해 마음을 '비워 내고' '가벼워진' 사실들이 그렇고 더 나아가 웅숭깊게 존재의 근원을 살피고 있는 일 등이 그것이다. 시적 대상들을 미학적으로 재구성─묘사하는 일에서 한 걸음 더 나아가 이제 그것들의 내면적 깊은 의미를 살피고 있는 것

이다. 어떤 시편에서는 독자들을 이끌고 권유하기까지 한다. 이를테면,

> 이 봄 몸져누워 있는 이들은
> 그것이 사랑이든 아픔이든
> 저 밀려오는 물결의 반짝임이나
> 푸른 쑥들의 아우성을 들었으면 한다.
>
> —「쑥대밭에 앉아서」부분

와 같은 직접적인 진술 등이 그것이다. 묵은 쑥대들이 넘어지고 부서진 자리에서도 새로운 어린 쑥들이 떼 지어 돋아나는 정경 앞에서 그는 감격에 겨운 목소리로 이처럼 권유하는 것이다. 나이 든 사람 특유의 노파심이라고 할 수도 있지만 이러한 권유야말로 그가 대상의 내면을 깊이 들여다본 저간의 태도를 반영한다. 이는 달리 말하자면 그동안 시적 대상들을 심미적 대상에서 존재론의 대상으로 바꿔 보고 있음을 뜻하기도 한다. 또 이 변모야말로 실은 양채영 시의 문채를 완만하고 편안하게 바꿔 놓은 진정한 원인이기도 할 것이다. 끝으로 꽃 시 한 편을 더 읽어 보자.

> 장마 끝에 확 핀
> 원추리꽃이 눈부시다
> 멀리 떠나는 천둥소리 끝에
> 노오란 원추리꽃의 귀 기울임
> 노오란 것과 아득한 것과
> 그것들이 함께 다가서는
> 이 더운 대낮
> 어디 근심 걱정
> 묻어 둘 자리는 없나
> 망우초 흔들리는

가녀린 꽃그늘에나 둘까

매미 울음 속에나 묻어 둘까

잊자 잊자 해도 아른거리는

노오란 원추리꽃의 하늘거림

그 끝에 먼먼 천둥소리

—「원추리꽃」 전문

이 작품의 화자는 장마 끝에 핀 원추리꽃을 바라보고 있다. 대표적인 늦여름 야생 꽃을 보며 그는 장마를 몰고 다니는 천둥이 하마 멀리 갔음을 깨닫는다. 그러면서 원추리 "노오란 것"(신생)/멀리 간 천둥의 '아득함'(소멸)을 함께 마음속에 받아들인다. 이 신생한 것과 소멸하는 것의 동시적 현현을 통하여 그는 근심 걱정을 떠올린다. 겉문맥에는 드러나 있지 않지만 이 경우 근심 걱정이란 일상적인 것일 수도, 아니면 보다 근원적인 것일 수도 있다. 하지만 여기서는 근원적인 것—존재의 심연을 들여다볼 때 우리가 만나는 그 근심 걱정으로 읽어야 좋을 것이다. 곧, 생성과 소멸, 나고 죽는 절대의 자연 이법 앞에서 느끼는 공포나 불안으로 해독해야 하는 것이다. 화자는 새롭게 확 핀 원추리꽃과 이제 장마와 함께 멀리 간 천둥에서 생성과 소멸을 함께 깨닫는다. 그리고 이 생성과 소멸이야말로 모든 존재들이 결코 해결할 수 없는 절대적 이법이며 그 해결 노력 역시 무위의 일임을 안다. 화자는 그래 근심 걱정을 짐짓 망우초 그늘이나 매미 울음 속에 두어 둔들 무엇이 문제인가라고 말한다. 이미 그는 인간으로서 풀 수 없는 문제라면 그것은 있는 그대로 적극 받아들이는 순명만이 최상의 길임을 살피고 있는 것이다. 이 글의 모두에서 읽었던 「개화 1」의 경우처럼 양채영은 그 순명의 길이 어떤 것인가를 원추리꽃을 통하여 역시 관조한다. 아마도 이것이 양채영 시업(詩業)의 근업일 터이다. 그럼에도 불구하고 필자 또한 나이 들었음인가, 그의 이번 시집을 통독하며 쓸쓸함과 페이소스를 함께함도 숨길 수 없다.

양 형, 부디 훌륭한 시신(詩身)을 가꾸소서.

# 시의 일상, 시의 정체성
—오문강 시집 『거북이와 산다』

## 1.

시란 무엇인가. 시는 사람에게 어떤 무엇인가. 이 진부하고 원론적인 문제를 새삼 이번 오문강 시인의 작품들을 통독하면서 나는 곰곰 생각했다. 그것은 이 시인의 작품들에서, 여느 경우와는 다른, 시에 대한 놀라운 언술들을 접한 때문이다. 일반적으로 시에 관한 생각이나 글이란 체계적이면서도 심도 있는, 그래서 우리가 정신줄을 팽팽하게 당기며 읽어야 하는 본격적인 담론들이었다. 지금까지 나는 그런 선입견 내지 편견이라면 편견을 시론에 대해 갖고 있었다. 왜 그럴까. 아마도 오랫동안 학교에서 학생들에게 주로 교과서적인 시 이야기를 하고 또 그런 글만 접해온 탓일지 모르겠다. 그런데 이번 오문강 시인의 작품들 가운데서 만난 시 이야기, 또는 시론은 그와는 정반대의 것이었다. 그 시 이야기는 생활 속의, 아니 일상 속의 일상 그 자체라고 해야 할 극히 자연스런 무엇이었다. 이를테면, 식당 집 주인이 그날 가게에서 손님들에게 팔 생선을 사 가지고 돌아오다 햄버거 집에 들려 두 시간쯤 읽고 쓰며 몰입하는 그런 일상사의 하나가 시라는 언술이 그것이다. 거기에는 시가 일상 아닌

보다 더 근원적인 죽음이나 구원 같은 형이상의 문제를 다루어야 한다는 엄숙주의 같은 게 끼어들 여지가 없다. 그냥 우리 일상 속에 무슨 공기나 빛 같은 알갱이를 가진 그런 것이 시인 것이다. 대체 이런 시관(詩觀)은 어디에서 오는 것인가. 나는 우선 그런 문제부터 따라가 보고 싶다.

> 싱싱한 생선 사러 바닷가에 자주 가는 편인데
> 오는 길에 맥도날드 햄버거 집이 있어
> 난 거기서 한 두어 시간 시 읽고
> 쓰는 재미로 살아가고 있지
> 나 시 읽고 쓰는 재미없으면 못 살 거야
> 아무리 힘들어도 시를 생각하면
> 힘이 나서 살고 싶어져!
>
> 어느 젊은 시인이 여행길에
> 맥도날드 화장실에 잠깐 들렀다 나오는데
> 한 모퉁이에서 시를 읽고 있는 김 시인을 보았다
>
> '시가 나를 살려 주고
> 내가 시를 살려 주고'
>
> ─「생선가게 시인 2」 부분

간결 직절(直截)한 언술의 이 작품에서 우리는 시가 과연 무엇인가를 다시 생각하게 된다. 시는 '재미로 읽고 쓰는' 것이면서 동시에 힘든 일상에서 '힘을 얻고 살고 싶어'지는 활력소이다. 화자는 그래 다음 연에서 힘차게 소리치듯 말한다. 곧, "시가 나를 살려 주고/ 내가 시를 살려" 준다고. 그동안 시로 자기 시론을 말한 메타시는 많다. 예컨대, A. 맥클리쉬나 서정주, 황동규 등의 시로 쓴 시론시들이 그것이다. 그 시들은 시

인의 웅숭깊은 시관(詩觀)을 보여 준다. 하지만, 이 작품처럼 직접적이고
도 간명한 언술은 아니다. 거기엔 시에 대한 생각이 대개 함축성과 암시
력 큰, 잘 다듬어진 문맥 속에 겹겹 녹거나 스며 있다.

그런데 인용 작품의 언술에 따르면 시는 삶을 삶답고 생활을 생활답
게 한다. 시와 일상적 삶은 하나이고 둘이 아니다. 그러면서 시인은 시
와 생활이 하나되는 순간 황홀을 경험한다. 마치 종교에서 말하는 구원
의 순간처럼 말이다. W. 슈바르트에 의하면 인간은 탈아(脫我)의 순간,
곧 신과 내가 하나가 된 순간 영원에 편입되는 황홀경을 경험한다. 비약
이 있는 빗댐인지 몰라도 시와 내가 하나로 되는 순간이란 나에게 이렇
게 읽힌다. 그리고 이 같은 황홀경의 체험은 신명이나 신바람처럼 '나'를
살린다. 말하자면 시가 삶의 활력을 충전해 주는 것이다. 이는 시가 힘든
생활 속에서 나를 구원하는 '구원'으로서의 시임을 뜻한다. 더 나아가 왜
상당수의 사람들이 이국의 고된 생활 속에서 시에 매달리는가 하는 물음
에 대한 대답이기도 하리라. 나성에 와 생선가게를 하며 시를 쓰는 김병
현 시인의 이야기인 위 시에서 우리는 그런 사실을 쉽게 확인할 수 있다.

생선 비린내보다는 선비 냄새를 주위 사람들에게 끼치는 일은 무엇일
까. 그것은 범박하게 말해서 조선시대 식자층 누구나 시를 읽고 썼던 교
양주의의 현대판이라고 할 것이다. 그 교양주의에서는 시란 누구나 일
상에서 누리고 또 쓸 수 있는 교양의 표지일 뿐이었다. 시가 특정 전문성
을 지닌 사람들만의 전유물이 된 것은 근대 이후일 터이다. 세상 뭇 일들
이 분업화를 겪게 된 근대 이후에나 우리는 그런 범교양주의에서 멀어진
것이다. 이 교양주의를 나는 오 시인의 시들을 통해서 다시 확인하고 그
것이 의미하는 바가 무엇일까를 생각했다. 모르긴 해도 이는 미국이라는
거대 사회에서 마이너리티로서의 자기 정체성을 확인하고 실천하는 일
의 하나가 아닐까. 시를 통해 일상에서 삶의 활력을 얻고 더 나아가 자기
존재를 확인하고 드러내는 일, 그래서 시는 '나'의 정체성인 것이다. 생
선가게를 하는 김병현 시인이나 작고한 권순창 시인, 시의 알갱이를 찾

으러 데스 벨리를 자주 찾는 석상길 선생 등이 다소의 차이는 있겠지만 모두 시를 자기 정체성으로 삼는 사람들 아니겠는가.

말이 잠시 에둘렀지만 다시 본줄기로 가 보자. 여러 글벗과의 술자리 이야기인 작품 「빈 술병」에서도 구원으로서의 시, 신바람 같은 황홀경의 체험은 확인된다. 이 작품에서 황홀경의 체험은 알코올에 의한 술 취함의 상태와 곧바로 대응된다. 오 시인은 술 마시는 행위를 "빈 몸에 시를 부어 주"는 행위로 읽는다.

> 문우들이 나눠 마셨던 술
> 텅 빈 술병이 싱겁게 웃고 있다
> 빈 몸에 시를 부어 주다가
> 주거니 받거니 하다가
> 술병과 눈이 맞아 출렁거리다가
> 시를 다 마셔 버리고 멍하게 쳐다보니
> 술병이 기가 막혀 싱겁게 웃는다.
>
> ―「빈 술병」 부분

잘 알려진 대로 알코올은 시의 한 메타포다. 위 시의 화자 얘기대로 하자면 알코올이 곧 시다. 알코올은 일상으로부터의 자아 일탈을 돕기도 하고 시적 상상력의 작동을 보다 활달하게 촉진한다. 여기서는 '심장에 길을 만들어' 사람들 간의 소통을 가능케 하고 공감대도 만든다. 또 일상에서는 맛볼 수 없는 도취를 제공한다. 이러한 일련의 일은 시의 일이기도 하다. 그래서 술을 마시는 것은 시를 마시는 일이 된다. 시를 마시고 화자는 황홀경이나 정신의 거듭남을 경험한다. 알코올뿐이겠는가. 때로는 "차와 시를" 함께 푹 끓여 마시기도 한다(「혼자 살 수 있을까」). 그런가 하면 칠면조를 보며 그것은 새가 아니라 시라고 찬탄을 토해 내기도 한다. 이처럼 시는 오 시인에게 있어 생활 도처에 산재해 있다.

시가 일상의 하나이며 삶 자체라고 하지만 거기에는 창조의 고통이 따를 수밖에 없다. 그 고통은 시인에게는 살을 말리고 몸무게를 줄이는 일이다. 곧, "내 몸의 무게는 날이 갈수록 늘어 가는데/ 내 안에 살고 있는 시의 무게는/ 날이 갈수록 줄어들고 있다/ 시의 무게가 줄어드는 만큼씩/ 나는 무거워진다// 내가 제일 부끄러울 때는 누가 나를/ 시인이라고 소개할 때"라는 고통에 찬 탄식이 그것이다(「불쌍한 나의 시」). 화자는 시 쓰는 고통을 몸무게가 주는 일로 에둘러 말한다. 그리고 날로 느는 몸무게에 반비례하는 자신의 시업(詩業)을 부끄러워한다. 그 시업은 누구에게나 일상 속 교양의 표지이면서도 신바람만을 동반하지 않는다. 어느 일보다도 때로는 부끄러움을, 때로는 창조의 고통을 겪게 만든다. 아마도 그것은 때와 장소를 불문하고 겪는 모든 시인들의 숙명이리라.


## 2.

그러면 일상이 시이고 또 그것이 구원이 되는 오문강 시인의 일상은 어떤 것인가. 여기서 우리는 단순 소박한 말이지만 미국에서의 일상은 한국과 어떻게 다를까 하는 일차적인 의문을 가질 수도 있다. 그러나 그 의문은 값싼 호기심의 너무 나이브한 것에 지나지 않는다. 사람들의 일상은 늘 때와 장소를 달리해도 크게 다르지 않다. 인간의 기본 욕구나 정감의 세계란 변할 수 없는 고유의 세계이기 때문이다. 이번에 읽은 오 시인의 일상 역시 자녀들에 대한 걱정, 조깅과 골프, 여행, 물 절약, 히스패닉계 사람 걱정 등등 너무 세세하다 싶은 생활의 세목들로 채워져 있다. 그 세목들을 위해 때론 아파하고 때론 기뻐하며 오 시인은 치열하게 살아간다. 그 생활의 정경들을 살펴보자.

옳거니! 나무에 거름도 되고 흙바람도 쏘일 겸

매번 뒷마당에 쭈그리고 앉아서
몸무게를 조금 줄여 보는 일이다
나무에 비료를 줄 수 있는 과학적인 방법
하루에 몇 번씩 앉았다 일어났다 하면
훌륭한 근육 운동!
(…중략…)


맞은편 창문 밑 시멘트 담벼락에서
몸집이 까만 찌개벌레가
온몸으로 줄타기 놀이를 하고 있다
자세히 살펴보니 거미줄에 걸려
안간힘으로 탈출 시도!
그 옆에 조금 떨어져서 올가미를 채우려고
느긋하게 째려보는 아주 작은 거미 한 마리
기세가 만만찮다
작다고 깔보면 몸이 고생할 때가 많지
누군가 포기하는 기색이 보일 때까지
방청객으로 구경하는 거다.


몸을 낮춰 앉아 고개를 드니
하나 더 보인다
새들이 지난봄 둥지 만들려고
창문 방충망을 건축 재료로 꽤 많이 뜯어 갔다
떼 지어 와서
조잘대더니만 그때 의논들 했나 보다
그리고 나서 한 소리로
'적선하소, 적선하소'                          —「앉아서 보다」 부분

인용한 시에서 우리는 두 가지를 주목할 수 있다. 하나는 물 절약을 위해 화자가 보이는 행동과 그 과정에서 발견한 풍경 두 커트가 그것이다. 우선 작품의 앞부분은 전지구적 관심사인 물 부족과 그에 대한 생활 속의 실천 행동을 제시한다. 다소 해학적인 분위기까지 감지되는 화자의 실천 행동이란 뒷마당에서의 소변 처리다. 그 행동은 두 가지 합목적성이 있다. 하나는 거름을 준다는 것이고 다른 하나는 근육 운동 효과를 본다는 것 등이다. 이 물 절약은 작품 「착한 풍경」에서도 읽을 수 있다. 설거지하는 화자에게 방울새가 "비눗물 반으로 줄여!/물 아껴!" 하는 훈계 아닌 훈계가 그것이다. 이 착한(제목 그대로) 풍경은 인용 시 후반에도 그대로 나타난다. 하나는 찌개벌레의 풍경이고 다른 하나는 새들이 뜯어 간 방충망의 정경이다. 이 두 풍경은 비록 외부 세계의 풍경이지만 가리따니 고진 식으로 읽자면 내면 풍경이다. 그에 의하면 풍경은 내면적 인간에 의해 발견된다. 그렇게 발견된 풍경은 마치 외부 세계의 객관적 사물처럼 존재한다. 그리고 실은 그 풍경에 의해 내면의 자아 역시 발견된다고 한다.

우리는 인용 시의 두 풍경 역시 "작다고 깔보면 몸이 고생할 때가 많지"라든가 "적선하소"라는 화자의 언술대로 이미 내면화된 자아의 것임을 읽는다. 일단의 풍경을 통해 자아를 발견하는 일은 이번 시집의 경우 빈번하게 보인다. 사막에 사는 죠수아 나무를 통해 열악한 이민살이의 자신을 새삼 발견한다든가 물거북을 화자로 자신의 일상을 공개하는 일 등등이 모두 그렇다. 먼저 죠수아 나무의 모습을 보자.

나한테 너에 대한

마음이 생겼다는 걸

강아지 풀꽃이 눈치채고 알려 주었을 땐

아마, 지난봄이지?

수십 번 말을 걸어도

한마디 대꾸도 없다

먼 하늘에 눈을 걸어 두는

초인 닮은 너

그런 네가 좋아졌다 싫어지기도 하는 건

오기로 돋아난 창대 같은 가시가

가을 하늘을 찔러

붉은 그리움을 터트리기 때문이다

—「죠수아 나무 3」 부분

연작시의 형식을 취한 이 작품에 따르면 죠수아 나무는 '생김새가 이스라엘 지도자 여호수아'를 닮았다고 한다. 해발 이천 피트가 넘는 사막지대에서 뿌리를 22피트씩 내리고 사는 그야말로 강인한 나무다. 그런 나무가 화자에게는 '유배 생활 하는' 선비 같기만 하다. 사막의 모래바람에 깎이면서도 군살 한 점 없는 깔끔한 모습 때문이다. 위 시에서 화자는 그런 죠수아 나무에게 마음 끌린 자신을 발견한다. 그것은 나무의 그런 속성과 모습이 자신과 똑 닮았기 때문이다. 곧, 죠수아 나무는 자신과의 동일시가 가능한 존재인 셈이다. 말을 걸어도 묵묵부답인 이 나무는 '초인'의 심상까지를 강하게 심어 준다. 이러한 일련의 과정이 죠수아와 나를 동일시하는 근거일 터이다. 여기서 우리는 지난날 이 겨레의 디아스포라가 어떤 것인가를 생각하지 않을 수 없다. 19세기 말부터 시작된 우리의 디아스포라는 그동안 숱한 기록물들—영상 다큐물이든 인쇄물 기록이든—이 나와 실상을 증언하고 있다. 그 기록물들 가운데는 문학적 형상화와 맞물려 읽는 이의 마음을 울린 작품들도 있다. 낯선 풍토와 문화 속에서, 그들 나름의 끝없는 도전과 절망(切望)의 성취는 그만큼 울림이 클 수밖에 없었다. 특히 한국전쟁 이후부터 붐을 이룬 미국 이민은 당시 주로 중산층 중심의 경제적 이민이었다. 그러나 그 과정은 죠수아 나무처럼 척박한 여건에 강인한 생명력을 과시한, 남다른 간난과 도전의 연속이었다. 너나없이 말로 다할 수 없는 '텃세'와(「거북이 일기 1」), 몇 차례고 '키'를 자르는 과정(「해바라기」)들을 겪어야 했던 탓이다.

다음으로 작품 「거북이 일기」는 행운을 가져다주는(준다고 믿는) 동물인 뭍거북이 시인과 함께 살게 된 내력과 그 후의 일상을 연작으로 기록한 작품이다. 일기는 흔히 여느 형식의 글보다 일상의 세목들과 그 내적 정황을 더 자유롭게 고백하는 갈래적 특성을 지닌다. 제목 '일기'가 암시하듯 이 작품은 화자인 거북이 '그녀'의 일상을 주로 얘기한다. 그 이야기 가운데 한 삽화가 텃세 이야기다. 그런데 이 텃세 삽화는 단순 삽화가 아닌 화자의 이민 생활 속의 내면 풍경으로 읽힌다. 꽃병에 꽂아 둔 해바라기 꽃의 키를 자르는 얘기도 마찬가지다. 꽃대를 자르는 일이야 꽃의 싱싱함을 유지하기 위한 어쩔 수 없는 작업일 터이다. 하지만 이 같은 키 잘리는 과정을 몇 번 겪고서야 해바라기는 어느 새벽 "어금니까지 다 보이며" 비로소 웃는다. 그것도 금빛으로 웃는다. 이러한 시적 언술은 드라이하기 짝이 없지만 그 속문맥은 비극적으로 읽힌다.

아무튼 그녀 동생 집에서 혹독한 텃세를 치르는 뭍거북이나 키 작은 꽃병이 불편하기만 한 해바라기나 모두 낯선 환경에 적응하기 위한 고통을 당한다. 낯선 풍토나 문화에의 적응은 이처럼 동식물의 세계에서도 예외일 수 없나 보다. 뿐만이 아니다. 이보다 이민의 고통이 어떤 것인가를 보다 더 직접적으로 보여 주는 작품도 있다. 한 평 반쯤 되는 집 안 터앝에 식목하는 얘기가 그것이다.

> 에라, 모르겠다! 두 손 들고 있는데
> 어느 틈에 눈치 빠른 잎 하나가 자리를 잡았다
> 수박잎 같기도 하고 참외 잎사귀를 닮은
> 넝쿨나무 하나가 올라와 노란 꽃을 피웠다
> 아메리카 합중국에 살고 있으니 살고 싶은 놈

맘대로 살라고
한 두어 달 있으니 꽃이 피고 열매를 맺었다
수박도 참외도 아닌 단단한 호박 종류
꼭 우리 내외를 닮은 열매다
미국 사람도 아니고 대한민국 사람도 아닌
시민권자인 딴딴한 열매
존중해야 하는 것인가?

—「딴딴한 열매」 부분

인용한 시의 전반부는 낯선 나라의 터앝에 적응 못 하는 꽃들 이야기
다. 화자는 코스모스와 양귀비, 제라늄을 심지만 모두 실패한다. 그만큼
적응이 어려웠던 탓이다. 그리고는 위에서 보듯 수박도 참외도 아닌, 아
니 화자 내외를 닮은 뜻밖의 열매를 수확한다. 그 열매는 사람으로 치면
경계인(marginal man)이다. 그 경계인을 미국에서는 시민권자라고 부르
는가. 그리고 그들은 화자의 말대로 존중받아야하는가. 물론 받아야 한
다. 비록 미국인도 한국인도 아닌, 아니 한국인이기도 하고 미국인이기
도 하면서 두 문화 사이에 어쩔 수 없이 찢겨 있지만 그들은 그들 나름
의 자기를 실현하고 성취한 사람들이기 때문이다. 그 성취의 과정은 바
로 이민사다. 시 「딴딴한 열매」는 바로 그 이민사의 한 기록인 셈이다.

한편, 경계인인 탓에 그들은 자기 정체성을 찾고 지키기 위해 고통스
럽게 싸운다. 이 글의 모두에서 살핀 바 있는 시에 몰입하고 선비 냄새를
간직하고자 애쓰는 일도 범박하게 말하자면 이 같은 정체성 확인과 자기
지키기의 한 방법론일 터이다. 그리고 그들에게 또 다른 한 가지 방법론
은 전통적인 삶의 가치를 그들 나름으로 새삼 발견하고 지키는 일이다.
곧, 한 사회의 마이너리티로서 그들은 지난날 자신들이 익혔던 여러 삶
의 가치를 정체성 확인의 차원에서 더 강고하게 추구하고 지킨다. 우리
가 오 시인의 시 세계에 국한해 살펴보아도 그 삶의 가치들은 겸손, 절

시의 일상, 시의 정체성 ─

약, 적선, 가족공동체의 인정(人情) 등등 다양한 덕목들을 꼽을 수 있다.

말의 방향이 조금 엇나갔지만 이제 다시 작품 얘기로 돌아가자. 그러기 위해 나로서는 감명 깊게 읽은 작품 「사람 냄새」부터 살펴본다.

> 이젠 방이 다섯 개 되는 집에서
> 둘이만 산다
> 그렇게 그리워하던 조용한 구석이
> 여기저기 널려 있건만
> 왜 쓸쓸하고 서글픈지 모른다
> 가끔 눈물은 왜 궁상맞게 나는지……
> 딸애가 딸 셋을 쪼르륵 데리고 와서
> 집 안에 풀어놓으면
> 집이 먼저 알고 좋아서 들썩들썩한다
>
> 문지방이 닳던 집에서 한 달 동안만
> 아니, 일주일만 다시 살아 보면……
>
> —「사람 냄새」 부분

이 작품은 제목 그대로 사람 냄새가 왜 우리 삶에서 중요한가를 일러 준다. 그것도 가족 친지들이 대단위로 서로 어울려 사는 정경을 통해서이다. 시의 전반부에서는 피난 생활과 식구 생일날 기억을 끌어낸다. 그 기억 속에는 가족과 이웃들의 살가운 인정과 소통이 깊게 자리하고 있다. 곧, '집은 문지방이 닳아야 좋다'는 속언에 함축된 우리의 전통적인 삶의 모습을 제시한다. 그런데 화자는 어느덧 나이 들어 두 사람만 적적하게 사는 처지에 놓여 있다. 그것도 이국에서다. 이 처지가 화자로 하여금 집 안의 문지방이 닳던 과거를 떠올리게 만든다. 나아가 그동안 심상하게만 여겼던 '사람 냄새'란 전통적 가치가 무엇인가를 문득 깨닫게 된다. 산업사회가 되고 가족들이 해체 과정을 겪은 일은 우리에게도 이미 잘 알려진 사실이다. 그 사회에서 대가족은 핵가족화하고 부부 중심으로 재편되었다. 따라서 대가족 시절의 가정교육 내지 부모 부양 같은 여러 기능들은 사회적 제도들에 이양되었다. 유아원이나 양로원 같은 많은 시설과 제도들이 그런 예들이다. 그리고 이런 일련의 현상들은 그간 자연스레 우리 삶속에 자리 잡았다. 이 같은 일들은 모르긴 해도 우리나 미국이나 이젠 크게 차이가 없을 것이다.

그렇지만 낯선 미국에서라면 위 시에서 보듯 내외만이 사는 사정은 많이 다를 것 같다. "쓸쓸하고 서글픈" 강도가 다를 것이기 때문이다. 그 강도는 '일주일만 그런 집에서 다시 살아 보고 싶다'라는 비원의 마지막 언술에서 확인된다. 이처럼 오 시인은 우리의 전통적인, 그것도 과거 농경 시절에 받들고 살아온 삶의 미덕들을 그리워한다. 아니 그것들을 거듭 확인하고 지키고자 한다. 그렇다. 앞에서 꼽아 본 여러 미덕들은 작품만을 통해 확인한 것일 뿐 실생활 속에서는 또 얼마나 많을 것인가. 이는 삶의 슬기인 탓도 있겠지만 실은 이국 생활에서의 나를, 나의 정체성을 지키기 위한 노력이기도 하리라.


## 3.

1970년 6월 25일
장대비
어머니는 내 이민 가방에
다리미와 카메라를 몰래 넣어 주셨다

혹시 마음이 추위를 타거든
다림질하여 가슴 데워 살고

큰 세상 열린 세상에서

많이 보고 배운 다음 속히 돌아오너라

—「그냥 산다」 부분

　끝마무리쯤서 우리는 오 시인의 가족사를 한번 챙겨 읽어 보자. 인용시에서 보듯 오 시인은 지난 세기 중후반에 이민 길, 아마 유학길이겠지, 에 오른다. 그리고 그는 때로는 죠수아 나무처럼 때로는 '복의 상징'인 뭍거북을 의지 삼아 함께 살아온다. 그러면서 미국 현지에서 "포기도 사랑"임을 아들과 딸을 통해서 깨닫기도 하고(「포기도 사랑이다」) 방직공장을 한 아버지의 가르침대로 "상대방 마음에 한번 앉아 보기도"하며(「아버지」) 산다. 또 시를 "제일 위대하다고 생각하며" 시를 일상 속으로 끌고 들어온다. 주변의 김병현 시인이나 권순창 시인에게서 자신의 한 모습을 빼놓지 않고 발견하기도 한다. 그런가 하면 "엄마 돈은 왜 벌어?"라는 아들의 투정을 살 정도의 절약을 하고, "동물성 식물성 남의 살만 먹고/ 한평생 살았으니/ 죽어서 몸뚱어리를 벌레들 밥으로 적선하면/ 은빛 회색 날개 가진 천사들이" 올까(「어느 날 꿈속에서」) 하고 생활 속의 적선을 실천하고자 애쓴다. 결국 이 같은 생활의 영위 속에도 이따금 내 속을 볼 수 있는 "명경"을 갖고 싶어 한다(「손거울」). 나이 탓으로 쉽게 돌릴 수도 있겠으나, 그는 자신의 내면을 웅숭깊게 성찰하고 싶은 것이다. 이는 "우주 삼라만상이 다 마음의/ 그림자"임을 터득한 탓이다. 불교식으로 말하자면 일체유심조(一切唯心造)를 체감하고 있는 것이다. 오 시인은 이제 "너무 커져 심심해진" 자유 속에 갇혀 살게 되면서 자연스럽게 내면을 들여다보기 시작한 터이다. 그런 내면으로의 침잠과 성찰은 "겨울비에도 귀가 밝아져/ 도 닦은 책들의 말소리"까지를(「겨울비」) 듣게 되었다고 한다. 달관이란 말이 너무 낡은 말이긴 하지만 오 시인도 그 달관에 드는 셈이다.

　그러나 여기까지의 역려(逆旅)에 왜 그 나름의 말 못 할 고통과 아픔인들 없었겠는가. 그 고통과 마음 앓이를 오 시인은 다음 작품에서 "몸살"

이라고 표현한다.

> 일 년에 두 번 온다
> 고향 그리움은
> 추수감사절과 정월 초하룻날
> 심한 몸살같이 온다.
>
> 가슴팍이 튼튼하게 잘 자란 아이들은
> 푸른 하늘이 파란 꿈으로 보일 때
> 제 갈 길로 모두 떠났고
> 슬픔이란 글자를 모르게 알아도 안 되게
> 가르친 건 잘한 일이다
>
> 추수감사절은 아직 두 달 남았는데
> 고향은 추석 뉴스로 꽉 찼다
> TV를 보다 말고 일어난다
> 슬픈 일도 없는데 가슴에 눈물이 고여
> 고속도로를 달려 한국시장에 간다
> 천만 리 먼 길에서 만난 낯선 사람들
> 장바닥인데도 다 친척 같다
> 사지도 않을 옹기가게에 들려
> 뚝배기 만지며 살갑게 인사를 한다
>
> —「몸살」 부분

굳이 산문으로의 번역이 필요 없을 만큼 잘 읽히는 이 작품은 이국 생활에서의 몸살이 어떤 것인가를 명료하게 얘기한다. 화자의 몸살은 고향 그리움이다. 여기서의 고향은 일차적으로는 한국이고 뚝배기가 상징하는 한국적인 삶이다. 그 삶은 앞에서 말한 우리 전통적인 삶의 미덕과 가치를 안받침한 것이다. '타국에서 사는 이들 나라 사랑 더 한다'는 말 그대로 화자는 전통적인 미덕과 가치들을 더 열심히 섬긴다. 그것은 디아스포라의 숙명 같은 것일지도 모른다. 한 사회의 마이너리티로서의 자기 정체성들이기 때문이다. 그런가 하면 고향은 실존적 차원에서도 읽을 수 있다. 고향은 M. 하이데거가 말한 대로 존재자의 존재, 곧 '본질'이다. 존재자의 태가 묻힌 곳이자 그를 있게 한 제일원인 같은 것이다. 더 나아가 자기 정체성의 다른 이름이라고도 할 것이다. 화자는 몸살처럼 고향병을 앓으면서 그 치유를 위해 고속도로를 달리고 한국시장에서 낯선 이들과도 살가운 인사를 나눈다. 한국시장은 말 그대로 한국이 압축된 장터일 것이다. 그곳에서 오 시인이 확인하는 것은 새삼 자기 자신이 누구인가 하는 문제이고 고향이다. 지금까지의 얘기대로라면 정체성의 확인일 터이다.

한편 그의 시에는 새 이야기가 자주 등장한다. 우리의 상당수 시인들이 꽃이나 나무 같은 식물 이미지들을 선호하는 것과는 대조가 될 만한 현상이다. 그의 새들이 비상을 통해 날아가고 싶은 곳은 어디일까. 모국이나 어디 또 다른 한국시장은 아닐까. 그래서 나는, 새가 결국 이 시인의 무의식 속의 그런 잠재된 욕망의 기호로 읽는다.

이미 앞에서 읽어 온 대로 오문강 시인은 현지의 삶을 작품들 속에서 진지하게 형상화한다. 더욱이 나에게 놀라운 일은 그가 현지의 척박한 삶을 노래하면서도 김소월류의 정한이나 모국에 대한 그리움에만 함몰돼 있지 않다는 점이다. 상당수의 디아스포라 작품들이 낯선 나라 삶의 정한이나 친지와 이웃에 대한 그리움을 관습적으로 보여 주는 데 반해 오 시인은 이 같은 시적 관습을 매우 잘 극복하고 있다. 문학은 언제 어디서나 자기 삶을 구체화해서 제시한다. 그렇게 할 때 그 문학의 성취는 보다 빛난다. 자신의 구체적 삶이 없는 문학은 흔히 공허하거나 상투화된다. 우리가 오 시인의 시에서 주목하는 사실도 바로 이것이다. 그는 이민한 현지의 삶을 나름대로 껴안고 살아 내며 그것을 작품화한다. 특히 그의 시에는 질척거리는 감정의 찌꺼기들이 없다. 20세기 주지주의가 가장 좋은 시의 미덕으로 꼽은 것이 있다면 그것은 감정의 절제였다. 질척대는 감정을 거둬 내고 지적인 기법으로 구조의 완벽함을 추구한 것이 그들의 목표였던 것이다. 그런 점에서 보면 오문강 시인의 작품들은 이들 주지주의시의 모범처럼 보인다. 그의 시적 스타일은 군더더기 없이 간결 정확하다. 또한 위트나 해학 같은 지적 장치들이 시적 긴장을 높여 준다. 한 예로 "새머리는 작아서/ 잔머리 굴릴 틈이 없다"와 (「오리 방정식」) 같은 작품 결말이 그것이다. 수영장에 날아온 오리가 가족들의 임신이나 출산을 의미하는 전조임을 화자는 여러 차례 실제 경험들을 통해서 안다. 그런 화자가 이런 오리의 전조를 방정식 풀듯 풀며 결론처럼 내놓은 말이 인용한 구절이다. 우리는 화자의 얘기를 따라가다 이 대목에서 빵 터진다. 그런데 이러한 위트나 해학 같은 지적 기법은 오 시인이 시에 서사 구조를 도입한 데서 가능해졌다고 보인다. 곧, 이야기가 있어 반전이나 해학이 더 효과를 내는 것이다. 범박하게 말하자면 오문강 시인의 상당수 시는 이야기시이다. 그의 시에는 늘 이야기가 담겨 있다. 앞에서 우리가 읽어 온 여러 이야기들을 행, 연이 잘 구분된 작품 속에 솜씨 있게 담고 있는 것이다. 더러 산문시 형식을 취하는 경우도 있지만 이러한 이야기시 형식은 그가 시로써 이민 생활을 제시하는 데는 적격의 선택일 터이다.

시의 일상, 시의 정체성

361

# 절단된 몸, 혹은 병리학적 상상력
―우희숙 시집 『도시의 쥐』

## 1. 기억의 몸, 텍스트 읽기

　과연 몸이란 무엇인가. 흔히 말하듯 개체로서의 단순 물질성인가. 아니면 사회문화적 갖가지 기표들이 축적된 일종의 텍스트인가. 그도 아니면 여성의 경우, 모성에 지배되는 육체인가. 우희숙의 이번 시집의 시들을 읽어 가다 보면 과연 우리에게 몸이란 무엇인가를 새삼 되묻게 된다. 그 물음은 그의 시가 몸에 대한 상상력들을 집중적으로 그리고 독특하게 보여 주는 탓에 물어진다. 그의 시들은 때로는 절단되고 때로는 극도로 훼손된 몸을 통해 거기 내장된 이력들을 드러낸다. 말하자면 몸에 기록된 삶의 이력들을 텍스트처럼 집중적으로 읽어 내고 있는 것이다.

　그런가 하면 몸을 만들어 가고 있는 태아의 모습을 극적으로 성찰하기도 한다. 뿐만이 아니다. 갖가지 질병, 특히 암으로 죽어 가는 몸들을 통해 그 치료가 갖는 값과 삶의 의미를 냉혹하게 탐색하기도 한다. 이 같은 일련의 몸 담론은 이제까지 우리 시의 여느 몸 관련 이미지나 이론들과 일정한 거리를 둔다. 지난 세기말 유행하던 몸 철학의 자장(磁場) 속에 많은 시인들이 몸 관련 상상력을 펼친 바 있다. 특히 여성시의 경우 가부장제의 전복을 위한 시적 전략으로 몸 담론을 펼쳤었다. 두루 알려진 대로 김혜순이나 김언희의 일련의 시들을 그 한 본보기로 들 수 있을 터이다. 그런데 이들의 담론이 여성 몸의 비속어나 곁말들로 이뤄졌다면 우희숙의 경우는 해부학이나, 병리학적 용어들이 구사된다.

게다가 우 시인의 몸은 몸과 정신이란 이분법에서 정신의 억압체로서, 단순 물질성만으로 취급되어 온 전통적인 몸과 다르다. 뿐만 아니라 심미적 대상으로서 회화 조각 등에 자리 잡던 고전적 몸과도 심급을 달리한다. 그의 텍스트 속 몸은 대다수 병원 수술실이나 검사실에서 훼손된 채 뒹군다. 우선 다음의 작품을 읽어 보자.

부러진 나뭇가지처럼
누군가의 몸에서 절단된 다리
둥치의 기억 끌어안고 허옇게 내팽개쳐져 있다
허벅지까지 번진 종양 세포에
무참히 잘린 왼쪽 다리
다리는 버려진 나무토막처럼 수거되고 모아져
적출물 소각장 안에서 태워지고 버려질 것이다.
서로 톱날 자국만 나눠 가진 단면들이
활활 타오르거나 서늘하게 아물며
뼈와 혈관과 살이 편하게 어우러지던
몸의 한때를 기억하려 할 것이다
그가 걸어 다니던 골목길처럼
얼기설기 헝클어진 혈관들
남자가 천천히 빠져나오며 뒤돌아볼 때마다
길이 살 속으로 사라진다
　　　　　　　　　　　　　　　　—「길이 살 속으로 사라진다」 전문

이 시의 화자는 "무참히 잘린 왼쪽 다리" 하나를 보고 있다. 그러면서 끔찍하다거나 공포스럽다는 주관적·감성적 반응을 보이지 않는다. 다만 지극히 객관적인 그러면서도 무감각한 직업적 태도를 드러낸다. 말하자면 전문의처럼 차고 냉정하게 잘린 다리 하나를 들여다볼 뿐이다. 그러면서 펼치는 상상은 "서로 톱날 자국만 나눠 가진 단면들이" 기억하는 몸의 한때이다. 곧, 한 단면은 종양 세포 탓에 소각장 안에서 소각될 것이고 다른 한 단면은 아물어 다시 신체의 일부로 기능할 것이란 생각이다. 다함없는 재생력 탓에 훼손된 몸은 이처럼 그 훼손을 극복하고 본래의 상태를 회복하는 것이다. 그리고 이 일련의 과정을 몸은 기억으로 저장할 것이다. 일반적으로 기억은 우리가 외적 자극과 정보를 선택적으로 처리하여 뇌의 해마에 입력하거나 저장한 것을 말한다. 그리고 이렇게 저장된 정보 내지 기억은 필요에 따라 다시 회상을 통해 꺼내게 된다. 왜 꺼내는가. 심리학자들에 따르면, 기억은 그 주체의 현실에 대한 적응, 또는 학습 등에 기여할 마련이기 때문이란다.

아무튼 인용한 시에서의 주체, 곧 '남자'는 자기 육체가 절단된 기억을 몸에다 저장할 것이다. 그것도 '소각'당하고 '아무는' 이중적인 내용의 기억으로 저장할 것이다. 여기서 굳이 원형적 상상력을 빌지 않아도 소각(燒却)이란 일종의 정화 내지 재생을 뜻한다 할 것이다. 아니, 그것은 단순 병리학적 측면에서도 멸균과 소독이란 의미를 띠고 있을 것이다. 특히 작품의 겉문맥에 나타난 대로 읽자면 '남자'는 사지 가운데 하나가 절단당한 고통의 기억을 재생의 뜻으로 기억하게 될 것이다. 그런가 하면 이 고통의 기억은 그를 오래 붙잡고 놓아주지 않을 터이다. 특히 "뼈와 혈관과 살이 편하게 어우러지던", 곧 온전한 몸을 기억하는 데 잇달린 고통의 기억으로서 고착될 것이다. 남자는 그러나 이 기억에서 천천히 빠져나온다. 그럴 때 몸속을 누비는 혈관은 그가 "걸어 다니던 골목길"이자 "살 속으로" 사라지는 길처럼 상상된다.

이상에서 보듯 우 시인에게 있어 몸은 대체로 기억의 곳간처럼 간주된다. 그 곳간에는 자신의 간고한 생애나 사연들이 쟁여져 있다. 요하임 바우어의 표현을 빌자면 거기에는 기억이 비명(碑銘)들처럼 각인되어 있는 것이다. 그래서 몸은 시인이 해독해야 할 텍스트로 간주된다. 그러면 과연 그 텍스트(비명)의 구체적인 세목들은 어떤 것들인가. 다음 시를 읽어 보자.

한여름,
불볕의 노상에서 시신으로 발견된 그녀
사타구니 가득 구더기들이 고물고물 자라고 있다
밤낮없이 일해 마련한 17평 연립주택
입주계약서에 담보로 잡힌
만기를 훌쩍 뛰어넘은 자궁암 말기
무너질 듯 꽉 들어찬 화농을 구더기에 먹이며
주검은 그렇게 뜨거운 밥 한 공기처럼
부풀어 올라 있다

(…중략…)

힘겹게 벌어진 사타구니가 휑하다
성기도 자궁도 나팔관도 방광도 암세포도 없다
다만, 그녀가
웅크리고 걸음 걸어 막 닿았을
막장의 엉덩이 요추 끝에
텅 빈 17평 연립주택 한 채를 들여놓았다
                                        ─「부검의(剖檢醫)의 저녁」부분

먼저 작품의 겉문맥을 따라 산문적인 번역부터 하자. 인용한 작품은 제목 그대로 노상에서 발견된 한 주검을 부검하는 내용이다. 부검대 위에 올려진 그녀의 몰골은 기괴하기조차 하다. 곧, 부패가 한참 진행되어 구더기들의 밥 한 상 노릇을 하는 처참한 모습인 것이다. 게다가 부검대 위에서 그 구더기들은 폭설처럼 쏟아진다. 일견 C. 보들레르 시의 저 악마적 이미저리를 연상케 하는 정황인 것이다. 과연 이 기괴한 이미저리의 주인공인 그녀는 누구인가. 그녀는, 시 겉문맥에 따르자면, 제대로 된 의료도 받지 못한 채 말기 자궁암으로 노상에서 죽었다. 그리고 그녀가 남긴 것은 삶을 영위하는 동안 갖은 고생 끝에 마련한 열일곱 평 연립주택뿐이다. 그나마 이 연립주택은 담보로 잡혀 있다. 모르긴 해도 생활고와 의료비 때문일 터이다. 그런 뜻에서 그녀의 몸은 "막장의 엉덩이 요추 끝에" 들여논 "17평 연립주택 한 채"에 불과할 뿐이다. 그리고 이 모든 사실의 발견에 이르는 과정이란 부검의가 몸을 해체하는 부검 과정이기도 할 터이다.

이상의 산문적인 번역 끝에 우리는 과연 인간의 몸이란 무엇인가라는 물음 앞에 다시 서게 된다. 왜냐면 이 기괴한 몸 담론에서 확인하는 것은 우리 신체란 별것 아닌 단순 물질성에 불과하다는 생각에 문득 도달하기 때문이다. 대체로 몸은 그리스 시절부터 가장 완벽한 균제와 조화를 이룬 심미적 대상의 하나였다. 그래서 인간의 몸은 숱한 조각과 회화 작품에 자연스럽게 등장해 왔다. 그런데 이 같은 심미적 몸이 기괴하고 일탈된 모습으로 등장한 것은 불과 얼마 전 20세기 초엽부터일 것이다. 이른바 유럽의 아방가르드 운동은 불안정성, 분열, 훼손, 절단 등 종래와는 완전히 다른 일탈된 몸의 모습을 보여 준다. 이는 고전적 몸 이미지에 대한 과감한 전복이라 할 것이다.

그런가 하면 몸에 관한 기획 역시 인위적 관리를 넘어 사이보그란 극단에까지 내달린다. 이러한 일련의 몸의 일탈과 그 전복적 이미지들은 인간에 대한 그간의 생각들을 근본부터 교정하도록 만든다. 그 교정된 생각 가운데 하나는, 인용한 시에서 보듯, 몸이란 인간의 삶을 영위하는 데 하나의 자본 같은 것일 수도 있다는 것. 인용한 시에 있어서 부검의의 객체이자 타자인 그녀는 "밤낮없이 일"한다. 그 일이란 부르디외 식의 감정노동은 아닐 터이다. 그보다는 닥치는 대로 몸을 부리는 일용 노동일 공산이 크다. 그렇게 자신의 몸을 얼마의 돈벌이에 내던지고 또 그렇게 얻은 돈(자본)은 집을 마련하는 데 몽땅 투입됐을 것이다. 잘 알려진 대로 지난날 집이란 단순 주거 공간이 아닌 신분의 표지이자 기득권 사회에 편입을 알리는 징표였다. 달리는, 사람이 깃들일 이념이나 생각, 곧 자아의 정체성의 다른 이름이었다. 이 작품에서도 마찬가지로 집은 그녀의 정체성이자 실존의 이유였을 터이다. 그래서 그녀는 죽는 순간까지도 자기 몸 안에 그 집을 들여놓았던 것이다. 이처럼 '그녀'에게서 보듯 이즘 우리 사회에서 몸이란 자본의 획득이나 축적의 한 수단이다. 몸은 상품화가 이루어지는 육체 자본인 것이다.

그런가 하면 몸은 칠십 생애를 읽어 내는 "점자책"이기도 하고(「무덤」), 팔순 할매에게는 오랜만에 발견된 '죽음의 꽃'을 피워 낸 터앝 같은 것이기도 하다. 뿐만이 아니다. 어떤 몸은 "공사판을 떠돌다 쓰러져/ 식물인간"이 되어 그 등짝에 욕창들을 연등처럼 내걸기도 한다(「꽃상여」). 또 어떤 몸은 중환자실 산소 호흡기에 의지한 채 고향 하늘의 다랑이 논물을 켜기도 한다(「땡볕」). 이처럼 우 시인에게 몸은 주체의 다양한 이력을 읽을 수 있는 텍스트 역할을 한다. 말하자면 개인의 이력들이 때로는 잔혹하게 때로는 기괴한 양상으로 아로새겨진 텍스트인 것이다. 그러나 이 같은 몸도 모성을 발견하면서 좀 더 심미적 대상 내지 고급한 객체로 등장하게 된다. 다음 시는 바로 모성을 바탕으로 한 심미적 몸을 극명하게 보여 준다.

목욕탕에서 오래된 아궁이를 들여다본다
하루에도 몇 번씩, 활활 타오르거나 사그라뜨리며
점점 어두워졌을 비탈진 음부

습지를 잃어버리고 습지를 찾아

목욕탕 마루에 걸터앉은 검게 그을린 아궁이 하나

붉은 꽃물 다 버리고

섣달 그믐밤처럼 어둡고 쓸쓸하다

오랫동안 불 지피며

빗살무늬토기부터 민무늬토기까지

사랑의 미움의 열정의 절정의 아픔의 사람의

도자기를 빚고 구웠을 것이다

부숴 버리고 싶은 유혹 견뎌 냈을 것이다

견디는 내내 불구덩이가 키워 온

그녀의 얼굴 같은 검은 꽃, 저 소음순

'똑' 하고 모가지 꺾지 못하고

어느 날인가, 제 몸 불사를 아궁이 옆에서

불쏘시개로 쓰일 꽃잎 두 장으로 남았다

—「꽃잎 두 장」 전문

　　결론부터 얘기하자면 이 작품은 모성으로서의 몸이 얼마나 아름다운
가에 대한 극진한 찬사이다. 이 작품의 시적 정황을 살피자면 이렇다.
목욕탕 마루에 앉은 화자는 이웃한 여성의 몸에 눈길을 준다. 그것도
"꽃잎 두 장"만 전두리로 남은 몸의 아궁이에 무슨 우연처럼 시선이 머
문 것이다. 화자의 상상이 작동하기 시작한 것은 여기서부터다. 곧, 오
랫동안 가마 노릇을 한 그 몸이 얼마나 많은 온갖 도자기들을 구워 냈을
까를 상상하는 것이다. "빗살무늬토기부터 민무늬토기까지" 그리고 사
랑과 미움, 열정과 절정, 아픔의 도자기까지 숱한 도자기들을 떠올리는
것이다. 도자기라니! 이 여성의 몸은 도자기 아닌 숱한 목숨들을 생산했
을 것이다. 또 그렇게 목숨들을 도자기들로 구워 내며 몸은 때때로 "부
숴 버리고 싶은" 유혹에도 시달렸을 터이다. 그 같은 경험의 기록을 간

직하고 이제 몸은 "붉은 꽃물" 버린 채 어둡고 쓸쓸하다. 그러나 이 어둡고 쓸쓸한 모습은 우리에게 어둡고 쓸쓸한 것으로 읽히지 않는다. 대신 깊고 유현하기 짝이 없는 모성의 내밀한 아름다움으로 다가오고 읽히는 것이다. 곧, 뭇 창조 행위가 아우라처럼 지닌 경건과 아름다움을 보여 준다고 할 것이다.

## 2. 모성으로서의 몸과 태아들

모성을 내장한 몸은 「꽃잎 두 장」에서 본 대로 마치 도자기를 굽는 가마처럼 뜨겁고 힘든 여러 생물학적 정황들을 연출한다. 일반적으로 잉태와 출산, 수유와 양육 등으로 대표되는 여성 몸이 감당하는 일련의 정황들이 그것이다. 그리고 이들 정황(역할)은 범박하게 말해 남성과의 주요한 성차(性差)라고도 할 것이다. 남성과 여성 간의 성차를 강조한 해묵은 전통적 사고에서 여성의 이러한 자연적 몸 현상은 그간 문제적일 수밖에 없었다. 이 성차는 가부장적 사회에서 여성들을 일방적으로 억압하는 기제가 돼 왔기 때문이다. 이는 그간의 많은 자연주의적 몸 담론이 보여 준 그대로였던 것이다. 그러나 이 같은 억압 기제들은 20세기에 들어와 페미니스트들의 다양한 문제 제기와 심도 있는 성찰을 통해 해체 내지 완화되기 시작한다. 특히 그들은 이러한 성차를 당당하고 유용한 그들만의 언어로 드러내고 담론화한다. 우리 시 동네의 경우만 보더라도 여성 시인들에 의해 그동안 터부시됐던 여성 몸의 말과 표현들이 과감하게 운용되면서 그들 자신의 문제를 드러내었다. 이른바 여성적인 글쓰기의 전략들이 그것이다. 곧, 생리와 잉태, 섹슈얼리티를 비롯한 일련의 여성 몸의 문제들을 여성 몸의 언어들로 드러내고 보여 주었던 것이다. 이 같은 과감한 여성 몸의 언어와 표현 들은 더 나아가 가부장적 이념을 전복하는 방법적 전략의 일환이기도 했다. 흔히 말하듯 문체와 이념은 상호 표리 관계를 이룬다. 지난날 일련의 여성시 작품들이 보여 준 비속한 성애(性愛)의 언어들은 바로 가부장적 이념을 전복하기 위한 시적 스타일이었던 것이다.

아무튼 우 시인의 이번 시집 역시 모성으로서의 여성 몸에 관한 여러 편의 작품들을 보여 주고 있다. 우선 태아의 성숙 과정을 다룬 시부터 읽어 보자.

> 태아가 뜨개질을 하고 있다
> 스스로 도안한 제 몸을 펼치고
> 엄마가 풀어 주는 색색의 실로 한 코 한 코 뜨고 있다
> 긴뜨기와 짧은뜨기를 반복하며 겉모습으로부터 속살을 채워 간다
> 반복 뜨기로 심장 근육의 Z-BAND를 오가며
> 탄력을 얻어 뛰기 시작하는 심장으로
> 붉은 풍선의 혈구들이 속을 부풀린다
> 텅 빈 들판을 채워 가는 봄날처럼
> 아무도 예측할 수 없는 한 세상의 실루엣을
> 태아가 뜨개질로 만들어 간다
> 한 코라도 놓치지 않으려 조심스럽게 잡아당긴다
> 인체가 아름다운 조각보들로 연결되었다
>
> ―「선택」부분

이 시는 여성 몸에서 태아가 어떻게 몸을 만들어 나가는가를 극명하게 보여 준다. 그것도 뜨개질에 빗댄 구체적인 정황을 통하여 보여 준다. 범박하게 말해 태아가 몸을 완성해 가는 일도 말하자면 일종의 몸 기획일 것이다. 이 경우 몸 기획이란 종교적 차원의 창조설이라기보다는 개체발생의 과정이고 성숙일 터이다. 태아는 모체로부터 영양을 공급받고 성숙한 몸을 이뤄 간다. 곧, "엄마가 풀어 주는 색색의 실"로 몸을 뜨

는 것이다. 거기에다 심장이 일단 만들어지면 마치 풍선을 불 듯 박차를
가해 몸의 내장 기관들을 완성해 간다. 역시 태아가 몸을 기획하고 완성
하는 얘기인 「풍선을 불고 있다」에 따르면 이 일련의 몸 만드는 과정은,
"그곳에 구석기시대부터 지금까지 반복해 온/ 상처로 단단해진 몸이 된/
탯줄의 배꼽자리를 보듬어 옭매듭/ 하나 또 짓기 위해/ 태아는 오늘도 풍
선을 불고 있다"라고 "살 풍선 불기"에 다름 아님을 보여 준다. 이는 태
아의 자라는 모습이나 속도가 마치 풍선 불 듯 급격하게 이뤄짐을 비유
한 것이라고 할 것이다. 곧 "점점 부풀어 오르는 태아의 둥근 소우주/ 개
구쟁이처럼 그는 후후 불어 대며" 웃는다는 것이다. 앞에서 우리는 태아
가 몸을 기획한다고 적었다. 우 시인의 상상력에 따르면 태아는 수동적
인 역할에서 벗어나 스스로 주체가 되어 제 몸을 만든다. 말하자면 스스
로 자신에게 주어진 유전인자에 따라 몸을 기획하고 만드는 것이다. 이
렇게 "조각보"처럼 또는 풍선 불 듯 만들어진 몸은 아름답다. 여기서 화
자의 아름답다는 진술은 유럽의 옛 그림이나 조각들에서 보듯 신체적 이
미지의 심미적 특성을 뜻하지는 않는다. 그보다는 몸의 완성에 따른 생
명의 경이나 성취감을 의미한다고 해야 할 터이다. 달리 설명하자면 시
인은 그 경이를 "아름다운 조각보"라고 심미적 심급까지로 끌어올리고
있는 것이다. 그런가 하면 이 태아는 꽃집 아이처럼 "허기를 채운 소리
의 아우성이/ 자궁의 동굴로 우레처럼 가득 들어차/ 꽃대를 흔들며 전
율로 꽃잎이 너울댄다/ 생각과 생각이 맞문/ 그 꽃집을 돌아" 태어난다
(「꽃집아이」). 인용된 작품 「선택」에서 보듯 자기가 만든 한 세상의 실루엣
을 안고 출생하는 것이다.

　과연 태아는 몸을 만들고 꽃집에서 축복받듯 출생하는 걸까. 일찍이
불교의 「맹구경(盲龜經)」은 한 생명이 태어나는 것이란 마치 눈먼 거북이
바다를 떠돌다 구멍 뚫린 널빤지를 만나 그 구멍 속으로 모가지를 내미
는 것과 같다고 일렀다. 이는 한 생명이 태어나는 일이 얼마나 지난한
일인가를 일깨워 주는 설화이다. 이 불전(佛典)의 설화에서 보듯 그토록

지난한 목숨을 얻지 못하고 미아처럼 떠도는 태아도 있다.

어디로 사라져 버린 것일까
몇 년 동안 자궁 안에서
제 집 찾지 못해 애태운 태아의 초음파 사진을
나는 탁자 위에 올려놓는다
잔상으로나마 남았을 하얀 도트들이
차가운 어둠 속에
태아의 발가락처럼 시리게 박혀 있다
저 깊숙한 울음 숨기고, 아이는
인화지 가득 반짝거리며
어느 거리를 헤매고 있는 중일까

—「잃어버린 시간」 부분

몸에 관한 기획과 관리를 시작한 뒤 인간이 가장 폭넓게 행한 것은 임신과 출산의 인위적 조절이었다. 여성에게 출산은, 페미니스트들에 의하면, 남성들이 경험하지 못하는 근본적인 생산 경험이다. 이 경험에 의해 여성은 세상과 연결되고 세상을 알게 된다. 그리고 '어머니 됨'을 통하여 여성은 남성과 다른 우월적 위치에 선다는 것이다. 따라서 여성에게 있어 '어머니 됨'의 과정인 임신과 출산은 핵심적 과제이자 그 본분이었다. 그런가 하면 병리학이나 의술의 발달에 따라 이 과제들을 인위적으로 조절하고 기획하게 되었다. 여기 인용한 시의 화자는 여성에게 있어 어머니 됨의 좌절, 곧 불임의 정황을 아프게 표출한다. 그녀(화자)는 어느 날 티브이에서 미아 찾기 캠페인을 본다. 그리곤 이제는 초음파 사진 인화지 속에 남아 있는 자신이 유산한 태아를 잃어버린 미아처럼 찾는다. 마치 숨은 그림 찾기 같은 화자 나름의 미아 찾기를 행하는 것이다. 바로 그 같은 미아 찾기의 정황을 인용한 시의 위의 대목은 명징하게 보여 준다. 여기서 우리는 간결한 진술 가운데 일체의 감정적 대응을 배제하고 있는 화자의 태도 또한 눈여겨봐야 할 것이다. 이는 지난 20세기 주지주의시들이 모범적으로 보여 주었고 또 우리 근대시의 한 미덕으로 꼽혀 온 감정의 절제를 보여 주는 것이기 때문이다. 이러한 시적 태도는 다음 작품에서도 모범적으로 드러난다.

> 누군가
> 내 방의 번호 키 비밀번호를 바꿔 놓았다
> 온 동네의 열쇠공을 다 불러 모아
> 나는 문을 열어 달라고 했다
> 그들은 번호를 해독하려고
> 구멍 속 미로를 들여다보며
> 방 안팎의 내력을 집요하게 추적해 갔다
> (…중략…)
>
> 나는 나의 둥근 방으로 되돌아가고 싶어
> 붉은 배란 일에 문 앞에 쪼그리고 앉는다
> 나는 자궁으로 좀처럼 들어가지 못하는
> 신생의 태아다
>
> —「미로 찾기」 부분

　태아를 화자로 한 이 작품 역시 여성에게 회임이 때로는 얼마나 지난한 일인가를 보여 준다. 이미 우리가 읽었듯 태아는 자궁에 들어가 '뜨개질'로 속살을 채우거나(「선택」) 풍선 불기를 통해 몸을 부풀려(「풍선을 불고 있다」) 만들어야 한다. 허나 이 작품의 태아는 「잃어버린 시간」의 경우와 또 달리 둥근 방(자궁) 번호 키의 비밀번호를 알지 못해 그 문 앞에서 좌절한다. 끝내 방 안으로 들어갈 수 없는 상황에 처한 것이다. 그러면 그 비밀번호는 영영 알 길 없는 것인가. 다른 작품에 따르자면 그 번호를 알아내기 위해 태아는 현미경 유리 슬라이드 위에 올라가 진단을 받기도 한다 (「어느 별의 꿈」). 그러나 끝내 '나'는 자신의 방에 들어가지 못한다. 말하자면 불임으로 그치는 것이다. 이 작품은 이즘 커다란 사회적 문제로 대두한 불임의 심각성과 그 아픔을 처연하게 보여 주고 있다.

이상의 작품 읽기에서 보듯 여성에게 어머니 됨의 경험은 자연적 몸의 가장 근본적인 경험이다. 그것은 회임과 출산, 그리고 유산이나 불임의 경험으로 대표되는 일련의 경험이다. 여성 몸의 모성은 전통적으로 여성의 예찬받는 미덕이자 남성과 구별되는 능력이었다. 그러나 이 능력이 결여된 경우는 가부장제 사회에서 여성성을 왜곡, 억압당하는 기제 노릇을 해 왔다. 그러나 현대에 들어와 이러한 여성성의 결핍은 인위적인 기획이나 관리의 대상일 뿐 결코 억압의 기제일 수 없게 되었다. 화자의 수사대로 "둥근 방 앞에 주저 앉"는 일이거나 적극적인 "미로 찾기" 등 주체의 문제로 바뀐 것이다. 모성으로서의 여성 몸에 관한 일련의 문제가 이처럼 병리학이나 의술의 기획 관리의 대상으로 대두한 것이다.


## 3. 질병과 치유, 관리되는 몸

이즘 우리 사회에 대세처럼 떠도는 담론의 하나는 몸매 가꾸기나 건강, 질병과 치유 등등에 관한 것들이다. 건강의 유지 관리와 성형수술, 보디빌딩 등이 일상화되면서 이들 문제가 뭇사람들의 초미의 관심사로 떠오른 것이다. 그런가 하면 이들 문제와 맞물려 질병과 치유가 논의된다. 특히 몸을 절단하고 훼손하는 갖가지 수술과 치유는 각별한 관심사이자 문제로 등장했다. 그 반면, 대체의학으로 일컬어지는 각종 처방과 치유법들도 대두했다. 이 일련의 담론들을 뭉뚱그려 우리는 몸의 기획과 통제라고 투박하게 말할 수 있을 터이다. 물질과 기술 만능 사회로 진입하며 이렇듯 우리 몸은 적극 관리하고 기획해야 할 하나의 프로젝트로 떠오른다. 이는 몸의 생김새나 크기, 무게는 물론 심지어는 내장 기관에 이르기까지 인간의 몸 일체를 인공에 의해 변형 가공할 수 있음을 뜻하게 된 것이다.

그런데 몸은 개인적 차원에서 기획 구성되지만 경우에 따라 사회문화적 통제와 구성의 장(場)이 되기도 한다. 곧, 사람들은 사회적 신분이나 역할을 몸을 통해 체현하기도 하는 것이다. 예컨대 모델이나 서비스업에 종사하는 이들의 몸이 그들 자아의 정체성을 드러내는 경우가 그것이다. 그러나 몸 프로젝트의 가장 핵심적인 담론들은 누가 무어라 해도 질병과 그 치료에 관련한 것들이라 할 터이다. 말하자면 건강의 유지와 관리가 일반화하면서 우리의 관심이 이들 문제에 집중되고 있는 것이다. 이번 시집의 일련의 시들은 이 같은 몸 프로젝트를 수일(秀逸)하게 보여 준다.

① 중풍 든 할아버지
　성한 몸이 신경마비된 또 다른 제 몸을
　부축하며 간다
　한 발을 옮기고는
　다른 한 발이 올 때까지 기다린다
　두 발이 접촉 사고처럼 부딪칠 때마다
　운동화 가득 쌓이는 마른 흙먼지들

② 천정에 길게 매달린 젖줄을
　두 팔로 풍차처럼 빙빙 돌리고 있는 그녀
　저 치유는 어떤 전기에너지를 만들고 있는 것일까
　제거된 유방의 겉껍질 속 빈 우물로부터
　젖몸의 아이를 떼어 낸다

인용한 ①은 작품 「지팡이」의 일부이고 ②는 작품 「유방외과 병동의 3시」의 일부이다. 두 작품은 몸이 어떻게 관리되고 치유되는가를 모두 단적으로 보여 준다. 곧, ①의 경우는 뇌졸중 환자의 정경을, ②는 유방암 수술 환자의 상황을 빌어 문제를 제시한다. ①의 뇌졸중 환자는 마비된 몸을 움직여 원상태를 회복하고자 노력한다. 화자는 그 노력에 대한 주관적 평가나 반응 없이 담담하게 개괄적인 묘사만을 한다. 상당수의 묘사가 그러하듯 그러한 정경 묘사는 우리에게 일정한 정서들을 환기한다. 그 정서는 작품 말미의 "먼 길 소풍 가듯, 목숨 꼭 붙잡고/ 말없이 혼자 걸어간다"라는 진술에 의해 강도가 배가된다. 곧 노년의 인물이 가는 길이란, 환자에겐 회복을 위한 길이겠지만, 궁극적으로는 누구나 혼자 가는 죽음을 향한 걸음일 터이기 때문이다. 게다가 그 걸음은 소풍 가듯 가는 무목적의 산책이란 점에서 주체인 노인이 죽음 앞에서도 담담해 하는 초탈한 내면적 정황을 에둘러 가늠케 한다. ②의 경우는 암 수술 환자의 힘겨운 노력을 보여 준다. 시의 겉문맥 그대로 '그녀'는 유방암 수술을 받고 병상에 누워 있다. 그러면서 수술 뒤 회복을 위한 힘겨운 '풍차 돌리기' 동작을 이어 간다. 그 동작들을 지켜보면서 화자는 살기 위한 치유 과정을 차분하게 진술하는데 아마 이 일련의 묘사와 진술을 통해 우리는 목숨의 값이나 의미를 새삼 깨닫고 발견할 것이다.

이상에서 읽은 작품들뿐만 아니라 그밖의 작품들 또한 질병과 치유의 담론을 통해 독자들로 하여금 삶의 의미를 성찰케 한다. 이는 쇄말한 일상을 성찰하고 우리 삶의 값과 의미를 형이상적 담론으로 제시한 기존의 도시 일상시들과는 시적 방법을 달리한 것. 곧, 우 시인은 그가 오래 종사해 온 직장의 전문적 경험들을 통해 질병과 치료 과정을 집중적으로 제시함으로써 몸과 목숨의 값 내지는 그 의의들을 역으로 성찰토록 하고 있는 것이다. 특히 화자의 주관성을 철저히 배제한 가운데 극적인 정황(사태)을 장면화하여 '보여 주는' 시적 전략은 그 같은 효과를 한결 높여 주고 있다. 이 같은 시적 전략은 이 시집의 여러 작품들에서 확인된다.

이를테면 식물인간의 의식을 깨우기 위해 종일 이야기를 해야 하는 경우(「세 치 혀가 길어진다」)나 장기(臟器)를 모두 떼어 주고 위장 하나만 남은 죽어 가는 남자의 얘기(「고치만 남았다」) 등이 모두 그렇다. 또한 위암 수술을 하고 지하철 행상 길에 나선 사내(「기아바이 그가」), 종양의 돌출이 출구 전략에 다름 아니라는 '나'의 얘기(「출구 전략」) 역시 예외가 아니다. 이들의 몸은 저 앞에서 읽은 '기억의 몸' 시편들처럼 그들의 간고한 삶의 형편들을 기록한 텍스트였던 것이다. 그런가 하면 아프리카 아이들의 기아를 다룬 다음의 시는 또 어떤가.

텅 빈 속이 허기를 참는다

밥 한 덩이 대신

오늘도 몸을 연료로 쓰고 있다.

햇살에 뼈에 붙은 근육들이 지글지글 탄다

벽난로 같은 위장에

마른 살 몇 개 피 태우며

말린 똥을 만지고 있는 저 아프리카 아이

제 살을 오물오물 씹어 삼키며

샛노란 허기를 채운다

　　　　　　　　　　　　　　　　—「어떤 연료」 전문

작품 읽기를 위해 먼저 예의 산문적 번역부터 해 보자. 이 작품은 우리가 티브이나 신문 등 매스컴을 통해 알고 있는 소말리아의 참상을 얘기한다. 아마 화자는 티브이 화면을 지켜보고 있을 것이다. 화면 속 시적 대상이자 주체인 아프리카의 굶주린 아이는 말린 똥이나 만지며 놀고 있다. 그 놀이는 아무런 동기나 목적 없이 행하는 동작이다. 있다면 놀이 특유의 즐거움이 거기 있을 터이다. 그런데 우리는 이 같은 독법 가운데 문득 놀라운 사실 하나를 발견한다. 곧, 그 놀이를 하는 동안 아이는 자기 몸의 체지방을, 살을 태워 허기를 잊고 그렇게 놀이를 한다는 사실이 그것이다. 그 아이의 굶주려 텅 빈 위장은 그래서 벽난로 구실을 한다. 그것도 다름 아닌 자기 체지방과 근육을 태우는 벽난로 구실을! 밥 대신 자기 살을 "오물오물 씹어" 먹어 연명한다는 이 진술은 그래서 놀라우면서도 설득력을 확보한다. 달리 읽자면 일체 먹거리가 없어 자기 자신이 이젠 먹거리가 되었다는 것. 여기서 우리는 빈곤과 굶주림이 얼마나 인간다움을 참혹하게 말살하는 악덕인가를 생각하게 된다.

　이 소말리아 아이는 다른 작품(「거미의 눈」)에 의하면 먹이를 위해 덫을 치고 기다리는 '한 마리 거미'처럼 묘사되기도 한다. 곧, 이 아이는 "맨바닥에 쭈그리고 앉아/ 눈 한번 깜짝하지" 않으며 거미줄로 덫을 놓은 채 먹이를 기다리고 있는 것이다. 이 정황은 그런데 이내 화자에게 내면화된다. 곧, "나도 한때 그 아이처럼/ 웅크린 채 덫을 만들었던" 기억과 함께,

　　　굶주림에 떨며 몇 겹의 덫을 치며
　　　지나가는 그들의 기름진 얼굴을 핥았다
　　　냉습한 지하 골방에서
　　　소리 없이 어둠을 삼키며
　　　나는, 덫을 치고 먹이를 기다리는
　　　한 마리 거미였다　　　　　　　　　　　—「거미의 눈」 부분

라는 자기 발견에 이르기 때문이다. 그리고 이 발견은 곧이어 소말리아 아이가 나 자신에 다름 아니라는 깨달음에 이어진다. "사진 속의 소말리아 아이/ 퀭한 눈동자 속 거미 한 마리 /그 덫에" 화자 자신이 걸린 사실을 깨닫는 것이다. 여기서 우리는 잠시 거미 얘기로 에둘러 가 보자. 일반적으로 거미는 절지동물이며 먹이를 입으로 공격하는 습성을 지닌 것으로 알려져 있다. 특히 입을 사용하는 공격 형태는, G. 바슐라르에 의하면, 이빨로 찢고 흡입하는 잔혹성을 띤다. 거미도 예외는 아니어서 포획한 먹이의 내용물을 흡입해 빈 껍데기로 만든다. 이번 시집의 경우 거미는 일련의 작품들에서 빈혈의 메타포로 등장하기도 한다. 그것은 허공에 줄을 늘이는 그 집짓기에서 상상되는 것일 터이다. 곧, "한 발 한 발 허공을 딛고 오르거"나 "외줄 잡고 바닥으로 곤두박질하"는 일련의 동작 때문인 것이다(「재생불량성빈혈」). 실제로 작품 「빈혈」은 이 같은 거미의 추락을 통해서 그 고통이 형상화된다. 이렇게 볼 때 거미란 이제까지 우리가 읽어 온 몸 담론의 또 다른 한 기표로 자리 잡았다고 할 터이다. 거듭된 말이지만 이상에서 보듯 우 시인의 시는 질병과 치유를 집중적으로 담론화하여 우리 시대 몸의 기획과 관리 문제를 보여 준다. 이는 그가 병리학 전공의 남다른 경력을 통해 체득한 산 경험에 기인한 것이리라.

## 4. 두 종(種)의 쥐와 일상

새벽녘이면 쥐가 들어온다
시골집 천정은 늘 쥐오줌으로 얼룩져 있었다
천정은, 잠입하는 그들의
말발굽 같은 발소리를 감춰 주지 못했다.
숨죽이며 경직된 몸이 그걸 기억하나
종아리 근육이 오그라들며 새벽 단잠을 깨운다

쥐들이

스트레스와 피곤에 찌든

부실한 근육 속을 돌아다닌다

벌어진 근육은 틈새를 쉬 좁혀 주지 않는다

쥐를 잡으려 종아리를 힘껏 주무른다

울뚝불뚝 틈새를 누비며 도망치는 쥐들은 쉬 잡히지 않는다

힘든 육체만 골라 새벽잠을 깨우는 쥐들

근육의 살점을 뜯어먹는다

한입 물어뜯길 때마다 악! 하고 벌떡 일어서지도 못하고

그들이 배불리 먹을 때까지 기다린다

허기를 채운 쥐가 잠적하고 근육은 종일 아프다

—「도시의 쥐」 전문

　　지금 이곳의 몸은 현실 세계와 자아가 만나는 특정한 공간이다. 일단의 감각기관을 통해 세계를 인식하고 그에 따른 갖가지 반응을 작동시키는 장(場)인 것이다. 이들 과정은 인간의 경험을 구성하고 그것을 텍스트처럼 몸에 기록하는 생물학적 기제이기도 하다. 아무리 몸의 기획과 통제를 위한 수많은 수단들이 개발되었다고 해도 이 같은 기본적인 몸의 기제는 변하지 않는다. 인용한 작품은 지금 이곳에서 우리의 몸이 어떤 경험을 하고 있는가를 단적으로 보여 준다. 특히 생물학적인 몸의 반응이 사회문화적 의미의 몸으로 전이되는 과정을 잘 보여 준다고 할 것이다. 시의 겉문맥에 따르자면 화자는 한밤중 자신의 몸, 특히 종아리에 쥐나 고통을 겪는다. 이때의 쥐란 스트레스와 과로에 따른 몸의 근육통을 뜻하지만 또 다른 의미, 곧 시골에서 유년 시절 보고 겪었던 쥐(鼠)를 가리키기도 한다. 화자는 이 동음이의어 쥐를 시적 발상의 계기로 삼아 상상을 작동시킨다. 곧, 작품이 진행되면서 병증을 뜻하던 쥐는 어느 겨를에 실제 동물인 쥐로 의미와 역할을 도착시키는 것이다. 이제 화자는 자

신의 '근육 틈새를 누비는' 실물처럼 쥐를 경험한다. 시골집 천정에 들끓었듯이 그 쥐는 화자의 몸속을 이리저리 누비고 다닌다. 이처럼 과로와 스트레스에 지친 인간의 육체만 찾아들어 근육을 갉아먹는 쥐―그런 의미에서 이 쥐는 도시의 인간 몸에만 서식한다. 왜냐하면 도시에서의 힘든 업무와 노동에 지친 직장인들의 "힘든 육체"만 찾아들어 누비는 남다른 놈이 됐기 때문이다. 그렇다. 쥐를 통해 고된 일상의 사람 몸은 조악한 사회 현실과 고통스럽게 조우한다.

그러면 그 같은 시인의 몸이 위치하는 곳은 이 도시의 어디쯤인가. 작품 「종의 전환」에 따르자면 그 공간은 지하 5층에 주차하고 올라가는 지하 3층에 있는 검사실 공간이다. 이 공간에서 화자는, 아니 시인은 오래 "어둠을 익히며/ 야행성으로 종 전환을" 할 수밖에 없다. 곧, "거꾸로 매달려 신음을 하"거나 "가혹하게 사육당하는" 박쥐로 변신하는 것이다. 근대의 직업이, M. 베버가 말한 자아를 실현하고 소명받은 하늘의 뜻을 이룬다는, 윤리적 심급을 일탈해 소외의 노동으로 단순 전락했다는 지적은 여기서 부질없는 말일 터이다. 다시 「종의 전환」의 나머지 대목을 읽어 보자.

모든 전등을 끄고 전자현미경 앞에 앉는다
작동 스위치와 관찰 형광판만이
이 방에선 유일하게 해독 가능한 불빛이다
기기들과 나는, 어둠을 익혀
야행성으로 종 전환한 지 오래다
누가 우리를 서 있다고 말할 수 있을까
거꾸로 매달려 신음 중이거나
가혹하게 사육당하고 있는지도 모른다
(…중략…)
대낮에도 빛의 눈부심을 참으며

여행객에 호객 행위를 일삼던
발리의 박쥐계곡 속, 나는
한 마리 박쥐다

—「종의 전환」 부분

　위 대목은 현대의 과도한 노동의 왜곡되고 소외된 모습을 단적으로 보여 준다. 화자는 지하 5층에서 3층으로 종일 지하에서 생활한다. 그것도 "모든 전등을 끄고" 작업에 필요한 최소한의 빛 속에서 주어진 일을 한다. 그러다 보니 마치 카프카의 그레고르 잠자처럼 몸의 근본적인 변신을 경험한다. 곧, 화자는 자신이 "야행성"의 존재라고 그것도 어느 여행길에서 본 박쥐같다는 상상을 한다. 바로 인간에서 야행성 동물로의 이른바 "종의 전환"을 경험하는 것이다. 이 경험에서 탈출하기 위해 시인은 자동차 극장(「청력을 잃고 싶을 때가 있다」)을 찾기도 하고 여행지 천문산에서 "자궁처럼/ 이 천문의 입구가 환해진" 편안한 한때를 즐기기도 한다(「천문산에서」). 그러나 이 같은 힘겨운 일과 노동에 시달리는 한편에는 "집에 몸을 집착하는"(「집 짓는 여자」) 쇄말한 일상이 또한 존재한다. 그 일상 가운데는 "깨진 계란을 핥는" 버려진 개가 있고(「탁란」) 마치 버선 한 짝처럼 "수덕사 대웅전 위"에 걸린 남달리 아름다운 낮달을 발견하는(「버선 한 짝」) 한때의 일탈도 있다. 뿐만이 아니라 "배추의 등뼈를" 빼먹기 위해 배추를 절이고(「배추의 잠」), "붉게 털갈이하는" 여우 같은 가을 산(「불여우」) 나들이 길도 있게 마련이다. 이상에서 살펴보았듯 우 시인에게 일상이란 더러는 근육 틈새의 쥐들과 싸우고 더러는 시시콜콜한 범사(凡事)들로 채워진 그러나 그 범사들의 숨은 뜻과 의미를 발견하고 깨닫는 미시 담론의 세계인 것이다.

　그런 뜻에서 몸속에 쥐들이 들끓는 직업과 시시콜콜한 범사들은 이번 시집의 담론들을 떠받치는 한 기둥이라 할 것이다. 다른 한 기둥은 이미 읽어 온 대로 훼손되고 절단된 여러 유형의 몸 담론일 터이다. 이 몸 담론 역시 기괴한 육신들이 숱한 자기 삶의 경험들을 기록 저장한 경우와 질병과 치유라는 이즘 이곳의 몸 기획과 관리를 축으로 한 두 항목을 내장하고 있다. 특히 여성 몸을 임신, 유산, 출산, 부인병 등등의 갖가지 여성 몸의 언어들로 제시하고 있는데 이는 아마도 우리 여성시들이 그동안 보여 온 미학의 또 다른 한 양상이라 할 것이다. 성애적인 비속어나 몸 관련 구체어들로 여성 몸의 억압을 전복하려 한 기존의 글쓰기와 달리 우 시인은 병리학적 상상력을 통한 전문어나 신체 해부학적 묘사를 과감하게 도입하고 있는 것이다. 그리하여 여성 몸 쓰기의 새로운 시적 전략을 구사하면서 그 효과를 극대화한다. 이 점에서 그의 시들은 우리 여성시에 또 다른 의의를 보여 준다 할 터이다.

# 솔개와 어머니, 여성적 삶의 두 기표
― 유현숙 시집 『서해와 동침하다』

## 1.

이 땅에서 여성으로 산다는 것은 무엇인가. 범박하게 말하여 그것은 남근중심주의 아래에서의 숱한 금기와 억압들을 헤쳐 가는 일이다. 아니 그 금기나 억압과 싸우며, 자신도 모르게 또 그것에 적응하고 길들여지는 삶일 것이다. 이를테면 출산과 육아와 같은 가족 이데올로기에 갇혀 사는 것이나 과도한 순결 이데올로기 등에 함몰되는 일들이 그것이다. 이 땅의 여성들은 그 이데올로기와 싸우면서도 결국 그 이념에 길들여진 채 삶을 살아 낸다. 특히 모성성으로 불리는 여성의 생산과 육아는 과도한 자기희생과 노동을 제공하도록 구조화되어 있다. 그렇다. 여성은 그의 분신인 아이들을 위해 자신이 가진 모든 것을 내놓거나 던져 버린다. 흔히 어미로서의, 아니 어머니로서의 삶이라고 알려진 길이다. 길게 말할 나위 없이 그 길은 부덕(婦德) 가운데 하나로 오랫동안 전통 사회에서 미화되고 기려진 가치의 세계이기도 하다. 나는 이번 유현숙의 시들을 곰곰 읽으면서 이 같은 어머니로서의 삶이 얼마나 신산하고 고난으로 점철된 것인가를 확인한다. 이는 일찍이 홍윤숙이 말한 바대로 '열매

를 익히고 모두 다 타 버리는 껍질' 같은 무한 헌신의 삶인 것이다. 우선
다음 작품을 읽어 보자.

> 자재암 들어 백팔 배를 드리는 어머니
> 백여덟 번째 이마를 바닥에 대고
> 머리 위로 내던졌다가 뒤집은 손바닥에도 희고 검은 잔금들이 패였다
> 한생 내내 얻었던 것 다 잃고
> 수심 깊은 주름살만 거머쥐고 상경한 노모다
> 삐걱거리는 무릎관절과 휜 팔꿈치와 바람에 닳은 이마까지
> 먼지 나는 일대기를 온몸으로 받들어 올린 다음에도
> 꿇어 엎드린 어머니가 좀처럼 일어나지 않는다.
>
> —「손금」 부분

　이 작품의 화자는 어머니와 함께 암자를 찾는다. 그리고 여느 어머니
들처럼 암자에서 기도하는 어머니를 지켜본다. 마치 풀샷으로 찍은 스냅
사진처럼 기도하는 그 정경은 세부들이 모두 선명하다. 이를테면 손바닥
의 손금들마저 또렷하게 들여다보인다는 대목 같은 것이 그것이다. 화자
의 이 정치(精緻)한 시선은 어머니의 곡절 있는 사연에도 가 닿는다. "한
생 내내 얻었던 것"을 다 잃었다라든지 손바닥 손금 속으로 소리 없이 흐
르는 "무진한 물길"이 모두 그 사연들이다. 물론 작품의 겉문맥에는 시시
콜콜 구체적인 사연들이 제시되지 않는다. 그보다는 그 사연들을 싸잡아
함축적인 말로, 비유들로 읽는 이들의 상상에 내맡긴다. 굳이 말하자면
읽는 이들이 그 사연을 나름대로 복원하도록 만든다. 그러면 어떻게 그
사연들을 복원할 수 있는가. 아마도 그 복원 작업을 깊이 있게 하는 일
이 이번 유현숙 시집 읽기의 한 방법이기도 하리라. 왜냐하면 어머니의
그 "무진한 물길"은 실은 유현숙 자신의 물길일 수도 있기 때문이다. 이
는 이 땅에서 여성으로 사는 일이, 곧 어머니/딸로서의 삶이 그만큼 서

로 다르지 않고 닮아 있다는 데서도 그렇다. 더 나아가 거기에는 의도적
이든 무심결이든 어머니는 모든 딸들의 동일시 대상인 탓도 있다. 일찍
이 H. R. 모파상은 소설 「여자의 일생」에서 어느 때 어느 곳에서든 유사
하게 반복되는 여성적 삶을 한 원형으로 제시하지 않았던가. 이 땅에서
뿐만 아니라 지구촌 대다수의 여성적 삶은 그런 것이고 이는 남근중심주
의 사회가 존속하는 한 별반 달라지지 않는 일이리라. 아무튼 이러한 어
머니의 "무진한 물길"은 작품 「아버지의 약장」에서도 그대로 확인된다.
이 시의 후반부를 읽어 보자.


　　　나, 눈뜨고 누워서 창자가 비어 가는 소리를 듣는다
　　　창 밑에 웅크린 어머니도 속이 빈 어미 곰처럼 둥그렇게
　　　몸을 말고 있다


　　　몇 해째 겨울잠이 깊은 저 어둠의 덩어리


　　　굽은 그녀의 등 뒤로 아버지의 약장이 보이고
　　　내 어린 날의 아침 빛에 빛나던 색색의 약병들이 가지런하고
　　　저만큼 걷고 있는 아버지의 좁은 등 뒤에서 와르르 한생이
　　　부서졌듯
　　　부서진 유리 조각들이 어머니의 뒷등에 꽂힌다
　　　나, 중년의 골 패인 등허리에도 날 선 유리 조각 아프다
　　　　　　　　　　　　　　　　　　　　　　　—「아버지의 약장」 부분


　　이 작품을 산문으로 번역하자면 이렇다. 화자는 고향의 어머니를 찾는
다. 그녀는 오랜만에 만난 딸을 이끌고 예전 집을 들린다. 그러나 그 집
은 '이젠 우리 집이 아닌' 기억 속의 한 공간일 뿐이다. 달빛 속으로 난 논
둑길을 걸어 모녀는 옛집을 뒤로하고 지금의 집에 도착한다. 위에 인용

한 부분은 도착한 집에서의 정황이다. 이 작품에서도 어머니는 「손금」의 경우처럼 '둥그렇게 몸을 만' 어둠의 덩어리인 채 움직이지 않는다. 그 부동의 자세야말로 숱한 의미를 내장한 몸의 언어일 터이다. 딸이면서 화자인 나는 그 몸의 언어를 해독한다. 이제는 돌아갈 수 없는, 세계와 꿈꾸듯 화해로왔던 지난 한 시절을 읽어 내는 것이다. 비록 지금은 낡았지만 한때 색색의 약병이 그득했던 아버지의 약장이 상징하는 행복한 시절이 그것이다. 그 시절은 역시 세부가 제시되지 않는다. 화자가 그 세부의 제시가 가져올 시에서의 부정적 효과를 잘 감지하고 있는 탓이다. 지난 세기 1930년대 우리 모더니즘의 공이라면 시에서 절제의 미덕을 주장하고 실천한 일일 것이다. 이른바 메마르고 견고한 미학을 성립시킨 일이다. 그 이래로 우리 시에서도 절제의 미학은 아주 질 좋은 미덕으로 거듭나고 있다. 이번 시집에서의 유현숙의 일련의 시적 태도는 그 미학을 모범생처럼 보여 준다. 그것이 어머니와 관련된 시편들에서 우리가 확인한 저 세부가 없는 시적 진술인 것이다. 그러면 이제 자신의 삶과 끝없이 동일시되는 어머니의 삶—역으로는 어머니의 삶을 통해서 에둘러 보여 주고 있는 유현숙 자신의 삶을 따라가 보자.

## 2.

대저 여성의 어머니 되기는 무엇인가. 여성의 생산성은 무엇인가. 지난날 S. 프로이트는 여성의 신체 구조는 운명 그 자체라고 말했다. 그것은 한편으로 생산과 육아가 여성의 피할 수 없는 조건임을 뜻하지만 달리는 여성의 몸이 어둡고 탐험 불가능의 무슨 대륙이 아님을 의미한다. 말하자면 몸의 발견이면서 동시에 여성의 자기 정체성이 무엇인가를 발견한 자리에서 토해진 소리인 것이다. 그리고 생산을 위한 여성 특유의 신체 구조는 남성과는 다른 여러 문화들을 창출해 내었다. 그 문화의 일단을 우리는 유현숙의 적지 않은 시편들에서 읽어 낼 수 있다. 이를테면, 여름 저녁 유충의 부화를 예감하는 어미 쇠똥구리이거나 깊은 우물, 아궁이 등으로 여성성을 상징하고 있는 일련의 작품들이 그것이다. 하지만 그 무엇보다도 어미로서의 남다른 운명을 맞닥뜨리는 일은 초경을 치르는 일에서부터 비롯된다고 할 것이다.

> 초경을 앓던 내 아랫도리 물빛 검은 도랑에 새벽별들이 쏟아졌다
> 이따금 유성이 길게 타서 맨 발등에 박히었고
> 오동나무 아래를 걸어도 그림자가 생겼다
> 이튿날은 훌쩍 키가 자랐고 가슴이 높아졌고 여드름이 돋았고
> 나는 다만 열다섯이었다
>
> ─「초승달」부분

누구든 2차 성징(性徵)이 드러나고 사춘기를 맞으면 그는 자기 자신이 누구인가를 비로소 묻고 발견한다. 그러면서 세계로부터 자신을 분리시키고 독자적인 존재로 삶을 시작한다. 그 과정에서 이 시의 화자에 따르자면 나는 자신의 몸이 곧 욕망의 저수지임을 깨닫고 더 나아가 '죄도 없던 죄'를 빌어야 한다. 죄도 아닌 죄─굳이 지칭하자면 원죄라고나 할 그것은 저 프로이트가 말한 여성됨의 운명일 것이다. 말하기조차 어리석은 사실이지만 초경은 그 운명의 첫 기표이다. 이 기표로부터 여성은 별똥구리로, 바람구리로, 햇볕구리 또는 쇠똥구리로 살아간다(「쇠똥을 굴리다」). 그것은 한결같게 별똥이나 바람, 또는 햇볕과 쇠똥을 부지런히 '파먹고 커서' 알을 슬고 유충의 부화를 준비하고 이룩하는 삶이다. 모성으로서의 삶인 것이다.

그런데 그 삶에는 왜 저수지가 있고 깊은 우물이 있으며 또 불이 지펴지지 않는 아궁이들이 있어야 하는가. 이미 말한 바지만 우리가 유현숙의 시들을 읽다 보면 이런 물음을 묻지 않을 수 없게 된다. 위의 「초승달」

을 읽다 보면 화자는 열다섯에 '물 빠진 저수지'를 만나 번들거리는 욕망을 발견한다. 그것은 결국 여성의 몸이 욕망의 장(場)이며 그 욕망들은 실제 삶에서 다양한 기표들로 실현됨을 깨닫는 일이다. 그래서 화자는 나이 마흔을 넘어서도 초경으로 상징되는 숱한 욕망을 앓는 것이다. 뿐만 아니라 여성의 몸에는 우물이 깊이 감추어져 있다. 그 우물은 네팔의 산골 소녀인 루빠 미자르의 몸에도 있고 안마사인 태국 여인의 몸에도 있다. 그러면 이들에게 우물은 무엇인가. 그것은 "나는 우물을 들여다보며 새벽 다섯 시의 공복을 다독여요/ 공복이란 빈 우물이다가 동굴 같은 절망이기도 해요"(「루빠 미자르」)라고 할 때의 절망이며 공복으로 출렁거리는 몸 그 자체이다. 아니 낡은 몸을 해체하고 다시 씻어 조립하는, 그래서 전신을 빨아들이는 블랙홀이기도 하다(「우물」). 곧,

> 수직으로 몸을 세우고 앉아 내 몸속 수백 마디 매듭을 주물러 풀며
> 겹겹이 지른 빗장을 허물어요
>
> 와 같이 몸을 열거나 또는
>
> 사람 속에 묻힌 흰 뼈들을 하나씩 추려 세워요

와 같은 진술에서처럼 몸을 해체하고 씻기는 공간으로서의 무엇인 것이다. 흔히 원형적 상상력에서 말하듯 물이 출렁이는 그 공간은 재생의 한 과정이자 정화의 현장인 것이다. 이 같은 우물의 한 옆에 역시 아궁이가 있다. 그 아궁이는 한때 '저 혼자 뜨거워지기도 뜨거워진 저 혼자 서럽기도 했던' 시인의 아랫목 방고래에 대한 기억을 간직하고 있다. 그러나 이제는 '영 불이 지펴지지 않는' 싸늘한 아궁이로 변모해 있는 것. 그 변모는 이 작품의 화자의 언술 그대로 "많이 아픈" 상태라고 할 것이다(「아궁이」). 이 아픔, 혹은 병듦은 두말할 것 없이 몸이 생생력을 잃어가는 황무

화의 한 징표라고 할 것이다. 이는 작품 「폐경기」에서 읽을 수 있듯 '폐염
전에 핀 소금꽃' 같은 정황인 것이다.

폐염전에 피었던 소금꽃이다
꽃 벙그는 소리 새 지저귀는 소리도 들리지 않는
아이들도 다 자라서 떠난 빈 소금밭에
소금꽃이 서럽다

—「폐경기」 부분

 인용한 대목에서 보듯 생생력이 고갈된 이 작품의 폐염전에는 소금꽃
만 그득하다. 그곳에는 더 이상 생명이 꽃피거나 새들이 날지 않는다. 지
난날 T. S. 엘리엇이 묘사한 황무지의 정경 그대로인 것이다. 다른 것
이 있다면 그 황무한 정황이 서유럽의 정신세계에서 여성의 몸으로 전이
되었을 뿐이다. 우리는 여기서 모든 것을 잃고 오체 투지한 「손금」의 어
머니 이미지를 떠올릴 수도 있다. "한생 내내 얻었던 것 다 잃고" 어머니
는 깊은 잠에라도 들려는 듯 고요하지 않았던가. 그러나 작품 후반의 겉
문맥 그대로 그 어머니는 "풍경을 치고 온 바람"에 고요를 깨고 다시 일
어설 것이다. L. 알튀세에 의하면 세상의 뭇 종소리(풍경 소리)는 하늘과
땅 사이를 가득 울리어 나가며 모든 정신들을, 뭇 생명들을 일깨운다고
한다. 그 일깨움에 '아직' 일어나지 않고 있던 어머니는 곧 일어서리라.
 그러면 생생력이 고갈된 저 몸의 황무화는 무엇인가. 김선우는 폐경이
란 여성 몸의 완성에 다름 아닌 완경이라고 말한 바 있다. 이 완경에 이르
러서야 여성 몸의 우물도 갱도도 때로는 아궁이도 모두 지워진다. 범성
주의자인 프로이트 식 독법으로 하면 이들은 모두 자궁의 다른 이름들이
었기 때문이다. 이 지워짐은 생생력의 고갈이 아닌 그 주어진 생생력의
위대한 마감이며 완수이다. 그러한 완수와 함께 이제 유현숙의 작품들에
는 '고요하고' '익어 가며' '우려내는' 일들이 대신 자리 잡는다. 그 일들은

범박하게 관조라고 해야 할 터이다. 이번 시집에서 유현숙은 이상에서 설명한 페미니즘의 여성성 못지않게 이러한 관조적 자세들을 또한 보여주고 있다. 그 같은 자세들을 확인할 수 있는 작품 몇 대목을 읽어 보자.

① 건창에서 자연 발효시켰다는 수수 십 년 된 보이차도 장뇌나무 아래
　에서 자라며
　매운 성질 다 버렸습니다
　찔리고 옹이 박힌 시간들이 완강한 제 고집을 버리고 풍화되며 우려져
　맑고 깊습니다

② 대추 알들 붉게 익고
　주둥이 흰 새들 날아와 대추 알들 쪼던
　새들의 눈빛이 대춧빛으로 익던 때가 있었다
　기대어 서면 내가 대추나무이던 때가
　대추나무 밑동을 걷어차며 또 내가 걷어차이던 때가
　지났다
　(…중략…)
　날 저물고 내 안의 빈 마당에 바람 불고
　지금은 밑동만 남은 마당 귀퉁이에 돌아와서 후두둑 떨어지는
　대추 알을 줍는다
　내 안에 드리워진 대추나무 그림자가 대추 잎새보다 푸르다

　위 시 ①은 작품 「보이차를 마시며」에서, ②는 「점멸기」에서 손쉽게 뽑아 본 대목들이다. ①은 보이차를 매개로 삼아 "매운 성질" 모두 죽인 뒤의 편안함을 제시한다. 그 편안함은 아마도 "바람 차고/ 내 몸 속속들이 얼어붙는다/ 전신에 박힌 소금 알갱이들 살 속을 파고들어/ 오장육부가 쓰다"라고 한(「굴비」) 삶의 오랜 신산을 겪은 다음의 마음 상태일 것이다.

살 속 깊이 박힌 쓰디씀도 오래 우러나면 보이차의 청정한 산바람으로 승화한다! 유현숙의 남다른 이 마음의 움직임은 여기서 더 나아가 도원경(桃源境)을 상상한다. 그의 도저한 상상력은 이처럼 미각을 통해 도원의 풍경을 들여다보는 것이다. 그런가 하면 작품 ②에서 화자는 지금 밑동만 남은 대추나무가 있던 옛집에 돌아와 대추 알을 줍는다. 그 익은 대추 알은 과거 기억을 일깨우는데 그때 화자는 '걷어차고' '걷어차이는' 이런저런 지난날 경험을 떠올린다. 여기서 대추알이 익는다는 것은 무엇인가. 널리 말하듯 익는다는 것, 또는 성숙한다는 것은 많은 경험이 안으로 축적되면서 앎을 깊고 넓게 확장하는 일이다. 그것도 단순한 양적 팽창이 아닌 경험의 질적 승화를 수반한 확장인 것이다. 그리하여 '날 저물고 빈 마당에 바람 부는' 정황임에도 대추 잎새들은 더욱 푸르게 빛날 수 있는 것이다. 이상의 시 읽기에서 보듯 유현숙은 갖은 신산과 굴곡을 거쳐 그 경험을 우려내고 또 익혀 낸다. 이쯤에서 우리는 관조하는 그밖의 작품들을 읽어 가도 좋을 것이다.


3.


조령 40이 되면 솔개는 발톱과 부리가 닳고 무너진다고 합니다
작은 짐승의 연한 살가죽마저도 찢지 못하게 된 것이지요
마침내 솔개
곧추선 바위벽과 돌의 날 선 모서리에다 주둥이를 발톱을
부딪는 때가 온 것입니다
주둥이가 발톱이 부서지고
날카롭고 단단하던 기억들이 빠져나간 다음에는
새 발톱과 새 부리가 돋아나기까지 웅크리고 기다리는 때가 온 것입니다

지금은 그 솔개 어디에다 제 몸을 눕히고
저 하늘로 솟구쳐 오르던 직상승을
바람 끝을 말며 내리꽂히던 직하강을 그리워하고 있는지요
춥고 바람 심한 가조 들판으로 걸어 들어가서

남은 30년도 외진머리 위에 펼쳐져 있는 텅 빈 하늘을 바라봅니다
가슴 안에 휘도는 바람 소리를 듣습니다

꺾이고 휘청이며 반생을 부렸던 일터에서도 용도 폐기된
깎아지른 절벽 중턱에 매달린 닳고 뭉툭해진 내 내부 들여다봅니다
닳아 너덜거리는 발톱과 부리 세상 향해 깨뜨리며

갈며
쪼며
굴리며
깃털로 감싸 안으며,
개활지 상공에서 죽을힘 다하여 선회하겠습니다

—「귀향」 전문

    이 시대에 여성으로 산다는 것은 무엇인가. 거듭된 물음이지만 이 물음에 대한 유현숙의 대답은 명쾌하다. 꽤 긴 분량의 시이지만 위 시를 인용한 까닭은 그 명쾌한 대답이 거기 있기 때문이다. 이즘 여성의 삶이 과거와 달라진 가장 두드러진 점은 "꺾이고 휘청이며" 반생을 일터에서 보낸다는 사실이다. 멀리 서구식 근대의 기획까지 들먹일 것 없이 가까운 우리 경우만 해도 이제 여성들의 사회 진출은 널리 보편화되어 있다. 그 진출은 여성들을 단순 가사 노동자에서 저임 근로자로, 그리고 이제는 전문직 종사자로 역할과 지위를 바꾸어 놓았다. 그리고 이러한 여성

의 역할과 지위의 급격한 변동은 전통적 가족 구조를 해체하기에 이르렀다. 그래서 과거 대가족제도에 집약되어 있던 많은 기능들이 지금은 여러 사회적 제도들에 위탁되고 분화되었다. 이를테면 육아와 교육의 기능이 놀이방, 유치원, 그리고 학교에 이전된 것 등이 그것이다. 그런가 하면 노인 세대의 부양 역시 각종 복지시설이나 병원 등으로 이관된 것이다. 우리에게 가족제도의 이 같은 급격한 변동은 불과 30여 년에 걸친 것이었다. 그리고 그 혹심한 변동을 여성들은 그야말로 각자 자기 몸의 삶으로 살아 내야 했다. 말이 쉬워 살아 낸다는 것이지 그것을 구체적으로 사는 일이란 위 시에서 보듯 용도 폐기될 때까지 끊임없이 "꺾이고 휘청이며" '부림'을 당하는 삶이 아닐 수 없다. 그밖에도 이번 시집에서 읽게 되는 직장 동료들과의 회식 자리에서, 또는 노래방에서, 여행지에서 자성(自省)처럼 토로되는 갖가지 언술들이 죄다 그것이다.

> 세상 어디에도 피접의 방 한 칸 마련 못 한
>
> 이런, 얼어 죽지도 못한
>
> 아직도 동백꽃 피고 지는 내가 섬이다
>
> —「섬」 부분

이 시의 화자는 지하노래방에서의 노래 모임도 끝나 송별회가 파한 늦은 밤거리를 걷는다. 그리고 대중가요 「동백섬」의 노랫말을 패러디하는 형식을 빌려 자신의 지난날을 되돌아본다. 그 지난날이란 말할 것도 없이 직장에서의 시간들이다. 그 시간들에 대해 화자는 "커피 스푼으로 되질해 버린", 그래서 결국 삶을 낭비한 T. S. 엘리엇의 프루프록 씨와는 다르게 "꽃송어리 같던 젊음을 수탈당한" 통한의 시절이었음을 밝힌다. 뿐만 아니라 그 시절이 "피접의 방 한 칸 마련 못 한" 열악하고 각박하기만 한 것임도 깨닫는다. 이는 저 M. 베버류의 프로테스탄트적 직업관, 곧 천직을 통해 자신에게 주어진 하늘의 소명을 실현한다는 그런 멋진 직업은 오늘날 어디에도 없음을 뜻한다. 거기에는 끝없는 자기소외와 강도 높은 작업만이 있을 뿐이다. 특히 아이들의 교육이나 가족 부양 같은 여성으로서 감당하기 힘든 갖가지 역할에 짓눌리는 경우 그 고통은 더욱 가중된다. 송별회가 파한 밤거리를 걷는 화자는 얼마 못 가 종각역 지하 통로에서 깡소주를 털어 붓는 노숙하는 홈리스를 만나고(「사회면에 깔리다」) 시청 앞에서 철거민 생존권을 읽는 젊은이도 발견한다(「봄밤」). 이들은 두말할 것 없이 이 시대의 열악하고 상처투성이인 삶의 한 단면을 압축적으로 제시하는 기표들이다. 이들 익명의 기표들을 읽으며 유현숙은 다른 한편에서 기억 속의 여섯 살 난 명희나(「겨울 삽화」) 연자 언니(「사하촌」)를 떠올리기도 한다. 그들은 친근한 이웃이면서 동시에 저 기표들과도 동질성이 확보된, 그래서 너 나의 구분 없는 여성적 삶의 기표들이기 때문이다. 이상에서 보듯 이 시대 이 땅에서 사회문화적 존재로서 여성들이 누리는 삶은 아직도 열악하고 간고한 것이라 할 수 있다.

그럼에도 불구하고 거기 다른 한켠에는 아직도 솔개와 같은 삶이 또한 있어 감동적이다. 위에 전문을 이끌어 쓴 「귀향」은 굳이 산문적인 번역 없이도 우리에게 속도감 있게 잘 읽힌다. 그것은 무엇보다도 이 작품이 솔개를 매개로 바람직한 삶의 정신적 자세를 제시하고 있는 탓이리라. 마치 해방 공간의 백석이 갈매나무를 매개로 곧고 정갈한 삶의 자세를 설파했듯이 유현숙은 솔개를 통하여 이 시대의 삶이 어떠해야 하는가를 설파한다. 늙은 솔개는 다시 새롭게 태어나기 위해 자진해서 기능이 퇴화한 부리와 발톱을 깨트린다. 그리고 그것들이 좀 더 날카롭고 예리한 새 것들로 돋아날 때까지를 기다린다. 이 자신을 깨트려(죽이고서) 새로운 자신을 획득하는 일이야말로 값진 재생이고 거듭남이다. 그 거듭남을 통하여 솔개는 한결 더 감연하게 거칠고 황무한 세계에 맞선다. 이 작품이 읽는 이의 마음을 울리는 것은 그것이 결국 솔개만의 일이 아닌 화자인 '나'

자신, 더 나아가 우리 모두의 일이라는 점 때문일 터이다.

## 4.

　지금까지 나는 유현숙의 시를 이 땅에서의 여성적 삶이 어떤 것인가. 또는 여성성이란 무엇인가란 물음을 앞세워 가며 읽었다. 이는 그녀가 여성성에 대한 자각을 시적 세계관으로 삼았는가 아닌가 하는 사실과는 상관없는 일일 터이다. 왜냐하면 시는 상당 부분 시인들의 잠재의식 내지 무의식 속에―따라서 특정한 자각 내지 의도와 관계없이― 깊이 심지를 내리고 있기 때문이다. 그리고 이는 젠더의 구분과도 상관없이 뭇 시인들에게 공통된 사안이라고 할 것이다. 이 같은 일의 이치 그대로 유현숙의 경우도 그 자각 여부와 상관없이 여성성은 작품들 속에 일정 정도 드러날 수밖에 없을 것이다. 내가 시의 길 안내를 하며 여성성의 시각에서 유현숙의 시를 읽어 온 까닭도 오로지 여기에 있다 할 것이다. 거듭된 말이지만 유현숙의 시들은 모성과 그에 맞물린 몸, 그리고 사회적 자아들에 관한 담론들을 힘 있게 제시한다. 그리고 그와 같은 담론들을 작품화하는 과정에서는 다른 여성 시인들과 시적 전략을 달리한다. 지난 1990년대의 여성 시인들, 이를테면 김언희나 김선우 등이 선보인 시적 전략과 꽤는 다른 방법론을 택하고 있는 것이다. 가령 김언희의 경우는 그동안 남근 중심 사회에서 줄기차게 금기시했던 몸 관련 언어나 표현들을 가감 없이 드러낸다. 그의 시에서 한결같게 읽었던 성에 관한 각종 비속어나 몸의 표현들이 그 단적인 예일 것이다. 거기에 비해 유현숙은 우리 시의 규범 문법들을 모범생처럼 정공법으로 보여 준다. 이번 시집 대부분의 작품들을 관통하고 있는 강인하리만큼 잘 단련된 절제의 시적 태도 등이 특히 그렇다. 그 절제는 행간을 최대한 넓히며 주관적 감정들이나 사설들을 철저하게 걷어 내는 형식을 취한다. 그러면서 작품의 얼개를 빈틈없게 만드는 견고함을 보여 준다. 이 같은 그의 시적 성취는 남다른 개성으로 읽힌다. 동시에 이는 그녀의 시를 우리가 되풀이 여러 번에 걸쳐 독파해야 하는 이유이기도 하리라.

# 청산옥, 혹은 천지팔황의 담론들

—윤제림 시집 『사랑을 놓치다』

## 1.

꽤 많은 장소를, 젊은 나이답지 않게 여행했던 체험 탓에, 윤제림 첫 시집의 해설에서 나는 그의 시를 여행시로 읽었던 적이 있었다. "선배님 덕분에 졸지에 저는 여행 전문가가 되었습니다." 그 시절 어느 날 그는 이렇게 내 해설문에 대한 불만을 토로했다. 그러나 낯선 공간에서 삶과 세계의 새로운 의미와 모습을 만나는 젊은 날 특유의 떠돎이 갖는 의미를 강조하고 싶었던 것이 사실은 내 그 글의 의도였었다. 칼립소 섬에서 고향 이타케로 돌아가는 동안 숱한 고난과 모험 끝에 슬기와 관용의 화신으로 성숙한 오디세이의 저 장유(壯遊)를 상기한 끝에 나는 그 해설에다 여행시의 틀을 적용했던 것이다. 알려진 바와 같이, 사람은 떠돎의 형식을 통하여 절절한 아픔이나 고뇌를 만나고 성숙한다. 그 떠돎은 주로 내면의 정신적 방황이기도 하지만 밖으로 드러나는 형식일 때는 여행의 틀을 갖추는 것이 아닌가. 특히 젊은 시절의 떠돎이란 자아와 세계의 진정성을 모색하기 위한 내면의 방황이자 고뇌 그 자체인 셈이다.

벌써 그로부터 십 몇 년 나는 윤제림을 시집 해설이란 꼭 같은 자리에서 다시 만나게 된 셈이다. 말문을 연 끝에 솔직히 말하자면 이번 시집 『사랑을 놓치다』에도 그 옛날처럼 그의 폭넓은 공간상의 떠돎은 드러나 있다. 곧, 나라 안 청령포를 비롯한 여러 명소에서부터 나라 밖의 티베트나 천축까지의 시적 공간 이동이 그것이다.

그러나 그 이동은 이미 옛날과는 달라서 "이 싱거운 늙은이도 아주 오래 뒤엘랑은/ 병든 몸뚱이였을망정, 살아생전 옛집을/ 그리워할까 모르겠네"(「쌍봉사를 그리며」)라는 진술에서 보듯이 늙음 내지 나이 든 뒤의 떠돎일 수밖에 없다. 여기서 새삼 나이 듦이란 무엇인가. 그것은 범박하게 말하자면 나이 듦에서 오는 관조와 여유를 뜻하는 것이다. 실제로 이번 시집의 상당수 작품들은, 시인이 의도했든 하지 않았든, 바로 그와 같은 시적 관조의 소산들로 읽힌다. 이를테면 죽음에 관한, 그것도 가까운 친구의 죽음에 관한 담론이 많은 것도 그 한 증거일 것이다. 이번 시집 작품 가운데 꽤 아프게 읽히는 작품 한 편을 먼저 읽어 보자.

　　손이 어는지 터지는지 세상모르고 함께 놀다가 이를테면, 고누놀이나 딱지치기를 하며 놀다가 "저녁 먹어라" 부르는 소리에 뒤도 안 돌아보고 뛰어 달아나던 친구의 뒷모습이 보였습니다. 상복을 입고 혼자 서 있는 사내아이한테서.

　　누런 변기 위 '상복 대여' 따위 스티커 너저분한 타일 벽에 "똥 누고 올께" 하고 제 집 뒷간으로 내빼더니 영 소식이 없던 날의 고누판이 어른거렸습니다.

　　"짜식 정말 치사한 놈이네" 영안실 뒷마당 높다란 옹벽을 때리며 날아와 떨어지는 낙엽들이 친구가 던져 주고 간 딱짓장처럼 내 발등을 덮고 있었습니다. "이 딱지 너 다 가져!" 하는 소리도 들렸습니다.
　　　　　　　　　　　　　　　　　　　　　—「내 친구의 집은 어디인가」 전문

이 시의 화자는 작품의 겉문맥에서 드러나듯 어느 날 갑자기 죽은 친구의 빈소에 와 있다. 그 빈소에서 화자는 죽은 친구와 어린 날 함께 놀았던 딱지치기와 고누놀이를 떠올린다. 대개 그 놀이 끝에 친구는 저녁참이나 용변을 핑계로 곧잘 잠적하곤 했었다. 과연 그와 같은 잠적이 곧 죽음일까. 화자는 어린 날의 잠적처럼 돌연한 세계에서의 사라짐에, 그것도 어제까지 가지고 누리던 삶을 아낌없이 모두 떠안기듯 하고 사라진 친구에 대하여 신음하듯 독백한다. "짜식 정말 치사한 놈"이라고. 죽음은 일반적으로 사람들에게 누구도 피할 수 없는 필연의 운명 같은 것이어서 체념과 동시에 공포의 대상으로 인식된다. 뿐만이 아니다. 죽음은 그 누구에게도 아직까지 내부 실상을 열어 보여 준 적이 없는 봉인된 기제 그 자체인 것이다. 이와 같은 죽음에 대하여 인간은 공포를 느끼고 의식적으로 그것을 생각 가운데서 지우려고 한다. 죽음에 대한 일종의 무의식적 기획을 통하여 그것을 회피하고 잊고자 하는 것이다. 그러나 하이데거 같은 실존철학자의 말처럼 그러한 죽음을 선취함으로써 우리는 망각했던 우리 자신의 본질이나 진정성을 확인하고 또 되찾을 수 있는 것. 따라서 죽음은 우리의 삶과 유리 격절된 별개의 현상이 아니라 삶의 다른 한 면으로 적극적인 기능을 한다. 그동안 우리 시의 경우에는 황동규를 비롯한 몇몇 유력한 시인들의 죽음에 대한 시적 담론들이 모두 이같은 적극적 기능을 보여 주고 있다. 역시 윤제림의 경우에 있어서도 위 작품에서 보듯, 죽음은 떳떳한 것도 남부끄럽지 않은 당당한 것도 아니다. 그것은 어느 날 돌연스럽게 무뢰배나 불한당처럼 닥쳐오고 모든 삶을 파괴하는 폭력배 같은 것이다.

작품 「내 친구의 집은 어디인가」의 화자는 그럼에도 불구하고 그 죽음을 덤덤하게 바라보고 또 진술한다. 어린 시절의 고누놀이나 딱지치기를 매개로 모든 직설적인 감정 토로나 잡된 사설 등을 극력 생략해 놓는 것이다. 이 작품이 만만치 않은 울림을 갖는 가장 큰 이유는 바로 이것이다. 그리고 이 같은 절제된 태도와 여유는 죽음도 덤덤하게 관조할 수 있는 나이 탓일까. 아무튼 작품 「사람을 땅에 묻는 뜻은」이나 「천축

일기 1」 등에서도 이 절제된 태도와 여유는 그대로 확인된다. 특히 작품 「사람을 땅에 묻는 뜻은」은 주검의 매장이 곧 씨앗을 심는 일임을 일러 준다. 이를테면,

> 뙤약볕 아래 저렇게 한나절 구덩이를 파고
> 새참까지 먹으며 웃고 떠들다가
> 격양가를 부르며 붉은 흙 쾅쾅 때리고 밟다가
> 막걸리 쏟아붓고 절하며 우는 뜻은
> 농부의 마음이다.
>
> ─「사람을 땅에 묻는 뜻은」 부분

와 같은 아주 인상적인 대목은 우리의 매장 의식에 숨겨진 의미를 날카롭게 드러낸다. 잠 속의 꿈을 통해서 육신과 영혼의 이원적 구조를 유추했듯이, 죽음은 육신의 일시적인 휴식이고 그 육신은 또 언젠가 유리된 영혼과 다시 결합하여 소생케 된다는 옛사람들의 상상은 문화인류학자들이 숱한 설화를 통하여 이미 찾아낸 것이다. 더욱이 농경을 중심으로 한 문화 속에서는 뭇 씨앗이 매장을 통하여 소생하듯 인간의 주검 역시 땅속에 묻힘으로써 되살아날 수 있다고 여겼다. 인용한 대목은 바로 그와 같은 매장 의식에 감춰진 의미를 간결하게 풀어서 들려준다. 뿐만 아니라 이 나라 장례 의식의 연극 구조, 곧 하관을 전후한 죽은 자와 산 자의 판갈이도 극명하게 보여 준다. 말하자면, 하관을 경계로 사자(死者) 중심의 판이 산 자 중심의 판으로 바뀌면서, 인용한 대목 그대로, 축제의 양상을 연출함이 바로 그것이다. 이 작품은 이처럼 장례 의식의 매장이 함축한 의미를 성찰하고 또 그를 통하여 농경적 삶을 되짚고 있다. 다른 작품 「무덤」의 진술을 빌리자면 죽는다는 것은 먼 혈거시대 구멍 속을 돌아가는 일일 터이다. 그리고 이처럼 심리적 거리를 확보한 채 죽음을 바라보고 거듭 삶을 되살필 수 있는 일이 시인의 결코 싱겁지 않은 늙음 탓이리라.

　그런데 윤제림의 '싱겁지 않은 늙음'의 대표적인 표징 가운데 하나는 누가 무어라 해도 시적 대상으로서의 자연물에 대한 남다른 해석이다. 그 해석은 자연이 그냥 단순한 객관적 사물이 아니라 우리 삶의 모습이나 의미를 깊이 있게 함축한 메타포라는 것으로 요약된다. 이와 같은 자연관은 굳이 연원을 따지자면 중국철학의 상고 시절까지 올라갈 수 있을 것이다. 그뿐만 아니라 자연과 삶이 늘 따로따로 노는 것이 아닌 함께 상보적으로 기대고 돕는다는 불교적 세계관에까지도 소급될 수 있다. 각설하고 다음의 작품을 읽어 보자.

> 공양간 앞 나무백일홍과
> 우산도 없이 심검당 섬돌을 내려서는
> 여남은 명의 비구니들과,
> 언제 끝날꼬 중창불사
> 기왓장들과,
> 거기 쓰인 희끗한 이름들과
> 석재들과 그 틈에 돋아나는
> 이끼들과,
> 삐죽삐죽 이마빡을 내미는
> 잡풀꽃들과,
>
> 목숨들과
> 목숨도 아닌 것들과.
>
> 　　　　　　　　　　　─「함께 젖다」 전문

　이 작품은 끝 대목의 진술 그대로 목숨과 목숨 아닌 것들이 구체적인 사물명으로 대등 병치되는 형식을 취한다. 그리고 병치된 사물들은 모두 "함께 젖다"라는 생략된 술부에 의하여 동등하게 묶인다. 술부가 생략된 것은 그것이 제목으로 이미 본문 위에 올라가 있기 때문이다. 시 문장의 이 같은 새로운 전체 통사 구조는, 언뜻 김종삼의 「물통」을 연상시키기도 하지만, 일단은 독자들을 긴장시킨다. 그 긴장은 생략된 부분을 복원해야 한다는 독법 때문에 빚어지는 것이다.

그런데, 어느 사찰 경내를 구성하는 많은 요소들은 앞에 설명한 바 그대로 "함께 젖다"라는 공통의 정황 탓에 하나로 묶인다. 그리고 이는 세계 내 모든 것이 서로 기대어 살고 돕는다는 상생상의의 뜻으로까지 확대된다. 이른바 세상의 모든 것들은 겉보기와는 달리 내적으로 서로 관계를 짓고 또 서로 어우러져 있다는 불교적 상상력에 다가가 있는 것이다. 연작으로 씌어진 작품 「함께 살다 2」 역시 이와 같은 세계 인식에서 멀리 떨어져 있지 않다. 봄비가 오는 강변에서 화자는 갓 이별을 한 채 앉아 있는 의자와 그 곁의 나무와의 관계를 마치 한 폭의 수채화처럼 그려 내고 있다. 그 그림 속에는 상심한 친구의 어깨를 가만히 짚고 선 또 다른 친구의 내면의 공감과 연민이 짙은 음영으로 채색되어 있는 것이다. 이 같은 세계 인식 내지 해석은 이성중심주의에서 비롯된 주체와 타자, 중심과 주변 등등의 등식을 해체하는 것이어서 앞으로도 여러 가지로 논의될 것이다. 또 그만큼 사람들의 관심 사항으로 떠오르기도 십상인데, 윤제림은 그와 같은 세계 인식을 비록 두 편의 작품을 통해서이긴 하지만 구체적인 그림으로 그려 내고 있는 것이다.

그러면, 다음으로 자연이 그냥 단순한 객관적 사물이 아닌 삶의 모습이나 의미를 깊이 있게 함축한 메타포라는 말은 무엇인가. 우리의 옛 생각에 따르자면 자연은 단순한 객관적 사물이거나 실체가 아니다. 자연은 내부의 일정한 법칙이나 도에 따라 움직이는 산 존재인 것이다. 그리고 그 법칙에 따르는 일 또한 작용으로서의 자연이었다. 이와 같은 자연의 움직임과 모습은 바로 인간의 삶의 움직임과 모습 그것이기도 한 것이다. 물론 자연과 인간 사이에는 서로 어긋나고 또 서로 다른 움직임이나 모습이 있을 수는 있지만, 그것은 지엽말단의 일에 지나지 않는다. 보다 큰 움직임이나 도 그 자체에 있어서는 서로 다를 바가 있을 수 없는 것이다. 따라서 자연의 그 같은 움직임과 모습을 그윽하게 바라보고 앎을 일궈 내는 것이 관조라고 부르는 일이었다. 그 관조 속에서 윤제림은 영월 장릉의 겨울 아침녘 갖가지 소나무들의 자세를 왕조 시절 군신들의 삶의 행태로 읽기도 하고(「겨울 아침, 장릉」) 폭설이 남아도는 뭇 사물의 식량쯤으로 상상하기도 한다(「겨울 아침, 餘糧」). 뿐만이 아니다. 다음의 시에서 늦가을은 또 얼마나 인간적인 모습을 하고 허둥거리는가.

> 학습 진도 절반도 못 나간 느림보 국어 선생처럼
> 큰일났다 시간 없어서 시간 없어서.
> 이제 그냥 막 읽어 넘어가는 수밖에 없다,
> 따라 읽거라 정신 똑바로 차리고! 그러는 것처럼
> 넘어가자, 내년에 또 배운다 하는 것처럼.
> 늦도록 놀던 바람은 '어서 가세, 심소저' 그러는 것처럼,
> 남은 잎새들 '아이고 아버지' '아이고 청아' 그러는 것처럼.
>
> ─「가을이 깊어지면」 전문

모든 식물신들이 지하 세계로 여행을 깊이 떠난다는 늦가을의 지상은 황량하다. 황량할 뿐만 아니라 남은 뭇 식물들에게 얼마 남지 않은 시간은 너무 빠르다. 그 빠르고 촉급한 정황을 이 작품의 화자는 국어 시간 그것도 진도를 절반도 못 나간 국어 시간에 근본비교시키고 있다. 곧, 진도 늦은 국어 시간을 늦가을 정황의 틀 이미지(frame-image)로 채용하고 있는 것이다. 그래서 선생─시간이든 식물이든─은 황황하게 수업을 진행하고 그 수업은 아마도 마침 「심청전」 대목쯤 읽는 것이리라. 낙엽과 바람은 마치 이별을 앞둔 심청과 뱃사람의 형국으로 서로 재촉하고

법석들을 피우고 있다. 바로 이와 같은 자연(현상)을 사람 판의 정황으로 바꾸어 인식하는 일이 앞에서 설명한 자연을 인간사의 상징 내지 메타포로 읽는 일이다. 윤제림은 이번 시집에서 관조를 통한 깊이 못지않게 기지마저 보여 주고 있어 주목된다.

그밖에도 작품 「백담계곡을 내려오며」 「서해, 그녀가 내 누이라고 말하지 못했네」 등 역시 이와 같은 자연 해석의 기지와 심도를 극명하게 보여 주고 있다.

이제 이쯤에서 우리는 "청산옥에서"라는 부제가 달린 일련의 작품을 읽어도 좋을 터이다. 마치 한 음식점의 이러저러한 정황과 일들을 묘사하고 진술하는 듯한 이 연작시는 이 시집에서 상당히 정채(精彩) 도는 대목이기도 하다. 청산옥이란 음식점은 두말할 필요 없이 시인 윤제림이 상상해 낸 가상의 요식 업소이다. 그 업소는 '천지팔황' 요식 업소라는 말이 이미 암시하듯 이 세계 그 자체이며 또 청산옥의 청산이 함축하듯 자연 그 자체이기도 한 것이다.

이 업소에는 손님들을 되레 야단치는 주인 여자와 이빨, 주먹, 밥벌레 등등의 손님들이 있다. 화자는 그곳 음식점에서 이 시집의 표제가 된 작품 「사랑을 놓치다」의 놓친 내 사랑 이야기도 풀어놓고 '그대 모습 그대로' 서로 살고 싶다는 속내도 털어놓는다.


……내 한때 꽃집 앞 도라지꽃으로
피었다 진 적이 있었는데,
그대는 번번이 먼 길을 빙 돌아다녀서
보여 주지 못했습니다, 내 사랑!
쇠북소리 들리는 보은군 내속리면
어느 마을이었습니다.

또 한 생애엔,

낙타를 타고 장사를 나갔는데, 세상에
그대가 옆방에 든 줄도 모르고 잤습니다.
명사산 달빛 곱던,
돈황여관에서의 일이었습니다.

—「사랑을 놓치다」전문

　말이 내 사랑이지 벌써 작품의 겉문맥에 드러나듯이 그 사랑은 여느 일상적인 사랑은 아니다. 말하자면, 남녀가 서로 주고받는 감정 차원의 사랑이 아닌 윤회전생 과정에서 피차 엇나가고 비켜 지나가야 했던 불교적 상상력을 밑바탕에 깐 그런 사랑인 것이다. 화자는 몇 번의 윤회전생을 통하여 그대를 만나고자 하지만 서로를 알아보지 못하고 만다. 그러면서 또 그 엇나가는 사랑의 참뜻도 행간 깊숙이 숨겨 놓고 말 뿐이다. 따라서 그 사랑은 현실태로서 우리가 구체적으로 지칭할 만한 것이 아닌 형이상적인 무엇인 셈이다. 여기서 굳이 그 사랑을 해명할 또 다른 단서를 찾자면, "살 찢은 칼이 칼끝을 숙이며/ 정말 미안해하며 제가 낸 상처를 들여다보네// 칼에 찢긴 상처가 괜찮다며/ 정말 아무렇지도 않은 표정으로 그 칼을 내다보네"(「사랑」)와 같은 일종의 화두일 것이다. 칼과 상처가 찢는 일을 매개로 서로 미안해하고 괜찮다라고 하는 이 상식에 어긋나나 실은 진실에 부합하는 담론 속에 아마도 윤제림이 뜻하는 사랑은 들어 있을 것이다.
　끝으로 그러면 젊은 시절부터 시작한 오디세이 식의 장유 대신 이 시인이 이제는 청산옥이란 가상공간에 안착하듯 들어앉는 이유는 무엇인가. 물론 이번 시집에도 그의 긴 떠돎의 기록들은 있다. 앞에서 말한 대로 나라 안 곳곳에서부터 티베트, 천축까지의 떠돎의 체험을 담은 시편들이 그것이다. 그럼에도 불구하고 그의 세계 인식이나 미학적 성취는 오히려 청산옥이란 상상 속의 음식점을 빌어 펼친 담론들이 보다 도저한 것. 이는 그동안 마음의 움직임을 뒷받침한 이 시인의 원심력이 특정 공간을 구심점으로 삼아 집중되고 있는 것으로 보아야 할 것이다. 나이 탓에 얻은 관조와 여유는 이제 떠돎의 체험에서 삶의 의미나 세계의 실상을 생산하기보다는 특정 공간의 여러 사상(事象)들을 집중적으로 살핌으로써 그와 같은 의미 탐구나 진정성 모색이 가능케 된 것이리라. 말이 쉬워서 나이 탓이라고 나는 말했지만 그 나이는 모색하고 도전하는 정신에게서나 가능한 일이 아닐 수 없다. 특히 윤제림에게서 여유는 작품 「갑사의 아침」 「느림」 등등에서 보이는 비극도 희극처럼 지켜보는 그런 것이다.

아무튼, 윤제림은 상생상의의 긴절한 관계로 뭇 사물들을 관조하고 또 특정한 상상 속의 음식점을 빌어 세계와 삶의 쉽게 드러나지 않는 모습과 의미를 살피고 있다. 그리고 그 성찰의 세계관적 기반은 불교적인 도저한 것이라고 해야 할 것인데 여기서 그 구체적인 논의는 제한된 지면 탓에 다른 기회거나 다른 논자에게 맡겨 두어야 할 일이다.

## 3.

윤제림 시의 문장은 대체로 짧고 간결하다. 그리고 힘이 있다. 그 힘은 주로 한 사물을 다른 사물로, 그것도 전혀 유사성이 없는 것들을 폭력적으로 치환하는 은유 형식에서 오고 있다. 그런가 하면 문장의 행간을 대폭 넓힐 대로 넓혀 놓는다. 곧 생략과 비약을 통한 공간을 문장과 문장 사이에다 두드러지게 마련해 놓고 있는 것이다. 때로 과감하기조차 한 그 생략과 비약은, 박용래나 김종삼의 정말 빼어난 작품들을 떠올리게도 하지만, 실은 윤제림류의 강한 시적 개성을 확인시켜 주는 역할을 하고 있다. 일반적으로 시 행간 사이의 생략과 비약들은 그 독법에 있어 다시 복원을 꾀해야 하는, 곧 독자가 능동적인 참여로 상상을 작동시켜야 하는 넓은 공간을 만든다. 말하자면 동양 시학의 특수 장치인 여백이 텍스트 속에 확보되는 것이다. 그와 같은 생략과 비유를 이번 시집의 작품들에서 윤제림은 원숙하게 보여 준다. 그리고 다른 한편으로는 특유의 일상 말투를 감칠맛 있게 구사하고 있다. 곧 상당수 작품들의 화자들이 격의 없는 대화를 나누는 경우의 '저런' '마약' '글쎄요' '-일까요' 등의 입말을 문장 속에 적절히 구사하는 말투를 보이고 있는 것이다. 이는 시가 담화 혹은 말하기의 한 방법이란 사실을 전제한 다음의 시적 화자 나름의 독자 구슬리기의 한 전략은 아닐까. 이 같은 전략은 생략과 비약을 많이 한 작품에서도 효과를 그대로 드러내고 있는 것. 시 작품의 형태를 말하자면 윤제림은 이번 시집에서 행갈이 없는 줄글 형식의 작품들도 여러 편 보여 주고 있다. 일종의 산문 지향이라고 한다면 필자의 성급한 판단일까. 실제 그 작품들에는 서사가 도입되고 있지만 풀어지기보다는 응축된 담론들로 시로서의 격조를 잘 지켜 내고 있다.

한 시인의 이런저런 혐의를 벗어나 마치 후년의 김수영이나 김종삼 등의 선배 시인이 그랬듯이 개성 강한 자기를 분명하게 보여 주는 일은 같은 길을 가는 사람으로서는 축하해야 할 일이다. 더욱이

그만두겠노라고
흰소리하다가는, 눈뜨면
또 이렇게 일 나오느니!
평생직장
시.

—「詩」 부분

라고 하는 그래서 죽을 때까지 실업 걱정이 없는 사람에게는.

# 근대성 또는 도시적 풍물의 상상력
―이귀영 시집 『달리의 눈물』

　벌써 1930년대 중엽에 이상(李箱)은 도시적 감수성을 통하여 자연을 발견하고 있다. 그 자연은 도시적 풍물의 인식 체계에 비춰진 것으로, 예컨대 객줏집 방의 석유 등잔을 두고 도회지 석간신문의 그윽한 인쇄 냄새가 난다든가, 늙은 호박을 든 아이에게 럭비공을 들고 뛴다는 그런 형식을 취한 것들이었다. 이 같은 형식은 근대 도시 속에 성장한 '도회의 아들'이 그 나름의 방식으로 읽을 수밖에 없었던 자연의 독법이었다. 달리 말하자면 근대적 자아가 명실상부하게 내면화한 자연이고 또 그 풍경이었던 것이다. 이상의 이 같은 자연 독법은 당시로서는 대단히 유니크한 것이었고 따라서 1930년대 우리 모더니즘의 한 특색을 이루는 것이기도 하였다.

　이귀영 시인의 일련의 작품들을 읽으면서 문득 이상의, 저 꽤는 독창적인 자연 독법을 떠올린 것은 무엇 때문일까. 그 물음은 몇 번인가의 작품 통독 과정을 거치면서 두 가지로 해답을 마련할 수 있는 것이었다. 첫째는 작품 속에 작동되고 있는 상상력이나 갖가지 이미지들이 철저하게 도시적이라는 사실이다. 이 경우의 도시적이라는 말은 도시의 풍물이나 일상들이 작품 속에 질펀하게 줄거리나 이미지들로 내장되어 있다는 의

미이기도 하지만, 드물게 자연물이나 자연적 정황들이 등장하는 경우에
도 그 자연은 짙은 도시적 정서로 덧칠되어 있다는 의미인 것이다. 두 번
째는 이상의 자연 독법에 비견될 만큼, 어떤 대상이나 정황들이 곧이곧
대로 직접적으로 언술되지 않고 다른 대상이나 정황들로 대체되어 언술
된다는 점이다. 서울 토박이로서 이상은 일찍이 도시적인 심상들을 매
개로 자연을 묘사하는 남다른 비유법을 창안하였었다. 마찬가지로 이귀
영 시인 역시 지극히 도시적인 심상들을 매개로 또 다른 도시의 풍물이
나 일상들을 묘사하고 진술하는 것이다.

　　말머리를 조금 둘러 오기는 하였지만, 그러면 도시적 상상력 내지 감
성이라고 뭉뚱그려 명명해야 할 그 구체적 내용은 실제로 어떤 것들일
까. 다음의 작품들을 먼저 읽어 보자.


　　섭씨 96도
　　끓는점에 닿지 못한 온도
　　끓기 위해
　　가슴에 불 밝혀 달고
　　그녀 누군가 기다리며 서 있다
　　길모퉁이에 서 있는 그녀 몸에
　　찬비 다녀가고
　　바람 밀려왔다 가고
　　괜한 주먹질도 발길질도 스쳐갔다

　　짤랑거리는 차가운
　　동전 두 잎
　　무게를 받으면
　　가랑이 사이로 떨어지는
　　무심한 종이컵 하나

원하는 마음 채워 주고

두 손바닥에 겨울을 잠시 녹여 주는

여인

주홍글씨 A를 목에 걸고 하루 종일 중얼거린다

"나는 왜 불륜을 꿈꾸나 내 몸에 손을 대 봐

나의 샘 나의 몸 동전 두 잎에 다 팔아 버릴꺼야"


섭씨 96도

가슴에 불 밝혀 달고

길모퉁이에 종일 서 있는 여인

—「A」 전문


인용한 이 작품은 간음이란 뜻의 주홍글씨 A를 제목으로 잡고 있지만
실은 길모퉁이에 자리한 자동판매기의 이야기일 뿐이다. 곧 자동판매기
를 "동전 두 잎"에 "샘"과 "몸"을 두루 매매하는, 그래서 불륜이나 꿈꾸는
여인으로 묘사하고 있는 것이다. 작품의 1연이 자판기의 외적인 모습을
간결하게 그리고 있다면, 2연은 그런 모습을 보다 구체화하면서 이 기
계의 내적인 속성이나 정황을 진술한다. 이는 기계의 내적·외적인 모습
을 그리되, 여인의 모습에 전적으로 유추하고 있는 형식인 것이다. 비유
의 이론으로만 따지자면 보조관념에 해당하는 본문과 원관념인 제목이
결합된 근본비교의 꼴인 것이다. 그것도 기상(奇想, conceit)이라고 불릴
형식이다. 물론 한 편의 작품에서 주제 찾기로 일관하는 통념적인 텍스
트 읽기를 따르자면 이 작품은 날이 갈수록 우리 사회의 보편적 현상으
로 굳어지는 불륜이나 성매매를 들려주는 것으로 읽을 수 있다. 그것은
모든 것이 상품화되고 교환가치 한 가지로만 통용되는 우리 사회의 무규
범 상태나 혼란상을 그대로 드러내는 것이다. 윤리적인 비난이나 또 다
른 도덕군자들의 탄식과는 별도로 우리는 현대 도시의 일상 가운데 그렇

게 만연된 성 문화의 일단을 보게 되는 것이다.

　그러나 우리가 주목하는 것은 작품에 대한 이러한 주제 찾기 식의 패러프레이즈가 아니라 이미 앞에서 언급한 바 있는 시적 방법론이다. 왜냐하면 이 방법론이 실은 시인 이귀영의 개성을 가장 잘 드러내 주고 있기 때문이다.

> ① 나는 온몸이 서랍인 여자를 알고 있다
> 　그녀를 만지면
> 　거짓말처럼 서랍이 열린다 스르르
> 　가슴엔 먼 해를 좇던 눈, 눈, 눈…… 그 눈을 보면
> 　희망이란 이름의 배들이
> 　얼마나 그녀를 기만했는지 알 수 있다
> 　하늘엔 붉은 회오리바람이 일고
> 　검은 바다엔 끊임없이
> 　배들이 밀려가고 밀려온다
> 　그녀의 머리를 만지면
> 　로쟈의 독백이
> 　라스꼴리니꼬프의 피 묻은 도끼가 튀어나온다
>
> ② 내가 가진 가장 큰 푸대 자루는
> 　늙은 뱃가죽
> 　평생 채워도 허기만 남아
> 　허리 구부러진다
> 　내 밥그릇에 수북한 허기
> 　매일 성찬을 먹는다

　인용한 ①은 작품 「서랍」의 일부이고 ②는 「밥」의 한 대목이다. 특히

작품 「서랍」은 이번 시집에서 가장 정채 도는 작품 가운데 한 편인데, 서랍 많이 달린 의장(衣欌)을 여성의 몸 정도로 상상을 펼쳐 나간 작품들이다. 그 여성의 몸은 겪어 온 시간만큼 숱한 삶의 굴곡과 사연을 빽빽한 서랍 속의 내용물들로 감춰 두고 있다. 이를테면 "그녀의 팔을 열면/ 그녀의 첫 남자가 누워 있"고 "머리를 열면/ 로쟈와 라스꼴리니꼬프"가 튀어나오는 것이다. 따라서 이 같은 상상을 축으로 한 이 작품은 그 발상의 참신함과 문맥의 유기적 짜임새 탓에 이귀영의 시적 방법론을 거듭 확인하게 만드는 것이다. 여기에 비하여, 작품 「밥」은 내 몸을 밥이 담기는 푸대 자루로 유추하고 있다. 이 유추는 인간의 몸을 가죽 트렁크로 묘사하는 김언희 식의 상상에서 멀리 벗어나 있는 것은 아니지만 작품 후반의,

숟가락에 쌓아 올린 하얀 봉분
하얀 무덤 속으로 빨려 들어
종착지로 가는
먼 길

과 같은 대목 역시 참신한 메타포에 의하여 한결 생동하게 된다. 숟가락 위의 밥 한 덩이를 무덤으로, 그것도 종착지로 가는 먼 길이 든 봉분으로 상상함으로써 힘의 긴장을 높이는 것이다. 따라서 우리가 되풀이하는 밥 먹는 행위는, 아니 나날의 숟가락질들은 죽음으로 '어서 가세'라는 반복의 행위 외에 다른 무엇이 아니게 된다.

이상에서 보듯 이귀영의 이러한 시적 방법론은 이번 시집 1부에 실린 작품들 가운데서 두루 확인되고 있다. 미루나무 우듬지에 매달려 있다가 끝내 낙하하는 잎사귀로 새를 묘사하거나(「새」) 거미줄 위에 일렁이는 한 마리 거미를 토슈즈를 신은 발레리나로 근본비교하는 일 등이 그 본보기들이다. 그런가 하면 다음의 작품은 또 어떤가.

지하철 손잡이에

매달린

저

퀭한 눈동자들

검은 노동자들


맨발에 샌들을 신고

껌을 딱, 딱, 소리 나게 씹는

유곽의 처녀들

—「박쥐」전문

　이 작품은 ⓐ 지하철 손잡이에 매달린 검은 노동자들, ⓑ 껌 씹는 유곽의 처녀들, ⓒ 박쥐 등의 독립적인 3개 이미지들이 내부적으로 비유 관계를 형성하고 있다. 곧 P. 휠라이트가 말하는 디아포를 단적으로 보여준다. 문맥상 독자성을 띠는 ⓐ ⓑ ⓒ가 실은 ⓒ=ⓐⓐ인 겹은유 형식으로 묶여 있는 것이다. 읽기에 따라서는 박쥐가 도시의 노동자이기도 하고 혹은 큰 거리 뒷골목 유곽의 처녀로 독해할 수 있는가 하면 그 역으로 오늘날 대도시의 노동자와 유곽의 처녀는 자기 정체성을 상실한 박쥐와 다를 것이 없는 존재들이라고도 읽을 수 있다. 어느 경우로 읽든지 우리는 앞에서 잠시 언급한 이상 식의 자연 독법과 그 인식의 틀이 꽤나 흡사한 것을 확인할 수 있을 터이다. 곧 박쥐라는 자연물을 도시적인 풍물로 유추하여 인식하는 것이 그것이다.

　그러나 이귀영의 이번 시집에는 자연물 내지 자연 이미지들이 비교적 드문 편이다. 작품 제목들이나 실제 시 본문들을 꼼꼼히 읽어 보아도 자연 이미지들은 도시적 풍물들에 비하여 그렇게 많이 등장하고 있지 않다. 간혹 자연물이나 자연 이미지들이 등장하는 경우에도 그것은 도시적 감각에 의하여 인식되고 또 채색이 된 것들이다. 지난 20세기 말의 우리 시들, 그 가운데서도 자연 친화적인 생태시나 정신주의시 같은 자연 이미지들이 작품의 전경(前景)들을 이룬 시들과 비교해 보면 이 같은 사정은 한결 확연해진다.

> 잡초가 잡초를 뽑으니 잡초는 뽑히지 않는다
>
> 흙덩이만 흔들어 놓고 발자국만 패어 놓고
>
> 움푹움푹 아버지 무덤 힘 다 빼 놓는다
>
> 잡초로 살다 가신 아버지
>
> 그냥 두라신다
>
> 그냥 두라신다
>
> ―「성묘」 전문

　인용한 작품은 은유의 원리를 축으로 한 이귀영 시의 시적 방법론에서 얼마만큼 비켜나 있지만 다른 작품들과 견주자면 자연 풍물이 비교적 많이 드러나 있는 편이다. 아버지의 무덤에서 잡초를 뽑는, 그러면서 시적 화자가 잡초의 속성을 깨닫는(결국 아버지 삶의 실체를 깨닫는 일인데) 형식으로 '잡초'란 자연물이 작품의 중심 이미지를 이루고 있는 것이다. 그러나 중심 이미지로서의 잡초는 아버지의 삶을 드러내기 위한 하나의 장치와 같은 것. 작품 후반에 이르러 자연물로서의 잡초는 '아버지'란 대상에게 무게중심의 자리를 내준다.

　이 같은 예에서 보듯 이귀영 시의 자연 이미지들은 심미적 대상이거나 어떤 삶의 비의(秘義)를 함축하고 있는, 따라서 인간과, 너 나의 피차 관계를 지닌 자연서정시들에서 확인되는 그런 존재가 아니다. 그것은 도시적 풍물이나 일상에 부수적인 역할이거나 배경 노릇을 하는 단계에 머물 뿐인 것이다. 이는 짧게 줄여서 말하자면 이귀영 시인의 감각이나 정서가 대부분 도시 일상이나 공간을 바탕으로 한 것이고 아울러 그의 시적 이미지들이 도시적 상상력 속에서 생산된 것임을 뜻한다. 일반적으로 모더니즘시들이 도시를 기반으로 생성된 것임을 감안한다면, 이 같은 뜻에서 그의 시들은 모더니즘의 범주에 속한다고 할 것이다. 실제로 이번 시집에서 두드러지게 드러나는 담론들은 도시의 풍물들, 특히 교양 체험이라고 부를 연극, 영화, 음악, 그림 등을 보거나 듣는 경우의 느낌과 정서들을 재구성한 것들이다. 이 시집의 3부를 이루고 있는 작품들은 모두 "마임"이란 부제를 달고 있는 연작시 형태를 보여 주고 있어 이채롭다. 이 작품 가운데 보이체크의 연극 작품이나 E. 뭉크의 그림들을 심미적으로 향수(享受)한 체험을 재구성해 놓은 것들을 읽어 보도록 하자.

① 그것에 꼭 앉아야 하나
　이 바보
　보이첵!
　그건 기계잖아
　불쌍한 상자잖아
　그건 화살표야

　왜 밤이면 모두 잠을 자는 거야
　왜 아침엔 다들 일어나는 거야
　왜 더운데 옷을 입고 다녀
　왜 줄을 서서 기다려
　왜 엄마는 아빠가 아니야
　왜 모두들 돌아가고 있는 거야

② 나는 귀 막고
　눈을 더 크게 뜨고
　붉은 해골이 웃음 짓는
　물과 노을의 만남을 본다

검은 코트 입은

두 사람은

되돌아가 버렸다

다리 위에서


밤은 내게 곧장 달려왔다


　위의 ①은 "마임 17"이란 부제가 붙은 작품「보이첵」의 일부이고 ②
는 작품「입맞춤」의 후반 대목이다. 잘 알려진 대로「보이첵」은 G. 뷔히
너의 유명한 희곡 작품으로 주인공이 갖가지 어리석은 일상의 규칙 속에
갇혀 지내는 내용의 표현주의 극이다. 현대에 살면서 어리석은 수많은
규범 속에 의도했든 아니든 유폐되고 또 번잡한 갖가지 규칙들에 의하여
억압받고 통제당하는 것이 어찌 보이첵뿐이겠는가. 인용한 작품 내용 그
대로 우리 자신들 모두가 실은 사회적 통념이나 고정관념 등에 그대로 맹
종 내지 통제당하며 사는 것이다. 화자의 말 그대로 밤이면 잠자고 아침
에 기상하는 일상의 행위는 오랜 시간 되풀이 반복 과정을 통하여 만들
어진 관습일 뿐이다. 그 관습에 아무런 회의나 의문을 갖지 않는 것 역
시 또 하나의 일반 통념에 그대로 맹종하는 일들인 것이다. 그것은 마치,


네모난 방에서 태어나

네모난 식탁에서 먹고

네모난 책상 네모난 의자에서 공부하고

네모난 운동장 네모난 지구에서 뛰놀다

네모난 문 드나들며 네모난 아침과 저녁을 만난다

—「안티 갈릴레오」부분

와 조금도 다름없는 일이다. 공공의 영역이든 사적인 영역이든 사람은 제도나 규범들에 의하여 훈련받고 길들여지며 주체를 구성한다. 그 제도와 규범은 대체로 획일적인 것, 일반적인 것들로 구체화되고 실현된다. 곧 '네모' 하나로 획일화된 제도와 기구들 속에서 아침저녁을 맞이하고 일상을 영위하게 되는 것이다. 이러한 일련의 근대적 삶, 그것도 대도시 속의 생이란 제도나 규범들 가운데서 그렇게 삭막하고 황폐화된 내용으로 실현되는 것일 뿐이다. 이번 시집에서「안티 갈릴레오」를 비롯하여 반복의 형식을 통사 구문으로 택한 일련의 시들은 그와 같은 우리의 일상을 드러내고 형식화한 것들이다.

그런데 이 같은 획일화되고 권태로운 일상에서 자아가 찾을 수 있는 출구는 그렇다면 어떤 것이 있는가. 출구의 하나는 세속의 일상과 일정하게 거리를 두며 예술이나 종교의 세계로 도피하는 일일 것이다. 특히 예술은 심미적 경험을 통하여 사람들에게 일상과는 다른 어떤 공간을 제공한다. 이 공간에서 사람은 자기 내면의 고양된 정서를 누리고 또 왜곡되고 축소된 자아의 확장을 도모하기도 하는 것이다. 아마도 이 시집의 상당수의 시편들이 앞에서 말한 대로 영화, 연극, 그림 등의 교양 체험들을 제시하고 있는 까닭도 저 '네모'의 획일적인 삭막한 세계를 벗어나기 위한 노력의 일환일 터이다.

다만 여기서 우리가 주목할 것은 이들 예술이 오늘날의 저급한 대중문화 속의 속악한 예술들이 아니라는 점이다. 이는 우리 시에서 그동안 문화주의라는 말로 불리고 있는, 곧 속악한 대중예술들을 시적 대상으로 삼는 한 흐름과 일정한 거리를 두고 있다는 지적이다. 그런 점에서 이귀영의 작품들은 김종삼(金宗三)류의 음악시들과 같은 고급 예술 외 심미적 체험을 재구성하고 있는 일련의 작품들과 정신적 주소를 같이한다고 할 것이다. 인용한 작품 ②는 E. 뭉크의 그림「절규」를 다시 언어로 묘사한 것이고 또 그를 매개로 화자의 심리적 정황을 보여 준다. 두 사람이 돌아간 빈 다리에서 문득 밤으로 상징되는 '죽음'이거나 '불안'이 엄습하는 화자의 내면을 드러내고 있는 것이다.

　끝으로 다시 한번 이번 시집에서 이귀영이 보여 주고 있는 시적 관심이나 방법론들을 정리하자면 다음과 같은 것들이다. 곧 도시적 감각을 바탕에 깔고 있는 그의 시들은 한결같이 드라이하면서도 매우 유니크한 일상의 담론들을 보여 준다는 것. 그의 시들이 드라이함은 도시 일상 속에 감춰진 허위나 모순을 반성적이고도 지적인 방법으로 언술한다는 점에서, 또 시적 방법의 유니크함은 은유들을 축으로 대상을 새롭게 파악하고 형상화한 데에서 오는 것들이다. 이 같은 시적 특성들이 보다 예각화될 때 그의 시는 우리 시 동네에서 남다른 개성과 성취를 이룩하게 될 것이다.

# 풍자인가 관조인가
—최금녀의 시 세계

## 1.

　일반적으로 시인이나 화가 같은 예술가들의 자화상은 자신을 대상화한 시나 그림이란 점에서 흥미롭다. 먼저 그 작품을 통해서 우리는 시인이나 화가들이 자신을 어떻게 바라보고 생각했는가 하는 정신적 비의를 엿볼 수 있다. 그리고 더 나아가 그 예술가의 실체 내지 핵심으로 바로 접근할 수 있는 은밀한 통로 같은 것이기도 해서 다른 작품들에 비해 좀 더 관심을 갖게 되는 것이다. 이를테면 우리에게 "나를 키운 건 팔 할이 바람이다"란 시구로 잘 알려진 미당의 「자화상」도 이러한 예의 하나이다. 미당의 이 작품에는 그의 초기 삶과 정신적 편린이 웅숭깊게 함축되어 있다. 비록 거칠고 숨 가쁜 말투이긴 하지만 그 작품을 읽다 보면 시인의 이러저러한 곡절 많은 가족사나 고단한 자신의 삶이 보이는 것이다.

　개인적인 고백이지만 미당의 생가를 처음 찾았을 때 일종의 충격처럼 다가왔던 강한 인상은 아마도 이 작품을 오래 읽어 온 나의 내밀한 추체험 탓이었을 것이다. 작품을 통해서 평소 그리고 있던 심상과 막상 현장의 실물을 대했을 때의 괴리감이라고나 할까. 바다를 앞에 한 마을 한 옆

나지막한 지붕의 외채 초가집은 내 마음속 심상과는 너무 판이했다. 거기에는 대추나무도 우물도 없었으며 더욱이 그 공간에서 지난한 삶을 영위한 인물들을 선뜻 떠올릴 수가 영 없었던 것이다. 그럼에도 불구하고 작품 「자화상」은 미당의 초기 시를 이해하는 데 없어서는 안 될 은밀한 통로 같은 작품으로 많은 논자들이 읽고 있다.

　말을 에두르기는 했지만 우리가 읽어 볼 최금녀 시인의 작품들에서도 작품 「자화상」 2편은 그의 시 세계를 이해하는 데 있어 여러 가지 단초를 제공하고 있다. 우선 작품을 읽어 보자.


　　① 기생이 되려다 못된 년들이
　　　글을 쓴다는
　　　김동리 선생님의 말씀으로
　　　화끈 달아오르는 내 얼굴.
　　　그 말씀에 주를 달아 준 분은
　　　더운 차 한 잔을 밀어 놓고 사라지며
　　　"끼가 있다는 뜻"이란다

　　　그렇다
　　　느지막하게 내린 신기로 굿을 치고 다니는데
　　　선무당 사람 잡는 소리가 등을 훑어 내리고
　　　옷 속으로 식은 땀 쭉 쭉 흐른다
　　　　　　　　　　　　—「자화상」 부분(『큐피드의 독화살』 수록)


　　② 맨몸은 서러웠다
　　　덧씌우고
　　　깎아 만들어 붙이며
　　　저 심장의 모서리에서 뛰고 있던

신기도 불러들여

산맥과 강
도로와 건물
지도에 그려 넣으며
어깨 흔들다 돌아오는 길

붙인 속눈썹
뚝뚝 떨어져 밟힌다
코도 입도 뭉그러진 채
숨결 잦아들어
고개를 떨군다

―「자화상」 전문(『내 몸에 집을 짓는다』)

인용한 작품들은 모두 "자화상"이란 제목을 달고 있다. ①은 네 번째 시집에, ②는 세 번째 시집에 각각 실려 있다. 시간 차이로는 3년 정도의 간격을 두고 씌어진 작품들이다. 일반적으로 시인의 자화상이란 자신을 대상화한 독백이란 점에서 그의 내면 풍경을 엿보는 데는 매우 유효하다. 이미 언급한 바 있는 유명한 미당의 자화상을 생각해 보면 이 사정은 금방 자명해진다. "애비는 종이었다"거나 "나를 키운 건 팔 할이 바람"이란 진술로 널리 알려진 이 작품은 사람들 사이에서 많이 회자되면서 그에 따른 숱한 화제를 낳은 바 있다. 특히 '애비가 종'이라는 진술은 사람들에게 시인의 실제 전기적 사실로 수용되면서 이 시인의 해명이 여러 차례 이루어지기도 했다. 그만큼 이 작품은 시인의 여러 정황을 가늠하는 데 중요한 단서 노릇을 했던 것이다.

마찬가지로 최금녀 시인의 자화상 역시 우리가 읽기에 따라서는 이 시인의 작품 세계를 들여다보는 데 매우 유익한 단서를 제공할 수도 있을 것이다. 인용한 작품 ①은 실제 경험담을 제시하면서 다시 문학의 길로 접어든 시인 자신의 내면 정황의 일단을 보여 준다. 여기서 실제 경험담이란 작품의 겉문맥에 드러난 그대로 문단의 큰 선배인 김동리 선생을 예방했을 때의 일이다. 김동리 선생은 새삼 설명이 필요 없이 '생의 구경적 형식'이란 순수문학의 이론을 만들고 또 그것으로 해방 이후 한국문학의 한 축을 이끌어 온 인물이다. 그의 생각으론 여성 문인이란 "기생이 되려다 못된 년들"에 지나지 않는다. 왜 그럴까. 작품의 화자에 따르자면, "끼"가 있어서 그렇다는 말로 풀이되어 있다. 기(氣)는 그것이 신기이든 바람기이든 그 사람의 기질이고 기운이다.

잘 알려진 대로 기생은 그가 살던 시대의 기성 관습이나 규범을 벗어난 일탈의 삶을 주로 살았다. 그리고 그 일탈에 따른 보상은 '기예'이거나 '풍류'를 통해서 얻으려고 했다. 아니, 보상이라기보다는 신분적 특수성에서 오는 세계와의 불화를 그 기예를 통해 해결하거나 풀고자 한 것이다. 여성들에게 있어서 글쓰기는, 김동리 식의 관점에서는, 여느 여성들과 다른 삶을 사는 일탈에 따른 한 보상인 것이다. 그런데 최 시인은 그 김동리 식의 "끼"를 신기로 받아들인다. 그것은 대개 시가 뮤즈와의 접신에 따라 만들어진다는 오랜 통념에 따른 인식일 터이다. 그러나 그 신기는 굿을 하듯 글쓰기에 몰입하도록 만들지만 그렇게 여의롭기만 한 게 아니다.

그것은 최 시인의 문학적 이력 탓이리라. 젊은 시절 문학 동네에 여느 시인들처럼 전입했지만 실제 본격적인 작품 활동은 그보다 훨씬 뒤에 늦깎이로 시작한 것이다. 인용한 작품 ②는 그 사정을 절절하게 제시하고 있다. 그동안 많은 페미니스트들이 말해 왔듯이 여성의 글쓰기 전략이란 남성들과 달리 이중적 구조이다. 그 구조는 남성의 억압 체계를 해체하는 것이면서 동시에 세계와의 화해를 모색하는 것이기 때문이다. 조금 더 간략하게 말하자면 그 글쓰기는 나름의 여성 작가로서의 의식과 더불어 보다 많은 기획과 전략이 필요한 셈이다. 화자는 이 작품에서 그러한 전략 부재를 '맨몸은 서럽다'고 말한다. 그리하여 "덧씌우고/ 깎아 만들어 붙이"고 하지만 그것도 그렇게 용이한 것은 아니다, 마지막 연에서 보듯 속눈썹이 떨어지는 눈물과 입 코가 망가지는 울음에 깊이 파묻히기 때문이다. 말하자면 자괴감과 열패감에 시달리는 것이다. 그러면 최 시인에게 있어 글쓰기는 무엇인가. 또 그 글쓰기는 무엇에 대한 글쓰기인가를 살펴보자.

## 2.

이 글은 그녀의 네 권의 시집을 읽고 그 세계를 더듬어 보고자 한다. 곧, 지금까지 나온『들꽃은 홀로 피어라』(2000),『가 본 적 없는 길에 서서』(2001),『내 몸에 집을 짓는다』(2004),『큐피드의 화살』(2007) 등을 집중적으로 읽어 보려는 것이다. 그런데 이들 네 권의 시집은 확연히 둘로 갈리는 특성을 보여 주고 있다. 우선 앞의 두 권의 시집이 압축과 생략이란 전통적인 시적 전략에 충실하다면 그다음의 두 권은 일상의 반성적 성찰과 그에 따른 삶의 관조들을 보여 주고 있는 것이다. 이 같은 시적 변모는 아마도 이 시인의 현장 감각과도 무관하지 않을 것이다. 말하자면 작품의 제작이 문학 동네의 흐름에 보다 근접하게 되었던 것이다. 그것은 오랫동안 이 시인이 문단과 격절되어 있었던 사정과도 무관하지 않을 것이다. 아무튼 실제 작품을 읽어 보자.

바람은
열린 곳으로만 다니라고
일러 준다

낮은 데로만 흐르라고

강물이 소리친다

집 없는 새들도
그렇다고 거든다

그러나
사람들은
못들은 척한다

—「누군가 보고 있다 2」 전문

인용한 작품은 아주 간결한 시적 조사를 보여 준다. 그 간결성은 이미
지의 세부들이 모두 빠져 있는 데서 연유한다. 이를테면 바람, 강물, 새
등등의 이미지들은 인상적인 세부들을 통하여 제시된 것이 아니라 그 속
성의 의인화를 빌어 진술되고 있다. 따라서 이 같은 시적 조사는 말 그대
로 간결성을 축으로 한 압축과 생략의 한 본보기인 것이다. 아마도 이 간
결성은 최금녀의 초기 시에 일반화된 현상일 것이다. 위의 작품 역시 간
결성을 축으로 자연과 사람이란 이항 대립을 보여 준다. 그 대립은 인간
들이 자연의 이법을 '모른 척한 데'서 비롯된다.

사람이면 누구나 "열린 곳"으로 다녀야 하고 또 할 수 있는 한 "낮은
데"로 임해야 바람직한 삶을 누릴 수 있다. 그러나 인간 일반은 이 같은
자연의 이법을 모른 척한다. 그것은 대체로 집착과 분별 같은 미망 때문
이다. 또 그 때문에 끊임없이 세계와 불화한다.

그런데 범박하게 말하자면 최 시인의 자연은 위에서 보았듯 삶의 이법
만을 보여 주는 것이 아니다. 그 자연은 흔히 전통적 정서라고 말해지는
'한'과 일정 정도 관련되어 있다. 한은 주지하듯이 이중 구조를 지닌 정
서이다. 하나는 인간이 절대 세계에 끝내 도달할 수 없는 데서 빚어지는
비애의 정서이다. 다른 하나는 그 정서가 반복의 형식을 통해서 제공하

는 해원이나 즐김의 구조다. 이러한 한은 오랫동안 우리의 정서를 지배해 왔다. 그것을 최 시인은,

어디서
사람의 종자 날아와

모닥불 피우고
짐승처럼 살던 자리
어디 있을 텐데

새끼 낳다 숨진
암컷들의 서리 치는 한

한의 씨
갈대로 피어
가을마다 하얗게 머리 푼다

―「핏줄」부분

라고 태초부터 주어진 인간의 기본 조건 정도로 제시한다. 이 작품의 화자는 가을날 갈대들을 보면서 그것들이 한의 씨라고 상상한다. 그것도 '새끼 낳던 암컷'들의 한이라고 생각하는 것이다. 대체로 암컷들의 숙명은 목숨 건 출산을 해야 한다는 데 있다. 그리고 그 출산은 새 생명의 시작이기도 하지만 암컷의 죽음을 뜻하기도 한다. 이 같은 모성의 이중적인 구조는 '한'의 다른 이름이기도 하다. 이 작품의 화자는 갈대란 모성의 한이 현실태로 드러난 것임을 깨닫는다. 그 한은 수만 년 전부터 비롯된 암컷의 조건이자 정서인 것이다. 그런데 갈대는 여기서 사람과 겹쳐진다. 화자에 따르자면 갈대는 '고독한 눈빛을 간직한' 사람처럼 서 있는

426

것이다. 김종길 교수의 지적처럼 다소 투박하긴 하지만 이 작품은 여성의 한이 무엇인가를 잘 보여 준다.

그런데 한을 매개로 한 최 시인의 상상력들은, 당연한 일이겠으나, 전통적인 자연 그것도 농경 사회를 축으로 펼쳐진다. 그 농경 사회는 그 나름의 여러 가지 삶의 미덕이나 가치들을 내장하고 있다. 물론 그것들은 이제 대부분 도시화 산업화에 밀려 해체된 것들이다. 다음 작품을 읽어 보자.

가을 들판이
해산한 여인으로
누워 있었다

해가 짧아졌지만
걱정할 게 없었다

예쁜 풀씨들이
붉은색, 흰색, 꽃씨 보듬고
여기저기
톡톡 튀며 씨를 뿌리느라
매우 바빴다

멀리 지평선 쪽에는
가을을 보내는
장례 행렬이
만장 나부끼며
무늬지고 있었다

―「어떤 풍경」 전문

제목 그대로 가을 한낮의 들녘을 가볍게 그려 내고 있는 이 작품은 그
만큼 간결 선명하다. 가을의 계절적 의미를 해산한 여인으로 의인화하
고 그 세부들을 잘 보여 주고 있기 때문이다. 널리 알려진 대로 가을은
뭇 푸나무들이 조락하는 시간이기도 하지만 동시에 수확하고 새로운 시
작을 준비하는 때이다. 이 작품은 이 같은 이중적인 의미를 잘 함축해서
보여 준다. 순환적인 시간관, 조락과 수확, 죽음과 탄생 같은 농경의 사
회 어디서나 확인되는 세계관을 단적으로 제시하고 있는 것이다. 곧, 선
이 굵은 개괄 묘사는 이 작품에서 간결 직절한 언술의 효과를 보여 준다.
가을뿐이겠는가. 봄 역시 시인에게 다양한 정서를 일깨워 준다. 그것은
꽃, 이를테면 첫 시집의 표제작인 들꽃이나 목련 등과 같은 화훼류를 통
하여 제시된다. 지난날 한시의 시령제(時令題)라고나 해야 할 시적 대상
들을 주로 작품화한 것이다. 순환하는 네 계절의 뭇 자연현상들을 글감
으로 삼아 자연에 대한 인간의 감응을 노래한 일이 그것이다. 그들은 자
연의 절대 법칙에 절망하는 한편 그 자연과의 합일을 일궈 낸다. 그 합일
이야말로 그들에게는 삶의 한 지표가 된다. 이른바 농경 사회에서의 상
부상조나 겸양, 나눔과 베풂 등 일련의 인간적 미덕들이란 자연과의 합
일 또는 자연을 통하여 터득한 것들이다.

봄이 불붙는다

산비둘기 울고 간 하늘

흙먼지 날리는 시렁 위
진분홍 한 다발

화전에 내려앉은 꽃잎
쪽진 뒷모습

바람처럼 날린다

가슴 살아난다

―「화전에 내려앉아」 전문

이 짧고 간결한 시는, 읽기에 따라서는, 박목월의 초기 향토색 짙은 작품을 연상시킨다. 폭이 큰 비약과 생략에서 오는 행과 연 사이의 여백이 우선 그렇다. 계절 음식으로 진달래 꽃잎을 얹어 부치는 꽃부침개나 그걸 부치고 앉은 여인네, 흙먼지 날리는 토막, 그리고 산비둘기 등등은 그림으로 치자면 실경산수라기보다는 관념화된 산수에 가깝다. 말하자면 현실 공간의 세부들이 과감히 생략된 그래서 화가의 의도대로 재구성한 산수인 것이다. 이 같은 산수를 인간이 꿈꾸고 이상화한 공간을 그린 산수화라고 한다든가. 아무튼 그림치고는 여백이 실경보다 훨씬 더 커진 그림인 것이다. 그렇게 세밀 묘사보다는 개괄 묘사에 치중한 위의 작품은 한 폭의 관념산수화인 것이다. 아마도 박목월 초기 시의 공간이 관념 속 공간이란 사실주의자들의 불평도 이 같은 사실에서 연유할 터이다. 화자는 범박하게 말하여 지금 한 폭 관념산수화 앞에 서 있다. 그는 자기 앞에 펼쳐진 풍경을 응시하며 '가슴이 살아나는' 정서적 충동을 경험한다. 그 경험은 자신이 평소 꿈꾸고 이상으로 여겼던 풍경을 만났을 때의 전율 같은 경험이다. 실제로 현실에서의 세부들이 과감히 생략된 그래서 관념화한 풍경의 힘을 시인은 깨닫고 있는 것이다.

최 시인의 이러한 농경적 상상력은 일의 이치 그대로 고향과 어머니와도 깊숙하게 닿는다. 그 고향은 지금 여기가 아닌 회상 속 공간이다. 그것도 그녀의 학창 시절이 묻힌, 청주나 소전리 그 인근의 공간들이다. 그 공간에서의 기억들은 주로 친구들이나 혈족들과의 이러저러한 일들에 관한 것들이다. 이는 연작시 「어떤 경험 이야기」에서 언급된 현실 정치에서 벗어난 일과 깊이 관련된다. 이를테면,

이제야

삶이

그에게 외출을 허락했다

자유인으로

—「은퇴 2」부분

와 같이, 현실의 고된 일에서 벗어난 자리에서의 회상인 것이다. 그동안의 문학판과 거리가 먼 복잡다단한 일의 질곡에서 벗어난 감회는 "은퇴"라는 제목이 이미 암시하듯 현실과 일정 정도 거리를 둔다. 그러나 과연 은퇴인가. 앞에서 말한 바 있지만 그것은 새로운 시작을 한편으로 의미하는 것이다. 이는 마치 가을이 조락과 함께 파종이라는 새로운 시작을 함축한 일과도 견줘진다. 사실 이 무렵의 작품들은 상당수가 가을, 은퇴, 회상, 시간의 덧없음 등과 같은 비애의 정조에 휩싸여 있다. 그것들은 중년을 넘어서 문학의 자리에 다시 돌아온 자의 정서이기도 하다. 그런가 하면 지금까지의 일을 정리하고 새로운 일에 본격적으로 나서지 못한 마음속 망설임이나 방황도 거기에는 있다. 시「자화상」에서 읽었던 그대로 선무당의 "찬땀 나는" 정황이 그것이다. 그 같은 시간을 시인은 "메마른 철"이라고 명명한다. 곧, "살아 있는 것 모두 말라 버린/ 황토 바람// 비 한줄기 덕스럽게 쏟아지면/ 목마르고 여윈 삶들/ 한숨 돌리련만 (…중략…) 무슨 꿈이 있는지/ 맑은 얼굴/ 새 아침을 막연히 기다리는 걸까"(「메마른 철」)와 같은 현실/원망의 이항 대립 속에 처해 있는 것이다. 말하자면 생산과 풍요가 없는 황무한 상황인 셈이다. 그러나 그 상황 속에는 기다림이 있다. 일찍이 황무지에서 엘리엇이 말한 '비를 머금은 한 줄기 바람'이 부는 것이다. 전망이 분명하지 않은 시점의 그 희망은 그러나 도로(徒勞)와 같은 것이기도 하다.

아스팔트 위

벌레 한 마리 기어간다

가 본 적도 없는 길을
더듬이 하나로

시간 위로 떠난

어둠이
빛이
이끄는 대로
가야 하는 하루 하루

─「가 본 적 없는 길에 서서」 전문

인용한 작품은 두 번째 시집의 표제작이기도 한데 "가 본 적 없는 길"
에 대한 불안과 힘겨움이 어떤 것인지 잘 보여 준다. 그 불안은 분명한
목적지나 전망이 없는, 그래서 더듬이 하나에만 의지할 때의 불안이다.
말이 그렇다는 것이지 더듬이에 의존한다는 것은 원초적인 감각 내지 본
능에 맹목으로 따른다는 의미에 다름 아니다. 그것을 화자는 "어둠이/
빛이" 이끈다고 표현한다. 결과적으로 이러한 길 가기란 원초적 감각이
명하는 대로 갈 수밖에 없는 것. 또 거기에는 처음부터 시행착오나 실패
가 내장된 것이고 따라서 도로와 크게 다르지 않다. 말이 조금 엇나가기
는 했지만 최 시인이 원초적 감각에 의존해 찾아간 곳은 고향이고 글쓰
기이다. 그의 고향엔 할머니와 '지체 있는 가문'을 고집하는 조부가 있
다. 그곳은 농경 사회를 축으로 한 규범과 인정이 넘치는 곳이다. 글쓰
기 역시 귀향과 같은 연장선상에 있다. 곧, 그녀가 일을 끝내고 "은퇴"한
자리에서 비록 선무당 같은 어설픔과 낯설음을 무릅쓰고 찾아낸 새로운
'씨앗'─그것이 글쓰기인 것이다.

왜 회상이고 기억인가. 기억은 지난 일들의 보관이고 수집된 결과물이다. 그 기억은 화석처럼 또는 문양처럼 인간의 뇌신경에 각인되어 있다. 그러나 사실의 단순한 복제품인 기억은 회상에 의해서 의미들을 획득한다. 그리스에서 여신 므네모시네는 지나간 시간을 불러오는 역할을 담당했다. 지난날 화석화된 기억을 불러와 현재화하고 의미 있는 것으로 변화시킬 때면 이 여신을 영매로 썼다고 한다. 회상은 그래서 의미 있는 기억이 됐다. 대체로 기억을 현재화함으로써 오늘의 문제를 되새기고 거기서 해결의 단초를 찾는다. 그러나 기억의 이 같은 전유를 뛰어넘어 시인은 때로 그것을 심미화한다. 말하자면 회상된 이미지들을 미적 대상으로 제시하고 거기서 일정한 정서를 환기토록 하는 것이다. 다음의 시를 읽어 보자.

누워 있는 강 허리 넘어

자는 듯 깨는 듯

어딘가에 닿으면
간이역 푸른 불빛

역무원이 흔드는 깃발
조용히 닫히는 문

종착역은 어디쯤일까

잠들지 못하는 사람들                    ―「간이역 푸른 불빛」 전문이 작품의 화자는 실제 간이역을 바라보고 있는 것이 아니라 심층 심리 속의 어떤 풍경을 재구성하고 있다. 엄밀하게 말하자면 화자는 눈을 감은 채 회상에 잠겨 있는 것이다. 그 회상의 내용은 이렇다. 강 건너 간이역이 있고 거기 기차가 떠난 뒤의 닫힌 문, 그리고 장면은 바뀌어 도착지를 앞두고 잠들지 못하는 사람들이 웅성대는 객실 안 정경이 나타난다. 카메라의 앵글로 치자면 전경 포착의 광각에서 특정 대상을 초점화한 줌인으로 변화·이동하는 것이다. 이 시는 이 같은 회상 속의 한 정경을 선이 굵은 터치로 보여 준다. 마치 읽기용 사진처럼 그 정경은 읽는 이에게 많은 의미와 정서를 환기한다. 그 의미는 이미 앞에서 지적한 과거 전통적 삶이 지닌 미덕과 값을 높이 치는 것이면서 그 소멸을 아쉬워하는 내용이다. 아니 그 삶들이 왜 중요한가를 새삼 일깨우는 것이다. 그러나 이 전언은 겉문맥으로 드러나지 않고 배경으로 감춰져 있다. 대신 재구성된 정경 한 폭을 전경화함으로써 그립다든가와 같은 아련한 페이소스만을 환기하도록 한다.

그런데 이 같은 회상을 통한 글쓰기는 서서히 변모한다. 곧, 기억을 불러내고 지난날을 보다 무게 있게 의미화하던 데에서 '이제 여기'의 문제로 옮겨 온 것이다. 그것은 은퇴와 새로운 시작 사이의, 더 나아가 지나간 시간에 따른 상실감 등을 이제 극복한 일이기도 하다. 특히 네 번째 시집 『큐피드의 화살』 이후 이러한 시적 태도의 변화는 두드러진다. 이제 최 시인은 일상을 발견하고 그 문제들을 바라보기 시작한 것이다. 말하자면 옛날의 고향에서 여기 도시 일상 속으로 정신적 거처를 옮겨 온 것이다. 당연한 일이지면 시적 수사도 압축과 생략이 아닌 세부의 목록화 내지 사실성의 중시로 바뀐다.

아주 그럴듯한 계약
그 계약에 동의만 하면
생활비가 척척 온라인 입금된다는

그 대신 내 집 벽체에서
벽돌 몇 장씩을 빼 주겠다는 약속

그러니까 제 몸에 빨대를 꽂고
제 피를 빨아내어
학비 조달한
60년대식 매혈 같은 방식이랄까

편리한 복지도 다 있구나
그것 참 절묘하다 감탄하며
한 칸 집에 서명날인만 하면
자식에게 신세질 일은 없다는
그런데
어느 가장의 유언
―밤마다 하늘이 무너진다 어지럽다―

―「모기지론」 부분

　　이 작품은 굳이 산문적인 설명이 필요 없다. 그만큼 평이한 서술 형식
을 취하고 있는 것이다. 화자는 겉문맥에 드러난 그대로 금융 상품의 하
나인 모기지론의 허구를 진술한다. 말이 좋아서 모기지론이지 실은 제
몸의 피를 뽑아 매혈하는 행위에 지나지 않는 이 제도의 실상을 간파하
는 것이다. 더욱이 지난날 혹심한 가난을 겪어 본, 그것도 집 없는 설움
에 시달려 본 세대에게 이 제도는 허공의 거미줄에 걸려 헛발질하고 있
는 '모기'들의 그럴듯한 '지론'일 뿐이다. 그들 세대에게 있어 집은 단순
한 주거 공간이 아니다. 집은 현실에 뿌리박았다는 자기 정체성 상징의
하나이며 신분 정위의 대표적인 표지였다. 도시 공간에서 집을 소유한
다는 것은 곧 중산계급으로의 편입이자 신분 상승을 뜻했다. 화자의 말

대로 하자면 이들에게 집은 하늘이었던 것이다. 그 하늘을 버린다는 것은 자기 삶의 상실이자 포기가 아니겠는가.

그런데 일상에서 우리의 삶을 위협하고 때로는 음흉한 폭력마저 행사하는 세목들은 많다. 중층화된 사회인 만큼 다양하고 복잡한 것이다. 이를테면 음주 측정에 걸렸을 때 "자 여기 내가 있소 나를 책임질" 주민등록증(「쫑」)에서부터 카드의 비밀번호, 그런가 하면 묵정밭 천덕꾸러기에서 금싸라기로 변신한 감자 이야기, 알츠하이머를 앓는 작은아버지 등등이 이들 일상사의 세목들인 것이다. 물론 이들 세목 가운데는 여행 체험을 글감으로 한 것들도 있다. 여행지는 국내인 경우도 있지만 상당수는 외국이다, 이는 여행 자유화라는 세태의 반영이기도 하지만 대부분은 생 체험의 확충으로 읽을 수 있다. 미지의 세계와 그 세계의 숨은 의미를 탐색한다는, 그래서 삶의 의미를 다양하게 넓힌다는 것이다. 아무튼 일상으로 돌아와 최 시인이 보여 주는 세목들은 크게 둘로 나눌 수 있다. 일상에서 그동안 살피지 못했던 새로운 의미의 천착이 우선 그 하나이다. 다른 하나는 현실이 음흉하게 감춘 모순이나 비인간적 폭력을 발견하는 것이다. 이 두 번째는 이미 앞에서 살핀 그대로 현실 비판으로 나간다. 그 비판은 야유나 비아냥 같은 풍자의 형식을 빌게 마련이다. 이는 아마 최 시인의 앞으로의 시적 과제이기도 할 터이다.

그러면 일상에서 새롭게 살피거나 찾아낸 의미란 무엇인가. 이는 이 시인의 만만치 않은 연륜과 맞물린 관조에 기인한 것이리라.

제초제를 뿌리고 며칠 후
마당에서
너 그렇게 독한 살충제 뿌리고 마음 편하니?
저 어린것들의 아토피 알고 있니?
눈 부릅뜨고
나를 쏘아보고 있는

—

저

잡초

　　　　　　　　—「잔디밭에서 잡초의 말 듣는다」 전문

　　이 작품 역시 산문으로 풀어 읽어야 할 대목이 없다. 문맥 내부에 고도
의 상징이나 해석의 애매성이 있지 않기 때문이다. 그만큼 직절한 표현
이 두드러진 작품이다. 화자는 잔디밭에 제초제를 뿌린 후 자기 마음의
소리를 듣는다. 그 소리는 잡초가 하는 말의 형식을 빌고 있을 뿐 실은
화자 자신의 내면에서 건너오는 또 다른 말소리인 것이다. 다만 여기서
주목할 것은 풀과 사람이 서로 다르지 않다라는 생태학적 상상력이다.
잡초나 잔디, 그리고 사람은 모두 온생명을 구성하고 있는 개별 존재들
이다. 장회익 교수의 말처럼 세계 내 모든 생명체란 개별 생명임을 넘어
온생명인 것이다. 그것들은 타자로서 일방적으로 정복되거나 훼손될 수
없는 생명들인 것이다. 생태학적 상상력은 이처럼 주변의 사소한 대상
들을 모두 평등한 또 동일한 값을 지닌 존재로 대접하고 이해한다. 특히
뭇 생명들이 서로 인과 연에 따라 그물망 같은 생명의 연쇄를 이루며 '큰
나'를 이룬다는 동양적 세계 해석이 그렇다. 그런가 하면

　　오늘 아침, 짜지도 맵지도 않게 끓인 미역국 한 그릇을

　　그분 앞에 밀어 놓으며

　　어머니,

　　이제는 제가 오래 참고 달이는 법을 모두 익혔습니다

　　짜지도 맵지도 않은 심심한 세월이 여기 있어요

　　한 그릇 잡숴 보세요

　　　　　　　　　　　　—「오래 참고 달이다」 부분

와 같은, 오랜 시간을 통하여 익힌 세월의 의미를 제시하기도 한다. 마치

법인(法忍)과도 같이 긴 시간 경험의 축적을 통하여 인식과 깨달음의 확충을 보이고 있는 것이다. 결국 이러한 태도와 세계 해석은 모두 최 시인의 만만치 않은 연륜과 관조에 기인한 것이다. 과연 "짜지도 맵지도 않은 심심한 세월"이란 무엇인가. 그것은 오랜 시행착오를 거치며 삶이나 세계의 한복판에 드디어 이르렀음을 뜻한다. 젊어서의 국 끓이기나 간 맞추기가 여러 시행착오의 반복을 거쳐 이제야 '심심한 맛'을 내는 데에 이른 것이다. 화자는 국 끓이기의 핵심 요체인 오래 참고 달이는 방법을 터득한 것이다. 이와 같은 화자의 진술에서 유추할 수 있는 것은 세월의 경과와 그것이 뜻하는 의미이다. 사람은 갖가지 많은 경험이 온축되면서 앎의 영역이 확대되고 그 폭 또한 넓어진다.

그리고 그것을 통하여 세계나 삶의 핵심을 간파한다. 우리가 연륜과 관조를 문제 삼고 그것을 미덕으로 여기는 것은 이 때문이다. 최 시인의 이즈음의 시 세계를 특징짓는 것은 바로 이러한 연륜과 관조라고 할 것이다. 미당 시구를 굳이 패러디하자면 '머언 먼 젊음의 뒤안길을 돌아서' 오는 남다른 시적 여정을 그동안 최금녀 시인은 보여 주었다. 그것은 출발은 일렀으되 뒤늦게 고향에 돌아오듯 불과 십여 년 전 시 동네에 정신적 거처를 옮겨 온 것이다.

그리고 이러한 사실에 대한 자의식은 그녀로 하여금 회상과 방황에 일시 머물게도 만든다. 대개 첫 시집과 두 번째 시집의 시 세계가 그것이다. 그러나 다시 눈앞의 일상과 현실로 돌아오면서 그녀는 그 나름의 연륜을 바탕으로 한 현실 비판과 관조를 보여 준다. 시적 스타일 역시 압축과 생략의 형식에서 평이하고 간결한 시적 수사로 변모하고 있다. 최 시인이 앞으로 펼쳐 보여 줄 웅숭깊은 시적 사고와 또 그것으로 성취할 미학은 그래서 주목에 값한다고 할 것이다.

# 혼미한, 그리고 난해한 마술의 춤
—하린 시집 『야구공을 던지는 몇 가지 방식』

## 1.

　왜 그로테스크인가? 나는 하린 시인의 이번 시집 작품들을 통독하면서 문득 이 물음을 떠올렸다. 그것은 그의 시들에서 손쉽게 확인되는 징후들, 예컨대 독특하게 설정된 시적 정황이나, 동원된 시어, 그리고 극도의 낯설게 하기 전략들 탓에 스쳐 간 물음인 것이다. 그리고 이어서 이 물음과 함께 하린 시의 정신적 태도 내지 지형도를 그로테스크의 미학으로 따라가야겠다는 생각을 했다. 그러기 위해서는 실제 작품을 읽어 가기 전에 그로테스크란 어떤 것인지 한번 짚어 보는 게 좋을 것이다. 왜냐하면 그간 그로테스크는 별로 우리 시에서 익숙한 이론 내지 개념이 아니었기 때문이다. 대신 그로테스크란 다소 생소한 말보다는 풍자나 패러디 혹은 부조리, 블랙코미디 등등의 다른 개념이나 말로 논의를 펼쳐왔다. 이는 우리 시의 일련의 현상을 설명하는 데 굳이 그로테스크란 개념과 이론이 필요하지 않았음을 뜻할 수도 있다. 그런가 하면 그로테스크란 용어 자체가 지닌 다소 두루뭉수리식의 애매성 탓 때문이란 설명도 가능할 것이다. 그렇긴 하지만 나는 하린의 작품들을 읽으며 그 작품들이 보여 주는 위악적일 정도의 과격한, 끔직한 이미지나 말투 등을 접하고는 이 말을 손쉽게 떠올려야 했던 것이다. 말하자면 그의 시 독법으로 그로테스크가 적절할 것이란 판단을 내 나름으로 한 것이다.

그렇다. "언제나 순서가 문제다"란(「순서의 순서」) 시인의 말마따나 우선 그로테스크란 말부터 알아보자. 사전적인 의미에서 그로테스크는 이질적인 것들이 뒤엉켜 있는 동굴의 그림을 뜻한다. 이 말의 할아버지말 격인 그로테(grotte)가 동굴을 의미하는 것은 그런 까닭에서다. 그런가 하면 이들 이질적인 것들이 뒤엉켜 있음으로 해서 그동안 친숙했던 세계가 전혀 새롭게 보이거나 다소 우스꽝스런 희극적인 것으로 보이게 된다고 한다. W. 카이저가 말한 대로 하자면 그로테스크란 '존재의 깊은 부조리들과 반은 우스개로 반은 겁에 질려 장난처럼 노는' 것이다.

여기서 존재의 깊은 부조리란 현실이나 세계의 모순, 또는 거기에 내장된 상반된 요소들을 가리킨다. 쉽게 줄여 말하자면 현실이나 삶에 조리에 맞는, 합리적이며 합법칙적인 것들은 없다는 의미이다. 특히 인간의 내면이란 깊이 모를 심연처럼 매우 복잡다단한 것이다. 그 심연에 무슨 합리적이고 조리에 닿는 일이 있을 터인가. 따라서 세계나 삶이란 언제나 상반된 모순, 괴기한 이중성, 엉뚱함 등으로 채워져 있다. 그로테스크는 이런 모순이나 이중성들을 기묘한 이미지로, 때로는 섬뜩한 말로, 때로는 희화화(戱畵化)한 내용으로 제시한다. 뿐만 아니라 모순이나 상반된 요소들 간의 갈등을, 그로테스크는 해결하기보다는 우스개로, 장난처럼 드러낸다. 그 과정에서 필요하다면 적극적인 공격과 비판도 서슴없이 감행한다. 이 같은 그로테스크의 틀과 속성 때문에 때로는 패러디, 때로는 풍자나 반어 등과 그 외연이 겹쳐지기도 한다. 이 점이 그로테스크를 애매성이나 두루뭉수리식의 개념 속으로 몰아넣는다.

꽤 둘러 왔지만 이제는 직접 작품을 읽어 보자. 우선 이번 시집에 빈번히 등장하는 시체나 죽음을 직접 다룬 작품을 읽도록 한다.

당신은 오늘의 가면을 버리고 어제의 가면 속으로 사라진다.

　　건조한 피가 뚝뚝 떨어지는 황사를 헤치며

　　죽지 않고 살아난 당신은 뼈다귀를 들고 퇴근한다

　　뼈다귀에서 맑은 국물이 우러나올 때까지

　　당신의 가면은 여러 번 재탕된다

　　가면 속 해골이 두통을 호소한다

　　두통은 당신이 습관성으로 만든 식상한 변명

　　무의식적으로 하루의 성과를 아내에게 보고하거나

　　혼자 저녁을 중얼거린다

―「시체 놀이」 부분

　　일반적인 시 읽기에 익숙한 여느 독자라면, 이 작품은 먼저 그 제목에서부터 심상찮은 느낌을 받을 터이다. 말이 그렇지 시체 놀이라니? 그리고는 이어서 피, 뼈다귀, 해골 등등의 본문 속 낱말들에 섬뜩해질 것이다. 위악적이라고 할 수밖에 없는 이들 섬뜩한 이미지들은 과연 무엇 때문일까. 나아가 이런 이미지들은 사실 차원의 것일까, 아니면 과장의 한 형식일까. 작품을 통독하면서 나는 이런 물음을 마음속 한켠에서 지울 수 없었다. 과연 어느 것일까.

　　여기서 그 대답을 마련하기 위해 이 작품의 산문적인 번역부터 먼저 해 보도록 하자. '당신'은 일상 업무를 끝내고 퇴근한다. 그러나 잔업처럼 남은 일거리, 뼈다귀들을 챙겨 들고서다. 퇴근 뒤 그는 아내에게 하루 일을 보고하거나 거울을 매개로 자기반성을 하기도 한다. 여기서 급작스런 공간 이동이 이뤄지고 당신은 주점에 앉아 도발적인 얘기 하나를 듣는다. 어떤 자살을 두고 하는 후일담이 그것이다. 그 충격으로 당신은 자살을 꿈꾸며 울다가 주점을 나선다. 여기서 우리는 이 작품의 화자와 주체가 다른 점을 주의해야 할 것이다. 곧, 화자가 화행(話行)의 주체인 '당신'을 밀착 관찰하고 지켜보는 형식을 취하고 있기 때문이다. 이 사실에 유의하며 간추려 읽어 낸 서사 구조는 대략 위와 같이 정리될 것이다.

그런데 단련(單聯)이지만 제법 긴 이 작품의 그 긴 분량은 어디에서 비롯되는가. 그것은 일상의 화술이나 화행을 멀리 벗어나려는 이 시인의 시적 전략 때문이다. 시는, 상식적인 말이지만, 일상의 여느 화행에서 할 수 있는 한 멀리 일탈하고자 한다. 그렇게 함으로써 일상의 뭇 대상들을 낯설게 만들고 더 나아가 시인 나름의 새롭고 유니크한 시의 스타일을 만든다. 이 당연한 이치 그대로 하린 역시 황사를 '건조한 피가 뚝뚝 떨어진다'라고 언표하고 "가면 속 해골이 두통을 호소한다" 식으로 말을 바꿔 표현한다. 그냥 '붉은 자욱한 흙먼지' 정도라고 할 것을 '건조한 피가 뚝뚝 떨어진다'라고 하는 식이다. 뿐만이 아니다. 하루 종일 직장 일이나 사회적 역할에 매달렸던 '당신'의 머리가 두통 때문에 아프다고 할 것을 "가면 속 해골이 두통을 호소한다"라고 짐짓 끔찍한 표현으로 뒤바꿔 말한다.

이 같은 예들은 이 작품에서는 물론 다른 일련의 작품들에서도 흔하게 발견된다. 그런가 하면 이 같은 표현을 뒷받침하기 위해 독특한 시적 정황이 설정된다. 그 정황은 '가면' '시체' '죽음' '관' '석실 고분' 등등으로 언표된다. 이는 본질적 자아 상실의 상태를 죽음의 정황으로, 그리고 직장에서 주어진 일상 업무를 수행하는 얼굴을 가면으로, 더 나아가 그런 극도의 소외 상태에 빠진 인간을 시체 등으로 설정한 것이다. 작품 「시체 놀이」는 이러한 설정에 근거해 사람들의 일상을 시체 놀이라고 일컫는다. 그리고는,

> 당신은 정신없이 술을 마시며 시체의 생을 끝내려고 한다
> 넌 죽어서도 투덜거리는 악취미를 가졌구나
> 오늘은 진짜 죽을 거라고 큰소리치며
> 당신은 가면을 찢으려고 하지만 가면은 순식간에 복제된다

물에서 막 건져 올린 시체마냥 퉁퉁 불은 슬픔으로 당신은 귀가한다

—「시체 놀이」 부분

와 같은 대목에서 보듯, 그 놀이가 '순식간에 복제되는 가면'처럼 일상에서 끊임없이 반복되고 있음을 일깨운다. 현대인의 일상이란 흔히 말하듯 삶의 본질과는 무관한 기계적이고 반복적인 지리멸렬한 쇄말(鎖末)들의 연속이다. 그리고 이러한 삶은 M. 하이데거의 말 그대로 죽음의 상태인 것이다. 이 죽음 아닌 죽음 속에서 사람들은 자기에게 주어진, '가면'으로 상징된, 일정한 기계적 역할만을 반복해 나갈 뿐이다.

　이상에서 우리는 한 작품을 다소 꼼꼼히 읽은 셈이다. 왜냐하면 우리가 읽은 「시체 놀이」에 벌써 이번 하린 시집의 시적 특징들이 거의 망라돼 있기 때문이다. 그 특징들이란 예컨대 도시를 무덤으로, 서울역을 석실 고분으로 치부하는 그로테스크한 설정에 기인한 것들이다. 그 설정을 시인은 죽음을 설계한다라고도 말한다. 그 설계는 '정해진 시간에 출근해서 망치로 배를 얻어맞고도 멀쩡하게 웃어야 하는' 일상을 벗어나기 위한 몸짓이다(「죽음을 설계하다」). 그러나 이러한 일상은 누구에게나, 이미 위에서 말한 그대로, 기계적으로 매일 반복되는 것. 여기서 시인은 이 실존적 한계상황에 대한 분노를 폭발시킨다. 그것이 상당수 작품에서 보게 되는 부정적 이미지들 곧, 인간이 물건이고 고사목이며 화석이란 과장되고 끔찍한 시적 언표의 근원이다. 그런데 이들 부정적 이미지는 한편으로 분노와 혐오를 읽는 이에게 제공하면서 다른 한편으론 웃음기를 제공한다. 이것이 하린 시인의 일련의 작품들을 단순한 풍자에 그치게 하지 않고 그로테스크로 읽게 만드는 요인일 터이다. 말하자면 그로테스크로서 분노/재미란 이끌어 냄과 밀어냄의 이중적 틀을 견지하고 있는 것이다.

## 2.

그러면 이 같은 죽은 시체놀이 같은 일상은 구체적으로 어떤 것들인가. 정신병원이 옆에 있는 낚시터에서의 낚시질, 술 취한 아버지, 신문을 덮고 자는 딸아이, 옥탑방, 패스트푸드점의 알바, 위암 수술을 받은 독거노인 최봉수 씨 등등 그 일상의 품목들은 다양하다. 그나마도 도시 변두리의 힘들고 곤고한 삶의 세목(detail)이라 할 쇄말한 일들로 꽉꽉 채워져 있는 것이다. 단적으로 말해 우리 시대의 평균적 일상들인 것이다. 이쯤서 우리는 해체된 성 문화의 현장을 보여 주는 불륜 문제를 다룬 다음 작품을 읽어 보자.

> 입안에 성기 대신 총구를 문 여자
> 벨이 울리면 방아쇠를 당길 태세다
> 혓바닥이 감금되어 유언조차 남길 수 없다
> 여자는 죽은 후의 이미지를 생각한다
> 하얀 시트에 그려질 붉은 파편에게
> '복수'라는 제목을 붙인다
> 속옷을 입지 않고 당길까
> 지독한 향수를 미리 뿌려 놓을까
> 총알이 머리를 관통하는 순간 눈을 뜰까 감을까
> 발등을 타고 꿈틀꿈틀 기어오르는
> 지끈거리는 햇살을 노려보며
> 욕지거리를 총구 안으로 밀어 넣는다
> 제길, 남자의 사정거리 안에 살지 말았어야 했어
>
> —「방아쇠를 당기다」 부분

인용한 작품은 한 모텔에서 남자를 기다리며 자살을 결심하는 여자의 이야기이다. 그녀는 막 총구를 입에 물고 방아쇠를 당기기 직전이다. 이 극단의 정황 속에서도 그녀는 "죽은 후의 이미지"를 걱정한다. 그 걱정 탓에 읽는 이들은 극단의 절망 속에 감춰진 희극적인 기분을 깨닫는다. 화자의 말투 그대로 "제길"이 튀어나오는 것이다. 제길, 자기가 처한 상황이 어떤 것인데 웬 터무니없는 걱정인가! '유언조차 남길 수 없는' 처지에 이 희화화된 걱정거리들은 쓴웃음을 유발한다. 달리 설명하자면, 공포 속에 웃음을 감춘 이중의 틀을 드러내는 것이다. 이 틀은 읽는 이들로 하여금 대상으로부터 밀어내는 동시에 끌어들이는 심리적 효과를 확보한다. 그런가 하면 이 쓴웃음은 화자가 도덕적 분노 일변도로 흐르는 것을 막아 준다. 바로 이 점이 풍자와 다른 그로테스크의 미학일 것이고 하린 시의 또 하나 주요한 시적 전략이기도 할 것이다.

그런데 여기서 우리는 두 가지 표현상의 특성을 주목한다. 하나는 시적 대상에 대한 과장된 묘사를 통한 끔직한 기괴함의 획득이고 다른 하나는 말의 이중적 의미를 적극 활용하고 있는 점이다. 우선 끔직한 기괴함 혹은 그 느낌은 대상을 과장되게 표현함으로써 얻어진다. 예컨대, 인용한 대목에서 보듯 "성기 대신 총구"를, "혓바닥이 감금되어", 또는 "총알이 머리를 관통하는 순간" 등등의 표현들이 그것이다. 이 작품은 전편이 이러한 표현들로 일관되게 채워져 있다. 이러한 끔직한 기괴함은 더 나아가 이 시집 전반의 조사(措辭)적 특징이라고도 할 수 있다. 그런가 하면 "사정거리"와 같은 중의적 시어들을 전략적으로 배치하기도 한다. 이는 시어에 대한 이중적 독법을 마련해 줌으로써 이미지를 낯설게 한다. 달리 말하자면 이중적 독법이 마련한 기존 문맥의 왜곡 탓에 대상을 낯설어 보이도록 만드는 것이다.

이뿐만이 아니다. 짐짓 죽은 상태의 일상은 위에서 살핀 기성의 성 문화 해체뿐만 아니라 '관'으로밖에 보이지 않는 자동차들의 홍수(「관을 말하다」), 본체인 중심에서 밀려난 나사만 조이는 사내들(「온몸이 전부 나사다」), 정신병원을 들락거리는 변성기 아이들(「정신병원이 있는 그림」) 등등이 시대의 환부를 압축적으로 보여 주는 일과 사람들로 채워져 있다. 그런가 하면 이들이 얼마나 값싼 대중문화에 중독되어 있는가를 보여 주기도 한다.

> 대한민국이 자랑하는 서울역 돌방식 무덤에서
>
> 한 남자의 시체가 발견되었다면
>
> 누군가 발로 툭 건드리자
>
> 덮고 있던 신문지관이 열렸다면
>
> 세상에 공개된 남자의 얼굴이 낯선 부족처럼 느껴졌다면
>
> 그는 분명 전사임에 틀림없다
>
> 치열한 영역 다툼으로 머리카락이 헝클어져 있고
>
> 온몸에 피멍이 솟았다면
>
> 군용 잠바 왼쪽 주머니에서 선사시대의 사진이 발견되었다면
>
> 중년 여자와 어린 딸이 박제되어 있었다면
>
> 그가 마셨을 것으로 추정되는 병 속에 이물질은
>
> 분명 전투에서 패배한 자들이 자주 찾는 독극물이다.
>
> ─「서울역 석실 고분」 부분

때는 10년 만의 혹독한 한파가 몰아친 겨울날 아침일 것이다. 얼굴에 신문지를 덮은 노숙자가 서울역 대합실 한 귀퉁이에 죽어 있다. 옆에는 소주병이 뒹굴고 있다. 사람들이 둘러섰고 역무원과 경찰이 그 주검을 살핀다. 그들은 '10년 만의 한파, 신원 미상의 남자 하나 얼어 죽음'이라고 결론 내린다. 인용한 작품을 우리가 산문으로 풀어 읽자면 대강 이런 이야기가 될 것이다. 그리고 이런 이야기는 누구나 지난날 각종 미디어에서 보고 들었을 친숙한 것들이다.

그런데 그런 이야기가 결코 친숙하지만은 않게, 아니 낯설고 괴기스럽게조차 다가오는 것은 왜일까. 여기서 우리는 지난 세기 1930년대 중

엽 이상(李箱) 식의 비유 전략을 떠올려도 좋을 터이다. 이상은, 잘 알려진 대로, 경성 고공의 친구 원용석을 찾아간 평안도 산골 마을 성천의 풍물을 그리면서 비유의 매재(媒材)로 도회적 사상(事象)들을 이용한다. 그리고 그것이 각별한 효과를 거두면서 모더니즘적 수사의 한 전형을 이룬 바 있다. 하지만 하린의 이 작품은 비유의 매재로 선사시대 석실 고분을, 그리고 그 디테일들을 적절히 활용하고 있다. 달리 말하자면 마치 고분 발굴을 하듯 시적 정황을 설정하고 있는 것이다.

이 작품의 음울한 분위기나 기괴함은 바로 이 같은 설정에 기인한다. 곧, 이 설정 자체가 A. 포우나 라불레의 어떤 작품을 읽을 때와 같은 분위기를 제공하는 것이다. 그렇다고 이 작품이 이런 그로테스크의 효과만을 노린 것은 아니다. 화자는 작품의 마무리에서 이렇게 질타한다. 곧, "당신과 당신의 그림자가 이런 보고서(한파에 따른 동사 처리: 인용자)를 봤다면/ 분명 당신은 죽은 남자와 같은 연대기"에 살았을 것이란 일침이 그것이다. 그러면 죽은 남자가 산 연대는 어떤 연대인가. 화자에 따르자면 그 연대에서는 끊임없는 전투가 진행되고 패배자는 "깨끗한 미래"를 위해 무녀리처럼 제거된다.

이쯤서도 우리는 이 전투가 어떤 전투인가, 패배나 낙오가 무슨 의미인가를 너무 잘 알고 있다. 이를테면 이 전투의 무기란 속도, 혹은 효율성이란 것이고 전선은 특정되지 않은 채 수시로 일상 도처에 마련돼 있다. 그리고 이 전선에서 숭배되는 유일 최고의 가치란 물신화한 교환가치뿐인 것이다. 줄여 말하면 오늘 우리의 자본주의의 삶터, 그곳인 것이다. 그리고 이 삶터에 대한 노여움과 비꼼이 작품을 풍자적 그로테스크로 읽게 만든다.

이쯤서 분위기를 바꿔 다른 작품을 하나 더 읽어 보자. 나아가 평소 지고한 것, 신성한 것의 전복이나 파괴가 주는 심미적 경쾌함이 어떤 무엇인지도 살펴보자.

씨팔, 나 더 이상 안 해

예수가 멀미나는 십자가에서 내려온다

못은 이미 녹슬었고

피는 응고되어 화석처럼 딱딱해진 지 오래다

이천 년 동안 발가락만 보고 있자니 너무나 지루했다

제일 먼저 기쁨미용실에 들러

가시면류관을 벗고 락가 수처럼 머리 모양을 바꾼다

찬양백화점에 가서는 오후 내내 쇼핑을 한다

보헤미안 스타일로 옷을 갈아입자

아무도 그가 예수인지 모른다

복음나이트 클럽에 기도로 취직한다

너무 착하게 굴어 월급도 못 받고 쫓겨난다

—「말달리자, 예수」 부분

만일 예수가 오늘날을 산다면 어떤 삶을 살 수 있을까. 그것도 값싼 대중문화와 자본만이 판치는 우리 현실에서 어떤 형태의 삶을 보여 줄 수 있을까. 이 작품은 이런 설정에서부터 출발한다. 화자에 따르면 그 삶은 익명성이 보장된 평균인, 또는 속도와 경박함에 취한 젊은이로서의 삶이다. 십자가에 매달린 답답한 역할에서 벗어난 예수는 외모부터 그런 젊은이로 치장할 뿐만 아니라 쇼핑을 즐기고 직장에도 적응 못 하는 '무녀리' 같은 존재로 다가온다. 게다가 소주에 취한 채 여자 친구를 뒤에 태운 오토바이를 타고 골고다까지 달리지 않는가.

이 경박한 모습은 뚜렷한 자기 정체성을 상실한 채 시류에 따라 살기 급급한 여느 젊은이와 다를 것 없다. 더욱이 이 모습은 신성한 존재 내지 절대자의 아들이란 기존의 종교적 통념과 극단의 대조를 이룬다. 그리고 이 극단의 대조가 주는 당혹감과 우스꽝스러움은 끝내 우리에게 웃음을 터트리도록 만든다. 신성한 존재의 희화화에는 그런 경쾌함과 즐거움이 있다. 이는 일찍이 예술의 세속화를 주장한 아방가르드의 전위들이 보여 준 전략을 연상케 한다. 이를테면 모나리자의 얼굴에 수염을 그린 M. 뒤샹이라든지, 재클린 케네디의 사진을 다양하게 변형한 앤디 워홀 등이 모두 그런 본보기들이다. 물론 인용한 작품의 속문맥에서 우리는 오늘 우리가 몸담은 삶터란 것이 예수도 어쩔 수 없는 것, 예순들 별 수 있겠는가란 감춰진 의미를 찾아 읽을 수 있다. 그만큼 공소하기만 한 삶터에 대한 강한 반어적 비판을 노리고 있는 것이다.


3.


위에서 살핀 대로 이번 시집에서 하린은 TV, 만화영화, 광고, 야구, 낙서 등등의 대중문화 틀을 이미지 생산이나 시적 설정을 위해 빌려 오기도 한다. 이를테면 "네가 만든 구름의 시청률은 바닥"(「아웃사이더」)이란 언표나 "만화 주인공이 되어 하늘을 훨훨 날아가고"(「신문, 맛있게 편집하다」), "섹스의 대상인 CF 속 모델"(「온몸이 전부 나사다」), "낙서처럼 살아가는 낙서공화국"(「낙서공화국」) 등등이 모두 그것이다. 만화영화의 틀을 빌린, 하이데거를 좋아한 형의 죽음을 그린 다음 작품을 읽어 보자.

> 새벽 무렵 행성 하나가 신호를 보내오자
> 거친 숨소리가 불규칙한 선율로 터져 나온다
> 형은 드디어 입을 열어
> 꿈의 별 안드로메다를 향해 고달픈 여행을 떠난다
> 기차가 어둠을 헤치고 은하수를 건너면
> 우주정거장에 불빛이 쏟아지네……
> 눈동자가 점점 부풀어 오른다
> 엄마 잃은 소년의 가슴엔 그리움이 솟아오르네

힘차게 달려라 은하철도 999 힘차게……
고용된 간병인들이 재빨리 핸드폰 코드 번호를 누른다
옥상 위에선 담뱃재가 힘없이 한숨을 털고
병실은 무뚝뚝하게 환한 조등을 내건다
                                    ―「은하철도 999를 탄 사나이」 부분

　이 작품은 뇌종양을 앓다가 죽음에 이른 형을 묘사하고 있다. 인용
한 대목은 형의 새벽녘 임종 순간을 보여 준다. 그것도 유명한 만화영화
「은하철도 999」의 주제가 노랫말을 빌어 비장하게 보여 준다. 이는 만화
영화의 서사와 음악을 기성품 글감처럼 이용한 시적 전략인데 그 효과는
간접화라고 부를 수 있을 터이다. 꿈의 별을 찾아 떠도는 철이와 메텔 같
은 애니메이션 캐릭터와 그들이 환기하는 분위기를 십분 활용함으로써
형의 죽음이란 기본 시적 문맥의 울림을 강화하는 것이다.
　실제로 형의 죽음은 그의 신산한 삶만큼 비극적인 것이다. 그 형은 또
다른 작품에 따르자면 신문과 우유 배달원이었다. 그러면서 과격한 성
품 탓에 곧잘 싸움을 벌이기도 한다(「보급소의 노래」). 때때로 "까맣기만
한 가난"에 신분 상승의 통로가 막힌 그는 "무덤을 열고 나오면 아버지
를 두들겨 패 줄" 거라는 나름의 절망감을 역설적으로 과격하게 표출하
기도 했었다. 여기서 우리는 이 시집의 표제작이기도 한 「야구공을 던지
는 몇 가지 방식」을 정밀하게 읽어야 할 터이다. 형에 대한 좀 더 상세
한 정보를 얻을 수 있기 때문이다. 범박하게 말해 이 작품은 어느 한 가
족의 남다른 가족사라고 할 것이다. 그것도 아버지, 어머니, 형, 누나,
나라는 가족들의 사연을 투수의 야구공 구질을 매개로 삼아 이야기하는
독특한 형식을 취한 가족사인 것이다. 이들 가운데 형은 유독 '포크볼'
을 구사한다. 곧,

왼손잡이였다 형이 마운드에 들어서면 출루하는 놈들이 많았다 1군들만

모인다는 S대학교 도서관에서 철학책이나 들추다가 약삭빠른 놈에게 안타
를 맞고 도루까지 허용했다 졸업도 하지 못한 채 강판당했다 (…중략…) 자
유자재로 움직이는 광속의 구질을 형은 구사하지 못했고 2군으로 밀려나
더니 결국 면사무소 말단 직원으로 떨어졌다

                —「야구공을 던지는 몇 가지 방식」부분

와 같은 진술에서 보듯, 포크볼만을 구사한 형은 각박한 현실에 적응하
지 못한 채 낙백의 신세가 된다. 특히 하이데거류의 철학책이나 뒤지다
제3의 물결이라고 할 새로운 구질, 곧 IT를 비롯한 오늘날의 광속의 제
반 시스템에 적응하지 못한다. 이는 아마 이 시대 인문주의자의 한 초상
일 수도 있을 터이다. 이 같은 형은 앞에서 보듯 죽어서야 그의 꿈의 행
성을 찾아가는 것으로 그려진다. 범박하게 말해, 그 행성은 형 나름의
유토피아일 것이다. 이 유토피아가 구체적으로 어떤 곳인지 상세한 정
보는 작품 안에 제시돼 있지 않다. 다만 우리가 관람한 「은하철도 999」
란 만화영화에 의하면 그곳은 은하계 너머에 있을 터이다. 그러나 영화
에서도 실제 그곳은 어떤 곳인지 또 주인공이 거기 이르렀다는 식의 후
일담은 전혀 알려져 있지 않다.
　　그러면 이제 형 이야기를 벗어나 여타 가족들의 가족사를 읽어 가 보
자. 특히 아버지와 어머니에 대한 상당량 진술은 이번 시집의 여러 작
품들에 나타나 있다. 그 진술에 의하면 아버지는 "군내 버스가 하루 두
번만 들어오는" 벽지에서 도시 변두리로 공간 이동(이주)을 한다. 지난
1970년대에 일찍이 보았듯 대개 사람들이 사회적 동원에 따라 옮긴 도
시에서 선택할 수 있는 건 공장노동자거나 일일 근로자일 수밖에 없다.
아버지 역시 이 일반적 현상에서 비켜서 있지 못하다. 그는 주물공장에
취직을 했다 화상을 입고 퇴직한다. 그런가 하면 재개발지구 철거민이
되어 "술 취한 밥상이나" 뒤엎거나(「재개발지구」) 수백 마리 쥐가 천장에 들
끓는 집에서 "잿빛으로 탈색될" 뿐이다(「쥐빛」).

반면 어머니는 '술 취한 아버지'에게 얻어맞으면서도 농사일을 도맡아 하고 도시로 이주한 뒤에는 소속 팀을 식당으로 옮겨 가족들의 생계를 도맡는다. 아버지의 바람기에 지친 그녀는 기일(忌日)에 아버지 제사마저 거부하기도 하고(「어머니의 저항」) 가족의 생계를 위해 노점에서 바나나를 팔기도 한다(「밤마다 바나나를 깐다」). 말하자면 우리 주변의 여느 어머니처럼 고되고 힘든 삶을 꾸려 간 것이다. 이 작품의 아버지 어머니 역시 여느 부모 세대의 평균적 삶을 힘겹게 살아간 것이다.

그러는 한편, 나는 어떤가. 시인 자신으로 읽어도 좋을 나는 '마구'를 구사하지만 "임시직을 반복하다 30대"를 넘긴다. 그리고 시를 앓는다. 아버지의 말대로 "시에 미친 놈/ 바보 바보, 바보 같은" 존재인 것이다 (「묘혈」). 여기서 주위의 못마땅한 관심 속에 내가 앓는 그 시는 구체적으로 어떤 것인가 살펴보자. 이번 시집에서 하린은 시에 관한 시, 곧 메타시라고 할 작품을 3편 정도 보여 준다. 그 가운데 다음 한 편을 읽어 보자.

> 시는 주로 밤에 번식한다
> 나의 시는 악성이라
> 구역질나는 시궁창만을 노래한다
> 시로 방황을 사고 암이란 거스름돈을 돌려받는
> 우울한 자기 복제 또는 자기 증식
>
> (…중략…)
>
> 폭식한 시어들이 오장육부를 아프게 한다
> 구부러진 어휘들이 진통제를 맞고 헐떡이고
> 미완성된 노래가 등을 돌린다
> 하여 시는 태어날 때부터 죽음을 수령한 것이다
>
> ─「H씨 죽음을 수령하다」 부분

인용한 이 시 화자의 말에서 우리는 두 가지를 주목해야 할 것이다. 하나는 '시가 태어날 때부터 죽음을 수령했다'라는 진술이고 다른 하나는 "나의 시는 악성이라/ 구역질나는 시궁창만을 노래한다"는 말이다. 먼저 죽음을 수령했다는 범상치 않은 진술부터 검토해 보자. 그의 시들에는, 이미 앞에서 살핀 대로, 죽음과 관련한 이미지들이 빈번하게 나타난다. 이를테면 직간접으로 죽음에 관련된 화석, 시체, 관 등등의 이미지는 물론이고 '손목을 긋는'다거나 '총구를 입에 문' 자살 등과 같은 많은 이야기들이 바로 그것이다. 이 죽음 가운데는 육신의 소멸 같은 물리적 죽음도 있지만 작품 「시체 놀이」의 가사 상태 같은 정신적 혹은 상징적 죽음도 있다. 왜 이런 죽음의 수령이 있어야 하는가. 그것은 하린 시인의 시적 전략, 곧 그로테스크의 미학에 기인한다고 할 것이다.

그다음 그의 시가 "악성"이며 "시궁창만을 노래한다"는 것은 무엇을 뜻하는가. 이 역시 부정적이고 비극적인 하린 시인 특유의 현실 인식에 기인할 터이다. 앞에서 누차 살핀 그대로 그의 시에 등장하는 인물이나 사건들은 한결같게 어둡고 칙칙한 색깔의 인물이고 이야기들이다. 멀리 갈 일도 아닌 것이 앞에서 읽어 온 가족사의 주인공들 역시 모두 현실에서 패배하거나 절망하는 인물들인 것이다. 그런가 하면 이들을 둘러싼 일상 공간이나 주변 역시 기괴하거나 혐오스런 곳들이다. 곧, 노파가 무참히 역사(轢死)한 도로나 옥탑방, 아니면 쪽방, 가짜 물건을 파는 육교 위 노점, 이국인 노동자들의 삶터 등등인 것이다.

이 같은 시적 특성들을 시인은 스스로 악성이나 시궁창을 노래하는 것으로 치부하고 있는 것이다. 그리고 이러한 작품들을 다른 메타시 「보들레르」에서는 "모나크 나비"라고 부른다. 박주가리 잎에서 태어난 이 나비는 유충 시절 독초를 먹는다. 그리고 성충인 나비가 되면 다른 포식자를 자기 독으로 죽게 만든다. 그리하여,

조심하라

비수를 품은 무용수가 춤을 춘다

황홀한 날갯짓 속에서 치명적인 독

꿈틀댄다

　　　　　　　　　　　　—「보들레르」 부분

와 같은 자기 시학의 롤 모델을 시인은 이 나비에게서 발견한다. 이 작품의 틀은 근본비교이다. 모나크 나비가 곧 보들레르인 셈이다. 보들레르는 잘 알려진 대로 자기 시대에 자본주의적 현실을 온몸으로 살아 낸 인물이다. 곧, 저주받은 시인으로 당대 예술에 순교한 자인 것이다. 그러면서 그는 현상계를 상호 모순되는 요소들이 갈등하는 이중성으로 인식하고 표현했다. 흔히 말하는 수직적 조응이나 수평적 조응이 그 단적인 예인 것이다.

　보들레르처럼 춤 속에 비수를 감췄거나 황홀한 날갯짓 속에 독을 내장한다는 진술 그대로 하린 시는 이상에서 우리가 읽어 온 대로 매우 복합적이고 중층적이다. 그것은 그로테스크의 미학이면서 풍자를 내장한 작품 세계들인 것이다. 그런가 하면 팝아트처럼 기성 대중문화를 시적 대상이나 이미지로 두루 차용하기도 한다. 이들 복합성이 그의 이번 시집을 읽는 재미라면 한 재미일 것이다. 그러나 그의 고백처럼 거기에는 비수 아니면 독이 있다. 읽는 이들로 하여금 '혼미하고 난해한 마술'의 춤을 추게 만드는.

# 제4부

# 우리 시의 논리와 맥락 2

# 기억의 재현과 현실 비판
―김장산 시집 『찬물내기 봄 언덕』

## 1.

　내가 장산 김삼연 시인을 만난 시간을 따지자면 벌써 사오 년 세월이 된다. 한 사람을 평가하는 데 이른바 시간이란 것이 작지 않은 비중을 차지한다는 것도 사실이지만 그보다는 그 시간의 알맹이가 과연 어떤 것이었는가가 더 중요하다. 장산 시인은 그 시간 동안 누구보다도 열심히 우리 시 모임에 참석했고 작품들을 보여 주었다. 또 나보다도 연배가 높건만 전혀 그런 내색도 없었다. 그런데 장산 시인이 실은 지난 1960년대의 커다란 학생운동이었던 6.3 한일굴욕외교 반대 시위를 주도한 인물 가운데 한 분임을 안 것은 또 그로부터 한참 뒤였다. 다소 늦은 나이에 문학에 입문하고 거기에 몰두하는 일은 누가 무어라 하든 일단은 상찬에 값하는 일이 아닐 수 없다. 나아가 부지런히 쓴 그간의 작품들을 묶어 세상에 묻는 일이란 더 말하여 무엇 하겠는가. 나로서는 이 모든 일을 그간 김 사백을 지켜보면서 거듭 확인한 사실이다, 나이를 잊은 채 그렇게 시와 삶에서 어느 누구보다도 열정을 불태우며 사는 장산 시인의 시집 출간을 축하하는 내 나름의 뜻이 여기에 있다.

각설하고 이번에 장산 시인의 작품들을 묶어 읽으면서 나는 두 가지를 생각했다. 하나는 이 시인의 연치에서 오는 삶에 대한 관조이고 다른 하나는 역시 연치에 따른 기억의 현재화였다. 이 가운데 삶의 관조는 오랜 경험을 통해서 얻은 깨달음 내지 경험칙들로 제시된다. 그것은 노년 특유의 의젓함이나 슬기라고 할 것이다. 다음의 작품을 읽어 보자.

한여름 내내 채전을 뒤져
씨감자를 호박잎에 싸서 마당가
모깃불에 구웠다
처서가 지나 씨오쟁이를 메고
감자밭을 뒤지던 어머니는
새파랗게 질린 얼굴로
동동 발을 굴렀다
나도 덩달아 어머니 뒤를 따라
부들부들 사지를 떨었다
눈치채신 어머니는
끝내 말이 없었다
"야! 굼벵이란 놈이
다 먹어 버렸다"

—「씨감자와 어머니」부분

이 작품은 서사 구조로만 읽자면, 허기에 시달리던 지난날 춘궁에 씨감자를 몰래 캐 먹은, 단순한 이야기이다. 그러나 이 이야기 속에는 많은 함의들이 들어 있다. 그 함의란 어린 자식의 허물을 덮어 주는 어머니의 웅숭깊은 마음을 읽게 만들기도 하고 전통적인 농경문화의 질 좋은 가치관을 살피게도 하고 있는 것들이다. 여기서 어머니의 마음이란 자식의 씨감자 도둑질을 질책하기에 앞서 얼마나 허기에 시달렸으면 그럴 것

인가를 헤아리는 애틋하기만 한 것. 주지하다시피 지난 세기 1950-60
년대 우리 사회란 국민소득 백 불 미만의 빈곤 사회였다. 당시 춘궁이나
절량이란 말이 보편화되었듯이 햇곡식이 나기 전 농촌 사회는 굶는 집들
이 너무 많았다. 그 같은 세태 현실에서 철없는 아이의 씨감자 훔쳐 먹기
는 얼마든지 있을 수 있고 가능했던 일이다. 뿐만 아니라 자식의 그 같
은 행동을 보며 부모는 자신의 가난을 더 마음속으로 자괴하고 아파했
으리라. 아마도 이러한 자책이 자식의 그릇된 행동을 나무람보다는 짐
짓 감싸게 했을 터이다. 흔히 농사꾼은 굶어 죽어도 씨 나락 섬만은 베
고 죽는다는 농경 사회의 오래된 관행을 생각하면 더욱 그렇다. 우리가
농경 사회를 기억하고 그 시절을 동경하는 이면에는 그 사회에서 생산되
고 유통된 질 높은 삶의 가치들 때문이기도 하다. 농경에서 종자의 귀중
함을 일깨우거나 자연의 이법을 중시하며 그와 합일되는 생활의 실천 등
등은, 또 그러한 생활의 문화적 가치들은 산업화 사회 한복판에 선 지금
에 와서도 그 중요성을 아무리 강조해도 지나치지 않는다. 이 작품은 어
머니의 모정을 되새기는 데서 더 나아가 이처럼 농경 사회의 미덕을 의
연하게 일깨우고 있다.

　장산 시인의 작품들에는 이 작품뿐만 아니라 「열아홉 살의 가출」「조
과 예찬」 등을 비롯한 일련의 작품들이 전통적인 삶의 값과 미덕을 보여
준다. 그 삶의 미덕은 주로 상부상조나 친족애, 또는 의리나 겸양 같은
것들로 대표되는 것. 이는 산업사회의 무한 경쟁이나 효율 중심의 가치
체계와는 전혀 다른 세목들인 셈이다. 이들 세목은 이즘의 토픽으로 하
자면 자연과 인간이 '온생명'으로 서로 삶을 화해롭게 영위하는 데서 비
롯되는 것들이다. 다음 시를 읽어 보자.

　　단숨에 비들재를 넘어 압뱅이 집 못 둑 시오 리 길
　　주막집 평상 위에 걸터앉는다
　　탁주 한 되 받아 남은 쇠죽에 그 반을 섞고

황소와 나누어 마시고 나면

주모는 갓 거른 술찌기를 인심으로 보탠다

남은 이십 리 길 적막이 촉촉이 밤이슬에 젖는다

이제는 소달구지 위에서 마냥 코를 곤다

털거덕 털거덕 옥천 여울 건너는 물소리에

정신을 차려 보면 소달구지는 큰 내 미루나무 숲을 지나

경일리 안 숲 텃밭에 멈추어 선다

—「소달구지 생각」 부분

    평이하게 읽히는 겉문맥 그대로 이 작품은 고향 장날의 이야기이다. 곧, 담배 농사를 짓는 농민이 장날 연초 공판장에 그동안 수확한 엽연초 들을 넘기고 돌아오는 과정을 담담이 서술하고 있는 것이다. 여기서 우리는 특히 소와 사람 간의 관계에 주목한다. 왜냐하면 그 관계는 인간과 동물의, 또는 주체와 객체의 상하 관계가 아니라 둘이 서로 탁주를 나누어 마시며 귀로를 함께하는 '나―너'의 관계이기 때문이다. 누구나 말하듯이 그동안 서구의 도구적 이성은 환경오염이나 훼손의 주범 역할을 해 왔다. 말하자면 주체와 객체, 중심과 변두리, 정신과 물질 등의 구분을 하고 자연을 단순한 정복의 대상으로, 더 나아가 인간을 위한 도구 정도로 이해해 왔던 것이다. 그 결과는 무분별한 자연 훼손과 환경 파괴를 가져온 것이다. 그러나 우리의 전통적 자연관은 인간과 자연을 '상하 관계'가 아닌 서로 대등한 '나―너'의 관계로 생각해 왔다. 그 결과 인간과 동식물이, 더 나아가 자연이 하나의 공동체로 이해되고 대접되어 왔다. 또 그 때문에 일부의 논자들은 이른바 환경오염을 줄일 수 있는 대안적 사상의 가능성을 우리 동양적 자연관에서 찾고 있는 것이다. 아무튼 이 작품은 장날의 힘든 노역을 사람과 동물이 함께 감당하고 또 상보적으로 잘 수행함을 보여 주고 있다. 이를테면 소와 사람이 귀로의 노정을 역할 분담함으로써 무탈하게 돌아오는 것이나 또 거기에 주모의 남다른 인정

이 개입되는 일련의 일 등등이 그것이다.

## 2.

그런데 이상에서 본 농경 사회의 삶의 미덕에 관련한 일련의 담론은 모두 기억의 형식으로 제시된다. 그것도 유년이나 청소년 무렵의 기억의 형식을 취하고 있다. 그나마도 대부분 고통이나 현실적 쓰라림이 사상된 미화되고 이상화된 것들이다. 말하자면 오랜 시간의 마모를 겪으면서 일정하게 왜곡되고 가공된 모습들로 재현되는 기억들인 것이다. 비유하자면 과거로의 유쾌한 시간 여행인 셈이다. 그러면 왜 시간 여행인가. 일찍이 푸르스트는 잃어버린 기억의 복원을 통해서 마들렌 과자의 맛과 같은 정신적 쾌감을 만끽했다고 한다.

장산 시인의 경우는 물론 이러한 미적 향수를 위한 것이기보다는 현재를 되돌아보고 그에 대한 반성을 하기 위한 것들이다. 그 반성은 주로 현재와의 대비를 통하여 이뤄진다. 예컨대, 우리의 대표적인 전통 음식인 된장을 매개로 현재의 오도된 음식 문화를 질타하는 다음 작품의 경우가 그것이다.

콩을 삶아 절구에 찧어
말에 넣고 밟아 만든 못생긴 메줏덩이
염하듯 짚으로 묶어 아랫목 실겅에 매단다
누렇게 뜨면 떼 내어 황태처럼 햇볕에 말려
정이월 중 말날을 잡아 장을 담는다
(…중략…)
조선은 이를 먹고 자라고 힘을 썼다
서양 음식 소스와 맥도날드 햄버거를 즐겨 먹는 요즘 아이들은

성인병인 당뇨, 비만, 고혈압, 백혈병에 시달린다
지각없는 어머니의 등쌀에 희생된 것

— 「된장찌개」 부분

이 작품은 된장 담그는 과정을 간결하게 보여 준다. 그리고 그 된장이 우리 음식 문화에서 어떤 역할을 하고 있었는가를 역설한다. 특히 무분별한 서구 음식의 폐해를 지적하면서 그 주장을 펼친다. 잘 알려진 대로 음식이나 그 맛은 처음 길들여지고 경험된 바에 의하여 오래 기억된다. 때로는 자신의 정체성처럼 각인되기도 하는 것. 우리 시에서 백석은 음식물을 통한 자신의 정체성을 찾고 전통적인 삶을 실감 있게 재현했다. 숱한 음식의 깊고 으늑한 맛을 복원하면서 토착적인 정서나 삶의 전통적인 근원에 접근해 간 것이다, 이는 마치 방언이 그 사용 집단의 정서나 고유한 정체성을 담보하는 것과 같다고 할 것이다. 장산 시인의 경우도 앞에서 읽은 된장찌개는 물론 칼국수나 보리밥 등의 재래적인 음식물 또는 그 맛을 통하여 자기 정체성을 확인한다. 시인 나름의 마들렌 과자 맛이라고나 할까.

헌데 과거의 삶이 지닌 가치와 의의를 되새기되 이 시인은 주로 현재와의 대비를 통하여 살피고 있는 것이다. 그것은 이미 앞에서 이야기한 바와 같이 전통적 삶이 지닌 미덕을 이상화하는 것이기도 하다. 우리가 새삼 과거를 문제 삼고 되돌아보는 것은 현재와의 관련을 통해서이고 또 이 같은 관련 속에서 현재의 의미나 값을 따지고 정립하자는 의도에서이다. 나아가 미래를 기획하는 일 역시 이런 과거를 바탕 삼아 이루어진다. 이는 우리가 왜 새삼 역사를 문제 삼고 따지는가 하는 일이기도 하다. 장산 시인에게 있어 현재를 비판하고 미래의 비전을 말하는 작업이란 이처럼 기억에 의하여 과거를 회상하고 재현하는 방식을 통하여 이루어진다. 아마도 이는 이 시인의 만만치 않은 연륜에 기인한 현상이기도 하리라.

그런데 기억은 사적인 기억과 공적인 기억으로 대별된다. 사적인 기억이란 말 그대로 개인적인 경험들을 뜻한다. 반면에 공적인 기억이란 민족이나 국가와 같은 집단의 기억을 의미하는 것. 앞에서 살핀 작품들은 주로 장산 시인의 개인적인 경험 세계이고 사적인 기억에 해당된다. 이 사적인 기억 가운데서 굳이 한 가지만 더 이야기하자면 장산 시인의 직접적인 이력과 관련된 내용이다. 다음의 시를 읽어 보자.

> 허기진 냉이꽃이
> 하얗게 기절해 버린 삼월
> 찬바람 휘도는 가슴속에
> 아버지를 묻었다
>
> 채전 울타리 밑에
> 닳아빠진 운동화 한 컬레
> 벗어 놓고
> 야반도주한 서울행 십이 열차
> 왜
> 그렇게 목 놓아 우는지
> 꽥 에에에엑……
>
> 그래도 나는
> 역 홈에 서서 전송하는
> 뻣뻣한 키 큰 장승처럼
> 먼 앞만 내다보았다
>
> —「열아홉 살의 가출」 전문

장산 시인의 등단 작품이기도 한 이 시는 제목 그대로 십대 후반 무렵의 가출을 보여 준다. 가출이란 A. 지드의 말처럼 가정으로부터, 학교

로부터의 탈출이다. 기성의 뭇 체제나 가치 체계들로부터의 일탈을 의
미하는 것이다. 따라서 그것은 새로운 세계나 미지의 삶으로의 과감한
모험이다. 젊은 시절 이 같은 모험이나 일탈이 없는 삶이란 얼마나 고루
한 것이랴. 낡고 작은 세계를 벗어나 새롭고 거대한, 아니 새로운 세계
에 대한 동경은 인류 역사를 추동해 온 원동력이기도 할 터이다. 먼 앞
날을 향해 야반도주한 그 기성 세계로부터의 일탈은 많은 떠돎과 방황을
가져온다. 장산 시인의 경우 그 떠돎은, 나이 든 지금에서 보자면, 기억
을 찾아가는 시간 여행의 형식을 취하기도 하고 세계 여러 곳을 견문하
는 공간 여행의 방식으로 나타나고 있다.


## 3.


   이번 시집에는 이 같은 여행이 어떤 것인가를 보여 주는 시편들이 많
다. 그 여행은 공간 여행의 경우 중국이나 캄보디아 같은 아세아권은 물
론 유럽에까지도 걸쳐 있다. 이들 지리적 공간을 여행하며 장산 시인은
풍물이나 역사 등을 살핀다. 일반적으로 여행시들이 함축하고 있는 내
장 세목들을 역시 그대로 보여 주고 있는 것이다. 이를테면 캄보디아
의 지뢰박물관을 둘러본 소회를 기록한 다음 작품이 그 한 본보기이다.


   그는 다섯 살 때 크메르루즈 군에 부모를 잃고
   청년 시절에는 베트남군에 강제징집되어
   이곳에서 지뢰를 매설했다
   그 후 제대와 함께 크메르가 독립되자
   지뢰 제거 자원봉사자로 일했다
   그가 세운 지뢰박물관은
   천막으로 겨우 비를 가리고

슬레이트로 지붕을 가린 열 평 남짓한 가건물

전시된 20여 종의 지뢰와

그것으로 희생한 16명의 불구자들

지금도 전쟁의 공포와 처참한 비극을 온몸으로 말한다

세계 지뢰의 3분의 1은 캄보디아에

그중 3분의 1은 한국의 비무장지대에 있다

—「지뢰박물관」 부분

이 작품은 캄보디아를 여행하며 들른 지뢰박물관의 연혁과 모습을 있는 그대로 사실적으로 서술하고 있다. 그것이 오히려 이 시의 비극적인 무게를 더하여 준다. 화자는 외국의 일에서 당연히 우리의 현실로 눈을 돌린다. 지난날 전쟁의 참상에 더하여 "우리 조국에도 지뢰를 제거할/ 그날은 언제쯤일까"라는 자기 성찰이 그것이다. 이러한 화자의 진술에서 보듯 장산 시인의 시적 담론에는 언제나 시비선악의 현실 비판과 공분이 있다. 그 공분은 기억을 재현하고 있는 일련의 작품들, 특히 공적인 기억인 역사적 사실들을 작품화하는 경우에 두드러진다.

여기서 우리는 장산 시인의 이력을 다시 한번 주목해도 좋을 터이다. 곧, 그가 지난 세기 한때 학생운동의 중심에 서 있었다든가, 그로 말미암아 정치적 억압이 자심했던 그 시기를 통과하며 신산을 많이 겪어야 했던 일련의 사실들이 그것이다. 이러한 그의 천성적 기질은 작품들에 때로는 무겁게 때로는 짙게 배어 나온다. 그리고 이 공분 의식, 혹은 비판 의식은 그의 시를 단조롭게 만들기도 한다. 오늘날의 시가 대체로 말이나 감정의 절제를 미덕으로 삼고 있음을 생각할 때 더욱 그러하다.

여느 시인들에 비해 많이 늦은 출발을 한 장산 시인에게 연륜은 강점이기도 하고 취약점이기도 하다. 그것은 자연적 연륜에 기인한 사물에 대한 웅숭깊은 성찰이나 관조 때문일 것이다. 지난날의 기억의 재현을 통하여 농경문화의 이러저러한 미덕을 이상화하고 있는 점이 그 좋은 한 예일 것이다, 그러나 시적 대상의 감각적 해석과 상상의 단조로움 역시 이러한 연륜에서 기인하는 것은 아닐까. 누구보다도 성실하고 지구력 있는 문학에의 열정은 이 같은 취약점을 능히 극복하리라고 본다. 시 모임을 그와 함께 오래 해 오고 있는 나로서는 그 점 또한 기대하고 있다. 다시 한번 이번 시집 출간을 축하해 마지않는 이유도 실은 여기에 있다고 할 것이다.

# 방법론적 관조와 서정의 힘
— 문정영 시집 『낯선 금요일』

 

 

말을 좀 에둘러 시작하자면 이렇다. 지난 1990년대 중반쯤 이정록의 작품 「풋사과의 주름살」을 읽으며 나는 일종의 충격 같은 것을 느꼈다. 그것은 이 시인이 보여 주는 작품의 짜임새나 묘사를 축으로 한 시적 정황의 사실감을 잘 획득하고 있는 능숙한 솜씨 때문만은 아니었다. 오히려 그보다는 연치에 걸맞지 않은 관조의 격조라고나 할 작품의 마무리 부분 탓이었다. 시든 풋사과의 유추를 통하여 늙은이들의 주름살이 갖는 의미를 발견하는 그 결말은 솔직히 얼마나 웅숭깊고 의젓했던가. 흔히 말하듯 현실사회주의권의 몰락과 해체, 그리고 민주화 이행 등의 외재적 여건 변화에 따라 그 무렵의 우리 시는 새로운 서정을 말하기도 하고 전위적인 형태 실험을 기획하는 등 외부 세계의 변화와 맞물린 시적 개성의 다극화 시대를 맞이하고 있었다. 그런 시 동네의 흐름 탓이었겠지만 현실주의시들이 보여 주던 경직된 근본주의나 모더니즘의 깊이 없는 양식에 나름대로 식상해 있던 나로서는 「풋사과의 주름살」의 새로움에 솔직히 충격 같은 것을 받았던 것이다. 그리고 그 시의 틀은 어쩌면 새로운 작품 틀이자 유니크한 개성이 될 수 있으리라고 막연히 예단을 했다.

시간으로만 따지자면 벌써 그로부터 십 년 가까운 세월이 지나고 있

다. 그리고 그 시간의 부피 속에 일찍이 「풋사과의 주름살」에서 감지했
던 새 작품 틀은 벌써 나름대로 한 추세로 자리 잡고 있다. 특히 최근에
활발한 활동을 보이는 1990년대의 시인들 예컨대 김영남, 문정영, 이
경임 등은 이 같은 추세를 '대표한다'고 보인다. 대상의 세부를 생동감
있게 그려 내거나 그 세부들을 유추하여 삶이나 세계의 이치를 솜씨 있
게 발견, 제시하는 시적 태도 등이 곧 그것이다. 존재론적인 탐구의 시
들이라고나 불러야 할 이 같은 작품 틀은 우리 시에서 드물게 대상들의
내면을 깊이 있게 파고든 경우로 그 의의가 가늠되고 이야기될 것이다.

  각설하고, 문정영의 시들을 우선 읽어 보자.


     읽고 나면 두께가 얇아지는 시집은
     모기를 때려잡는 데 제격이다
     아랫배에 더운 피가 모여서일까
     키가 닿지 않는 구석에 움츠리고 있는 껑충한 모습이
     그 시인의 눈을 닮았다
     몇 권의 책을 발판 삼고
     수많은 활자를 버리고 나서야
     겨우 사정거리에 들어온 모기를 향해 일격을 가한다
     시집의 표지에는 핏방울만 남고
     死語가 되어 버린 모기는 형태가 없다
     언어에는 형태가 없다!
     대량으로 생산되는 복제품일 바에는
     차라리 형태가 없는 것이 눈에 편하다
     머리, 다리, 몸통, 날개의 경계를 지우고
     피 한 방울로 남아 있는 저 모기처럼
                              —「말라리아 증후군」 부분

위 시를 읽어 가며 우리는 두 가지 사실에 주목하게 된다. 하나는 모기 잡는 일에서 유추된 근년에 대량생산되는 그렇고 그런 시 작품에 대한 날카로운 비판이며 두 번째는 그 비판을 가능케 하는 대상에 대한 '발견'의 시선이다. 그러면 모기 잡는 이야기의 얼개는 어떤 것인가. 화자는 "읽고 나면 두께가 얇아지는" 영양가(?) 없는 시집으로 천장 구석에 붙은 모기를 잡고자 한다. 이는 삶의 웅숭깊은 의미나 정신의 해방을 담고 기획한다는 시의 기구하기 짝이 없는 용도가 아닐 것인가. 하나의 역설인 셈이다.

아무튼, 화자는 키가 닿지 않아 몇 권의 책을 더 포개어 쌓아 놓고 올라가 모기를 일격에 잡는다. 일격에 형체가 사라진 모기는 다만 그 자신 존재의 흔적처럼 핏방울만 남겨 놓고 없다. 이 같은 모기 잡는 이야기란 그 자체로 신묘할 것도 또 기이할 바도 없다. 그러나 그 모기 잡는 과정은 "수많은 활자를 버리고 나서야" 또는 "死語가 되어 버린" 등의 언술을 전후 문맥 가운데 대동하면서 시작 과정의 한 유추로 읽히도록 만드는 것이다. 굳이 말하자면, 두 개의 정황을 겹쳐 놓음으로서 더블 톤 또는 이중 화면의 특유한 효과를 거두고 있는 것이다. 게다가, 시치미 뚝 떼고 이러한 언술과는 무관한 듯 화자가,

> 유전자 전이로 변형되어 가는
> 형태가 없어질 말라리아 증후군!

이라고 말을 마무리하는 돌올한 비약에 이르면 우리는 또 다른 울림을 얻게 된다. 이 경우 말뜻 그대로 생각의 방을 달리하는 연 구분으로 그 비약은 형식화되고 있다.

지금까지 우리는 이번 시집에서 문정영 시의 최근 틀을 잘 보여 주는 작품을 꼼꼼히 읽은 셈이지만 이 같은 유형의 작품들은 꽤 많다. 특히 시적 완성도가 높은 작품들일수록 이 같은 틀은 어김없이 확인되고 있

다. 예컨대, 「緣」 「밀짚모자」 「肺」 「인공어초」 등과 같은 일련의 작품들이 그것이다. 이미 작품 제목에서도 확인되는 사실이지만, 문정영은 시적 대상을 생활 주변의 이런저런 일들이나 물상들로 잡고 있다. 지하철을 타고 가면서 목도하게 되는 밀짚모자를 푹 눌러쓴 스님이라든가, 봄날 과수원의 정경, 또는 운현궁 옆을 지나다 무심결에 마주친 거미줄 등등 그 같은 시적 대상들은 굳이 우리가 손꼽자면 수도 없이 많다. 그리고 이미 앞에서 지적한 바이지만 이들 대상은 시인으로 하여금 삶의 이치나 사물의 웅숭깊은 새로운 의미를 발견하는 매재로 활용토록 하고 있다.

말이 난 김에 작품 하나를 더 읽어 보도록 하자.

> 자폐증을 앓고 있는,
> 그놈을 자라의 모가지라 이름 붙인다
> 그놈은 구경꾼들의 꼬리 눈을 의식하지 않는다
> 서글픔을 목 안으로 삼켜 버리고, 배고픈 자라처럼
> 모가지를 쑥 내밀 줄 안다
> 시선 따위는 상관없다 너희들이 등짐 지고 사는 관 하나쯤
> 내 딱딱한 등껍질보다 못하다는 생각,
> 관 밖이나 관 안이나 자폐증의 답답한 시선을 고개를 빼면
> 드러눕기는 아예 비좁지 않은가
>
> 투명한 수족관에 머리 찧고 사는 것이
> 어찌 자라의 모가지뿐이겠는가
>
> ―「마흔 살」 전문

이 작품은 제목 그대로 "마흔 살"의 답답한 내면 풍경을 그리고 있다. 물론, 그 풍경을 사실감 있게 드러내 주는 것은 수족관에 갇혀서 때때로 모가지를 길게 뽑거나 움츠리는 자라다. 그 자라는, 달리 말하자

470

면, 시인이 처한 마흔 살의 정황을 매개하는 시적 대상이다. 작품의 마무리 부분인 2연의 두 행이 단적으로 그런 사실을 직접적으로 드러내 주고 있다.

말이 좋아 불혹이라고도 일컫지만, 그 나이는 누구에게나 자폐증을 앓듯 자신이 몸담고 있는 현실에서 옴짝달싹하기 어려운 세대적 특성을 지니고 있다. 청년기의 일탈이나 방종이 손쉽게 허락되지도 않을 뿐더러 나이 든 세대처럼 체념으로 가기에는 아직은 더더욱 미련과 집착이 강한 나이인 것이다. 반면, 마흔 나이는 "평생 제 몸 하나 덮어 주던/ 털구멍에서 쓸모없는 욕망들이 뽑혀 나가는"(「不惑」) 그런 연령이어서, 서서히 내면으로 시선이 돌려지기도 한다. 그 내면은 자기 자아의 내면일 수도 있고 지금까지 길게 설명한 대상(세계)의 내면일 수도 있다.

이번 시집의 4부를 이루고 있는 작품 「마흔 살」 연작들이나 「마흔 살 이후」 등은 모두 이와 같은 내면으로 가는, 곧 "혼자 안쪽으로 들어가는"(「마흔 살 8」) 마음의 움직임들을 보여 준다. 대나무 속같이 가벼워지는 몸을 감지하기도 하고 제자리로 돌아오는 뭉쳐진 생각들을 가늠하며 '속을 너무 가득 채우고 살았다'는 회한 같은 움직임이 슬금슬금 이는 일 등이 그것들이다. 아마도 마흔 나이의 세대적 특성을 시인이 집요하게 작품화하는 것도 달리 해독하자면 이 같은 마음의 움직임일 터이다. 이 같은 정신적 동향은 좀 더 범박하게 말하자면 관조나 달관 쪽으로 생각이 기울고 있다는 말이 될 것이다.

흔히 서구 모더니즘을 험담하는 논의 가운데 하나는 작가나 시인들의 시선이 내면세계에만 갇혀 있다는 지적이었다. 그 내면세계는 자본주의의 사회적 특성을 반영한 불안, 권태, 고독 등과 같은 정신병리학의 증후군으로 대표되는 것들이었다. G. 루카치의 이 같은 험담이 전적으로 옳은 것만은 아니지만 그렇다고 전면 부인하기도 어려운 일이다. 그것은 상당 부분 모더니즘 문학이 사실에 있어 그와 같은 문제들에 함몰된 현상을 보여 왔기 때문이다.

그런데 같은 내면으로 지향하는 일이라고 하더라도 동아시아권에서 흔히 말하는 관조는 이와는 변별되는 것. 곧 관조가 내면으로 깊이 있게 침잠하는 마음의 움직임에는 틀림없지만 저들의 정신병리학적 징후와는 전혀 다른 세목들을 보여 주기 때문인 것이다. 그것은 자연의 물성이나 그 자연이 움직이는 질서를 발견하고 사람의 삶 역시 그 질서에 감응함을 보여 준다. 말하자면 자연과 사람이 유기적 관계를 이루면서 상생의 길을 모색한다고도 말하는 세목들인 것이다. 흔히 관조가 모더니즘에 대한 험담과 차원이 다른 것은 이와 같은 그 세목들 때문일 터이다.

그러면 자연 연령에 따라 내면의 길로 들어선 문정영의 작품들은 구체적으로 어떤 세계 인식이나 틀을 보여 주고 있는가. 먼저 다음 작품을 지금까지의 예에 따라 꼼꼼히 읽어 보자.

> 내가 직립의 나무였을 때 꾸었던 꿈은
> 아름다운 마루가 되는 것이었다
> 널찍하게 드러눕거나 앉아 있는 이들에게
> 내 몸속 살아 있는 이야기들을 들려주는 것이었다
> 그렇게 낮과 밤의 움직임을 헤아리며
> 슬픔과 기쁨을 그려 넣었던 것은
> 이야기에도 무늬가 필요했던 까닭이다
> 내 몸에 집 짓고 살던 벌레며, 그 벌레를 잡아먹고
> 새끼를 키우는 새들의 이야기들이
> 눅눅하지 않게 햇살에 감기기도 하고
> 달빛에 둥글게 깎이면서 만든 무늬들
> 아이들은 턱을 괴고 듣거나
> 내 몸의 물결을 따라 기어 와 잠이 들기도 했다
> 그런 아이들의 꿈속에서도 나는 편편한 마루이고 싶었다
> —「나무의 꿈」 부분

이 시의 화자인 나무는 지금 마루로 놓여 있으면서 자신의 지난날 이야기를 마치 한 편의 동화처럼 들려준다. 여기서 동화 같다는 지적은 이야기의 시적 정황이 따뜻하게, 그리고 은근히 환기하는 그 천진성 때문일 터이다. 마루에 앉아 있는 이들에게 자신의 몸속 이야기를 들려주고 싶다는 소박하지만 아름다운 꿈이나 그 이야기 속에다 때깔 있는 무늬로서 슬픔과 기쁨을 그려 넣는다는 등등의 일련의 진술은 읽는 이들이 화자의 동심 같은 마음의 움직임을 감지하기에 넉넉한 것들이다. 일반적으로 마음이 움직이는 데 따라 행하고 본성을 따라 드러내는 동심은 진심 그 자체이고 천기(天機)라고도 불린다. 이 작품은 화자의 마음의 움직임이 보여 주는 이 같은 진심 또는 천진성 때문에 동화 같은 분위기 내지 정서를 환기해 주고 있는 것이다.

그런데, 화자의 이야기에서 우리가 또 한 가지 주목해야 할 사실은 그 시적 대상이 고유하게 지닌 구조나 생리들을 그대로 좇아 '발견'이 이루어진다는 점이다. 대상으로부터의 유추 내지 그 대상을 매개로 '발견'되는 내용은 삶의 이치로 일반화되기도 하지만 실은 대상이 지금까지 좀처럼 드러내지 않던 각각 그 나름의 모습이나 의미들인 것이다. 그것도 사물(대상)이 고유하게 지닌 생김새나 천연스런 생리들을 드러내고 묘사하는 과정에서 발견된 모습인 것이다. 아마도 이 점이 생략과 압축을 표현 원리로 삼은 과거의 자연서정시들과 변별되는 문정영 시의 한 특성이기도 할 것이다. 바꿔 말하자면 시적 대상의 개괄적인 해석보다는 그 세목들을 일일이 묘사하고 진술하는 가운데 특유의 해석을 넌지시 제시하는 독자적인 방법론을 보여 주고 있는 것이다.

그러면 이 같은 시적 방법론을 통하여 문정영의 시가 발견하고 있는 세계상은 어떤 것인가. 그것은 범박하게 말하자면 세계와의 불화라고 할 것이다. 말하기에 따라서는 세계와의 불화를 보이지 않는 시나 시인이 정녕 있겠느냐고 하겠지만 그렇다고 문정영 시에 나타난 세계상을 달리 적절하게 지칭할 말도 없을 터이다. 그의 시에는 수몰에 따라 강제 이주

해야 하는 사건에서부터 아토피 피부병으로 고생하는 이야기까지 그 불화의 다양한 품목들이 내장되어 있다. 말하자면 이들 품목들은 시적 자아가 겪고 있는 세계와의 불화의 세목들이자 간고한 삶의 이러저러한 사연이기도 할 것이다. 그런가 하면 이 같은 불화의 한켠에 역설적이게도 평화를 발견하는 마음의 움직임은 또 어떤가.

> 이파리도 햇빛도 더 이상 쓸모없는
> 빨아들여서 새 일을 시작하기에는 너무 늦은 몸뚱이
> 이제 생명을 키울 수 없다는 허무뿐이다
> 더는 흔들리는 것들의 집이 될 수 없을 때
> 이파리 대신 매달려 있는 초가을 여읜 고추잠자리
> 아무 방해도 없이 생을 얹어 놓고 있다
> 햇빛보다 가볍게 앉아 있다
> 때로는 낡아서 生生할 때 해 보지 못한
> 평화의 자리를 만들기도 한다
> 물관이 멈춘 나무 끝자리!
>
> —「붙임」전문

위 시를 굳이 산문을 번역하자면 이런 내용일 것이다. 낙엽이 모두 지고 난, 혹은 고사목으로 말라 가는 나무에게는 새 일을 시작하는 것이 너무 늦었다. 다만 그에게 남은 것이 있다면 허무가 남아 있을 뿐이다. 그런 나무의 우듬지 끝자리쯤 어떤 우연처럼 고추잠자리가 잎 대신 앉아 있다. 그것도 "아무 방해도 없이" "가볍게 앉아" 있어서 화자에게 새로운 사실 하나를 발견하도록 만드는 것이다. 곧 너무 낡았기 때문에 오히려 생생할 때 해 보지 못한 평화를 만들고 있다는 역설이 그것이다. 불모 (혹은 죽음)가 곧 평화라는 경구는 그렇게 해서 성립된다. 마찬가지로 세계와의 불화가 곧 세계와의 화해를 발견하는 한 방법론적 긴장이라고도 할 수 있을 터이다.

　지금까지 필자는 문정영 시의 방법론적인 관조와 그 세목들을 살펴보았다. 그것도 시적 대상을 매개로 잡아 어떻게 세계와 삶의 새로운 의미나 모습들을 발견하고 있는가를 읽어 온 것이다. 특히 일상의 크고 작은 일들이나 둘레의 자연물들을 통하여 그것이 지니고 있는 자연스런 생리나 세목들을 깊이 있게 들여다보는 1990년대 우리 시의 한 흐름과 연관 지어 읽었던 셈이다. 최근 우리 시의 쇄말화 현상이나 대중성을 빌미로 한 키치화 내지 희화화 현상을 우려하는 뜻있는 이들의 걱정하는 소리들이 높다. 이 같은 천박한 시류와는 다르게 삶에 대한 웅숭깊은 의미나 세계의 참모습을 말없이 일구어 짜임새 있게 구조화하는 시 작업의 의의는 이 자리에서 아무리 강조해도 지나침이 없다. 이런 뜻에서 문정영 시인의 시집이 읽는 이들에게 깊은 울림으로 다가가기를 끝으로 다시 한번 기대해 본다.

# 감춤과 한의 미학
—박정희 시집 『박정희 시선집』

## 1.

  1950년대는 우리에게 무엇이었는가. 특히, 그 시기에 젊음을 살고 시 쓰기를 시작했던 사람들에게 과연 1950년대란 무엇인가. 일반적으로 지난 1950년대는 6.25전쟁으로 시작된 연대이고 남한의 경우, 이념이 반공 하나로 굳어지면서 분단 체제가 본격화된 시기로 가늠되고 있다. 뿐만 아니라, 정치적인 억압과 부패, 그리고 보릿고개로 상징되는 전후의 경제적 피폐와 궁핍들로 얼룩진 시대였다.

  특히 시를 쓰기 시작한 젊은이들에게는 전쟁을 통하여 유입된 미국 문화의 충격 속에 새로운 모더니즘을 추슬러야 하는 일과 전후의 정신적 황폐 속에서 실존 의식을 되살펴야 하는 일 등이 주어져 있었다. 그러면서도 이른바 생의 구경적 의의를 앞세운 서정주, 유치환, 청록파 등등의 선배 시인들의 강력한 시적 자장(磁場) 속에서 자유로울 수 없었던 시대이기도 하였다. 비록 후일담 형식의 진술이기는 하지만, 그 시대에 관한 유력한 증언 하나를 들어 보자.

한줄기 江물이 흐르고는 있었지만

무심한 江이
너무 무심했던지

향교 근처 풀섶에
풀내, 흙내, 귀 막고
살 적에

뒷집
벙어리네 아들은
밤마다 슬픈 일기를 찢고

우물터
무당네 딸은
날 새면 맨발로 울고

온 산을 할퀴며
종일 헤매도

목마른 허기를
채울 길 없어

모기 연기에 선잠 자며
땅이 꺼지는
신비한 죽음을 제작하고 있었다.

—「향교 동네」전문

이 시의 화자에 의하면, 지난 1950년대의 우리네 젊음이나 삶이란 다름 아닌 "땅이 꺼지는/ 신비한 죽음을 제작"하는 일이었다. 그 죽음도 마치 공산품(工産品)을 만드는 것과 같은 사물의 속성을 띤 객체적인 것일 수밖에 없는 것. 물론 그 죽음은 인간으로서는 경험할 수 없는 미지의 것이어서 신비할 수밖에 없다. 그러나 그와 같은 죽음도 화자는 자연에 의한 것이 아닌 인위에 의하여 짐짓 물건처럼 만들어지고 기획되는 것으로 인식한다. 이 작품에서 화자가 제작한다라는 말을 사용하는 의미는 그런 것이다.

그러면 왜 그와 같은 죽음을 기획하는가. 그것은 일차적으로 화자의 채울 길 없는 목마른 허기 때문이다. 그 허기는 말할 것도 없이 정신적인 배고픔이며 형이상의 어떤 욕망이다. 곧, 자기로서는 선택한 바 없는 세계 속에 뜻하지 않게 내던져진 실존의 고민이고 방황인 것이다. 그들은 그래서 "날 새면 맨발로 울"거나 "밤마다 슬픈 일기를 찢"는다. 왜 그렇게 고민하고 방황하는가, 또 목마른 허기를 느끼는가 하는 구체적인 내용이나 이유는 작품 문맥 속에 분명하게 드러나 있지 않다. 다만 그렇게 목마른 허기를 느끼는 화자와 같은 부류의 젊은이들, 곧 아들과 딸이 "벙어리네" "무당네"와 같은 사회규범이나 정상으로부터 멀리 일탈된 정황 속에 놓여 있다는 사실만이 드러나 있다.

이 같은 비정상적 삶의 정황도 따지고 보면 우리로서는 극복하기 힘든 일의 하나이고 또 짐 지기 쉽지 않은 무거운 것이 아닐 수 없다. 그러나 화자가 느끼는 목마름의 보다 진정한 근원은 인간이라는 근본적인 숙명에서 유래되는 것이다. 곧, 김동리가 일찍이 생의 구경적인 문제라고도 부른 바 있는 우리 실존의 유한함, 유일 절대성에서 오는 고독이나 불안, 생산과 사랑(성) 등과 같은 인간이 원초에서 짊어진 문제들로부터 오고 있는 것이다. 이 시의 화자가 말하는 '채울 길 없는 허기'의 근본이야말로 바로 생의 구경에서 부딪친 문제들을 풀고자 하는 허기이고 욕망이었던 셈이다. 그것은 작품의 모두에 이미 다음과 같이 암시되어 있

지 않은가. 이를테면,

> 한줄기 江물이 흐르고는 있었지만

> 무심한 江이
> 너무 무심했던지

와 같은 진술이 암시하는 내용이 그것인 셈이다. 이 경우, 강물은 인간과는 다른 차원의 다른 질서를 상징하는 존재였던 것이다. 화자와 벙어리네 아들, 그리고 무당네 딸 등이 유한하고 불완전한 인간의 차원, 인간적인 질서 속에 속한다면 강물은 그 대척적인 자연의 완벽한 질서에 속하고 또 그 질서를 대표하는 이미지인 것이다. 줄여서 말하자면, 인간/자연의 대립적인 짝패 속에서 인간이 원초적으로 느끼는 한계 의식 속에서 이 시의 화자의 허기는 비롯된 것이다. 이 허기는 그동안 정서로 명명될 때는 흔히 '한'으로 이름 불리기도 하는 것이었다. 이제 사회적 삶의 한 매듭인 직장의 정년을 맞는 시인 박정희의 작품 세계를 살펴보기 위해 필자는 너무 장황하게 에둘러 온 감이 있기는 하지만 그의 시 세계는 한마디로 하자면, 이상에서 설명한 한을 정서적인 기반으로 삼는 것이었다.

일반적으로 한은 전통적인 정서이면서 우리 시의 대표적인 품목 가운데 하나로 꼽혀 온 것이다. 굳이 멀리 거슬러 오르지 않더라도 20세기 우리 시의 앞줄에 선 시인들, 예컨대 김소월이나 김영랑, 서정주 같은 시인들의 시적 정서는 누가 무어라 하든 이 같은 한이었던 것이다. 그리고 그 한은 자연경제인 농경을 주축으로 한 문화 가운데서는 때로는 필요악처럼 때로는 벗기 힘든 굴레처럼 우리를 사로잡아 왔다. 그것은 농경이 자연에 대한 순응을 하나에서부터 열까지 모든 인간 생활에서 요구하는 한 피할 수 없는 정서였기 때문이다.

범박하게 설명하자면, 농경문화 속에서 인간은 자연, 또는 자연 질서에 온전히 순응하거나 그렇지 못하면 자연/인간이란 짝패 속의 갈등과 같은 두 가지 반응을 보일 수밖에 없었다. 전자 순응의 길은 그동안 우리 시에서 자연 예찬이나 주객 합일의 양상으로 나타났지만 후자의 길은 '한'의 정서를 맴도는 형식으로 드러났다. 그러나 시장경제를 축으로 한 산업사회에서 한은 극복되어야 할 정서로 폄하되고 전락한다. 산업사회 속의 근대를 기획하는 주체의 입장에서 한은 더 이상 제자리를 보전할 수도 또 수용할 수도 없게 되었기 때문이다.

언필칭 근대를 기획하는 자리에서 어느덧 한은 이성에게 그 역할을 내주거나 또는 주변화하고 만 것이다. 따라서 그동안 우리 시에서 모던을 기획한 시인들 가운데 한을 노래한 경우는 드물 수밖에 없었다. 실제로 산업사회로 바뀌 들면서 우리는 생활 가운데서도 한을 찾아보기가 힘들어지지 않았던가.

아무튼, 우리 시의 전통적 정서인 한은 지난날 전통 자연 서정 시인들에게서 꽃피고 열매를 맺었던 것이다. 특히 농경문화를 삶의 감각으로 익히면서 생의 구경적 문제에 온몸으로 부딪쳤던 시인들에게서 이 정서는 가장 높은 높이의 미학으로 태어났던 것. 그리고 우리 시에서 지난 1950년대란 바로 이와 같은 미학이 중심에 놓여 있었다라고 해야 할 것이다. 이미 이 글의 머리에서 필자가 1950년대의 시적 의미를 물었던 것은 이 같은 사정을 염두에 두었던 것이기도 하다.

그런데 이 같은 한의 미학을 중심에 둔 자연서정시는 또 다른 한 특징을 보여 주고 있다. 그것은 바로 자연을 인간적인 의미나 속성을 함축한 대상으로 해석하거나 인식한다는 점이다. 다음의 시를 읽어 보자.

온 누리가
핏빛 눈물에 젖는다

어디서

입술을

깨물어 뜯는

서러운 결심이

있나 보다

꿈이

재가 되어 버리는

무서운 불길에서


이제

그 긴긴 울음은

끊어져 가고


깊은 골짜기 굽이굽이로

빠알갛게

傳說이 핀다

—「노을」 전문


　일찍이 1956년 서정주와 조지훈의 심사로 여원문학상 수상 작품으로 선정되기도 했던 이 작품은 자연현상의 하나인 노을을 철저히 인간적인 의미로 풀어서 해석해 놓고 있다. 곧, 이 작품의 전반부에서 노을은 입술을 깨물어 울음을 참는 누군가의 "핏빛 눈물"로 견주어지고 있는 것이다. 그리고는 그 눈물은 시간이 지나가면서, 곧 꿈이 재가 되는 과정 끝에 드디어는 "전설"로 깊은 골짜기 구비구비에 피어나고 만다는 것이다. 이 같은 화자의 진술을 따르다 보면 객관적인 자연현상으로서의 "노을"은 작품 어디에서도 그대로 재현되거나 묘사되고 있지 않다. 다만 그 노을이 함축한 인간적인 속성이나 정서들만이 진술의 형식으로 제시되고 있는 것이다. 따라서 어떤 글감이나 대상에 대하여 그것을 생생하게 재현하는 묘사적 언술이 그만큼 작품 속에 결여됐거나 적은 것이다.

이 같은 작품적 특성은 박정희 시에 일관된 현상으로 나타나고 있다. 간결하고 짧은 행들로 이루어진 단정하고 정연한 행갈이의 전통적인 시 형식이 또한 이 같은 시적 특성을 잘 뒷받침하여 준다. 그것은 내용과 형식의 적절한 조화라고 보아도 될 터이다. 줄여서 말하자면, 자연을 의인적으로 해석하면서 그 가운데 어떤 삶의 질서나 의미를 발견하는 대상 인식의 태도도 그렇고 자기 실존의 숙명적인 한계를 깨닫고 '한'의 정서를 표출하는 일도 모두 그와 같은 잘 정제된 시 형식을 통하여 보여 주고 있는 것이다. 이는 지난 1950년대 우리 시의 큰 자장이었던 전통서정시의 한 본보기를 보여 주고 있는 것이다. 그리고 이 같은 시 세계를 거의 반세기의 시력(詩歷)을 거치면서도 지금까지 크게 흩트리고 있지 않은 점은 또 어떻게 이해하고 평가해야 할 것인가.


2.


원효로
적산가옥
낡은 계단을
오르고 내리고
다시 두세 번

현관에서
자고 먹던
군복 차림 고학생

잉크병이

얼었다 녹았다

다시 두세 번,

...............

카튜사 목수건에

첫눈을 맞고

물들인

군용 담요 속에서

몸살을 앓던

열에 들뜬

열기 기운이

...............

알튤 랭보

—「50년대 3」 부분

    박정희 시 세계의 또 다른 한 국면을 보여 주는 이 시는 또한 1950년
대의 궁핍한 삶을 간결하게 그려 내고 있다. 그 삶은 염색한 군복을 입고
잉크병이 얼어 터질 정도의 추위를 견뎌야 하는 열악한 것. 그러나 그 생
활 속에는 저주받은 시인 랭보처럼 시를 앓는 열기가 있고 이상을 동경
하는 젊음이 있었다. 이 시의 화자는, 뒷날의 추억담 형식이긴 하지만 그
와 같은 가난하지만 정신적 행복과 충일이 있었던 삶을 제시하고 있다.

    그런데 이 작품에 등장한 '랭보'는 다른 시편들에서는,

아내 곁에서 러시아 음악을 동경했고

간호 장교 곁에서 프랑스 문학을 번역한


인물로, 또 달리는


작게 만나 멀리 그리운
사람 하나

　　　　　　　　　　　　　　　　—「작은 세상」부분

로, 그리고 폐를 앓는 청년(「핏기 없는 그에게」)으로 변이되어 등장하기도
한다. 특히 이야기시 「다시 만날 그날까지」에서는 '현욱'으로 설정되어
그의 삶의 여러 정황과 비극이 비교적 구체적으로 제시되고 있다. 아마
도 시인의 전기적 삶 속 지근의 누군가를 모델로 삼았음직한 이 인물은
그러면 우리에게 무슨 의미로 읽히고 있는가.

　이미 이야기시라는 갈래명이 시사하듯 이 작품은 서사적 구조를 담고
있다. 그것도 함경도 길주를 공간적 배경으로 조선조 말에서 6.25전쟁
까지의 역사적 굴곡을 선희와 현욱을 통하여 그려 내고 있는 것이다. 특
히 역사의 수레바퀴에 자신의 의지와는 다르게 뜻하지 않게 깔리고 희생
당한 개인의 삶을 형상화하고 있다. 굳이 소설로 치자면, 가족사 소설을
연상시키는 이 서사적 구조는 앞에서 살펴본 바 있는 자연서정시와는 크
게 다른 시적 특성을 보여 주는 것이다.

　흔히 시에서 서사적 구조는 현실의 세부 리얼리티를 담보해 주는 것
으로 알려져 있다. 이 같은 현실의 사실성을 높이고자 한 서사적 구조의
도입은, 간결한 압축된 형식으로 대상의 의미 해석이나 정서를 담는 그
의 자연서정시들과는 확연한 차이를 보여 주고 있는 것. 그러면 박정희
시에 나타난 현실적 사실성은 어떠한 것인가. 그것은 작품 「二元論」「귀
거래사」「北女」 등에 나타난 분단의 현실이고 고통이다. 우선 다음의 작
품을 읽어 보자.

이북에 늑막염 걸린 아내를 두고
이남에 간호 장교와 결혼한 사내가 있다
사내는 이북에서 병든 아내를 사랑했고
사내는 이남에서 건강한 간호 장교를 사랑했다
아내 곁에서 러시아 음악을 동경했고
간호 장교 곁에서 프랑스 문학을 번역했다
사내는 밤마다 출렁이는
바이칼 호수에 떠올랐고
아침마다 남한강 하류에 서 있었다
사내가 본 하늘 끝에선
날마다 이른 봄 눈비가 함께 내리고 있었다
늑막염의 아내가 항시 떨고 있었고
하얀 간호 장교가 땀을 흘리고 있었다.

—「二元論」 부분

이 시는 구태여 산문적 설명이 필요 없을 정도로 줄거리와 정황을 비교적 간결하게 기술해 놓고 있다. 우리가 종종 신문이나 방송에서 보게되는 남북 이산가족의 극적인 현실을 그대로 옮겨 온 듯한 이 작품은 우리에게 분단의 고통이 무엇인가를 선명하게 보여 준다. 그 고통은 북과 남에서 찢긴 삶을 사는 아픔이고 그리움이다. 일찍이 전봉건이 시집『북의 고향』에서 보여 준, 고향 상실과 가족 이산의 고통을 그대로 되살펴 보게 만드는 작품들은 분단 문제를 이념적 측면이 아닌 가족공동체의 붕괴 내지 혈연관계 해체를 통하여 풀이한 것이었다. 이 경우 작품의 화자가 지향하는 것은 가족 관계의 복원 내지 원상회복일 수밖에 없을 것이다. 그리고 그 같은 가족해체나 분단 상황의 원상회복이 현실적으로 불가능한 것으로 인식될 때 역시 '한'의 정서가 분출될 수밖에 없다.

그러나 박정희는 오히려 극도의 감정의 절제를 보이면서 사실의 정황

김종철·한의 미학 —

만을 진술하고 묘사하는 시적 방법을 택하고 있다. 특히 그는 이 같은 경우 앞서 설명한 바 자연서정시에서 보였던 정연한 행갈이 대신 짧은 문장의 서술 형식을 택하고 있다. 이 서술형 단문 형식의 시들은 「북문로 난장이」 「무심천 다리목」과 같은 자신의 과거를 작품화한 경우에서도 자주 보이고 있다. 결과적으로 이 형식적 특성은 초기 시와 달리 서사 구조를 담고 있는 후기 시들의 중요한 품목이 된 것이다.

이야기시의 '현욱'이든 혜화동 하숙집의 '그'이든 분단의 고통을 겪는 사람들은 북의 고향을 그리워하고 그곳 삶을 동경할 수밖에 없다. 특히 연작시 「북녀」는 두고 온 북쪽 지방 여인의 초상이 어떤 것인가를 잘 보여 준다. 그 여인의 삶은 박정희 시에서 그야말로 '풀 먹인 모시 적삼' 같은 예각적인 것으로 그려지고 미화된다.

① 6.25 때 홀로 된

    여학교 음악 선생

    모시 적삼 입은 날은

    남 몰래 우는 눈물 냄새가 났다

—「모시 적삼」 부분

② 빙하에 쉬 얼 줄 모르고

    열하에 쉬 녹을 줄 모르고

    꺾일 날 꺾여도 꼿꼿이

    계집은 곧았다

—「북녀 1」 부분

인용한 ①은 전쟁으로 미망인이 되었으나 오히려 삶의 자세가 흐트러지지 않는 모습을 모시 적삼으로, ②는 굳세고 곧은 북녘 여성의 속성을 직접적인 언술로 제시하고 있다. 특히 ②에서 그려지는 북녀의 모습은 일찍이 백석이나 이용악이 시 속에서 말한 '북관의 계집'과 그 맥이 닿아 있다. 이 같은, 비록 여성을 통해서이기는 하지만, 이상화된 삶의 모습은 모순으로 가득 찬 현실 공간에서 하나의 정신적 지표일 수도 있을 것이다. 그 '꼿꼿하게 곧은' 성격은 실제로 시인 박정희에게서 시력 50년에도 잘 흐트러지지 않는 시 형식을 고집스럽게 지키게 만들고 또 숱한 아픈 사연도 천연스럽게 시의 행간 속에 감추도록 만든 것은 아닐까.


## 3.

꽤는 굵은 윤곽으로 그려 본 시 세계이긴 하였지만 박정희 시인의 작품들은 서정에서 서사로 옮겨 가거나 그 두 가지 속성이 혼합된 궤적을 보여 주고 있다. 지난 1950년대 초기 시들은 주로 자연서정시들로서 '한'의 정서를 기본 바탕으로 삼는 것들이었다. 그 한은 '울음'이나 '슬픔'을 내장하면서 자연물이나 자연 이미지를 매개로 삼아 표출되었다. 일의 이치대로 이 시기의 글감들은 '등', '섬', '창' 등과 같은 신변의 자잘한 사물들이거나 '오월', '우수절' 등의 계절 감각을 주로 대동한 것일 수밖에 없었다. 그리고 이 같은 서정시들은 압축과 생략의 원리에 기대어 짧은 길이의 행들로, 정연한 행·연의 구분을 갖춘 형식을 취하고 있다. 흔히 말하듯 내용이 형식을 결정한 것이라고 할 수 있을 터이다.

그러나 후기 시에서는 서사 구조의 도입과 함께 시적 정황을 주로 개괄적으로 그려 내면서 이 형식을 일부 깨트리고 있다. 그러나 여전히 상당수의 작품은 행·연 구분의 형식을 지키면서 주로 자전적 체험들을 보여 준다. 이를테면,

서울서 살기를 그만두고
청주로 내려갈 때

원치 않은 조치원역에
우뚝 멈춰 선다

조치원서 청주까지
거기서 거기

비가 와도 한나절
아직은 멀다

서울서 사랑을 그만두고
서울서 살기를 그만두고
청주로 가는 길

—「청주로 가는 길」 부분

과 같은, 젊은 날 사랑의 실패를 담담히 그려 내고 있는 작품들이 그것
이다. 이 작품은 화자가 실패한 사랑의 구체적인 세부 사실들을 과감하
게 생략한 채, 또 그만큼의 감정 절제를 보여 주면서 두 줄씩의 연 구분
을 한 정연한 형식을 견지하고 있는 것이다. 말이 쉬워서 낙향이지, 실
은 당대 모든 삶과 문화의 현장이자 하나의 기호이기도 했던 서울을 버
린다는 것이 어디 그렇게 훌훌할 수 있는 일인가.

　화자는 의도적으로 두 줄짜리 연 구분을 통하여 작품의 여백을 할 수
있는 대로 넓혀 놓았고 그 가운데에다 절제된 감정과 생략한 사연들을
묻어 놓은 것이다. 곧 그 감정과 사연들을 읽는 이들이 상상을 통하여 복
원하고 또 메꾸어 가며 살피고 읽도록 만드는 것이다. 김종삼이 보여 준
'잔상의 미학'을 또 다르게 보여 주고 있다고나 할까.

　아무튼 박정희의 후기 시들은 서사 구조의 도입을 통하여 현실의 구

체성을 드러내 주고 있다. 그것도 분단으로 인한 가족해체의 고통을 집중적으로 그려 주는 것이다. 모르기는 하여도 이는 실향 2세대라고 해야 할 박정희 시인의 실제적인 원체험들이 깔린 시적 진술에 다름 아니라고 해야 할 터이다.

이제 박정희 시인 스스로 한 시기의 작품 세계를 묶고 정리하고자 시선집을 묶는다. 그가 시 「북녀」에서 말한 그대로 꼿꼿하게 그리고 곧게 한평생 살아오면서 시류에 영합하거나 남달리 으스대지 않으면서 이룩한 세상은 어떤 것일까. 그것은 햇빛 반짝이는 그림 같은, 그러나 큰 세상이 아닐까. 이제 우리는 박 시인의 다음 시를 읽으면서 끝자리의 박수를 해도 좋으리라.

> 햇빛 반짝이는 날
> 그림 같은 세상 하나
>
> 두부모 자른 듯
> 네모반듯한 세상 하나
>
> 숨 쉬는 창문 하나
> 펄럭이는 빨랫줄 하나
>
> 빈속에 숨겨 둔
> 잠자리 날개 하나
>
> ―「작은 세상」 부분

# 기억, 거대한 성곽의 고고학
—박현솔 시집 『달의 영토』

## 1.

지난가을 황동규 선생을 모시고 만해마을을 들른 적이 있다. 일행은 『유심』지의 주간을 맡고 있는 박시교 형과 그 여행길에서 수인사를 나눈 시조 시인 홍성란과 필자, 그렇게 모두 넷이었다. 도로 옆 들녘과 먼 산에는 절정기를 막 벗어난 단풍들이 아직도 노랗게 혹은 붉은색으로 익고 있었다.

"홍 선생, 실례지만 몇 년생이시죠? 시집은 잘 받아서 읽었지만 작품들만으로는 홍 선생을 모르겠습디다."

핸들을 잡고 있는 홍성란 시인에게 황동규 선생이 그렇게 질문을 던졌다. 듣기에 따라서는 당혹스러웠을, 그것도 여성 시인들에게는 금기사항처럼 된 나이를 물었다. 그리고 나서 황 선생은 그 질문 끝에 설명을 덧붙였다.

서양의 경우 여성 작가들은 자기 나이를 정확하게 밝힌다. 왜냐하면 독자들이 작품들을 읽고 이해하는 데 작가의 나이는 굉장히 중요한 정보의 하나기 때문이다. 그러나 우리나라 여성 시인들은 생년을 결코 밝히려 들지 않는다. 그뿐만 아니라, 사진도 젊은 시절의 사진밖에는 싣지 않는다. 이 같은 관행은 독자들에 대한 불친절이자 일종의 속임수 같은 일이다. 작가들의 나이, 아니 삶이나 세계에 대한 체험의 양적 크기는 작품 이해의 중요한 열쇠가 된다라는 설명이 그것이었다.

마음의 폭이 큰 홍성란 시인은 황 선생의 심문에 자신의 이력을 설명했고 일행들은 자서전적인 그녀의 사연에 공감과 박수를 보내야 했었다. 그래 서울에서 만해마을까지의 그 여행길이 한결 짧고 즐거울 수밖에 없었던 것은 두말할 나위가 없다.

박현솔의 시집 길라잡이 판에 웬 난데없는 여행담인가 싶겠지만 앞에서 소개한 황 선생의 이야기는 이 길라잡이에서도 유효하다. 무슨 말인가 하면 그간의 박현솔의 이력은 이번 시집 독자들에게 그만큼 작품 세계를 찬찬히 둘러보는 데 열쇠 같은 구실을 한다는 것이다. 곧 이는 등단한 지 15년 가까운 시력에 첫 시집을 낸다든지, 제주 출신이며 지금은 대학원 과정에서 현대시를 공부하며 학문적 훈련을 쌓고 있다는 등의 이력이야말로 시집의 작품들과는 또 다른 텍스트로 독자들이 읽어야 좋겠다는 것. 특히 이번 시집은 '기억의 고고학'이라고 할 만큼 상당수 작품들에 유년의 기억과 가족사들이 아라베스크 무늬처럼 직조되어 있음에 있어서랴. 널리 알려진 대로 기억을 복원하고 세계와 화해를 이루었던 유년을 낙원으로 생각한 것은 M. 프루스트였다. 그는 복원된 기억을 통하여 끊임없이 유동하는 내면적 자아의 지속을 확보하고 더 나아가 이 같은 지속성을 담보로 시간의 폭력(破壞力)에 맞서고자 했다. 프루스트는 이 같은 기억의 복원을 마들렌 과자의 맛으로부터 시작했다. 그러나 박현솔은 "발밑에 누운 잔디"를 쓰다듬는 데서부터 회상을 시작한다.

오랜 습관처럼 발밑에 누운 잔디를 쓸어 본다 손바닥이 지나간 자리마다 물빛이 번진다 잊혀진 기억 속의 문장들이 내 손바닥을 읽는다 손바닥 사이로 길이 갈라지고, 지문이 물결쳐 간 곳에 앙상한 뼈대를 드러낸 성

기억, 거대한 성곽의 고고학

491

곽이 서 있다.

　한때 사람들은 태양을 건져 올리기 위해 낚싯대를 썼다 해변의 끝까지
파도를 밀고 온 것은 이국의 태양이 아니었다 섬마을의 비릿한 바람이었다
갈매기들 멀리 북반구로 날아간 뒤 커다란 빗장이 질러진 곳, 고풍스런 샹
들리에, 금제 나이프, 포크 들이 정지된 시간 속에 잠들어 버린 곳, 검은
장막이 풍경을 닫아 버린 곳, 가끔은 거센 파도가 이는 수평선처럼 느슨해
지기도 하는 호텔 캘리포니아

—「호텔 캘리포니아」 부분

作品의 話者는 인용한 대목에서 보듯 잔디를 매개로 삼아 캘리포니아
호텔의 기억을 떠올린다. 그 호텔은 굳이 밝히자면 제주 어느 바닷가에
도 있을 수 있고 또는 화자의 기억 속에 고성처럼 존재할 수도 있다. 작
품의 겉문맥에 그 호텔의 위치는 드러나 있지 않다. 다만 폐쇄된 거대한
성곽처럼 내부 정경들만 묘사되어 있을 뿐이다. 그 내부는 고풍스런 샹
들리에, 금제 나이프, 포크들이 은성하던 옛 시절의 광휘를 접고 잠들어
있을 뿐이며 심지어는 귀신들이 나오는 공간으로 변모되어 있다. 여기서
우리는 이 호텔이 화자의 기억을 표상하는 하나의 상징 기호로 읽을 수도
있을 것이다. 지난날의 화사와 안락을 잃고 폐허가 된 거대한 성곽—그
것은 화자에게 있어 기억의 성곽이기 때문이다.

　그러면 거대한 성곽인 기억 속에서는 어떤 일들이 있었는가.

　　① 어린 조카를 친정집 처마 밑에 밀어 넣고
　　　언니는 도망치듯 어두운 골목을 내달린다
　　　그녀의 발길이 돌부리에 걸려 넘어질 때
　　　골목이 길 밖으로 여자를 뱉어 낸다
　　　아이는 순식간에 달겨든 환한 불빛에 놀라서
　　　날개를 다친 나방처럼 옴짝달싹하지 못한다

492

아이의 손에 쥐어진 초코파이가 녹고 있다

가끔은 기억 속 골목들이 절망으로 환해진다


② 아버지 약값을 위해 소를 팔던 날

외양간 나서는 소의 깊은 눈망울 앞에서

후줄근한 몸뻬 차림의 어머니가 휘청거린다

다음 생앤 네가 내 주인이 되어 만나자구나

자꾸만 머뭇거리며 고삐를 넘겨주지 못하는

제 주인의 마음을 읽었는지

어미 소가 어머니의 손등을 핥아 준다

고삐를 잡은 손이 위태롭게 허공을 향한다


인용한 ①은 작품 「빵 속의 기억들」의 한 대목이고 ②는 「말뚝에 대한 기억」 가운데 일부이다. ①은 '갓 쪄낸 빵 한 조각'을 매개로 해서 복원한 언니에 대한 기억이다. 그 기억은 '절망으로 환해지는' 그런 기억이다. 기억 속에서 언니는 가난 탓에 아이를 친정에 맡기고 달아난다. 그것도 가로등이 알맞게 부풀어 오른, 또는 고소한 냄새를 풍긴다는 식물(食物) 상상력의 공간 속에서의 일이다. 이는 극도의 허기가 마치 환상통처럼 골목과 외등들을 빵으로 상상하게 만드는 것.

② 역시 화자의 어린 시절 가난과 관련한 기억이다. 그것은 어머니가 아버지 약값을 위하여 키우던 소를 팔던 기억이다. 그 기억은 인용한 대목에서 보듯 묘사를 축으로 한 폭의 그림처럼 각인되어 있다. 사지(死地)로 달려가는 소에게 어머니는 '다음 생엔 네가 내 주인이 되어 만나자는' 말을 건넨다. 그리고 주인의 마음을 읽은 소는 그 응답으로 어머니의 손등을 핥아 준다. 읽기에 따라 우리는 인연과 윤회전생의 인식 틀에 따른 주체와 타자의 평등 내지 모든 생명이 유기적인 '온생명'이라는 생태학적 의미도 읽을 수 있을 터이다.

뿐만 아니라 늘그막의 적막을 매개로 할머니와 소를 동일 존재로 인식하는 김종삼의 「묵화」를 연상할 수도 있을 것이다. 그런데 박현솔은,

젖은 풀잎들, 아버지가 길을 가고 있다
한쪽 뿔이 부러진 소와 함께 길을 가고 있다
낡은 고무신에, 허름한 모자를 쓰고
구불구불한 길을 돌아나가는 아버지와 소
　　　　　　　　　　　　　　—「외뿔로 가는, 생의 내력」 부분

와 같은 작품에서는 아버지와 소가 '세상 살아온 내력들' 그것도 '부러진 상흔'을 매개로 서로 동질성을 공유한 존재로 제시하기도 한다. 두루 알려진 것처럼 농경적 상상력의 제일 큰 미덕은 자아와 세계의 친화 내지 상호 감응이다. 이러한 감응을 우리는 박현솔의 작품들, 그것도 유년의 기억들 속에서 찾아 읽는 것이다.

한편, 박현솔의 유년의 기억 가운데서 가족사들을 확인해 보면 농경적 상상력뿐만 아니라 바다에 관한 것들 또한 발견된다. 작품 「누란을 보다」 「밧줄」 등에서 확인되는 황폐화된 바다가 그것이다. 예컨대,

바다에 고기 씨가 마른 날들의 연속이었다. 남자들은 술병을 끼고 살았고 아낙들은 빈 소쿠리에 짠 내음만 가득 주워 담았다 태풍은 벌써 그들 속에 상륙하고 있었다
　　　　　　　　　　　　　　　　　　　　　—「밧줄」 부분

와 같은, 바다에 태풍이 일고 검은 파도가 모든 것을 휩쓸어 가는 경우가 바로 그것이다. 바다와 그곳을 삶의 터전으로 삼는 인간들 또한 서로 감응이나 상동 관계에 있음을 이 작품은 보여 준다. 화자는 바다의 황폐화가 곧 삶의 황폐임을 넌지시 일러 주고 있는 것.

여기서 우리는 작품 외의 또 다른 텍스트인 시인의 이력을 떠올려도 좋을 것이다. 곧 제주 출생이어서 누구보다도 많은 바다에 대한 기억을 박 시인은 가지고 있고 그 기억을 작품 속에 전환 표현을 통해 드러내는 것이다. 말이 난 끝에 박 시인의 제주 이야기를 조금 더 하자면, 유년 시절 밤중에 다니던 화장실 기억도 있다. 곧, "배설물을 단숨에 성찬"(「달빛속의 만찬」)으로 바꿔 먹는 돼지가 있는 화장실에 관한 기억이 그것이다. 무화과나무가 섰고 밤하늘에는 식구들이 띄워 놓은 별자리들이 빛나는 그 화장실의 특이한 구조와 형태는 이미 제주의 명물로 우리에게 잘 알려져 있다. 이 같은 기억 속 풍경에는 앞에서 살펴본 바와 같은 아버지와 어머니, 언니들의 힘겹고 음습한 삶들이 들어 있게 마련이다.

그렇다면 이처럼 지나치다 싶을 만큼 빈번하게 등장하는 기억이란 무엇인가. 기억의 고고학이라고 불러도 될 만큼 박현솔의 작품은 갖가지 기억의 복원을 시도하고 있다. 그것도 일정한 대상을 매개로 회상의 형식을 취한다. 회상을 통하여 발굴되고 복원된 기억들은 이미 사라져 버린 과거가 아닌 지금 이곳의 실체로서 텍스트화하고 있는 것이다. 그리고 그것들은 시적 자아의 실체이자 진정성을 기획한다.


## 2.


지난 세기 초 레오폴드 블룸은 더블린 시내를 떠돈다. 마치 오디세이가 트로이 전쟁 후 에게 해를 떠돌듯이 그는 약 18시간 동안 시가지를 헤매는 것이다. 그 헤맴은 탐색이라고 부를 수도 있고 단순한 방황이라고도 할 수 있다. 주지하듯이 도시는 세계의 축소판이자 압축된 삶의 현장이다. 그 세계를 떠돌며 삶의 실상을 확인하거나 의미를 찾는 일은 탐색이란 말에 걸맞다고 할 것이다. 그러나 이 같은 탐색보다는 권태와 무위 탓에 현대의 오디세이는 블룸처럼 떠돈다고 할 것이다. 아니, 멀리

갈 것 없이 일찍이 우리의 구보(仇甫) 씨도 경성의 거리를 떠돌지 않았는
가. 이 같은 일은 오늘날 대도시의 일상을 사는 사람에게도 마찬가지다.

① 들숨과 날숨이 고요한 메주들 그 옆으로 찌그러진 바구니 하나 지나
   간다 잘 마른 바람을 뭉쳐 바구니에 던져 넣는 손들 바구니에서 바람
   소리 대신 마른 지푸라기 들썩이는 소리 들린다 지하철 안에 발효되
   지 않는 우산과 고무장갑과 일회용 밴드를 들여오는 행위는 금지되어
   있습니다. 터진 속살을 훔쳐보는 남자들과 곰팡이균이 번져 가는 여
   자들과 검버섯이 핀 노인들이 한 줄로 앉아 있다. 이 생에서 저 생으
   로 발효되어 가는 사람들

② 파리똥이 눌러붙은 백열등에서
   멀건 멸치 국물 같은 불빛이 쏟아져 내린다
   빗장뼈가 틀어진 폐차의 창문을 열고
   서둘러 불꽃을 당기는 여자의 손, 녹이 슨
   폐차의 기도를 타고 오르는 검은 그을음
   정지된 것들은 어두운 속내를 가지고 있다
   폐차의 덧난 땜질 자국을 훔쳐 낼 때마다
   여자가 떠나보낸 생의 마디마디가 욱신거린다

   인용한 ①은 작품 「지하철에서 발효되는 것들」의 일부이고 ②는 「폐
차분식점」의 한 대목이다. ①은 화자가 지하철을 타고 내리는 정경을 보
여 준다. 특히 승객들을 메주에다 유추하여 차 안의 불결한 모습이나 고
약한 냄새들을 그려 낸다. 이 시의 화자에 의하면 인간들은 모두 내부에
서 발효하고 있다. 그들은 지하철에 들어서면서 그렇게 썩어 가는 것이
다. 뿐만 아니라 대도시에서의 지하철은 대형 사고의 위험을 안고 있다.
화자는 오랫동안 정차하고 있는 전철 안에 갇혀 있으면서 '내가 지금 소

멸한다면, 다시 지상에 돌아갈 수 없다면' 하고 상상을 하기도 한다(「별의 뿌리들」). 이 상상은 문득 자신을 대상화하고 반성적으로 되살펴 보는 계기를 마련한다. 그러나 그 반성적 되살핌은 '내 게으름 탓'에 말라죽은 베고니아나 욕창을 앓는 침대 등에 관한 것이다. 말하자면 일상의 자잘하고 사소한 일들이 반성적 성찰의 대상인 것이다. 굳이 설명을 달자면, 이른바 거대 담론이 사라진 자리의 저 미세 담론들인 것이다.

그런가 하면 ②는 제목 그대로 폐차를 개조한 분식집에 관한 사연을 담고 있다. 이 분식점은 도시 변두리거나 재래시장 터쯤에 자리 잡고 가슴이 추운 사람들을 주로 받고 있다. 그들은 "뜨거운 국물 앞에 고개를 숙이고/ 제 꺼져 가는 불빛을" 들여다보기도 한다. 또 다르게는 구두 수선집에서 한평생 구두를 깁고 있는 노인이 등장하기도 한다(「길이 나를 거느린다」). 그밖에도 독거노인(「까치집」)이나 대도시의 카라반인 리어카 행상(「카라반에게서 듣다」)이 그려지기도 한다. 대체로 이들은 우리 사회에서 극도의 소외를 겪고 있거나 삶의 무기력을 여지없이 드러내는 인물들이다. 지난날 우리 시를 지배했던 현실주의시의 사회학적 상상력을 통해서 이들을 들여다본다면 억눌린 민중이면서 뿌리 뽑힌 세대들을 집약해서 보여 주는 존재들일 터이다. 그리고 전형성을 띤 민중으로서 가난과 소외에 대한 끝없는 분노와 사회변혁의 의지들을 표출했을 것이다.

그러나 박현솔의 시에서 이들은 개체화되어 있다. 또 개체화되어 있는 만큼 이들은 독자적인 내면세계를 지니고 있고 그것을 작품을 통하여 보여 준다. 말하자면 이들은 집단이나 계급의 총체성 속에 함몰되기보다는 개인적 자아의 실체를 보여 주는 것이다. 개체로서의 이들이 보여 주는 처연함이나 아름다움이 돋보이는 것은 바로 이 때문이다. 개인이 보이지 않는 집단의 공허함을 한번 생각해 보라.

이밖에도 이번 시집에서 박현솔은 대도시의 거리와 뒷골목을, 더러는 시장을 탐색하며 많은 사람들과 풍물들을 만난다. 예컨대 벙어리 아버지와 아들을 만나기도 하고(「나비, 길을 잃다」) 학교 앞에서 팔리지 않는 솜사탕을 파는 할아버지를 지켜보거나 횡단보도에서 주검의 표지들을 발견하는(「가벼운 소멸을 위하여」 「갠지스로 흘러가다」 등) 일 등이 그것이다. 이들을 통하여 시인은 세계의 완강함과 그것들이 내장하고 있는 폭력성을 발견하기도 하고 삶의 신산함이나 애환 등을 거듭 확인하고 있다. 당연한 말이겠지만 오디세이처럼 서울의 곳곳을 탐색하는 것만으로 그의 떠돌음이 끝나는 것은 아니다. 더러는 산을 오르며 실거리꽃을 만나 그 전설을 떠올리기도 하고 연꽃 봉오리를 보며 '연못의 알'이라고, 아니 소아마비로 몸이 온전치 못한 언니의 아기라고 상상하기도 한다.


## 3.

> 지쳐 버린 일상에서 빠져나와 보시길.
>
> 조간신문 속 실마리가 보이지 않는 사건들로부터, 유통기한을 하루 넘긴 우유를 어떻게 할까 하는 고민으로부터, 밤새 무의식을 빠져나온 머리카락들을 주워 올리는 손동작으로부터
> 자신을 난타해 보시길……
>
> ─「그대, 난타 속으로」 부분

독자들, 아니 자신에게 이 작품의 화자는 일상에서의 탈출을 강력하게 권유한다. 흔히 일상성이란 갖가지 사소한 일들의 반복과 그에 따른 무위와 권태로 특징지워진다. 신문 읽기와 유통기한 지난 우유의 처리 문제, 머리카락 치우기…… 등등. 화자는 이들 일상의 일들이 대체로 의식의 졸음이나 신경의 무감각을 가져온다라고 이야기한다. 그래서 하다못해 '붉은 사루비아 무리들이 비탈진 언덕을 오르는 사소한 기억들'을 복원하라고 권유하는 것이다. 그런데 기억에 관한 문제는 이미 이 글

의 모두에서 살펴본 바 있다. 지금 이쯤에서는 이번 시집 가운데 좀처럼 찾아 읽기 어려운 일상으로부터의 일탈의 한 방식인 드문 사랑의 담론을 읽도록 하자.

벚꽃 한 잎이 바람을 타고

벽 속으로 날아든다

하얗고 조그마한

날개를 가진

꽃잎이

벽 속에 밧줄을 늘어뜨려

벽과 한 몸이 되고 있다

—「어떤 사랑」 전문

통념적인 사랑 이야기와는 너무 다르게 읽히는 이 작품은 읽기에 따라서는 한 폭의 단순한 그림에 지나지 않는다. 벽 위에 떨어진 벚꽃 잎과 그 그림자를 선명하게 부조(浮彫)한 것으로 읽을 수 있기 때문이다. 화자는 그 같은 정황을 "벽 속에 밧줄을 늘어뜨려// 벽과 한 몸이 되고 있다"라는 정도의 언술로 모호한 해석 내지 판단을 내릴 뿐이다. 따라서 제목 「어떤 사랑」이 아니라면 이 텍스트는 사랑의 한 정황을 형상화한 것으로 읽기 어려운 것이다. 작품에서 감정을 철저히 거둬 내는 것이 우리 모더니즘시의 미덕 가운데 하나라는 사실은 굳이 더 설명이 필요 없다. 실제로 박현솔의 시들은 질척거리는 감정의 유출을 거의 보여 주지 않는다. 글감이 불우한 인물들이나 정황으로 아무리 최루성 강한 경우라도 그의 시들은 냉철하게 묘사하거나 진술할 뿐이다. 이 같은 점에서 박현솔의 시는 범박하게 말하여 모더니즘시의 미덕을 모범적으로 보여 준다고 할 수 있다.(그러고 보면 그녀의 기억의 시편들은 G. 들뢰즈와 혹시 친연성을 지닌 것은 아닐까?) 특히 이 시집 3부의 몇 작품들이 보이는 방법론적 시도, 예컨대 말줄임표를 앞뒤에 거느린 이미지의 열거나 의식의 파편들 나열로 읽히는 형식미학도 이 모범 안에 든다고 할 것이다.

아무튼 작품 「어떤 사랑」은 이 시집 가운데 희소성을 갖는 사랑시이고 시 「뱀」 「뱀이 지나간 자리」를 읽는 단서이기도 하다. 뱀은 어릴 절 제주의 담 밑에서 만난 이후 줄곧 이 시인을 늘 감고 다니는 무엇이다. 뿐만 아니라 이 뱀은 주방에서 가스레인지를 켤 때에도 자아의 내면에서 슬금슬금 기어 나온다. 이 경우 불꽃은 곧 뱀이 된다. 따라서 뱀은 생명이나 욕망의 상징이자 기호로 작동한다.

끝자리에서 이 생명력의 기호인 뱀이 어떻게 제주에서 성장한 그녀를 지나가고 있는지 읽기로 하자.


가스레인지 바닥에 벌건 흉터를 만들고서야 불꽃을 줄인다 파란 불꽃이 냄비의 아랫도리를 은근하게 쓸어 준다 누군가를 사랑하면서도 나는 늘 적당한 불꽃을 맞추지 못했다. 아직 뜨거운 냄비 속에서 뱀이 제 꽃잎들을 뭉개고 있다. 꽃잎들이 소리 없이 짓이겨진다. 내 몸을 달구던 마지막 불을 끈다 불꽃이 냄비를 잊고 순식간에 사그라든다 힘이 다한 뱀이 바닥에 드러눕는다 내 안 오래 뜸들인 어둠 속으로 뱀이 사라져 간다.

# 나를 찾는 여행, 또는 교양의 시학
―우호태 시집 『그대가 향기로울 때』

## 1.

　조선조 선비의 이념적 덕목은 수기치인(修己治人)이었다. 자기 수양을 쌓은 뒤에는 세상에 나아가 경륜을 펴는 일이 그것이다. 이즘 말로 하자면 자아의 완성을 기한 뒤에 현실을 경영하는 일인 것이다. 특히 수기, 곧 자아의 완성은 내면에 교양을 쌓는 일이었다. 이 경우 교양은 자기 내면에 잠재된 능력을 일깨우고 그 다양한 능력을 아우른 큰 덕목을 쌓는 일이었다. 공자 식으로 말하자면, 육예(六藝)를 익히는 일이 그것일 터이다. 그렇게 익힌 육예는 내면의 덕으로 다시 질적인 변화와 통합을 이룩한다. 뿐만이 아니다. 이 덕은 내면에 쌓이는 데서 끝나는 것이 아니라 겉으로 어김없이 드러나 그 사람의 외모와 태도를 결정짓는다. 『논어』의 한 대문인, 덕은 몸을 윤택하게 한다는(德潤身) 말이 바로 그것이다. 범박하게 말하자면 그 사람의 됨됨이가 외양에 나타나는 것이다. 이 같은 교양을 내면에 쌓는 일 가운데 중요한 한 가지는 시를 짓고 시를 아는 일이었다. 대저 시는, 공자의 말대로 하자면, 지식 또는 정보의 곳간이기도 했고 언변을 갈고 다듬는 주요한 수련의 기예이기도 했다. 그래서 시는 선비의 중요한 신분적 표지가 되었다. 아니 선비적 교양의 필수 기예처럼 된 것이다.

말을 많이 둘러 나왔지만, 우호태 시인의 시를 통독하며 나는 조선조 선비의 교양을 떠올렸다. 우 시인은 시인이기에 앞서 전임 화성 시장으로 우리 지역사회와 정계에 더 잘 알려진 사람이다. 나로서 더 솔직하게 말하자면 그가 시를 쓴다는 사실 자체도 의외의 일처럼 다가왔다. 벌써 여러 해 전 얘기다. 마침 선거 때였을 것이다. 병점역 정류장에서 집으로 돌아가던 나는 뜻밖의 광경을 목도했다. 젊은이 한 사람이 무슨 전단지 돌리기에 열중하고 있었다. 먼발치에서 본 그 젊은이는 틀림없이 우호태 시인이었다. 내가 즐겨 읽었던 삼국지식 표현으로 하자면, 필마단기(匹馬單騎)로 출진한 젊은 장수 한 사람이 거기 있었다. 그 흔한 도우미 한 사람도 없이 그는 그렇게 자기 일에 몰입하고 있었다. 나는 그 모습에서 젊은이 특유의 진지함, 열정, 넘치는 자신감 등을 읽었다. 아는 체하는 것이 아니다 싶어 나는 일부러 에둘러 그 자리를 황황히 떠났다. 나는 우호태 시인하면 늘 이 정경을 떠올리곤 한다. 그의 인품이 이 한 장 낡은 사진 같은 정경에 모두 담겨 있다고 생각하기 때문이다.

햇수로 이제 막 십 년을 헤아리는 노작문학상도 우호태 시인을 말하는 자리에서는 빼놓을 수가 없을 터이다. 이 상은 화성 지역 출신이자 근대 시문학의 한 페이지를 장식한 노작 홍사용을 기리고 그 문학 정신을 되살리려는 취지로 제정되었다. 그 출범과 제정 과정은 당시 시장직에 있었던 우 시인의 결단과 뒷받침을 빼고는 달리 이야기를 할 수 없다. 이즘 돌이켜 봐도 우 시인의 전적인 노력과 후원이 없었다면 이 문학상은 없었을 것이다. 글 쓰는 일 외에는 뭇 세사에 문외한인 내가 보기에는 적어도 그렇다. 한 사람의 정치인이자 행정가로서의 우호태 시인을 나는 잘 모른다. 그러나 그가 남다른 문화적 식견과 안목의 소유자라는 사실만은 나로서도 자신 있게 말할 수 있다. 우호태 시인은 그런 사람이다. 적어도 내가 아는 한 그의 인품은 이런 것이었다.

## 2.

구불구불

산모롱이 돌아

겨울밤

아랫목에 제 몸 푸니

등허리 따습다

—「고향」 전문

대체로 사람들에게 고향은 유소년 시절과 함께 기억으로 존재한다. 그 기억들은 우리 몸에 기록으로 남아 있다가 회상이란 형식을 통해 현재화한다. 일의 이치 그대로, 이 현재화에는 과거와 현재가 만나 그 의미를 새롭게 조정하게 된다. 예컨대 어린 시절 험한 기억도 시간이 흐른 뒤에는 고통보다는 감미로움 내지 그리움의 대상으로 변질되는 경우가 곧 그것이다. 이처럼 기억은 회상을 통해 현재화되면서 그 의미나 구조 등이 재구성된다.

인용한 시 역시 고향에 대한 회상을 감미롭게 보여 준다. 시의 화자는 어린 시절, 아마도 청소년 시절일 터이다. 그것도 혹한이 자심했던 겨울밤의 기억을 떠올린다. 아마도 그 무렵이란 본격적인 산업화 이전 시절이라 교통이나 주거 환경이 열악했을 터이다. 그렇지만 추운 밤길을 걸어 귀가한 집, 그것도 불을 잘 지핀 방 안 아랫목이란 '등허리 따습기' 짝이 없는 공간이었을 것이다. 따라서 회상하는 화자에게는 밤길 걷기의 추위와 고단함은 모두 사상(捨象)되고 등 녹일 때의 저 따뜻하고 아늑했던 근육감각만이 떠오른다. 그 따뜻하고 아늑한 감각만 살아 있는 공간—그것이 대저 우리의 고향인 것이다.

그 고향엔 "헐렁한 베 바지에/ 밭머리에 서 계시던/ 아버지"가 있고 (「원두막」) "안골 논머리에/ 새참을 내리던" 어머니가 있다(「모내기하던 날」).

그런가 하면 "해 떨어지면 자구 해 뜨면 흙 파는" 만수, 석이 할매 등도 있다(「사라지는 이야기」). 이들은 농경 사회의 전형적인 구성원들이다. 우리에게는 나라 전체 인구의 80%가 농업에 종사했던 시절이 있었다. 본격적인 산업화가 되기 이전 전통 사회가 바로 그것이었다.

그 사회에는 인정, 염치, 상호부조, 충효 같은 그 사회 특유의 여러 가지 바람직한 삶의 미덕들이 있었다. 이 미덕들은 과거 전통 사회의 보편적 가치로 누구에게나 존숭되었다. 하지만 산업사회로 진입하면서 이들 가치는 훼손 내지 폐기되는 일이 잦아졌다. 그만큼 속도와 효율성만을 앞세운 각박한 사회로 우리 사회가 변모한 것이다. 굳이 환경론을 앞세우지 않더라도 이즘 농업을 중시하자는 일부 주장 속에는 이들 미덕에 대한 강한 동경과 미련들이 내장돼 있다.

아무튼 이들 미덕에 대한 동경은 고향에 대한 애착으로도 나타난다. 이를테면, 남태령 너머 고이 흐르는 고향을 보면서 "울불긋 꽃동네/ 매홀이란 이름으로/ 세세손손 흘러가"길(「고향화성」) 염원하는 일도 그 애착의 한 예일 터이다.

이번 우 시인의 상당수 시들 속에도 농경을 축으로 한 지난날 삶에 대한 기억들이 자리 잡고 있다. 여기서 이런 삶의 미덕을 기린 작품 한 편을 더 읽어 보자.


안부를 묻습니다
왕새우 먹으러 갑니다
보증을 섭니다
집들이를 한답니다
딸 자랑으로 함박꽃입니다
천렵을 갑니다
윷놀이를 합니다
출출하니 한잔하잡니다

햇살이 환한 날

그리운 얼굴들

—「흑백 앨범을 보면서」 전문

이 작품은 평이한 언술 가운데 지난날 우리 삶의 여러 미덕들을 제시해 준다. 시의 화자는 만나는 사람들이 서로 안부를 묻고, 때로는 보증을 서 주기도 하고, 그런가 하면 천렵과 윷놀이 같은 놀이 문화를 더불어 즐겼던 일들을 기억한다. 그 시절 사람들 사이에는 언제나 따뜻한 소통이 있고 모두 함께 여가와 놀이들을 공유했다. 특히 이제는 뭇사람들의 금기처럼 된 빚보증 서는 일도 큰 고민 없이 서 주곤 하던 후덕한 인심이 있었다. 작품의 1연에서는 그 같은 삶의 덕목들이 병렬 형식으로 제시된다. 아마도 그 시절 기억들을 몸에 새기고 있는 사람들은 이 같은 미덕들을 더 많이 열거할 수도 있을 터이다. 물론 이들 기억은 고통이나 부정적인 요소들이 많이 사상된 편향적인 것일 수도 있다. 그렇긴 해도 사람이 사람답게 살았던, 아니 사람살이의 소중했던 미덕들의 가치 자체가 훼손되는 것은 아니다. 화자는 그 미덕들을 몸소 실현하며 살던 지난날 사람들을 그리워한다. 그것도 환한 햇살처럼 선명한 회상과 함께 그리워하고 있는 것이다.

일의 이치 그대로, 고향이란 공간에는 사람 못지않게 숱한 풍물들이 그 세목처럼 채워져 있다. 이번 시집의 여러 작품들 역시 이 같은 풍물들을 폭넓게 보여 준다. 이를테면, 봄날의 나물 캐기, 모내기, 원두막, 그루콩, 둑방길, 산제비 등등 헤아릴 수 없는 수많은 세목들이 그것이다. 시인은 이들 풍물들을 통해 지난날 고향의 삶이나 풍습 등을 회상하고 일깨워 준다. 이처럼 회상 속의 고향은 시인에게 아늑하고 따뜻한, 그러면서도 언제나 "산모롱이 돌아" 가고 싶은 공간이다.

그러나 고향이란 이러한 개인 기억 속에만 자리 잡는 공간이 아니다.

그곳에는 오랜 동안 많은 사람들의 삶이 영위된 공간답게 집단 기억, 곧 역사적이거나 문화적인 숱한 기억들도 있다. 우 시인은 그러한 집단 기억들 역시 이 시집에서 상당수 보여 주고 있다. 말하자면 고향 화성의 지난날 역사적 사건들을 잊지 않고 제시하고 있는 것이다. 널리 잘 알려진 제암리의 독립만세 사건, 매향리 사격장으로 대변되는 분단의 아픔, 그런가 하면 풍수해와 가뭄의 고통스런 현실적 시련 등등이 모두 그것들이다. 이들 역사적 사건은 시인에게 당연히 개인적 차원의 정서적 반응보다는 이념적 차원의 공적인 반응을 하도록 만든다. 그것은 이들 역사적 기억들이 한결같이 보여 주는 "아비도 손을 모으고/ 어미도 가슴 여미는/ 거룩한 뜻"(「제암리」) 때문일 것이다.


## 3.

우리의 삶은 개인적인 차원의 것이면서 동시에 사회적 차원의 것이기도 하다. 이는 인간이 내면과 외면을 늘 함께 지니고 삶을 영위함을 뜻한다. 시 역시, 범박하게 말하자면, 이 양면의 진솔한 기록이라고 할 것이다. 그것도 가치 있는 뭇 체험들의 기록일 터이다. 여느 독자들이 시 읽기를 통해 그 텍스트 가운데서 자기 자신을 발견하거나 확인하게 되는 것은 아마도 이런 시의 특성 탓일 것이다. 우 시인의 표현대로 "그대 얼굴에서 나를 봅니다"라는(「역지사지」) 식의 발견인 것이다. 시인은 언제나 자신을 들여다보며 무엇인가를 발견한다. '내 안의 나를 만나는 일'인 것이다. 여기서 내 안의 나는 자기 정체성일 수도 있고 새로운 자신의 의미일 수도 있다. 그런가 하면 현실과의 부단한 교섭 가운데서도 시인은 깨달음을 얻는다. 어쩌면 이 같은 깨달음은 "묻고 깨닫고 바라보"는(「인생」) 우리 인생 그 자체일 수도 있다. 다음의 작품을 읽어 보자.

기쁨으로 환한 미소 짓던 날도
그저 스친 씨줄이려니와
쉬이 마르지 않는 눈물도
살아갈 날의 날줄일지니

나서지 마라
세상을 안다고
그대가 진정 삶을 아시는가

흙내음 한 움큼 들이쉴 수 있다면
가난한 것만도 아니려니와
그 자리에 서성거림도
누군가에겐 깨달음일지니

— 「산다는 것은」 부분

    과연 산다는 것은 무엇인가란 물음에 이 시는 우 시인 나름의 통찰을 보여 준다. 시의 화자에게 산다는 것이란 날줄과 씨줄이 얽히며 짜여진 피륙과 같은 것이다. 이 경우 씨줄과 날줄이란 기쁨과 눈물을 일컫는다. 기쁨이나 슬픔들로 피륙을 짜는 일은 아마도 사람이 사는 동안 좋든 궂든 지속해야 할 업보일 터이다. 그러한 업보들로, 곧 삶의 이러저러한 곡절들로 우리의 생활은 지속되는 것. 그런데 화자는 삶의 곡절들을 겪으며 그동안 상식적 통념이 내장한 허위를 드러내고 보여 준다. 곧 우리가 "흙내음 한 움큼" 정도만 맡을 수 있어도, 이는 벌써 가난이 아니며 또 한자리에 서성이는 일도 실은 삶의 깨달음의 한 표현이란 진술이 그것이다. 달리 말하면, 소유의 과소(寡少)가 가난의 기준은 아니며 나아가지 않는 '서성임' 역시 때로는 깨달은 자가 보일 수 있는 몸짓인 것이다. 인용한 작품 「산다는 것은」은 이 같은 깨달음을 간결한 언술들로 잘 보여 준다.

507

흔히 말하듯 사람은 자신의 내면을 응시하며 깨달음을 일궈 간다. 그 경우 응시의 방편은 대개 좌선(坐禪)이거나 웅숭깊은 자기 침잠이지만 때로는 정신적 고뇌와 방황을 통해 이룩하기도 한다. 우 시인도 이러한 방황과 자기 침잠의 과정을 일련의 시편 속에서 보여 준다. 이를테면 담장 뜨락의 잠자리 한 마리를 지켜보며 '니 뭐꼬'란 화두에 몰입하거나(「좌선」), 마음 혼란할 때 사찰에 들어 거기가 곧 피안임을 깨닫는 일(「경계」) 등등이 모두 그런 일들이다. 그런가 하면 샤갈의 눈 내리는 마을이란 쉼터에서 '지난 시간을 사려' 보고 둑방길 잎새 하나에서 자기를 떠나간 '무정한 녀석'을 떠올리며 마음 다치기도 한다. 또한 별을 보거나 봄비를 맞으며 '그대'를 생각한다. 이 같은 일들은 자기 내면으로의 여행이자 시인의 말대로 '내 안의 나를 만나고자 하는' 방황에 다름 아닌 것이다.

그런데 사람은 자기 내면만을 영위하며 삶을 꾸려 가지 않는다. 그에게는 가족을 비롯한 이웃 사람들이 또한 있는 것이다. 이들이 나에게 주는 의미란 과연 무엇인가. 이들의 의미나 가치는 얼마나 깊고 소중한가. 이 같은 물음을 우리는 종종 일상 속에서 묻고 확인하려 든다. 특히 시련과 방황으로 삶의 신산(辛酸)을 겪을 때 더욱 그러하다. 우 시인의 남다른 아내에 대한 송가(頌歌)는 그래서 나왔을 터이다.

그대는 들꽃이어라
눈멀고 귀 멀은 노래여라

만날 날
두 손 잡고 들으리

그렇게 저렇게
산 넘고 물 건너 먼 길을 와서
할 말은 줄이고 줄인

다만 고운 눈매여라

―「아내」 전문

　우 시인의 정치인으로서의 한때 시련을 알고 있는 내게 이 작품은 감동적으로 읽힌다. 꽤는 간결한, 절제된 언술 속에 아내에 대한 고마움과 곡진한 정감을 너무나 잘 드러내고 있기 때문이다. 시적 조사(措辭)에도 어렵고 난해한 기법이 없어 읽는 이에게 쉽게 다가온다. 시의 화자에 따르자면, 아내는 들꽃처럼 강인하면서도 풋풋한 아름다움을 지닌 존재이다. 또 노래로 친다면 "눈멀고 귀 멀은 노래"여서 만나는 날엔 두 손을 잡고 듣지 않을 수 없는 노래인 것이다. 뿐만이 아니다. 사는 동안의 "산 넘고 물 건너 먼 길"을 온 숱한 사연들을 속으로 삭히고 줄인, 그래서 더 고와진 눈매를 지닌 존재인 것이다. 굳이 이러한 산문적 번역이 아니라도 이 작품은 우리에게 친숙하게 잘 읽힌다. 그만큼 곡진한 작품인 것이다.

　앞에서 잠시 언급한 대로 이 작품은 시적 조사가 압축과 생략을 축으로 한 간결성을 교과서적으로 보여 준다. 말이 난 끝에 여기서 우리는 우 시인의 이번 시집 시들의 형식적 특성을 살펴봐도 좋을 것이다. 우 시인의 시들은 대체로 짧다. 짧을 뿐만 아니라 간결 직절한 언술로 일관하고 있다. 시의 길이가 짧다는 것은 대체로 시적 조사의 제일원리인 압축과 생략을 과감하게 사용한 탓이다. 그리고 이 압축과 생략은 시의 행간을 최대한 넓혀 준다. 말하자면 읽는 이에게 생략과 압축된 부분을 나름껏 복원해 읽도록 만듦으로써 읽는 이가 상상력을 최대한 발휘하도록 하는 것이다. 이것을 우리는 흔히 여운 또는 여백의 미라고 말한다. 우 시인의 시들은 범박하게 말해 이러한 여백의 미를 잘 살리고 있다. 예컨대, 한 해를 보내며 "뚝방에 앉아/ 풀잎 하나 띄운다/ 그냥 가거라"와 같은 압축 생략의 묘가 그것이다. 한 해를 보낼 때의 구구한 사연과 감회를 단지 풀잎 하나 띄우는 일로, 그것도 그 숱한 사연과 감회를 극단의 절제를 통한 압축과 생략 속의 한마디 "그냥 가거라"라고 말하는 것이

다. 이 경우 생략된 숱한 사연들은 두말할 필요 없이 읽는 독자들의 몫
이라고 할 것이다.

　각설하고 다시 말머리를 우 시인의 시 세계로 돌려 보자. 앞서 말한
압축과 생략이란 시적 조사를 축으로 한 아내의 새로운 면모를 발견한
그 연장선에서 우 시인은 아들과 딸 등 가족들의 의미도 새삼스레 확인
한다. 곧, 게임을 좋아하는 키 큰 순둥이와 별명이 파키스탄인 딸 얘기
들이 그것이다. 그런가 하면 원두막 밭머리를 밤새 지키던 아버지, 새참
들밥을 내가던 어머니 등등도 각별한 의미로 떠오른다. 가족은 널리 알
려진 대로 공동체의 가장 작은 단위다. 이 공동체는 혈연을 통해 구성된
다. 그만큼 사랑과 믿음이 이들 구성원에게는 우선한다. 물론 그동안의
사회적 변동은 이러한 가족의 의미를 많이 퇴색시켰다. 산업사회에 걸
맞게 급격한 핵가족화에 이르렀던 것이다. 심지어는 가족의 해체까지 언
급되는 이즘이 아닌가. 그래서 지난날 전통적 가정이 행하던 일부 역할
을 사회제도에 위탁, 대신토록 하고 있는 게 우리 현실인 것이다. 이러
한 현실 속에서 가족 간 서로의 의미를 되짚고 사랑을 확인하는 일은 그
중요성을 아무리 강조해도 지나치지 않을 것이다. 그래서 우 시인의 가
족 이야기는 그 강도가 남달리 읽힌다.

　한편, 이웃 사람들을 비롯해 학연, 지연과 같은 사회적 관계들을 중
심으로 한 구성원들의 의미는 또 무엇일까. 그것은 쉽게 말하자면 '옆으
로의 초월'을 통한 만남이고 의미이다. 말하자면 이웃한 타자들 속에서
나와의 동질성을 발견하고 더 나아가 보편적·사회적 규범이나 문화들을
공유하는 것이다. 이렇게 동질성을 바탕으로 한 타자와의 관계나 그에
대한 지향은 보다 커다란 공동체를 이룩하는 원동력이다. 그리고 거기
서 우리는 '그대'라고 불리는 타자의 아름다움과 그들의 향기를 발견한
다. 다음의 시를 읽어 보자.

가슴이 저릿저릿하여
무릎을 탁 칠 정도라면
삶이 만만치 않았으리

손발짓을 바라보며
그도 그럴 수 있겠다
눈빛으로 헤아릴 수 있다면
지난 세월 짧지 않았으리

존재의 의미를 더듬으며
세상을 버무릴 수 있다면
사랑받고 사랑할 수 있으리

—「그대가 향기로울 때」 전문

시의 화자는 두 사람의 향기를 먼저 제시한다. 곧, 빼어난 글을 쓴 이와 상대를 말없이 읽을 줄 아는 이가 그들이다. 그러면 이들은 무슨 향기를 지니고 있는가. 먼저 빼어난 글의 작자는 '만만치 않은 삶'을 살아온 자의 향기이다. '만만치 않다'라는 언사에 내장된 삶의 신산(辛酸)은 우리가 굳이 더 말할 나위가 없는 것. 이른바 삶의 신산은 몸의 기록으로 남고 그 축적된 기록은 '덕윤신(德潤身)'이란 말 그대로 웅숭깊은 사유와 인간 됨됨이를 낳는다. 이 웅숭깊은 사유에서 우러난 시적 언술이 바로 빼어난 글이 아니겠는가. 반면, 상대방 타자의 행동거지를 보고 그 행동거지에 내장된 피치 못할 사유(事由)까지를 헤아릴 줄 아는 것—이는 우리가 오랜 삶의 이력을 가질 때 가능한 일이 아닐 수 없다. 그래서 화자는 "지난 세월 짧지 않았"을 것이라고 감탄하듯 말한다.

일찍이 포이엘 바하는 인간이란 의존 감정을 통해 서로 우정을 나누고 사랑을 한다고 말한 바 있다. 더 나아가 이 같은 의존 감정을 통해 자신

나를 찾는 여행, 또는 깊음의 시학

의 결함을 메우기도 하고 사회 공동체도 이룩한다. 위 시의 화자에 따르자면, 사람들이 서로의 의미를 더듬으며 "세상을 버무릴" 때, 공동체 내부의 인류애와 같은 사랑도 비로소 가능한 것이다. 또 이러한 사랑에 이를 때 문학이 꿈꾸는 유토피아는 실현되지 않을 것인가.

## 4.

따지자면 지난 세기 후반부터일 것이다. 그 시기 사회역사적 변동 못지않게 우리 문학 동네도 크게 요동친 바 있다. 기존의 몇몇 특정 잡지를 중심으로 한 문단 권력의 과독점 현상이 해체되고 문단 다극화 시대가 왔다. 그에 따라 문학 인구들도 다양하게 그리고 급격하게 팽창했다. 이른바 문학 담당층의 양적인 폭발 현상이 나타난 것이다. 말하자면 시인 작가를 비롯한 문학의 생산자들이 폭증하고 그에 따른 소비와 유통 구조에도 커다란 변화가 초래됐던 것이다. 그러면서 시인들 중에서도 자발적 가난이나 소외를 선택한 자들이 생겨났다. 이른바 전업 시인들이 그들이다. 이들은 과거 유럽의 '저주받은 시인'처럼 물질적 궁핍을 감수하면서 창작에만 전념하고자 했다. 근대사회의 인간형으로 치자면 심미적 인간들이 출현한 것이다. 그런가 하면 한편에는 지난날의 경우 그대로 일정한 직업에 종사하면서 시를 쓰는 시인들 역시 존재했다. 물론 이들 상당수는 시업(詩業)만으론 생활이 안 되는 현실 탓에 그럴 수밖에 없었을 것이다. 이는, 다소 비약이긴 하지만, 조선조 중엽 도학파와 사장파로 당시 시인들을 나눴던 경우에 견줄 수 있을까.

나는 앞에서 우리 우 시인을 전업 시인보다는 교양을 축으로 한 조선조 시인상에 가깝다고 썼다. 굳이 따지자면 이는 수기치인(修己治人)의 유교적 이념 아래, 세상에 나서면 정치나 경세에 힘쓰고 물러나면 시와 자연을 벗하며 살았던 선비들을 염두에 둔 말이었다. 모쪼록 나는 우 시인이 정치와 같은 현실 경영에도 큰 성취를 이룩하기를 기대한다. 그리고 그 경험들이 앞으로 그의 시업의 밑그림과 상상력의 원천이 되기를 바란다. 그렇게 될 때 우호태 시인은 우리 문학 동네에서도 남다른 개성과 시 세계를 연 시인으로서 우뚝할 터이다.

# 일탈과 탐색의 긴 도정
―이덕규 시집 『다국적 구름공장 안을 엿보다』

    불과 몇 해 전 이덕규의 작품 「풍향계」에 대하여 나는 다음과 같은 의견을 말한 적이 있다. 그 의견은 아직도 유효한 터여서 조금 길지만 머리글 삼아 인용해 보기로 하자.

    배후란 무엇인가. 사물 혹은 현상의 배후는 무엇인가. 아니 배후란 것이 있기는 있는가. 대개 이런 물음들은 사물이나 현상들을 곧이곧대로 보지 못하거나 믿지 못하는 경우에 하게 된다. 이처럼 눈앞에 펼쳐진 사상(事象)들을 믿지 못하는 데서 이른바 인간의 '앎'은 시작된다. 서구의 경우에는 플라톤 이래의 이분법적 세계 인식이 이러한 일의 한 본보기일 터이다.
    이와 같은 현상 뒤의 본질을 넘겨다보고 탐구하는 작업은 오늘날에도 계속되고 있다. 굳이 종교나 철학의 문제로만 치부하지 않더라도 이 작업은 크든 작든 정도의 차이만 다를 뿐 현재까지도 지속되고 있는 것이다.

    꼬리지느러미가 푸르르 떨린다

그가 열심히 헤엄쳐 가는 쪽으로 지상의 모든 시선이 집중되고 있다

그러나 그 꼬리 뒤로 빛의 속도보다 더 **빠르게** 더 멀리 사라져 가는

초고속 후폭풍의 뒤통수가 보인다

그 배후가 궁금하다

―「풍향계」 전문

이 작품은 눈앞에 보이는 풍향계보다는 그 배후를 더 궁금하게 여기고 있는 작품이다. 허공에 떠서 지느러미를 움직이며 헤엄치는 풍향계―그것은 단순한 풍향계가 아니라 그 뒤의 모종의 배후를 궁금하게 여길 수밖에 없는 대상이다. 그 대상은 시인에게 있어 형태나 물질적 속성이 어류와 등가 관계로 이해되고 담론된다. 작품 1·2행의 '꼬리지느러미'나 '헤엄'이란 말들이 그 같은 관계의 단적인 표지이다. 그리고 허공에서 유영한다는 이 이미지, 곧 풍향계는 지상의 것들이―주로 인간들이겠지만―모두 관심을 집중해서 바라보는 존재이다. 왜냐하면 그것은 허공에 뛰어올라 자유롭게 헤엄치는 예사롭지 않은 물고기이기 때문이다. 다르게 설명하자면, 이 작품의 대립적 짝패들인 지상/허공, 정지/유영에서 보듯 지상적인 것과는 다른 차원의 의미와 값을 지닌 존재인 것이다.

그러나 이 같은 작품 전반부의 의미 구조는 후반 3·4행에 의하여 더 큰 구조로 감싸인다. 말하자면 초고속 후폭풍과 다시 큰 틀에서의 짝패를 짓고 있는 것이다. 우리가 여기서 후폭풍을 군이 핵폭발과 관련지우는 것은, 사전적인 말뜻인 폭발 뒤에 생기는 거센 바람이란 의미 탓이기도 하지만, 빛의 속도보다 더 멀고 **빠르다**는 언술의 표지 때문이다. 그러면 이와 같은 핵폭발의 후폭풍 속에 떠서 헤엄쳐 가는 물고기란 무엇인가. 쉬운 말로 하자면, 세계(혹은 우주)의 종말과 그 속에 어쩔 수 없이 떠밀려서 파르르 떠

는 생명의 문제를 단적으로 암시하는 물고기이리라. 이는 작품 속의 화자가 새로운 천년을 종말론적 시선으로 바라본 결과라고나 할까. 하지만 정작 이 풍경의 배후는, 또 그것이 뜻하는 본질은 무엇일까.

작품 한 편의, 그것도 간결한 묘사와 압축을 주로 한 작품 한 편의 설명으로는 많이 길어졌지만 「풍향계」에서 확인하게 되는 태도는 우리가 이 시집의 작품들을 이해하는 데 매우 유익하다. 그것은 어느 일면에서 19세기 서구의 초절적 상징주의자들을 연상시키는 일이기는 하지만, 눈앞의 현상들을 현상 그 자체로만 인식하고 받아들일 수 없다는 태도이기 때문이다. 그리고 이 태도는 시인 이덕규가 지속적으로 취하고 있는 몸짓이다.

그러면 배후 내지 현상의 뒤에는 정말 무엇이 있는가. '늘 한곳으로 고정된 채 첨단의 극점을 가리키고 있다'는 현장 사무실 앞의 풍향계가 가리키고 있는 것은 과연 무엇인가. 그것도 첨단의 극점으로 불리고 있는 그곳은 구체적으로 어디일 것인가.

일반적으로 풍향계는 바람의 방향을 계측한다는 사전적인 의미 탓에 세상의 어떤 일이나 운동의 방향을 가늠하는 표지로서의 기능과 함축적인 의미를 지닌다. 하기는 앞에서 읽은 작품 「풍향계」도 그렇지만 이 시집 가운데 등장하는 풍향계들은 한결같이 고정되어 있거나 고장 나 있다. 이를테면 "낡은 풍금 소리가 흘러나오는 흰 건물 꼭대기 고장 난 풍향계가 가리키는 곳"(「고장 난 풍향계가 가리키는 곳」)을 달려간다는 식의 언술 속에 등장하는 풍향계가 그것이다. 이 같은 고장 난 풍향계는 바람의 방향을 가늠하지 못하는 불구성 때문에 이덕규 시 속에서 이미 심상찮은 함의들을 지닌다. 그 함의들은 '바람 불어 온 세상이 아프다'는 진술에서 보듯 바람이 불고 구름이 흘러가는 이법 그대로의 자연의 건강함이 상실된 세계를 뜻하거나 세계와 끝없는 불화를 겪을 수밖에 없는 정황을 의미한다. 고장 난 풍향계가 움직이지 못하고 서 있는 세계―그곳은 바로 지금 이 공간이고 현실이다.

　　뒷골목 아무렇게나 버려진 빈 깡통과 소주병들이 가끔 누군가의 발길질
에 한 번 더 찌그러지거나 좀 더 투명한 제 속살을 보여 주기 위해 산산조각
이 나는 연습을 했다 어른들은 한여름에도 허기진 호주머니 속에 손을 넣
고 다녔고 담벼락엔 철 지난 흑백 포스터들이 반쯤 찢겨져 무슨 쇠락한 이
념처럼 펄럭였다 우리들은 그 뜻을 알려 하지 않은 채 자본의 전부인 구멍
가게에서 불문의 서열을 세웠고 한낮 골방에 누워 속옷처럼 축축하게 말라
가는 여자들에게서 언제든지 모든 것을 허락할 수 있는 사랑을 배웠다 그
리고 조금씩 더 멀리 불야성의 거센 바다로 나아가 빛나는 야광채의 살찐
고기들을 향해 그물을 던졌다 그러나 그 불빛들은 좀체로 걸려들지 않았고
좀 더 세밀한 그물을 깁기 위해 늘 막배를 타고 멀미하듯 돌아왔다
　　　　　　　　　　　　　　　　　　—「단검처럼 스며드는 저녁 햇살」 부분

　　단순하게 개별 작품으로만 읽자면 이 시는 화자의 이니시에이션 스토
리로 읽을 수 있는 작품이다. 왜냐하면 화자인 "우리들은" 빈 깡통과 소
주병들이 뒹구는 뒷골목으로부터 바다로, 그리고 다시 바다에서 좁은 골
목으로 돌아오는 편력을 감행하고 끝내는,

　　막다른 골목 쪽창 안으로 단검처럼 스며드는 저녁 햇살이 언제든지 모
　든 것을
　　철거당할 수 있는 희망처럼 날카롭게 빛나고 있었다

라는 단검처럼 차고 예리한 희망을 발견하는 데에 이르기 때문이다. 이
는 원형의 패턴 가운데 하나인 이니시에이션 스토리 구조를 그대로 빼다
박은 듯 닮은 것이다. 그러나 지금까지의 독법대로 읽자면 '뒷골목'과 '골
방', '미로 같은 좁은 골목' 등의 잘 묘사된 정황은 '지금 이곳'의 현실이

원리로 보는 우리 시의 일고찰

517

어떤 것인가를 압축해서 보여 주는 일종의 현실 축약도(縮約圖)이다. 두 말할 나위 없이 이 축약도 속의 현실은 시적 자아가 결코 화해할 수 없을 만큼 병들어 있으며 짐승스럽다.

마치 도시의 생태학을 방불케 하는 이 작품 속의 현실 정황은 그것이 왜 그와 같은 것이 되었는가를 겉문맥 어디에서도 드러내지 않는다. 그 대신 뒷골목의 빈 깡통과 소주병, 쇠락한 이념의 각종 포스터들, 구인 광고물 등등 황폐하고 찌들었으며 빈곤이 보편화된 불화 속의 현실의 드 러난 사실과 정황만을 그려 주고 있다. 곧 고장 난 풍향계가 상징하듯 삶 이나 정신의 지표를 상실한 착종된 현실만이 제시되어 있는 셈이다. 이 러한 병들고 짐승스런 현실은 '나'로 하여금 "생의 반을 외곽 도로 공사 현장에서 보냈는데 날마다 삽을 쥐고 그 적자뿐인 손익계산서"(「다국적 구 름공장 안을 엿보다」)를 쓰도록 만든다. 뿐만 아니라, 별조차 뜨지 않는 희 망사육장이라는 순천교도소를 나와 두부를 먹으며 "앞니 없이도 살 수 있음"(「빛의 원액, 그 치명적인 독」)을 문득 깨닫게 하고 "희망은 더 이상 슬 퍼질 수 없는 지경에 이르러서야 비로소 완성되는 것"(「그해 겨울」)임을 알 아차리도록 만든다. 그러나 이 같은 깨달음이나 자각은 말이 쉬워서 깨 달음이고 자각이지 실은 현실 세계에서의 많은 우여곡절들을 거치고서 야 가능한 일이다.

말하자면 병든 세계에 대한 일종의 힘겨운 탐색(Quest) 과정에서 혹은 그 과정의 끝에서 얻어지는 것들이다. 예컨대,

이쯤에서 남은 것이 없으면
반쯤은 성공한 것이다
밤을 새워 어둠 속을 달려온 열차가
막다른 벼랑 끝에 내몰린 짐승처럼
길게 한번 울부짖고
더운 숨을 몰아쉬는 종착역

긴 나무의자에 몸을 깊숙이 구겨 넣고

시린 가슴팍에

잔숨결이나 불어넣고 있는

한 사내의 나머지 실패한 쪽으로

등 돌려 누운 선잠 속에서

꼬깃꼬깃 접은 지폐 한 장이 툭 떨어지고

그 위로 오늘 날짜

별 내용 없는 조간신문이

조용히 덮이는


다음 역을 묻지 않는

여기서는 그걸 첫차라 부른다

—「막차」 전문

와 같이, 작품 속의 화자가 "막다른 벼랑 끝에 내몰린 짐승처럼" 절박하고 고통스럽게 세계 속을 떠도는 와중에서 얻어지는 것이다. 굳이 꼼꼼한 산문적인 설명 없이도 잘 읽히는 인용한 이 작품은 그 탐색의 도정이 과연 어떠한 것인가를 극명하게 보여 주고 있다. 텅 빈 기차역 대합실에서 새우잠을 자고 있는 그래서 반쯤은 성공한 것이 아닌 차라리 남은 반쪽이 실패한 것으로 보이는 한 사내의 정황이라든지, 다음 역이 없어서 막차가 곧 첫차가 되는 정황의 역설 등은 그 도정의 힘겹고 고통스런 세목들을 남김없이 보여 주는 것이다. 그런가 하면, "늦은 밤 후미진 골목 여인숙"의 숙박계 막장에 자신을 적어 넣고는 다시 새벽녘 숫눈을 밟고 떠나기도 하고(「숙박계」) "이미 삶의 안전핀 따위는 뽑아 버린 지 오랜" 시한폭탄처럼(「탈출기」) 뒹굴어 다니기도 한다.

그러면 이 같은 시인의 일탈과 탐색의 끝은 어디인가. 작품 「풍향계」

의 수사대로 하자면, 꼬리지느러미를 떨며 그가 열심히 헤엄쳐 가는 쪽
은 어디인가. 가령 그 방향은,

> 나는 지금 야간 화물열차를 타고 눈 내린 광야를 지나 먼 먼 북반구의
> 극점을 향해 달려간다
>
> —「탈출기」 부분

에서 보듯, 먼 극점으로의 방향일 수도 있고

> 돌아가고 싶어, 허무의 딸 어머니 자궁 속으로
> 돌아가고 싶어, 돌아가
>
> —「어느 인형의 노래」 부분

와 같은, 원초로의 회귀를 지향하는 것이기도 하다. 그것이 먼 극점이
든, 현실적 고통이 모두 무화된다고 기억하는 '어머니의 자궁'으로 상징
되는 원초의 공간이든 이들 탐색의 끝은 실인즉 모두 객관세계에서는 존
재하지 않는 어떤 공간이다. 달리 말하자면 불화를 겪을 수밖에 없는 현
실을 벗어나 상상 속의 공간에 다다르고 있는 것이다. 그 공간은 흔한
말로 천국일 수도, 또는 이 같은 유사한 뜻의 화성이거나 우주일 수도
있다. 여기서, 이 시인은 짐짓 천국이나 우주라는 공간에 걸맞게 구름
과 바람에 관한 상상력을 작품 여러 곳에서 작동시키고 있어 주목된다.
  곧 이 시집의 1·2부에 실린 작품들 가운데 상당수가 구름이나 바람의
이미지를 내장하고 또한 이들 이미지를 단초로 삼아 상상력을 작동시키
고 있는 것이 그것이다.

> ① 아 현기증이란
>   구름궁전의 뜨락을 거닐 듯

② 한때 나는 그 달콤한 구름을 타고 다닌 적이 있었는데 어떤 고도의 추
  진력으로 날아가는 그 허풍쟁이 근육질의 조종사는 핸들이나 브레이
  크가 없다는 이유로 방향과 속도를 무시하고 엉뚱한 곳으로 나를 데
  려가곤 했다

③ 세상의 단면을 각각 한 줄씩 읽으며 지나간 흰 구름들이 지금쯤
  어디선가 슬픈 표정의 먹장구름으로 포개져
  또 한 권의 두꺼운 경전을 묶고 있다는 것,
  ―그리하여 네 끝은 미약하였으나 시작은 다시 창대하리라고

　이 시집 몇 군데에서 손쉽게 뽑아 본 이 대목들은 ① 「구름궁전의 뜨
락을 산책하는 김씨」, ② 「다국적 구름공장 안을 엿보다」, ③ 「긴 수로의
끝, 늦가을 물 한 자리」 등에서 가린 것들이다. ①은 비계공(飛階工)인 김
씨가 고층 건물 공사장에서 특정 순간에 맛보는 현기증을, ②는 화자인
'나'가 짐짓 손오공인 듯 구름을 타고 엉뚱한 곳으로 비행했던 경험을 제
시하고 있다. 반면 ③은 허공을 자유롭게 날아다니며 이 세상을 '읽은'
구름들이 먹장구름으로 모여서 좀 더 큰 경전, 그것도 성서의 한 줄을 인
유한 내용을 보여 준다고 진술한다.
　잘 알려진 대로 구름이란 부유(浮遊)하는 자연물이면서도 변화무쌍한
그 속성 탓에 우리네 생사의 모습을 빼닮은 것으로 일컬어지는 이미지
이다. 불교에서는 번뇌나 무상을, 신화 속에서는 초월이나 풍요 그리고
고고함 등을 상징하는 등 구름은 우리의 전통적 사고 속에 깊이 뿌리박
고 있는 것. 인용된 대목들에서도 이 같은 함의들은 확인되고 있는데 특
히 ③의 경우는 조각구름들이 모여 큰 먹장구름이 되는 모습을 한 줄씩
의 경구나 잠언이 묶여 창대한 경전으로 변하고 있음을 재치 있게 그려

준다. 그런가 하면 작품 「칼끝에 맺힌 마지막 눈물」에서는 이 같은 구름들을 양 떼로 여기고 정겹게 데리고 노는 정경을 보여 주기도 한다. 그러면 이 같은 구름 이미지나 그것을 단초로 삼은 상상력들은 어떻게 풀이할 수 있는가. 그것은 먼저 병들고 짐승스런 현실 세계를 벗어나고 싶은 이 시인의 욕망의 표지로 읽고 해석해야 할 터이다. 짐승스런 지금 이곳의 공간을 벗어나 풍향계가 가리키는 극점으로 가고자 하는 마음의 움직임을 표상하는 이미지들인 것이다. 지금 이곳의 대척적인 공간으로 우주나 화성, 또는 천국을 짐짓 언술하고 있는 저간의 사정에 비추어 보아도 구름이나 바람은 그 공간을 떠돌고자 하는 작품 속 화자의 욕망이 짙게 투영된 이미지들인 것이다.

말이 나온 김에 이번 이덕규 시집에서 드러난 또 다른 주요한 이미저리를 들자면 그것은 '칼'과 '독(毒)'이라고 해야 할 것이다. 이 '칼'과 '독'은 이미지의 함의나 환기하는 정서로만 보자면 앞에서 살펴본 구름이나 바람과는 정반대의 이미지라고 해야 할 것들이다. 그것은 작품 속의 화자 자신이 스스로를 '칼'이라고 지칭하고 또 '독'이라고도 일컫는 데에서 확인된다. 달리 말하자면 구름과 바람이 덧없이 부유하면서 변화무쌍한 속성을 보인다면 칼과 독은 차고 단단하게 벼려지고 다듬어진 화자의 내면 풍경 내지 그 진정성을 단적으로 보여 주는 것들이다. 먼저 다음의 두 작품들을 더 읽어 보자.

① 오랫동안 독을 삼켜 왔다
   조금씩 조금씩 먹어 온 독에 의해
   나는 길들여졌다 이제 치사량의
   독성이 나를 살게 한다
   아니 그 독성을 치유하기 위해
   날마다 더 깨끗하게 정제된 독이
   필요하다 이제 내 몸속엔

독 이외의 다른 성분은 없다

나는 독이다

② 그가 떠났다,

막다른 골목 끝에서
한순간 휙 돌아서
아주 잠깐
반짝였던 눈빛이
법률상
검증받지 못하는
사생아의 내력이었다는 걸
깨달은 후,
그의 행방이 묘연했다


변화무쌍한
세월이 흐르고 있었다


　인용한 작품 ①은 「독」의 앞부분이고 ②는 「칼」의 전문이다. 먼저 작품 ①부터 꼼꼼하게 읽어 보자. 이 작품의 화자는 왜 자신이 독인가 하는 그 연유와 과정을 담담하게 진술하고 있다. 마치 독살당하지 않기 위하여 매일 미량의 독을 복용하였다는 희랍의 어느 왕 이야기를 패러디한 듯한 1연은 오랫동안 조금씩 독을 복용한 결과 드디어 '나는 독이 되었다'라는 한 주체의 기획과 실천 과정을 진술한다. 그리고 "치사량의/ 독성이 나를 살게 한다"는 역설이 의미하듯 여기서의 독은 병을 치료하는 약이자 동시에 생명을 죽게도 만드는 치사제(致死劑)인 것. 이러한 모순율을

얼굴과 탐색의 긴 도정

523

내장한 독은 앞에서 언급한 그대로 작품 속 '나'의 진정성을 나타내 주는 표지이다. 그것은 구름과는 달리 오랫동안의 내적 온축을 거쳐 형성된 자신의 사납고 모진 속성을 상징하고 있기 때문이다. 아마도 병들고 짐승스런 현실 세계에서 칼이나 독이 된다는 것은 주체가 그 속에서 견디고 살아남을 수 있는 일종의 전략이며 자기 기획이라고 할 수 있는 것이다.

작품 ②는 기존의 사회 가치 체계에 용이하게 편입될 수 없는 사생아 '그'에 대한 짤막한 보고서이다. 이 작품은 '그의 행방이 묘연하고 세월이 덧없이 흘렸다'는 일견 우리 옛 소설식의 서사 형식을 차용하고 있다. 우리는 이 작품을 읽으면서 기성 세계로부터 일탈할 수밖에 없는 '그'가 바로 제목인 '칼' 같은 존재임을 금세 알게 된다. 그리고 칼 역시 도구로서의 유효성과 상해를 입히는 위해성을 동시에 지닌 기물(器物)임을 주목하게 된다. 이 같은 모순되는 양가성은 바로 앞에서 살펴본 '독'과 똑같은 속성이며 이 점에서 칼과 독이 실은 동일한 함의의 두 가지 서로 다른 심상임을 확인케 되는 것이다. 결국 '칼'이든 '독'이든 이들 이미지는 현실 세계와 맞선 시적 자아가 녹녹하고 물렁물렁할 수만은 없는 자신의 마음가짐이나 내면 풍경을 압축 상징하고 있는 것이다.

이상에서 우리는 이덕규 시인이 세계의 뭇 사상(事象)들의 배후를 궁금하게 여기고 또 그 배후들을 찾아 펼친 탐색의 편력을 살펴보았다. 그리고 그가 병들고 짐승스러운 현실 세계를 떠돌면서 웅숭깊게 만난 이미지들인 '구름'과 '칼', '독' 등을 살펴보았다. 여기 이쯤에서 우리는 이제 저 현실 세계의 배후 탐색의 중간 성과라고나 해야 할 이 시인의 '성(聖)', 혹 '성스러운 것'이 어떤 무엇인가를 살펴야 할 것이다. 시인은 작품 제목 아니면 본문 속에 '성(聖)'이라는 말을 몇 차례고 반복해 놓고 있다. 우선 「聖 핏방울」 「성탄 전야」 「聖化」 등의 제목을 들 수도 있겠고 "자신의 손이 닿지 않는/ 눈에 보이지도 않는/ 육체의 유일한 聖地"(「천사의 가슴」)라는 본문의 한 대목을 적시할 수도 있다. 그러면 과연 '성스럽다'거나 성스러운 것으로 여겨지고 있는 것은 무엇인가.

잠실쯤에서 합승한 중년의 한 사내가 다짜고짜

이제 집에서는 그게 안 된다고

거기로 데려다 달라고 한다

바람 잡는 동정녀들이 많다는 거기, 아무나

쉽게 구원받을 수 있다는

(…중략…)


이윽고 어디선가

후끈하게 발기한 바람 한줄기가

택시에서 내린 그를 잽싸게 회오리로 낚아채다

이제 곧, 그가 부활하리라

—「성탄 전야」 부분


　　읽기에 따라서는 유럽의 정신적 황무지가 생산이 없는 성(性)의 타락
에서 오고 있다는 T. S 엘리엇류의 탄식을 연상시키는 이 작품은 마찬
가지로 오늘날 우리 사회의 성의 황폐함을 썩 잘 보여 준다. 그 성의 황
폐함에는 '집에서는 안 되는' 단순 정황이나 원인이 아닌 보다 복잡한 원
인들(예컨대는 종교나 믿음의 실종)이 있을 터이다.
　　아무튼 이 작품에서 성의 불모성(황폐함)은 곧바로 회오리가 된 바람에
의해서 치유되고 쉽사리 부활하는 것으로 그려진다. 뿐만 아니라, 작품
「聖 핏방울」에서는 "흰 눈 위에 떨어져 스며들던", 분노의 씨톨이기도 한
핏방울을 성스러운 "빠알간 천사"라고 부르고 있다. 딱히 산문으로 풀어
설명하자면, 분노를 날려 보내고 스스로 모성의 눈 속으로 스민 그 일련
의 정황이나 의미가 이 작품에서는 "성스러운 것"이고 "聖化"인 셈이다.
일찍이 김종삼이 시장 바닥의 신실하고 가식 없는 인물들을 전정한 시인
이라고 불렀듯이 이덕규 시인의 경우에도 성스러운 것은 현실 세계와 격
절된 공간에 별다르게 따로 존재하는 것이 아닌 자신을 버리고 타자에 남

김없이 동화되는 때로는 그것이 매음의 형식을 취한다 하더라도 서로의 완벽한 넘나듦임을 일러 주고 있다. 그러나 이러한 성스러운 것의 발견이나 천착은 아직은 하나의 기미(機微) 내지는 징후일 뿐, 이 시인에게는

아직 불온함이 유효한 곳으로……
……미래 어딘가로 송치되어 가출 경위서와 반성문을 쓰기 위해
─「제목 혹은 죄목도 모르고」 부분

감행해야 하는, 또 다른 탐색의 긴 도정이 남아 있다고 할 것이다. 그것은 그가 알고자 하는 배후가 비록 범박한 의미에서 세계의 웅숭깊은 어떤 뜻이고 새로운 모습이라고 할 때에도 유효한 탐색이 될 것이다. 끝자리에 이르러서 우리는 어느 강가에 버려진 낡은 휠체어를 보고 그 배후를, 감추어진 의미를 발견하는 다음의 시를 곰곰 읽어도 좋을 터이다.

성치 않은 이곳에선 건강한 두 다리로도 온전한 영혼의 무게를 떠받치
기란 그리 쉽지 않다는 걸
이미 오래전에 깨달았다
그리하여 나란히 마주보며 굴러가던
절망과 희망의
선명한 두 바퀴 자국,
그 골 깊은 상처를 따라 흘러내려 오던
두 줄기의 물길은
비로소 저 넓고 푸른 강물로 튼 것이다.
─「물 위의 발자국」 부분

# '등의 지도', 혹은 므네모시네의 시학
― 전정아 시집 『오렌지 나무를 오르다』

## 1.

　전정아 시인의 시를 처음 읽은 것은 미국에서 온 이메일을 통해서였
다. 신인상 응모작으로 보낸 것이었는데 세련된 언어 감각과 유니크한
사물 해석이 돋보이는 작품들이었다. 그리고 등단한 뒤에도 전정아 시
에 대한 이 같은 내 첫인상은 별반 달라지지 않았다. 그러다가 이번 시집
『오렌지 나무를 오르다』의 시들을 통독하면서 나는 뒤통수를 한차례 호
되게 가격당한 기분이었다. 그 기분은 이런 것이다. 첫째는 그녀 시 작
품의 밑그림이 내게는 너무 친숙한 농경 사회의 삶이고 정황들이란 것이
었다. 그것도 해체 과정 속에 있었던, 그래서 가난과 좌절이나 일탈, 또
거기서 분비된 쓸쓸하고 칙칙한 정서들이 얼룩얼룩 배어든 그런 삶들을
드러내고 있는 것이었다. 더 나아가 이것은 주로 개인적 기억들이지만,
그 기억의 전유를 통해 자기 것으로 내면화한 가족사의 형식들을 취하고
있다는 점이었다. 두 번째는 일관되게 우리 이웃 사람들을 통해서 성찰
하고 탐구한 삶의 실존적 의미를 천착하고 있다는 사실이다. 우리 시단
의 통념대로 하자면 모더니즘적이기보다는 전통 서정에 더 정신적 친연

성을 둔 시들을 보여 주고 있는 것이다. 이 같은 시적 특성들은 내가 막연히 짐작하고 있던, 곧 미국 생활에서의 체험들을 바탕에 깐 세련되고 이국적인 시들일 것이란 기대를 통째로 배반한 것이었다. 그런데 그 배반은 나로서는 매우 유쾌한 것이었다. 말하자면 커다란 놀람 뒤에 오는, 그것도 정서상의 동질감을 확인한 뒤의 얼마간의 경쾌함이라고나 할까.

아무튼 나는 그녀의 시가 이국 체험을 심하게 드러내는, 그러면서 다소 전위적일 수밖에 없을 것이란 예단은 일단 여기서 접어야 할 것이다. 그래서 나는 그녀의 가족사와 농경 사회의 장삼이사들이라 할 그녀 이웃들의 이야기들을 즐겁게 따라가기로 한다. 그런데 이번 시집에는 미국 체험이 배인 작품이 딱 한 편 있다. 우선 그 작품부터 읽고 나서 나의 시 세계 가이드를 본격적으로 시작해 보자.

> 미국 프로메다 서울식품 가게에 들어서자 비쩍 마른 멸치들이 보인다 네모 상자 속에서 바다를 잃은 멸치 떼가 검게 튀어나온 눈알로 나를 본다 저 눈에는 얼마나 많은 것들이 담겨 있을까 맛있는 해초와 푸른 물미역 사이를 누비던 그때가 그리워서 눈뜬 채로 말랐을까 동해 바다의 노을이 잠기고 이국에 잡혀 온 은멸치의 비늘이 내 눈에 꽂힌다 찬 서리 넘쳐 나는 이국의 방파제에서 서서히 닻을 내리며 실종되던 것들 6달러를 지불하고 말라붙은 그리움을 바구니에 넣자 산홋빛 출렁이는 동해가 손끝에서 묵직하다
> ─「멸치의 바다」 부분

산문의 줄글 형태를 취하고 있는 이 작품은 우선 잘 읽힌다. 그것은 난해한 시적 장치를 일단 배제한 데서 오는 현상이다. 작품의 겉문맥을 따라가며 시적 정보들을 점검해 보자. 화자는 이국의 식품 가게에서 뜻하지 않게 판매용 멸치를 발견한다. 그 멸치는 동해에서 잡힌 것으로 화자의 상상력을 자극한다. 여기서 화자의 상상은 동해로 대표되는, 떠나온 한국이자 고향에 대한 것들에게로 작동된다. 그 고향은 "뼈째 씹히는" 그

리움이자 화자의 "가슴 가득 노을을 물들여 주는" 공간이다. 아마도 그 공간에는 화자의 유년이, 그리고 핏줄들인 가족들이 자라잡고 있을 것이다. 이 작품에서도 고향은, 더 간단히 말하자면, 화자의 정체성을 압축한 기표로서 상상되고 있다. 그런 까닭이겠지만 M. 하이데거는 고향을 존재의 존재성 혹은 본질이라고까지 말한 바 있다. 고향을 떠나 이국에 있다는 것은 자신의 존재성을 잠시 괄호 안에 묶어 둔 상태라고 할 터이다. 그리고 괄호 안에 묶어 둔 존재성 탓에 화자는 앓는다. 그것을 우리는 범박하게 고향병 혹은 향수라고 부른다. 그러면 전정아 시인의 고향은 어떤 공간이며 누가 거기 살고들 있는가.

## 2.

누구에게나 고향에는 부모가 있다. 그 부모는 어린 시절엔 기대고 닮고 싶은 자기 동일시의 대상이다. 그런가 하면 기성의 가치 체계이고 내가 보호받고 깃들여 사는 정신의 집이기도 하다. 일차적으로 사람들은 그들에게서 삶의 규범과 살면서 지켜야 할 가치들을 배운다. 이것이 육친이란 혈연 공동체의 기본 사회적 의미와 역할일 것이다. 그것을 우리는 가정교육이란 말로 오래 긍정해 왔다. 전정아 시인에게도 이 같은 사실은 예외가 아니다.

> 오랜만에 찾은 고향 집, 대문을 열자, 몇 날 며칠 나를 기다렸다는 듯 창고 벽에서 내려온다. 마당의 까칠한 풀들을 말끔히 베어 내고서야 굽은 허리 마당에 내려놓는다 할 이야기가 많다는 듯 연신 오물거리는 입, 내 시선은 울퉁불퉁 빠진 이빨에 모여든다.
>
> (…중략…)

낫이 나에게 세상을 베어 나가는 법을 가르쳐 준다.
내 허리춤 아직은 무디기만 한 칼날을 보듬어 준다.

―「낫」부분

인용한 작품은 낫을 매개로 화자가 늙은 아버지를 얘기한다. 겉문맥
대로라면 아버지는 일흔둘의 이제는 노쇠한 존재이다. 그러나 그 아버
지에게는 '거침없는 자세로 풀을 벤' 푸른 기억이 있다. 화자는 고향 집
에 와 낫을 갈며 방 안 아버지의 가래 끓는 소리를 듣는다. 그리고 아버
지의 숱한 사연이 묻은 낫과 내 낫을 견줘 보며 '두 개의 낫이 참 많이도
닮았다'고 말한다.

뿐만 아니라 이제 화자는 아버지와 대등한 자리에 자신이 와 있음을
깨닫는다. 그렇다. 아버지는 화자에게 더 이상 자기 동일시의 존재가
아닌 극복의, 아니 이미 극복한 대상인 것이다. 하지만 그 극복의 자리
에 이르러서 화자에게 낫은 무엇인가. 그 낫은 아직은 '내 허리춤에 보
듬어야 할' 무엇이고 '세상 베어 나가야 할' 법을 배워야 할 대상이다. 여
기서 낫은 이처럼 아버지를 뛰어넘어 내가 보듬고 깨달아 갈 삶의 지혜
를 상징한다.

그런가 하면 어머니 역시 "시속 70킬로미터에 도착한" 노쇠하기만 한
존재이다(「시속 70킬로미터」). 그 존재의 노쇠한 정황은 철저히 자동차에
빗대어 제시된다. 이를테면 '바퀴가 말썽이야, 정신은 멀쩡한데……'라
든가, '엑셀을 밟는 듯하면서도 후진 기어를 넣고 있다'라는 휘청거리는
걸음걸이의 표현 등등이 그것이다. 잘 알려진 대로 나이 든 사람의 시간
은 주관적 시간이다. 물리적으로 계량화된 객관적 시간이 아니라 경험하
는 사람의 주관에 따라 다양하게 인지하는 시간인 것이다. 이 같은 주관
적 시간은 1시간을 10분으로, 혹은 10분을 1시간으로도 체험한다. 특
히 그 시간의 빠르기는 엘리베이터나 자동차의 속도에 곧잘 비견된다.
이 작품의 어머니 역시 자신의 주관적 시간은 70킬로미터 속도의 빠르

기로 진행된다고 인지한다. 이것이 이 시 발상의 단초일 것이다. 그런데 '고물차'가 다 된 어머니 앞에서 화자는 '나는 죄인이다'라고 진술한다. 왜 죄인인가. 사실적인 판단만으로 보자면 화자가 죄인일 하등의 이유는 없다. 또 작품의 겉문맥 어디에도 그 이유는 제시되어 있지 않다. 다만 화자의 심리적인 이유 정도를 우리 읽는 이들이 짐작할 뿐이다. 곧 자식들에 대한 끝없는 헌신과 그로 말미암은 지난날 삶의 숱한 곡절들을 떠올렸을 때의 죄의식이란 추정이 그것이다. 과연 그러한가.

때 이른 가을이
지갑 안에서 짤랑거리는 오후
어머니의 예순네 번째 생신 선물을 사러
읍내로 간다
어머니는 물질보다
정성을 더 귀히 여기시리라
(…중략…)
입을 열지 않는 지갑이 고민을 거듭한다
막차에서 내리는데
어디선가 낯익은 음성 들린다
"너만 잘살면 된다"
선몽처럼 나타나신 어머니

—「가벼운 지갑」 부분

이 시는 굳이 산문적 번역이 필요 없을 정도로 잘 읽히는 작품이다. 생신날 어머니 선물을 샀던 기억을 가벼운 시적 터치로 제시하기 때문이다. 화자는 선물 고르기도 선물 고르기지만 우선 돈에 대한 강박에 시달린다. 그 강박은 넉넉지 않은 돈 액수 탓이다. 결국 고민 끝에 선물을 마련하고 막차로 돌아오지만 화자의 귓전을 때리는 것은 "너만 잘살면" 그것이 선물, 그것도 최상의 선물이란 어머니의 말씀이다. 어머니는 대체로 그런 존재이고 딸 역시 그것에 가슴 저려 하는 존재이다. 이 경우 넉넉지 않은 선물이, 그렇게밖에 할 수 없는 딸로서의 내적 고민이 죄인이란 생각에 이르게 할 터이다.

그랬다. 이 땅에서 그동안 딸로서, 아내로서, 또 어머니로 살아 낸다는 것은 얼마나 신산하고 지난한 일들이었는가. 그래서 일찍이 작가들은 서사 전략으로 '여자의 일생'을 기록해 왔다. 그런가 하면 시속 70킬로미터의 장삼이사 할머니들은 흔히 '내 산 얘기는 소설책 한 권' 운운하기도 했었다.

이번 전정아 시집의 시들도 범박하게 말하자면 이 땅에서 '여성으로서 살아 내기'에 대한 담론들이다. 이미 살펴본 대로 그 담론은 먼저 어머니를 통해서 이루어진다. 어머니는 "열아홉 되던 해 산골로 시집와서/ 평생 논과 밭에서 그릇 채울 일에/ 고심하며 사셨던 어머니/ 어머니가 늘 몸 헐리며 채워 넣었던 그릇은/ 늘 변함없는 메뉴를 자랑했"다고 한다 (「그릇」). 한 여성의 아내로서의, 어머니로서의 삶은 그렇게 시작됐고 그렇게 영위됐다.

여느 산골 농가의 삶이 그렇듯 그녀 역시 집안일은 물론 농사의 고된 노동을 했고 끼니 걱정을 하며, 또 어렵사리 아이들을 키우며 살았던 것이다. 그것도 가부장제 아래에서 말이다. 주지하듯이 가부장제 아래에서의 우리 여성들은 중심/주변, 주체/타자라는 짝패 구조에서 주로 주변과 타자로서의 삶을 살았다. 이 열악한 여성성 위에 어머니는 지난날 전쟁이란 집단 기억마저 몸속에 각인하고 산다. 곧,

전쟁 때 중이염을 앓아
평생 귀문을 열지 못했던 어머니
군청색 슬레이트 지붕 아래는
남보다 더 큰 몸짓과 목소리가

집 안 곳곳 확성기처럼 울려 대곤 했다.

―「대화」 부분

와 같은, 전쟁으로 말미암은 청각 장애를 지니게 된 일이 그것이다. 이 작품은 어시장에 부모님을 모시고 갔던 삽화를 보여 주면서 특히 어머니의 청각 장애가 어떤 것인가를 아프게 제시한다. 젊은 날 청각 장애 탓에 말까지 어눌해진 어머니. 그녀는, 화자에 따르자면, 단단한 갑각 안에 '매운 판토마임의 시간'을 내장한 대합 같은 존재이다.

그런데 그 대합을 여는 방법이 어떤 것인가를, 그리고 그 방법이 한 길만이 아닌 것을 가족들은 너무 잘 터득하고 있다. 마치 어두운 광야에 버려진 한센병 환자인 어머니와의 화해의 길이, 아들과 아버지 역시 한센병 환자로서의 숙명을 적극 껴안고 받아들이는 것임을 보여 준 최인훈 희곡의 상상력처럼 말이다. 이러한 '여성으로서'의 삶은 어머니의 어머니인 할머니, 또 증조할머니의 경우도 마찬가지다. 이제는 '달력이 먹어 치운' 곧 기억으로만 전유하는 그들의 삶이지만 이러한 여성성은 계통발생으로서 언제나 반복된다. 이는 사사로운 개인 기억이 문화적 기억으로까지 코드화하는 과정을 거쳐 왔던 사실을 뜻한다.

그러면 대체 기억이란 무엇인가. 여신 므네모시네는 잃어버린 시대를 회상할 때 주로 그 소임과 역할을 다했다. 지나간 잊혀진 사건들을 불러오는 일을 므네모시네는 도맡아 한 것이다. 죽은 기억을 되살려 내는 이 여신은 다른 한편으로는 고뇌를 망각하고 근심을 끊어 내기 위하여 여신 뮤즈를 낳았다고 한다. 말하자면 음악이나 시를 통해 기억을 되살리되 그 기억에 묻은 고뇌와 근심을 탈각시키고자 한 것이다. 기억의 복원 내지 회상은 그래서 한 서구 소설가에 의하면, 마들렌 과자와 같은 맛을 제공한다고 한다.

기억은 단지 암기나 기록에 의해 보존되는 것이 아니라 회상과 같은 복원 과정을 통해 그 현재적 의미와 풍미(味)를 제공한다. 전정아의 상당수 시편들이 기억의 복원이나 그 재구성의 형식을 취하고 있는 것도 이같은 의미에서 주목된다. 앞에서 본대로 전정아는 부모를 축으로 한 가족사의 내력을 들추고(회상) 더 나아가 그 의미를 웅숭깊게 살핀다. 특히 어머니를 통해서는 이 땅에서의 여성성이 무엇인가를 제시한다. 그 여성성은 우리 사회에서 오랫동안 문화적 기억 내지 코드화한 것들이기도 하다.

그러나 어찌 어머니나 할머니들뿐이겠는가. 시인 자신 또한 그 같은 우리네의 오랜 문화적 기억 가운데서 여성으로 길러지고 성장했음을 고백한다. 그녀의 일련의 시편들은 마치 성장소설의 삽화들처럼 자신의 유년은 물론 청소년 시절을 회상하며 복원하고 있다. 우선 유년담부터 읽어 보자.

그 모습, 어린 시절 남동생 안하무인으로 지켜 주던 사타구니 속, 거시기 두 쪽 같다. 남녀 이란성 쌍둥이로 태어나, 그 잘난 두 쪽 때문에 뺏긴 게 많다. 동생 머리통 하나만큼 키가 컸던 것도 죄, 아침마다 갓 삶은 계란 한 개가 동생 입으로 들어갔다. 생선이라도 굽는 날이면 몸통은 언제나 동생 몫이었다. 젓가락으로 고등어 대가리를 뒤지며 두 쪽 없는 내 몸 무척 원망했다.

—「분꽃 씨앗」 부분

이 시를 읽다 보면 우리 전통 가정에서의 남녀 차별이, 아니 남아선호 사상이 얼마나 뿌리 깊은 것인가를 다시금 확인하게 된다. 그리고 그 사상이 여성들에게 어떤 차별 대우를 받게 했는가를 깨닫게 만든다. 유아기의 '엄마 젖'은 물론, 커 가면서 계란이나 생선 같은 소소한 먹거리에 이르기까지 모든 것들을 화자는 여성이란 이유 탓에 차별당한다. 그 차별은 "나를 그렇게 만든 것은 바로 저것!// 분꽃 씨 두 알" 때문에 받았던 것이다. 이 시의 화자는 집 앞 화단에서 분꽃 씨앗을 보며 이처럼 어린

날을 회상한다. 그 어린 날은 바로 자신이 주변부의 존재이며 주체로서
보다는 타자로서의 삶을 경험한 시절이었다. 모든 일에서 부당한 차별
대우를 받거나 홀대당하던 때인 것이다.

특히 이 작품은 '분꽃 씨앗 두 쪽'으로 상징되는 전통 사회의 남성중심
주의를 압축적으로 보여 준다. 곧 가부장제 하에서 우리 여성들이 어떻
게 편견에 시달리며 비하당했는가를 보여 주는 것이다. 비록 성장한 뒤
의 후일담 형식이긴 하지만, 화자에게 이 유소년기의 경험은 화단의 분
꽃 씨앗을 볼 때마다 덧나는 일종의 정신적 상처다. 어찌 이 같은 트라우
마뿐이랴. 한 여성으로서의 성장 과정에는 그밖에도 여러 가지 삽화들
이 자리 잡는다. 이를테면 서울 구경이란 미지의 낯선 공간에 대한 끝없
는 동경이 있었는가 하면(「서울 구경」) 여성성에 눈뜨기 시작하던 무렵의
'꽃기운'도 있었다. 그리고 그 꽃기운은 달동네에서 월세를 살며 비닐하
우스 일을 다녀야만 했던 집안의 가난 탓에 종종 좌절을 겪어야했다. 그
때마다 그녀는 '이러려면 도대체 나를 왜 낳았어?'라는 반항과 절망감을
분출한다(「달동네 그곳」). 그런가 하면 그 달동네에서 그녀는 성에 대한 눈
뜸도 경험한다. 그것은 하숙집 주인 노부부의 방사(房事)를 매개로 한 것
이다. 화자는 혼자 밤늦도록 독학을 하면서 듣는다. 주인집 안채에서 들
리는 "얼른 자, 이 영감탱이야/ 그 만 찝 적 거 리 고 오"란 말소리가 그
것이다(「달팽이관」). 그 말소리에 나름대로 '지는 꽃은 욕망도 없을 거라고'
생각했던 화자의 통념은 여지없이 무너진다.

우리 누구나 젊은 날 한두 번쯤 겪었을 이 단순한 삽화는 성이 무엇인
가를 생각하고 깨닫는 계기가 된다. 사람은 누구나 일차성징이나 이차
성징을 통해 자기 자아에 대한 성찰을 시작한다. 그리고 자신이 누구인
가 하는 정체성 확립을 해 나가게 마련이다. 일반적으로 성이 다산과 풍
요의 상징이며 C. 보들레르 식의 두 존재 간의 중요한 상호 소통의 한 수
단임을 아는 것은 그다음 먼 뒷날일 터이다. 한편 여성의 성 담론은 남성
에 비해 그동안 주로 금기시되거나 억압되어 왔다. 그 같은 금기와 억압

은 여성적 글쓰기의 전략을 통해 몇몇 여성 시인들에 의해 얼마 전부터 과감하게 무너져 왔다. 예컨대 김언희나 김선우, 김민정 등의 그간의 일련의 작업들이 그것이다.

물론 이들과는 다른 국면에서 전정아의 시편들은 읽힌다. 앞에서 살핀 대로 그 시편들은 개인의 성장 과정에서의 삽화들인 것이다. 그리고 이 삽화들은 사춘기를 거쳐 성이 내면화되는 과정을 보여 줌으로써 되레 전통적인 여성성의 담론처럼 읽힌다. 이를테면, 이 시집의 표제가 된 작품 「오렌지나무를 오르다」에서 보여 준, 사춘기 시절 일기장을 도배했던 짝사랑의 기억도 그 한 예이다. 화자는 오렌지나무를 매개로, 한 시절, 정확하게는 고등학교 시절의 기억을 일깨우고 회상에 빠진다. 그 회상은 '백 촉의 오렌지'들을 불 켜는 일이다. 이 시의 화자에게는 알전구들이 그 시절을 복원하고 환기시켜 주었을 때 휘황하던 마들렌 과자였다. 그러나 이 회상은 현실 속에서 머지않아 환멸로 바뀐다. 시 「마지막 재회」에 따르자면 짝사랑의 대상은 이제 흔한 이웃 아저씨의 풍모를 한, 그것도 '여전히 발그레해진' 화자의 뺨의 출처마저를 모르는 좀 멍청한 타자이기 때문이다. 그래서 화자는 이제 달콤하고 아픈 한 시절의 기억의 '감옥'을 탈출할 수 있다. 범박하게 말하자면 이 환멸의 과정이야말로 바로 우리네의 삶이고 성장이 아니던가. 그리고 전정아 시인의 사사로운 개인적 성장담은 여기에서 한 매듭을 짓는다.


3.


기억의 감옥에서 벗어난 뒤의 현실은 그러면 어떤 것인가. 그 현실에는 나를 비롯한 이웃 사람들의 고만고만한 일상과 삶들이 놓여 있다. 우선 시인의 일상부터 읽어 보자.

차디찬 1월이 촛농처럼 녹아내리고, 그곳에서 칠 일의 잠을 빠져나오면
그이가 보인다. 물에 만 밥을 넘기듯 서둘러 집을 나서는 남자, 얽히고설
킨 날들 웃음으로 덧칠하며 제자리를 지켜 낸다. (…중략…) 힘찬 신생의
울음소리를 처음 내게 들려주었던 사내아이,

—「동그라미 가족」 부분

화자가 달력 위에 식구들의 생일을 동그라미로 표시한데서 이 시는 시
작한다. 1월부터 4월까지 남편과 아들, 그리고 딸의 생일을 넘기며 화
자는 거기서 '세상 쓴맛이 제거된 생크림 케이크'를 발견한다. 이 경우 케
이크는 단순한 생일 케이크가 아니라, 단란한 가족을 상징하는 기표이
다. 왜냐하면 그 둥근 모습(케이크이기도 하고 달력 위의 동그라미이기도 한) 속
에는 색색의 개성을 드러내며 일가족이 정답게 담겨 있기 때문이다. 둥
긂은 원형적 상상력을 빌릴 것도 없이 만다라, 또는 흠결 없는 완전을 뜻
한다. 그래서 화자는 '세상 쓴맛이 제거 되었다'고 단란의 정황을 말하는
것이다. 이 화해롭고 단란한 가정의 일상은 앞서 살폈던 시인의 성장담
과는 너무나 극명하게 대비된다. 그만큼 밝고 따듯한 중년의 삶을 이제
화자는 누리고 있는 것이다. 하지만 모든 중년 세대 여성들의 일상적 삶
이 이처럼 화해롭기만 한 것은 아니다. 일상 현실은 대부분 가파르고 험
난한 것. 그 현실 가운데는,

① 길다방 미스 리 년
　보따리 싸 가지고 홀아비 방에 털썩 주저앉아
　분내 풀풀 날리며 며칠 살 비벼 대던 년
　홀아비 읍내 나간 사이 장판 밑에 숨겨 놓은
　피 같은 돈 이백만 원 갖고 튀었다 한다

—「명자꽃 피는 밤」 부분

는 터무니없는 절도 행각의 여인이 있는가 하면

> ② 앞집 꽃 같았던 영숙이는 함바집을 하며 벌써 사십 초반
> 옆집 진숙이는 에어로빅 강사를 하며 아직 이십대
> 아, 나이는 가끔 시력을 미끄러트린다
> ───「그 여자의 화무십일홍」 부분

와 같은, 제각각의 삶을 영위하는 숱한 장삼이사 여성들이 살고 있는 것이다. ①은 김수영의 '식모는 도벽으로 완성된다'라는 유명한 시구를 떠올리게 만든다. 시골에서 상경한 가사도우미들이 어느 날 주인집에서 절도 행각을 벌임으로써 세간의 통념을 사실로 확인시켜 주듯 ①의 특정 직업여성의 경우도 마찬가지다. 그녀에게 성은 속고 속이는, 그리고 교환가치를 획득하기 위한 단순 수단일 뿐이다. 거기에는 일상적 윤리나 통상적인 삶의 가치는 끼어들 틈이 없다. 대신 황폐화한 인성과 현실의 정글 법칙만이 횡행할 따름이다. 이 미스 리로 대표되는 성 윤리 내지 가치의 급격한 해체는 그간의 우리 사회의 격심한 변동에도 그대로 대응된다.

②는 우리 사회에서 중년 여성으로 사는 것이 무엇인가를 보여 준다. 생활 현실 속에서 사람들은 이러저러한 사유로 갖가지 신분 이동을 겪는다. 그것이 상승이든 하강이든 늘 신분 변동을 겪게 마련인 것이다. 마치 개개인 외모가 다 다르듯이 사람들 삶의 역정 역시 언제나 서로 다를 수밖에 없다. 그래서 누구는 함바집을 꾸리고 누구는 에어로빅 강사로 잘나간다. 이들은 각기 다른 삶을 영위하지만 실상 우리 당대의 주인공들이다. 그래서 이들의 삶 속에는 당대의 시대적 의미나 웅숭깊은 인생의 의미가 담겨 있다. 유교적 수사를 빌자면 격물치지(格物致知)에 다름 아니라고 할 것이다.

일찍이 발자크가 '자기 시대의 서기(書記)'를 자임하고 뭇사람들을 기록

한 예나 필자가 나름대로 '우리 이웃 사람들'을 시화(詩化)한 일들 역시 같은 경우일 터이다. 기록된 다양한 삶을 격(格)하다 보면 그 속에는 다양하고 복합적인 인생의 의미가 함축되어 있음을 터득하는(致知) 것이다. 아무튼 작품 ②는 제목 그대로 여성의 젊음이든 미모든, 또는 삶의 굴욕이든 부귀이든 모든 것이 화무십일홍임을 우리에게 일깨운다. 굳이 여성들의 삶에서뿐이랴. 남성들의 인생 역정 내지 삶 또한 별반 다르지 않을 터이다. 그러나 아직도 경제적으로 사회적으로 취약한 처지의 여성들에게 이 같은 신분 변동은 한결 더 극심한 것이다.

이번 시집의 상당수 작품들은 바로 이러한 여성의 삶이 얼마나 열악한 것인가를 가감 없이 보여 주고 있다. 이를테면 "고교 졸업 후 서울 어느 방직공장/ 길삼틀 앞에서 세를 산다는 그녀"라든가(「안개 속의 플랫홈」), 벙어리란 장애 탓에 도둑으로 몰려 고향을 등진 옥순이(「벙어리 옥순이」), 갖은 고생 끝에 독거노인으로 남은 고향 동네의 최 씨 할머니(「호미」) 등등의 곡절 많은 인물들 삶이 모두 그렇다. 이들 신산한 삶의 주인공들은 이미 앞서 말한 대로 우리 당대의 삶이 무엇인가를 상징하는 기표들이라고 할 것이다. 이 기표들을 전정아 시인은 어찌해야 할 것인가. 다음 작품의 한 대목이 나에게는 그 대답으로 읽힌다.

> 벽지가 낡았다고
> 저 벽은 회생할 수 없다고
> 미리 속단하지 마세요.
> 왜 벽이 될 수밖에 없었을까
> 왜 얼룩이 푸른 멍 자국처럼 돋아날 수밖에 없었을까
> 그대 곰곰이 생각해 보세요
>
> —「도배하는 법」 부분

인용한 작품은 화자의 계몽적인 직접적 진술을 축으로 하고 있다. 하

지만 그 진술이야말로 우리 둘레의 뭇 여성들을 어떻게 대하고 읽어야 할 것인가를 시사해 준다. 화자는 단호한 말투로 얘기한다. 벽이 단단한 것은 "바로 우리가 아픈 마음을/ 고약 발라 주듯 다독여 주지 못했기 때문"이라고. 그러면서 "애정이란 빗자루로 아픈 흔적을 깨끗이 쓸어 내고" 손수건으로 곪은 상처를 닦아야 한다고 강조한다. 아픔이나 상처를 다독이고 닦는 일—이는 우리가 이미 잘 알고 있는 삶의 지혜일 것이다. 이 작품은 낡은 벽지를 뜯어내고 새로이 도배하는 일을 시적 대상으로 특정하고 있지만 그 의미는 보편적인 것으로 확대해석해도 좋을 것이다. 따라서 여성들의 각기 '단단한 벽'을 넘어서고 '돋아난 멍 자국'들을 감싸는 데는 그 무엇보다도 이러한 애정과 포용이 필요하다고 읽어야 할 것이다.

여기서 우리는 이웃한 옆 사람들에게서 동질성을 발견하고 그들과 함께 이 시대 삶을 공유하는 '옆으로의 초월'을 보게 된다. 한 시대 여성적 삶을 격물치지로 이해하는 데서 더 나아가 이 같은 옆으로의 초월에 이를 때 우리는 여성적 글쓰기의 또 다른 한 본질에 닿는다고 하리라.


4.


소의 등에는
하느님이 새겨 주신 지도가 있다
땅을 잘 기억하라는 말들이
부드러운 털마다 새겨져 있다
소는 등의 지도를 질긴 가죽으로
꼭꼭 동여매고 다닌다
길을 가다가 위장이 허기를 알리면
하늘을 한번 쳐다본 후
고개를 뒤로 젖혀 지도를 펼쳐 본다

등의 지도가 빼곡하게 복사되어 있는 흙

지도를 해독한 소는

풀이 자라는 곳을 찾아낸다

자신의 등이 왜 흙의 빛깔을 닮았는지

곧 알아차린다.

음머어, 음머어

배에 풀을 가득 채운 소가

하늘을 쳐다보며 말씀을 암송한다.

—「등의 지도」 전문

이제 이 글의 끝마무리에서 시집 맨 앞에 놓인 위의 작품을 읽어 보자. 이 작품은 쉽게 그러면서도 웅숭깊게 읽힌다. 그렇게 읽히는 것은 무엇 때문일까. 우선 화자의 말을 따라가 보자. 화자는 소의 털 빛깔이 흙 색깔인 것은 풀밭이 새겨진 등의 지도 때문이라고 한다. 그리고 그 지도는 하느님이 새겨 준 것이라고 상상한다. 다만 그 지도를 우리가 쉽게 볼 수 없는 것은 소가 등가죽으로 꼭꼭 동여매 숨긴 탓이다. 여기서 정말 소가 등에 지도를 감추고 있는 것일까 묻는 것은 부질없는 일이다. 그것은 남 다른 화자의 상상의 소산일 뿐이기 때문이다.

일반적으로 풀밭을 찾거나 풀을 뜯는 일은 소의 한갓 생존 방식이고 본능일 따름이다. 그 본능은 종교적 차원에서 해독하지면 일종의 '섭리' 다. 일반적으로 삼라만상을 있게 만든, 제일원리인 절대적 존재가 마련 해 준 법칙인 것이다. 소는 그 섭리에 충실하게 따라 살아간다. 그 살아 가는 생존 방식이, 겉문맥 그대로, 지도를 해독하는 일이다. 그래서 우 리는 등의 지도를 섭리라고 그 상징적 의미를 풀어 읽게 된다.

섭리란 언제부턴가 "내 영혼 어느 곳에 머물며/ 나를 조종하고 있는 삭 풍" 같은 것이 아닐까. 이 같은 섭리를 깨닫고 순명에 이른다는 것—그 것은 또 다른 삶의 한 방식이지만 이번 시집에서 그 담론들은 보이지 않

541

는다.

앞에서 읽고 검토한 대로 이 시대 여성으로서의 삶은 결국 소의 등의 지도처럼 섭리일 따름인가. 이 물음에 대한 답은 이번 시집 어디에도 나와 있지 않다. 그것은 전적으로 전정아의 몫이다. 그것도 시적 미래의 몫인 것이다. 주지하는 대로 세계와 삶 속에 내재한 자연의 이법을 따르는 시적 태도도 우리 시의 한 추세를 이루고 있다. 그 같은 시적 역려를 이미 우리 앞선 세대의 시인들은 여러 가지로 보여 주고 있는 것이다. 과연 전 시인은 이들과 달리 또 다른 유니크한 자신만의 '등의 지도'를 보여 줄 것인가. 나는 이 물음으로 이 길 안내를 마무리하고자 한다. 그리고 시집 상자를 다시 한번 축하한다.

# 관조, 산과 물의 상상력
—정대구의 시 세계

> 내 몸이 다치고 지쳐서 풀이 죽을 때
>
> 나는 힘센 비바람에도 빳빳이
>
> 다시 일어서고 일어나는
>
> 가늘고 긴 벼 잎을 떠올리며
>
> 그렇게 살아갈 정신을 차린다
>
>
> 아직도 내가 작은 바람에도
>
> 가볍게 휘둘려 여기저기
>
> 이 잘난 얼굴 내밀어 설쳐 댈 때가
>
> 있는가 주제 파악도 못 하고 그럴 땐
>
> 익을수록 고개 숙이는 벼 이삭을 생각하며
>
> 나는 부끄럽다 부끄러워 얼굴 붉힌다
>
> —「벼 잎과 벼 이삭」 전문

정대구 시인의 시들은 속도감 있게 잘 읽힌다. 그 속도감은 시의 간결한 문장 때문에, 그리고 생각의 거침없는 드러냄 때문에 생겨난다. 여기서 시의 간결한 문장이란, 통사니 구문이 단문 형식이란 뜻보다는 겹겹의 여러 가지 수사를 입고 있지 않다라는 의미이다. 마치 금세기 초 미래파의 시인들이 사물의 역동성과 속도감을 표현하기 위해 나체 명사들을 사용한다고 법석을 떨었던 일과 유사하다고나 할까.

그러나 정대구 시인의 시들이 수사를 입고 있지 않다라는 말은, 수식어 사용을 가급적 자제하는 측면도 있지만, 실은 각종의 비유나 여타 레토릭을 잘 사용하지 않는다는 경우에 가깝다. 전문을 인용한 앞의 시도, 따지고 보면 특별한 수사법이 없이 직절하게 시인의 생각을 진술하고 있는 작품이다. 각 연이 각각 한 문장씩으로 되어 있다. 그리고 그 문장은 각각 하나씩의 생각(concept)을 담아서 진술한다. 다만 그 생각을 벼 잎과 벼 이삭이란 구체적인 대상과 견주어 진술함으로써, 형체와 구조가 분명한 몸을 얻고 있을 뿐이다. 이 경우 몸이란 말의 뜻은 육화(肉化)라고 해도 좋고 추상적인 것이 구체적 형상을 얻는 것이라고 해도 좋을 터이다.

그러면 벼 잎과 벼 이삭을 통하여 구체적인 형상, 곧 몸을 드러낸 생각은 어떤 것인가. 작품의 1연에서 그 생각은 강인한 생명력, 혹은 불굴의 정신이 무엇인가를 나타내는 것이라고 해도 좋을 것이다. 일찍이 김수영의 「풀」에서 가장 극적인 본보기를 얻었던 이 생각은 한때 우리 시의 상상력에서 중요한 한 가닥을 이루었던 것이기도 하다. 특히 사회학적 상상력과 결합되어 강인한 생명력은 풀, 잡초, 좀 더 구체적으로는 질경이나 벼 등등으로 담론화되었던 것이다. 작품 「벼 잎과 벼 이삭」 역시, 굳이 설명하자면, 이와 같은 담론의 연장선 위에 서 있는 것이다. 그러나 사회학적 상상력의 담론들이 한결같이 민중이나 민초라는 특정의 이데올로기와 어울려 있었다면, 정대구의 경우는 개인적 차원의 자기 성찰에 머물러 있는 것이다.

작품의 2연은 이 같은 자기 성찰의 의미를 더욱 뚜렷하게 드러내 준다. 그것은 화자가 말하는 "주제 파악"이란 말에 의해서 한결 분명해지고 있기 때문이다. 흔히 말하듯 내면의 성숙이나 일정한 수준의 자아 성취를 이룬 이들의 몸가짐이란 곧 "익을수록 고개 숙이는 벼 이삭"의 자세인 것이다. 세속의 시류라고나 할 작은 바람에도 가볍게 휘둘리는 자신을 화자는 대상화하여 반성한다. 그리고 이른바 주제 파악과 관련하여 벼 이삭의 몸짓을 떠올리는 것이다. 요약하자면, 이상에서 살핀 바와 같이 작품 「벼 잎과 벼 이삭」은 화자 혹은 시인의 삶의 의욕과 자세를 분명한 말투로 언술하고 있는 것이다. 그런 만큼 그 담론은 윤리적인 성격을 강하게 노정하고 있다.

대저, 시적 담론의 윤리적 성격이란 무엇인가. 멀리 우리는 '시삼백(詩三百)이 사무사(思無邪)'라는 공자의 말을 떠올려도 좋을 것이다. 공자는 채록된 중국 각지의 구비상관물들을 다시 읽고 정리하면서 그 노래들을 윤리적 의미로 해석하느라 힘썼다. 더욱이 경전으로 성립된 다음부터는 뭇 사람들에 의하여 오랜 시간 동안 이 같은 일이 더욱 활기차게, 외골수로만 이루어졌던 것. 시에다 인간이 삶을 통하여 본받고 따라야 할 보편적 원리나 값을 그렇게 덧붙여 온 것이다.

우리 시에서의 윤리적인 담론 역시 이 같은 원리와 값을 강조하는 일인 셈이다. 그런데, 세계와 삶을 윤리적으로만 해석하다 보면 자연 그 해석은 확립된 잘 알려진 사실을 새삼 강조하게 되거나 편향적으로 한쪽으로만 치우치기 쉽게 된다. 그리고 그 치우침은 대상에게서 새로운 해석이나 새로운 모습을 발견하기 어렵게 만들기도 한다.

이번 시집에서 실제로 그런 류의 폐단을 보이고 있는 작품은 발견되지 않지만 이른바 은연중 알게 모르게 당위를 표명하는 경우들은 꽤 발견되고 있다. 이를테면,

뿌리는 불평하지 않는다
햇빛 못 보는 뿌리들이
햇빛 보겠다고

햇빛 받는 잎이나 줄기가 되겠다고

불평하거나 요구하지 않는다

—「뿌리의 노래」 부분

와 같은, 뿌리가 '더 깊은 어둠 속을 뚫고 들어가야' 지상에서 한결 무성한 푸른 잎들을 볼 수 있다는 마음의 움직임이 그것이다. 이 작품은 시집 첫머리에 놓여 있으면서 아울러 꽤 잘 읽히는 시이다. 특정 작품이 시집 앞에 놓인다는 것은, 때로는 의도 없이 이루어지는 경우도 있겠지만, 대개는 읽는 이에게 사람과의 교유에서 첫인상 같은 노릇을 하게 마련이다. 그런 뜻을 짐작하고 우리가 이 작품을 읽는다면, '세상을 푸르게 하는' 뿌리들의 합창이 실은 사람들이 본받고 따라야 할 당위의 세계를 진술하고 있는 것에 다름 아니란 사실을 깨닫게 된다. 그리고 더 나아가 시인이 당위의 세계를 은연중 강조하고 있음을 알아차리게 된다.

시인이 그러면 당위의 세계를 중요하게 여기며 담론화한다는 것은 무엇인가. 나는 그 문제를 여러 요인에 의하여 또 여러 측면에서 설명할 수 있겠지만, 우선 시인의 나이와 결부 지어 설명하고 싶다. 잘 알려진 바와 같이 정대구 시인은 이순을 넘어서 있으며 시력 30년 남짓을 헤아리고 있다. 이 같은 연치와 시력(詩歷)은 비슷한 처지의 다른 시인들에게서와 마찬가지로 대상을 단순하게 감각적으로만 해석하지 않게 만든다.

흔히 관조나 달관이란 말로 지칭하듯 시인은 어느덧 대상의 내부로 마음을 움직여 들어가기를 좋아하는 것이다. 곧, 대상의 내부로 들어가 그것이 지니고 있는 의미와 값을 나름대로 찾고 끄집어내기를 좋아하는 것이다. 말하자면 그동안 숱하게 축적한 경험에 입각해서 그 의미와 값을 주로 추출하는 것이다. 그렇기 때문에 의도했든 아니든 이러한 담론에서는 윤리적 당위라고도 부르는 사람살이의 보편적 원리나 모습 같은 것이 주로 발견되는 것이다.

산이 붉게 물들고 있다

그 나이에

부끄러움을 타는 거나

맘은 아직도

새파란 풀빛

큰 죽음 앞두고

젖 먹던 힘꺼정 끌어올려

온몸을 불태우는

볼만한 그러나

애처로운 가을 산


내가 벌써 가을 산이구나

— 「가을 산 4」 부분


　인용한 작품은 연작시 「가을 산」의 일부로 시인의 요즈음 내면 풍경을
잘 드러내고 있는 시이다. 단풍이 짙게 드는 산을 바라보면서 화자는 자
신의 정황이 꼭 그 산처럼 저러하다고 생각한다. 곧, 죽음 근처에 이른
노령과 그와는 정반대인 마음, 전심전령으로 종결을 준비하는 듯한 처
연하나 결연한 자세 등이 산과 흡사한 것이다. 이 같은 세부들 탓으로 화
자는 다음 순간 가을 산이 바로 자신임을 진술한다. 마치 유치환의 「산」
연작시처럼 산을 통하여 자신의 내면 모습을 발견하고 있는 것이다. 이
른바 객체와 자아가 하나임을 확인하는 단계에 이른 것.

　그리고 이와 같은 시는 자연 속에서 삶의 이치와 값을 발견하는 전통
적인 자연서정시의 맥에 닿아 있다고 할 것이다. 등단 무렵의 현실 감각
이나 지적인 시작 태도 등을 감안하면 정대구 시인 역시 범박하게 말하
여 모더니즘 집안 출신이라고 해야 할 것이다. 그러나 최근의 그의 작품
들이 자연서정시에 더 근접하고 있음은, 이미 앞에서 설명한, 그의 관조

적 자세 탓일 터이다.

　실제로 이번 시집의 수록 작품들을 통독해 보면 '산'과 '바다' 혹은 물에 관한, 주로 그 시적 대상들을 매개로 관조의 세계를 펼치고 있는 시편들이 상당량에 달하고 있음을 발견한다. 시집 2부 「바라보는 산」의 작품들, 3부의 물에 관한 시편 등이 모두 그것이다. 특히 2부의 산에 관한 연작시들은 시인의 '바라보는' 입장 곧 관조의 자세를 잘 보여 준다. 이를 테면, 작품 뒤끝에 달아 놓은,

　　　직접 등산도 좋지만 멀리 바라보는
　　　산도 좋다. 나이 들수록 그건 더 그러
　　　하다. 숫제 온몸을 송두리째 하늘에
　　　파묻고 아무 말이 없는 산……

과 같은 시작 메모에서 분명하게 밝혀 놓고 있는 태도가 그것이다. 여기서, 산에 관한 시 한 편을 더 읽어 보자.

　　　나무들이 여름날 그 무거운 제복의 군 복무를 마치고
　　　제각기 개성대로 울긋불긋
　　　사복으로 갈아입은 가을 산
　　　누구를 만나러 가는 걸음인지
　　　불이 나게 다투어 대관령을 넘는다
　　　　　　　　　　　　　　　　　　　　　　　　—「가을 산 1」 전문

　이 작품에 따르자면 산도 움직인다. 그것도 부리나케 움직이고 있는 것이다. 일찍이 후중불천(厚重不遷)이어서 군자의 자세와 흡사하다는 동양적 상상과는 정반대의 모습인 셈이다. 여름으로 상징되는, 들끓는 시절의 젊음을 지나서, 이 작품의 산은 각자 자기 나름의 자세와 모습을 지

향해 나가고 있는 그런 산인 셈이다. 아마도 실제로는 시인이 나이 들면서 자기 세계의 성취를 위해 부리나케 움직인 것이겠지만.

아무튼 이 같은 산에 관한 관조 내지 상상은, 때로는 산이 삼각파도를 일으킨다고도 하고(「우리나라 산의 나라」) 때로는 "줄기줄기 한 핏줄"임을 (「山가족」) 확인시켜 준다고도 한다. 이처럼 산의 다양한 모습 속에서 삶의 이치나 값을 새삼 발견하는 일은 당분간 정대구 시인의 작품에서 자주 발견하게 될 것이다. 그것은 자연을 심미적 대상으로 인식하는 것이 아니라 윤리적 당위나 이법의 비유로 생각하는, 그런 연배와 경지에 들어섰기 때문이다. 이는 앞에서 자세히 읽었던 작품 「벼 잎과 벼 이삭」의 태도에도 그대로 이어지는 현상이다.

정대구의 「수평선」은, 비록 범칭의 민중시나 내가 장황하게 설명한 신명과는 거리가 많은 작품이지만, 지난날의 억압 상황을 되새겨 보게 하는 작품이다. 그 되새김은 작품 검열/작품 되살리기의 겹틀로 된 억압/해방의 이항 대립 가운데 이루어진다. 특히, 되살려 낸 작품이 이번의 텍스트임을 이야기하면서 화자는,

안 되도다 안 되도다
그렇게는 안 되도다
어떤 칼로도 벨 수 없고 찢을 수
어떤 압력으로도 너는 누를 수 없는 것을

확인한다. 게다가 그 확인은 "안 되도다"와 같은 단호한 말투 탓에 강한 단정이 된다. 그러나 이 작품의 울림은 강한 단정보다는 ① 억압 상황 아래에서 눌려 있는 바다를 눌려 있지 않은 바다로 인식한 데에서, ② 검열로 찢긴 텍스트가 다시 새로운 텍스트로 버젓이 되살려지는 겹틀에서 오고 있다. 이 교묘한 겹틀 장치는 바로 ① 같은 평면적 교훈성을 평면적인 것으

로 읽지 않게 한다.

다소 인용이 길었지만, 나는 작품 「수평선」을 두고 이렇게 설명을 붙였던 적이 있었다(『한국시의 논리』, pp.355-356). 이번 시집 속에서 다시 맞닥뜨려 읽어도 그 무렵의 설명에서 크게 덧붙여지거나 달라질 내용은 없다. 조금 더 설명을 덧붙이자면, 텍스트 문맥 가운데 언술된 바다란 그러면 무엇인가라는 점이다. 바다는, 이 작품의 화자에 따르자면, 온몸으로 날을 세우고 있다. 그런가 하면 눌려 있으면서도 피 흘리며 일어서다가 쓰러지고 하는 동작을 끊임없이 그리고 쉴 새 없이 반복하는 존재인 것이다. 곧 수평선으로 낮게 펼쳐진 바다의 평면성을 물리적 억압의 결과로 보면서 파도의 부침 역시 '피 흘리며 일어섰다가 쓰러지는' 억압에 대한 항쟁으로 해석하고 있는 것이다. 이는 시의 대상을 알레고리로 읽은 결과일 터이다.

그러나 잘 알려진 그대로, 바다는 그렇게 윤리적 덕목으로만 읽을 수 있는 대상이 아니다. 이 시집 속의 다른 바다 시편이나 물에 관한 작품들을 읽어 보아도 이 사정은 자명해진다. 이를테면,

> 피리 소리 온 바다에 자욱하다
> 물에 씻긴 아니 하나 들어 올린다
> 눈부신 아침 바다
>
> ―「바다 1」 전문

와 같이, 일출의 정경을 심미적으로, 그것도 일종의 장관으로 그려 내고 있는 경우나

> 아무 소리도 들리지 않고 보이지 않고
> 정신의 맨 밑바닥 별이 보인다

흰 몽둥이로 내리치는 물벼락

골짜기에 환하게 불이 켜진다

—「폭포 앞에서」 전문

와 같은, 물의 역동성만을 간결한 터치로 오브제화한 경우 등이 그것이
다. 특히, 작품 「폭포 앞에서」는 폭포의 굉음과 장대한 모습을 일종의 아
이러니 형식으로 제시하고 있어 읽는 이들에게 울림을 강하게 만들어 주
고 있다. 작품의 '아무 소리도 들리지 않고 보이지 않는다'는 첫 행의 진
술이 특히 그러하다. 이 진술은 벼락 치는 듯한 굉음과 거대한 장관 때
문에 오히려 아무것도 듣고 볼 수 없다는, 충격에 따른 순간적인 감각마
비 현상을 진술하고 있다. 2행에서는 화자에게 충격(실은 흰 몽둥이에 의한
타격이다)에 따른 눈앞에 어른거리는 별마저 보이는 현상을 드러낸다. 이
와 같은 폭포를 보는 순간의 세부 품목들이 결국은 흰 몽둥이를 휘두르
는 듯한 물벼락에 기인함을 작품 후반에 이르러 화자는 전후 사정을 살
펴서 짧게 진술한다.

　인용한 이들 두 작품은, 시집 가운데의 여타 바다 시편이나 물에 관한
시들과 달리, 대상을 감각적으로 선명하게 부조하고 있는 드문 경우일
것이다. 흔히 말하듯 물은 막힘이 없이 두루 흐르는 존재이다. 그래서 일
찍이 공자에 의하여 인간의 지식이나 앎에 비유되기도 했던 것. 거기에
비하여 산은 후중불천하는 속성으로 꽉 찬 내부 교양이나 인간의 잘 수
행된 인품 내지 성정에 비유되곤 했었다. 지나치게 도식적인 설명이 되
겠지만, 산을 바라보고 산에 안기우는 정대구 시인의 최근 정황은 물이
표상하는 저 유동성을 마치 세월을 거치듯 지나 나와서야 도달하게 된
정신적 공간일 것이다. 그러나 그 공간에는 역동성과 흐름이 줄어든 대
신 쓸쓸함이나 허무와 같은 뜻하지 않은 정서들이 대신 스며들고 있다.

　그러면 그 쓸쓸함은 과연 어떤 것인가. 시인은 「예서를 쓰고 싶은 계
절에서」 짐짓 예서 쓰기에 견주어 그 고독을 말한다. 곧,

복잡한 생각들일랑

한두 획쯤 떨구어 내고

성긴 이 가을날 아침

향기 짙은 예서를 쓰고 싶다

털갈이인 듯 산뜻한 깃털 너머

가볍게 흔들리는 묵향 흰 구름

슬몃 비껴가고 있다

이 쓸쓸한 마음 밭을 어디로 담아 보내나

　　　　　　　　　　　—「예서를 쓰고 싶은 계절」 전문

와 같은, 쓸쓸함이 바로 그것이다. 화자는 잡스런 생각들을 모두 떨궈
내고 대신 잡은 붓 끝에 자기 자신 전부를 실어 투입하고 싶어 한다. 때
는 마침 가을날 아침이고 헐벗은 나무들이 능선에 깃털처럼 웅크리고 있
다. 화자는 예서를 쓰면서 거기에 자신의 고적함을 담으려고 한다. 아니
그다음 창밖의 먼 능선 위 떠돌이 구름 하나를 발견하는 순간 그 고적함
을 또 어디론가 실어 보내고 싶다는 욕망에 사로잡힌다.

　시집의 4부 「가을날 길을 떠나며」는 바로 그와 같은 욕망의 소산이라
고 보아도 좋을 터이다. 열 편의 연작으로 되어 있는 이들 작품에는 가을
로 상징되는 노령과 죽음을, 그리고 그것을 극복하려는 노력의 일환으
로 그대에 대한 사랑의 담론들이 펼쳐져 있다. 과연 죽음과 사랑은 정대
구 시인에게 어떠한 작품들을 또 만들게 할 것인가. 인간이 삶의 구경(究
境)에서 필연적으로 만나게 마련인 이 두 문제는 만만치 않은 그의 화두
일 터이어서 시인의 앞으로의 작업을 지켜보게 한다.

# 일상과 탐석, 그리고 내향(內向)의 상상력
## ─정호 시집 『비닐꽃』

## 1.

시인 정호와의 만남은 고(故) 홍기윤 시인을 통해 이루어졌다. 그러고 보면 홍기윤 시인이 뜻하지 않은 사고로 세상을 버린 지도 벌써 여러 해가 되었다. 나는 홍기윤을 때마침 시간강의를 나갔던 동국대에서 만났고 한참 뒤 다시 인사동 시 모임에서 자주 얼굴을 대했다. 그는 월간 『시문학』으로 등단해 막 시작 활동을 펼칠 만할 때 사람들 곁을 훌쩍 떠났다. 그리곤 1주기에 유고 시집 『길은 때로 날개가 있다』가 출간됐다. 이 유고 시집은 같은 직장에 몸담고 있던 정호 시인의 각별한 노력과 주선으로 만들어진 것.

거듭된 소리지만 나는 홍 시인을 통해서 정호 시인을 만났다. 하루는 시 모임이 끝났을 때 홍기윤이 조심스레 말을 꺼냈다.

"학교에 시 공부하고 싶어 하는 선생님 한 분 있는데 같이 올까요?"

언제나 그렇듯 나는 별 생각 없이 "생각 있으면 같이 오시지"라고 대꾸했다. 그다음 주엔가 홍기윤은 정호 시인과 함께 나타났다. 그날 나는 정호 시인이 문학과는 거리가 있는 수학을 전공한 고등학교 선생님이란 것을 알았다. '다소 의외의 전공을 한 사람인데 과연 시에는……' 한 동안 나는 정호 시인을 만나며 이 같은 생각을 했다. 그러다 연말쯤이었을 것이다.

시 모임이 끝나자 정호 시인이 가외로 읽어 달라며 작품 한 편을 조심스레 내밀었다. 거기엔 여느 때 정호 시인의 작품과는 영 다른 시 한 편이 있었다. 일찍이 1960년대를 풍미한 신춘문예풍 작품이 턱 버티고 있었던 것이다. 지금의 내 기억으로는, 시적 화자가 유배당한 최영 장군으로 호흡이 길고 유장한, 그러면서도 힘찬 톤의 시였다. 작품을 읽고 난 뒤 나는 말없이 정호 시인을 건너다보았다. 정호 시인은 다소 쑥스러운 기색으로,

"대학 때 신춘에 응모했던 작품입니다."

라고 설명을 했다.

작품 수준으로 봐도 그 무렵 당선작들에 견주어 크게 손색이 가는 게 아니었다. 그 작품이 나로 하여금 문청 시절의 정호 시인을 가늠케 했다. 정호 시인은 성경 속 돌아온 탕자처럼 결국 문학의 품 안으로 그렇게 돌아온 것이었다. 여느 사람들처럼 그도 생활을 위해 문학을 잠시 떠나 있었던 셈이다.

이번 시집에서 저간의 이러저러한 사정을 시인은 다음과 같이 스스로 적어 놓고 있지 않은가.

이사할 때마다 오래된 가구들을 내버렸지만
세간은 더욱 늘어난다
혼자 자취하던 달동네 단칸방에서
같이 밥 먹게 된 여자와 안양 13평 전세로
아들 하나 생겨 부곡 16평, 처음 마련하는 내 집으로
거기서 딸애도 세상 구경 나왔다
그 코흘리개들 데리고 시흥동 21평 빌라로

이제 방 셋 달린 27평 아파트로 이사를 한다

집을 늘여 나갈 때마다 융자 내고
아내는 눈치꾸러기 되어 친정을 다녀오고
그 빚들 갚느라 한 시절 젊음은
어느덧 쪼그라든 풍선이다
그래도 탈 없이 크는 꼬마들 재롱을 굴려 가며
가끔은 내 여자 가슴에 상처도 입혔다

―「게고둥」 부분

　인용한 작품은 우리 시대 여느 평균인들의 평균적인 삶을 여실하게 보여 준다. 왜 아니겠는가. 각박한 생활을 너나없이 겪어 내며, 시적 화자가 말하는 그대로, 사람들은 삶을 영위해 왔다. 그랬다. 지난 세기의 후반 이십 몇 년이란 사람들에게 그런 생활이었고 일상이었다. 그런 와중에 사연 한 자리씩 깔고 살지 않은 사람이 우리 가운데 과연 몇이겠는가. 화자의 말 그대로 게고둥의 시절을 우리 모두는 살아온 것이다. 하지만 정호 시인에게 그 시절은 '새집 찾아가는 집게'와 같은 일상을 산 것만은 아니었을 터이다. 이번 시집의 한 축을 이루는 탐석과 그에 따른 다양한 여행이 그동안 있었기 때문이다. 영월이나 경북의 오지 법전, 또는 널리 알려진 철새 도래지 천수만 등등에 이르기까지 그의 여행 궤적은 다양하다. 말 그대로 방방곡곡, 경승지를 비롯해 이름 없는 벽촌 돌밭들에 이르기까지 그의 여행은 긴 시간 폭넓게 이뤄졌던 것이다.
　그런가 하면 돌아온 탕자처럼 뒤늦어 시 동네에 전입한 탓인가. 그의 시 한 축은 메타시라고 할 자기 시에 관한 작품들로 집적되어 있다. 일반적으로 메타시란 시인의 시론시이다. 그 시론시들은, 당연한 결과지만, 시인들의 시나 문학에 대한 자의식을 강하게 표백한다. 이를테면 시 창작의 고통을 비롯한 자신의 독자적 시관(詩觀) 등을 간결하게 제시하는 일이 그것이다. 정호 시인 역시 시에 대한 여러 생각들을 이들 메타시 속에 담아 놓고 있다. 시 독법을 어떻게 해야 하는가 하는 문제에서부터 시의 씨앗은 어떻게 틔웠는가 등등에 이르기까지의 시적 담론들이 그것이다.

작고한 홍기윤 시인을 통해 젊은 시절 방황했던 그 문학 동네로 다시 돌아온 정호 시인의 사람론은 이제 이쯤서 접어 두도록 하자. 주로 시 모임에서 만남 뒤 이야기들이긴 하지만. 누구보다 우리말의 결을 탁월하게 잘 살린, 『약쑥 개쑥』의 시인 박태일이 그의 고등학교 동창이란 사실도 알지만 그 시절 이야기는 아마도 박 시인을 만나야 풀릴 일일 터이다.


## 2.

잘 알려졌듯이 자본 사회 일상을 철학적 담론의 주제로 삼은 것은 앙리 르페브르일 터이다. 그에 의하면 일상성이란 숱한 자잘한 일들, 소비나 광고 또는 온갖 욕망 등이 되풀이 재생산되는 세계이다. 그렇게 반복 재생산되는 일상이란 그 반복성과 도식적·기계적 속성 탓에 무의미한 쇄말들로 채워지고 권태나 소외와 같은 고약한 정서들에 자주 시달린다. 그러나 이 같은 일상을 떠나 현대인은 존립하기 어렵다. 바로 그러한 일상이기에 지난 세기의 철학하는 이들에게 주요한 주제로까지 대두한 것이다.

이들 못지않게 우리 시인들 역시 일상성을 끊임없이 시적 탐구의 대상으로 삼아 왔다. 특히 지난 세기 거대 담론의 해체를 겪고 난 다음 우리 시는 다양한 형태로 일상성을 탐구해 왔다. 이를테면 나날의 우리 주변 일상의 번쇄한 사물들이나 팩트들을 시적 제재로 삼아 그 의미를 탐구하고 드러냈던 것이 그 예이다. 마치 현미경처럼 또는 클로즈업 사진 기법처럼 그 시 작품들은 일상의 쇄말한 대상들을 묘사하고 속뜻을 찾아내는 데 힘을 기울였던 것이다. 그리고 이 같은 시적 관습은 이제는 움직이기 어려운 우리 시의 주요한 대세가 되었다. 정호 시인의 일련의 작품들 역시 이러한 대세에서 멀리 벗어나 있지 않다. 솔기 터진 낡은 바지를 시적 대상으로 삼은 다음 작품을 읽어 보자.

> 계곡을 더듬으며 가시덤불에 긁히며
> 무릎 헤어지고 빛깔 바랜 만큼
> 나도 한참이나 낡았다.
> 물건도 주인 잘 만나야지 그래야 몸 성히 잘 지내지
> 안쓰럽게 솔기를 매만지는데
> 성치 못한 몸 굴리며 낡아 가는 것이 삶의 본질이라는 듯
> 도톨도톨 틀어진 솔기들
> 무수한 생각의 따옴표들로 일어선다
>
> —「올」 부분

시의 화자는 낡은 작업복을 버리면서 그 바지에서 비롯된 여러 가지 상상들을 작동시킨다. 우선은 바지와 함께 겪은 험난한 몇 가지 기억들을 떠올린다. 탐석을 위한 돌밭에서의 일, 선산 금초, 무논에서의 논일 등등의 기억들이 그것이다. 뿐만이겠는가. 그 바지에는 풀려나오는 올들처럼 그밖에도 갖가지 기억들이 쟁여 있다. 이들 기억은 화자에게 당연히 회상을 통해 재현되지만, 더 생각을 가다듬다 보면, "주인 잘 만나야" 바지든 우리네 몸이든 '편하다'는 깨달음에까지 이른다. 그리고 삶이란 것 역시 이 같다는 생각, 더 나아가 우리 삶이 완벽하게 '쓸모없어 졌을' 때 비로소 편안해진다는 생각에도 이른다.

화자의 이러한 깨달음은 대상에 대한 발견의 일종이며 새로운 인식이기도 하다. 투박하게 말하자면 이 새로운 인식 때문에 우리는 시를 깊이 있게 찬찬히 읽는지도 모른다. 이미 알고 있었다면 그 인식내용에서 우리는 자신을 거듭 발견할 것이고 아니면 말 그대로 새로운 인식이나 경

험을 통한 대리 만족에 이를 수 있을 터이다. 이는 달리 말하면, 우리가 대상의 새로운 모습이나 의미를 발견하고 그를 통해 시인과 정서나 생각을 공유한다고 할 것이다. 그래서 시 작품 속에서 독자는 자신을 거듭 발견하거나 확인할 수 있다. 그리고 이 경우 독자에게 주어지는 심리적 보상은 쾌감이고 만족일 터이다. 시를 통한 대리 만족은 그래서 얻어지는 당연한 결과이다.

시적 대상에 대한 새로운 인식이나 발견은 정호 시인의 상당수 작품에서 읽어 낼 수 있다. 예컨대, 새벽녘 골목을 누비는 청소차(「골목뻐꾸기」), 어머니 기일의 제삿밥(「파제」), 한여름 날의 매미 울음소리(「한밤중 경외 성서」), 역사에 버려진 명아주 지팡이(「홀로 지팡이」) 등등 헤아리자면 꽤 많은 수에 이른다. 다음 작품을 더 읽어 보자.

> 한겨울 아침 뻐꾸기 한 마리
> 쉴 새 없이 울어 대며 산 1번지 골목길 들어서고 있다
> 붉은머리오목눈이 알 바꿔치기하던
> 그 능청 다 어디로 갔는가
> 산천 쩌렁쩌렁 울려 대던
> 그 호기 다 어디로 갔는가
> 소음과 매연의 회색 도시
> 아이들 그림자 하나 얼비치지 않는
> 이 휘휘한 사막지대, 너
> 무슨 꿈꾸며 날고 있는가
>
> ─「골목뻐꾸기」 부분

읽는 이들에 따라서는 더러 '겨울 아침에 웬 뻐꾸기 소리?' 할 수도 있을 것이다. 이 작품의 겉문맥은 그만큼 특별한 시사(示唆) 없이 뻐꾸기에 대한 진술로 일관한다. 다만 남의 둥지를 빌려 새끼를 부화한다는 '능청'

과 큰 목소리의 '호기'를 잃었다는 진술이 여느 뻐꾸기와는 다르다는 점을 일러 준다. 뿐만인가. 그 뻐꾸기는 회색의 도시를 난다. 마치 사막을 날듯이 말이다. 작품의 후반부에 이르러서야 독자는 비로소 이 뻐꾸기가 청소차 신호 음악 소리의 그 뻐꾸기임을 알게 된다.

이 같은 뒤늦은 발견은 거듭 뻐꾸기 얘기를 우리로 하여금 되짚어 가게 만든다. 그 결과 본질을 잃은 의사(擬似) 뻐꾸기 울음이 함축한 도시 문명의 삭막함, 또는 그것으로 확대 상징되는 도시적 삶의 소외 양상을 떠올린다. 화자는 짐짓 "무슨 꿈꾸며 날고 있는가"라고 묻고 있지만 그 물음이란 벌써 대답이 전제된 물음이 아니다. 말 그대로 짐짓 그래 보는 하나마나한 질문인 것이다. 이미 겉문맥에서 회색의 도시 공간을 나는 가짜 뻐꾸기가 어떤 무엇이며 그 의미는 무엇인가를 우리 모두 읽을 수 있기 때문이다.

아무튼 본질이나 실재가 없는 모사품 같은 삶이나 자연은 이즘 우리 주변에 너무 많이 널려 있다. 이번 시집의 표제 작품이기도 한 다음 시를 읽어 보자.

> 집중호우에 병목 같았던 협곡
> 홍수 지나자
> 때 아닌 화원이다 물 들어찼던 산 중턱까지
> 만발한 꽃밭이다.
> 벌나비처럼 사람들 몰려들지만
> 그 꽃내 즐기는 벌나비는 없다
> (…중략…)
> 찢겨져 너풀대는 수많은 꽃잎 바라보며
> 물난리 다 지나간 나의 꽃철을 떠올렸다 아득히 짧았던
> 이제는 폐비닐꽃 너덜대는 내 잔가지에
> 더 이상 봄날은 없다
> ―「비닐꽃」 부분

화자는 한여름 큰물이 지난 계곡을 찾는다. 거기에는 큰물에 어지럽게 휩쓸렸던 폐비닐들이 나무들 가지에 걸려 있다. 그 정경은 화자에게 문득 꽃밭을 연상시킨다. 말하자면, 쓰레기의 일종인 폐비닐들을 심미적 대상으로 바꿔 보기 시작한 것이다. 이 작품은 여기서 시작된다. 곧, 골짜기의 온갖 나무에 걸린 비닐을 바라보며 서성대다 화자는 문득 자신의 처지를 떠올린다. 그 처지란 화자의 생각엔 폐비닐이 만발한 눈앞의 정경과 하등 다를 바 없는 것.

그래서 폐비닐꽃이나 피워 내고 있는 자신을, 자신의 꽃철을 아늑히 돌아보며 '더 이상 봄날이 없을 것'임을 깨닫는다. 일찍이 김지하가 무화과를 보며 자신에겐 한 번도 꽃 시절이 없었음을 탄식하듯 말이다. 이 작품을 산문으로 번역하자면 이와 같이 될 터인데, 여기서 우리는 시적 주체의 시선을 새삼 주목하게 된다. 곧, 시적 주체의 시선이 대상화된 자아든 사물이든 대부분 모두 안으로 내향(內向)을 하고 있다는 사실에 주목하는 것이다.

이러한 시적 주체의 내향적 시선은 이 작품에만 국한된 현상이 아니다. 아니 정호 시인에게 한정된 일만도 아니다. 그것은 이른바 거대 담론이 해체된 이후 미시 담론을 지향한 대부분 시의 공통된 특장(特長) 중 하나인 것이다. 이 시적 주체의 내향적 시선은 한때 신서정이란 말로, 또는 정신주의란 말로 불렸던 일련의 시적 경향에서 한결같이 발견되는 현상이다. 줄여서 말하자면, 이는 우리 시의 거대 담론이 미시 담론으로 바뀌면서 나타난 특징 가운데 하나인 것이다.

그런데 이 내향적 시선은 정호 시인의 경우, 앞에서 말한 일상의 시적 대상뿐만 아니라, 그의 여행길, 주로 탐석을 위한 떠돌이 길에서 만나는 사상(事象)들에도 그대로 견지된다. 일반적으로 여행은 일상의 쇄말을 벗어나기 위한 근대의 한 장치이다. 곧, 사람들이 일상의 시공간으로부터 격절된, 그리하여 남다른 세계를 겪고 자아를 확충할 장치로 기획하고 발명한 것이 여행인 것이다. 따라서 여행은 자아의 외연을 시공간상에 크게 넓혀 놓기 마련이다. 이 같은 여행이 정호 시인의 경우는 탐석의 형식으로 이뤄진다. 실제로 이번 시집의 상당수 작품들이 탐석을 위한 이러저러한 여행 체험에서 얻어진 것들이다. 이를테면 남한강, 주천, 동강의 소사, 모양성, 문경새재, 화개 장터…… 등등 다양한 시적 공간 배경들이 그것이다.

> ① 낚싯바늘처럼 꾸부정한 노인이 더듬거리며 일러 준다
>
> 이른 봄철 숭어 눈에 백태가 끼거든
>
> 그래서 눈 씻으러 예까지 올라온다네
>
> 그물망 들어 올리니 정말 숭어가 그득하다
>
> 누리끼리한 눈꺼풀데기가 퉁퉁 부어올라 있다
>
> (…중략…)
>
> 백태 낀 숭어 눈 들여다보니
>
> 내 삶도 한 치 앞 내다보이지 않는 물속이다
>
> ―「숭어」 부분

> ② 그 주근깨투성이를 가만히 집어 올리는데
>
> 오오 놀라워라, 종지 안쪽은
>
> 흠 하나 없이 말짱하다
>
> 거울 면처럼 반들반들하다
>
> 고뇌를 안으로 안으로 보듬으면
>
> 저리도 환한 속을 간직할 수 있을까
>
> ―「종지」 부분

인용한 ①은 화개 장터에서의 여행길에서, ②는 남한강 상류에서의 탐석 중에 만난 시적 대상들을 시화(詩化)하고 있다. 두 작품의 시적 화자들은 숭어와 종지를 매개로 모두 자신들을 되돌아본다. 곧 백태 낀 숭

어를 보며 '내 삶도 한 치 앞 내다보이지 않음'을 깨닫고 버려진 스테인리스 종지를 통하여 고뇌도 안으로 삭이고 나면 환한 내부를 지니게 됨을 발견하는 것이다. 이처럼 비록 시적 공간 배경은 서로 달라도 대상의 내부를 들여다보는 시적 주체의 내향적 시선은 어김없이 똑같은 것이다.

이상에서 읽어 온 대로, 정호 시인의 작품들은 시적 주체의 내향적 시선을 통한 자기 발견 내지 깨달음의 세계를 지향하고 있다. 시공간을 달리한 여행길에서나 일상의 생활 속에서나 그 같은 시선은 변함이 없는 것이다. 이 내향의 상상력은 그의 직장인 학교에서의 경험을 제시한 작품들 곧, 「밥값」이나 「자란에 꽃피다」 등에서도 그대로 확인된다. 이즘의 공부에서 멀어진 학생들을 대하며 "그래도 날마다 밥값이나 잘하라며/ 나는 스스로 얄궂은/ 공자가 된다"라는 진술이나, 방학 동안 텅 빈 도서관에서 저 혼자 개화한 난을 보며 새삼 생명의 황홀을 "연보라색 저리도 아찔한 암팡내/ 홀린 듯/ 내 눈앞이 캄캄하다"라고 얘기하고 있는 경우 등등이 그것이다.

## 3.

왜 하필 시인가. 이 원론적이고도 단순한 물음을 우리는 누구나 한 번쯤 자신에게 물었을 것이다. 그렇다. 대체 시가 무엇이길래 운명처럼 지고 이고 가는가. 시를 선택한 순간부터 우리가 이 같은 물음에 시달린 경우는 헤일 수 없이 많았을 것이다. 그것도 뒤늦어 시로 돌아온 정호 시인의 경우는 더 무겁고 크게 이 물음 앞에 섰을 것이다. 이제 실제로 그의 얘기를 들어 보자. 작품 「흔적」에 따르자면, 그의 얘기는 다음과 같다.

스님, 사람들이 열반송을 물으면 어떻게 할까요?
나는 그런 거 없다

정말 한평생 사시고도 남기실 말씀이 없습니까?

달리 할 말 없다 정 누가 물으면

그냥 그렇게 살다 갔다고 해라

그리고는 홀연 입적했다 문경 봉암사 염화실에서

그 절명의 순간 절골 만삭인 진달래들

망울 터뜨리는 소리조차 죽였다

수행이 깊으면 저리도 깨끗한가

다비 때에도 사중이 운집한 절 마당에

사리 한 과 남기지 않았다


부끄럽구나 내 이름자 위에

시 한 편 남기는 일,

일평생 부질없는 일.

　　　　　　　　　　　　　　　　—「흔적」 부분


　굳이 풀어서 설명할 필요가 없을 정도로 이 작품은 잘 읽힌다. 아니 이
번 시집 상당수 작품들이 그렇게 잘 읽힌다. 그 까닭은 조금 뒤에 다시
살펴보기로 하자. 인용한 작품의 화자는 서암 선사와 저 자신을 대비시
킨다. 아니 대비라기보다는 서암의 행적을 통해 자신을 반성한다. 조계
종 8대 종정이었던 서암 선사의 열반 때 일은 이미 널리 알려져 있다. 작
품 전반부에 진술된 그대로다. 그는 선승답게 죽음 앞에서 집착과 분별
을 끊었다. 그리고 예의 열반송이나 사리 등을 남긴 바 없었다. 그래 이
같은 깨끗한 행적이 선사의 흔적이라면 흔적일 터이다. 그러면 과연 나
는 어떠한가. 시 한 편을 일평생 흔적으로 남기기 위해 갖은 고심을 하
고 있지는 않았던가. 지나친 집착과 분별에 빠져 있었던 것은 아닌가.
　대체로 서암의 일화(逸話)를 접하며 화자는 이런 물음을 자신에게 되
묻는다. 이 작품의 시적 울림은 바로 이러한 자기반성에서 비롯한다. 그

렇게 서암과 자신의 대조를 통한 극적 효과를 보여 줌으로써 강한 울림을 주는 것이다. 원론적으로 말해 시는 과연 흔적을 남기는 일인가. 이 물음에 누구나 그렇다고 쉽게 동의하리라.

시 역시 일반적으로 기록의 역할을 떠나 달리 말할 수 없을 터이기 때문이다. 곧, 기록이 갖는 기억의 보존이란 점에서 시도 예외일 수는 없는 것이다. 이 기억의 보존을 통해 시인은 자신의 유한성을 극복한다. 곧 개체의 소멸 뒤에도 그의 일체 사유는 기록의 형태 속에 정신적 몸으로 남는 것. 나는 일찍이 이 같은 정신적 몸을 '시몸(詩身)'이라고 불렀다. 그 시몸은 마치 불교의 법신처럼 무한의 시공간을 살아 내는 것이다. 그러나 이러한 원론적인 얘기들이란 화자의 독백처럼 서암의 무흔적, 무집착 앞에 무슨 의미가 있을 것인가.

이미 앞에서 말한 대로 이번 시집에는 몇 편의 메타시들이 정호 시인의 시관을 보여 주고 있다. 다음의 작품을 읽어 보자.

식물의 유전자가 씨앗이라면
알레고리와 메타포를 DNA로 갖고 있는
시의 유전자는 씨앗이다.
돌부처도 돌아앉는다는 게 씨앗싸움이라지만
뭐 그런 거 아니어도 아내는
시라면 무슨 얼어 죽을 시냐고
생업도 아닌 무슨 잘나 빠진 종년이냐고
주말에 가족나들이 팽개치고 인사동으로
시란 잡년 만나러 가느냐고 비아냥이다

                              ―「시앗은 시의 씨앗이다」 부분

지난날 고 홍기윤 시인의 인권(引勸)으로 정호 시인은 우리 시 모임에 나오기 시작했다. 이 시는 그 시절의 고충이 어떤 무엇이었나를 잘 보여 준다. 곧 시가 생업이나 가정생활에 장애가 된다는, 그래서 현실에서 시 작업이 얼마나 힘든 일이었던가를 진술하고 있는 것이다. 어디 시뿐이 겠는가. 문학이, 특히 시가 실생활에서 얼마나 무용한가는 더 말할 나 위 없는 얘기들 아니겠는가. 여기서 화자의 주된 진술은 이런 얘기지만 그에 곁들여 시에 대한 생각도 명시적으로 잘 보여 주고 있다. '시는 그 DNA로 알레고리와 메타포를 갖고 있다'라는 화자의 진술이 그것이다.

이 진술은 시에 관한 한 교과서적인 것이다. 고대로부터 시적 조사(措辭) 내지 장치들이 기획 발명된 이래 이 두 가지, 곧 알레고리나 메타포 는 변함없는 시의 대표적 내장 품목들이었다. 시의 서정적 자아가 투사 나 동일시를 축으로 삼는 한, 비유란 언제나 필요충분조건처럼 동원됐 던 것이다. 그리고 이 같은 원리에 충실하면 할수록 그 시는 교과서적인 전범이 될 수밖에 없지 않은가.

아무튼 이러한 시관은 은유와 근본비교 같은 비유들을 주요 시적 장치 로 작품 속에 자리 잡게 만든다. 우리가 이번 시집의 시들을 산문적 번 역 없이 잘 읽을 수 있는 것도 따져 보면 이 같은 정호 시인의 시관에서 비롯한 것임을 알 수 있다. 곧, 그의 시들 상당수가 비유적 수사법의 자 장(磁場) 안에 놓여 있어 독법이 용이한 것이다. 말 그대로 비유들이 시 의 DNA로 작품 대부분에 자리 잡고 있는 것이다. 그런가 하면 다음의 작품은 또 어떤가.

아, 그렇게 시침

뚝, 떼며 아예 모른다고 시침

뚝, 떼며 어느 날 문득 내게 다가온 이후로

내 맘 송두리째 뒤흔들고도 시침

뚝, 떼며 깊은 밤 책상머리에 앉아

그대만을 생각하는 내 심중을 훤히 읽고서도 시침

뚝, 떼며 종내는 내 속 온통 새까맣게 태워 놓고도 시침

뚝, 떼며 진심 어린 글줄 하나 내밀지 않고 시침

뚝, 떼며 다가설수록 한 발짝 물러서는

그대 오늘도 별안간 내 속에

울컥,


치미는 詩여!

—「시치미」 부분


   이 시의 화자는 시 쓰기가 얼마나 어려운 것인지를 토로한다. 깊은 밤 책상머리에 앉아 화자가 아무리 속을 태우며 씨름해도 시는 쉽게 다가오지 않는다. 고대에는 시를 쓰기 위해 시신(뮤즈)과 접신을 시도하기도 했고 술 취한 듯 마취나 황홀경 속에 영감을 떠올리려 하기도 했었다. 그러나 시가 내면의 표출이란 낭만주의적 사고에 이르면 사정은 또 달라진다. 주로 내면의 소리에 귀 기울이며 그것을 표현하기에 주력하게 된 것이다. 시가 다양한 지적 조작에 의해 만들어진다는 논의는 20세기 초 주지주의 시관 덕분일 것이다. 이 같은 다양한 생각 가운데 어느 것이 더 적실한 것인가는 시인이나 시관에 따라 다르게 가늠될 터이다. 대략 우리가 어느 생각에 공감하든 시가 창작인 한 실제 시 쓰기는 결코 녹녹치 않을 마련이다. 인용한 시의 화자 역시 그 녹녹치 않은 시 쓰기 앞에 고통스러워한다. 특히 시가 '시치미를 뚝 뗀 듯' 쉽게 씌어지지 않는 정황을 행 걸림 형식을 통해 제시한다. 곧 시인은 "시침/ 뚝, 떼며"를 행 걸림 형식으로 형태화하고 또 그 반복을 통해 시적 진술을 점층화하는 독특한 어법을 사용하는 것이다. 더 나아가 이 같은 형태와 어법이 바로 이 작품의 시적 긴장을 마련해 준다고 할 것이다.

   단순히 시 쓰기의 어려움만을 밋밋하게 진술했다면 이 작품은 읽는 이에게 크게 다가오지 않았을 것이다. 비록 똑같은 얘기라도 어떻게 얘기하느냐에 따라 이처럼 시적 긴장이나 효과는 얼마든지 달라진다. 이는 역설적으로 시를 만드는 일이 얼마나 어려운가. 왜 언제나 백지 상태에서 새롭게 모든 것을 시작하지 않으면 안 되는가 등등을 보여 준다고 하겠다.

　이상에서 보듯 여러 편의 메타시들이 이 시집의 한 축을 이룬 것은 뒤늦은 시업에 대한 시인 나름의 각별한 자의식 탓은 아닐까 싶다. 말이 난 끝에 이쯤에서 마무리 삼아 더 말을 되풀이해 봐야겠다. 긴 시간을 빙 둘러서 다시 시 동네에 돌아온 정호 시인의 시 쓰기는 누구보다 쉽지 않을 것이다. 그러나 그 쉽지 않은 작업이 보다 성취도 높은 작품을 만드는 동력임도 지적해야 할 터이다. 모쪼록 이번 첫 시집의 상자와 함께 이 시인의 시업이 더욱 충일하고 활발해지기를 기원해 본다.

## 꽃의 상상력과 날체험의 결

─천성우 시집 『까막딱따구리 공방에 들다』

1.

천성우 시인의 꽃들은 대체로 수상하다. 그것은 그의 꽃들이 심미적
대상이거나 단순한 생물학적 앎의 대상들이 아니기 때문이다. 그의 꽃들
은 사연 많고 속내 깊은 사람들의 삶의 이력을 음각하듯 속에 감추고 핀
것들이다. 이를테면 다음 작품에 나오는 꽃 역시 그렇다.

아홉 새 베 사흘에 한 필씩

새까맣게 때 절은 어머니 발바닥

서른여섯 해 며느리밥풀꽃

마지막 두 송이 눈물주머니처럼 매달려 꽃 속의

젖을 빠는

나는 아홉 살 배추흰나비

산으로 들로 강으로 쏘다니다

야심한 시각 몰래 숨어들어 보리찬밥 한 뎅이

물 말아 먹고 잠이 드니

아, 이제야 혀 속의 하얀 밥풀집

말이

詩가 되어 새살이 차오르는 혀 속의 집

　　　　　　　　　　　　　　　　　—「눈물주머니」부분

이 작품의 화자는 어느 집안의 며느리이자 어머니이기도 한 여인의 삶을 간결하게 이야기한다. 그 삶은 지난날 여느 여인들의 경우 그대로 가난과 혹심한 가사 노동으로 얼룩진 신산한 것. 곧, 굵은 베이긴 하지만 아홉 새 베를 사흘에 한 필씩 짜거나 보리밥으로 끼니를 여의여야 하는 궁색한 살림 등이 그것이다. 화자는 그래서 어머니는 눈물주머니를 달고 있다고 그 형상을 상상한다. 뿐만 아니라, 그 눈물주머니 속에서 젖을 빨고 큰 자신의 성장 과정을 되돌아본다. 그런가 하면 화관(花冠) 하순의 흰 밥알 같은 2개의 백색 무늬를 혀 속의 밥풀집으로 상상한다. 그것도 밥상머리에서 듣던 아버지의 꾸중에 목에 걸렸던 밥풀로 연상하는 것이다. 지금은 말이 되어 시(詩)로 차오르지만.

물론 화자에게 이 같은 마음의 움직임을 촉발한 것은 작품의 파라텍스트(para-text)이기도 한 며느리밥풀꽃이다. 또 굳이 따지자면 꽃 이름의 '며느리밥풀'이 그 동음이의 때문에 어머니이자 며느리인 화자의 어머니를 연상하게 만든 것이다.

그러면 이 같은 상상을 가능케 한 실제 며느리밥풀꽃은 어떤 꽃인가. 김태정의 『한국의 야생화』에 의하자면 그 꽃은 "반기생 1년생 초본으로 높이 60cm 내외. 산야지 초원에서 자란다. 가지는 길게 뻗고 햇볕을 많이 받는 곳에서는 적자색이 돈다. (…중략…) 시어머니 학대에 못 이겨 입에 밥알을 물고 죽어 간 며느리의 무덤에 나서 며느리밥풀꽃이란 이름이 붙었다"는 그런 꽃이다.

주지하는 바 그대로 꽃 시(詩)는 김춘수의 것이 널리 알려져 있다. 그러나 그 작품의 꽃은 하이데거류의 실존철학을 그대로 복사한 서구적인 꽃이다. 화자의 호명에 의하여 비로소 본질을 회복한다는 그 꽃은 그만큼 낯설고 관념적인 꽃이라고 할 것이다. 반면에 천성우의 꽃은 앞에서 보듯이 토속적이면서도 삶의 애환이 깊숙하게 판각되듯 새겨진 것들이다. 그것은,

> 발붙일 땅 한 평 없는
> 끝없는 붉은 벽돌 담장
> 메지에 밥을 붙이고 생을
> 탕진하는 제비꽃
>
> —「밥풀데기」 부분

과 같은, 가난과 허기로 연상되는 밥풀 닮은 꽃이거나

> 개짐도 없이 내 등에서 뭉클
> 떨어진 초경의 흔적
> 열다섯 살 우리
> 빨갛게 달아오른 귓불처럼 피는 꽃
>
> —「분순이」 부분

처럼, 삶의 원초적 비의를 형태 내부에 가득 함축한 꽃들인 것이다.

시집 1부의 '꽃 시'들은 모두 이처럼 사연이나 함축이 강한 꽃들을 글감으로 삼은 작품들이다. 그것도 토속의 공간에서 재래의 가난과 가사 노동, 또는 허기와 생의 원초적 신비를 열어 가는 꽃들인 것이다. 따라서 그 꽃 시들에는 지금 현실에서는 쓰이지 않는 토속 생활말들이 바느질 자리의 실밥처럼 박혀 있다. 예를 들자면, "모렝이" "메지" "곽때기"…… 등등의 대개는 사투리로 보이는 기층의 생활말들이 바로 그것이다.

이들 말은 읽는 이들에게 그만큼 토속 공간의 정서를 물큰 환기시켜

준다. 사실 천성우의 시는 이 같은 토속말을 곱씹어 읽는 데에도 그 읽는 맛의 일단이 들어 있다고 해야 할 터이다. 뿐만 아니라, 시집 1부의 저 야생화들을 나는 이번에 식물도감을 일일이 찾아 확인해 가면서 읽어야 했다. 그만큼 시적 대상으로 등장한 꽃들은 우리 산과 들에 분포하는 꽃들이면서도 흔하게 얼굴을 볼 수 없는 꽃들이었기 때문이다.

## 2.

이번 시집에는 꽃을 제재로 삼은 작품뿐만 아니라 나무와 새를 글감으로 한 작품들 또한 만만치 않다. 2부의 시들은 나무를 제재로 삼아 쓴 것들이다. 그것도 자화상이란 부제가 붙은 「단풍나무는 왜 일곱 손가락인가」를 빼면 모두가 특정 화가의 나무 그림들을 작품화하고 있다. 일종의 교양 체험을 축으로 한 작품들인 것이다. 그런가 하면, 3부는 새에 관한 작품들만을 묶고 있다. 4부 역시 시인의 고향에 있는 강의 사계절을 그린 「용강」을 빼면 「집 없는 달팽이」 연작시들로 달팽이라는 단일 제재를 다루고 있다.

이처럼 시집 『까막딱따구리 공방에 들다』는 몇 개의 특정 글감들을 집중적으로 천착한 작품들로 구성되어 있다. 이미 앞에서 읽은 꽃 시를 비롯하여 나무, 새, 달팽이 등을 중심 글감으로 삼고 있는 것이다. 또 시적 전략도 일반적으로 글감을 묘사하거나 그 의미와 속성들을 발견 진술하는 것이 아닌, 여느 사람들의 삶의 이런저런 사연들을 풀어내는 방식을 취하고 있다.

아이가 수없이 날려 보낸 단풍나무 날개가 아이의 상상 속을 날아다니고 있을 때 말라죽은 북쪽 가지 끝에서 푸른 새의 모가지 돋아나 단풍나무는 칠손이가 되었다. 아이는 골방에 숨어서 밤마다 환을 치며 놀았다. 어느 날 솥때쟁이 주걱 속 벌겋게 닮은 쇳물처럼 아이의 손은 적과 흑 두 손가락이 생겨나 하늘과 땅을 단숨에 그려 나갔다. 그 적묵의 경계에는 하얀 줄이 그어졌다.

일곱 손가락이 만들어 낸 꿈꾸는 비상의 필선이었다.

—「단풍나무는 왜 일곱 손가락인가」 부분

인용한 작품은 단풍나무와 아이의 이야기를 겹쳐 놓는 형식을 취하고 있다. 비유하자면 단풍나무의 영상 위에 '아이'의 영상을 덧씌운 형국인 것이다. 우리가 읽기에 따라서 이 작품은 단풍나무의 이야기로도, 아이의 이야기로도 읽힌다. 여기서는 부제인 "자화상"을 따라서 아이의 이야기로 읽어 보자.

① 아이는 단풍나무 날개를 날려 보낸다.

② 단풍나무가 칠손이가 되듯 아이도 적과 흑 두 손가락이 더 생겨나 칠손이가 된다.

인용한 대목의 주요 화소(話素)를 들자면 ①과 ② 두 가지이다. 이 두 가지 화소는 유추 관계로 읽을 수도 있을 것이다. 그러나 그보다는 단풍나무와 아이가 어떤 유사성을 지니고 있는가, 그리고 그 유사성을 발견하는(또는 상상하는) 화자의 마음의 움직임은 어떤 것인가가 이 작품을 읽는 중요한 열쇠일 터이다. 화자에 따르자면 단풍나무와 아이는 그 태생부터가 서로 뒤엉키며 유사성을 보이는데 그것은,

아이가 하해와 같은 어머니 자궁 속 탯줄을 달고 이 세상에 왔던 것처럼 단풍나무는 먼 산 우물 속 물줄기 속으로 꽃대를 움켜쥐고 주먹손을 푹 내밀었다

와 같은 대목에서 확인되는 것. 결국 아이와 단풍나무는 그 성장 과정을 유사한 내용으로 간직하며 단풍나무 곧 아이라는 상상에 이른다. 부제인 "자화상"이 암시하듯 아이는 단풍나무를 매개로 자신의 성장 과정이나 여러 곡절들을 새삼 깨닫고 발견하는 것이다.

말이 다소 엇나오지만, 그림이나 음악 같은 예술 작품을 글감으로 삼는 경우는 그동안의 우리 시에도 많은 본보기가 있었다. 곧 음악만을, 그것도 고전음악에 심취했던 김종삼이 많은 음악시를 남긴 예가 그것이다. 시와 음악은 시간을 축으로 한 시간예술이란 공통점이 있지만 음악을 그것도 음악 체험을 시로 다시 형상화한다는 것은 무엇인가. 그것은 음악과 시를 시각 이미지들을 매개로 하여 결합하는 일이다. 김종삼의 시들이 고도의 압축과 생략을 취하면서 동시에 묘사시로 나아간 점이 그것이다.

반면, 이번에 읽은 천성우의 일련의 그림시들은 공간예술을 시간예술로 번역하는 작업이라고 할 것이다. 그러면 공간을 해체해서 시간의 형태로 바꾼다는 일은 무엇인가. 이는 공간에 제시된 내용을 시간의 순차로 다시 배열하는 것을 뜻한다. 곧 공간의 일정한 줄거리화 내지 서사화라고 할 것이다. 실제로 천성우의 그림을 제재로 한 작품들은 이미 앞의 작품에서 살펴보았듯 그림이 함축한 의미들이나 이미지들을 일정한 서술로 대체하고 있다. 이를테면

① 붉나무는 손가락 마디마디 못이 박힌 그를
　　내려놓고 황토빛 꼭꼭 다독거려 묻었다.
　　그가 무덤 속에서 자라던 여름
　　형형한 눈빛만 남은 土山에는 하늘을 보고 또 보고
　　별처럼 꽃을 피우는 나무가 있었다
　　　　　　　　—「누리장나무에서는 눈물의 냄새가 난다」 부분

와 같은, 마치 누리장나무의 전설을 진술하듯 하는 경우나

　　② 맨하튼 퍼크 빌딩으로 그를
　　　찾아가는 길
　　　무참히 살해된 언덕
　　　해골의 언덕에 우수수 무너지는 바람 소리
　　　펄럭이는 외광목 치맛자락 넋을 타고 내리는
　　　허튼 말명
　　　어머니 보고 싶어, 배가 고파요
　　　쓰러져서 불탄
　　　밑둥이 허물어진 몸을 땅에 누이고
　　　칠흑 같은 어둠을 짐승의 울음소리로 운다
　　　　　　　　　　　　　　　　　　　　—「육탈」 부분

와 같은, 육탈된 나무가 굿거리하는 형식의 진술 등등이 모두 그것이다. 이들 가운데 ①은 류인의 조소 작품을 시화한 것이며 ②는 차학경의 작품을 다시 형상화한 것이다. 그러나 ①이나 ② 모두 일정한 줄거리들을 함축한 점에서는 같다. ①은 옻나무과의 붉나무가 어떻게 꽃을 피우는 가의 연유를 간결하게 서술하고 있고 ②는 해골이 된, 곧 고사목인 물 박달나무의 정황을 제시한다. 이는 앞에서 이미 설명한 그대로 공간적인 대상을 서사화한 예라고 할 것이다. 말하자면, 대상의 정황이나 내장된 사연, 특정 형태 등을 시간적 순차로 해체·재배열하고 있는 것이다.

　그런데 이들 나무를 제재로 한 시들은 산문의 형식을 취한 경우도 있는데 이는 작품의 담론 양식을 주로 진술을 축으로 삼는 일과도 무관치 않을 것이다. 시에서 담론 양식을 진술 위주로 한다는 것은 바꿔 말하자면 화자가 그만큼 하고 싶은 말이 많다는 뜻이다. 따라서 그 다량의 내용이나 말수를 위해서는 압축·생략의 서술 원리보다는 부연·상술의 산문

적 서술 원리가 더 적합한 것이다. 이 같은 산문화 현상은 '새'를 글감으로 한 작품들의 경우에서도 그대로 확인된다.

> 그가 딛고 가는 허공에는 장날표 옷자락 울긋불긋 펄럭펄럭, 참깨들깨 노는 곳에 지장 좁쌀 못 노느냐고 됫박 두드리는 소리, 희끗희끗 눈발 날리는 풍각쟁이 굵은 현을 켜는 소리, 사는 사람도 파는 사람도 별로 없이 뒷짐 지고 여기저기 기웃거리는 늙은이들 가릉거리는 숨소리.
>
> —「꿩」 부분

글감을 '새'로 잡은 작품들 가운데 가장 흥취 있게 읽히는 이 작품은 인용된 대목에서 보듯 한 편의 산문시이다. 특히 이 작품은 겨울 모란시장에서 본 '꽁지 빠진 장끼'의 모습과 장터 분위기를 잘 제시하고 있다. 모란시장의 겨울 장날의 훤소(喧騷), 그것도 갖가지 흥성스런 소리들을 열거·병치하면서 마치 판소리 엮음처럼 전통적 율격을 그대로 되살리고 있는 것이다.

이 같은 흥취 있는 전통적 율격 구사는 다른 새의 작품 「상극」에서도 그대로 드러나고 있다. 이 작품에서 화자는 물난리 속의 닭과 지네가 왜 상극인가를 보여 준다. 곧, "콕콕 와삭와삭 극이 극을 먹고/ 또 극을 먹으니 닭과 지네는 상극이다"라는 작품 결말이 그것이다. 그러나 실은 이 같은 결말보다는,

> 어젯밤 장대비 범람하는 물소리 달기 새끼들 까치발 꼬느서서 물바닥 낚싯밥 드리우고 밤하늘 찌 들여다보듯 또 어떤 높은 밑구녕 빠진 얼게미 둥둥 흘러가는 물속 들여다보듯, 반가부좌 틀고 평사에 앉아 추월산 추씨 먼 거리 넓은 배경 잡는 사진쟁이처럼 달기 새끼 따라 이글이글 타오르는 눈
>
> —「상극」 부분

과 같은 대목에서 보이는 해학에 가까운 진술이 훨씬 흥취 있게 읽히는 것이다. 그 흥취는 주로 '-듯', '-처럼' 등의 비유 형식을 빈 시적 조사에서 온다. 이 경우 보조관념에 해당하는 것들은 현실의 생동감 있는 세부 (detail)들로 독자들의 시적 울림을 크게 만들고 있다. 그것도 이 시인의 오랜 현실 생활 경험을 짐작하게 하는 내용들이 아닌가.

## 3.

이번 시집의 4부를 구성하고 있는 연작시 「집 없는 달팽이」는 인삼 경작의 날체험(生體驗)을 깔고 있다. 이는 천성우 시인이 금산에서 나고 성장한 탓도 있지만 그보다는 한참 당년 그가 실제로 인삼 농사에 참여한 경험이다. 그래서 이 연작시의 행간에서 우리는 천성우 시인의 지난 삶의 곡절 많은 숨은 사연까지도 찾아 읽게 된다. 일찍이 이 연작시에 대해서는 나는 별도로 작품 읽기를 시도한 적이 있다. 지금도 그때의 작품론에 더 덧붙일 설명이 없는 터여서 그것을 한 번 더 읽도록 하겠다.

얼마 전 농민문학과 관련한 한 모임에서 나는 농경 사회의 미덕에 관해서 대략 다음과 같은 말을 한 적이 있다. 농사를 짓는 일 혹은 그것을 주요한 물적 토대로 삼는 사회는 지상에서 가장 평화로운 사람들 사이의 공동체적 삶을 영위하고 그에 따른 여러 가지 윤리적 덕목과 가치를 만든다. 특히 씨를 뿌려 작물을 키우는 일련의 작업을 통하여 다듬어지고 만들어진 감수성 내지 세계관은 그동안 어디에서나 질 좋은 시나 문학의 원천이 되어 오고 있다. 지난날의 우리 자연서정시들이 보여 온 시적 장치나 세계 인식이 바로 그 좋은 한 본보기들이다라고.

이와 같은 요지의 설명과 함께 아무리 우리가 후기 자본 사회의 삶을 구가한다고 하여도, 또 모든 세상일을 효율과 속도로만 가늠하려는 경제 논리가 판친다고 하여도 '농심'은 변함없이 소중한 것이라고 덧붙였다. 우리의 농심 가운데는 실제로 '작물은 농사꾼과 소리 없는 대화를 나눈다'라는 류의 식물들과의 말없는 감응을 이끌어 내고 또 그 식물들이 삶의 슬기나 자연의 뭇 법칙들을 은밀히 비유하고 있음을 오래 덧쌓은 경험을 통하여 알고들 있다.

이번 천성우 시인의 연작시「집 없는 달팽이」들을 꼼꼼히 읽으며 우리는 앞에서 말한 농심이 과연 어떤 것인가를 새삼 되돌아보게 된다. 1번에서 7번까지 일련번호가 붙어 있는 이들 작품은, 꼭 그런 것은 아니지만, 삼씨를 묻는 데에서 4년근(根), 5년근(根)짜리 인삼들에 황이 끼기까지의 인삼 농사 과정을 번호를 달리하며 보여 주고 있다. 먼저 작품을 읽어 보자.

> 창천에 체를 걸고 묻은 씨 파내
> 물을 뜬 긇은 날들
> 절래절래 쳐 열망을 내린다
> 쳇불에 소복이 쌓이는 고통의 알갱이
> 인종의 때가 올라 폐장처럼 검푸르다
> 죽정이같이 어떤 날들
> 눈 못 뜨고
> 까시래기처럼 늘피하게
> 몸을 뒤집고 세월이 아프다
> 묵은 둥치 불붙여 방바닥 은근히 데워
> 체 저어 널어 거풍을 한다
> 그러나 까막눈들 함묵한 채 기척이 없다
> 생동생동 눈뜬 놈들만 골라
> 언 손 구부려 생토 위에 놓는다　　　　　—「집 없는 달팽이 2」부분

인용한 이 작품은 묻었던 종자들을 파낸 뒤 다시 아귀가 튼 놈들만을 골라내는 인삼 종자의 초기 작업 과정을 오목조목 그리고 있다. 그 과정은 간결한 묘사를 축으로 속도감 있게 제시된다. 특히 이 연작시는 다른 작품들이 부분부분 보이고 있는 산문시형들, 예컨대는

> 謫居 깊숙이 갈수의 날은 계속되고 그리움에 북받쳤는지 잔등에서 차르르 차르르 모래 울음소리가 들린다 먼 산 나뭇잎들 무색 옷으로 갈아입고 길길이 뛰며 앞산으로 건너올 때 물을 끓는다.
>
> —「집 없는 달팽이 1」 부분

와 같은 대목과는 꽤는 다르게 행갈이를 계속하고 있는 것이다. 이 경우의 행갈이는 두말할 필요 없이 읽는 이에게 빠른 속도감을 감지하도록 하는 세심한 형태적 의장(意匠)인 것이다. 곧 시행의 길이에 의하여 리듬을 생산하는 형식을 취하고 있는 것이다.

일반적인 3음보, 4음보 형식의 음보 율격보다는 이러한 시행 길이에 의한 리듬 생산은 호흡률에 가깝다고 할 것이다. 이밖에도 천성우 시의 형태적 의장은 이 연작들 가운데서도 산문시형과 행갈이 시형을 교차로 배열하는 형식을 취하도록 만들고 있다. 「집 없는 달팽이」 1, 3, 6번의 작품들이 곧 그것이다. 이들 작품에서 행갈이 시형들은, 주로 세부 사항들을 통하여 시적 정황을 구축하고 있는 산문시형의 내용들을 이어받아 그것을 발전·압축시키는 역할을 하고 있다.

이를테면, 앞에 인용한 「집 없는 달팽이 1」 작품의 경우 산문시형 다음에 "물을 끓는 것은 눈을 뜨는 일/ 뼈의 계절은 어둡고 길다"와 같은 행갈이 시형이 놓이면서 앞 연의 내용을 압축 마무리하고 있는 것이 그 본보기이다. 굳이 이 같은 형태적 의장을 우리가 길게 살펴보는 것은 천성우 시들이 보이고 있는 견고한 짜임새를 강조하기 위해서 일 터이다.

그러면 이와 같은 견고한 짜임새를 통하여 구조화되고 있는 이 시인

의 세계 인식은 어떤 것인가. 「집 없는 달팽이」 연작시에 나타난 인식 내용은 농사일이나 작업 과정에 감춰져 있는 삶의 슬기를 발견하는 일이라고 할 수 있을 것이다. 말하자면 자연 가운데의 이법을 다름 아닌 삶이나 세계의 법칙으로 깨닫고 이해하는 일이다. 예컨대, 인삼밭의 해가림 집을 지으며,

> 힘의 중심이 허리에 있어 쓰러지면 모두 주저앉고 그중에 하나라도 일어
> 서지 않으면 세울 수 없는 집

> 임을 깨닫고

> 주인 발자국 소리에 큰다는 蔘

의 생리, 곧 돌보는 사람의 손길과 정성 여하에 따라 크거나 죽는 인삼의 속성을 사람과 식물 간의 교감 내지 감응으로 인식하는 일 등이 그것이다. 그리고 이 같은 인식 태도는 자연(인삼)을 타자화하는 근대 이래의 도구적 이성의 태도가 아닌 자연과 내가 서로 수평적 피차 관계를 유지하고 있다는 태도인 것이다. 굳이 우리가 앞에서 한 말을 적용하자면 농경 사회의 사람들이 오랫동안 보여 준 자연을 인식하는 태도인 것이다. 아마도 이는 사람과 자연이 조화로운 관계를 유지하는, 생태적인 유행어로 하자면, 친환경적인 모습이라고도 할 것이다.

한편, 이상과 같은 자연과 인간 사이의 감응 관계를 깨닫는 일과는 또 다르게 천성우 시에는 고통이나 비극을 바라보는 나름대로의 독특한 태도가 있다. 그것은 일반적인 농심에 그대로 잇닿는 사실이기도 한데 한 작물의 파종에서 결실까지 이르는 과정에는 숱한 고통과 어려움이 따른다는 인식이다. 더 나아가 이러한 인식은 삶이나 현실 세계가 아무리 험난하고 고통에 가득 찬 것이라고 해도 머지않아 일정한 성취나 결실에 이

룰 수 있다는 깨달음에 이르도록 만든다. 일종의 낙관론이라고도 할 수 있는 이 같은 깨달음은 사물과 세계를 근본적으로 믿고 긍정하도록 만든다. 아버지가 경작하던 그러나 지금은 무잡할 대로 무잡해진 땅을 곡괭이로 일구며 화자는,

> 쇳소리에 받쳐 탕탕 튀어 오르는 말소리
> 혹 네가 돌아올지 몰라 몇 마디
> 적어 놓는다 닭똥은 열이 많아서
> 아무리 썩힌다 해도 당년에는 쓸 수 없는 것이니
> 썩히고 또 썩혀 깊숙이 손을 넣어도
> 잿더미처럼 열기 없을 때 쓰는 것이다
>
> —「집 없는 달팽이 7」 부분

라고, 탕탕 튀는 곡괭이 소리를 아버지의 타이르는 목소리로 바꿔 듣는 것이 그것이다. 이 같은 아버지의 타이름은 비관적이라기보다는, 무슨 일이든 오래 기다릴 때는 기다려야 한다는, 이 세계에 대한 그 나름의 은근한 긍정을 함축하고 있다. 한번 삼을 심어 진기가 없어진 땅에는 아무리 거름을 잘하고 삼을 심어도 제글을 타게 마련이라는 계몽적인 진술 끝에 나온 이 대목은 그만큼 낙관적인 태도로 읽히고 있는 것이다.

이상에서 살펴본 그대로 이들 작품은 천성우 내면의 각성 과정이기도 하다. 오랜 삼 농사에서 그것도 실패와 좌절을 반복하며 삼의 생리를, 아니 그 가운데 감춰진 자연이나 삶의 이치를 터득한 것이기 때문이다. 이 같은 각성 과정은 또한 시인 천성우의 삶의 굴곡에 그대로 대응한다고도 할 것이다.

# '주소'와 '별'을 찾아 떠도는 길 위의 서정
—천외자 시집 『그리움을 놓아주다』

## 1.

　시인 천외자의 시적 상상력의 두 축은 학교와 고향이다. 이 두 공간은 말 그대로 그의 상상력의 거점이다. 그는 이 두 공간 사이를, 또는 그 중간 지대를 서성이고 둘러보면서 시를 만들어 낸다. 특히 중간 지대는 일상과 여행 등으로 채워진다. 예컨대, 남녘 통영에서 우포늪으로, 또는 강구와 고향 안동, 그리고 길안 등지로의 떠도는 일이 그것이다. 이 같은 떠돌음 탓인가. 그의 시에는 '길' 이미지들이 유난히 많다. 그런가 하면 집이나 주소 같은 이미지 역시 만만치 않게 등장한다. 수몰된 옛 시골집 주소를 마음속에서 새삼 확인해 찾기도 하고 이제는 죽어 잔디의 푸름으로 새 주소를 마련한 어머니를 아프게 회상하기도 한다. 그러다 보니 집과 주소, 그리고 떠돌음은 학교와 고향을 벗어났을 때의 시적 상상력의 또 다른 거점이 되기도 한다.

　그 고향과 학교란 시적 상상력의 두 거점을 이제 천천히 둘러보기로 하자. 우선 그의 수몰된 집이 있는 안동, 길안 등지를 가 보자.

매화나무 삼십 주를 주문했더니 집 주소를 대라고 한다

지상에는 없는 수몰 주소

청무밭이 있고 버들개지가 피던 고향 마을로 가려면 물속으로 들어가
야 한다

누가 불렀을까

산자락의 마른 칡넝쿨이 산을 오르지 않고 흙길을 가로질러 물속으로
들어간다

(…중략…)

내 동생은 삼십이 년째 물속에서 살고 있다

관악아 문 열어 줘!

겹겹이 껴입은 내 옷, 다 벗을 게, 살도 벗고 뼈도 벗고, 이름도 벗고
물이랑마다

흩뿌릴 비옥한 거름이 될 수 있다면

미치지 못한 말들이여

(…중략…)

흩뿌리던 빗발은 치악을 지나 남제천에서 돌아가고

나는 이제 물결을 뒤흔드는 매화나무 새순 눈발 그친 수면에 지도를 그
린다

칠십구 번지, 물속 마을에도 햇빛 찬란한 봄이 찾아오도록

—「칠십구 번지」 부분


시의 화자는 고향에 심기 위해 매화나무 묘목을 주문한다. 그 주문이
집 주소를 확인하는 계기가 되고 이어 느닷없다 싶게 수몰된 옛 고향을
떠올린다. 그 고향에는 뜻하지 않게 일찍 세상을 뜬 동생이 "삼십이 년
째" 살고 있다. 그 각별한 동생에 대한 그리움 탓에 화자는 '겹겹이 껴입
은 옷'과 육신마저 모두 벗고 싶다고 말한다. 이는 마치 한 가족으로 결
합하기 위해 가솔들 모두 한센병 환자의 길을 선택한다는 작가 최인훈의

어떤 상상력을 떠올리게 만든다. 곧, 동생이 남아 있는 '물속의 고향', 죽음의 세상에 닿기 위해서는 육신과 이름도 모두 벗어야 할 마련이기 때문이다. 아마 그럴 때 그 물속 고향에는 동생과 함께한 "찬란한 봄"이 다시 개화할 터이다. 이 같은 독법에서 볼 때 시의 화자에게 고향은 과거와 함께 미래가 공존하는 공간이다. 말하자면 고향은 화자의 몸에 새겨진 기억이며 그 기억이 회상의 형식으로 현재화할 때 과거와 현재, 그리고 미래의 가능성까지를 함께 아우른 공간이 되는 것이다.

대체로 고향은 사람들 기억 속에 존재하는 공간이다. 그것도 근대에 들어와 기획된 공간이다. 한 일본인 논자에 의하면, 고향은 근대 제도와 산업사회로의 진전에 따라 구성된 담론이자 이념적 산물이다. 물론 우리의 근대 이전에도 고향은 존재했다. 미래의 가능성을 좇아 고향을 떠났든 또는 어쩔 수 없이 쫓겨나듯 떠났든 고향에 대한 의식 내지 생각은 언제나 존재했던 것이다. 그러나 고향이, 이즘 내가 있는 이곳이란, 낯선 외지의 공간에 대한 대타 의식으로 설정된 것은 근대에 와서 비롯한 것이다. 특히 근대의 급속한 도시화는 사람들로 하여금 고향에 대한 담론과 의식을 재구성하도록 만들었다. 그리고 재구성한 내용 역시 숱한 사람들만큼이나 제각각 다양해질 수밖에 없었다. 특히 도시의 공간에 머무는 사람들일수록 고향은 자기 정체성의 상징이자, 자기식으로 구성되고 이야기되는 담론들로 실체화한다.

거듭된 말이지만 산업사회를 산 우리에게 고향은 대체로 기억의 공간으로 존재한다. 지난날 산업화에 따른 급격한 사회적 변동은 더욱 고향을 우리 기억 속의 공간으로 만든 것이다. 도시화에 따른 공간적 이동, 댐과 도로 개설 등으로 대표된 각종 개발은 고향을 근본에서부터 변모시킨 것이다. 변모한 또는 심하게 훼손된 공간으로서의 고향—그 고향은 사람들에게 많은 상실감을 안겨 줄 수밖에 없었다. 그런가 하면 유학을 위해서나 또는 생계를 위해서 도시로 나온 많은 사람들은 도시적 삶에 적응하기 위해 갖가지 노력을 기울였다. 그러는 한편 떠나온 고향은 과

거의 기억이나 망각에 묻어 두어야만 했던 것이다.

기억은 사람들 몸에 기록된 비명(碑銘)처럼 긴 시간 속을 견딘다. 그리고 회상을 통해 불러내지면서 과거와 현재의 정감과 의미들이 서로 삼투하며 재조정된다. 이 정감과 의미의 재조정 과정은 흔히 힘든 고통들을 사상(捨象)하는, 그리하여 달콤하고 기뻤던 기억들만으로 변질시키는 일련의 프로세스다. 화자가 고향의 옛 주소를 묻고 또 그곳에 묻힌 기억들을 떠올린 앞의 인용 작품도 이 같은 예의 한 본보기인 것이다.

말을 많이 둘렀지만 다시 천 시인의 고향으로 가 보자. 이번 시집의 경우 그의 고향에 대한 기억은 안동으로 불린 지역 공간 여기저기에 산포(散布)되어 있다. 가을 밖으로 떠난 선생님에 대한 기억이 있는 안동역 대합실, 뭇 남성들의 선망이었던 젊은 과수댁 알차리 현숙이 엄마가 살았던 길안 장터, 땜 탓에 수몰된 임하 체거리 마을 등등이 모두 그 공간들이다. 이 고향의 지역 공간들은 대체로 기억이나 이야기 등의 회상을 통해 다음의 시들처럼 천 시인에게 다가온다.

> ① 안동발 청량리행 무궁화 기차표 한 장, 선생님은 나를 서울로 보낸
> 후, 기차표 한 장을 더 사셨다
> 가을 밖으로 나가는, 그리고 안 돌아오신다
> 나를 떠난 후
> 어느 곳에도 남아 있지 않는 사람, 내 가슴속이 지상의 마지막 역이
> 되는 사람이 있을까
> 텅 빈 역이여, 수국을 피우고 배롱나무 꽃을 피워라
> 고향 친구는 선생님께 가죽 장갑을 선물해 드렸다고 했었는데,
> 나도 배롱나무 붉은 낱장마다 따뜻한 입김을 얹어 털장갑 한 켤레쯤,
> 떠나는 이를 위해 짤 때가 되었다
> 아니 늦었다
>
> —「안동역 대합실」 부분

② 울 엄마 소꿉친구, 별명이 알차리였던 현숙이 엄마

　남자들이 군침을 삼켰다던 길안 장터의 젊은 과부

　딸내미 하나 데리고 편물과 삯바느질로 살았다지

　나이론 실로 남자 마음을 박았는지 아무리 뜯어내도

안 뜯어지던 실밥

　툇마루 깊숙이 파고드는 오월의 비린 햇살도 촘촘하게 박힌 실밥을

뺄 수 없었을까

　대문 걸어 잠갔더니

　남자들 개구멍으로 드나들었다지

―「현숙이 엄마」 부분

　작품 ①은 굳이 내용을 풀어서 번역하자면 이렇다. 화자는 30여 년 만에 찾아온 고향의 기차역에서 회상에 잠긴다. 그 회상의 주인공은 초등학교 선생님이다. 서울로 유학 가는 제자에게 차표를 끊어 주고 배웅을 한 선생님―그는 이제 소식을 알 수 없는 인물이 되었다. 그는 '가을 밖으로 나가 돌아오지 않는다'는 화자의 진술대로 지금은 어쩌면 이 세상 사람이 아닐 수도 있다. 그러면서 한편으로 화자는 그에게 선물이라도 해 주고 싶은 마음이 문득 인다. 그러나 그것은 "아니 늦었다"라는 자탄(自嘆) 그대로 이제는 실현 불가능한 일이다. 고작 화자가 할 수 있는 일이란 막연히 시간을 기다리는 일만이 남았을 뿐이다. 그래서 안동역은 잠시 머물며 기다리는 공간이 된다.

　역이란, 흔히 말하듯, 떠나고 돌아오기 위한 공간이다. 그 공간은 현실 가운데 실체로 존재하기도 하지만 사람들 가슴속에 상징적 기표처럼 존재하기도 한다. 아니 천 시인의 경우 역이란 민들레꽃이나 배롱나무 꽃 같은 식물들에도 간이역처럼 존재한다고 상상된다. 인용한 작품의 경우는 "내 가슴속이 지상의 마지막 역"이란 화자의 진술처럼 인간의 가슴속에 존재한다. 회상으로 불러낸 선생님은 지금 어느 곳에도 살

아 있지 않기 때문에 그를 기억하는 화자의 가슴이 곧 지상의 마지막 역
이 될 터이다.

반면 작품 ②는 한 인물에 대한 인상 깊은 기억 탓에 고향을 회상하는
형식을 취한다. 그 한 인물이란 젊은 나이에 혼자되어 어린 딸과 힘겹게
생활을 꾸렸던 여인이다. 그녀는 가부장 사회에서 숱한 남자들의 유혹
과 모멸을 감수하며 산다. 살기 위해 영위한 그녀의 경제활동이란 편물
과 삯바느질─그런 그녀는 폐쇄된 시골 소읍의 '정신 나간 남자'들에겐
단지 성적 욕망의 대상일 뿐이다. 마치 이문열 소설의 한 서사를 연상시
키는 이 작품은 재래 사회의 폐쇄된 공간에서 성의 유통이 어떻게 왜곡
되고 일그러졌던가를 보여 준다. 성이 배설과 쾌락의 단순 기표로, 그
것도 남근 우위의 억압 체제에서 일방적 유통으로 이루어졌음을 보여 준
다. 이 같은 유통 구조에서 "알차리"란 별명답게 그녀는 자신을 지켜 내
며 꿋꿋하게 저항했을 터이다.

아무튼 이들 작품은 지난날의 기억 속에 대부분 회상의 형식을 통해
고향이 존재하고 있음을 보여 주고 있다. 그것도 일말의 페이소스와 같
은 정서를 환기시키며 존재한다. 일의 이치 그대로 고향은 때로는 부모
형제와 같은 피붙이들의 다른 이름처럼 회상되기도 한다. 이번 시집에
도 어머니는 삼십여 년 전 아다마가 된(「새 주소」), 자식들에게 꽃 이름 별
명을 달아 준(「장미는 무슨」), 유두 함몰로 고통을 당한 존재로(「유두 함몰일
때 받아먹은 분유를 후회한다」) 고향에 남아 있다.


## 2.


천 시인의 작품들에는 '주소'와 '집', 또는 '길' 등의 이미지들이 자주
등장한다. 그 이미지들은 개별성을 지니면서도 일정한 정신적 의미들을
공유한다. 이를테면 주소와 집이 일정하게 고정된 공간으로 자신의 정

체성을 함께 상징한다든지 아니면 길이 그러한 공간을 찾아 떠도는 방황을 일관되게 의미하는 일이 그것이다. 이미 앞에서 읽은 「칠십구 번지」의 주소나 해방 후 국문 해독의 받아쓰기 공책이 죽은 자의 '새 주소'라고 할 때 그 주소는 존재의 본질이나 정체성을 나타내는 기표인 것이다. 뿐만 아니라, '움직이는 것들에게는' 주소가 없다며 그 대신 일러 준 "서리꽃주소" 역시 시인인 나의 어떤 정황의 한 상징인 것이다(「서리꽃주소」).

① 어머니 돌아가신 지 삼십여 년
　　아다마가 된 어머니의 육체는 이제야
　　온갖 것들과 편안하게 내왕하는 잔디가 되어 세세년년 푸름으로 깊어
　　간다

　　사람들이 죽은 자의 주소를 물으면
　　나는 어머니의 받아쓰기 공책을 내민다
　　　　　　　　　　　　　　　　　　　　—「새 주소」 부분


② 오른손이 왼손을 만지니 따뜻해진다
　　왼손이 오른손을 잡아 주니 따뜻해진다
　　손이 두 개라 감사

　　뻣뻣한 나를 구부려서 한 사람 누군가에게 맞추고 싶다
　　그런데 길을 잃고 자꾸 넘어진다

　　주여, 인간 사이에 내 주소를 주십시오
　　　　　　　　　　　　　　　　　　　　—「주소」 부분


위 작품들은 모두 주소에 관한 화자의 언술들을 보여 준다. 먼저 ①은

어머니의 사후 주소가 어디인가를 보여 준다. 그 주소는 봉분의 푸른 잔디지만 화자는 짐짓 어머니 생전의 받아쓰기 공책일 것이라고 말한다. 그 공책에는 해방 후 국문 해독 교실에서 받아쓰기한 내용이 적혀 있다. 곧, 금강산을 일본식 발음으로 적은 간토킨산과 버드나무가 선 내 둔덕이 푸르다는 내용 등등이 그것이다. 이 작품은 일제의 식민지 지배에 방점을 두고 읽기보다는 이러한 어머니의 받아쓰기 공책 내용에 더 주목해야 될 터이다. 그래야 생전의 원하지도 않은 '푸른색'을 통해 영원의 주소를 새롭게 획득한 어머니의 현주소를 독해하게 된다.

반면, ②는 우리가 두 손을 맞잡았을 때의 감각적 경험을 매개로 "나를 구부려" 타자에게 맞추고 싶다는 마음의 움직임을 피력한다. 이때의 감각적 경험은 서로의 온기가 통한 '따뜻함'이다. 화자는 이 사람 사이의 따뜻함이야말로 자신이 거처할 주소라고 생각한다. 그 생각은 다음 행, 곧 절대자에 대한 기도에서 구체화한다.

그런데 이 두 작품의 주소는 현실 공간에 존재하는 것이 아니다. 범박하게 말해 그 주소는 우리가 지향해야 할 어떤 가치나 무형의 세계 속에 존재한다. 곧, 인간 사이를 따뜻하게 만드는 어떤 것, 또는 '쉽게 사라지지 않는' 유한을 벗어난 영속의 세계 같은 것들 속이다.

이 같은 무형의 가치나 세계에 대한 화자의 지향은 집의 경우에 있어서도 마찬가지다. 다음의 작품을 읽어 보자.

갈 곳이 있다
아무도 모르게 숨겨 둔 집
(…중략…)
당분간은 도요새와 강바람과 물안개에 맡겨 둔 집
거기서는 내 키가 보이지 않고
내 마음이 보이지 않고
내 발가락이 보이지 않고

내 머리카락이 보이지 않고

내 추위와 슬픔마저 보이지 않던 크고 따뜻하고 깊숙한 집

— 「숨겨 둔 집」 부분

이 시에서 화자는 경북 안동시 길안면에 집 한 채를 숨겨 두었다고 진술한다. 그 집은 시의 겉문맥을 따르자면 실제 현실 공간에 존재하는 가옥일 터이다. 그러나 화자는 그 집이 언제나 깊고 따뜻한, 그러면서 숨겨진 공간이라고 말한다. 말하자면, 물리적 공간이라기보다는 '내가 나를 의식하지 않아도' 좋은 정신적인 귀의처로서의 집인 것이다. '지상의 많고 많은 집'들과는 차원이 다른, 한번 입주하면 다시는 떠날 일 없는 절대 공간 같은 것이다. 그래서 유토피아처럼 이 집은 지상에 없는 화자의 심상 속에만 존재한다. 또한 천 시인의 다른 한 작품에 따르면, 현실 공간의 집이란 때로는 '뒤로 물러나는' 단순한 그림자 같은 물질적 대상일 따름이다. 곧, '한 몸 깊이 또 한 몸으로 서로의 문이 열릴' 경우, 그 집은 왕벚나무 꼭대기의 물리적 공간이 아닌 우리 삶의 어떤 가치를 상징하는 정신적 공간이 되는 것이다(「집으로」).

이상에서 읽은 바대로 집이나 주소란 물리적인 단순 공간이 아니라 자기 정체성, 또는 우리 삶의 이념이나 가치들이 깃들여 사는 상징적 구조물이다. 텍스트에서 하나의 물질적 이미지가 시인의 여가(與價)에 의해 정신적 상징물로 변화하는 경우는 대단히 많다. 집이나 주소 역시 천 시인에 의해 한 상징물로 정신적 여가에 의해 질적 변화를 이룩한 셈이다. 그런데 이 같은 집이나 주소를 벗어나게 되면 대체로 사람들은 떠돌고 헤맨다. 길은 그 떠돌음 내지 방황의 기표이고 이미지이다. 천 시인의 길 역시 그 떠돌음의 복판에 여러 갈래로 다양하게 나 있다. 어디론가 떠나기 위한 기차역이나 버스 정류장에도 길은 나 있고 드물게는 허공으로 오르는 상승에의 길도 있다. 그런가 하면 자장면 한 그릇을 앞에 두고 살피는 굶주림의 길도 있는 것이다. 예컨대,

가느다란 면발 한 가닥 뒤의

그곳에는 반짝이는 한 줌의 햇살이 등불처럼 타고 있는가

누군가 컴컴한 면발 앞에 환한 등불을 걸어 준다

가늘고 길게 사는 길……

나는 타락할 것이다

한 줌의 불빛이 타는 동안

고만큼만 타박타박

길을 가다 멎을 것이다                    ─「남경 가는 길」 부분

와 같은, 길을 찾다 허기를 메우러 들른 중국집에서 발견한 길이 그것이
다. 화자가 면발을 감아올렸을 때 마침 햇살이 그 면발을 비춰 준다. 아
니 햇살 속에 면발을 감아올리는 순간 그 면발이 자신이 찾던 길임을 문
득 발견한다. 이어 세속에 묻혀 그 세속을 헤치며 사는 길을 짐짓 "타락"
이라고 화자는 말했지만 그 길은 따지고 보면 자신의 정해진 분수와 다
름없을 터이다. 그리고 그 분수대로 주어진 길을 가야 하는 것―이는 달
리 운명이라고 불러도 좋을 것이다. 이 운명은 그래서 '살아 있는 것들마
다' 길이 있다고 표현된다(「굿이브닝」).

대저 길이란 윤리적인 의미만으로 따지자면 인간이 마땅히 지키고 따
라야 하는 도(道)일 것이다. 도로서의 길은 그래서 단일 절대의 가치 규
범일 수도 있다. 거기에는 '날아오르는 길'도(「어떤 길」), 누가 만든 길인지
알 수 없을 정도의 '많은 길'이란 있을 수 없다(「루드베키아」). 다양하고 복
잡한 길이라야 우리는 거기서 자기 나름의 삶을 실현하고 개별성을 확보
한다. 따라서 천 시인의 길은 꽃이나 애벌레들에게도 있는 다양한 종류
의 길들로 존재한다. 마치 앞의 시에서 화자가 '면발이 만든 길'을 발견
하고 자기가 찾는 길이 바로 '길고 가는 면발'의 길임을 발견하듯이. 그래
서 심지어는 '굶주림' 자체가 자신의 길이라고 말한다. 줄여서 말하자면
천 시인에게 길이란 소래 포구의 갈대에게도 병꽃이나 배추 애벌레에게

도 있는 숱한 뭇 길인 것이다.


## 3.

  고향이 아닌 천외자의 시적 상상력의 또 다른 한 축은 이미 언급한 대로 학교이다. 그는 실제로 오랜 시간 일선 교사로 재직하고 있으면서 시를 써 오고 있다. 그래서인가. 고향과 마찬가지로 학생들을 가르친 여러 경험들이 그의 시에는 밑그림들로 들어 있다. 예컨대 미술 시간, 방과 후 청소, 자연 학습이나 실험 등등 학교 일상의 경험들이 상당수 작품들 속에 녹아 있는 것이다. 이들 경험이 아마도 천 시인 특유의 시적 상상력을 순진무구한 방향으로 이끌었을 터이다. 그 순진무구함은 우리에게 워즈워스의 '아이들은 어른의 아버지'라는 자연에 대한 경탄에 가깝다. 이는 인간 본래의 마음이 문명이나 인위적인 것들에 의해 훼손 내지 상실되었다는 서구 낭만주의자들의 오랜 믿음이기도 하다. 그런가 하면 일찍이 당의 이지(李贄)가 말한 동심(童心)의 세계라고 해도 좋을 터이다. 이지는 인간의 동심에서 나온 성정(性情)만이 곧 진심이고 이(理)를 통해 통제되고 관리된 마음을 외려 거짓되었다고 했다. 그가 말하는 동심은 그래서 주어진 본성을 따라 마음을 드러내고 정을 품는다. 우리 역시 이 같은 동심을 따를 때 비로소 사상(事象)들을 제 모습대로, 혹은 심미적 대상으로 인식할 수 있다. 그러면 실제 학교 현장의 동심은 어떤지 다음 작품을 읽어 보자.

  등나무 밑에서 영창이와 관우가 울고 있다
  쓸어도 쓸어도 자꾸 나뭇잎이 떨어져서 청소를 끝낼 수 없다는 것이다

  저 울음을 어쩔거나

겨울이 올 때까지 나뭇잎은 계속해서 떨어질텐데

아이들아,
나뭇잎이 진다고 울지 말아라 나는 울지 않기로 했단다
—「청소 당번」 부분

　화자는—당연히 천 시인이겠지만—후관 운동장 청소를 아이들에게
시킨다. 깊은 가을날 오후, 떨어지는 낙엽을 쓰는 일이 그 청소다. 그런
데 시의 겉문맥대로 아이들은 계속 떨어지는 낙엽을 감당하지 못해 결국
은 울음을 터트리고 만다. 아직 사리에 밝지 못한 아이들로서는 당연한
반응일 터이다. 그리고 이 같은 반응이야말로 꾸밈없는 '동심'이고 왜 아
이들이 아름다운가를 우리에게 일깨워 준다고 하겠다. 그 아이들 앞에
서 울지 않는 어른이 더 문제인 것은 아닌지.
　인간이 자연현상에 일정한 의미나 규범을 적용하는 것은 모두 인위에
지나지 않는다. 잘 알려진 대로 자연이란 물질적 대상이거나 제 스스로
그렇게 되는 작용일 따름인 것이다. 그래 자연 친화적인 아이들의 동심
이란 꾸밈없는 이런 천연스런 생각이나 정감을 표출하는 것이다. 위 시
에서 자신이 감당할 수 없는 사태를 앞에 두고 '운다'라는 정감의 표출은
아마도 아이들만이 할 수 있는 일일 터이다.

　옆 반 선생님이 노랗게 꽃이 핀 국화 화분 하나를 들고 교실 문 앞에 환
한 얼굴로 서 있다
　전시회도 끝났고 학예회도 끝났고 손님맞이도 끝났으니 본관 복도에서
훔쳐 온 거란다
　이런 장물 받아도 되나
　복도보다 우리 교실이 더 좋은지 노란 꽃잎이 벙글벙글 웃고 있다
—「국화꽃 장물」 부분

이 작품 역시 자연이 무엇인가를 우리에게 넌지시 일러 준다. 화자는 학교의 이러저러한 행사를 마치고 거기 동원됐던 장식용 국화분을 전달받는다. 아니 전달이라기보다 선물로 받는다. 화자는 짐짓 '훔쳐 온 장물'이라고 말하지만 그 같은 사회적 통념이나 규범이란 노란 국화에게 실제 무슨 소용인가. 어떤 대상이든지 오히려 그러한 통념 내지 규범을 벗어날 때 본연의 자기를, 또는 심미적 가치를 발휘하게 마련이다. 국화분도, 화자가 말하는, '장물' 운운의 거추장스런 사회적 관행이나 규범을 벗어날 때, 더 천연스레 제 본성대로 "벙글벙글" 웃는 것이다. 이러한 자연에 터 잡은 동심은 천 시인의 경우 '돌아온 동심'이라고 할 터이다. 흔히는 성인이 아이들 마음으로 돌아간 경우를 '돌아온 동심'이라고 한다. 천 시인의 이러한 '돌아온 동심'은 아동과 오래 친화적 관계를 견지한 교사 생활 탓에 가능한 일일 것이다.

아무튼 이 같은 돌아온 동심은 천 시인으로 하여금 자연물, 특히 별이나 각종 꽃들을 각별히 선호하도록 만든다. 실제로 이번 시집의 시들 가운데에는 별이나 각종 꽃들의 이미지가 빈번하게 등장하고 있다. 작품의 제목만을 일별해도 우리는 쉽게 이 사실을 확인할 수 있다. 곧, 달맞이꽃, 산벚나무 꽃, 장미. 루드베키아…… 등등 숱한 화명(花名)들이 그것이다. 그리고 이들 작품의 전경을 이룬 자연물, 혹은 그 이미지들은 사람의 일을 에둘러 제시하는 방법론적 도구들로 사용된다.

지난 세기 한철 우리 리얼리즘 시에는 인간적 서사(敍事)나 현실적 고통 등이 전경화됐었다. 따라서 그들 작품에서의 자연물, 또는 자연 이미지들은 배경 묘사나 분위기의 환기 정도의 역할에 제한적으로 머물렀다. 그러나 그 뒤 시의 관심과 흐름이 다극화되자 이 같은 현상은 급격하게 퇴조했다. 그 대신 일상의 서정이나 전위적 실험들이 우리 시 동네에 자리 잡았다. 특히 일상의 서정은 신서정이란 말로 유행을 이루었고 이들 시의 상당수에는 자연, 혹은 자연 이미지들이 그 시안(詩眼)을 이뤘다. 아마도 천 시인의 저 자연 이미지의 선호 역시 이쯤에서 그런 흐름의 일단으로 읽어도 좋을 것이다.

그러나 학교생활을 밑그림으로 한 작품에 자연에 관한 담론만 있는 것은 아니다. 왜냐하면 거기에도 그 나름의 작은 인간적 서사, 혹은 갈등도 있게 마련이기 때문이다. 예컨대, 이성에 갓 눈 트인 아이들 이야기인 「일기」 같은 작품이 그러한 예이다. 초등학교 1년생인 혜진이와 명수의 각각의 일기를 교차로 제시하고 있는 이 작품은 우선 두 아이의 내면을 적나라하게 보여 준다. 이를테면 "그만 코를 꽉 물고 말았다/ 내 침이 혜진이의 코에 잔뜩 묻었다/ 이걸 찜이라고 해야 하나"라는 명수의 생각이나 이에 대한 "명수 생각하면서 목욕하는 것은 너무 재미있다"라는 혜진의 내적 독백이 모두 그것이다. 이들은 일기 속에서 갈래 형식 특유의 자기 독백들을 충실하게 보여 주고 있는 것이다. 읽는 이들이 입가에 웃음을 물게 하는 이 두 아이의 동심은 어쩌면 천심 그 자체일 터이다. 아마도 이들은 훗날,

"엄마, 내가 먼저 헤어지자고 했어"
"그런데 너무 힘이 들어"

—「분리수거」 부분

라는, 뜻밖의 이별을 겪으며 '애벌레에서 허물을 벗고' 배추흰나비의 길을(「어떤 길」) 날게 될지도 모른다.

여기 이쯤서 우리는 이번 시집의 표제작을 읽어도 좋을 것이다. 이 작품은 오랫동안 마음속에 '차돌'처럼 박혀 있던 그리움에서의 해방을 노래한 사랑시이다.

내 마음속 무엇을 보았는지 할 말을 다 못 하고
끝까지 맴맴맴맴맴

고맙다,
못 본 척해 주니

매미 소리 잦아들고, 가을이 오면
여름내 웃자란 내 마음속 무성한 나무 잎사귀들 놓아주리

그립다는, 그립다는

—「그리움을 놓아주다」부분

　얼마간 애상적이기조차 한 이 시는 가을과 더불어 성숙한 화자가 사랑의 기억에서 벗어나는 마음의 움직임을 보여 준다. 곧, 지난여름 한철의 저 고통스럽고 아픈 사랑의 감옥에서 해방을 맞이하는 것이다. 그러면 그 감옥은 어떤 감옥인가. 첫사랑을 노래한 작품에 따르면 그 감옥은 토끼풀 "여린 풀줄기로 만든 깊고 푸른 감옥"이다(「첫사랑 2」). 그런가 하면 위 시에서 매미들이 내 마음속에서 보고 만 것은 무엇인가. 역시 작품 「첫사랑 1」에 따르자면 그것은 아네모네란 "주홍빛 풀꽃이 아니, 작은 불꽃이 내 왼쪽 가슴에 파고들어" 결석이 된 단단하고 모가 난 차돌이다. 이 둘, 곧 감옥에서 출옥하거나 왼쪽 가슴속 차돌을 파내는 일이 화자에게는 바로 그리움으로부터의 해방이었던 것이다.

　그런데 화자는 그 해방을 무성한 나무 잎사귀들을 놓아주는 가을에서야 맞이한다고 말한다. 가을은 계절적으로나 정신적 의미로나 성숙과 그에 따른 새로운 시작의 기표이다. 물론 조락과 사멸의 철인 것도 사실이나 그보다는 이 작품의 경우 '그리움을 모두 놓아준' 자기 내면 성숙의 계절인 것이다. 그 성숙은 천 시인에게 다음과 같은 중년의 모습으로도 나타난다.

　　라일락이 활짝 핀 일요일 아침

모처럼 시간을 내어 남편의 와이셔츠를 다림질하면서

천천히 그의 몸을 만진다

등을 오래오래 어루만지고

고단한 삶의 주름살을 지워 나간다

등을 맡긴 그는 아무 말도 하지 않는다

혹, 그의 가슴속에서 구겨진 나를 말없이 펴고 있는 것은 아닐까

—「그의 팔뚝을 다림질하다」 부분


  이 시의 화자는 겉문맥 그대로 일요일 아침, 남편의 와이셔츠를 다림
질한다. 그리고는 다림질하는 일단의 과정을 통해 남편과 나의 동질성
을 새삼 확인한다. 곧, 내가 그의 삶의 주름살을 펴듯 그도 구겨진 나를
말없이 편다고 상상하는 일이 그것이다. 그런가 하면 셔츠의 소매와 팔
뚝을 다리며 그의 팔이 나의 팔이라고도 여긴다. 그것은 서로가 서로의
등을 두드리고 어루만졌던 팔에 관한 지난날 기억 때문이다. 여느 사람
들의 경우처럼 시인은 "아이들이 떠나고 둘만 사는"(「가솔」) 일상에서 남
편의 존재와 의미를 그렇게 새롭게 발견한다. 그 발견은 성숙한 나이에
이르러 누구나 맞닥뜨리는 정신적 깨달음일 터이다. 고향과 학교, 그리
고 주소와 집으로 이어진 수많은 길을 떠돌며 이렇듯 천 시인은 중년에
이른 것이다.

  이 중년의 성숙에서 그의 시적 역려(逆旅)는 앞으로 어디로 어떻게 향
할 것인가. 글을 끝내며 나는 화두처럼 이 물음을 던진다.

# 일상의 정서, 그리고 달관의 시학
—최원 시선집 『푸른 노을』

## 1.

> 나의 가락이
>
> 궁핍한 이들에게 위로와 평화를
>
> 오만한 사람에게 깨우침을 이루도록
>
> 멈춰 있으며 내달리고
>
> 내달리며 멈춰 서서
>
> 끊임없이 뒤돌아보고
>
> 끊임없이 내다보는
>
> 노래가 되고 싶어요.
>
> —「나의 詩」 부분

　시인에게 시란 무엇인가. 이 원론적인 물음에 대한 대답은 아마 시인마다 다를 것이다. 시인마다가 아니라 시간과 공간에 따라서도 달라질 것이다. 누구나 다 아는 이야기지만 시에 대한 생각이나 그것이 무엇을 하는 물건인가 하는 데 대한 주장은 시공간을 달리한 시인들에 따라 얼마든지 달랐다. 그만큼 시는 다양한 속성과 의미를 함축한 다면적 유기체라고 할 것이다. 그리고 그러한 생각과 의견을 시인들은 기회 있을 때마다 피력해 왔다. 때로는 본격적인 시론으로, 때로는 작품을 통해 시에 대한 자신의 생각을 표출한 것이다. 특히 시로 그러한 생각을 표출한 경우 우리는 그것을 메타시라는 독특한 형식의 작품들로 읽어 왔다.

위에 인용한 최원 선배의 작품 「나의 시」 역시 그 같은 메타시의 하나이다. 인용한 대목은 작품의 후반부인데 이 부분에 시인의 시에 대한 생각이 집중적으로 잘 드러나 있다. 그 생각은 대략 이렇게 요약할 수 있을 것이다. 하나는 시는 곧 노래라는 생각이다. 그 노래는 그러나 그냥 노래는 아니다. 그 나름의 일정한 기능을 동반한 노래인 것이다. 달리 말하자면 "궁핍한 이들에게 위로와 평화를/ 오만한 사람에게 깨우침"을 주는 역할을 하는 것이다.

시가 읽는 사람들에게 제공하는 역할은 여러 가지가 있을 수 있다. 우리가 흔히 문학 원론에서 접하게 되는 일련의 기능설이 그 대표적 담론일 것이다. 최원 선배의 시에 대한 생각의 두 번째 항목은 바로 이 같은 시의 적극적 기능에 대한 것이다. 그러면 과연 이러한 시에 대한 생각은 작품으로 얼마만큼 실천되고 있는가. 이번 시집을 통독하는 한 방법으로 우리가 이러한 시관(詩觀)의 작품적 실천을 살펴보는 것도 상당히 효과가 있을 터이다.

과연 최원 선배의 시는 어떤 노래인가. 이 시집의 한 장은 "단조(短調)의 노래"라는 표제를 붙이고 있어 이에 대한 단서를 제공한다. 이 장의 시편들은 대체로 짧다. 그런가 하면 시상(詩想)도 단일하며 명료하다. 빗대자면 단음계를 축으로 이루어진 악곡들 같다. 실제로 한 작품을 골라 읽어 보자.

스님
낙엽을 쓸어 무엇하겠습니까

어차피

바람의 농짓을 이기지 못하고

있어야 할 자리에서 떨어져 나간 것을

바람이 밀어 대는 대로

갈 길을 찾아 떠나도록

무심으로 버려두는 것이 어떻겠습니까

스님

—「短調 7 낙엽을 쓸어 무엇하리」전문

　이 작품은 화자가 낙엽을 쓰는 스님에게 건네는 말 한 토막의 형식을 취하고 있다. 그것도 주고받는 대화가 아닌, 일방으로 단숨에 건네는 한 마디 말인 것이다. 그 말은 스님이 쓰는 낙엽을 매개로 자연의 순리가 무엇인지, 또 무심이란 어떤 것인가를 제시하는 것. 조금 더 확대해서 읽자면 우리네 삶이 바로 그런 낙엽을 닮아 있다는 함축적 의미에 닿는다.

　그런가 하면 번쇄한 시적 장치가 없어 굳이 산문으로 번역할 필요가 없는 작품이기도 하다. 곧, 겉문맥만을 충실히 따라가면 되는 것이다. 흔히 말하듯 대교(大巧)는 약졸(若拙)인가. 이 작품뿐만 아니라 최원 선배의 최근 시들은 대체로 간결, 명료한 언술과 형식을 보여 준다. 그것은 시적 대상의 핵심을 직관 형식으로 곧바로 제시하기 때문이다. 그의 시가 짧고 간결한 것은 바로 이 같은 직관 형식 탓이 클 터이다. 이는 그만큼 연륜에 걸맞은 시적 사유와 형식이라고 할 것이다. 이 진술 위주의 시적 사유와 형식은 그만한 내력이 있다. 그래서 나는 몇 해 전 최원 선배의 시를 읽고 난 독후감을 다음과 같이 적은 바 있다. 지금도 그때의 내 생각에는 크게 달라진 게 없어 다시 읽어 보도록 한다.

## 2.

지금도 연구실 서가 한구석에는 정음사 판 『서정주 시선』이 꽂혀 있다. 출간 당시로는 특수 크라운 판형에 하드커버를 한 꽤는 호화판 시집이었을 그 책은 이제 낡을 대로 낡은 고서가 되어 있다. 그것도 하드커버의 표지는 내 몇 번인가의 이사 끝에 행방이 묘연한, 내지들만 남은 기형의 행색을 하고 있는 것이다. 본문 용지도 세월에 누렇게 찌들어 변색되어 있다. 다만 작품들에 따라서는 붉고 굵은 색연필로 옆줄을 친 대목들만 선연하다면 선연하다.

왜 최원 선배의 작품을 이야기하는 자리에 하필이면 미당을 끌어들이는가? 그 이유는 이렇다. 첫째는 속내지들만 남은 『서정주 시선』이 실은 그 원주인을 찾자면 바로 최원 선배란 점 때문이다. 목차 앞 페이지에는 '1957. 10. 17 人'이란 구입 날짜와 사인, 그리고 '崔元斗'란 도서가 찍혀 있다. 나는 그 책을 학창 시절 가까운 친구로부터 물려받으며,

"참, 열심히 보셨군."

하는 감탄을, 그 붉은 줄 친 작품들을 유심히 따라 읽으며 한 적이 있었다. 모르긴 해도 우리 최원 시인에게 그 시선집은 습작기 시 쓰기의 교과서였을 터이다.

둘째는, 이 같은 사실과 함께 서정주 시의 초기 형식미학을 떠올렸기 때문이다. 잘 알려진 대로 서정주는 그의 초기 시들을 '정지용류의 형용 수사적 시어 조직에 의한 심미 가치 형성의 止揚'에 두고 있었다고 술회한 바 있다. 이는 대상을 감각적으로 해석하고 그것을 빼어난 언어들로 구조화한 정지용 후기 시의 특성을 별로 탐탁스럽게 여기지 않았다는 진술이다.

대신 서정주는 그 무렵의 「화사」 「자화상」 등등의 작품에서 확인되는 토막토막 신음을 뱉어 논 것 같은 유니크한 시적 스타일을 선보였던 것이다. 그는 이 스타일을 '순라(純裸)의 미'를 지향한 것으로 명명했다. 이 순라의 미는, 내 개인적인 취향대로 읽자면, 그것은 시적 대상의 속성이나 의미를

직관의 형태로 파악하고 간결한 통사 구문들로 제시한 것이었다. 따라서
이즘 우리 시의 한 특징적인 흐름인 묘사보다는 진술을 축으로 삼는 드문
시적 스타일이었던 셈이다.

말을 많이 에둘러 왔지만, 이번 최원 선배의 시들을 두루 읽으며 나는
미당의 저 '순라의 미'를 떠올려야 했다. 그리고 그 연상 탓에 이 짧은 글
의 모두를 느닷없다 싶을 만큼 『서정주 시선집』 얘기로 채우게 된 것이
다. 그러면 어떤 시의 대목들이 순라의 미를 연상시키고 있는가.

　① 내 나이
　　내리는 길
　　무슨 바람이 일어
　　龍 한 마리
　　昇天을 기다리며
　　길게 누워 한숨 쉬는
　　臥龍山行에서

　　나는 무엇이 되어 빈 하늘에
　　내리고 있는가

　② 별것 아니구나
　　일흔의 높이에서
　　물끄러미 짚어 보는 세상이

　　(…중략…)

　　미움도 그리움도

그럭저럭 삭혀지는

일흔의 가벼워진 몸무게로

천천히 떨어지는 그것들이

별것 아니구나

    인용한 대목 ①은 작품 「臥龍山行」에서, ②는 작품 「無題」 가운데서 옮겨 온 것이다. 우선 ①은 와룡산 등정에서 내려오는 길의 어려움을 말하고 있다. 곧 화자는 와룡산 산 이름이 함축한 의미를 빌려 "내리는 길", 그것도 삶의 후반을 내려오는 길의 어려움을 제시하는 것이다. 여기서 내려오는 길의 어려움이란 하산 길의 도보가 더 힘들다는 물리적 고통보다는 등정 뒤의 고단함이나 짐짓 흐트러지기 쉬운 마음과 몸을 추스르는 일일 터이다. 말은 쉬워도, 삶의 후반을 단아하게 가꾸는 일은 얼마나 지난한가. 여기서 화자는 산 이름이 뜻하는 용 한 마리로 자신을 상상하며,

무엇이 되어 빈 하늘에

내리고 있는가

라는, 짐짓 대답이 필요 없는 물음 한마디를 던진다. 그러나 이 자문 (自問)에 대한 답은 겉문맥 어디에도 드러나지 않는다. 다만, 우리는 "昇 天을 기다리며/ 길게 누워 한숨" 쉰다는 두 행을 통해 화자의 내면 정황을 에둘러 짐작할 뿐이다. 그 정황은 자신을 되돌아보는 데서 오는 허무감이나 회한 짙은 것이다. 대체로 자신을 되돌아보는 반성적 성찰이란, 사람에 따라 다소의 차이는 있겠지만, 성취감이나 자족감보다는 이 같은 회한 내지 허무 의식이기 쉽다.
    ② 역시 화자의 정조는 회한이나 허무감에서 멀지 않다. 그 정조 역시 자신의 과거를 되돌아본 데서 오기 때문이다. 곧, "시의 혼백들도 밤바람에 날리고/ 흐르는 전파에 매달려/ 찢고 까불던 열정"이 지금에 와 보

면 '별것 아니란' 화자의 심경에서 온 탓이다. 최원 선배가 첫 시집을 상자한 뒤 오랫동안 방송 일에 전념한 사실은 알 만한 사람은 다 안다. 그리고 이 같은 일을 접고 난, 그것도 고희에 이르러 갖는 감회란 바로 '별것 아니란' 자각인 셈이다. 불교적 수사로 하자면 삼라의 사상(事象)이란 모두 한갓 '공'일 뿐인 것이다.

이상에서 보듯 최원 선배의 작품들은 대체로 연륜이 뒷받침된 달관이나 직관을 통하여 시적 대상들의 속성이나 의미들을 파악하고 그것을 간결, 명료한 진술 형식으로 드러내고 있는 것이다. 서정주의 저 토막토막 내뱉듯 하는 '순라의 미'에 비한다면 최원 선배의 시는 연륜에서 오는 안정된 호흡과 말씨, 그리고 웅숭깊은 사유들을 보여 주어 변별될 뿐이다.

지금까지 우리는 몇 해 전 글을 다시 읽으며 그의 시론시 「나의 시」에서 피력한 단조의 노래가 어떻게 어디에서 온 것인가를 살펴보았다.


## 3.

일찍이 1960년 조선일보 신춘문예에 시 「효종대왕릉망두석」이 당선되어 최원 선배는 시작 활동을 시작했다. 그 이후 고 박목월 선생이 삼애사(三愛社)를 통하여 '어느 고마운 분의 뜻을 받들어 펴낸' 시집 총서 가운데 하나로 시집 『일요일 그 아침』을 상자했다. 햇수로 따지자면 등단 이후 9년 만의 일이다. 통상 3년 정도의 시간 간격으로 시집을 묶는 이즘의 추세로 보면 대단히 뒤늦은 시집 출간이다.

그리고 이번에 다시 시선집의 형식으로 시집을 상자한다. 그리고 우리는 저 첫 시집 무렵의 작품들을 "옛 시첩에서"란 장에서 다시 만나 읽게 된다. 첫 시집이 출간됐을 당시의 시단 평가는 일상 속의 생활 정서를 밀도 있게 그려 낸 것으로 호평을 얻었었다. 그 평가들을 확인한다는 차원에서 옛 시첩의 작품을 읽어 보자.

표정이 없는 골목을 돌아서
구두코 언저리에 뽀얗게 얹힌
먼지와 함께 귀가하면
몇 개의 가지가 있는 나무로
우뚝 선다

천사들의 날갯짓처럼 푸덕이며
나의 식탁 위로 튀어 오르는 내용들
새들은 가지에 올라앉아
나의 시를 읊는다

(…중략…)

나는
비로소
나의 시를 들으며 굴욕스러웠던 의상을 벗는다.

— 「귀가」 부분

이 작품에서 화자는 직장에서의 하루 일을 끝내고 귀가한다. 그리고 귀가 후의 정황을 매우 간결한 말투로 진술한다. 우선 화자는 자신이 "몇 개의 가지가 있는 나무"라고 말한다. 이 경우의 나무는 식솔들이 달린 자신의 비유체이다. 그 가지에는 새들인 아이들과 아내가 앉아 시를 읊고 노래한다. 앞에서 시인은 시가 노래임을 힘주어 말하지 않았던가. 그렇게 시가 있고 노래가 있는 공간에서 비로소 시인은 '굴욕의 생활'이란 옷을 벗는다. 직장으로 대표되는 생활이란 대부분 창조적이기보다는 도식적이고 무잡한 것이 아닐 수 없다. 여기서 잠시 우리가 주목할 사실은 시와 이러한 생활이 상반되는 가치를 상징하는 짝패란 점이다. 비속하고 굴욕이 심한 일상 내지 직장이란 시인이 몸담기에는 부적절하다.

  그럼에도 불구하고 그 일상을 떠나서 시인은 생활을 영위할 수 없다. 일종의 상황적 아이러니일 터인데 그렇기 때문에 시인은 시로 대표되는 예술 세계에 더욱 집착한다. 아마도 이 같은 집착이 시인으로 하여금 음악이나 미술 같은 시와 인접한 예술 세계를 지향하게 만들 것이다. 말하자면 세속의 현실적 가치란 시인에게는 예술이 추구하는 교양적 가치보다 자못 하등한 것이다. 따라서 그 교양 가치를 추구하는 일이야말로 현실을 극복한 바람직스러운, 삶다운 삶을 사는 일이다. 하지만 이 같은 찢긴 실존적 상황 속에서 시인이 취할 수 있는 길이란 많지 않다. 그 길 가운데 하나는 '우(牛)' 선생처럼 자신의 현실을 수용하고 거기 순응하는 일일 것이다.

  쓸쓸하다는 얘기는 조금도 아니지만
  글쎄,
  선생의 코에서 목으로 비탈진 멍에와
  내 집 솥에서 내 어깨로 이어져 있는 비탈길이
  참 많이도 인연이 깊다.

  푸른 하늘이 머물고 있는 선생의
  그 눈 안에 들어서면
  고삐도 멍에도 없는 벌판
  가파른 비탈길도 없는 벌판
  이제야 알겠다
  풍성한 초원을 품고
  힘든 노역을 견디는 그 비밀을
  그래서
  순종하는 선생의 큰 힘을

　　　　　유유자적하는 선생의 도량을

—「牛先生 肖像」 부분

　　이 작품에서 화자는 일소(農牛)를 매개로 자신의 실존적 정황을 성찰
하고 있다. 그것은 일상 속에서 생활에 시달리는 자신을 소에 빗대어 살
피는 일이다. 우리의 일상이란 흔히 말하듯 반복적이고 기계적인 일들
의 연속이다. 이 같은 일상에 함몰하면 누구든 자신의 본질 혹은 자아의
정체성을 잃게 마련이다. 그리고 일상은 소의 노역처럼 끊임없는 도로
(徒勞)를 요구한다. 화자는 그 같은 도로 속에서 소가 보여 주는 "힘든 노
역을 견디는" 비밀을 깨닫는다. 그것은 자유 속에 마련된 어떤 공간(눈)
을 발견하는 일이다. 그 공간은 화자로 하여금 순종과 인욕을 깨닫게 만
든다. 그래서 화자는 소에게 언필칭 선생이란 호칭을 스스럼없이 한다.
여기서 우리는 앞에서 살핀 바의 '바람에 따라 자기가 가야 할 곳을 가
는' 자연의 순리를 떠올려도 좋을 터이다. 비록 시간의 격차는 있지만 삶
의 지향할 덕목으로서 순리와 순종을 일깨운다는 점에서는 별반 큰 차
가 없기 때문이다.

　　최원 선배에게 있어 이 같은 순리를 깨닫는 일은 초기에서 최근에 이
르기까지 일상의 뭇 범사에서 이루어진다. 특히 가까운 주변 인물들에
게서 자신의 다른 모습을 발견한다든지 하는 일들은 더욱 두드러진다.
화가, 시인, 또는 평균인들의 삶을 다룬 '사람의 얼굴'이 그것이다. 이는
범박하게 말해 옆으로의 초월이라고나 할까.


## 4.

　　이제 등단 50년을 맞아 최원 선배가 시집을 상자한다. 첫 시집부터 이
즘까지의 작품들을 시선집 형식으로 묶는 것이다. 일상의 생활 정서를

형상화하던 초기 시로부터 여러 해 전 고희를 넘긴, 만만치 않은 연륜이 밑받침된 최근의 깨달음 시까지 그 선집에는 이 시인의 시간과 삶이 고스란히 담겨 있다. 최원 선배가 등단한 1950년대는 흔히 말하듯 두 가지의 시적 경향이 길항하고 있었다. 자연서정시와 모더니즘 계열의 시들이 그것이다. 자연서정시는 특히 생의 구경적 의의를 이념으로 내세운 이들, 김동리나 서정주 등이 주축을 이루고 있었고, 모더니즘 계열은 내면 심리를 묘사하고 드러낸 김구용, 전봉건 등이 중심을 이루고 있었다. 이 같은 두 가지 큰 시적 추세에서 최원 선배는 생활 속의 정서를 제시하고 탐구하는 유니크한 개성을 보였다.

이번의 시선집은 이런 최 선배의 시적 주소를 거듭 확인케 할 것이다. 그의 시들을 통독하면서 나는 한편으로는 '흐르는 전파에 매달린' 시간이 얼마나 긴 것인가를, 한편으로는 초기 시편들에서 읽었던 시적 관심사가, 다소의 변별성을 보이고는 있지만, 그대로 지금까지 지속되고 있음을 확인할 수 있었다. 그 관심사들은 앞에서 살펴본 바대로 일상의 범사들을 통하여 삶의 순리를 깨닫고 발견하는 것이었다. 더욱이 시적 대상의 해석에는 최 선배의 만만치 않은 연륜이 밑받침된 달관을 확인하게 된다.

이제 이쯤서 나는 기원한다. 이미 스스로 「나의 시」에서 다짐한 "멈춰 있으며 내달리고/ 내달리며 멈춰 서서/ 끊임없이 뒤돌아보고/ 끊임없이 내다보는" 가열한 시정신이 더욱 휘황한 빛을 발하시기를. 그리고 앞으로 더욱 이러한 시 세계가 원숙과 완성을 향해 펼쳐지기를 기대하는 것은 필자만의 생각일까.

# '식혜'와 '빨래', 여성성의 또 다른 전략
—한미영 시집 『물방울무늬 원피스에 관한 기억』

## 1.

일찍이 백석은 작품 속에 많은 음식 이름들을 등장시켰다. 그 음식들은 한 비평가에게 음식의 상상력이라고 불리울 만큼 다양하고 폭넓은 것이었다. 물론 그 음식들은 조리를 위한 특별한 정보나 북방의 음식 문화에 관한 소개를 목적으로 한 것은 아니었다. 그의 작품에서 일정한 소도구격의 이미저리로 등장하고 있을 뿐이다. 그렇기는 하지만 토속 음식들을 통해서 일정하게 환기되는 기억들은 백석의 시에서 각별한 것으로 읽힌다. 그것은 유소년기의 감각에 깊이 새겨진 음식의 맛과 향이 사람들에게 오랫동안 원형적인 심상처럼 작동하기 때문이다. 그래서 백석의 경우에도 때로는 시적 자아의 정체성을 확인하는 근거로 작동하기도 하고 때로는 생활 공동체의 정서를 짙게 환기하기도 한다. 또 이 같은 거창한 경우의 작동이 아니더라도 M. 프루스트의 예처럼 유년기 안락과 행복의 '잃어버린 시간들'을 복원해 주는 역할을 하기도 한다.

이번에 첫 시집으로 묶이는 한미영의 시들에도 남달리 음식들이 많이 등장한다. 시집 1부의 시들은 대부분이 음식에 관련한 작품들이다. 그

608

음식들은 백석의 경우처럼 작품 속의 소도구가 아니라 본격적인 상상력 발동의 거점이자 핵심 이미지로 제시되고 있다. 이 점이 같은 음식물을 다루면서도 백석과 한미영의 시들이 서로 갈라서는 분기점이 될 것이다. 일반적으로 음식물은 그것이 날것 그대로가 아니라 일정하게 조리되고 가공되는 과정을 거쳐서 만들어진다. 한 존재에서 다른 존재로 거듭난다고나 할까. 굳이 비유하자면 삶과 죽음이 서로 행복하게 스며 있는 양상을 닮았다고나 할까. 한미영 시에서도 음식물은 일정하게 조리되고 가공된다. 이를테면 '치대고' '찌고' '뒤섞이고' '발효되는' 것이 그것이다. 실제로 작품을 읽어 보자.

엿기름물에
잠긴 밥알들이
속속들이
몸을 삭히고 있다

저
편안한
소멸의 풍경

나도 잘 삭혀진 밥알로
가볍게
세상 속을 떠다니고 싶다

누군가의 가슴 한켠에
잘 발효된
한 그릇
시원한 식혜로

　　　　　남고 싶다

　　　　　　　　　　　　　　　　　　　　　　　─「식혜」 전문

　　비록 짤막한 소품이지만, 이 작품에는 음식물에 대한 한미영의 시적 태도와 상상력이 단적으로 드러나 있다. 우선 이 작품은 식혜라는 음식물이 '삭혀짐'의 과정을 통해 만들어짐을 보여 준다. 그 삭힘은 '소멸'이기도 하지만 발효 과정을 통해 다른 존재로 거듭남을 뜻한다. 대체로 음식은 '끓이(익히)거나' '뒤섞거나' '발효시키거나' 한다. 이 같은 과정을 통해 '날것'은 다른 무엇, 곧 조리되고 숙성된 음식들로 변화하는 것이다. 좀 다르게 말하자면 거친 것이 세련되고 다듬어지는 것을 뜻하기도 한다. 그래서 음식물을 글감으로 삼아 해석하고 상상하는 경우 우리 삶의 정황에도 그대로 유추되고 진술되는 것이다. 우리의 마음과 몸이 날것 상태에서 숙성과 완성의 단계로 변화하는 일에 그대로 대응된다고 할까.

　　인용한 작품은 이러한 사실들을 단적으로 보여 준다. 화자는 식혜가 삭는 모습을 지켜보면서 그것이 함축한 의미를 발견한다. 곧, 밥알이 삭는 것은 소멸하는 것이면서 동시에 질적인 전환을 통하여 가벼워지는 일에 다름 아닌 것. 또한 가벼워지는 일은 시원한 것에 곧바로 연결된다. 화자가 작품의 후반부에서 식혜를 매개로 자신의 웅숭깊은 소망을 제시할 근거는 이 같은 글감의 해석에서 마련되고 있다. 그래서 세상을 "가볍게" 떠다니고 누군가에게 '식혜' 같은 존재가 되고 싶다는 욕구를 당당하게 진술한다. 투박하게 말하자면 음식물에 대한 한미영의 상상력은, 물론 도식화하기는 어렵지만, 대체로 이 같은 틀 속에서 움직인다고 할 것이다. 예컨대 밀가루 반죽을 치대면서, '우리네 삶이 차질어지겠다'는 생각을 하고 더 나아가,

　　　　　서로 다른 것이 한 그릇 속에서
　　　　　저처럼 몸 바꾸어 말랑말랑하게

사는 게 어디 그리 쉬운 일인가

—「밀가루 반죽」 부분

와 같은 의젓한 깨달음에 이르는 경우라든가

일상의 화덕 위에서

얼마만큼 참고 기다려야 나도

잘 익어 가는 저 등심처럼

노릇노릇 구워질까

얼마만 한 고통에 온몸 비틀어 짜야

달착지근 혀에 감기는

이 해탈의 맛을 얻을 수 있을까

—「마포소금구이집」 부분

처럼 불에 굽고 익혀지는 고기를 보면서 놀라운 마음의 움직임을 보이는 일 등이 그것이다. 뿐만 아니라 감자탕을 먹으면서 "살점 없이 발라 먹은 뼈"를 두고 자식들에게 갖은 고혈을 다 빨린 '아버지'를 상상한다든가(「감자탕을 먹으며」) 저장했던 육쪽 마늘을 까면서 "까고 또 까도" 치매로 깜박깜박하는 할머니를 연상하는 경우(「저장마늘」)들도 이와 크게 다르지 않다.

시집 1부 '밀가루 반죽'에 실린 대부분의 작품들은 이상에서 살핀 그대로 음식물에 관한 상상력을 축으로 삼고 있다. 그 상상력은 조리 과정이나 방법, 이를테면 익히고 뒤섞고 발효시키는 일들을 차분히 그려 내며 거기 감추어진 의미들을 발견한다. 특히 날것에서 익힌 것으로, 거친 것에서 다듬어진 것으로의 변화를 숙성과 완성으로 해석해 내는 것이다. 이것은 자연적인 것, 천연적인 것을 완성된 것으로 생각한 낭만적 사고라기보다는 시간이 변화나 완성의 힘이라고 여긴 근대 사실주의

'식혜' 와 '빨래', 여성성의 또 다른 전략

태도에 가깝다. 이미 앞에서도 말한 바와 같이 백석의 음식물에 대한 담론과 한미영의 상상력이 흔쾌히 갈라지는 대목도 여기 이쯤에서라고 해야 할 터이다.


## 2.

시 역시 기록의 한 유형이란 사실은 이제 너무 평범한 상식이 된 탓인가. 별로 사람들의 주목을 받지 못하고 있다. 그러나 그것이 구전의 형식이든 문자의 형식이든 기억 보존의 중요한 수단이었음은 긴 설명을 요하지 않는다. 지금도 공공의 기억을 보존하기 위한 구전서사시들이 우리 주변에 존재함은 이 사실을 잘 확인시켜 준다. 그렇다, 공공의 기억뿐이겠는가. 개인의 기억 역시 시를 통하여 지금도 다양하게 기록 보존되고 있는 것이다. 그리고 이를 좀 더 범박하게 말하자면 인간이 자신의 유한을 극복하기 위한 은밀한 기획의 하나라고 해야 할 것이다.

그래서인가. 한미영은 시집 2부에서 자신과 가족의 일들을 비교적 잘 기록해 놓고 있다. 그 기록은 주로 육친들에 관한 것이어서 화자가 자칫 감정에 함몰되기 쉬운 것들인데도 이 시인은 그것을 솜씨 있게 극복한다. 말하자면 적절한 거리 조정을 통해 감정의 절제를 훌륭하게 보여 주고 있는 것. 우선 이 시인의 가족사를 한번 읽어 보자.

할머니는 마흔이 훨씬 넘어 아버지를 낳았는데 낳기만 했을 뿐 키우기는 큰고모가 키웠다고 한다 부모보다 돋났다는 칭송이 산법골 온 동네에 자자했다던 그는 호구 하나 덜자고 시집가는 누나에게 부담짝처럼 딸려 가 태백시에 있는 공고를 어렵게 어렵게 마쳤다 한다 내가 태어났을 무렵에도 아버지는 고모 곁에서 살았다 엄마는 시누이 시집살이를 책으로 쓰면 한 권으론 어림없다지만 첫 조카인 나를 무척 예뻐한 대목에서는 슬쩍 돈

보기를 빼신다

—「사랑의 내력」부분

사람이 삶을 영위하다 보면 누구나 사연 한두 가지씩은 마음속에 내장하고 살게 마련이다. 그 사연들은 당사자에게는 물론 아픈 기억이지만, 적당한 기회에 객관화되면서 표현의 옷을 입는다. 이 작품에는 화자인 나를 중심으로 개성 강한 가족들이 그려진다. 특히 아버지에게 부모 맞잡이였던 고모에 대한 강한 기억이 작품의 중심축을 이루고 있다. 그 고모는 매년 봄 화자에게 취나물을 보내 준다. 그러다가 사람살이의 이치가 대개 그러하듯 뜻하지 않은 사고를 만나 유명을 달리하고 만다. 따라서 고모는 화자의 기억 가운데 사 주고 싶은 '물방울무늬 원피스'를 끝내 사 드리지 못한 좌절된 욕망의 대상으로 남고 만다. 그리고는 평범한 욕망의 실현마저 우리네 삶에서는 '돈'만으로 되는 것이 아니라는 사실을 깨닫도록 만든다. 줄글 형식을 취한 이 길지 않은 가족사는 그래서 독자에게 잔잔한 울림으로 다가든다.

가족사가 어찌 고모뿐이겠는가. 한미영은 아버지와 할머니, 그리고 엄마에 관한 기억들도 이 시집에서 이러저러하게 보여 준다. 마을에서 '부모보다 돋났다던' 아버지는 말년을 간암으로 고생하다 돌아간다. 작품「요」에 의하자면, 아버지는 '복수가 차오르고' 끝내는 간병하는 화자에게 "요 깔아라, 집에 가야겠다/ 여기가 집이에요, ……요 위에 누웠잖아요"라는 혼몽 속에서 작고한다. 그런가 하면 어머니는,

> 손가락을 쫙 펼쳐 허공에 쳐들고
> 조심조심 입바람을 후후거리던 그녀
> (…중략…)
> 험한 밭일 논일에 기형이 되어 버린 그 손톱을
> 그렇게라도 가리고 싶었던 그 마음을

그 시절 그녀 나이를 훌쩍 넘긴 이제야,

캔 뚜껑 하나 쉽게 딸 수 없는 손톱이 되어서야

마침내 깨닫는다

—「매니큐어」 부분

라는 진술에서 보듯 지난 시간 속의 인상 깊은 쇄말한 물목 곧, 매니큐
어를 매개로 기억된다. '기형의 손톱'을 가리고 싶은 소박한 욕구와 각
박한 현실 간의 거리에 찢긴 어머니를 보여 주는 것이다. 매니큐어와 같
은 여성용 물품을 매개로 기억을 되살리는 일은 할머니의 경우에도 마찬
가지다. 할머니는 빗접 속에 오래 잘 간직된 '참빗'을 통해서 기억된다.

새벽이면 밤새 엉킨 머리를

대빗으로 한 오라기씩 푼 다음

빗살이 물고 있는 머리카락까지 돌돌 말아서는

불씨만 남은 아궁이에 던져 넣던 할머니

타는 것에서는 뒷방에 물러나 속내 끓이던

시간만큼의 노린내가 진동했다

햇살 환해진 대청마루에서

빗질 끝낸 할머니 낯빛은 청동거울보다 맑았다

—「참빗」 부분

화자는 뜻하지 않게 발견한 참빗을 통해 할머니 생전의 모습을 떠올린
다. 그 할머니는 우리의 전통적인 여인상으로 기억 속에 강하게 남아 있
다. 그녀는 뒷방으로 물러앉은 사연조차 마치 식혜를 삭히듯 (발효하듯) 삭
힌 존재이다. 그러면 할머니와 아버지, 그리고 어머니로 대표되는 이들
존재란 무엇인가. 단순하게 육친으로서만 기억해야 할 인물들인가. 아
니면 또 다른 의미들을 지닌 존재들로 읽어야 하는가.

조금 현학적인 말로 설명하자면 이들은 화자의 카이로스 속에 놓인 존재들이다. 말하자면 화자의 현재에 대한 지각과 지난 기억, 그리고 미래에 대한 기대를 하나로 묶는 시간 속 개체들인 것이다. 아버지도 할머니도 결국에는 화자에게 현재 삶의 의미를 되새기게 만들고 더 나아가 앞으로의 삶의 태도를 결정하도록 만든다. 예컨대, 아버지를 통하여 "요 위에서 나도 언젠가/ 낯익은 두려움 곁으로 돌아가겠다"라는 죽음에 대한 예견을 한다든지 할머니를 "성긴 머리빗으로는 도저히 쓸어내릴 수 없는/ 자잘한 걱정거리까지 남김없이 훑어 내리는" 자기 동일시의 대상으로 삼는 일 등이 그것이다. 이는 미래의 기대가 완료된 기억을 화자 쪽으로 끌어오면서 현재를 보다 강렬하고 충만한 순간이 되도록 하고 있는 것이다. 기억은 이러한 카이로스의 형식 속에 놓일 때 그 의미를 갖는다.

한미영이 가족사를 통하여 보여 주려는 것도 바로 이 같은 기획된 '현재'인 것이다. 곧, 기억의 단순한 보존이 아니라 현재와 미래로의 열림을 위한 기록 작업인 것이다. 그런데 가족사는 과거 기억으로만 진술되는 것은 아니다. 가족들의 현재 그것도 남편이나 아이들 또는 남동생의 '지금'을 통하여 제시되기도 한다. 늦은 밤 구겨진 와이셔츠를 다림질하며 "하루치 식솔들 양식을 위해/ 이 집 저 집 기웃거렸겠지/ 굽신굽신 허리도 여러 번 꺾었을 거야/ 그때마다 목구멍에선 신물도 울컥 올라왔겠지"(「다림질」)라는 독백을 통하여 경쟁 사회를 살아가는 남편의 삶의 신산함을 토로한다든지 폭우 속을 달리다 아버지를 대신하는 동생의 역할을 나름대로 새로이 발견하는 일(「폭우」) 등이 그것이다.

범속하게 말하여 가족들이 겪는 일상의 애환이라고 할 이러한 시적 담론들에서 우리는 가족사가 지닌 의미가 무엇인가를 새삼 생각한다. 언제부터인가 우리에게 역사의 기술이란 중심이 사라진 사고 틀에 걸맞은 거대 담론이 아닌 풍속이나 일상사의 세부들을 기록하는 미시 담론으로 대체되고 있다. 그리고 그 미시 담론 속에서 역사는 구체성을 획득해 간다. 이른바 특정 이념이나 논리의 사슬들 대신 그 시대 삶의 몸을, 그것도 생생한 세부들을 심도 있게 복원하는 것이다.

## 3.

한미영의 주된 시적 관심은 음식물들에 관한 상상력이나 가족사의 경우에서 보듯 일상의 세부들에 놓여 있다. 그것도 남성들의 것이 아닌 여성들만의 세부 사항들로 채워져 있다. 이를테면 다리미, 참빗, 요, 매니큐어 등 일상의 용구로부터 게장, 고추장, 시루떡, 감자탕 등등의 숱한 음식들은 물론이고 빨래, 다림질, 아이들 공부 도와주기, 화초 키우기 같은 가사 노동들에 이르기까지 폭넓고 다양한 디테일들이 그것이다. 그러면 이 같은 시적 담론이 뜻하고자 하는 바는 어떤 것일까. 생각하기에 따라서는 범용한 일상의 세부에 충실한 것이라고도 할 수 있다.

그러나 그보다는 또 다른 의미에서의 여성성의 복원이라고 읽을 수 있을 터이다. 잘 알려진 대로 우리 시에서 여성성은 그동안 몸 담론을 중심으로 남성성에 짓눌리며 금기시돼 온 언어들의 표출로 대표되어 왔다. 신체와 관련한 이러저러한 언어들 또는 표출 전략으로서의 몸 관련 은유나 환유들을 동원한 일련의 여성 시인들 작업이 곧 그것이었다. 이는 가부장 사회에서 이미 만들어지고 길들여진 여성성을 남성과 동등한 것으로 끌어올리고 거듭 복원하기 위한 전략으로는 신체적 이미저리만큼 유효한 것도 드물었기 때문이다.

그러나 한편, '만들어지고 길들여진 여성성'의 표지쯤으로 여겨 온 여성 특유의 가사 노동이나 음식물에 관한 상상력들은 상대적으로 변두리에 방치되어 왔다. 왜냐하면 그동안 이들 역시 '길들여진 여성성'이란 또 하나의 유별난 고정관념 속에 어느덧 억눌리게 되었기 때문이다. 이 같은 의미에서 음식물과 여성적 이미지들을 축으로 한 한미영의 시들은 주목에 값한다. 그것은 지워진 여성성의 표지와 같았던 일상의 세

부들을 당당하게 드러낼 뿐만 아니라, 그들이 갖추고 있는 진정한 의미
와 값들을 발견하고 더 나아가 그것을 자신의 시적 전략으로 삼고 있기
때문이다.

이는 그동안 '길들여진 것' 또는 '지워진 것'으로만 역차별당한 여성적
인 일체의 것들이 지닌 의미의 당당한 복권이자 재발견이기도 하다. 그
러면 실제로 한미영의 글쓰기 전략은 어떤 것인가.

> 한 권의 두꺼운 고향이
> 207쪽으로 켜켜이 접혀 있다
> 전광식은 나를 요약해 놓아서
> 책머리 고향 집에서 어린 내가
> 흑백으로 가난하게 웃고 있다
> 아니 울고 있다
> 나는 나에게서 너무 멀리 나와 있다
> (…중략…)
> 〈고향〉은 낯익은 두려움으로
> 짧은 발제 속에서
> 나를 꿰맞추고 있다
>
> —「나는 나를 요약한다」 부분

자신의 글쓰기에 대한 메타시론으로 읽히는 이 작품은 전광식의 「고
향」을 읽은 독후감이라고도 할 것이다. 그러나 그 독후감은 화자가 어
떻게 고향을 재발견하고 있나를 넌지시 일러 준다. 이는 "나는 나에게
서 너무 멀리 나와 있다"란 진술이 이미 함축하고 있듯 고향이자 나의 정
체성의 발견인 것이다. 널리 알려진 대로 고향이란 존재의 본질을 달리
부르는 말이다. 인용한 시의 화자는 그 같은 사정을 너무 잘 알고 있다.

그래서 화자는 그동안 멀리한 '나'를 성찰하면서 '나'를 다시 '꿰맞추는'

것이다. 여기서 '나'란 여성으로서의 화자 자신이며 또한 '꿰맞추는' 일이
란 그러한 여성성의 복원이다. 이미 앞에서 살펴본 일련의 시적 관심과
태도들, 곧 가족사든 음식에 관한 상상이든 이들은 모두 이 같은 한미영
특유의 글쓰기 의식의 소산들인 것이다. 그런가 하면 그 글쓰기는 '욕망
의 균형' 잡기이면서 동시에 '짧은 아름다움'을 포기하기 위한 달리기이
기도 하다(「어떤 글쓰기」). 막상 글쓰기는 그러나 얼마나 지난한 일이던가.
마치 지하 주차장에서 평소에 익숙했던 출구를 몇 차례인가 놓치고 뱅글
뱅글 도는 일처럼(「문장 한 줄이 길을 잃다」) 시는 오랜 방황과 모색 끝에 생산
되는 것이 아닌가. 이쯤에서 다음의 작품을 읽어 보자.

> 썩은 콩알 몇 놈을 골라내자
> 퉁퉁 불은 몸으로
> 분만대에 누운 여자처럼
> 오래 참았다는 듯
> 강낭콩 한 알
> 배를 쩍 벌린다
>
> 시퍼런 싹이
> 머리통부터 밀려 나오고 있다
>
> —「싹틔우기」 부분

아마 초등학교 아이와 과제를 함께했던 체험이 밑그림으로 놓인 것이
아닐까 싶은 이 작품은 창조의 경이가 어떤 것인가를 잘 보여 준다. 그
경이는 바로 싹이 터 나오는 순간의 것이다. 접시에 솜을 깔고 강낭콩을
묻은 다음 화자는 그 콩알이 싹트는 과정과 모습을 관찰하고 있다. 씨앗
에서 싹이 트고 목숨을 시작하는 일은 식물이든 사람이든 크게 다를 바
없이 하나의 경이인 것이다. 그리고 여기서 더 나아가 새로운 목숨의 탄

생은 시인에게 시의 탄생과 다를 것이 없을 터이다.

　이 작품은 이처럼 여러 겹의 읽기가 가능하다. 썩어서야 비로소 한 존재에서 다른 존재로의 거듭남을 이룩하는 것이 어찌 강낭콩뿐이겠는가. 음식물도 그러하고 사람들의 웅숭깊어지는 삶 또한 그러한 것이다. 이 같은 일들을 '짧은 아름다움'으로 담아내는 일 역시 우리에게는 진정성 있는 글쓰기일 것을 의심할 수 없으리라.

# 세계의 해체와 의미 만들기
—황인원 시조집 『생각의 뼈』

## 1.

　일찍이 구조주의 이론의 토양을 제공한 F. 소쉬르는 우리 말의 의미
란 차이성에 의하여 만들어진다라고 설파하였다. 그 차이성이란 단어의
짝패들을 통해서 얻어진 일종의 그물망 같은 것. 따라서 낱말의 의미는
어디까지나 절대적인 것이 아닌 자의적인 것이며 그것도 인간에 의하여
기획되고 만들어진 것이라고 하였다. 그리고 이 같은 생각은 지난날 사
람들이 철석같이 믿었던 세계나 사물의 '절대적 본질'은 존재하지 않으며
모든 사물의 본질(의미)은 주체에 의하여 재구성되고 만들어진 것일 뿐이
라는 세계 해석을 반영한다.
　뒷날, 이 같은 생각은 구조주의자들의 세계관적 기반으로 자연스럽게
답습되었다. 그들에게 있어 세계는 어디까지나 우리가 기획하고 재구성
해 낸 일루전 같은 것이었다. 비록 일루전 같은 것이기는 하여도, 그들
에게 세계는 부분과 부분, 부분과 전체들이 서로서로 나뉘고 감싸이는
구조를 지닌 것이었다. 이 세계의 구조를 독해하는 일—질박하게 말하
자면 구조주의자들의 꿈이고 이상이 아니었을 것인가.

이쯤서 말머리를 돌려 보자. 우리가 황인원의 시들을 읽다 보면 저승/이승, 삶/죽음, 육체/영혼, 아비/자식 등등 서로 대립되는 짝패들을 많이 발견할 수 있다. 그 짝패들은, 아주 주의 깊게 읽는다면, 황인원 시에 담긴 세계 해석 내지 의미들을 찾을 수 있는 코드들이 아닐 것인가. 그의 표현 그대로 등단 십오 년 만에 어렵게 피운 '시(시집)'의 원고를 통독하면서 나는 이런 생각을 문득 떠올렸다. 그것도 앞에 열거한 짝패들이 여러 작품들에서 무슨 공통분모처럼 자주 발견되고 있음에 있어서랴. 그의 대학 시절 강의실 교탁을 사이에 두고 만난 이래 얼마간 사람 됨됨이나 살아온 이력들을 알고 있는 나로서는 처음에는 그 평소의 알음알음만으로도 무슨 이야기를 써 볼 수 있겠다고 생각했다. 그러나 막상 원고를 훑어 읽어 가면서 나는 저 구조주의자들이 보여 준 '짝패론'을 생각하게 되었고 그것으로 한번 이번 시집에 담긴 속생각을 짚어 낼 수 있겠다 싶었던 것이다.

이 글은 그런 방식의 독법으로 황인원 시의 정신적 지형도를 살펴보게 될 터이다. 그것도 육체와 정신, 저승과 이승, 아버지와 아들이란 세 쌍의 짝패들을 중심으로 살펴보는 형식이 될 것이다.


## 2.


그대 밤 속의 밤을 가 본 적 있는가

밤 속의 그늘을 본 적이 있는가

참으로 알 수 없는 일, 육체라는 여인숙
　　　　　　　　　　　　—「생의 한가운데에서」 전문

이 시집의 여느 작품들과는 매우 다르게 짧은 이 작품은 이른바 육체라는 것이 무엇인가를 잘 보여 준다. 화자에 따르자면, 육체란 참으로 알 수 없는, 그러면서도 우리의 영혼이 투숙해서 묵고 있는 여인숙 같다라고 진술한다. 널리 알려진 바와 같이, 육체와 영혼의 문제는 서양 문(철)학에서는 매우 오래된 주제 가운데 하나이다. 주로 육체와 영혼은 상호 조화로운 관계에 있다기보다는 서로 대립하고 갈등하는 양상으로 여겨 왔다. 그것은 육체와 영혼이 상반되는 욕망의 근거지인 탓도 있고 영혼을 육체의 위에다 놓고 생각한 중세적 사고방식에 기인하기도 한다. 말하자면, 인간의 육체란 우리의 죄를 낳는 모태이고 따라서 그 육체의 욕망을 억압할수록 영혼은 맑아진다는 생각이었던 것이다. 그리고 흔히 스핑크스의 고뇌라고 일컬어진 이 같은 육체와 영혼의 갈등은 우리 인간으로서는 풀기 어려운 숙제의 하나로 여겨져 왔다.

그런데 인용한 작품 「생의 한가운데에서」의 화자에 따르면, 육체란 참으로 알 수 없는 그 무엇이다. 어느 정도로 난해하고 까탈스러운가 하면 밤 속에서 "그늘"을 발견하거나 "밤 속의 밤"을 걷는 것과 같다. 나 자신의 몸이면서도 그 몸은 럭비공처럼 어떤 욕망으로 어떻게 튈지 예측할 수 없는 존재인 것이다. 또 우리의 영혼이 별수 없이 투숙한 여인숙 같은 것이면서도 그 영혼에게 평온과 안식을 제공하기보다는 고통이나 절망을 떠안겨 주는 것이다. 황인원은 그와 같은 육체의 속성을 잘 알고 있어서 영혼으로 하여금 그 여인숙을 뛰쳐나오도록 기획한다. 그리하여 그는,

어둠이 내게로 다가오지 못한 건
생각이 얼어붙은 건 32년 만의 일이다

그날 밤 쓸모없는 육체만 집으로 돌아왔다
— 「눈이 빼앗아 간 것」 부분

와 같이, 폭설의 아름다움에 홀려 정신을 빼놓고 육체만 집으로 돌아왔
다고 하거나,

> 어느 날 풀은 나무에게 들었다
> 고통으로 죽고 싶을 때
> 육체를 버리고
> 영혼의 마음으로 돌아가 있으라고
>
> —「풀·說話」부분

와 같이, 화자가 고통을 주체할 수 없을 때 육체의 여인숙을 뛰쳐나오도
록 부추기는 것이다. 그러나 그것은 곧 부질없는 일이었음을 깨닫는다.
왜냐하면 "하나이면서 둘인 육체와 영혼을"(「풀·說話」) 사는 것이 나무의
사는 법이자 우리의 사는 법이기 때문이다. 그러면서 이 같은 깨달음의
한 옆에서, 시인은 "서럽게 아름다운 몸/ 낯설고 낯선 내 육체"(「드라마」)
를 발견한다. 마치 슬프고 아름다워서 징그러운 몸뚱어리라는 서정주의
시적 진술을 연상시키는 이 같은 몸 인식은 결국 시인으로 하여금 육체
의 긍정으로 가게 만든다. 그러나 그 긍정은 아직 이 시집에서 구체화되
어 있지 않다. 다만, 상당 부분 그의 실제 체험을 드러낸 시편들이지만,
여러 작품들 속에서 우리는 그 같은 육체의 긍정이 사랑으로 변주되어
묘사되거나 진술되고 있음을 발견한다. 이를테면, "오랫동안 아무도 나
만의 몸짓 모른다고 생각했다/ 자위를 하고/ 한 여자를 그리워하"는(「깊
은 곳, 방」) 일이라든지,

> 연못을 바라보던 나
> 한 여자를 생각하다
> 그만 내 마음 빠트렸네
> 살아 보자고 했던 게

어제였나, 언제였나
연못에 빠진 내 마음
내 육체를 바라보며
돌아올 생각은 않고
빛이 되어 흔들거리네

—「정원 1」부분

와 같이, 화자가 마음 홀린 한 여인과의 결혼을 간절하게 말하는 일 등이 그것이다. 따라서 그 사랑은 성숙한 몸의 교환 같은 정신과 육신이 하나된 형식을 취하기보다는 그리움 같은 마음이 앞선 것일 수밖에 없다. 그런 경우 아직 분출되지 못한 몸 안의 욕망은 '몸의 상처'일 뿐인 것이다. 물론, 황인원이 말하는 사랑이 반드시 성애적인 것만은 아니다. 그의 대학 시절을 아름답게 적은 시 「보통리 저수지 가는 길」에 따르자면, 사랑은 젊은 날의 순수이고 고뇌이며 방황이기도 하다. 일반적으로 현실 감각이 탈색된 과거 속의 젊음이란 언제나 아름답고 그리운 대상이 아닐 수 없다. 그리고 그것은 '우리의 그때 그 사랑'인 것이다. 이처럼 사랑의 외연이 넓어지는 것은 황인원 시의 경우뿐만일까. 육체의 긍정 끝에 변주된 사랑의 담론은 앞으로 훨씬 폭을 넓혀 나갈 터이다. 결국, 육체와 영혼이 둘이 아닌 하나임을 인식하고 더 나아가 이를 바탕으로 사랑의 담론을 생산하는 일—이 시집에서 황인원이 보여 주는 남다른 세계일 것이다.


3.


대저 저승과 이승이란 무엇인가. 그것은 삶/죽음처럼 우리가 몸담은 세계를 인식하기 위한 짝패의 하나일 것이다. 이미 이 짝패들은 불교적 색채가 탈색된 채 우리의 전통적 사고방식 가운데 널리 스며 있는 시공 의식이다. 이 시공 의식은 범박하게 말하자면 이곳/저곳이란 대립적인 틀로 삶과 세계를 해석하게 만든다. 말하자면 어떤 사물이나 세계를 해석하고 이해하는 데 상보적인 구실을 하는 것이다. 마치 빛이 어둠과 짝을 이룰 때에야 비로소 제대로의 의미를 획득하는 것과 같다고나 할까. 아니다. 우리의 삶 역시 죽음과 대립쌍으로 이해될 때 그 본래적인 의미가 선명해지는 이치와 꼭 같다고나 할까. 결론부터 말하자면, 황인원 시의 저승과 이승은 '죽음'을 매개로 짝패를 짓고 있다. 그 죽음은 우리의 모든 것이 무화되는 생물학적인 소멸을 의미하기도 하지만, 상징적 의미의 정신적인 죽음이기도 하다. 말하자면, 우리가 정해진 시간의 매듭마다에서 낡은 마음을 헐고 새로운 마음을 짓는 경우의 그 헐음에 해당하는 것이다. 그러한 마음의 죽음과 재생 또한 황인원 시에서는 죽음으로 언술된다. 예컨대,

겨울 해 질 녘 하루의 수첩을 들고
몸에서 그림자를 떨어뜨려 보면 땅 끝으로 번지는 보랏빛 색채
태어나 처음으로 보는
속마음
죽음을 본다

—「마음의 그림자」 전문

와 같은, 마음의 죽음이 그것이다. 이 작품의 화자는 겨울날 하루 일을 마치고 거리에 서 있다. 그리고 길게 끌린 자신의 그림자를, 그것도 나주볕에 보라색으로 엷어진 것을 발견한다. 화자는 한순간 자신의 그림자가 죽음 같다라고 생각한다. 겨울의 저녁 나절이란 시간을 떠올리고 그 분위기를 몸으로 절감하기 때문이다. 조금 더 확대해석하자면 겨울이란 모든 식물신들이 지하 세계로 잠적하고 그에 따라 지상에는 생명 활동이

멈춰 있는 시간이다. 더욱이 이 같은 계절의 해 저물녘 시간이란 누구에게나 넉넉히 죽음을 연상시킬 수 있는 것. 화자는 그 같은 시점에 지난 시간의 마음을 헐고 새해맞이의 새로운 각오를 다진다. 곧 마음의 죽음과 재생을 떠올리는 것이다. 그런데, 시인은 겨울 저물녘만이 아닌 노란 싱싱한 꽃에서도 죽음을 본다. 이를테면 "낮은 자세로 좀 더 낮은 자세로 포복한/ 비목 앞 노란 꽃들이/ 싱싱하게 썩어 있"는(「살아 있는 시체」) 것을 발견하는 일이 그것이다. 비록 눈 내린 겨울날의 꽃이기는 하지만 그 꽃이 싱싱하게 썩어 있다니! 화자는 싱그러운 애인의 몸에서 구더기를 보는 보들레르처럼 꽃이 썩어 있고 또 그 썩은 냄새들이 시신처럼 뒹구는 것을 놀랍게도 보고 있다. 그래서 화자에게 겨울은 죽음으로의 먼 여행을 떠날 시점으로 인식된다. 이를테면, 겨울은

어둠에게 전화를 건다

"거긴 살 만한가요?"

먼 여행 떠날 그 시점

속눈썹 파르르 떨고

욕망은 지하보다

지상에서 아늑하다

—「욕망의 城」 전문

와 같은, 그런 계절인 것이다. 화자는 어둠으로 상징된 죽음, 혹은 죽음의 세계에 있는 누구에게 전화를 건다. 우리 삶의 건너편에 있다는 미지

의 그곳에 대한 막연한 두려움과 불안 때문이다. 그리고 그 두려움은 문득 떠나려 하는 이 세계, 곧 지상에 대한 애착으로 바뀐다. 아늑하기만 한 지상을 돌연하게 발견했기 때문이다. 구문의 압축과 생략에 따른 많은 의미들이 행간 속으로 스며든 이 작품은 그 넓게 마련된 여백 가운데 바로 이 같은 깨달음을 함축시켜 놓고 있는 것이다. 뿐만 아니라 죽어 저승에 든 아버지와 아들의 대화 형식으로 된 작품 「저승 편지」는 저승과 이승이란 두 짝패의 시점을 통하여 우리 현실 삶을 진술해 준다. 그 현실 삶은 '사람들과 함께 웃는 웃음 속에도 피가 있는' 극심한 고통의 것이며 또 매일 순수를 잃고 죽음을 생각하기도 하는 것. 화자는 그와 같은 현실의 삶을 아버지와 아들의 대화 형식으로 형상화한다. 이 대화 형식은 삶을 죽음 쪽에서 바라보는 일이며 동시에 삶 속의 죽음을 감지하는 시적 장치인 것이다.

이상에서 보듯 저승과 이승이란 황인원 시의 두 대립쌍은 결국 죽음을 통하지 않고는 삶의 진정한 모습이 드러나지 않고 또 삶을 통하여 죽음을 살피지 않으면 그 의미가 만들어지지 않는다는 사실을 날카롭게 드러내 준다.


4.


이제 여기서 우리는 아버지와 아들이란 두 짝패를 살펴볼 때가 되었다. 이번 시집에서 황인원의 가족사는 작품 「아비의 꽃」 「미안하다, 나의 형제여」 「넓은 마당」 등 일련의 작품 속에 선명하게 드러나 있다. 그는 넓은 마당이 있는 신공덕동 3번지에서 태어나 신산한 시절을 보낸다. 곧,

    할머니는 시장에 가난 팔러 나가시고

아버지의 무거운 습기 방 안을 메웠다.

발목에

해가 들어와 속살이 훤히 보였다

어머니가 아궁이 열고

시간을 활활 태우자

동생은 불안을 가지고 놀고 있다.

—「넓은 마당」 부분

와 같은, 결코 유복하지 않은 소년기를 보낸 것이다. 마치 스냅사진 같은 이 가족 풍경은 시 「아비의 꽃」에 오면 아버지의 초상만으로 진술된다. 그 아버지는 이 작품에 의하면 할머니에게 역리지통(逆理之痛)을 안겨 준 채 흙으로 돌아간 것으로 되어 있다. 하지만 시인에게는 '손발이 저리도록 일을 하여도 추위는 가시지 않고 빚내어 아들딸 학교 보내며 너희는 잘살아라 부디 사랑하며 살아라' 하던 부성(父性)의 화신으로 인각된다. 이 같은 아버지의 생시 모습은 시인이 현실 삶을 감당하기 힘들 때마다, 비록 편지 형식을 빌리기는 한 것이지만, 나타나 위무하고 또 인간 삶의 이치를 깨우친다.

　이와 같은 사실은 무엇을 뜻하는 것일까. 흔히 아버지는 아들에게 세계와 삶의 해석 방법을 습득시키거나 기성의 가치 체계 그 자체를 상징하는 존재이다. 따라서 이와 같은 아버지의 부재는 아들로 하여금 자기 진정성을 스스로 확립하기까지 언제나 일탈과 떠돌음을 하도록 만든다. 서정주의 시 「자화상」이 보여 준 아버지의 부재와 그로 말미암은 아들의 일탈과 방황은 바로 이와 같은 좋은 예의 하나일 것이다. 물론 작품 「아비의 꽃」은 이와는 다르게 화자의 아버지에 대한 연민과 그리움으로 가득 차 있다. 그것도 감정의 절제보다는 강한 톤으로 직접 격정적인 연민을 토로하는 형식을 취하고 있는 것이다. 이와 같은 아버지에의 경도는 비록 부재하는 존재이긴 해도 시인으로 하여금 자신의 심리 속에 하나의 준거로서, 또는 삶의 규범으로 설정하도록 만들고 있다. 이 같은 사정은 이미 앞에서 살핀 「저승 편지」가 확연하게 보여 주고 있는 것.

　이번 시집의 황인원의 시들은 대체로 길이가 긴 형식을 취하고 있다. 그리고 시어 역시 강한 말들로 때로는 절제 없이 화자의 격정 토로를 위하여 운용되고 있다. 이 같은 시의 문채는 열정과 힘으로 읽히기도 하지만 때로는 세공이 필요한 일로 여겨지게 된다. 그러나 시는 시인의 정신과 함께 자라는 것을 어찌하리.